湖山「播客」

Hushan Boke

鲍红志 著

长江出版传媒
长江文艺出版社

图书在版编目（ＣＩＰ）数据

湖山"播客" / 鲍红志著. -- 武汉：长江文艺出版社，2016.12
ISBN 978-7-5354-9269-2

Ⅰ.①湖… Ⅱ.①鲍… Ⅲ.①长篇小说－中国－当代 Ⅳ.①I247.5

中国版本图书馆 CIP 数据核字(2016)第 265970 号

责任编辑：李　艳	责任校对：陈　琪
封面设计：刘福珊	责任印制：邱　莉　刘　星

出版：长江出版传媒　长江文艺出版社

地址：武汉市雄楚大街 268 号　　邮编：430070

发行：长江文艺出版社

电话：027—87679360

http://www.cjlap.com

印刷：武汉市首壹印务有限公司

开本：720 毫米×1020 毫米　　1/16　　印张：22.25　　插页：2 页

版次：2016 年 12 月第 1 版　　2016 年 12 月第 1 次印刷

字数：334 千字

定价：36.00 元

版权所有，盗版必究（举报电话：027—87679308　87679310）

（图书出现印装问题，本社负责调换）

湖山"播客"

网络时代,人们把在互联网上发布图像和文字的网民,称为"播客"。其实,那是现代人瞎掰扯,"播客"早先就有,只是互联网用自己的传播力和影响力,让它一举成名,风靡社会。二十世纪七十年代,随着电视步入人们的生活,全国各地先后建立起了上万座广播电视无线发射台站,有着一支十多万人的队伍,他们常年职守在崇山峻岭和荒郊野外,通过无线电波,把广播电视信号送到千家万户。他们才是最早的一批"播客",只是身在山中僻壤无人问罢了。

湖山台就是所有广播电视无线台站中的一个,高山泰就是这支队伍当中的一员。

一

清晨,林中小鸟就叽叽喳喳,争先恐后地把睡梦中的高山泰唤醒,就像高山泰给它们设定了 morning call 似的。当然,也不因为高山泰是一台之长,鸟儿单把他唤醒,住在湖山的人,都能享受这个待遇。

不论是在台里机房值守,还是不当班在倒班楼宿舍,只要不是雨雪天,高山泰洗漱罢,第一件事,就是花上一小时,绕山一圈,仿佛这里的一草一木,都等待着他的检阅。而且,他的第一站,铁定是无线台门前的"舍身崖",就像许多领导常挂在嘴边的那句话:既是我们的出发点,也是我们的落脚点。

舍身崖拔地而起,壁立千仞,离地面垂直距离近千米,四周空旷,远山近峦,无一比肩,大有一览众山小的巍峨气势。远处的河流,宛如一条女人的腰带飘落而卧,蜿蜒舒缓,柔光丝滑。

怕人跌落,在建无线台时,崖边用钢管焊接了半人高的护栏。高山泰双手抚栏,目视前方,远近的山川、河流、植被、飞禽、云霞、雾霭,能巧夺天工地呈现出一幅幅精美绝伦的画卷,就像神奇的手指沙画一样,随心所欲、别出心裁地变换着画面和题材。天高云淡时,山川壮丽、花木尽显、河流透迤、鹰隼翱翔,动静相宜,恰似一幅浓墨重彩的丹青图。云雾缭绕时,峰峦腾云、层林墨染、云河交融、鸟裁天幕，虚实叠幻，宛如一张淡雅朦胧的山水画。如果非要大言不惭的话，自打有了中国画，历朝历代的名画，几乎都能在这里找到原型。

离开舍身崖，高山泰有一条固定的线路，先到左边的晨钟峰，顺时针再向右沿山坡斜插湖山最高的宝藏峰，再向右拐到与晨钟峰相对的暮鼓峰，最后再向右，回到原点舍身崖。高山泰这一路春赏山花烂漫，迎春花、樱桃花、杜鹃花依次绽放，夏领清泉飞瀑、凉风习习，秋看枫树披红、银杏裹黄，冬览玉树琼枝、蜡梅报春。高山泰虽然是学习无线电的工科男，但在山上生活了几十年，出于对湖山的热爱，他不仅熟悉湖山的一草一木、一山一景，而且，对湖山的诗词歌赋、掌故传说也了然于胸。有次，高山泰酒后放出豪言，幸亏自己不是学文科的，不然，也能写出像陶渊明《桃花源记》那样的作品来。他没拿自己跟曹雪芹的《红楼梦》比，说明他说话还是留有余地的，要不，就是酒还没喝到位。

放眼湖山，宝藏峰、晨钟峰、暮鼓峰形"品"字，呈犄角之势。以宝藏峰为轴线，顺势而下直对着山门。山门前面是湖山唯一的一块"盆地"，近乎井冈山上的"茅坪"、庐山上的"牯岭镇"，舍身崖就在"盆地"的边缘。山门是出入湖山的唯一通道，出了山门，有一条盘山路到山下。过去，是猎人和采药人蹚出来的羊肠小道，四十多年前，选址在湖山建广播电视无线台后，把它扩建成了一条能通行汽车的山路。山路一边依山，一边用岩石垒砌，路基铺的碎石，上面覆盖着沙土，汽车驶过，尘土扬扬，就好像喷气式飞机，拖着一条长长的尾巴，山路等级自然不能跟高速公路相比。从产权关系来说，山路的产权应该归湖山台所有，只是湖山台从未主张过罢了。谁爱走谁走，湖山台也没有收过一个子的买路钱。再说湖山也就一座荒山，除了湖山台，山上既没有第二家单位，也没有原住民，谁没事往荒山上跑。

再说"盆地"，大小不过三五亩地，虽说无线台依晨钟峰沿舍身崖而建，占不了多大地方，但无线台的倒班楼、食堂，就几乎占去了"盆地"的半壁河山，好在湖山仅此一户，无人与之争抢。可不是嘛，打从二十世纪七十年代，无线台落户在这里，四十年过去了，无线台还是只此一家，与之为伴的，只有花鸟林木、飞禽走兽。据老职工说，刚建台时，湖山就是一座荒山，主宰湖山的就是豹子、豺狼。晚上天一黑，门都不敢出，隔着窗户，能看到一双双闪闪发亮的绿眼睛，那就是出没的狼群、豺狗。此起彼伏的狼嚎，吓得人彻夜不敢入眠。早上起来，院墙外满地爪印。当时，想了很多办法，都驱赶不了它们，最后，还是负责警卫的战士，经请示开枪打死了几只狼和豺狗，它们夜里才不敢轻易来骚扰了。无线台建起来后，部队撤走了，狼和豺狗不知道嗅觉怎么那么灵，好像它们接到命令似的，居然又来袭扰无线台，闹得人提心吊胆。好在上面给台里特批了猎枪，老台长就领着职工又是设伏，又是主动出击，击毙了好几只狼和豺狗，而且把它们的皮剥下来，挂在离台不远处的树上，这才吓得狼和豺狗躲得远远的。伟人说，枪杆子里面出政权。几十年，无线台主宰着湖山，那是无线台几代人开出来、打出来的！

选址在湖山建立无线台，是湖山独特的地理位置决定的。湖山位于鄂北，海拔1000米，相对垂直地平也有800米，历史上是南北文化的交会处。湖山西邻襄阳、江汉河谷，东接涢水河谷丘陵，南连江汉水网平原，北与桐柏山遥相呼应，方圆百十里没有比它再高的山峰了。自从无线台在湖山立了发射塔、建了机房、安装了一千瓦的发射机，广播电视信号不仅能覆盖大半个省，连邻近几个省的部分地区也能覆盖。只要在覆盖区域内，打开收音机、电视机，就能听到广播、看到电视，用文件上的话说，"享受到广播电视的公共服务"。

回到舍身崖，高山泰一头扎进了无线台旁边的食堂。

食堂进去走道左边是烧火做饭的厨房，右边对着门有间十来平方米的屋子，是专门为大师傅住宿准备的。走道顶头是个大饭厅，饭厅摆放着几张桌椅板凳，墙根还立着一个冰箱，卧着一个冰柜。饭厅里还套着一间带淋浴的厕所和一间堆放粮食油料、蔬菜瓜果之类的储藏室。

高山泰一进门，浓烈的烟味扑面而来，一股脑地钻进他的眼睛、鼻子、喉咙，接着一股冲劲，差点没呛出鼻涕、眼泪水来。高山泰被呛得连连咳嗽了几声，从烟的香味判断，这不是烧火做饭的烟味，而是拜佛祈福的贡香味，不用猜，一定是秦姑早起给菩萨上的头香散发出的。

高山泰猫腰探进卧室一看，果然，供奉菩萨前的香炉里，几炷香即将燃尽，一截截已经燃尽的烟灰，尽管精华已尽，但依然保持原样，顽强矗立着，不愿像散落在香炉里的香灰那样分崩离析。床上的被子还保持着掀开的样子，几件衣物慵懒地搭在床架上，屋里没人。

高山泰缩回来侧身往厨房一探头，只见伙房里热气腾腾，一边炉灶上的蒸锅突突蹿着蒸气，一边炒锅里噼啪作响，秦姑正麻利地忙前忙后。

"早饭是馒头还是带馅的？"高山泰问着话，用手撩开雾幔，人到蒸锅跟前。

他刚伸手想揭开锅盖看看，啪，秦姑一巴掌打开他的手嗔道："饿牢里放出来的？猴急个甚？不到火候不揭盖你咋不知道？蒸夹生了算你的，还是算额的？"秦姑大声大气一口陕南话，隔着山头都能听见。

高山泰手一缩，讨好地说："知道你每天都变花样，不就想先睹为快嘛。"

秦姑不领情地回道："额那十八般武艺你甚没见过，还能变出甚花样来？"锅里爆出声响，秦姑赶紧抄起锅铲，在锅里翻炒，随即弥漫出一股裹着油渍的菜香。

高山泰嗅着鼻子，凑到秦姑跟前，往锅里一瞅，啧啧道："你还知道萱草这么吃？"

秦姑反诘道："这不是你教额的嘛？其实，萱草额们那里也有，不就是黄花菜吗！干萱草用水一发，炒木耳，再搁进些肉，炒鸡蛋也行，在餐馆少说也值块儿八毛。"

高山泰心里暗暗称赞：秦姑真是心灵手巧，上山不到半年，自己教她认识的野菜山货，居然成了她驾轻就熟的菜肴。高山泰情不自禁把嘴凑到秦姑脸上嘬了一口。

哪晓得，秦姑就势一把抓住高山泰的裤裆，疼得高山泰嗷嗷直叫。秦姑责问道："你昨晚死到哪儿去了？害额枯等你一夜！"

高山泰挣扎着辩解说："昨晚我在机房啊！"

"昨晚你又不值班，在机房干甚？是不是又陪那个'骨感妹子'守夜？"秦姑追问道。"骨感妹子"是台里一个瘦弱漂亮的女职工，是个让女人羡慕、男人爱慕的"慕主"，花边新闻不可或缺的人物，这不是"骨感妹子"有多风流，只因为她生活在一个男人的世界里，自己又年轻可人。

"看看、看看，看你那股醋劲，酸不酸？台里昨天新换的发射机开始工作，不在机房盯着，万一发生故障怎么办？"高山泰振振有词道。

"说了半天，还是在陪那个'骨感妹子'守夜。就你身上那点东西，交公粮都不够，还惦记她！"不容高山泰申辩，秦姑接着警告说，"告诉你，躲得了初一，躲不了十五。看你还能躲多久！"秦姑说完这才松开手。

秦姑手一松，高山泰赶紧往后撤了一步，不让秦姑的手够着自己。其实，高山泰昨晚就是故意躲着秦姑。秦姑三十出头，人高马大，身体强壮，女人这个年龄，生理需求正如狼似虎，高山泰"海拔"还不及秦姑，身体单薄，不用 X 光，就能从前胸看到后背，且年近六十，干那种事，跟秦姑过招，勉强支撑一个回合就瘫软下来，秦姑缠着他还要，高山泰斗不过，只有躲着。

二

要说高山泰和秦姑的关系，还得从半年前说起。刚入秋的一天，天色将晚，就像书上说的暮色苍茫时分，高山泰进城办完事从山下回到山上，汽车在"盆地"刚停稳，他下车脚一落地，一眼看到有个人在舍身崖跟前游荡。湖山不是旅游景区，也没有公交车，很少有人来这里。即便有零星自驾车来湖山游玩的，天黑前肯定也下山了，因为山上没有旅店住宿，没人在山上过夜。

高山泰左右一看，盆地上没有其他车辆，显然，这个人是徒步爬上来的。是冲无线台来的？不像啊，如果是来无线台有事的，那为什么不进去，而在舍身崖跟前晃荡呢？高山泰感到十分蹊跷。难道是来搞破坏的？高山泰身上顿时一麻，下意识紧握双拳。他以树作掩护，轻手轻脚一步步靠近人影。近前，人影婀娜的曲线，投影在空旷的天幕上，高山泰猛然发现，人影虽然身材高大，但更像是个女的。再靠近，高山泰定睛一看，果然是个女人。高山泰的心猛地一沉，这个时间、这个地点，出现这个人，只有一种可能，那就是来寻死的！高山泰有了不祥的预感。舍身崖前面一片空旷，下面是万丈深渊，就跟刀劈斧凿似的，没有任何遮拦。有恐高症的人，莫说往下看，就是拢边，都会脑袋发胀、心里发慌、双腿打战。从这里跳下去，绝无生还的可能。因为跳崖的死亡率是百分之百，所以，有好些寻死的人"慕名"而来。据不完全统计，每年都有人从这里纵身而下，少的年份两三个，最高的年份多达上十个，几乎没有绝收的。历史上的事先不去说它，就现实而言，舍身崖绝对享有"自杀胜地"的称号，慕名前来的自杀者，有因病的、失恋的、殉情的，也有遭挫的、受打击的，大有"地不分南北，人不分老幼"之说。

从经验判断，高山泰断定这是个来跳崖的，他没有碰见过，但台里有同事见过有人跳崖，甚至施救过。大家闲扯时，交流过经验，对跳崖的人施救，不能像救落水的人，施救的人，可以下到水里，把落水的人救起，实在不能，还可以放弃，自行游上岸。施救跳崖的人就不行了，他跳下去，施救的人不可能跟着跳下去。莽撞上前施救，可能被跳崖的人带下去，这样不仅救不了人，稍不留神还可能成了个垫背的。

落日不断把女人的身影在天幕上拉长。高山泰看到那女人还在来回游荡，估摸着她内心很挣扎。高山泰不知道此时自己该不该上前？上前说什么、做什么？是不是像电视上常说的，事先制订个预案、拿个方案什么的。突然，那女人双手抓住护栏，一只脚踏到护栏下的横杆。不好，那女人要跳了！人命攸关，高山泰容不得再想，他从树后蹿出，一个箭步冲到女人跟前，那女人正要抬另一条腿跨过护栏，被高山泰一把紧紧抱住了。

　　那女人被高山泰突如其来的动作吓蒙了。她扭头一看，身后不知从哪儿冒出来一个男人，死死抱住自己的一条腿。此时，两人都顾不上说话，就这样四目圆睁对视着，就像电影里的定格。那女人首先打破僵持，她猛地抽腿，高山泰不备，他的手一下从那女人膝盖滑落到脚踝，高山泰死死抱住脚踝，身子拼命往下沉，反向用力，不惜把人探出护栏。那女人脚踝向外别得生疼，身子不由自主往里倾斜。终于，女人像一座塔轰然倒在了护栏内的地上。谁知，就在那女人倒下的瞬间，向外用力的高山泰半截身子被挂在崖外，幸亏他的双腿死死环抱着护栏，加之自己的双手又抱着那女人的脚踝，否则，今天坠崖的不是那女人，而是自己！

　　情形顷刻之间发生了逆转，救人的人一下变成了被救的人。头和半截身子悬在崖外的高山泰恐惧了，他压根就没有想当什么舍己救人的英雄。一种本能的求生欲望，驱使他双手抓住那女人的脚踝，如同抓着一截树干，一点点往里挪。好在那女人人高马大，绝对体重超过高山泰，否则，早就被高山泰拽了出去，后果不堪设想！此刻，那女人似乎也清醒过来，她一只脚被高山泰拽住，另一只脚死死顶住护栏底部，不让身子往外出溜。

　　高山泰一点点把身子挪回崖内，他腾出一只手，一把抓住护栏。这时，那女人起身，伸出一只手递给他，高山泰松开抓着脚踝的另一只手，抓住那女人的手。那女人猛一用劲，高山泰一个九十度的旋转，人回进护栏，那女人的手往怀里一收，高山泰一下趴在了那女人的身上。

　　脱离了险境的俩人，就像两个泄光了气的皮囊，摞在地上。虽然身下躺着一个丰满的女人，但脑袋里一片空白的高山泰，却没有丝毫的感觉。俩人都紧闭双眼，除了急促的鼻息，两颗心在剧烈地碰撞，没有其他声响。良久，俩人又像同时复苏，几乎同时睁开双眼，惊恐地看着对方。突然，那女人一个翻身，像掀开一床棉被，把高山泰摞在地上，高山泰和那女人又同时坐起身。始终没有开口说话的他们，终于相互开火了。

　　"你是谁？"那女人侧目问。

"你是谁？"高山泰反问道。

"你为甚救额？"那女人操着一口陕南话。

"你为什么要跳崖？"高山泰夹着江西口音的普通话回问。

"你让额去死吧，额不想活了！"那女人突然想起自己来这儿的目的，猛地爬起来，又往护栏上扑。

"你都死过一回了，怎么还想死！"高山泰一个饿狼扑食，重新把那女人压在地上，又像一床被子，把那女人紧紧裹住。

"你撒手，别拦着额！"那女人拼命挣扎着。

"你不想活，我还想活呢！"高山泰把自己摆成一个"大"字，四肢压着那女人的四肢。

"额死额的，谁不让你活了？"那女人奇怪。

"你说得轻巧，刚才你就差点搭上我了！"高山泰提醒道。

"谁要你拽着额不放！"那女人只说不动了。

"不是我救了你，你现在还躺在这里？"高山泰也不动弹。

"甚你救了额？是额救了你！"那女人仰起头望着他说。

"什么？分明是我救你，怎么变成了你救我？"高山泰也抬起头盯着那女人。

"不是额拉你上来，你早掉下去了！"那女人毫不示弱地争辩道。

"不是我拽着你，你连骨头渣子都没了！还你救我？"高山泰气不打一处来。

"是额救的你！"那女人强词夺理说。

"是我救的你！"高山泰愤愤道。

"是额！"

"是我！"

二人就这样躺在地上斗着嘴。高山泰侧头枕在那女人的心窝，左右都是那女人高耸的乳房，只要他张嘴，就能衔住乳头。高山泰心里突然一阵怦怦乱跳。那女人本来穿得单薄，双乳随着急促的呼吸起伏蠕动，就像两座蠢蠢欲动的火山。高山泰既能感受到它们散发的温度，也能测量到它们策动的频率。

突然，那女人说："你还打算在额身上躺到甚时候？"

高山泰赶紧爬起身问："你不死了？"

那女人也从地上爬起来，拍着身上的土说："现在不想死了。"

"你啥时候想死？"高山泰不放心地问。

"额甚时候想死还跟你商量！"那女人白了他一眼，不过，语气缓和了许多。

眼见天要黑尽了，高山泰不知道该把女人怎么办。带回台里吧不合适，女人身份不明，万一她真是敌对势力派来的怎么办？高山泰是那个年代过来的，虽说阶级斗争不再天天讲、月月讲、年年讲了，但阶级斗争的弦他还一直挂在脑门上，一遇风吹草动，还时不时一绷就紧，没吓着别人，总把自己给吓着。无线台那是什么地方？过去门口都有当兵的站岗，就是后来，那也是闲人免进的重地，别说像跳崖寻死的女人，就是亲戚朋友，也不能随便往台里带！万一混进一个坏人，通过发射系统把反动信号发射出去了，或者干扰信号正常发射，后果不堪设想。所以"安全播出"是第一位的事！台里不能去，带回倒班楼那也不行，往自己宿舍带回一个女的，没事也变成事了！那还能去哪儿？高山泰把眼睛盯在了最后一个目标，山上唯一能去的地方只有食堂了，正赶上饭点，那里人多，众目睽睽，反倒光明正大，至于去了大家怎么反应，去了再说。想到这儿，高山泰对那女人说："走吧。"

"去哪儿？"暂时放弃寻死念头的女人，不知道高山泰要带她去哪儿。

"去了，你就知道了。"高山泰没好气地说。

高山泰原地没挪窝，催着那女人走，那女人茫然地问："额往哪儿走？"

高山泰觉得好笑，这才抬脚走在头里，那女人隔着一米远跟在后面。高山泰还不放心地不时回头看她几眼。

高山泰把那女人带进食堂，正是吃晚饭的时候。在山上吃晚饭的人，比吃午饭的人要少一半，不值夜班的，下班都坐班车下山回城里基地去了，留在山上进餐的，都是晚上当班、倒班的。就这，饭厅里依然人声鼎沸，大家热热闹闹吃着晚饭。冷不丁看见高山泰进来，身后还跟着个陌生女人，饭厅里顿时安静下来，所有人目光就像舞台上的聚光灯，都投在他俩身上，一直看着他俩在一张空桌旁落座。

高山泰表面装着没事，心里却不自在，这算哪门子事？自己突然带个陌生女人现身在职工面前，这是要干吗？职工怎么看我，怎么看那女人，怎么看我们俩的关系？自己说得清楚吗！总不能当众宣布：这个女人要跳崖自杀，刚刚被我救下来的，你让那女人脸往哪儿搁？再说大家伙能信吗？既然不能当众宣布，也解释不清楚，干脆什么都不说，大家伙爱怎么想就怎么想，过后再说。高山泰索性摆出一副若无其事的样子。

高山泰见那女人坐定，起身从厨房端来两份饭菜，一份递到那女人面前，坐在那女人对面自顾吃起了另一份。那女人见状二话不说，抓起筷子端起碗，旁若无人地狼吞虎咽起来。

　　饭厅里开始有人嘀嘀咕咕，还用筷子往高山泰和那女人身上戳戳点点。也难怪，高山泰丧偶多年，身边从来就没有个女人，今天，在没有任何征兆的情况下，冷不丁突然带个女人现身,高调抢夺众人的眼球,谁不相信这就是高山泰的女人呢！

　　高山泰自从没有了女人之后，也不是没人跟他介绍过。只是，不是女方瞧不上他，就是他看不上女方，不是年龄差距，就是文化差距，再不就是相互看不顺眼，总之，阴差阳错、高不成低不就，高山泰单身一人，一晃这么多年就过去了。台里不少人是皇帝不急太监急，总催促高山泰赶紧找个女人，到老身边有个伴好相互照顾。可高山泰似乎一点不急，日子过得也舒坦，白天在台里忙前忙后，晚上没事就一个人猫在倒班楼宿舍看书。他似乎要证明给所有关心他的人看，没有女人，他照样能活下去，至于男人生理上的那点需要，没人好意思问他，他也绝口不提。只有台里小周没大没小，平时爱跟高山泰逗个趣。他对高山泰说：嗳，高台，你是一台之长，堂堂正正的正处级干部，整个湖山就数你官最大，按以往说法，你就是山大王！别说台里上下都归你管，就是山上的飞禽走兽、树木花草也都得听你的不是？你说你好歹也得有个压寨夫人啊！你看电影、电视剧里的山大王，哪个没有压寨夫人？明媒正娶也好，巧取豪夺也罢，总之不能打光棍，压寨夫人是山大王的标配！高山泰鼻子一哼说：那些山大王都是土匪、强盗，我是什么人？我是国家干部，怎么拿我跟山大王比！小周笑：山大王怎么了？国家干部又怎么了？不都是带把的，带把不光是用来撒尿吧？高山泰反驳说：带把又怎么了？和尚带不带把？你说和尚带把除了撒尿还干什么了？小周嘟囔说：你又不是和尚。

　　正当大家都以为高山泰没有女人缘时，高山泰不吭不哈，猛地带个女人进来，着实让大家意想不到。台里都知道高山泰老辣，但谁都没有想到，在对付女人方面，高山泰居然如此深藏不露，叫人又刮目相看。

　　俗话说，叔不撩嫂，牛不吃草。最按捺不住的当然是小周了，他嬉皮笑脸凑过来，够头瞅了那女人一眼，挤眉弄眼地冲高山泰说："高台，怎么也不跟我们大家伙介绍介绍嫂子啊？"

　　听有人跟着起哄，高山泰脸一红，故意虎着脸说："去去去！胡说什么？哪来的嫂子！"饭厅里一阵哄笑。

小周不肯善罢甘休地问："不让喊嫂子，只怕是还没过门吧？都啥年头了，还讲究这个？"

高山泰说："人都进了门，还过什么门？"

小周说："那为什么不让喊嫂子呢？"

高山泰知道小周也没个正形，索性笑道："进了门的你都喊嫂子？那要是进来一只母狗呢，你也管它喊嫂子？"

饭厅里发出一片哄笑。谁知，那女人听了高山泰的话，猛地把碗往桌上重重一磕，冲高山泰厉声道："别以为你指桑骂槐额听不出来！额是母狗，你是甚？"

那女人话一出口，所有人都像被点了穴位，一个个僵在那儿，既发不出声，也动弹不得。小周更是进退维谷，满脸僵硬地望着高山泰和那女人。

半晌，高山泰抖动了一下脸上的肌肉，前言不搭后语地解释说："我，不是说你……"

那女人二目圆睁说："你不是说额说谁？是你把额带进来的，你还狡辩个甚！"

大家都没想到，这个初来乍到的女人，会当众发这大的火，一点面子都不留给高山泰，让他下不了台。谁都不再作声，闷头吃着自己的饭，小周也灰溜溜地回到自己的座上。大家心里开始打鼓，为人处世一向练达的高山泰，从哪儿淘来这样一个宝贝，就算贫不择妻，也不至于找这样一个恶鸡婆似的女人，这以后哪有安稳日子过？大家又大跌眼镜。

高山泰万万没有料到，自己跟小周一句不经意的玩笑话，竟然引起那女人如此强烈的反弹，就跟书上形容的那样，像吃了枪子似的爆了出来。不过回想起来，自己刚才那句玩笑话，也确实过分，搁谁身上都难以接受。话又说回来，那女人若真是高山泰的女人，高山泰打死也不会说出那样的话来。问题是那女人跟高山泰压根就不是那种关系，大可不必置气，装着没听见不就得了。可那女人偏不，她有她的逻辑，不管自己是不是你的女人，也不管别人该不该叫自己嫂子，既然被你领进了门，就该得到起码的尊重，不是你想怎么作践就怎么作践，把人不当人。就算是个寻死的人，那也是有人格尊严的！所以，由不得自己不恼羞成怒。

发泄过，那女人和高山泰又低头吃着各自的饭。不过，此时高山泰的心里发生了微妙的变化。小周一声"嫂子"，就像往他心里投入了一粒化学元素，跟他埋藏内心已久的生物元素产生了生化反应，令高山泰心里一潭死水泛起了微澜。一直没有正眼看过那女人的高山泰，暗地留意起来，他边吃边偷偷打量对面的女人。一张长长的脸，说不上是马脸还是瓜子脸，头发梳在脑后盘了个发髻，典型农村媳妇的发型，要是没出嫁肯定扎着辫子。一件藏青色大襟上身，裹着滚圆丰满的身体，一看就是常年地里、家里劳作的身板。再看那女人的狐眼柳眉，似乎越看越经看。看着看着，高山泰觉得她像打哪见过，高山泰搜肠刮肚地寻思着，突然，他眼睛一亮，对了，像电影上的秋菊！就是比秋菊壮实。高山泰看过《秋菊打官司》，眼前的女人，完全跟电影里的秋菊一个模子倒出来的！高山泰心里一乐，对面的女人像秋菊，那自己呢？除了爹妈，高山泰从来没想过自己像谁。这倒也是，一张恰似湖山的脸，突兀的颧骨如同晨钟、暮鼓二峰，扁平的胸脯、凹陷的腹部，恰似湖山的"盆地"，除了身高不残次，其余乏善可陈。硬要劣中取优的话，唯有那犀利的眼神，如果与之对视，它能读懂你，而你却读不懂它。高山泰不甘心，不觉由秋菊想到了电影界的一个名导，他下意识摸了一把尖尖的下巴，别说，还真有点那个名导的影子！高山泰窃喜过，马上又惭愧起来，人家那是高山仰止的艺术大师，撒泡尿照照自己，尿灯一个！但高山泰马上又找到了平衡，既然对面的女人可以像秋菊，凭什么自己就不能像那个名导？高山泰顿时理直气壮起来。

吃晚饭的人陆续走了，饭厅里就剩下高山泰和那女人。两人都已放下碗筷对面坐着。那女人捋了捋头发，又拍了拍胸脯和肩头，就像在自家炕头刚撂下碗筷一样自然。她几乎没有看高山泰一眼，似乎静等着高山泰发落自己。

饭厅墙上的白炽灯和着山上的蝉鸣，间歇发出嗤嗤的声响。高山泰低头拨弄着面前的筷子，看着筷子在桌上滚来滚去，终于，高山泰开口问道："你打算怎么办？"他声音平和，似乎完全没有受那女人刚才发火的影响。

"甚怎么办？"那女人终于正眼望着高山泰，好像她和高山泰之间先前什么都没发生过。

"问你呢！"高山泰抬头和她对上眼。

那女人看着他木然地摇摇头。

"再不想那个了？"高山泰眯缝着眼问。

"哪个？"那女人一副不知所云地回道，就好像傍晚在舍身崖寻死觅活的不是她。

对话的双方，最怕就是思维不在一个纬度。高山泰一时不知道该往下说什么，他不清楚面前这个女人是装，还是脑残？管她装还是脑残，高山泰决定把话捡开了说:"问你还跳不跳崖?"

"白天跳过了。"那女人低下头轻描淡写道,就仿佛在回答别人问她吃饭喝水问题一样简单。

"白天不是没跳下去吗,晚上再接着跳啊!"高山泰没好气地鼓捣说。

那女人摇摇头。

高山泰鼓着眼珠,不解地问:"摇头什么意思?"

"怕。"那女人低头闷声道。

"嘿!连死都不怕,你还怕什么?"高山泰提高嗓门。

"额怕狼。"那女人抬起头。

"哪来的狼?"

"山上有。"

"山上早没狼了。"

"有豺狗。"那女人较真道。

"是是,有豺狗。"

"豺狗额也怕。"

"合着是等天亮了,你再去跳啊?"高山泰瞪大眼问。

那女人先是点点头,接着又摇摇头,再把头垂下了。

高山泰读不懂,但有一点他很清楚,今晚就是借她一个胆子,对面这个女人,也不敢去跳崖。别说,还真有这样的人,不怕死怕疼,不怕死怕黑,因为人一死,眼一闭就什么都不知道了,但疼和黑是能感受到的恐惧。看天不早了,饭厅里只剩他俩,既然今晚出不了人命,天大的事,明天再说吧。高山泰起身说:"今晚就歇这里吧。"见那女人茫然看着他,高山泰起身说:"跟我来。"

高山泰把那女人带到厨房对门的屋子,他推开门,就手打开灯,指着屋内说:"今晚你就歇在这屋吧。"

那女人进房一看,对着门的墙边放着一张床,床上铺盖齐全。拐角窗户下方,摆放着一张带抽屉的条桌,从成色上看有年头了,像是淘汰下来的旧办公桌。条桌抽屉和抽屉口之间裂着好大的缝,如同年迈老人一张合不拢的嘴,桌面上油漆所剩无几,裸露的木纹,如同泛在水面的涟漪。条桌底下塞着一个方凳,不论款式和色泽跟条桌都不搭,就像邻居家串门的孩子,一看就知道不是亲生的,显然不知是从哪儿另找的。屋子墙角堆放着一些杂物,水泥地上蒙着一层厚厚的灰,屋顶旮旯、窗棂上、日光灯管上，尽由蜘蛛大行其道，信马由缰地织出不同图案的黑色蛛网，屋内充斥着一股潮湿的霉味，估计有日子没人住过了。

高山泰说："这屋子原来是做饭师傅住的，前不久家里有事，他辞职下山去了。你就睡这儿吧，晚上不会有人来，但保不准有豺狗之类拱门。"那女人一听，吓得面如土色。高山泰安慰道："这门很结实，只要把门锁好，豺狗进不来。"

那女人赶紧出屋，把大门仔细查了个遍。

高山泰临出门，反复叮嘱："晚上千万不要出门，不管什么动静都不要开门。"见那女人不断点头，高山泰这才放心离开了。

回到倒班楼宿舍，高山泰躺在被窝里，回想起傍晚发生的事，实在有点不可思议。上山几十年，只是听说有人跳崖自杀的事，今天终于让自己撞上了。他脑海像一台电脑非编机，一帧一幅回放着黄昏时那惊险的一幕。陌生女人徘徊舍身崖，自己悄然抵近观察；陌生女人扶栏跃起，自己箭步上前紧钳着腿；陌生女人前倾挣脱，自己反向将其扳回；自己探身命悬崖边，手脚并用化险为夷。高山泰回放到这里马上定格，感觉哪儿有点不够清晰，他又重新倒回，把回放的帧幅减速放大。一只手紧拉着自己的手猛地回撤，定格：陌生女人的手。自己压在她身上，头枕陌生女人胸口，定格：陌生女人丰满的双乳。回放快速进到饭厅，在自己偷偷打量陌生女人的镜头上放慢，陌生女人和秋菊叠加重合，定格；继续，自己和那个名导叠加重合，定格。

高山泰享受完自己剪辑的短片，产生了一种莫名的快感。一个英雄救美的故事，不仅没有出现暴力、血腥，反倒充满了情调、浪漫，甚至有点娱乐化。高山泰忍不住扑哧笑出声来。黄昏与那女人身体接触时，高山泰没有丁点杂念，现在回想起来，却别有一番滋味。高山泰努力搜寻着残留在自己记忆里那女人身上的体味、触觉，他开始产生幻觉，体内分泌出的内啡肽，让他感到燥热不安，高山泰的手情不自禁伸进裤裆……

三

山上比山下亮得早，就像不在一个时区。被雀鸟儿唤醒的高山泰，睁眼一看，窗外已经发白。晚上有豺狗帮他看守，那女人不敢出来，天一亮就难说了，万一她又去跳崖呢！高山泰赶紧起身下床穿衣洗漱。

好在倒班楼就对着食堂，高山泰抬脚来到食堂门前，门紧闭着。高山泰上前敲了几下，里面没有声响。他又用力敲了几下，还是没有动静。高山泰不知道那女人叫什么，只有大着嗓门喊："开门，是我！"没人应答。高山泰提高嗓门叫道："听到没？是我，快开门！"里面死一般寂静。高山泰的喊叫，高分贝地扩散，又被远近峰峦挡回，发出次第回响，食堂里不可能听不见。突然，高山泰心头咯噔一下：莫非那女人昨天夜里又摸出去跳崖不成？要不，在屋里又换了个死法？他头一炸，一步蹿到窗下，双手抓住窗外的铁栏杆，跃起往房里一看，只见那女人衣着整齐，端坐在床沿，一声不吭。看到高山泰蹿上来，扭头与他对视。高山泰隔窗吼道："快开门啊！还愣在那儿！"

高山泰跳下窗，门啪地打开了。高山泰砰地推门进屋，冲着站在门里的女人毛焦火辣地叫道："我这大声音敲门喊你，你没听到？是聋了还是哑了？"

那女人看着高山泰委屈地说："你不是嘱咐额，谁叫也不给开门嘛！"

"我的声音你听不出来吗？"高山泰怒气冲冲。

"额咋知道你是谁？你叫额不开额就不开！"那女人倔头倔脑地回道。

高山泰是又好气又好笑，他猛然发觉面前这个一根筋的女人，有一种让他喜欢的东西，是什么他一下还说不上来。高山泰不再恼怒那女人，他和那女人退回屋里，看被褥叠得整整齐齐，床单也刷得平平展展。高山泰问："你昨晚没睡在床上？"

"谁说？额睡床上了。"

高山泰一下发现那女人一个优点，善于拾掇。闹得这么热乎到现在自己还不知道那女人叫什么，高山泰本来想问你姓甚名谁，结果出口却成了："嗳，你叫什么名？"

"额？"那女人指着自己鼻子说："额叫秦姑。"

"大名还是小名？"高山泰瞅着她问。

"大名小名都叫秦姑。"秦姑的目光并不躲闪。

"身份证上也是这么写的？"高山泰乜斜着眼。

"在娘肚子里，额娘就给额起的这个名！"秦姑扬了扬下巴。

高山泰听了一乐："你还没生出来，你娘怎么知道你是个女孩，给你起个女孩的名？"

那女人头一昂说："额娘能掐会算，可灵了！方圆几个村子，谁家生娃，都请额娘去掐。"

"你娘是干什么的？"高山泰好奇地问。

"额娘种地的。"

"种地的怎么能掐会算呢？"

"额娘信佛。"

俩人正说着热闹，临时顶替大师傅做饭的职工来了。高山泰想，自己和秦姑待在屋里说不清道不白的，想到自己反正每天都要到山上遛弯，干脆带上秦姑一起遛吧。他问："要是没事，跟我到山上走走？"

"有没有豺狗？"秦姑还记得他昨晚的话。

高山泰一笑："天一亮，它们就躲到山里去了。"秦姑听罢，嘴角露出释怀的笑，这是打从高山泰见到她的第一个笑。这笑就像湖山的花，是你的季节开你的花，不提前、不滞后，开得恰到好处，让高山泰赏心悦目。

高山泰走在头里，秦姑跟在他身后，首站来到舍身崖。云霭戏谑地想遮蔽着朝阳的眼睛，但还是被阳光四下洞穿，把散落的云霞染得五颜六色；远处的重峦叠嶂，更是冲破迷雾的封堵，潜出黝黑的头颅、臂膀；山下的河流穿云破雾蜿蜒东去，不时熠熠生辉，回应阳光的导航。

秦姑还是头回看到如此迷人的景色，她先是张大嘴、睁大眼，后是屏住气、露出笑。看着看着，她一点点往前挪着，双手一把搭住护栏。说时迟那时快，高山泰抢步向前，一把搂住她的后腰："你怎么还想跳？"

秦姑扭着身子摆脱说："额不跳，只想看看。"高山泰手一松开，秦姑探头往舍身崖下看，才看一眼就缩回头，吐着舌头说："额的个娘，这要是掉下去了，还有命啊！"

秦姑一怕，高山泰拍了拍手笑道："那你昨天还跳？"

"额不知道崖底下这么深嘛，黑咕隆咚甚都看不见。"说着，秦姑又探出头往下看。

"不是什么都看不见吗，你还看什么？"高山泰不解。

"额找额男人和额娃儿。"秦姑声音带着哭腔。

"他们怎么在下面？"高山泰奇怪。

"就是在下面！"秦姑很肯定地说。

"从舍身崖跳下去的？"高山泰不敢相信。见秦姑摇头，高山泰说："那你说他们在下面？"秦姑不答话，眼里的泉窝慢慢沁出泪泉。高山泰看着秦姑抖动肩膀，凑到近前问："到底怎么回事？"

片刻，秦姑望着空旷的山野，断断续续把事情的原委讲给他听。

原来，秦姑的男人跟村里人出来打工，就在山下修高速公路。儿子大半年没见他爹想他，学校放暑假，秦姑就托村里人，把儿子带到工地来看他爹。没想到，夜里下暴雨，遭遇泥石流，爷俩都没了。秦姑得信赶到这里，结果连个尸首都没看到。失去了男人和儿子的秦姑万念俱灰，她想追随男人和儿子而去，于是就上到工地对面的湖山来了。她在山上转悠半天，发现舍身崖前面是陡壁悬崖，又正对着工地方向，正准备从这里跳下去，不想被高山泰救下了，这不是秦姑命不该绝，就是她今生跟高山泰有缘。死了的人只有一个理由去死，活着的人有一万个理由活着。

听了秦姑的讲述，高山泰唏嘘不已。他安慰秦姑说："死者不能复生，活着的人还要好好活下去。"高山泰面对旷野吟诵道："存者且偷生，死者长已矣。"

"甚意思？"秦姑扭头问。

"就是说，死了的人就让他安息吧，活着的人还要坚强地活下去。"高山泰解释道。

"这是谁说的？"

"杜甫。"

"甚？'豆腐'？这哪像个人名？"秦姑扑哧一声。

"扯哪儿去了，人家姓杜名甫，不是你说那个吃的'豆腐'。"高山泰用手指在空中比画着。

秦姑嘴角轻轻一抿道："额还以为是吃的豆腐呢，他爹娘也真会给他起名，叫个甚豆腐，还不如叫豆豆呢，听起来多顺耳，额们那里的娃儿，叫豆豆的可多了。"秦姑唠叨完了问："嗳，这个姓杜的是干甚的？"

"诗人。"

"诗人？说的话跟吹肥皂泡似的，说得轻巧！他家是没死男人和娃儿，要是和额一样，没准比额还想跳崖！嗳，你刚才说他哪儿人？"秦姑接着又问。

"唐代。"

"唐代？那不古人吗！"

"我又没说他是现代人。"

"古人的话你也信？那个姓杜的是站着说话不腰疼！"秦姑一脸不屑地说。

"古人咋了？跟我们现在还不一样，都得经历生死离别。杜甫是告诉我们一个道理，生与死都是不可抗拒的，要正确对待，尤其是还活着的人，再艰难也要活下去。"高山泰希望秦姑能理解诗的意思。

"可额男人和娃儿要额过去跟他们团圆呢？"秦姑的声调又幽怨起来。

"要是你男人和儿子盼望你继续活下去呢？"高山泰反驳道。

"这……"秦姑压根儿没想过这茬。

"你想，"高山泰抓住秦姑心里的波动说，"你死了……"

"你才死了呢！"秦姑白了高山泰一眼。

"我是打个比方。"高山泰嘿嘿一笑，"你要是在地下，你会要你男人和儿子下去陪你？"秦姑一愣。高山泰接着开导说，"你肯定希望你男人好好活在这个世上。另外，你总不能忍心让儿子一辈子没娘吧，你心里就是再不情愿，也还是默许你男人再娶一个，重新组建个完整的家庭是吧？"

高山泰的话，让秦姑豁然开朗。她咧嘴一笑，大大咧咧地说："你的意思是额男人在那边，也许额再嫁个人，还生个娃儿？"

高山泰一拍栏杆说："对啰！就是这个道理，看来你还是蛮通情达理的嘛！"

秦姑自得道："咋的，你以为额们秦巴大山里的人甚都不懂啊！"说完，突然好奇地问："你咋认识那个姓杜的诗人？离额们这么远。"

高山泰乐道："书上呗。我不光认识他，还认识好多古代的诗人。"

秦姑奇怪："隔着这么远，你咋结交他们？"

高山泰笑说："这叫神交。"

秦姑琢磨着问："你也是写诗的？"

高山泰说："我哪会写诗。"

秦姑继续问："那你是干甚的？"

高山泰指了指近旁高耸的发射塔说："我是搞无线台信号发射的。"

秦姑一脸茫然："甚信号？"

高山泰说："广播电视信号啊。你们在家听的广播、看的电视，信号就是从这上面发出去的。"

秦姑恍然大悟地惊讶道："电视上的妞主持节目、收音机里播的天气预报，都是从这上面传出来的？"

高山泰含笑点点头。

秦姑仰头望着铁塔，觉得太神奇了，平时打开收音机、电视，从来就没想过，信号是打哪儿来的。原来信号都是从这上面发出来的。"额们那儿离你这儿这么远，咋也能收到呢？"秦姑不可思议地问。

高山泰解释说："像我们这样的无线台全国各省都有，你在家接收的是从你们那里台站发射的信号。"

"也跟你们一样在山上？"

"当然！"

"为甚不在平地上发射呢？那多方便！"

"平地上也有啊，发射广播信号的中播台，就建在平地。我们这是高山台，既发射广播信号，也发射电视信号，就建在山上。"

"是不是站得高就看得远？"

"就是这个理！"

秦姑盯着发射塔出神，不禁问："这信号是个甚样？怎么看不到模样，也听不到声响，又没根线牵着，怎么传到收音机和电视机里？"

高山泰笑："无线信号是不用线连接的，信号是通过光的原理，把声音和图像模拟记录下来，从广播电视台传送到我们这里，我们发射到空中，信号就乘着空气的翅膀，传到很远的地方。"高山泰说着，还张开双臂，做了一个飞翔的动作："用户通过收音机、电视机收到信号，又把信号还原成声音和图像。"

秦姑虽然没能完全听懂，但从高山泰连说带比画，本能地感觉到有一种腾云驾雾的好玩，有点《西游记》里的意思。她心想，既然湖山上有无线台，家乡的秦巴大山肯定也有。既有这样的无线台，肯定也有像高山泰这样的人。她本能地觉得，高山泰是个好人！

秦姑正沉思着，高山泰突然问道："嗳，还正想问你，你怎么知道舍身崖是个自杀的地方？"见秦姑已经打消自杀的念头，高山泰才敢涉及这个敏感的问题。

秦姑木然地摇摇头，反问道："这还有个甚说道吗？"

高山泰说："当然有啦！"

秦姑赶紧问："有甚说道？"

高山泰来劲地说："传说，这湖山有个叫章生的，他跟来湖山的大师隐身修炼，他的妻子四处找不着他，四方乡邻都不知道章生去哪儿了，他的妻子以为自己被章生抛弃远走他乡，就像孟姜女哭长城在舍身崖号啕痛哭无望，纵身从这里跳下。当地的人为了纪念这位烈女，把她跳崖的地方取名为'舍身崖'。"看着秦姑一脸敬仰的神情，高山泰说："这只是个传说。没想到，年年都有人从这里跳下去，久而久之，舍身崖还真成了一个'自杀胜地'。"

"年年有人来这里寻死？这么说，额不是第一个？"秦姑有点失落，没想到比自己敢死先死的人多了去，不论是古时还是眼下，自己都排不上号。

"慕名前来舍身崖寻死的，就跟种庄稼一样，不管多少，每年都有收获。"高山泰介绍着寻死的"行情"。

"今年有不？"秦姑试探着问。

"当然有啦，不算你，前几个月就有两个从这里下去了。"高山泰伸出两指。高山泰的话，彻底打消了秦姑寻死的念头。既然死这么不值钱，不如把命留着，好死不如赖活，总是有道理的。

离开舍身崖，从晨钟峰拐向湖山最高的宝藏峰，一路景致激发着高山泰对湖山的热爱，棵棵树木、片片花草、块块山石、条条羊径，都像他的亲人那样熟悉可亲，高山泰熟悉它们，它们也同样熟悉高山泰，尽管相对无言，但高山泰能听懂它们的问候语，它们同样也熟悉高山泰的脚步声。

路过一棵蓬大的树时，高山泰指着树问："你认识这是什么树吗？"

秦姑定住从下往上一看："哇！这树可有年头了。"再细看树的叶状、颜色和果实，秦姑似曾相识地问："应该是银杏吧？"见高山泰点头，秦姑又疑惑："还从来没见过这么大的银杏树呢！"

高山泰自豪地夸道："实话告诉你吧，这棵银杏活了上千年，它有三十多米高，七个人都抱不过来。这可是我们湖山一宝啊！"秦姑听罢，高山仰止般地连连咂舌。

走着走着，高山泰又指着一棵丈余高、没有枝丫还浑身长满刺的树问："赌你认得这是什么树？"秦姑看了半天，摇摇头。高山泰显摆道："这叫'楤木'，只长在山里，初春发芽时，嫩芽叫'刺苞头'，可以摘下来煮着吃，味道可香咧！"秦姑没吃过，想不出"刺苞头"是个甚味道，既然高山泰觉得好吃，肯定差不了，找机会弄来尝尝。

往前，高山泰又指着一棵树考秦姑："认识它吗？"秦姑看了看，还是摇头。高山泰继续炫耀道："这树叫'鹊不踏'，可以长到四五米，这种树好几株抱团生长，树干和叶柄上都有刺，所以叫'鹊不踏'。它三月开花，果实成荚状，它的根部有一种虫子，每天子时、午时可以挖到，因此叫它子午虫，用它治牙病可灵了。"

高山泰对这类植物治牙痛的偏方，不是从教科书上看到的，是常年生活在湖山尝试到的。秦姑心想：额牙又不痛，跟额说这些干甚。

离开"鹊不踏"时，秦姑说："就你们湖山尽长些稀奇古怪的树，别说额没见过，就是听都没听说过。"

"不光是树，奇花异草也不少。"高山泰扳着指头如数家珍："春天有瑞香，夏天有凌霄花，秋天有木芙蓉，冬天有蜡梅。"秦姑心说：就这些个，你以为就你们湖山有，额们秦巴大山也样样都有。兴许额们那儿有的，你们湖山还没呢。

攀上宝藏峰，举目四望，一片云海涨潮般地涌来，一头撞上悬崖，"卷起千堆雪"般地腾空而去。

惊诧过后，望着连绵不绝的云海，秦姑又抱怨道："这简直就像进了棉花地，除了白茫茫一片，甚也看不见。"

高山泰说："看景不是越高越好，一要有参照物，二要有角度。就像在我们庐山观景一样，看景最佳的地方，不是在顶峰，观日出要在含鄱口，看瀑布要在三叠泉，赏山景要在花径。"

秦姑惊讶："你是庐山人？"

高山泰回说："不是庐山人，是江西人。"

秦姑追究道："那你刚才干甚说'我们庐山'？"

高山泰扑哧笑道："庐山不在江西境内吗？江西人怎么不能说'我们庐山'了？"

秦姑抢白说："那额们咋不说'额们延安'呢？"

高山泰好笑："你可以说'我们延安'啦，没人不让你们这么说了。"

秦姑固执己见："额只说'额们陕西'。"

高山泰无奈，直摇头。

不过打嘴巴官司归打嘴巴官司，碰到好景致看不懂的东西，秦姑还是一副虔诚的样子，愿意听高山泰口若悬河地讲解。

由宝藏峰不知不觉又来到暮鼓峰。一路走着讲着，高山泰兴致来了，也不问秦姑愿不愿意听，主动说："我背首赞美湖山的诗你听吧。"

秦姑说："你不是不会写诗吗？"

高山泰说："不会写诗，背诗总可以吧。"不待秦姑应否，高山泰开口背道：

迢迢列岫插天排，高步云间豁壮怀。

绝顶无风皆却暑,阴崖不雨亦生霾。
一泓裹水遥拖练,半壁仙池近绕阶。
偶入上方聊小憩,山僧已自进诗牌。

秦姑尽管不懂诗里说些什么,但高山泰道出的诗韵有一种音乐般的悦耳。听完,她拍着手连声叫:"好听!好听!"
高山泰兴高采烈地说:"写湖山的诗多了。"
秦姑问:"你刚才不是说你只会背诗,这会怎么又会写了?"
高山泰说:"我又没说是我写的,都是古人写的。"
秦姑问:"古人写的,你咋会知道的呢?"
高山泰说:"从书上看到的啊。"
秦姑竖起拇指夸道:"啧啧,真有学问!"
高山泰受到鼓励,主动请缨说:"我刚才背的一首是夏天登湖山的,我再给你背一首冬天登湖山的。"说着,高山泰清了清嗓子:

叠嶂与天通,登临兴靡穷。
人来黄叶外,路入白云中。
古寺埋阴雪,宵钟度晚风。
山僧多爱客,共话万缘空。

这回,秦姑不光听完了鼓掌,还发声说:"最后一句额听懂了。"
高山泰问:"你听懂什么了?"
秦姑说:"'空'就是'有','有'就是'空'。"
高山泰好奇地问:"谁告诉你的?"
秦姑一本正经地说:"额听庙里的和尚讲经时讲的。"
高山泰问:"哪座庙里?"
秦姑咯咯一笑:"不是湖山,是额们那里。"接着秦姑指着湖山说,"你们湖山尽是花啊树的,这么大座山,连座庙都没有,想烧个香拜个佛,都没有地方。"
"谁说没有?"
"在哪儿?"秦姑茫然四顾。

"在那儿。"高山泰回首往宝藏峰一指。

秦姑顺眼一看，峰上峰下连个砖头瓦片都没有，以为高山泰骗她，没好气地说："你是不是拿额刚才的话，堵额的嘴？"

高山泰一愣："你的什么话？"

秦姑嘟着嘴说："有就是空，空就是有。"

高山泰哈哈大笑说："我真没骗你！这宝藏峰上曾经真有座庙，而且远近闻名，还是皇帝赐的名号呢！"看秦姑不信，高山泰一脸神秘地说："那还是唐代的事。相传有个叫善信的和尚从山西五台山来到这里，因在此地行善感动天下，后来被朝廷敕封。"

秦姑一下被吸引住了问："他待在五台山好好的，跑到这荒山来干甚？"

高山泰绘声绘色地说："当然是有缘由的。这个善信和尚，在五台山一心敬拜文殊菩萨，脸上慢慢呈现出吉瑞之相。他为了报答圣地五台山，立誓愿在山上为众僧烧火做饭三年。谁知，众僧根本不领他的情。善信很伤心，同为佛家弟子，为什么就容不下他？越想越难过，于是大哭不止。有个老和尚点拨他说：万事皆因缘，这里容不下你，说明你的因缘在南方，你应该往南行。找到你的因缘，才能修成正果。"

"所以善信就来到了这里。"秦姑顺着高山泰的话说。

高山泰单手立掌，学着僧人的语气说："施主结佛缘，果然聪慧。"秦姑一听喜形于色。高山泰接着说："善信和尚来到湖山，正赶上湖山久旱不雨，别说庄稼，就连人和牲口都没有水喝。湖山当地有个叫章生的大户，预备杀猪宰羊祈天降雨。出家人不杀生，善信和尚看到那些将要被宰杀的牲口可怜，就上前对章生说：天时对应时令，原本就是因果报应，你们要是伤害牲口的性命以求好处，会白白增加你的罪过。他跟章生商量，不要伤害牲口，由自己来为他们做祈祷。约定三天之内，必定下雨。章生将信将疑，暂且没有宰杀牲口。善信和尚攀上湖山的宝藏峰，探幽历险，悬坐在北面的一块山崖上，默默用心祈祷。到了约定的第三天，雷声大作，大雨倾盆，只到湖塘蓄满、庄稼喝够为止。章生把湖山翻了个遍，好不容易在悬崖边找到善信和尚时，他还处于入定的境界，蛛网挂满他的脸上都毫无察觉。章生在他耳边大喊大叫，甚至用手推他，过了好半天，善信和尚才清醒过来。"

"后来呢？"秦姑追问道。

"后来章生就给了他……"看到秦姑头发上落有一根松针她没发现,高山泰上前顺手帮她摘了下来。

秦姑脸一红:"给他甚?"

高山泰说:"给了他这座湖山,还为他修建了传法的寺庙。"

"再后来呢?"秦姑刨根问底。

"后来的事,我在舍身崖不是告诉你了嘛。"

"额不是问章生和他老婆的事,额是问那个善信和尚后来怎么样了?"

看着秦姑一副秋菊打官司讨说法的倔强劲,高山泰心里泛起一种莫名的喜爱。他续着前面的话说:"过后,善信和尚暗暗告诉神龙:我先前许下诺言,愿意以肉身替牲口求雨,使你没有享受到祭品,现在我用我的身体作祭品,你可以享用我的肉。说着,善信和尚举刀砍断自己的双脚。"

"额的个娘啊!"秦姑双手捂面。

见秦姑吓得面如土色,高山泰连连摆手说:"算了算了,我不讲了。"

"不行,拉屎要拉尽,说话要说完!"秦姑不依不饶。

高山泰见自己的故事吸引住了秦姑,心里偷乐,越说越来劲:"奇怪的是,善信和尚砍断自己的双脚,流出的血不是殷红的,而是白色的。善信和尚就这样神态安然地去世了。后来当地人用他的双脚镇守山门保佑湖山。善信和尚的脚一直没有改变颜色,信众称他的脚为'佛足'。当地官员把善信和尚的事迹上报给朝廷,皇帝鉴于他的事迹,赐他封号为'慈忍',还专给寺院题名'幽济'。"

高山泰讲一路,秦姑听一路,不知不觉,他俩又转回到了舍身崖。秦姑还缠着高山泰继续讲。高山泰说湖山上的故事还多着呢,哪是一早上讲得完的,日后慢慢讲给你听。

吃罢早饭,高山泰叫秦姑就待在食堂别出去乱跑,他去台里一趟。

高山泰揣着秦姑的事,一进台里,立刻把两个副台长找到他的办公室商量。两个副台长,一个叫顾祥喜,四十出头,一个叫曾尤恭,不到四十。俩人跟高山泰一样,都是学机电和无线电的工科男。顾祥喜是九十年代上的山,曾尤恭是2000年以后上的山,他们都是高山泰一手带出来的,也是他一手提拔起来的。高山泰在他们眼里,既是师傅又是领导,所以,俩人对高山泰言听计从。顾祥喜踏实肯干、兢兢业业,为人本分不事张扬,嘴上讲的和心里想的,就跟电视的声音图像一样,完全同步。曾尤恭机敏,鬼点子多,就是天下男人身上那点坏毛病,他样样都有。无线台不像机关，有事在会议室正襟危坐地开会，无线台不能离人，二十四小时都得有人值班，既不分上下班，也没有节假日，全台的职工加在一起三十来号，在岗就去了一半，想把人聚在一起，锣齐鼓不齐，根本没法开会。所以，有事几个人找在一起商量商量就定了，这也是机关跟基层的区别。

学工科的思维、讲话都很线性不会绕弯。两个副台长在他面前落座，高山泰开门见山就把秦姑的事摊在了台面，他问接下来怎么办？

曾尤恭不假思索地说："她要寻死觅活的，关我们什么事？救她一命已经实行人道主义了，还能怎么着？轰她下山不得了！"

顾祥喜担心地说："她是不是完全放弃了寻死的念头？人命关天，要不我们打110报警，让警察来处理吧！"

高山泰听了他俩的话没有吱声，按他俩的话去做，他觉得过于简单了。尤其是从昨天事情发生，到今天早晨他与秦姑的接触，他不愿就这么不负责任地把她打发了，为什么？是不放心还是不舍，他一时半会也说不出来，也许就是一种本能的感觉。

高山泰心里在为秦姑寻找着留下来的理由，他真像那个名导接受采访时那样，望着天，眨巴着眼，末了嘴里嚎着鱼刺说："事情就在我们家门口发生的，我们也介入进来了。"高山泰把无线台和他俩都拽了进来。"如果就这样草率行事，她要是依然不回心转意，继续跳崖或上吊寻死，那我们不是草菅了人命吗！"看他俩张口结舌望着自己，高山泰进而分析道："她已经死了丈夫和儿子，家已没了，可以说是无家可归，你要她回哪儿去？"

曾尤恭喃喃说："可我们这里也不是收容所啊！弄个来历不明的女人留在台里，上面问起来，我们怎么交代？"

顾祥喜出主意说："要不，我们帮她联系联系，看有没有地方能接收她？"

曾尤恭赶紧补充说："对，比如民政部门收容所之类的地方。"

顾祥喜打破说："收容制度都改革了，现在哪还有什么收容所！"

高山泰听了不置可否，慢吞吞地说："要不这样，我再去问问她，看看她有没有别的去处再说。"见顾祥喜和曾尤恭都没表示反对，高山泰起身说："我这就去问问她。"

出来之前，高山泰还不忘在台里台外巡视一遍。无线台依晨钟峰险峻的地势而建，一边是空灵的悬崖峭壁，一边是树木繁茂的山体，站房和悬崖之间，有一条水泥路，整个无线台就像一条逼仄的长廊，门口有两扇铁门，台里还养了一条看门的狗，不论白天晚上，只要生人拢边，台里狗就会发出警示的低鸣和吼叫，比雇人看门要安全经济得多。

高山泰依次先到配电房，这里是无线台的心脏，看供电正常，运转无误，他又一路查询到顶头的机房，他询问值守员有无异常情况，又查看每台发射机的面板指示，看到电视屏上几套播出的节目信号也很正常，这才放心出了无线台。出门时，熟络的狗，摇头摆尾像个孩儿似的紧跟了过来，高山泰只是回头弹指，狗顺从地回到原处蹲了下去。

高山泰跨进食堂，径直到右边的屋子一看，屋里没人。他又拐到左边的厨房进去一看也没人。出来走到饭厅，空荡荡的连根人毛都没有。嗳，才几句话的工夫，秦姑跑哪儿去了？高山泰心里一紧，莫不是趁没人，一个人又摸到舍身崖去了？刚才出大门，没顾得上往舍身崖边上看看。他后悔不该大意，该派个人看着她。高山泰一跺脚喊了声："秦姑！"听到有人嗳了一声，声音是从储藏室发出的。

高山泰快步进储藏间一看，只见秦姑一个人蹲在地上，像看稀奇宝贝似的，挨个翻看堆放的麻袋、坛坛罐罐。"你在这里干什么？"高山泰俯身问。

秦姑也不搭理，而是专注地拿着一个坛盖，愣神地嗅着从坛子里冒出的浓烈香味问道："这是甚菜？怎么有一种特别的香味？"

高山泰俯身一看说："这是岩花菜。"

秦姑问："额怎么没见过？"

高山泰解释说：它生长在岩石中间，形状像菠菜，但叶子是圆形的，正面是青色，背面是红色。用它做成腌菜，味道可香了！冬天山上没菜吃的时候，就指着它们。高山泰见秦姑对山货很感兴趣，又依次给她介绍了石发、蕨菜、夜合、山药、玉环、萱草、羊肚、黄丝菌、鹿茸等等。高山泰自己也搞不明白，为什么对一个即将离去的女人，介绍起家藏来如此上心，就像往后要在一起过日子似的。

从储藏室出来，秦姑还意犹未尽地说："山上一年四季有这么多吃的东西，你们吃菜都不用花钱了。"

高山泰说："那哪儿能？这些野菜山货，只能大雪封山、淡季青黄不接时用来救急，平时只是偶尔调节调节口味。"

秦姑感同身受道："跟额们那里早年穷的时候一样，屋顶挂刀腊肉得管一年，每天炒菜，拿张肉皮在锅里蹭两下，能闻到油腥味就不错了，一年到头别说吃肉，就是吃不上饭和菜的日子也有！"

高山泰说："苦日子谁没过过。"

秦姑不信："山上还会缺吃少穿？比额们农民还穷？"

高山泰说："切！你不信？我八十年代上的山，那时还凭票供应，连饭吃不饱的日子都有，还谈吃菜！听老职工说，七十年代刚建台那会，台里就三五个人，没有车，从施工材料到吃穿用品，统统靠人沿着羊肠小道，像雀鸟筑巢，一点点往山上衔。整个冬天，山上就靠一口咸菜过日子。当然，现在比过去好过多了。"

秦姑还比拼说："再苦，你们还有粮吃。听上辈人说，额们粮食绝收那年，田鼠、树皮都吃！"

高山泰换了苦法说："你们再苦，还有个老婆孩子热炕头，山上多少年都见不到一个女的，连只母鸡恨不得都多看两眼。"

秦姑听到这话，忍不住扑哧一笑："没出息！"

高山泰让秦姑把摸了山货的手洗洗，说有话跟她说。秦姑洗了手，往身上蹭了两下算是擦过。两人进到屋子，高山泰让秦姑坐在床上，自己拖出条桌下的方凳坐下。秦姑见高山泰这么郑重其事，不知道他要跟自己说什么，拿眼望着他。

高山泰尽量放缓声音问："接下来你打算去哪里？"秦姑离开湖山是肯定的，至于下山去哪儿，高山泰无从知晓。

高山泰满以为秦姑已有打算，会正面回答要去哪儿。谁知，秦姑只是茫然摇摇头，垂下眼帘。

高山泰纳闷，是她没想好，还是不打算告诉自己？既然你不告诉我地方，我问问时间总可以吧："你几时动身？"没想到听到高山泰这一问，秦姑的眼泪夺眶而出，她咬紧嘴唇，忍着不哭出来。高山泰顿时傻了，难道自己问错了？他猛然察觉到，刚才那句话太鲁莽，问秦姑几时动身，那不等于撵她走吗？高山泰赶紧摆手说："我不是要撵你走的意思啊！"看到秦姑的泪珠像树上的榛果一粒粒滚落下来，高山泰手足无措。他赶紧跑到饭厅，从桌上抽了几张纸巾，返回递到秦姑，示意她擦擦眼泪。

秦姑接过纸巾擦擦泪眼，稳了稳神开口道："额没地儿去。"

高山泰一惊，没地儿去？脱口道："你可以回家啊！"

秦姑抬起泪眼说："家没了。接到男人和娃儿的死讯，额就变卖了家，只想一心来这里寻死，跟他们爷俩团聚。"秦姑哭出声来。

高山泰出去饭厅，索性把桌上的纸巾盒拿进来，放到秦姑旁边。等秦姑缓过劲来，他接着问："你娘家呢？"

秦姑抽泣着说："从小，额娘就带着额改嫁出来，额出嫁几年，娘就病死了，哪还有娘家。"

高山泰心里像压着一座湖山，沉甸甸的，他万万没有想到秦姑的身世这么悲催。高山泰一下联想到命同纸薄的林黛玉，但马上他又推翻了，林黛玉是闺秀，秦姑是村姑，哪有可比性呢？立刻，高山泰又给自己找到一个可比的地方，不管怎么说，秦姑和林黛玉一样，既没有娘家，也没有夫家，林黛玉末了寄人篱下，可秦姑寄在哪儿？高山泰勒住信马由缰的思绪，集中精力考虑眼前的事。自己救下了秦姑，以为救人一命胜造七级浮屠，没想到，却如同火中取栗，握着一个烫手的山芋。他紧蹙着眉，不知该把这个秦姑怎么办才好。一向遇山开道、遇河架桥的他，此时，完全没了主意。送走，没有地方；留住，没有理由。左思右想，高山泰决定先稳住秦姑再说。他展开眉头，平心静气地说："不急不急，你先在这里待着，反正吃的住的都是现成的，以后的事以后再说。"他怕秦姑出去乱跑，叮嘱说："饭厅有电视，你可以看看电视，要是闲得慌，也可以搭把手帮帮厨。我到台里去一趟。"

高山泰出来，似乎有了主意。

他重新把两个副手叫到他的办公室，他俩一见高山泰面带轻松的表情，以为他问出了个子丑寅卯，异口同声地问：问到什么了？高山泰说什么都没问到。他俩奇怪，怎么会什么都没问到呢？高山泰把秦姑的情况又讲给他俩听，他俩都觉得秦姑就像当下社会上一个摔倒在面前的老人，走也不是，扶也不是。

曾尤恭快刀斩乱麻地说："我看还是报警，让警察来处理这事合适。"

高山泰问："警察把她往哪儿送？"

曾尤恭说："那是警察的事，我们哪管得着！"

顾祥喜建议："要不我们跟她家乡取得联系，让他们来安置她？"

高山泰鼻子一哼："家乡？总得有个部门吧，找谁？"

顾祥喜和曾尤恭又左一个建议、右一个想法，都被高山泰一一驳了回去。该拿的主意、该想到的办法，他俩都拿了、想了，曾尤恭隐约感觉到高山泰心里有想法，就是不肯端到桌面上来，就试探着说：干脆你拿个主意吧！顾祥喜附和着说：对，你说咋办就咋办！

高山泰听他俩一说，知道火候已到，是揭盖子的时候了。他脸上隐着笑说："主意我倒是有一个。"曾尤恭心想，既然有主意，何必费劲跟我们兜圈子，别说我们，台里上上下下，你说什么不是一言九鼎。高山泰卖了个关子说："我这主意也是瞌睡遇到枕头，两好合一好。"顾祥喜和曾尤恭不知道高山泰肚子里藏着什么灵丹妙药，静等着他的下文。高山泰这才脱口道："秦姑的情况你们都清楚了，咱们救人救到底。"高山泰又把他俩搭上说："既然是送不走神，咱们就把神留下。"高山泰停下来，观察他俩的反应。果然，高山泰的话，完全出乎他俩的预料。

　　曾尤恭惊张道："留台里，搁哪儿？台里连闲人都免进，哪能让个不明不白的人待在台里，出了问题谁负得起这个责！"

　　顾祥喜提醒道："台里一个萝卜一个坑，都是定岗定责定人的，留着她干什么用？"

　　高山泰摆摆手，胸有成竹地说："这些你们都不用担心，我考虑来考虑去，食堂做饭的师傅家里有事，不是提出不干下山了吗？这几天，都是我们台里职工轮流做饭，山上正愁缺个做饭的。我注意观察了下，发现这个秦姑心灵手巧，要是会做饭，留她在山上做饭，这样既解决了她的安置问题，也解决了我们的厨子问题，这不是两好合一好吗！"

　　嘿，好主意！顾祥喜和曾尤恭听了，异口同声叫好。事情就这样定下来了。顾祥喜问这事要不要向上报一报，高山泰拦住说不用，雇个临时工有什么好报的，你看局机关不也从二级单位借人，他们向谁报过？事情就这么敲定了。

　　高山泰迫不及待赶回食堂，进门一看，秦姑不在屋里，听到厨房有声响，过去一看，厨房里热气腾腾，秦姑和那个代厨的职工，正热火朝天地忙活着。那个职工见高山泰，竖起拇指地夸道：高台，你从哪淘来这个宝贝，真能干！择菜、洗菜，手脚麻利着呢，刀法也不错。职工指着碗里：你看她切的肉，条是条、块是块的。秦姑抬手擦了擦额头沁出的汗珠，兴奋地回应说：几十个人的饭算甚，就是几十桌婚丧酒席，额一个人也拿得下来。高山泰就势问那个职工：往后就让她留下来给咱们做饭，你们同不同意？那个职工高兴地说：那我们求之不得啊！有专人做饭，我们可是解放了，你说我们这些搞技术的，成天围着灶台转，完全是不务正业嘛！高山泰笑着揶揄道：搞技术的咋了？你以为你是发电机，只喝油不吃饭，台里不正在想办法吗。这样，你把柴米油盐跟她交代交代，晚饭让她试着做一顿。真的？那个职工高兴得一把拽下围裙往上一抛，高兴叫道：解放啰！

高山泰附着秦姑低声鼓励道：把你拿手的都亮出来给他们看看。秦姑抿嘴一笑，也不答话。

四

一下午，秦姑就猫在厨房里没出来。她果然没有辜负高山泰的期望，晚饭端出四样菜：一个冬瓜焖圆子，圆子用油炸过再烩，冬瓜白，圆子红，看上去相得益彰；一个乱炖，滚刀土豆加白菜，土豆糊而不散，白菜脆溜爽口，说是乱炖，实际是先分而治之，再合制而成；一个青椒斩蛋，青椒成条状过火吸油起锅，再将鸡蛋在油锅里摊成饼状，待蛋饼两面酥黄，再将青椒下锅，与鸡蛋合成，吃起来外焦里嫩；再一个是酥肉，肉取的是里脊肉，抹上生粉、浸过酱油，给少许的糖，过油锅，待肉色由红变黄迅速起锅，与配菜和作料再烧，不仅色泽好看，而且进口油而不腻。

吃晚饭的时候，职工们围着四个菜瞠目结舌、垂涎三尺，秦姑要给大家打菜，硬是被职工们拦住，嚷着等高山泰来剪彩。

高山泰晚来一步，老远听到食堂里吵吵嚷嚷热闹非凡，不知道发生了什么事。等他快步进来一看，见职工们把秦姑围在中间，秦姑腰间扎着围裙，手里握着一把勺子，脸上灿烂得像山上的杜鹃花。再看秦姑面前盆子里的几样菜，不禁眼睛一亮。原指望秦姑能生的煮熟、做个简单的家常便饭就不错了，没想到她还有餐馆厨子的手艺，随便端出几个菜，让人赞不绝口、推崇备至。大家起哄要高山泰剪彩，高山泰笑着说：剪哪门子彩啊！她要是顿顿变着花样，我还天天别把剪刀来吃饭啊？食堂里笑声爆棚。

职工们打好饭，坐在饭厅里，一边津津有味地吃着，一边夸赞秦姑的厨艺。小周悄悄撬开啤酒，跟几个同桌的偷喝着。要是往常，高山泰会制止，有倒班任务的一般不喝酒，可今天，高山泰装着没有看到。其实，他的心情跟小周他们一样，不过，他只能偷着乐。见饭厅里坐满了人，个个吃得津津有味，唯独不见秦姑的人。高山泰进厨房一看，见秦姑端着碗，一个人坐在矮凳上闷头吃着。高山泰说：怎么不出来跟大家伙一起吃啊？秦姑莞尔一笑说：额是个做饭的，就在这儿吃挺好的，额们那儿女人吃饭都是不能上桌的。高山泰说：哪儿的话？女人咋了，还低人一等？你看台里女职工，哪个不上桌吃饭？你现在也是我们当中的一员了，走，出去上桌，堂堂正正跟大家伙一起吃！说着，高山泰上前去拽秦姑的胳膊，秦姑只得起身，端着碗小心翼翼跟高山泰来到饭厅。

高山泰让秦姑跟他坐在一张桌上，刚扒了两口，高山泰用筷子指着盘子里的菜笑问道："你这手艺在哪儿学的？"

秦姑回说："老家啊！"

高山泰问："这全是你们的家乡菜？"

秦姑回说："嗯。这是额们陕南有名的'八大碗'，额今天只做了四个。"

高山泰笑问："那还有四个呢？"

秦姑把嘴里的东西咽下去，略显不悦地说："咋，四个还不够你吃？额们那里吃酒席才上'八大碗'呢！"

高山泰并没有留意秦姑的神情，继续情绪高昂地说："那我们今晚算是半个酒席了。嗳，你怎么想到要给我们做你们那里的'八大碗'呢？"

秦姑小声嗔怪道："不是你要额亮出拿手的吗？'八大碗'就是额最拿手的了！"

吃完晚饭，大家陆续离开了食堂，秦姑一个人在厨房里拾掇，高山泰拖到最后一个，见食堂再没有别的人，才摸进厨房。刚才当着大家面没有说的话，高山泰现在可以对秦姑说了。

"你的事定了。"高山泰的话既兴奋又带有几分神秘。

"额的甚事？"秦姑停住手里的活，一头雾水地望着他。

"留在山上的事啊！"

"把额留在山上做甚？"

"做饭啊！"

"给你们做饭？"

"嗯！"见秦姑木然望着自己，高山泰问："怎么，不愿意啊？"

"你们愿意收留额？！"秦姑感到意外。

"嗳，不叫收留，叫聘用。"高山泰纠正道。

秦姑环顾厨房，不敢相信地问："额以后就在这儿给你们做饭？！"

"对！"高山泰像对自己职工那样说，"这里，以后就是你的工作岗位了。"

"太好了！额有吃住的地方了！"秦姑高兴得丢掉手里的活，激动得一步扑到高山泰身上，忘情地搂了他一下。

高山泰像根钉子钉在那里，秦姑刚才一扑一搂，就像在他身上过电，肯定麻着他了。高山泰瞬间失忆，眨巴眨巴眼睛，好不容易才把意识唤了回来。

秦姑只顾憧憬自己，根本没有顾及高山泰的表情，她知道高山泰是台里最大的官，自己今后留在山上做饭，就也归他管了。她忍不住问："是不是今后，额就是你的人了？"

"什么我的人？"高山泰回过神来。

"不、不，额是说，是你们的人。"秦姑连忙改口。

"你不是哪个的人，是台里聘用的临时工。"高山泰又纠正她的话。

"那跟额们村里出来打工的一样不？他们都是包吃包住，年底结算工钱。"秦姑继续浮想联翩。

高山泰不知如何回答她，就转移话题说："先别想那么多，安营扎寨再说。那间屋子就归你了，忙完了把屋子收拾收拾。你随身什么都没带，回头到我那里拿些洗漱用品，我都现成的。"

秦姑问："你住哪儿？"

高山泰说："倒班楼啊。"

秦姑记起来了，早上跟高山泰散步时，他指给自己看过，但一想到夜里山上黑咕隆咚什么都看不见，还有豺狗出没，秦姑胆怯地说："额怕。"

秦姑不喊怕，高山泰还忘了这茬，夜里她一个人是不敢到山上乱跑的，就说："那你现在跟我走一趟，回头再收拾。"

秦姑赶紧抓起围裙胡乱擦了几下，一把扯下来就手扔在灶台上，跟着高山泰出了门。

湖山"盆地"上，除无线台、食堂、倒班楼三处有亮光，其余地方伸手不见五指。高山泰打着电筒走在头里，秦姑像条怕跟丢了的狗，紧紧撵在他屁股后头。刚入秋，白天太阳地底下，身上还感到灼热，一到夜里，秋风疾驰穿膛而过，五脏六腑都紧缩一团，白天夜晚、山上山下，气温要相差好几度。白天要找阴地躲，晚上要抓被子捂。秦姑缩着头，下意识抓住衣裳裹紧自己。走着，忽然一根断落的枯枝，正好打在秦姑的头上，吓得秦姑啊的尖叫一声，收住脚战战兢兢往树上瞅。高山泰回过身，用电筒往树上照了照，调侃道："连树枝都欺生，你看，它只砸你不砸我。"秦姑忍不住一笑，放松下来。

倒班楼是栋三层的楼房，中间门进去，左右各有四间房。高山泰把秦姑带到二楼右边尽头的一间房，他打开房门就手打开灯。

秦姑跟进屋，迎面一股潮湿的霉味，她下意识地用手捂住鼻子。秦姑四下一看，房间不大，也就十几平方米，进门旁边有个卫生间，对着门有一扇对开的窗户，房里有一张床、一个床头柜，窗下有一张办公桌、一把靠背椅，对着床的墙上挂着一个超薄的平板电视。秦姑很新奇，她还是第一次看见把电视挂在墙上的。她把头贴在墙上，往电视后面想看个究竟，结果什么也没有。她奇怪地问："你这电视咋不带屁股？"

高山泰问："带啥屁股？"

秦姑说："额们家里的电视后面都撅着个屁股，你这咋没有？还薄得跟画似的，可以挂在墙上。"

高山泰一听明白了，笑着说："你说带屁股的电视是CRT。"

"甚叫CRT？"秦姑一头雾水。

"CRT就是显像管电视，现在都改成液晶电视了，所以就薄了轻了，自然可以挂在墙上，既好看又不占地方。"高山泰就手打开遥控器，不一会儿，电视屏幕上闪现出五颜六色的画面，他随手转换出好几个频道。

秦姑看着好不羡慕，说："额们村里的电视，只能看一两个频道，电视里还老是下雨下雪的，不是没影就是没声。"

高山泰问："你们看的是开路电视吧？"

秦姑问："甚叫'开路电视'？"

高山泰想起他在发射塔下跟秦姑谈及过，就说："开路电视就是我跟你说过的从空中接收信号。你们接收不好，多半是处在信号覆盖区域的边缘，或者是信号传输中受到干扰，衰减或丢失，所以才会出现你说的这种情况。"

秦姑问："你这里电视咋这清楚呢？"

高山泰说："我这里是有线电视。"

秦姑纳闷地问："甚叫'有线电视'？"

高山泰又解释说："有线电视是通过光纤光缆直接插入电视传输的，信号不受外界干扰，当然就完整清晰了。"

秦姑眨巴眨巴眼问："电视是不是和电话一样，有带绳的座机和不带绳的手机？"

高山泰点头说对啊，接着又纳闷地问："实行广播电视村村通工程好些年了，光缆进村，光纤入户，你们那里没有通有线电视？"

经高山泰一说，秦姑想起来了，说："前两年就有人走村串户，往各家各户扯线，说是要通有线电视，可村民不让进屋。"

高山泰问："为什么？"

秦姑说："要收费啊，那谁愿意！原先看电视都不兴收费，如今看电视咋就收费了呢？再说，村里年轻人都外出打工，家里尽是老人、娃儿，看不看电视无所谓，过去没电视那会儿，还不是照样过日子。"

高山泰说："有线电视节目多，想看什么不想看什么选择性强，就跟吃饭一样，以前就一两个菜，现在有一大桌菜。"

秦姑说："菜是多了，可也得自己掏钱啊。"

高山泰说："一年的收视费百十块钱，一个月才不到一盒烟钱。除了贫困户，现在谁家还出不起这几个钱。"

秦姑说："问题是从前看电视都是不用掏腰包的，哪有看新闻、广告还收费的？"

高山泰说："不还有电影、电视剧，好些个娱乐节目嘛。"

秦姑说："拉倒吧，那都是插在新闻和广告里面的还说不准谁长谁短呢！"

高山泰问："那电话、手机收话费，农民咋没意见呢？"

秦姑振振有词说："管它带绳不带绳的电话，人家一出来就是收费的，哪像你们，白看几十年都过去了，看人家打电话收费心里痒痒，也跟着收费，农民当然不愿意了！再说，打电话就两个人的事，说完就挂了，电视上可好，一会一个广告，你们收钱，还让农民出钱，农民傻啊！"

高山泰顿时无语，不知道这是看电视人的悲哀，还是搞电视人的悲哀。

秦姑看到桌上、书架上、床上堆的、趴的满处是书，床上的被子胡乱摊着，枕头上也散落着头发，桌上、地上铺着一层灰，一看，高山泰就是个要多将就就多将就的人，而且身边没个女人帮他打理。秦姑想动手帮他收捡，又怕高山泰难堪，就打住了。高山泰让她坐，秦姑不知屁股该往哪儿搁。高山泰见她原地不动，就手拖出椅子，秦姑一看椅子也是灰尘蒙蒙，但只好闭着眼坐了下来。

高山泰开始给秦姑找洗漱用品。突然，秦姑不断嗅着鼻子说："屋里好像有一股怪味。"高山泰随口说霉味。秦姑说："好像是从甚东西上发出来的？"说着，就手摸了一把床单，发现确实带着潮，再翻开垫褥一闻，果然一股刺鼻的霉味。秦姑赶紧说："睡在这上面，还不把身子骨睡坏了！"

高山泰边翻东西边说："山上雾大潮气也大，东西容易生霉。不光衣裳晾不干，过去睡木板床，连床垫、木板都是湿漉漉的，只要出太阳，就跟吹了冲锋号似的，大家都抱着被褥赶紧往太阳地里跑，争分夺秒地晒被子。多年在山上的老职工不是喊肩疼、腰疼，就是喊腿疼。只要天阴下雨，我这腰就疼得像要断了似的。"

秦姑问："那你们也不想想办法？"

高山泰："能想的办法都想到了。过去木板床，现在改成钢架床了，为了离地面远点，倒班楼的一楼都不住人，只作健身室、娱乐室，二楼、三楼作宿舍。"

秦姑原以为山上过的都是神仙过的日子，没想到生活条件这样恶劣，心里不免一阵震颤。她无意识地瞟了一眼床上、书架上的书，她虽然文化不高，但好歹也念过几年书。从书皮上，她发现高山泰读的书五花八门，除了无线电专业之类的书，什么经济的、政治的、哲学的、历史的、文化的，还有做饭的、种花的、养狗的、治病的，甚至连做木匠活的书都有。秦姑心里好笑，简直比村里"农家书屋"的书还全。秦姑起身帮他把摊在床上的书收捡起来，发现书架上满满当当，根本放不下，她两手托着书，不知该往哪儿搁。

高山泰抱着一摞洗漱用品过来，见秦姑两手托着书不知往哪搁，赶紧说："快放下，没事你动它干什么？"

秦姑说："床上尽是书，睡在上面也不嫌硌着慌。"

高山泰把洗漱用品放在桌子上，接过秦姑手里的书，又重新把书丢回到床上笑道："没处放就跟我一起躺在床上，睡不着我看它们，睡着了它们看我。"

秦姑头回看到爱书的人对书这么亲近，就跟自己女人似的，睡在一张床上。虽然她不知道什么"书中自有黄金屋""书中自有颜如玉"之类的道理，但她知道旧的不去新的不来。就像家里过日子，该扔掉的扔掉，该添置的添置。她不解地说："看过的书，还留着它干甚，也不嫌占地方？"

高山泰笑道："看过的书还可以再看，温故知新。就像穿过的衣裳，洗了还要穿一样，没人说把穿过的衣裳都扔掉吧！"

秦姑说："旧的可以留着，可没听说谁家把破衣裳拿来压箱底啊！"说着，秦姑指着书架上说："还有相同的书留一本就够了，还弄几本，还嫌不占地方？"

"哪有相同的书？"高山泰眼睛四处寻找。

"喏，那不是！"秦姑指着书架中间的几本封皮一样的书说。高山泰不知道她指的是哪几本书。秦姑伸手抽出来递给他说："这不！"

高山泰一看乐了："这是一套书，"他把书摊开，指着每本书皮的数字说："你没看它分一、二、三。"

秦姑脸一红，觉得自己出了个洋相，但马上好奇地问："甚书，还得分好几集？"

高山泰说："这是一个英国人写的，《第三帝国的兴亡》，写纳粹德国历史的。"

秦姑好奇，拿到手里翻看，发现书里有好些战争的照片，就说："好像都是说打仗的事。"

高山泰说："是讲德国纳粹上台，发动二次世界大战的事。"

秦姑马上问："是不是跟日本侵略中国一样？"

高山泰夸她："你还知道得不少嘛！"

秦姑拿眼横他说："电视上老放打鬼子的电视剧，看多了就知道了。"接着，秦姑补充说，"日本鬼子可坏了！我看电视上，他们还拿活人做实验，祸害了不少中国人。"

高山泰说："德国纳粹跟日本人一样，也拿活人做实验。"

"真的？"秦姑瞪大眼。

"当然是真的。"高山泰把书翻到一处，指给秦姑看。

"他们做甚实验？"秦姑好奇地问。

高山泰说："他们进攻苏联，苏联比德国冷，很多士兵都被冻伤了，德国人就寻找在零下几十度的高寒下，让冻伤士兵最快恢复的方法。"

"吃药、打针，再不多盖几床被子？"秦姑猜想着说。见高山泰摇头，秦姑问："那用甚办法？"

高山泰摇头说："你再猜。"

秦姑想了会儿说："该不会放进澡堂子里，用热水泡吧？"

高山泰："冻坏的身子用热水泡，那还不断胳膊断腿啊。"

秦姑问："那还有甚好法子？"

高山泰嘿嘿一笑说："最好的方法往往就是最简单的方法。你说的方法他们都试过，甚至更多的方法都试过，但都不是最快的方法。"

秦姑问："那最快的方法是甚？"

高山泰说："人体。"

秦姑惊讶："人体？"

高山泰说："对，就是抱团取暖。"

秦姑好笑："这法子还用试，找两个人抱在一起不就得了。"

高山泰一本正经地说:"嗳,可不是你想的那么简单。"

秦姑问:"那还能咋的?"

高山泰说:"他们把苏联战俘赤身裸体,放到冰天雪地里冻得奄奄一息,再拖回牢房,让同样赤身裸体的苏联女人用身体为冻伤的战俘暖身。战俘通过对方的体温慢慢恢复知觉,当他接触异性的身体,一旦有了知觉,就会唤起性意识,战俘本能地跟女人发生关系,通过做爱,神经迅速亢奋,身上血流加快,人体恢复比任何药物治疗都快。"

秦姑听着发臊,觉得太离奇了,说:"你瞎编的吧?"

高山泰说:"怎么是我瞎编?书上明明写着。"说着,把书翻给她看。

秦姑好奇,忍不住凑到跟前,高山泰一字一句读给她听、指给她看。突然,高山泰用手挠了挠脸,秦姑一瞟眼,发现俩人挨得太近,自己的发梢摩挲到高山泰的脸上,难怪他脸发痒用手去挠。秦姑不觉脸一红,头往旁边一侧。高山泰没有察觉秦姑细微的变化,继续一字一句对书念着,可秦姑已经分神了,一句也没听进去。

秦姑捧着一堆洗漱用品出来,高山泰知道她害怕,又把秦姑送回食堂。走到门口,高山泰掏出事先准备好的两千块钱塞给秦姑,让她明天跟车下山进城一趟,买两身里外换洗的衣裳和床上用品。秦姑推辞不要,说还没开工呢,哪能先拿钱,等月底发工钱再置办也不迟。高山泰说身上没个换洗哪行,床上的铺盖人家用过,有日子没换了,万一染上病怎么办,执意把钱塞进她兜里。秦姑说这钱是你的,额怎么好意思拿。高山泰说今后就在一个锅里吃饭,还分什么你我。

晚上,躺在被子里,听到外边柔弱的树叶被呼啸的山风戏谑得一片哗然,蝉虫却不为所动地怡然自鸣,秦姑好像领会到一点山上的灵动。她想到自己万念俱灰,上山来寻死,没想到却鬼使神差地留在了湖山,难道这是天意?是自己跟湖山有缘?她又想到搭救自己、又设法留住自己、还塞钱给自己的高山泰,一副石刻冰雕的长相,才一天一夜,怎么陡然变得和蔼可亲起来?她无法想象这样的男人怎么跟自己联系在了一起?到底是老天把自己打发到他跟前,还是老天安排他在自己身边?秦姑是信命的,真要是命中注定的事,自己无法抗拒。她猛然想起高山泰刚才跟她读人体实验那段书时,自己的头发触到他脸上的事,又想到他说今后在一个锅里吃饭的话,再往后呢,不知道他俩之间还会发生什么?秦姑怎么突然幻想到自己就是书上赤身裸体的苏联女人,高山泰就是那个被冻伤的士兵,俩人正在抱团取暖。想着想着，秦姑身子一阵燥热，心里仿佛有一群鸡娃儿活蹦乱跳，她一把扯起被子盖住脸。

高山泰躺在被子里同样也难以入睡。山上那点动静，他早已熟悉，根本惊扰不了他的思绪。他似乎闻到一股陌生的味道，他猛然睁开眼睛，使劲嗅了几下，不知道这股味道是哪儿来的？怎么会跑到他屋里？难道是秦姑身上滞留的体味？高山泰不敢相信，又由不得他不信，他努力回想着。昨天救秦姑，躺在她身上，太紧张没来得及感受，后来跟她在一起，几乎都在说事，也没有留意她身上的气味，而她身上确确实实散发着一种女人的体味，而且就弥留在他房里。高山泰尽情地吮吸着、享受着。秦姑的出现，给他生活投来一道光亮，让他本已枯萎麻木的情感世界，突然萌动出点点新绿。秦姑就像一个影子，出现在他的身前身后，让他走神、牵挂。反刍着秦姑的体味，浮想着秦姑诱人的曲线，高山泰的手又情不自禁地伸进裤裆，但他还是理智地说服自己把手抽了回来：不行，昨天刚自摸过，书上说过，男人那玩意儿，不用则退，用过则废，毕竟将近六十的人了，更要节制。

早上起来，高山泰在湖山转了一圈，踩着点去吃早饭，山下的班车也刚到。职工们陆陆续续下车走进食堂，下夜班的人也从台里出来汇集到食堂，高山泰夹在人群中进了食堂。

饭厅又吵吵嚷嚷，延续着昨天晚饭的热闹。高山泰没想过稀饭、馒头、咸菜老三样的早饭，到了秦姑手里还能变出什么花样来。到饭厅一看，只见职工端着的碗里是酸菜手擀面，满屋飘散着油泼辣子的香味，大家一边呼啦啦地吃着还一边夸道：够味！够味！这时，秦姑又从厨房端出一锅来，嘴里还大声嚷道：放开肚子吃啊，管够！

高山泰到厨房一看，还有好多手擀面放在面板上没有下锅，就问都是你一早擀出来的？秦姑嗯了声。接着又问：酸菜手擀面也是你们那里的特色？秦姑回答说是。她一甩手告诉高山泰：额们那里面有五十多种吃法。高山泰不知是心疼还是不懂，说把面一锅煮出来那多省事？秦姑笑：吃多少煮多少，这样面不会稠汤黏在一起，吃起来才有嚼劲。秦姑给高山泰挑了一大碗，又在碗里放了些油泼辣子，端给他说：多吃油泼辣子祛湿。挨近秦姑的瞬间，高山泰用鼻子嗅了嗅，他想确定，秦姑身上是否真的能散发出体味，而且就是滞留在他屋里的味道。

吃完早饭，高山泰临出门提醒秦姑，司机在外边等她下山进城。秦姑怕耽搁做饭，高山泰说不会，开车下山顶多十几分钟，加上进城买东西，来回也就个把多钟头。

高山泰出来又跟司机交代，进城不要去什么品牌店，直接把车开到街角的平价商店。

秦姑上湖山是一路爬上来的，没有注意路况。现在坐着车下山，她发现车道不仅凸凹不平曲里拐弯，而且路面狭窄，很多地方只能走一辆车，要是对面来辆车，还得找个宽敞的地方，才能错过去。秦姑问司机遇到对面来车怎么办？司机揪着方向盘说：关键是预判，发现对面有车过来，要观察地形，找个宽敞的地方减速，把车打到边上，对面的车也会减速慢行，双方都看着侧视镜保持距离，蹭两下就过去了。秦姑问司机怕不怕？司机笑道：这有什么好怕的，开了上十年车，一天上下好几趟，要怕也早怕过了，现在闭着眼都能摸上摸下。秦姑赶紧说：你可千万不要闭着眼开啊！司机忍不住直笑，说你只管把心放回肚子里。他怕秦姑还不放心，补充说平时走这条道的，也就我们一家，湖山上就无线台一个单位，路也是我们自己修的，别人没事上山来干什么？真要来的，多半是找死的。秦姑一听，脸都白了，幸亏司机眼睛冲着前面没看见。

金杯牌的面包车一路颠簸，下山拐了几个弯，就进了市区。湖山市处在一个豁口，背靠着湖山，两边是绵延起伏的丘陵，豁口对着的就是平原。湖山市原来只是一个县，后来升格成了地级市。市里的规模、建设和原有的县级市并没有多大改变。除了体量、人口不及大都市，其外表到内容，都是照大都市 Copy 出来的。就拿步行街来说吧，大都市有，这里也有；大都市的步行街有麦当劳、肯德基、必胜客、星巴克，这里的步行街也有；大都市的步行街有世界奢侈品顶级品牌路易威登、香奈儿、阿玛尼，这里的步行街也有。不过也有人爆料，说好些国际品牌，实际都是从省城批发市场进的水货，回来一熨烫，标价后面加几个零，就当精品出售。

秦姑坐在车上一路看着，尽管初来乍到湖山市，但并不感到陌生。他们那里的小县城，跟这里没有什么区别，甚至连城市广场、店铺门口打折甩卖的广告、街上跑的车辆、刷黑的马路、马路中间的隔离栅栏、路口的斑马线、人行天桥等等，都像一只母鸡下的蛋，分不出个两样来。

司机把车停在平价商店门口让秦姑下车，告诉秦姑出来到对面树荫底下找他。

商店刚开门营业，顾客并不多，秦姑走进店内，发现营业面积还挺大的。她环视一周，看卖吃的、穿的、用的什么都有，看得人眼花缭乱。秦姑顺着一溜走过去，别的她什么都不要，专找卖衣裳的柜台，很快找到了，秦姑赶紧拢到柜台前。她先随便买了两套最便宜的内衣内裤，反正穿在里面也不给人看，接着到卖春装的专柜抬眼一看，虽说是平价商店，但各种款式、质地的春装都有。秦姑挑来挑去，不是嫌价钱贵了，就是觉得款式、花色不适合自己。她想找一件老家女人常穿的那种，可怎么也找不着。突然，秦姑想到这是城里，怎么会有乡下女人穿的衣裳卖呢，秦姑哑然失笑。她决定不按老家的习惯挑选，就按自己入眼的买两件。主意已定，秦姑一下瞄准了两件中意的春装，一件是白底，黑红格相间；一件是红底，黑白格相间。秦姑心想：穿着这身走在城里，保准没人认出她是秦巴大山来的！她对自己挑选的衣服很是满意。付了钱，提着营业员递过来的手提袋，离开柜台，看见紧挨着是卖工艺品的。秦姑一眼扫去，发现橱柜里摆放着一尊尊金光灿灿的菩萨像，一下动了心，想到屋里条桌上空空的，正好买一个带回去供着。她一眼看上一个大的，一问价太贵，秦姑吐了吐舌头，没舍得买，就挑了个小一点的陶瓷观音，顺便买了一个香炉，付过钱让营业员包好，小心翼翼捧在手上。

　　秦姑买好东西出来，猛听到鸣笛声，抬头一看，面包车正在对面树荫下等她。秦姑顾不上左右看，快步横穿马路。刚到马路中间，一辆快速直行的小车，嘎吱一声急刹车，几乎撞在秦姑的腰眼上，一下把秦姑的魂吓飞了。只见小车里探出一个脑袋，恶声恶气叫道：死婆子，不要命了！秦姑不敢还嘴，赶紧找回魂，落荒而逃。

　　秦姑一头钻进面包车里。司机笑她：算你命大！过马路怎么也不两边瞅瞅，真要撞上了，责任还你全兜着。秦姑没好意思说过马路没两边看的习惯，只说光顾着过马路了。面包车在市里穿行时，秦姑的心也平静下来，她望着五颜六色的街面和装扮时尚的行人，心想：额要是穿着那件刚买的春装，小车里的人敢骂额是"死婆子"？

　　面包车拐过一个街口，只听秦姑猛然喊停。司机不知道发生了什么事，赶紧把车靠街边停下，问怎么了？秦姑指着街边一家卖丧葬用品的小店说：额去买点东西。司机抬头一看小店门口摆着花圈、店内挂着寿衣，纳闷说你上那儿买什么？他话还没问完，秦姑二话不说，拉开车门下车，直奔小店而去。不一会儿，秦姑手里捧着一包香和一个蒲团回来了。司机一看问：你买这些干什么？秦姑说：还能干甚，供菩萨呗。司机好笑说：湖山哪来的菩萨，你供谁？秦姑举起刚买的观音说：这不，额刚请了一个。

面包车很快拐回到山下的路口。路口停着一辆小车，见面包车过来，小车司机下来，拦住面包车，司机刹住车探头问什么事？小车司机问：上山是不是走这条路？司机点头，接着加油门走在头里，小车尾随其后跟上山来。

一路上，秦姑一面回头看尾随的小车，一面问司机：他们上山干甚来了？司机心不在焉地说：要不来台里办事的，要不就是上山游玩的。秦姑说山上甚都没有，有甚好玩的？司机开玩笑说：那还能干什么？总不会几个贪官约在一块来寻死吧？秦姑一听忍不住说：你嘴真损，就不能说点吉利的！

面包车停在倒班楼前面，秦姑下车，回头一望，后面的小车也停在了"盆地"，从小车上下来三个干部模样的男人。秦姑一惊，莫不会应了司机刚才说的话，真的跟自己一样，是来跳崖寻死的？秦姑盯着他们看，发现他们表情轻松，三个人谈笑风生，一个人还从兜里掏出一张地图，两个人围着他，在图上指指点点，不时抬头东张西望，像是在寻找方向或是什么东西。秦姑问司机他们是些什么人？司机看了一眼小车的牌照说：可能是市直机关的人。秦姑问你怎么看得出来？司机指着车牌说：车牌打"0"起头，后面是小号码，一般是市直机关的车。秦姑看那几个人朝宝藏峰去了，也就进了食堂。不一会儿，烟道里冒出了炊烟，厨房里传出切菜板的声响。

高山泰到省城提设备，天黑才赶回山上。

他一下车，就钻进食堂，进门闻到一股特殊的香味，既不是煤烟味，也不是油烟味，香味是从秦姑的屋里飘出来的。高山泰近前往屋里一看没人，只见靠窗的条桌上，摆放着一尊观音菩萨，观音菩萨面前的香炉里插着三炷香，已燃烧过半，整个屋子氤氲着香味。高山泰低头发现，地上还有一个拜佛的蒲团。

秦姑听到动静，擦着手从厨房出来，进屋看见高山泰愣在那里，喜滋滋地说："这是额今天进城请回来的，怎么样？"

"什么怎么样？"高山泰不知道要他回答什么。

"观音菩萨啊？"秦姑指着说。

高山泰望了观音一眼问："这玩意儿多少钱？"

秦姑本来情绪高涨，高山泰一问，她立刻抱怨说："你别看它是个瓷的，还去了十几块呢！"

高山泰说："你怎么不买个铜铸鎏金的？"

秦姑说："铜铸的好是好，就是太贵了，得好几十块呢！"

高山泰说："既然嫌它不好，还把它请回来干什么？"

秦姑一听，连忙跪在蒲团上，双手合十，嘴里喃喃道："多有得罪！多有得罪！请观音菩萨原谅！阿弥陀佛！"

看着秦姑一副虔诚的样子，高山泰忍不住想笑："瓷的和铜铸的本来就有差别嘛，你怎么得罪它了？"

秦姑起身拦住他说："可不能再乱讲，得罪了菩萨是要遭报应的！"

高山泰打趣道："遭哪个菩萨报应？不管瓷的还是铜的，都开不了口，也动不了手，除非是你这尊菩萨，你该不是菩萨下凡吧？"

秦姑鼻子一哼："山上连座烧香供佛的庙都没有，额要是菩萨下凡，看你们把额供哪儿？"秦姑眼睛在房里一滴溜："就住这屋？"

高山泰瞪着眼说："谁说湖山没有庙，上回不是告诉过你吗？山上不仅有过庙，而且鼎盛时期，湖山上寺庙连寺庙，就跟城里商业街一样，一家店铺挨着一家店铺，四季香火不断。"

秦姑乜斜着眼说："骗额，尽说些没影的事！"

高山泰认真地说："怎么骗你？那些庙宇战乱时期都被烧毁了，不信，哪天我带你到后山看看，还有好些残存的塔陵、碑石呢。"

"真的？"秦姑感觉高山泰不像是在骗她。她看高山泰老站着说话嫌累，叫他坐床上，高山泰一看满床铺盖都是新买的，说在外面跑了一天，身上都是灰土，让秦姑早点歇着，自己回倒班楼去了。

秦姑把高山泰送出门时，还把白天跟她一起上山的三个人的事说给他听。高山泰挥手笑道：我们又不是过去的山大王，"此山是我开，此树是我栽，要想此路过，留下买路财"。谁愿意上山就上山呗，给山上多添点人气也好！

第二天做完早饭，秦姑换上昨天新买的春装，站在食堂门口，就像饭店门口迎宾的，迎候台里和班车上下来的职工进餐。所有见到秦姑的职工，都眼前一亮，尤其是从班车上下来的职工，个个像追星族见到自己的偶像，一阵狂呼乱叫，蜂拥到秦姑跟前。秦姑脸上灿烂得丝毫不输给湖山绽放的山花。"骨感妹子"和几个女职工争先恐后跟秦姑拥抱，个别男职工也大着胆子冲上来搂抱。秦姑知道他们并无恶意，也大大方方让他们搂抱一回。"骨感妹子"顾不上吃饭，一把拽着秦姑进屋，把她摁在椅子上，对着镜子强行把她盘在后脑勺的发髻拆开放下来，又重新给她收拾了一下。秦姑从镜子里，发现自己完全变了个人，变成了个什么人她说不上，灰姑娘的故事她没听说过，但从山里婆姨变成了城里女人，她感受到了。

秦姑再次亮相时，大家伙高涨的热情达到空前。早饭桌上，大家伙的舌头似乎不在食物上，而是全在秦姑身上，尤其是男职工，用各种眼神、浪语、淫意，在秦姑身上寻找快感，得到了满足。秦姑被这种热烈的气氛紧紧包裹着，先是紧张，后是兴奋，再是喜悦。她忙出忙进，身穿那件掐腰隆胸、白底红黑格子相间的春装，就像一道移动的风景，让整个食堂春意盎然。

见色不动心不是男人，见色敢动手就是流氓。台里的鲁彪将近四十岁，上山也有上十年了，一直没讨上媳妇，属于见了女人走不动路的那种，好几回在市里发廊和洗脚屋嫖娼被抓，都是高山泰去交了罚款把他领出来的。批评他两句，他还把批评的人冲顶回去说：你们是饱汉不知饿汉饥。鲁彪一早跟着"骨感妹子"几个女职工屁股后头搂抱过秦姑后，秦姑身上的体味，就极大地刺激了他身上的男性荷尔蒙。夜里，鲁彪躺在倒班楼里翻来覆去死活睡不着，他索性爬起来，摸到秦姑屋外的窗前，见屋里亮着灯，就踩着墙沿，抓着栏杆，探出半个头往屋里偷看。正巧赶上秦姑掀被子起夜，秦姑抬眼看见一双贼眼正盯着她看，吓得大声尖叫，缩回被子里。倒班楼和台里的人听到秦姑的尖叫声，不知道发生了什么事，纷纷跑出来。高山泰敲开门，秦姑瑟瑟发抖指着窗户说：有贼，有贼！高山泰看看窗户说：湖山上除了我们再没有外人，就算有贼，也不会半夜三更摸到山上来！这时，鲁彪也凑在人群里说：一定是你一时害怕，看走眼了。高山泰要大家都散了，叫秦姑也关好门回屋睡觉。秦姑心里还在犯嘀咕，分明看见窗外有双贼眼，怎么一下就没了呢，难道真是自己看走了眼？第二天吃早饭的时候，鲁彪趁没人，又凑到秦姑跟前关切地问：昨晚没吓着你吧？秦姑说：咋没吓着，额分明看到一双贼眼，怎么眨眼工夫就不见了。鲁彪说：人一紧张，容易产生幻觉。秦姑嘴里一边附和说也许吧，心里一边盘算。隔了两天，夜里相安无事，到了第三天夜里，秦姑屋里照样亮着灯，秦姑和衣躺在被子里，眼睛直愣愣盯着窗户。突然，隔着玻璃看到一双贼眼，秦姑扯起嗓门大叫：抓贼啊！抓贼啊！这回的喊声比上回还要响。听到外边拢来脚步声，秦姑掀开被子，蹬上鞋，抓起手电，几步出屋，打开门跑出食堂。食堂门口已经聚集了不少人，不少人拿着手电四下查看。高山泰也打着手电问：怎么又喊抓贼？哪有贼？秦姑胸有成竹地说：这回贼溜不掉了！

高山泰问：贼在哪儿？秦姑说：贼就在你们当中。大家面面相觑，高山泰纳闷：贼怎么在我们当中？转眼一看，都是台里的人，没有一个外人，哪有什么贼？秦姑说：大家都把手掌伸出来就明白了。所有人不知道秦姑搞的什么名堂，但还是一个个伸出双手，连高山泰也不例外。秦姑亮起手电，一溜扫过去，手电光停在一个手掌沾满红油漆的手上，秦姑扬起手电对着那人，大家一看叫道：怎么是鲁彪！鲁彪做梦也没有想到自己手掌哪来的红油漆，他还想申辩，秦姑说：红油漆是额有意涂在窗台上的。大家一听心里都明白咋回事了，纷纷数落鲁彪。当晚，高山泰把鲁彪提溜到办公室，严正警告他：你要再敢打秦姑的歪主意，跟你老账新账一起算，一定送你去吃牢饭！打这以后，鲁彪再也不敢招惹秦姑了。

事后，高山泰问秦姑：你怎么想出这招？秦姑得意洋洋地道：第一回没抓住他，经你一说，我料定这"贼"一定是台里的人，既然没有逮住他，他一定还会再犯。额就找来红油漆，每晚偷偷刷在窗台上，只要有人爬上来，手掌必然沾上红油漆，就是扎在人堆里，也立马让他现形。高山泰笑道：真鬼！谁教你的？秦姑抠了抠脑门说：有那么一句话，叫甚……树下等兔？高山泰说：那叫"守株待兔"。

五

第二天正好是星期六。午饭后，高山泰眯了个午觉，就兴致勃勃来找秦姑，说要带她去后山看塔陵。秦姑以为昨晚高山泰也就随口一说，没想到他还当真，兑现自己的承诺。秦姑二话没说，赶紧洗了把脸，梳了梳头，掸了掸身上的灰，跟高山泰出了门。

他们对着宝藏峰的方向，沿着曲里拐弯的山间小路前行。午后的艳阳从西边射来，远处的枫叶，像一簇簇燃烧的火把；近处银杏树，像一把把撑开的遮阳伞；木芙蓉、秋海棠、龙爪花、红百合，更是争奇斗艳一比高下。秦姑一路走，一路目不暇接欣赏着。一高兴，秦姑兴奋道：跟你出来，一道上尽是花草献殷勤，跟皇帝出行似的前呼后拥。高山泰立马回道：只怕是它们想一睹皇后娘娘的风采吧！秦姑脸一红说：去你的，谁是你的皇后娘娘？她嘴上这么说，心里却跟抹了蜜似的，甜蜜蜜的。

很快，高山泰和秦姑转到一座小山后。在一块洼地上，秦姑看到果然有一片残存的塔陵、碑石。半截塔陵的身上和顶部，生长出青色的稗草。蒙尘的碑石，很难用肉眼辨认出上面的碑文。

秦姑知道塔陵是安葬寺庙历代长老的地方，她心里很震撼，仅凭塔陵的规模建制，就看出这里寺庙存续的年代相当长。秦姑上前用手抹了抹碑石上的尘土，想看看上面写着些什么，但看不清楚，也看不明白。她又顺着抹了几块碑石，同样一无所知。她问高山泰碑石上写的甚？高山泰说都是些祭奠的话。秦姑又问是些甚人写的？高山泰说都是当地的官员、乡绅。秦姑又问是哪个朝代的？高山泰上前仔细辨认了一下，说哪个朝代都有，有宋代的、明代的、清代的。秦姑蹲下来，拾起一块瓦片，在地上刨了刨，发现地下埋着不少破损的陶片，她就手捡起一块，看到上面还有字，起身递给高山泰，说怎么这上面有字。高山泰接过一看，指着陶片上的年号说："明万历年制"，说明湖山明代是建有寺庙的，后来被毁。

秦姑饶有兴趣地在塔陵、碑石中穿行观看，她突发奇想地问："嗳，你说被毁的寺庙，会不会是求雨的那个善信和尚住过的？"

高山泰断然否定说："怎么会！善信和尚建的寺庙在宝藏峰上，叫'幽济寺'，而且在唐代，比这里的寺庙要早几百年呢！"

秦姑手搭凉棚往宝藏峰上看了半天，嚷道："哪有？又骗额！真要有'幽济寺'，跟这里一样，烂了皮囊骨头在，莫说一千年，就是过了一万年，祖宗留下的东西总在那儿。就拿额们那儿说吧，一锄头下去，没准就能挖出个宝贝疙瘩来！"

高山泰嘿嘿一笑："哪能跟你们那儿比呢！有人说过，'地上的文物在山西，地下的文物在陕西。'你们那里的宝贝都是埋在地下挖出来的，我们这里的宝贝都是地里长出来的。"

秦姑指着面前的塔陵、碑塔反问道："这是甚？这未必也是地里长出来的？"

高山泰笑："地里哪能长出这些东西，这当然是人文的了。"

秦姑不依不饶："还是那句话，没有皮囊有骨头，'幽济寺'长翅膀飞了，也会留下一鳞半爪。"

高山泰说："说来话长。"秦姑缠着要他讲。高山泰一看时间不早了，就说："边走边说吧。"

返回的路上，高山泰告诉秦姑："宋朝末年，战火快要烧到湖山，当地的官绅为了保护'幽济寺'和善信的'佛足'，组织寺庙众僧护着'佛足'迁移。"

秦姑问："迁到哪儿？"

高山泰说："向南迁往省城。"

秦姑向往着问："省城大不？"

高山泰说:"那当然,比湖山可大得多!"高山泰又回到故事中说:"他们在省城选中一座视野开阔的小山重建寺院,又奏请朝廷,朝廷颁赐新寺院叫'崇宁万寿寺'。从此,省城这座山就与湖山同名。"

秦姑新奇:"那就是说幽济寺搬到省城去了?"

高山泰说:"不仅寺庙搬去了,连湖山的山名也跟着一块去了。后来蒙古人打到了省城。"

秦姑一头雾水问:"怎么扯到蒙古人身上去了?蒙古人不待在草原上,大老远跑到这儿来干甚?"

高山泰只有停下故事告诉她:"唐宋元明清,是元朝灭的宋朝,元朝的军队就是蒙古人。蒙古人善于骑马射箭,被称为'马背上的民族'。他们一路由北向南到达这儿,后来的元太祖忽必烈就是蒙古王成吉思汗的后人,当时就是由他率领蒙古军队。"

秦姑奇怪:"蒙古人怎么当了中国的皇帝?那额们中国人为甚不能当外国的皇帝?"

高山泰说:"咱中国这么大,用得着跑到外国去当皇帝吗?再说,外国菜哪有中国菜好吃?远的不说,就你那'八大碗',哪个外国厨子做得出来!"

"那倒也是!"秦姑觉得确实是这个理。

高山泰接着讲故事说:"忽必烈率领军队途中暂住在省城的元兴寺,远远望见崇宁万寿寺的山顶上有个神仙站在云彩上,询问左右,才得知那是遇上善信大师显灵,于是,忽必烈特别敬重推崇善信大师。班师回朝时,他命人把'佛足'装在盒子里,护送到京城,秘密供奉在寺院里。忽必烈得了天下当上皇帝以后,又下旨把'佛足'送还省城。结果,路过河南许昌时,'佛足'突然重得无法抬起,护送的人吓得连忙向忽必烈禀报。忽必烈大惊,自知天意不可违,立刻下诏,就地在山上建寺,所以许昌也有一座与湖山同名的山。"

回到食堂,秦姑在厨房做晚饭的时候还在想,无半砖片瓦的"幽济寺",借着善信一双"佛足",生出这多故事,上至皇帝老子,下至平民百姓,都被忽悠得团团转。一片真实塔陵、铭文碑石,咋就没有留下戏文甚的呢?秦姑感叹:真是"有就是无,无就是有"啊!她觉得悟出些里面的玄机,古时候的事,都是祖辈人编故事留下来的,秦姑心想:哪天有人把自己和高山泰也编成故事,讲给后人听也没准。

晚上，秦姑给观音菩萨上香时，跪在蒲团上寻思：到湖山已是万念俱灰、一无所有，自己男人没了，娃儿没了，家没了，以为从湖山往下一跳，就一了百了。没想到，没死成，反倒慢慢又都有了，住的有了，工作有了，吃的穿的也有了。她给观音菩萨磕头时，不敢再奢求什么了。她懂得，信佛的人，最忌的就是贪、嗔、痴、慢、疑。但秦姑冥冥之中，心底好像渴望着什么。她认为自己贪心太重，加罚自己在观音菩萨面前多跪了一个时辰。她手持佛珠，尽管嘴里念念有词，可那种渴望却始终挥之不去。

秦姑就像粒蒲公英的种子，随着自己的命运飘到了湖山，居然扎根、成活在了湖山。仅个把月，台里上上下下、男女老少几十号人，都跟她搅得烂熟，见面打招呼，丝毫不生分。大家随着高山泰一口一声叫她秦姑，她也随着大家叫谁谁王工、大陈、小周，完全把自己融入了无线台这个大家庭。

民以食为天。大家只要跟秦姑搭上话，十有八九离不开吃，张口闭口就问：嗳，秦姑，中午吃什么？秦姑立马从嘴里端出几样菜。有的问：嗳，秦姑，晚上又吃酸菜手擀面？秦姑笑道：换了，吃面皮，拌菜都准备好了。吃晚饭的时候，见大家都大碗大碗地吃，唯独"骨感妹子"盛了一小碗，跟吃猫食似的。秦姑小心翼翼地问：是不是不合你的胃口？"骨感妹子"附耳悄声对她说：跟面没关系。秦姑问：那跟甚有关系？"骨感妹子"有气无力地用筷子指着身上说：跟它有关系。秦姑马上明白过来，她嘴上没吱声，心里嘀咕：为了节约身上几斤肉，肚子跟嘴可遭老罪了！

晚上，秦姑脱光身子准备冲澡，还对着镜子照了好半天，她掐掐胳膊上的肉，托起一对丰满的乳房，扭身摸摸两个滚圆的屁股，心里纳闷：没听说谁不喜欢吃肉，只喜欢啃骨头的？狗啃骨头，那是因为没肉吃，有肉吃，狗照样不啃骨头。秦姑不会说变态，但她会说有病！秦姑想：就是自己也喜欢男人身上有肉，她想到自己过世的男人，结实的身板，肩头两坨肉，活像两个隆起的山包，腿肚子结实得就跟马腿似的，摸起来简直就像一刀刀腊肉。秦姑不知道按错了哪个键，脑子突然蹿出来了高山泰，脸上是岩石，身上是棺材板，自己要摸都不知道打哪儿下手？要是他也像自己过世男人那样壮实就好了，摸起来肯定滑溜溜的硌不着手。秦姑发现自己脸上浮出两片红晕，赶紧离开了镜子。

第二天吃早饭的时候，秦姑没见着高山泰，左等右等还是不见人影。秦姑站在食堂门口，看见台里有人出来，赶忙问看见高山泰没有？那人回说铁塔的馈线出了故障，高山泰正组织人抢修呢！秦姑心想，就是打仗也得吃饭啊，她反身进厨房，把早饭装进饭盒，找个袋子放好，提着出了食堂。

刚走到台里铁栅栏门口，猛地蹿出一只狗，先是前腿弯曲伏地，后腿紧绷着地，对着秦姑发出低鸣声，接着直立起来，冲着她昂着头，发出汪汪的吼叫。秦姑吓得连连向后趔趄，险些坐在地上。

听到台里狗叫，从里边走出一个人，正是高山泰。他一看秦姑惊问："你来干什么？"秦姑还没缓过神来，有些语无伦次。高山泰指着秦姑手上的提袋问："这是什么？"

秦姑回过神说："给你送早饭啊！"

高山泰让秦姑进台里，秦姑盯着台里狗不敢挪步。高山泰一看，对着台里狗往旁边一指，厉声说：一边待着去！台里狗竟然一声不吭，乖乖走到旁边蹲下来，就像一个士兵听从长官发号施令似的。秦姑这才战战兢兢跟在高山泰后面跨进铁栅门。高山泰站住脚，指着秦姑对台里狗威严地训道：记住了！她是秦姑，我们的人！高山泰出口差点说成了"我的人"。接着，他又指着台里狗交代：以后见了秦姑，不许乱喊乱叫！台里狗一边摆尾回应着高山泰，一边盯着秦姑鼻子一张一吸，似是在吮吸秦姑身上的气味，存储在自己的记忆里。

进去，秦姑问："这狗能听懂你的话？"

高山泰说："当然能听懂，狗有三五岁儿童的智力，调教得好，比人还听话呢！"

秦姑惊异："下回来，它能记住额？"

高山泰说："肯定，你没看它在嗅你身上的味道？狗跟人不一样，它不是靠脑子记忆，而是靠听觉和嗅觉记忆，比脑子还管用。狗的听觉是人的六倍，嗅觉是人的四十倍。"

秦姑家里也养过狗，只知道狗能看家、听召唤，但从来不知道狗身上这些超人的功能。她问："你咋对狗这么了解？"

高山泰说："书上看到的。"

秦姑问："书上说这些？"

高山泰说："书上不光讲狗，还讲别的动物。你知道大象吧？"秦姑点点头又摇摇头，她不知道高山泰要告诉她什么。高山泰兴致勃勃说："大象的记忆力能把一座图书馆的内容记下来！"见秦姑吐舌头，高山泰继续说："老鼠该小吧？"秦姑点头。高山泰说:"老鼠的记忆力可以跟世界上最先进的计算机相比。就是一只蜜蜂的记忆力,也能跟一台普通计算机一样。"

秦姑咂着舌,心想:他怎么懂得这么多?她想起来,高山泰满床是书,读书人就是懂得多!秦姑突然感觉精瘦的高山泰,眨眼的工夫蹿成了个大象,不禁偷偷瞟了他一眼。

秦姑跟着高山泰进了办公室,她把早饭拿出来,要高山泰趁热吃。高山泰让秦姑坐,秦姑没坐,眼盯着办公桌对面坐着的高山泰,高山泰明白秦姑的意思,狼吞虎咽地吃着早饭。秦姑继续盯着他诘问:甚事比吃饭还重要?高山泰说馈线出了毛病,不及时处理,会影响播出。看高山泰认真的样子,秦姑意识到对高山泰来说,工作肯定比肚子重要。高山泰吃完早饭,看秦姑愣在那里,用手擦了一下嘴提议说:既然来了,我带你到台里转转,了解了解无线台的工作。秦姑一听当然巴不得,说起来在台里打工,可连无线台是个甚样都不清楚,她很想见识见识。

高山泰先把秦姑带到发电机房,跟她介绍柴油机和其他机电设备。一旁擦拭发电机的职工看到秦姑进来,热情地跟她打招呼。秦姑奇怪,她问山上不是牵了电缆吗,怎么还用发电机?擦拭发电机的职工说发电机是备用的,万一停电,马上要开机顶上去,否则发射信号就会中断,酿成停播事故。秦姑问停会儿有甚关系?额们家里不是说停电就停电吗,也没听谁事先说一声,老百姓也没当个事,点个油灯、蜡烛,该干吗干吗。高山泰说那可不是闹着玩的,广电的停播率不得超过百小时三十秒。秦姑不懂,高山泰解释说:就是发射信号一百个小时,停播不得超过三十秒。秦姑纳闷,额们那儿别说停电一个小时,就是停上一天,也没见怎么着,于是问:要是停的时间长了咋办?高山泰说根据事故等级,轻的通报批评,重的扣奖金降级、再重的追究责任、撤职查办。秦姑看着高山泰一本正经的样子,心想:按高山泰的说道,她们那儿电力公司的人不都得去坐牢?她问这是谁定的规矩?高山泰往上一指:上面。秦姑问:哪儿?高山泰说局里。秦姑鼻子一哼:弄了半天,是自己给自己下套。高山泰反驳说:怎么是自己给自己下套呢?这是严格要求,动不动就停播,老百姓听什么、看什么?秦姑嘴上没说,心里好笑:这有甚好较劲的,老百姓离了柴米油盐过不了日子,没听说过离了广播电视还过不了日子的?秦姑喜欢高山泰那股认真劲,但又觉得他有点矫情,不过,要是把他调到她们那儿电力公司当官就好了,保准不会停电!

高山泰带着秦姑沿无线台的内走道,一路参观到监控机房。

进门时，看到门口靠着一块没膝的挡板，秦姑想起刚才在发电机房门口，也看到这样一块挡板，而其他房间门口却没有，就好奇地问："这里门口放挡板干甚用？"

高山泰抬腿跨过挡板说："挡老鼠。"

秦姑也跟着跨进门问："挡老鼠干甚？"

高山泰指着机柜的电缆说："怕老鼠咬。"

秦姑奇怪："老鼠咬电缆干甚？"

高山泰说："山上的老鼠厉害着呢！个大、嘴尖，进屋找不着吃的，就撕咬电缆。有时电缆被咬断，发射机不工作，还半天查不出原因，我们只好在门口放块挡鼠板，不让老鼠进屋。"

机房当班的是"骨感妹子"，她正低头在手机上刷屏，猛见高山泰进来，立马把手机藏进抽屉里，摆出一副若无其事的样子，一看秦姑跟着高山泰后面进来了，忙起身亲热地跟秦姑打招呼："咿嚸，秦姑也随高台到我们这里视察来了！"

秦姑笑道："看妹子说哪儿去了，额哪儿敢视察，额是跟着他的屁股后头来开眼界的。你们这里尽是这个机那个机的，额也搞不懂，就是看个热闹。"

"骨感妹子"一把搂着秦姑的胳膊说："监控也就是看看仪表，记录几个简单的数据，没啥技术含量，比你做饭容易多了！你那得讲究搭配、讲火候，还得色香味俱全，你干我们这行两天就学会了，我们要学你做饭的手艺，恐怕一辈子都学不会。"

听"骨感妹子"这样夸她，秦姑乐得嘴都合不拢。她拍打着"骨感妹子"的手说："瞧你这妹子说的，隔行如隔山，炒菜做饭，生的煮熟谁不会？要额管这个机，看那个表的，额是擀面杖吹火，一窍不通。还得妹子给额说道说道。"

"骨感妹子"继续挽着秦姑的胳膊说："既然你感兴趣，我就给你说说我们这里的工作。""骨感妹子"指着监测台面的显示仪和一排电视屏介绍说："显示仪记录着信号的工作状况，电视屏反映接收终端的质量。"

"甚叫'接收终端'？"一说到专业术语，秦姑就犯糊涂了。

"骨感妹子"赶紧解释说："'接收终端'就是收音机、电视机。"

秦姑扑哧一笑说："直接叫收音机、电视机不得了，非得叫甚'终端'？你跟额们那农科所的技术员一样，额们叫山药蛋，他非得叫马铃薯。"说完突然领悟道："既然有'终端'，那不还有'前端'？'前端'又是甚？"

高山泰旁边插嘴说:"嗳,你还蛮有悟性的嘛!我们这里就叫'前端'。"

"你们这里?"秦姑眼睛四下寻找,不知道什么是"前端"。

高山泰指着里间一排机柜说:"我们的发射机就是'前端'啦!它们把信号发射出去,千家万户的收音机、电视机接收到我们的信号,就能收听收看了。"

这回,秦姑听明白了,她打趣地说:"这好比食堂就是'前端'。"

"骨感妹子"好奇地问:"食堂为啥是'前端',那终端是哪儿?"

秦姑笑道:"食堂是'前端',茅房就是'终端'。"见"骨感妹子"和高山泰还不明白她的意思,秦姑把话挑明了说:"食堂是管进口的,茅房是管出口的,谁吃了不拉?所以按你们的说法,食堂就是'前端',茅房就是'终端'。"

高山泰和"骨感妹子"听了秦姑的比喻,乐得哈哈大笑。"骨感妹子"泪奔着跷起大拇指夸道:"秦姑太搞笑了!"

进到里间,高山泰指着发射机柜上贴着的字条,一一介绍说:"这是央一台,这是央七台,这是省一台,这是少儿频道……"

秦姑问:"为甚单选这几个台,别的台呢?"

高山泰说:"我们只保障收听收看的基本权益,央一能听到中央的声音,央七是对农频道,少儿频道是提供给孩子的,听看这几套节目是不用花钱的。"

秦姑哦的一声:"额明白了,为甚额们村不装有线电视的家里,打开电视也能看到电视。"

看着一排机柜,秦姑灵光一现说:"你们弄一台机子,把所有的信号都发出去多省事,干吗弄这多机子?"

高山泰一听,侧目道:"嘿,真有你的!你刚才提出的设想,正是我们广电部门遇到的难题,科技部门正在研究解决,设想把十几套节目进行数字编码打包,用一台机子发射出去,用户接收到信号,再解码,还原出十几套节目,这样一来,就大大节约了资源。不过,眼下还不行。"

秦姑问:"为甚不行?"

高山泰说:"我们现在采用的还是模拟信号,每个台的信号频率、波长都不同,一台发射机只能发射一套节目的信号。"

秦姑担心地问:"天上这么多信号飞来飞去,不怕它们撞着?"

高山泰说:"频率、频点是有分配的。就拿我们广播来说,有中波、短波,还有调频,每个信号都在自己规定的位子上运行互不干扰,就像天上的飞机各自按照规定的航线、高度飞行,你什么时候听说,飞机在天上相撞的?"

"你这么说,额就明白了。"秦姑恍然大悟地说:"这就像炒菜,虽然只有一口锅,但不论十个菜八个菜,还得一个个顺着来,否则就成烩菜了。"

屋外"骨感妹子"听到秦姑的话,又笑着夸道:"秦姑脑子真好使,问题看得准,张嘴就是一个金点子。就凭这个点子,我看能获个大奖。"

秦姑笑:"额哪是甚金点子,就那么随口一说!还获奖呢,又不过年,尽捡初一十五的话说,逗额开心。"

"骨感妹子"说:"随口一说?那可是原创!你看人家屠呦呦,就是率先提出从青蒿素里提取抗疟疾的药物,所以获得了诺贝尔奖。"

秦姑惊讶:"凭一句话就能获奖?"

"骨感妹子"说:"别小看一句话,那是知识产权,人家颁奖不看你的团队,也不看你有多少院士,就认准原创是谁。"

秦姑喜滋滋地说:"往后做饭额多动动脑子,弄出几个原创来,也到国外弄个这奖那奖回来。"

高山泰和"骨感妹子"听了哈哈大笑。"骨感妹子"说:"秦姑真会搞笑,你要是上央视春晚,准把全国观众乐翻天。"

秦姑说:"额要是上了春晚,年夜饭谁给你们做?"

秦姑笑着出门时,听到高山泰压低嗓门训导"骨感妹子"说:"你值守的对象不是手机屏,是仪表屏!"秦姑心想:额还以为他没看见呢,原来甚都逃不过他的眼睛!

出铁栅门的时候看见台里狗,秦姑的汗毛都竖立起来了。她警惕地盯着台里狗,小心翼翼挪着步子,随时准备逃遁。台里狗望着她,面部没有了狰狞,只是竖起尾巴冲她摆了摆,就像路边碰到个熟人打招呼一样。这回,秦姑信了高山泰的话,台里狗真的记住她了。作为回报,秦姑给了它一个笑脸,既然高山泰说狗有人三至五岁的智商,就应该懂得自己这是在向它示好。

一天晚饭后,高山泰对秦姑交代,说市里通知,明天下午,市里分管城建规划的副市长到湖山视察,顺便要到无线台看看。台里山下基地盖宿舍的事正要找他,想留这个副市长在台里吃个饭。高山泰说这个副市长姓海,是个回民,问她需要些什么食材,好让司机明早随班车带上山来。秦姑说那就让司机带些牛肉甚的吧。

六

第二天早上，司机从班车上提下几个满满的塑料袋进食堂递给秦姑。秦姑打开一看，除了牛头，牛身上几乎全了，什么牛肉、牛骨头、牛蹄、牛尾，甚至连牛鞭都有。秦姑施展拳脚忙活了一天，等晚饭时，高山泰把这位海市长一行迎进饭厅，秦姑已经准备就绪。

宾主一落座，秦姑就大盘大碗往上端，不一会儿菜摆满了一桌，饭厅立刻飘溢着孜然和辣子的香味。海市长闻着料香，看着一桌牛肉宴，口水都要流出来了。

高山泰抱出一个装有看似药酒的玻璃瓶，打开瓶盖，要往海市长面前的酒杯里斟酒。海市长拦住说，现在吃饭不让喝酒，咱们可不能坏了规矩。高山泰早有准备地说：这可不是公款请客，这酒是我自己用粮食和山药秘制而成的，而且存放了多年，它是给自己喝的，跟公款一分钱的关系都没有！今天不是您来，我还不舍得拿出来呢！海市长一看，玻璃瓶里确实泡着一些根须枝桠的东西，看上去像是药材，酒的颜色也泛着酱紫色，像是浸泡多年的陈酒，闻着漫溢的酒香，不禁有点嘴馋。高山泰煞有介事地介绍说：实不相瞒，这酒不仅能祛湿、防寒，对腰腿疼痛尤其有效，而且还有滋阴壮阳的功能。男人喝了它，能在床上大战三百回合！桌上的人听了哈哈大笑。海市长盯着酒，咽着口水说：该不是虚假广告吧？说着，挪开了遮挡酒杯的手。

酒桌上，高山泰和海市长各说各话，高山泰有意把话题往基地盖楼方面引，海市长却打着哈哈，老把话题岔到湖山的资源开发利用上。

高山泰端酒起身敬海市长说："海市长，湖山台逐年扩大，承担的播出任务越来越重，队伍也越来越大……"

海市长没等高山泰把话说下去，堵住说："事业兴旺，这是好事嘛！"说着，跟高山泰碰杯干了。

高山泰不落座，接着刚才的话说："好多职工结婚后，家属都跟了过来，把家都安在了湖山，可连个正经窝都没有，只能在外面租借房子。台里已经多次给市里打了报告，请求批块地给我们建房，上面也给台里做了预算，可这届政府都快到头了，地还迟迟没有批下来，恳请海市长高抬贵手，解决我们的燃眉之急。这样，为了表达我们的感激之情，我连干三杯。"高山泰站着连干了三杯，他抹了一把嘴，依然不落座，端着空酒杯比着海市长，就像下象棋下出一手将军，静等着对手出招。

　　海市长见高山泰不肯落座，用手拽他说："老高，你这不是将军吗？来来，坐下，有话慢慢说嘛。"

　　高山泰立着没动，哭丧着脸说："平时见海市长也难，今天既然来了，就给我们撂下一句话，否则明天我向全体职工怎么传达，说海市长上山来了，我们的请求，他没答应？我们的困难，他没解决？那多不合适！"

　　海市长笑指着高山泰说："好你个老高，想有意在职工面前败坏我的形象啊！"

　　高山泰连忙说："借我个胆子也不敢啊！您只要发句话，急基层之所急，想基层之所想的高大形象，立马不就竖起来了吗！"

　　海市长说："你们是省属单位，谁说你们是基层了！"

　　高山泰摆出一副落魄相说："别提那个省属单位了！天高皇帝远，远水解不了近渴，除了发给我们几个饷钱，什么问题都不能解决。我们吃的是市里的粮，喝的是市里的水，走的是市里的路，市里才是我们的父母官。您说批地盖楼的事，省里就是想管也够不着啊，不还指望您吗！现如今姥姥不疼、舅舅不爱，您让我们找谁哭天喊地去？海市长您可得替我们做主啊！"高山泰差点哭出来。

　　海市长一拍桌子放出豪言："谁说姥姥不疼、舅舅不爱？今天，我就当着大家的面表个态，你们的事，我管定了！你们要的是湖山的地，湖山的地我说了算！"有酒性助推，海市长的话飙了起来。

　　高山泰提议满桌的人一起给海市长敬酒，大家呼啦啦起身，就像一堆乐器没按曲谱奏出的音符，碰出一片乱响。

　　重新落座，大家又一个个起身，挨个给海市长敬酒。一巡酒下来，海市长放下酒杯，拍着高山泰的肩头说："老高啊，今天带着他们几个在山上转了转。"他指着一起跟来的人说，"你们说，湖山是不是个好地方啊？"见跟来的人纷纷点头，海市长对高山泰大发感慨："湖山的自然资源这么丰富、人文积淀这么深厚，禀赋之高大大出乎我的想象，居然让它就这样沉睡多年，不开发利用，不为湖山市的经济发展做出贡献，不让它造福于湖山市的老百姓，简直是罪过！"海市长说着端起酒杯："老高，我敬你一个。"高山泰不知何意，静等着下文。俩人干了杯，海市长开口道："现在要求经济转型提档，传统产业难以为继，经济下行压力很大啊，能变成 GDP 的我们都变了，就差砸锅卖铁。有句话不是说'思路决定出路'嘛，我们一转变发展思路，突然发现，我们是捧着金饭碗在讨饭！"

高山泰不解："什么是金饭碗？"

海市长说："湖山啊！湖山就是一个金饭碗！"

高山泰纳闷："湖山怎么成了金饭碗？"

海市长说："当然啦，湖山不是金饭碗，什么是金饭碗？我今天给大家透个底，市里决定大力开发湖山，把湖山打造成五A级旅游风景区。市里请专家学者开过研讨会，湖山历史上就是座佛山，历朝历代都建有规制恢宏的寺庙，香火不绝，香客不断，远近闻名，只是历经战乱，屡建屡毁，变成了一座沉寂百年的荒山。今天，我们要在湖山大兴土木建庙宇，重燃香火讨金元，让湖山重振昔日的辉煌！"海市长推心置腹地对高山泰说："老高，你们是湖山的老住户了，开发湖山少不了你们的大力支持啊！"海市长重重拍了拍高山泰的肩膀，好像在问：这副担子能扛得起吗？

高山泰这才明白海市长此次上山的目的。对市里开发湖山的战略他是认可的，他甚至认为市里这个战略来得有点晚了，如果发展传统产业还能为继，市里可能还想不到湖山。湖山真能建成五A级景区，湖山台从此也不再孤独寂寞了。一想到人来人往的繁荣景象，高山泰心里升腾起一种企盼。只是海市长要他们支持，他不知道能做些什么？但只要台里力所能及，他都愿意给予。高山泰对海市长表态说："请放心，支持开发湖山，我们责无旁贷，只要用得着的地方，我们会全力以赴。我们也盼望着早点把湖山建设成五A级景区，湖山台也好秃子跟着月亮走，沾点光。"

海市长咧嘴笑道："好，为你这句话，我们走一个！"

干了杯，趁着给海市长斟酒，高山泰特意为他夹了一根红烧牛鞭。牛鞭炖得很烂，色泽泛红发亮，一看就是用文火慢慢炖出来的。海市长没有推让，只是要高山泰也吃一根。

高山泰自嘲道："我孤家寡人一个，吃那玩意儿，晚上劲上来了没处使。不像您，吃了有用武之地啊。"

海市长笑道："夫人到省城学习半年，我也是独守空房啊。"

高山泰趁着酒性口无遮拦道："夫人不在，不还有备胎吗。"

海市长连连摆手："哪有备胎，违法乱纪的事我可不敢干！"

桌上没有女人，酒酣耳热的男人说起话来，嘴巴不用把关。秦姑躲在厨房里听得脸上一阵阵发热，心里骂道：男人没一个好东西！有酒有肉还不够，非得拿女人下酒。

眼见得酒足饭饱,海市长说天不早该下山了。高山泰问今天菜的味道怎么样?海市长剔着牙,大声夸道:"骚××好吃!"

秦姑顿时脸红到耳根,心想:一桌子好吃的,夸甚不行,偏偏夸那玩意儿!

等高山泰送走客人进屋,秦姑一边收拾,一边数落:"还是个甚副市长?怎么出口就是脏话!"

"他说什么脏话了?"高山泰一头雾水望着她。见秦姑低头不语,高山泰紧追着问:"他哪句是脏话了?"

秦姑抬起头说:"你问他今天菜味道怎样?他咋回的?"

"他咋回的?"

"问你啊!"

"他就说了一句,哪儿还有脏话?"高山泰为海市长叫屈。

"就那句!"秦姑脸臊得通红。

秦姑脸一红,高山泰把海市长回答他的那句话回味了一下,扑哧一笑说:"是不是那句'骚××好吃'?那哪是脏话呢!"

秦姑涨红脸质问:"那都不是脏话。甚叫脏话?"

高山泰哈哈笑道:"那是本地的一句口头禅,他们夸什么离不开那玩意儿。"

秦姑不信:"骗人!哪有拿那玩意儿夸奖的?"

高山泰急了说:"真没骗你!当地人夸什么好,都是'骚××好'!不管是吃的、穿的、用的,就连看戏,也是'骚××好看'!跟骂人根本不沾边。"

看高山泰越是不苟言笑,秦姑越是生疑:"你骗额!"

高山泰信誓旦旦说:"不信,你去问问本地人,看我骗你没有?"

高山泰这么一说,秦姑有点将信将疑了,但总不好意思拿这句话随便去问人,秦姑突然想到了"骨感妹子",这不仅仅因为她是本地人,关键是秦姑听说过她的故事,对她信任有加。说起来,这个故事还牵涉到高山泰和曾尤恭呢!

"骨感妹子"比秦姑小不了几岁,城里人跟乡下人不一样,秦姑像她这个年纪,儿子早会放牛了!可"骨感妹子"还没玩够,什么恋都可以,就是嫁人免谈。"骨感妹子"爱美自不必说,每天耗费在"面子工程"上的时间,绝对不会少于一天几顿饭加在一起的时间。最要命的是她对减肥的执着,毫不夸张地说,达到了极致。淀粉、蛋白质、脂肪三类能产生卡路里的食物,她基本敬而远之,别人吃饭，她只吃菜和水果。有回，食堂大师傅烧了个野味，台里上上下下都叫好吃，"骨感妹子"实在嘴馋吃了几口，确实味道鲜美，突然有人说这野味产生的热量是猪肉的几倍，吓得她赶紧跑进厕所，抠着舌头全都呕吐出来了。正因为"骨感妹子"的严防死守，别说身上没有任何赘肉，就连最能展示女人曲线美的胸脯和屁股，也被她曲线拉成了直线。夏天站在太阳底下，阳光仿佛能透过身上的肋骨把人洞穿，整个人活像一个动物标本，因此，她落下了一个"骨感妹子"的称号。如果在台里评选最具骨感的人，女一号当数"骨感妹子"，男一号当数高山泰了。

倒不是因为"骨感妹子"和高山泰的瘦的一致，他们才热络的，是因为高山泰的博学、专业、人品，赢得了"骨感妹子"的好感和亲近。不论在工作上和生活上遇到难处或困惑，"骨感妹子"首先想到的是高山泰。高山泰也乐于帮她答疑解惑，哪怕是值夜班，只要"骨感妹子"招呼一声，高山泰随叫随到，两个人在机房待上半宿，那也是常有的事。可以说"骨感妹子"与高山泰的关系，既有下属对领导的信任，也有晚辈对长辈的敬仰，台里从来没有传出过他们的绯闻。如果没有秦姑的出现，这本来是很正常的事，但自从秦姑跟高山泰有了那层关系，情况发生了微妙的变化。教科书上说，女人的性染色体是××，其实，还应该加一个醋的符号，世上不吃饭的女人多了去，谁能找出一个不吃醋的女人来？秦姑凭着女人的本能，察觉到"骨感妹子"和高山泰走得很近，经常孤男寡女在机房一待几个时辰，通宵达旦也时有发生。这不能不让秦姑浮想联翩，常言道，常在河边走，哪有不湿脚。很难保"骨感妹子"和高山泰不干出过河越界的事来。秦姑对高山泰既旁敲侧击过，也正面审讯过，都遭到高山泰的矢口否认。既然问不出个所以然，秦姑决定来个突袭检查。

这天，正好高山泰和"骨感妹子"都值夜班。秦姑等到近半夜，做了点夜宵提在手上，蹑手蹑脚摸进台里。她看到高山泰办公室亮着灯，门虚掩着，推门一看，办公室没人，秦姑顿时起了疑心，径直朝机房而去。

一进机房，秦姑看见"骨感妹子"正坐在那里值班。见秦姑来了，"骨感妹子"惊奇地问：嗳，你怎么来了？秦姑也不答话，四下一扫，猛然看到机房里间机柜下露着一双脚，秦姑一看就知道是高山泰，但整个身子却被机柜挡在后面。秦姑看了又好气又好笑，这跟鸵鸟扎进沙堆，顾头不顾尾有甚两样？秦姑冲进里屋踢了高山泰一脚吼道：给额出来！"骨感妹子"进来拦住她说：他这会儿正忙着呢！秦姑一瞪眼说：你们只怕是刚忙完吧，见额进来往机柜后面钻！高山泰在里面瓮声瓮气说：你跑到这里捣什么乱来了！秦姑没好气地说：给你送夜宵，没想到你偷吃上了。"骨感妹子"奇怪，问：他偷吃什么了？秦姑盯了"骨感妹子"一眼说：问你啊！"骨感妹子"越发糊涂，问：问我什么？我哪知道他偷吃什么？秦姑冷笑道：揣着明白装糊涂！一会儿，高山泰从机柜后面撤出身来，只见他脸上沾满黑乎乎的机油，手里拿着起子、扳手。秦姑一看高山泰这副模样，问：你这是在干甚？高山泰回敬道：还能干什么，偷吃！"骨感妹子"不知道他俩打的什么哑谜，迷惑地说：你不是在检修被老鼠咬断的电线吗，你偷吃老鼠？高山泰不吭气。秦姑知道自己错怪了他们，赶紧转弯说：知道老高晚上值班，说好给他送夜宵的，怕他等不得偷吃别的甚东西，坏了肚子。说着，秦姑把手里的夜宵递到"骨感妹子"面前说：正好你也值夜班，就跟老高一起吃吧！高山泰不忘补一句：这不叫偷吃吧？秦姑横他一眼也不接茬。

当然，秦姑不放心高山泰，也并不是空穴来风，她到湖山没多少日子，就有人跟她嚼过舌头，说"骨感妹子"属狐狸的，曾经勾引曾尤恭不成，反咬一口，说曾尤恭性侵她，还说这事高山泰一本全知。过后，秦姑问过高山泰，高山泰说：你打听这干什么？秦姑说人家说你一本全知。高山泰说：这不是睁着眼说瞎话吗？他们俩之间发生的事，我怎么会一本全知！秦姑不依，非要打破砂锅问到底。高山泰被逼无奈，只好把事情的来龙去脉讲给她听。

那还是"骨感妹子"进台没多久，曾尤恭也刚当上副台长不长的事。台里本来女职工就少，猛地来了个年轻漂亮的姑娘，当然招蜂引蝶，台里的男职工成天围着她转，有事没事找她搭讪。一天晚上，"骨感妹子"当班，那天正好是曾尤恭带班。半夜，曾尤恭惊慌失措地跑到倒班楼来敲他的门。高山泰以为台里出了事，问他怎么了？谁知曾尤恭捂着下身，痛苦地说，"骨感妹子"趁他去查班的时候勾引他，自己不从，哪晓得"骨感妹子"恼羞成怒，竟然抓伤了他的下面，还扬言要告他性侵。高山泰一听大惊，忙问曾尤恭要不要紧？曾尤恭说没什么大碍，高山泰要他先回台里，等了解情况以后再说。曾尤恭前脚走，"骨感妹子"后脚就赶来了。高山泰见她瑟瑟发抖，脸色发白，口齿不清，半天说不出一句话。高山泰当时也吓着了，赶紧把她让进屋，坐下慢慢说。"骨感妹子"这才哭出声说：我正在机房值班，曾尤恭神不知鬼不觉摸进来，把我吓了一跳。我刚想起身，曾尤恭就把我摁在凳子上，他站在我身后，还把手搭在我肩上。我以为他是无意识的，见他又是领导，就没多想。他先是装模作样地问这问那，头也蹭到我耳边。冷不防，他一把抱住我，不等我做出反应，他的嘴就嘬到我脸上。我一下蒙了。他嘴里说着些肉麻的话，抓住我的一只手，强行往后别，一下触到他的下面，原来他已经把下面掏出来了。我这才回过神，一把抓住他的下面狠狠一捏，疼得他大叫一声松开了手，我趁势一把推开他，跑了出来，把自己关在厕所躲了半天，见外边没动静，才赶紧跑来找你。说完，"骨感妹子"捂着脸大哭不止。高山泰劝了半天，才把她劝住。高山泰问伤到哪儿没有？"骨感妹子"摇头。高山泰又安慰了一会儿，怕她一个人害怕，就跟"骨感妹子"回机房，陪着她值了一夜班。

　　秦姑问那过后呢？高山泰说过后怎么了？秦姑说：嗨，人家找你断案，你总得给人家一个说法吧！高山泰说啥说法？秦姑说：到底谁对谁错啊？高山泰嘿嘿一笑说：这世上的事只有真假，没有对错。秦姑说：矫情！那你就说谁真谁假？高山泰说：我哪儿知道谁真谁假。秦姑说：人家不是都跟你说了吗？高山泰说：说是说了，可谁真谁假，我断得出来吗？机房就只有他们两个人，既没有人证又没有物证，你要我怎么断这个案？秦姑没好气地说：你就说最后你是怎么了结的吧！高山泰说：还能怎么了结，我先找到"骨感妹子"，问她怎么想到治住男人这招？她说她妈是医生，在家教的她，碰到男人使坏，就用这招。我劝她息事宁人，把这事忍了算了。开始"骨感妹子"还死活不肯，要告曾尤恭。我问她有证据吗？"骨感妹子"说没有。我说没有证据你怎么告他，法庭上听你的还是听他的？"骨感妹子"一下愣住了。我开导她说：这事闹得满城风雨，末了受伤害的还是你自己，你个姑娘家往后还要嫁人，得饶人处且饶人。我告诉她，台里的职工是大火烧竹林——一片光棍，常年窝在山里，见不着个女的。你这么年轻漂亮，你看台里男职工见了你，哪个不像猫见了鱼似的流口水！往后谁再对你动手动脚，你还使那招。见"骨感妹子"笑起来了，我嘱咐她往后留神着点就行了。"骨感妹子"点头，不再坚持要去告曾尤恭。接着我又找到曾尤恭，警告他别像受了多大委屈似的到处嚷嚷，这不是什么光彩事，人家还是个姑娘，你就积点德吧！曾尤恭很乖巧，说：我听你的。我说你听我的，以后就管住裤裆里东西！曾尤恭低头没吭声。秦姑听完问：这就完了？高山泰点头说：完了。秦姑愤愤地说：你这断的是哪门子案，不是把两个葫芦都摁在水里不冒泡吗！高山泰说：你叫我还能怎么着？秦姑说：依额看，曾尤恭是恶人先告状！高山泰拦着她说：嗳，没有证据的话，不可以乱讲！说着，高山泰一甩袖子，扭头走人，把秦姑一个人晾在那闷头乱想。

事情虽然没个定论，但秦姑已经给出了印象分：高山泰老到，曾尤恭虚伪，"骨感妹子"实诚，可以信赖。

这天吃完晚饭，秦姑看到"骨感妹子"，一把把她拉进屋里，说有话问她。"骨感妹子"见秦姑神秘兮兮，不知她要问什么。

秦姑把那天海市长的话学了一遍，问："这是不是本地人的口头禅？"

"骨感妹子"顿时笑得像一块倒下的门板，扑在她身上，还不停地抖动，胸前的骨头，如同一块搓衣板硌着秦姑。笑够了，她才抬起泪眼告诉秦姑：那句话确实是当地一句口头禅，而且男女老少都挂在嘴边。平时大家都这么说也没在意，今天从你嘴里说出来，感觉特别好笑。

秦姑咂着舌问："你一个大姑娘也好意思说？"

"骨感妹子"笑着说："咋不好意思？只是男人不论场合、不分对象张嘴就来。不过，就是有女人在场，男人说这句口头禅，女人也没什么不好意思的，都知道是在夸别的什么，不是在夸那玩意儿。"说着，"骨感妹子"又笑得前仰后合。过后，她问秦姑："谁告诉你本地这句口头禅？"

秦姑说："高山泰。"

"骨感妹子"说："那难怪，高台在这里工作三十多年了，比我的年龄都长，本地的方言，他哪有不知道的。"

秦姑突然问："高台怎么天天在山上，也不下山回家看看？"

"骨感妹子"说："山上就是他的家啊，他还回哪个家？"

秦姑惊讶："他难道没有成家？"

"骨感妹子"说："怎么，你不知道啊？他家早没了！"

秦姑赶紧问："怎么没了？"

"骨感妹子"说："我还以为你知道呢！高台原来在江西老家成了家，还有个儿子。"

秦姑问："后来呢？"

"骨感妹子"说："后来，他老家发生了一起凶杀案，他的妻子和儿子都死于那起凶杀案。高台从此就单身一个人在山上，一待就这多年。"

秦姑震惊之余又感叹道："他就没再找一个？"

"骨感妹子"摇摇头。

七

湖山上可以说一年四季都有雾，但雾跟雾还不一样。比如夏天的雾，虽然也浓，但一团一团，不光白得跟棉花似的，还晶莹剔透，随风行走，人在雾中，有一种腾云驾雾、飘飘欲仙的况味。太阳出来，不到中午，雾就散了。挨近冷天的雾就不一样了。雾不成团，而是像包装盒里的泡沫，填充着所有的空间，不仅伸手不见五指，就是呼吸一口，都会被雾堵住鼻孔、塞进嘴巴。这种雾，就像从水里捞出来的，随手抓一把，都能挤出水来。冷天的雾不仅能打湿衣裳，而且还调皮地坠在头上、挂在眉梢，它大可不必担心太阳来袭，就像地球上方裹着厚厚的臭氧层，紫外线难以洞穿，它终日滞留在山上，碰到气候不好，一连十天半月雾天也是常有的事。空气如同从水里捞出来的海绵，每个空间都挤满了水分，哪还能吸收人体、衣物、地面蒸发的水分。所以，手摸到什么都是湿漉漉的，这也是山上阴冷潮湿的重要原因。

十月份，山下穿件薄薄的秋装就可以了，山上不行，外套里面得穿毛衣，怕冷的早晚还得披上棉袄。

雾天一来，高山泰帮秦姑找出门帘挂在食堂门口挡雾。秦姑看门帘是用一条条厚厚的塑料皮缀成的，打趣地说：怎么看上去像额们那的面皮。高山泰笑她三句话离不开吃，说等冬天再换上棉门帘，看你再说像你们那什么吃的？秦姑眼皮一眨说：像锅盖面呗！高山泰算是服了秦姑的气，是个什么在她的眼里，都能变成吃的东西。

一大早，秦姑在厨房听到外边的汽车声，知道班车到了。一会儿门帘掀开，一串嘈杂的脚步声撵着进来，接着饭厅传来七嘴八舌的说话声。

秦姑把刚出笼的包子端到饭厅，看到一张桌子前围坐着几个职工，边吃边小声嘀咕着什么，他们看见高山泰进来，立马停止了议论。高山泰赶着下山办事，胡乱吃了几口撂下碗，就匆匆出门了。高山泰一走，桌上的职工又接着议论。秦姑竖起耳朵，尽量听他们议论些什么。听来听去，他们好像在议论奖金的事，说什么机关早就发了，他们到现在都还没个影。说什么台里是二等公民，像小妈养的。秦姑搞不懂台里的事，但她听得出职工们有意见，而且背着高山泰议论，说不定就是对他有意见。不行，得把情况告诉高山泰，不能让他蒙在鼓里！

晚上，秦姑正准备去倒班楼找高山泰，他自己送上门来了。只见高山泰腋下夹着一件深蓝色的棉工作服,进屋后把棉工作服往床上一扔说:"马上要入冬了,穿上它既挡寒做事也方便。"

秦姑说:"你给我,自己穿甚?"

高山泰说:"每年都发,哪穿得完,我箱子里还有好几件呢!"他指着工作服说:"我的号小,这是我特意按你的号领的。"

秦姑身上的荷尔蒙被激活,心里马上沁出一股蜜汁,她垂眼故意问:"你咋知道额穿多大号?"

高山泰笑:"没吃过猪肉,还没见过猪跑啊!"

秦姑立马回击:"你才是猪哩!"接着补充一句,"你是一头出不了栏的猪!"

高山泰不懂:"什么叫'出不了栏的猪'?"

秦姑得意地一笑:"就是总也喂不肥,达不到出栏重量呗!"

高山泰一听,笑着反唇相讥:"是啊,我不够,你够!"

秦姑见不仅没有占到便宜,反被高山泰倒打一耙,气恼地给了他一拳:"额够甚?额又不是猪!你才是喂不肥的猪!"

高山泰猝不及防,被秦姑一拳打得踉踉跄跄,一下退到墙根,不是墙挡着,差点一屁股坐到地上。他挨了秦姑一拳,不仅不恼,反倒有一种亲切感。这一拳,把他和秦姑的距离打没了。

其实,秦姑出拳并不重,没想到高山泰跟气球吹起来似的,一碰就飘得老远。看着他趔趔趄趄的狼狈相,活像戏台上的小丑,乐得秦姑哈哈大笑跌在床上。她记不起来,上次这样开怀大笑是什么时候。秦姑仰面倒在床上时,高山泰看到她胸前起伏的双乳,犹如两座欲将喷发的火山,高山泰心里痒痒,不知道还有没有机会像在舍身崖救她时那样,把头枕在她深深的乳沟里?

秦姑坐起,发现高山泰直着眼紧盯着自己的胸脯,就手抓起工作服挡在胸前,随即转移话题说:"这工作服领子竖着还掐腰,妖里妖气的不说,还男不男女不女的,额咋穿得出去?"

高山泰回说:"工作服早就不分男式女式了,你没看台里男男女女都穿着它。掐腰有什么不好?能凸显你们女人的线条美啊!"

秦姑不屑道:"切,甚线条美?和你们那个'骨感妹子'一样?跟白骨精似的,哪点好看?就你喜欢!"

高山泰说:"我喜欢她干吗?"说着,他过来拿过秦姑手里的工作服说:"美不美你穿上就知道了。"秦姑接过工作服要穿。高山泰说："就这么套上多臃肿啊！得把外套脱了。"

秦姑脱去外套，把工作服穿上身。但不肯就范的双乳，如同把门的哼哈二将，挡住胸襟大门无法合拢。高山泰见工作服合不上，上前拽着工作服衣襟往中间拢了拢，不小心碰到秦姑松软的胸脯，顿时像被电麻了似的，手一下弹了回来。

秦姑并没有在意，只是一个劲地冲着他问："咋样？咋样？"

高山泰心猿意马地敷衍说："很合身！很合身！"

高山泰正魂不守舍，只听秦姑"嗳"的一声喊他，高山泰连忙"嗯"着应答，慌忙把散了的神重新集中起来。秦姑提及早上在饭厅听到职工议论的事，不放心地说："额总觉得议论是冲着你来的。"

高山泰一愣，接着说："也是，也不是。"秦姑问他到底咋回事？高山泰说："无线台是财政全额拨款的事业单位，规定的工资福利都能足额发放，现在一些部门，没有制约手段推进自己的工作，就想方设法出台政策，把自己部门的工作纳入目标管理的笼子。哪个单位完成了他们下达的任务指标，就能多发一个月的奖金，一年蹦出好几个奖项，像计划生育奖、综合治理奖、廉政责任制奖、绩效目标完成奖、党建工作奖、档案达标奖、绿化奖，五花八门。"高山泰手一摊："部门只管开口子，发奖的经费得自筹。"高山泰为难地说："全部奖项发到手，相当于增加半年的工资。"秦姑说这是好事啊！高山泰哭丧着脸说："谁不知道这是好事，可钱从哪里筹？"秦姑说想办法。高山泰说："无线台芝麻大点单位，除了光溜溜几十来号人，什么资源都没有，除了吃饭的钱，就是专项业务经费，打酱油的钱不能用来打醋，支出是有严格规定的，拿什么筹钱？"

秦姑一听，也替高山泰为难。但她还是担心地说："不管怎么说，这是大家伙切身利益的事，你是当家的，你要是拿不出主意，大家伙不怪你怪谁？"

高山泰也不是没把秦姑的话听进去，只是听进去了又能怎么样？他在湖山工作了三十多年，是过来人，从土坯房到砖瓦房，从一碗腌菜过一冬到顿顿四菜一汤，上下湖山从肩扛脚爬到车接车送，从几十块钱拿到几千块钱，从一个科级单位升格到处级单位，高山泰知足了。还有年把就"到点"了，他只想安安稳稳干到退休，然后告老还乡，回到鄱阳湖畔垂钓，像陶渊明那样，过着"悠然见南山"的田园生活。令他百思不解的是，过去湖山上物质精神极度匮乏，近乎过着苦行僧的生活，大家能随遇而安、苦中求乐。现如今物质精神极大的丰富改善，大家折算自己的房产、存款，人人成了中产阶级，反倒欲壑难填、牢骚满腹。世道在变，人心在变，变得让高山泰越来越看不明白。当然，这也不能完全怪职工，真要政策一碗水端平，没有那些个体制内、体制外、全额拨款、差额拨款、经费自筹的行政、事业、企业之分，穷庙、富庙之别，职工心里不会不平衡。不是有人说过嘛：人之所以活着累，一是因为生存，二是因为攀比。

　　还是应了《增广贤文》里那句话："命里有时终须有，命里无时莫强求"。高山泰从一名普通的技术员，一步步升到高级工程师、正处级干部，这些都不是他跑来要来的，是他几十年在湖山干来守来的。他自认到正处级，就是猴子爬树——到顶了。没想到，命运跟他开了个玩笑，不知是任职年限够了，还是排队排到他跟前了，上面突然要提拔他为副巡视员，括号"副厅级"。组织部门来搞推荐考核，班子、中层、职工众口一词：当之无愧！考核的人以为提拔高山泰，台里上下会对上面说几句感激的话。谁知职工们反映：高台早就该提拔，现在提拔他，那是"迟来的爱"！噎得考核的人说不出话来。台里上下对高山泰的提拔认同高度统一。其实，道理也很简单，一是高山泰资历最老，学历、工龄、技能台里无人比肩；二是高山泰人品好，不仅自己"可上九天揽月，可下五洋捉鳖"，能高得低得，而且处处替别人着想，台里上下几乎无人没有受过他的恩惠。哪个职工有了困难，他私底下就接济几个，谁要是家里有事只要开口，他二话不说帮人顶班，所以人缘极好。用一个老职工的话讲：哪个要是说高山泰不好，那个人肯定是别有用心；三是高山泰提拔不是挡别人的道，而是给别人腾位子，高山泰腾出一个正处级的位子，下面跟牵猴子似的，能跟着挪动一排人，副处可以提正处，正科可以提副处，副科可以提正科，光头可以提副科，谁会吃饱了撑的，去反对高山泰提拔？

　　高山泰的任命还没下，就接到通知，让他到省城集中学习一个月。高山泰白天在台里忙着安排、交代完工作，晚上才摸到秦姑屋里辞行。

　　进屋，高山泰见秦姑正在上香。秦姑指着香炉里的几炷香，侧头对他说："额刚为你祈了个福。"

　　高山泰拖过凳子，对着床坐下问："为我祈什么福？"

　　秦姑对着高山泰坐在床沿说："求菩萨保佑啊。"

　　高山泰问："保佑我什么？"

　　秦姑说："保佑你一路平安。"

高山泰笑："怎么，还怕我遇到打劫的？"说着，他诡谲地眨着眼戏说："要是真遇到个女劫犯，劫财又劫色，我就跟她来个将计就计。"

"想得美！"秦姑一脸不屑地说："女劫犯要是看到你，恐怕连身上的钱物都掏出来给你，轰你赶紧走人。"

高山泰问："为什么？"

秦姑笑："女劫犯看见你肯定后悔。"

高山泰问："后什么悔？"

秦姑忍住笑说："她要知道天底下还有你这样的牛屎，后悔自己就不该是朵花！"

高山泰摸着自己的下巴颏说："天下有我这么帅气的牛屎吗？"

秦姑说："谁说没有，连湖山的猴都比你强！"

两个人你来我往调侃了一会儿，突然，秦姑带着忧郁的口吻问："你是不是要离开湖山了？"

高山泰点点头说："是啊，明天一大早就走了。"

秦姑知道高山泰理会错了她的意思，说："额不是问明天，是问你升官以后，是不是要离开湖山？"

高山泰说："扯！怎么会呢？"

秦姑正经道："怎么不会，当额不知道，湖山才多大个笼子，还能容得下你这只大鸟？"

高山泰打趣说："你不是说我出不了栏吗？"

秦姑说："额只说你出不了栏，又没说你出不了笼！"

高山泰说："再大只鸟也就是个副巡视员，那不是实职，是非领导职务，顶多加一级工资，发个红本本，看病方便点，该干吗干吗，还能飞到哪儿去？"

"你说的？"秦姑眼睛一亮。

"当然是我说的！"高山泰很肯定地说道。

……

两人都垂下眼不说话。片刻，高山泰打破沉寂说："倒是再有个年把，我退休就真要离开湖山了。"看见秦姑用潮润的眼睛看着自己，高山泰安慰说："我会回来看你的。"

秦姑突然眼泪汪汪地说："你要是走了，额也走！"

高山泰问："你到哪儿去？"

秦姑忍不住脱口而出:"你到哪儿,额就到哪儿!"

高山泰惨笑:"我告老还乡。"

秦姑执拗道:"额去给你做饭洗衣裳!"

这回轮到高山泰眼睛潮湿了。他们两人都坐着没动,但高山泰感觉他和秦姑的心已经拥在了一起。高山泰怕自己情绪失控,起身告辞出来。

躺在被子里,高山泰尽量不去想秦姑,可梦里还是和秦姑在一起。秦姑一脸羞涩地问自己:你到底喜不喜欢额?自己回答:喜欢,咋不喜欢?!秦姑问:喜欢额,怎么不对额表示呢?自己说:怎么表示?秦姑说:你怎么不牵额的手,也不亲额的脸蛋?自己终于冲上前,一把抱住秦姑嘬着她的脸,吮吸着她的嘴,秦姑也不避让,还把手伸到自己下面,高山泰猛的一下惊醒了,他发现放在下面的手是自己的。高山泰很懊恼,怎么关键时刻醒了呢?他幻想着,要是下面的手真的是秦姑的该多好!他努力闭着眼,想重新回到梦里,但再也难以入梦。

秦姑在梦里也梦到高山泰。自己正试着高山泰给她的那件掐腰棉工作服,对着高山泰问:额穿着好看吗?高山泰笑着说:好看!自己不依问:是"骨感妹子"穿着好看,还是额穿着好看?高山泰说:当然是你穿着好看!自己非要打破砂锅问到底:额跟她比哪点好看?高山泰嬉笑道:她穿着掐腰,胸还是平的,你穿着掐腰,看两个奶更丰满!说着,高山泰上前,两只手紧紧抓着自己的两个奶。秦姑惊醒发现,自己的两只手还紧紧捂着胸口。

八

高山泰走后,秦姑感到魂不守舍。台里出来个人,她会盯着看是不是高山泰;听到外面汽车声,她会跑出来,看会不会是高山泰回来了;开饭的时候,她总要留一份,怕高山泰万一回来没吃的。高山泰走了,就像一只断了线的风筝,没有一点音信。秦姑没好意思向台里人打听高山泰,也没有人跟她提起高山泰,就像高山泰没来过这个世界一样,不被人们记起。秦姑心里怅然,高山泰在的时候,就跟台里的顶梁柱似的,什么时候都离不得;可高山泰一离开,就像伐掉一棵根深叶茂的大树似的,没谁再惦记它曾经惹眼的风景和无私的庇荫。每到开饭的点,大家呼啦啦地进来,津津有味地吃喝,然后又谈笑风生地离去。早上成群结队坐班车上山,晚上又鱼贯而入乘班车下山,大家朝九晚五、按部就班地过着没有高山泰的生活,没有人感觉身边缺少了谁,只有秦姑食不甘味、夜不安寝地思念着高山泰。

一个月何其短暂，人一生也就3万天，一个月仅一生的千分之一，晃眼就过去了；一个月又是何其漫长，一个月30天，一天24小时，一个月就有720小时、43200分钟、2592000秒，分分秒秒对秦姑都是一种煎熬。秦姑早晚给观音菩萨上香，都对观音菩萨默默倾诉心中的思念，求观音菩萨让高山泰早日回到自己身边。每夜躺在被窝里，秦姑把自己跟高山泰在一起的点点滴滴慢慢回放，舍不得一下从片头拉到片尾，那样太奢侈了！就像儿时获得一颗糖，她舍不得一口咬碎吞下去，而是用舌尖小心翼翼地舔它，咂摸糖的甜味，拖延糖在嘴里慢慢变小，直至消失殆尽。

学习班一结束，高山泰就风尘仆仆赶回了湖山，到湖山大约上午十点多钟。还是老规矩，高山泰一下车，一头扎进台里，对每个岗位仔细查看一遍。在湖山工作三十多年，高山泰还真没有过离开台里一个月的时候，出差、探亲顶多也就十天半月，说他牵肠挂肚也好，说他不习惯也好，反正他上山第一眼要见到的就是台里的机器设备和运行状况。

他从配电房一路看到机房，当班的还是"骨感妹子"。她扭头一看高山泰进来，忙起身打招呼。高山泰示意她坐下，站在监播台前，高山泰注视着信号效果，看一切正常，又翻看监播的记录台账，没有发现任何异常。

他进到里间的机房，仔细查看每台发射机柜的工作情况，仪表指针的跳动、发射机发出的声响，都是他熟悉和习惯的工作状态。走着看着，突然，高山泰发现不对劲！他赶紧来回数了数机柜，发现怎么多出一台机柜！发射机与播出的节目是一个萝卜一个坑匹配的，怎么会多出一台发射机呢？多出一台发射机，就意味着多增加了一套节目。高山泰脑门一炸，这到底怎么回事！

高山泰赶紧到外间询问。"骨感妹子"说：多出那台发射机是当地电视台委托台里代播代维的。高山泰问到底怎么回事？"骨感妹子"说具体情况她也不清楚。

高山泰觉得蹊跷，他风急火燎回到办公室，通知两个副台长马上过来。高山泰一屁股塌在椅子上，两眼直愣愣望着天花板，脑袋里像植入了病毒的计算机，一团乱码。

顾祥喜和曾尤恭前后进到他的办公室，他们笑着跟高山泰打招呼，高山泰也不回应，指着办公桌前的椅子让他们坐。

高山泰绷着脸开门见山问："机房多了一台机柜，怎么回事？"

顾祥喜回说："是我们，不，是市电视台……"

"还是我来说吧！"见顾祥喜语无伦次，曾尤恭抢过话说："是这样的，市里电视台新增了一套电视节目，跑来跟我们商量，请我们帮他们代播代维，费用由他们出，我们觉得划算，就跟他们签了协议。"

高山泰强压住火问："他们增开节目，怎么不自己播？"

曾尤恭解释说："他们不是没有覆盖能力吗！"

高山泰气不打一处来说："没有覆盖能力，增开什么节目？"

曾尤恭喃喃道："事情不是明摆着吗！多一套节目，还不是多点广告收入。"

高山泰说："所以就找上我们了！"

曾尤恭辩解说："我们又不是没有发射能力。再说，人家找我们代播代维，也不是白来，那是给代播代维费的。"

顾祥喜赶紧补充说："是是，我们是有君子协定的。设备是他们的，我们只负责播出维护。"

高山泰问："这是谁的主意？"

顾祥喜："这，这……"

"我的主意。"曾尤恭一看高山泰为这事有责怪的意思，心里老大不高兴。他一副好汉做事好汉当的样子抢道，"你知道我是当地人，他们找到我，我没好意思回绝，再说为家乡做点力所能及的事，也是人之常情"。

"是是，这事也不能全怪曾尤恭，他是找我商量过的，我看这是两好合一好的事，就同意了。"顾祥喜替曾尤恭开脱道。

高山泰敲着桌子问道："你们怎么知道这是'两好合一好'的事？"

曾尤恭争辩说："他们拓展业务，我们增加收入，怎么不是'两好合一好'呢？"

顾祥喜又把职工反映几项奖没发的事拿出来说："我们不是正愁没钱发那几项奖吗？台里也没有别的门路生钱，能搞点代播代维，筹几个钱，我看也确实是两全其美。"

高山泰一看他们两个人的态度，一拍桌子指着他俩气恼道："我看你们是百家姓去了赵——开口就是钱！"

顾祥喜见高山泰真发火，一言不发。曾尤恭忍不住顶道："这钱也不是哪个人装了腰包，还不是为了台里所有的职工着想！"

高山泰怒气冲冲道："你们以为光替职工着想就够了？我们还得替台里着想！"

曾尤恭委屈地说:"我们哪点没替台里着想了?代播代维,既不增人又不增设备,台里任何损失都没有。"

高山泰指着他们两个厉声道:"你们两个有没有脑子?市里能办几套电视、几套广播,那是有明文规定的!他们擅自增设一套节目,你们还替他们代播代维,这不是明知故犯吗?"见曾尤恭嘴里还在嘟囔,高山泰问:"他们增设一套节目,哪来的频率?"高山泰这一问,两个人都傻了,回答不出来。高山泰继续道:"频率是不可再生的有限资源,实行严格管控,别人不知道,你们还不知道?我问你们,他们增开节目,哪有频率资源?就像商店卖东西得有柜台不是?他们没有柜台,商品搁哪儿卖?"见两人都不吱声,高山泰说:"我们能停播自己的节目,把频率让给他们吗?"两人摇头。高山泰说:"是啊!我看你们还不至于糊涂到这个地步。好,他们没有频率,又要增开节目,只能去挤占别人的频率,后果你们想过吗?"高山泰越说越气恼:"这么大的事,你们居然连声招呼都不跟我打,就擅自定了。"

曾尤恭辩解说:"你不是没在吗?"

高山泰瞪眼道:"你们就不能打个电话?"

曾尤恭嘟囔说:"知道跟你说了,你也不会同意的。"

"所以你们干脆先斩后奏!你们连奏都不奏,还是我自己发现的。"高山泰越说越恼,终于怒不可遏地问:"你们眼里到底还有没有我这个台长?"顾祥喜和曾尤恭一听这话,都低头不语了。其实,顾祥喜和曾尤恭心里想的还不完全一样。顾祥喜不想告诉高山泰,知道这明摆着是违反政策的事,想把责任揽在自己身上,反正高山泰不在,自己临时牵头,就算出了纰漏,自己出面担着,没高山泰什么事。曾尤恭瞒着高山泰,是怕高山泰阻止。给地方台代播代维,他有自己的"小九九"。一是作为本地人,利用台里的资源为家乡办点实事,在当地赚点口碑,毕竟家属都在市里;二是通过代播代维筹集点经费,为大家发放有名目没有拨款的奖金,在台里职工那里讨个好,为自己日后进步做点铺垫。

自古道,好事不出门,恶事传千里。顾祥喜和曾尤恭还没离开高山泰的办公室,高山泰批评两个副台长的事,就像无线信号,迅速在台里传开来。该不该代播代维的事大家不关心,只知道筹钱发奖项的事,因高山泰出面阻拦,要泡汤了。背着高山泰,职工私底下议论纷纷,就是在饭桌上,秦姑也能听到闲言碎语,说什么高山泰从前总替职工着想,现在,一升官发财,把职工的利益就忘在了脑后。

说什么两个副台长想为职工谋点福利，反倒挨了高山泰的批，太不公平了！秦姑弄不清事情的原委，但职工对高山泰的埋怨，她是看在眼里记在心里，她万万没有想到的是，她日思夜想的高山泰，一回到湖山，还没跟她打上照面，就满处是唾沫星子等着他，心里暗暗替高山泰捏把汗。

白天，人多眼杂，就是高山泰进来吃饭，秦姑也只能装着若无其事，只跟他打了声招呼。硬是挨到晚饭后，整个湖山都安静下来，秦姑才把高山泰约到自己屋里。

高山泰一进屋，就被香呛得连咳了几声，他眯缝着眼，用手驱赶着缭绕的烟雾说："你这白天厨房火烤，晚上屋里烟熏，是想把自己变成熏肉咋的？"

秦姑没好气地说："还不是为了你！"

高山泰奇怪："为我什么？"

秦姑让高山泰坐床上，他嫌身上脏不肯，秦姑就把凳子递给他说："你说为你甚？"

高山泰摸头不知脑："我哪儿知道？"

秦姑把她从饭桌上听来的话告诉高山泰，问他，到底是咋回事？把人都急死了！高山泰一听，明白是怎么回事，就把事情的来龙去脉讲给秦姑听。

秦姑悬着的心这才放了下来。但她还是提醒高山泰说："你们的事额不懂，也不插嘴。但你总不能把台里上上下下都给得罪光了，再说，你正在升官的当口，别把事情搅黄了。"

哪晓得高山泰一根筋地说："我得罪谁了？你说我一个当台长的，不领着大家往正道上走，为了几个钱去讨好职工，连基本的原则都不顾，要是为这事，当不了那个副巡，我也认了！"当着秦姑的面他嘴巴硬，其实，高山泰心里也很纠结。职工盼望多发几项奖有什么不对？两个副台长一个想为家乡办点实事，一个想为台里筹几个钱又错在哪里？自己没有本事筹钱，凭什么去指责别人拿政策原则做交易？自己可以无视那几项奖，凭什么站在道德高地，指责职工都钻进钱窟窿去了？高山泰很痛苦，怎么一件事情，就把自己推到了所有人的对立面，让自己的形象坍塌下来？怎么才能重新找回过去的那个高山泰？

事情就像湖山上的天气，刚才还是乌云密布、大雨倾盆，转眼就云开雾散、阳光灿烂。不出高山泰所料，台里为市里电视台代播代维新增的那套节目，果然出了岔子，而且"摊上大事了"！原来，那套擅自开播节目所挤占的频率，是民航系统的。民航飞机经过该地区空域，飞行员在专用频率上与地面联系，正在接收气象信息时，突然插进来"凤凰组合"的二重唱，把飞行员和地面塔调吓得够呛。为此，民航状告广电，上面很紧张，万一因此导致掉下一架飞机来，那可是人命关天的大事！前一阵刚闹出"马航370"失联，全国上下谁不揪心！一追查，查到频率信号是湖山无线台发射的。这还了得！湖山无线台是全省的骨干台，老牌先进单位，加上有高山泰这样几十年工作经验的台长坐镇，怎么会犯这样的低级错误，捅出这大个娄子来？这真是把天都捅破了！调查组进驻了湖山，台里上下顿时紧张起来，所有人这才感到事情的严重性。一连几天，大家进进出出，人人神情严峻，吃饭时也没有哪个谈笑风生，也没人再嚼高山泰的舌头了。反倒是高山泰该干吗干吗，还主动找人说笑。有人私下说：都啥时候了，他还笑得出来？有人说：不关他的事，他正好坐在黄鹤楼上看翻船。事情的起因经过都不复杂，但在事情的责任追究和处理上，高山泰却跟调查组干了一仗，这大大出乎调查组和所有人的意料。

在这件事情上，顾祥喜和曾尤恭都很配合调查，并且主动承担了所有责任。调查组也认为，事情发生期间，高山泰正在省里学习，台里的工作由副台长负责，责任应由副台长来负。可是，高山泰非要主动跳出来，伸着脑袋接石头，跟调查组说他是台长，哪有一把手不承担责任，让副职承担责任的道理？调查组也是好意保护高山泰，正是提拔的关口，要是这时背个处分，到手的副巡就真是煮熟的鸭子要飞了。高山泰不管那些，一意孤行要承担所有责任，调查组明示也好，暗示也好，高山泰全当耳旁风。他还跟调查组拍桌子，说这么大的事，没有经过他的同意，无论如何两个副台长是当不了这个家的！就算他不在台里，可台长还是他，台里出了事，他要承担领导责任。高山泰请求调查组，只要放过两个副台长，给什么处分，自己都愿意接受。这下调查组反倒为难了，他们没想到，高山泰不仅不撇清自己，还胡搅蛮缠主动要求处分。他们认为高山泰简直太不可理喻了！调查组决定回去汇报再做处理。没想到高山泰是王八吃秤砣铁了心，调查组前脚离开，高山泰后脚就追到省里负荆请罪。

高山泰如愿以偿，背了一个记过处分，当然，他提副巡的事也没了下文。大家都知道，这回高山泰是战士行军帮炊事员——替人背黑锅。台里上下对高山泰的态度，顿时发生了一百八十度的大转变，先前看他的冷眼、白眼，现在都变成了敬佩和赞许，在路上与他碰面，大家会主动止住步，侧身让他先过，在饭厅吃饭见他进来，大家会起身客气地跟他打招呼。顾祥喜和曾尤恭两个副职对他，更是感激涕零、心悦诚服。高山泰背了个处分，丢了"副巡"的帽子，不仅不沮丧，反倒成了大家眼里的英雄。在同样的事情上，一夜之间，坍塌的高山泰又重新立了起来，而且比过去更高大、更坚实。

接到处分的当晚，吃晚饭的人都陆续离开了，秦姑不见高山泰的人影，心急如焚地在食堂转来转去，她已从别人嘴里得知高山泰受处分的事，担心他接受不了发生什么意外。正在这时，高山泰哼着小曲，掀开门帘，背着手，优哉游哉地进来了。

未见其人就闻其声，高山泰大声嚷嚷："秦姑，有什么好吃的？都端上来！"

秦姑吓了一跳，探头一看，见高山泰笑容可掬，还冲她扮鬼脸，心想，他这是吃错了药，还是着了魔？秦姑一面心里打鼓，一面从厨房端出饭菜放到桌子上。

高山泰低头一看，眉头一蹙说："再去加两个菜来，最好切两个盐蛋、炸盘花生米来。"

秦姑疑惑地问："你这是想喝酒啊？"心想：他这是想借酒消愁啊，转念一想，不对啊，他应该愁眉苦脸才对，怎么会兴高采烈呢？

高山泰摇头晃脑戏言道："本官正有此意。"

秦姑不敢怠慢，赶紧到厨房忙活。不一会儿，高山泰要的菜端上来了。高山泰取出上次招待海市长的酒，打开瓶盖，把面前的酒杯倒满。

秦姑够头看他倒酒问："这真是你秘制的药酒？"

高山泰扑哧一笑："这是我泡的药酒不假，但酒就是普通的包谷酒，农民自己酿的。我们从他们手里买便宜，要说这酒包治百病、延年益寿我不敢打包票，但喝了它，确实能舒筋活血、壮阳补肾。"

秦姑："那你干甚要骗人说是自己酿造的酒呢？"

高山泰看了她一眼："你傻啊，现在吃喝都有规定管着，你要说是买来的酒，海市长他们敢喝吗？"

秦姑瞪他一眼："连嘴都管住了，你还说人家海市长趁老婆不在，准备生二胎？胆也忒大了吧！"

高山泰哈哈笑道："谁说海市长躲着老婆要生二胎了？我是说除了老婆，还有备胎。"

秦姑不好意思咧嘴一笑说："额还以为是背着老婆生二胎呢！嗳，'备胎'是甚意思啊？"

高山泰坏笑着说："这还不明白，'备胎'就是备用的呗！你看哪辆汽车没有备胎？半道上车胎扎破了，没有备胎哪儿行！"

秦姑赶紧问："听说男人除了婆姨，把相好也叫'备胎'，你的'备胎'在哪？"

高山泰尴尬一笑："我哪来什么'备胎'？"高山泰翻着白眼，半天吐出一句话来，"要有'备胎'，那也是你！"

秦姑猛地扭过头嚷道："额才不当你的'备胎'呢！"

高山泰紧接着问："那你要当啥？"

这回轮到秦姑噎住了："额要当，也当……"她把后面半截话吞回肚子里了。秦姑脸上稍纵即逝的红晕，没能逃过高山泰的眼睛。尽管秦姑嘴里的话没有吐出来，但等于已经明白无误地道出了在心底藏着掖着的心声。

高山泰抓过一个酒杯倒满，推给秦姑说："一个人喝酒多没劲，来，陪我喝几杯。"

"喝就喝！"秦姑端起杯子，一仰脖子干了。

高山泰望着她目瞪口呆，缓口气说："吃菜，赶紧吃菜！"

秦姑："额喝酒从来不吃菜。"

高山泰："不吃菜喝酒会醉的。"

秦姑笑："醉是甚滋味，额还没尝过呢。额们那里赶集，到集上口渴了，都是用大碗喝酒，哪有菜下酒，充其量吃几个枣。"

高山泰瞪大眼不敢相信："拿酒当水解渴？"

秦姑点头，她索性抓过一个碗，倒满一碗："这样，你用杯，额用碗。"

高山泰害怕了。他哆哆嗦嗦端起酒杯，送到嘴边抿了一口，偷偷看了秦姑一眼。只见秦姑端起碗，一口下去半碗。

秦姑抹了一下嘴巴，回到正题上："额问你，你挨了处分，丢了官，咋还这嘚瑟呢？"

高山泰嘴里嚼着花生米，一脸喜气地说："这你就不懂了。"

秦姑说："额是不懂，你告诉额啊！"

高山泰干了酒，秦姑又给他斟满，望着他。

高山泰悠然自得地说："我在湖山工作了三十多年积攒的是什么？"秦姑摇头。高山泰摇晃着脑袋道出两个字："人气！"秦姑似懂非懂眨巴着眼。高山泰接着说:"干了一辈子,临到退休了,把点人气都给弄没了,你说我在湖山台还能留下什么?"秦姑木然不语,等着他下面的话。高山泰伸出两根指头,嘴里又蹦出两个字:"骂名!"高山泰闭眼摆着手:"人走了,落得个千古骂名!你说我走了能甘心吗?死了能闭眼吗?"

秦姑恍然大悟说:"所以,你宁愿替人受过,甘愿拱手让出到手的官,也要把名声换回来!"

"知我者,你也!"高山泰情不自禁抓住秦姑的手,学着戏里的官人道:"来,我敬娘子一杯!"

秦姑一把抽出手,拧眉责问:"谁是你娘子?你找你娘子喝去,额又不是你娘子!"

秦姑反应过激,不仅不令高山泰尴尬,反倒令高山泰暗喜,说明她非常在意这个"娘子"。于是,高山泰趁着酒性假戏真做道:"原先不是,现在可是?"

秦姑说:"现在也不是。"

高山泰道:"现在不是,将来可是?"

这回秦姑不吱声了。她沉吟片刻,双手端起碗,一饮而尽。秦姑用行动表明了自己的态度。

高山泰看在眼里,喜在心上。他一仰脖子也干了杯中酒。他同样用肢体语言回应了秦姑。

秦姑又回到高山泰身上问:"你这样做值当吗?"

高山泰回:"咋不值当?用功名换英名,太值当了!"一提起过去,高山泰像《红灯记》里李奶奶对铁梅痛说革命家史:"我上山那会儿还是个刚出学校门的小青年,山上的生活条件那样艰苦,无线台也只是个科级单位,对外通信都很困难。那时无线台还是保密单位,无线台不叫无线台,对外叫××信箱,就是写家信也要在外面包个信皮,先寄到上级单位,再由单位拆开,重新寄出去。"秦姑问为甚?高山泰说:"为了保密啊!谈恋爱都要经过严格的政审。"秦姑问甚叫"政审"?高山泰说:"就是对本人和家庭成员进行政治审查,看有没有历史和现行问题,还要查祖宗三代的出身。"

秦姑不理解地问:"娶媳妇查人家三代干甚?"

高山泰说:"我们是保密单位,哪能娶个家庭背景有问题的人呢。"

秦姑说:"听额爹说,额爷爷那辈划成分是地主,照你说,政审额肯定过不了关了？唉，额算是当不成你们这里的媳妇！"

高山泰挥手说："那都是过去的事了，现在台里职工娶媳妇，上面谁还管这些事，只要是个母的，双方愿意就行。"

秦姑横他一眼说："瞧你这话说得多难听，女的不会说要说母的，你拿额们女人当牲口啊！"

高山泰嘿嘿一笑："我不就一比方吗。"

秦姑说："有你这样比方的吗？额说你们男人是公的你愿意？"

高山泰笑："那有啥不愿意？公的就公的，公配母正好一配，要公配女那就麻烦了。"

秦姑一听扑哧笑道："狗嘴又在往外吐象牙！"

高山泰故意惊张道："象牙在哪儿？象牙在哪儿？"

秦姑笑着敲了一下他的头："象牙在你头上！"

俩人说着、喝着，高山泰给秦姑讲着台里的过往，末了，高山泰感慨万千地说："我是亲眼看到一个个老职工退休，几任台长离职，他们都是默默无闻离开湖山的，还有人病死，就埋在了这湖山。"高山泰说着眼圈红了，他端起酒杯干了，秦姑也陪着他干了碗里的酒。

秦姑很震撼，高山泰从没有跟她讲过这些，今天，他把埋藏在心窝里的话都给掏了出来。她很难想象湖山台的前人是什么样的，说前面人吃多大的苦、遭多大的罪她信，但说终了就葬在湖山，秦姑难以相信，又不是战乱年代，死了人就地掩埋，再怎么说如今是和平年代，中国人讲落叶归根、魂归故里，就算客死他乡，一般也回老家安葬，哪怕身子回不去，骨灰总可以回家。于是，她心存疑虑地问："真有人埋在湖山，额怎么没看到？"

高山泰看出秦姑不信，脖子一梗喝干酒说："明天，我就带你去看。"

秦姑劝慰他说："别老想着湖山台的过去，现在不是挺好的吗，多想想湖山台的往后，心里就舒坦了。"

高山泰回味着说："哪能不想呢？一到逢年过节，一到面对荣誉、面对升迁的时候，都会想起那些把自己几十年光阴都献给湖山的老职工，他们都净身而去，比起他们来，我身上有多少光环！他们让湖山台后人不能忘却的是，对他们的赞誉和怀念，我总不能给湖山台后人留下怨声和骂名吧！"

秦姑叹了一口气说："唉，额就弄不懂，为了换回个唾沫星子的好名声，你咋就甚都舍得？好名声能换酒喝？"秦姑端起碗。

高山泰杯碰碗干了。他放下杯子感叹道："有些道理跟你说你也不懂，明天我带你去个地方，看了你就明白了。"

秦姑不知高山泰又要带她去哪儿，仿佛湖山的宝贝都让他埋在地里，想让她看，随时就能挖出一个让她开开眼。

酒喝多了，话说多了，高山泰突然像拔了插头似的，一头栽倒在桌上。秦姑不知如何是好，在一旁陪坐了半天，等她收拾完桌子，看见高山泰有了动静，知道他酒开始醒了，过来想扶他进屋躺会儿。高山泰搭着秦姑，跟跟跄跄走到屋门口，秦姑正往屋里带，高山泰虽然喝高了，但潜意识仍然提醒自己，酒后容易乱性，一旦上了秦姑的床，很难说自己不会干出什么出格的事来，再怎么着自己跟秦姑还没到那个分上。他努力睁开眼止住步，挣脱秦姑的手，口齿不清地说要回倒班楼去。秦姑强留不住，想扶他过去，被他拦在门口。秦姑知道高山泰是担心她夜里出门害怕，只好把着门，目送着高山泰深一脚、浅一脚摇摇晃晃，总算摸进了倒班楼，秦姑这才反身把门锁上。

九

第二天正好是双休日，高山泰也不赖床，早上照例在台里巡视一番，看手头没有什么要紧的事，就摸到食堂来找秦姑。秦姑说还以为你昨晚酒喝多了，早把带她出去的事忘在脑后了。高山泰嘴上说怎么会？心里想：都说酒醉心明，要不昨天夜里早就进了你的屋、上了你的床。秦姑说喝酒的人最爱忘事了，越是近前的事越容易忘。高山泰笑说：我跟别人不一样。秦姑问咋不一样了？高山泰伸出三个指头说：我喝酒有"三不"。秦姑问哪"三不"。高山泰振振有词说：酒后不失言，酒后不忘事，酒后不乱来。秦姑一想，也是，昨晚怎么让他进屋，他死活不肯，说明他真是酒醉心明。看秦姑还在磨蹭，高山泰催促说：道可不好走，得赶紧。秦姑简单拾掇了一下自己，跟高山泰出了门。

女人方向感天生就差，站在湖山"盆地"，东南西北秦姑辨得清楚，跟着高山泰在山上绕来绕去，秦姑马上就找不着北了。高山泰带着她穿过一片林子，翻过一座山包，沿着一条羊肠小道，又绕过一座山，秦姑眼前一亮，前面是一片绿草茵茵的丘陵，丘陵后面是茂密的山林，山林后面又是屏风似的大山，果然是山外有山天外有天啊，自己就好像来到另外一个世界。

秦姑看到丘陵上遍布着一个个土丘，看上去又像是荒芜废弃的坟冢。不远处，有一座修葺新整的坟墓，显然跟那些荒冢不是一个年代的。荒冢上的杂草随风摇曳，就像是久违的朋友冲高山泰和她在招手。跟着高山泰踏着齐脚窝的荒草，来到新墓前一看，墓碑上刻着：

刘志铭同志之墓，生于一九三五年，卒于一九九二年。

高山泰一句话没说，在墓前鞠了三个躬，从兜里掏出一盒烟，点燃三支，插在坟头，接着又掏出一个扁平的酒瓶，拧开瓶盖，把酒缓缓洒在墓前的地上，然后久久凝视着墓碑。过后，高山泰盘腿坐在了墓碑前。

秦姑也跟着单膝跪在他旁边。隔了一会儿，秦姑忍不住小声问："这墓里的人是谁啊？"

高山泰对着墓碑告诉她："他是湖山台的第一任台长，也是我的师傅。"

"你还有师傅？"秦姑惊讶，在她看来，整个湖山再没有人比他更有学问，他在台里就像庙里的长老。

高山泰缓缓跟秦姑讲起了这个刘台长的故事："刘台长是'文革'前毕业的大学生，也是学无线电专业的。一九七二年，被抽调来建湖山台，他当时已在省局总工办当技术员，本来是在省城坐办公室的。组织决定抽调他，他二话不说，捆着行李就上了湖山。"

秦姑发感慨说："你说那时的人怎么就这么听话！上面让上哪儿就上哪儿。你看现在这些人，不管上面要他干个甚，不讲好工钱不谈妥条件门儿都没有！"

高山泰说："那是什么年代，那时的人什么觉悟？组织要你去那是对你的信任，那时谁要是被组织信任，那是莫大的光荣和自豪！"

秦姑说："要不说那时的人傻呢！"

高山泰说："年代不一样，现在的人跟从前的人没法比。"

秦姑不解："嗳，你说到底是年代变了，还是人变了？"

高山泰说："年代在变，人也在变。"

秦姑问："咋个变法？"

高山泰说："社会越变越富有，人越变越现实。"

秦姑喃喃问："你说过去那样的人还有不？"

高山泰说:"哪能没有呢！网上对老人碰瓷不是有争论吗,有的说'好人变坏',有的说'坏人变老'。其实,留在好人堆里的,还是大多数。"

秦姑看了高山泰一眼说:"额看你就像从前的人,跟这个刘台长一样。"

高山泰说:"我只是打从前过来的人,但跟刘台长没法比。"他凝视着墓碑说,"刘台长后来告诉我,尽管上山前,已经做了最坏的打算,但山上的艰苦程度,还是大大超过了他的想象。"

秦姑问:"苦成个甚样？"

高山泰说:"就拿安全来说吧,你现在躲在屋里铁门把着,你还怕豺狗。他们那时只能露宿在荒山野岭的窝棚里,湖山除了没有狮子老虎,其他野兽都有,狼和豺狗更是遍地都是,夜里随时随地都会有狼和豺狗来袭扰,睡着了都得睁一只眼,战士们都子弹上膛,搂着枪睡。"

秦姑问:"怎么还有当兵的？"

高山泰说:"当时他们建的叫战备台,属于保密单位,有一个班的战士随台保驾护航。"

秦姑好奇地问:"那台里职工有枪不？"

高山泰说:"战士有枪职工就用不着,后来部队撤走了,为了以防意外,上面专门特批给台里配备了一把猎枪。"

秦姑问:"当时台里有多少人？"

高山泰说:"当时山上只有一个大学生、一个中专生和几个工人,整个筹建工作全部由刘志铭负责。"

秦姑惊讶:"就这么几个人？"

高山泰点头:"当时搞基建,有这么几个人就不错了。"

秦姑替他们发愁问:"几个大光人,他们拿甚搞基建？"

高山泰说:"拿什么？手和脚。没有路也没有汽车,他们就像燕子衔枝筑巢,一砖一瓦、一袋米一袋盐,沿着羊肠小道往山上背。吃的是咸菜、喝的是山泉,睡的是窝棚、盖的是霜露,硬是凭着一双手,不仅建起了湖山台,还把上山的羊肠小道拓宽改造成了能通汽车的山路。"

秦姑说:"也够难为他们的了,就那么几个人,甚没有还能把无线台建成这个样子。"

高山泰说:"哪是今天这个样子？当时的无线台只有两间山石垒的房子,上面拨了一台两千瓦电子管的发射机，设备安装调试好开始信号发射，湖山台就算正式挂牌了。那时对外保密，什么剪彩庆典仪式都不能搞，大家只能打几只野兔，喝着包谷酒暗自庆贺。你今天看到的湖山台，就是在他们打下的基础上逐步发展起来的。"

秦姑说："额说呢，凭三五个手无寸铁的光人，就是有三头六臂，也折腾不出今天这个样子来。"

高山泰说："但基础是上辈人打下的，没有他们哪有湖山台的今天。湖山台正式建成后，刘志铭就当了第一任台长，跟他同时毕业分到机关工作的人，后来都提拔当了处长，甚至当副局长的都有，可他一直就是个科级，一干就是十几年。年终评先进、劳模，总少不了他，但晋升提拔却总跟他无缘。他在湖山就像孤悬红尘之外，不被人注视不说，还常常被人遗忘。我们后来上山来台工作的人都替刘志铭打抱不平。他听到这些话，总是淡淡一笑，说我做我的山大王，他们当他们的处长、局长，还不知道谁大谁小呢？我就是他一手带出来的。"

秦姑痛心地问："这么好个人咋就没了呢？"

高山泰黯然道："长期恶劣的生活环境，摧残了他的身体，透支了他的健康，他已知病魔缠身，当地医疗条件差，让他回省城大医院治疗，他死活不肯离开湖山，就是靠药物维持。"

秦姑问："他是怎么走的？"

高山泰说："他本来就有心脏病。那天'架锅'，在铁塔上操作的是个新手，半天调试不好，不是方位角不对，就是俯仰角有误。刘台长急了，非要亲自爬上去调试，我们怎么都拦不住他。结果下来，他面色苍白，嘴唇发乌，直冒冷汗，还没等他走进办公室，就一头栽倒地上。我上前扶他，要送他下山去医院。他喃喃说，汽油很紧张，别浪费了。他示意我从他衣兜里拿药，我伸手在他兜里掏药，他看着我微声说，我走了，一定要把我埋在湖山。"高山泰说到这里，眼泪簌簌直下，哽咽道："这是刘台长说的最后一句话。"

秦姑也陪着默默流泪说："一个大活人，说没就没了。"

高山泰缓和一下说："刘台长在湖山整整奋斗了二十年，走的时候还不到六十岁。没有高级职称，没有处级职务。你知道刘台长为什么一定要埋在湖山吗？"

秦姑睁大眼问："为甚？"

高山泰说："起先，我们都以为刘台长说那话，就像电视、书上那些英雄们的豪言壮语。后来他妻子赶上山来为他办理后事，才把实情告诉我们。原来，刘台长家也在农村，父亲生前患癌症到省城住院治疗，扯了一屁股的债，连老屋的房子都卖了。刘台长还偷偷去卖过血，后来检查出他肝脏有病，连血都卖不成了。刘台长知道自己的身体状况，随时都有离开的可能。他对妻子交代，如果哪天他走了，他算过，抚恤金加丧葬费应该有几万块钱。他说湖山大，随便找个地方埋了就行，把抚恤金和丧葬费用来还债。台里的职工听了，恨不得把湖山哭塌，嚷着凑钱，给刘台长买个墓地，让他体体面面地入土。刘台长的妻子恨不得跟大家下跪，求大家一定遵从刘台长的遗愿，否则他会死不瞑目！我们只有听从了刘台长妻子的意见，就选在这里为刘台长修了一座墓，安葬了他。因为刘台长是在位殉职的，台里就立下一个规矩，永久保留刘台长的办公室，并保持他办公室原样不变。每天都照常为他打扫办公室，吃年饭都给他摆上一副碗筷，台里进了新人，都要向他报到。到我这里已几任台长了，大家都一直延续这样做，以此纪念刘台长。"

秦姑抹着眼泪说："怪不得上次额去台里，看见你隔壁那间关着的屋子也挂着台长办公室的牌子，额心里还纳闷呢，怎么有两间台长办公室？"

高山泰起身对着墓碑说："刘台长，现在早就不时兴背语录了，可有一段语录，我永远都不会忘记。"高山泰大声背道："无数革命先烈为了人民的利益牺牲了他们的生命。让我们每个活着的人想起他们就心里难过，难道我们还有什么个人利益不能牺牲，还有什么错误不能抛弃吗？"

秦姑听了一愣，问："这是毛主席说的？"

高山泰说："当然，这还能假！"

秦姑恍然大悟："额现在算是明白了，你就是听了毛主席这句话，拿自己跟刘台长一比，什么票子、帽子都舍得了。你就想踏踏实实做一个像刘台长这样的人，额没说错吧？"

高山泰欣然点头。

秦姑起身站在高山泰旁边，她不知道刘台长长得什么样，但她突然感觉，自己身旁的高山泰，还有台里的好多人，就是一群"刘台长们"。秦姑环视周围，身后是青山，前面是树林，中间是绿草茵茵山花烂漫的丘陵，难怪要把刘台长的墓地选在这里。秦姑情不自禁道："好风水！是不是请风水先生看过？额们那里的墓地，都请风水先生看过的。"

高山泰说："哪来的风水先生。"他指着那些早已风化的荒冢说："这里原先就是古战场，这些荒冢下面，就掩埋着当年阵亡的将士。"

秦姑感叹："都是些不着家的孤魂野鬼啊！"

高山泰说："'青山处处埋忠骨，何须马革裹尸还。'古人尚且都有慷慨赴死的豪情，我们今天的人，更应该像刘台长那样，连命都看得云淡风轻，何况命以外的东西。"

离开刘台长的墓地，来到那些荒冢前，秦姑好奇地问："这些坟冢该有多少年了？"

高山泰说："少说也有一两千年了。"

秦姑惊叫道："哎呀额的个娘，一两千年！里面埋的人都有名有姓不？"

高山泰问："你听说过'绿林好汉'吗？"

这回秦姑点头："咋没听说过？当娃儿的时候，就听村上老人讲过，'绿林好汉'就是专门打家劫舍的强盗。"

高山泰笑道："你说的既对也不对。"

秦姑茫然地问："甚意思？"

高山泰说："你说的那种'绿林好汉'，是后来被演绎的强盗，而这里的'绿林好汉'，是真实的农民起义军，他们被逼啸聚山林，杀富济贫。"

秦姑好奇地问："还真有'绿林好汉'啊？额还以为戏文里瞎编的呢。"

高山泰说："就算戏文编的，也不是空穴来风，大多数历史上都真有其事。你看《水浒传》《三国演义》《瓦岗寨》，哪个不是真人真事。只是通过艺术形式，把他们演绎加工，放在戏里、书里。湖山上不仅'好汉'是真的，就连'绿林'都是真的。"

秦姑惊讶道："在哪儿？在哪儿？"

高山泰指着前面的一片树林说："远在天边近在眼前，这就是真实的'绿林'。"

秦姑将信将疑："是个林子就叫'绿林'，那满世界都是。"

高山泰说："谁说就这片林子？林子后面还有一个寨子，统称叫'绿林山寨'。"

秦姑昂着头四下找："寨子呢？哪儿有？在哪儿？"

高山泰说："不信是吧？走，我带你去看。"

说着，高山泰抬脚打头里走，秦姑紧随其后。穿过绿林，来到山的近前，高山泰指了指满是山洞的山体说："这跟前就是原先山寨的遗址。"

秦姑说："怎么除了这些山洞，甚都没有？"

高山泰说:"山寨后来被起义军自己焚毁了,再说都过去上千年,哪还能留下什么。"高山泰又指着一个个山洞说,"别小看这些山洞,能容下千军万马,进去看了你就知道了。"高山泰一把拽着秦姑的手,攀上山坡进到洞穴。

秦姑四下一看说:"这洞比额家大多了,总得住下百十号人吧?"

高山泰说:"这算小的,走,我带你去看大的!"

高山泰带着秦姑穿进一个山洞,摸黑走了一截,前面出现了微光,并不断明亮起来。出了山洞,只见一个巨大的洞穴豁然眼前。秦姑举目一看,山洞足有几个打谷场大,再抬头一看,秦姑失声叫道:"额的个娘,这上面可以开飞机了!"

高山泰笑:"那会儿是没飞机,要有准开进来了。"

秦姑连连咂舌:"太神奇了!"

高山泰说:"还有更神奇的,这个洞四通八达,四周都有山洞,每个山洞都连着别的洞穴,形成网状的连环洞,跟迷宫似的,要是不熟悉地形,进去迷了路,半天穿不出来。山洞易守难攻,就算官军打进来了,也能跟他们捉迷藏,要他们有来无回。"

秦姑好奇:"嗳,这里怎么会有这么多山洞?"

高山泰说:"这里山区是喀斯特地貌,所以溶洞特别多。"

"喀斯……地貌?"秦姑听不懂高山泰说的是甚。

"叫喀斯特地貌。"高山泰解释说,"喀斯特地貌的特点是,山体是石灰岩的,石灰岩的主要成分是碳酸钙,在有水和二氧化碳时,发生化学反应成碳酸氢钙,碳酸氢钙可以溶于水……"

"你能不能说点让额听得懂的话?"秦姑打断高山泰说。

"好好,"高山泰遵从道,"通俗地讲,就是酸水灌流腐蚀山体淘出溶洞,并逐步扩大成今天这样。"

秦姑笑道:"知道你有文化,跟额这样的农村婆姨说话,用不着换副狗鼻子。"

这回轮到高山泰听不懂了:"啥叫换副狗鼻子?"

秦姑见高山泰不懂,扑哧笑道:"换副狗鼻子,就是闻(文)来闻(文)去呗!"

高山泰一听忍不住哈哈大笑:"再文来文去,也赶不上你这俏皮话。"

俩人笑过,秦姑说:"别说,住在这里冬暖夏凉不说,还不用缴房钱。等哪天没地住了,额也搬这儿来住。"

高山泰打趣道:"你不怕豺狗把你叼了去?"

秦姑说:"有你护着,额怕甚!"

出了山洞,站在山坡上,高山泰一溜指着说:"你看,那是古烽火台,那是古城墙,那是古兵寨,那是古梯田。"

经高山泰一说,那些古遗址在秦姑眼里越来越鲜活起来。她仿佛回到一千多年前的绿林山寨,烽火台上士兵手执长矛,警惕地注视着远方,兵寨里正在热火朝天地习武操练,不远处的梯田上,屯垦的士卒正在劳作,整个绿林山寨旌旗猎猎,人声鼎沸,鼓角争鸣,战马嘶鸣。此刻的秦姑和高山泰,活像电影《古今大战秦俑情》里的男神女神,从现实穿越到秦朝一样。

秦姑正在愣神,高山泰扯她一把,把她拉回现实说:"怎么,不想走了,想留下来当压寨夫人?"

秦姑还沉浸在以往,不禁感慨道:"'绿林山寨'好歹还留下点念想,可当年的'好汉'甚也没留下。"

高山泰说:"谁说没留下?刚才看到的荒冢,里面埋的就是当年的'好汉'。"

秦姑幽幽道:"谁不是娘胎里出来的,死了连个姓名都没留下。额看电视上的《水浒》,人家梁山上的英雄好汉哪个没有名号,像及时雨宋江、黑旋风李逵、豹子头林冲,后人都知道他们的英名。"

高山泰唏嘘道:"'一将功成万骨枯',你只知道及时雨宋江、黑旋风李逵、豹子头林冲,你知道梁山上成千上万阵亡士兵的姓名吗?历朝历代都如此,历史记住的永远是那些大人物和英雄,普通的小人物都是忽略不计的。"

秦姑一脸认真地问:"刘台长算不算个大人物?"

高山泰一愣,说:"算,当然算,他在我们湖山台就算最大的人物了!所以他去世了,人们给他树碑立传。"

秦姑又问:"那你算不算个大人物?"

高山泰嘿嘿一笑,摇摇头说:"我算哪门子大人物?将来死了,只是遗臭万年。"

秦姑说:"刘台长是台长,你也是台长,他是大人物,你也应该是大人物!"

高山泰说:"他倒在岗位上,是因公殉职,再说他是湖山台的创始人,是有杰出贡献的,我哪能跟他比。"

秦姑说:"在额眼里,你就是个大人物,将来你……"秦姑陡然发现自己说漏了嘴,戛然而止。

高山泰听了她的半截话，反而哈哈大笑道："将来我死了，你也要给我立块碑是不是？"高山泰想了想说，"这样吧，你就学着《水浒》里给我封个名号，在墓碑上刻上'湖山播客——高山泰'几个字。"

秦姑反问道："你给额封个甚名号？"

高山泰低头想了一下说："《水浒》里的女英雄有三个，一个是'一丈青扈三娘'，一个是'母夜叉孙二娘'，还有一个是'母大虫顾大嫂'，孙二娘是开饭馆的，你也会做饭，我看'母夜叉孙二娘'挺适合你的。"

秦姑说："去了你的吧，你以为额不知道，那个孙二娘是做人肉包子的，额甚时候做过人肉包子？"说着，秦姑举起拳头要往高山泰身上砸。

高山泰挡住说："好好，我另外给你想个好听的名号。叫你'湖山庄主——秦姑'怎么样？"

秦姑说："叫你'湖山庄主'还差不多，额怎么能叫呢？"

高山泰赶紧说："要不，叫你'湖山内主'吧？"

秦姑琢磨道："为甚叫'湖山内主'呢？"

高山泰说："'内主'，就是你主内，我主外啊！"

秦姑羞涩道："那额成你甚人了？你又想占额便宜！"秦姑的拳头又撵着高山泰撒腿往前跑。

离开绿林山寨，他们穿过林子回到荒冢，秦姑说："从前听说'绿林好汉'都是编的故事，今天听你一说，额也见识到了，原来'绿林好汉'还真有这档子事，到底咋回事，你给额说道说道吧。"

高山泰问："你真想听？"

秦姑头一偏："当然啦！"

高山泰说："那我就给你说道说道。一千多年前，临县有叔侄俩来湖山起义，四方的饥民都跑来响应，连后来当上东汉皇帝的刘秀，都来投奔他们。他们经常出没这片山林抗击官军，所以人称他们为'绿林好汉'。后来起义军中染上了瘟疫，死的人越来越多，他们不得不把队伍拉出湖山，那些战死的病死的将士就埋在这些荒冢下。"

秦姑刨根问底说："这些'绿林好汉'结果怎么样了呢？"

高山泰逗她说："结果都写在书上了。"

秦姑瞪眼说："额不是没看过书吗，你吊额的胃口咋的？"

高山泰抬脚慢慢往前走，秦姑紧随其后等着他的下文。

高山泰说："'绿林好汉'的故事长着呢！"

秦姑激将道："是你不想讲给额听，还是你压根不知道？"

高山泰果然被激将了，脱口道："不是吹，'绿林好汉'那段历史我门清！"听到秦姑鼻子哼了一声，高山泰主动开口往下讲："起义军被迫撤出湖山，兵分两路，后与多路农民起义军会合。其中山东有一支起义军很有意思，为了区别官军，他们把自己的眉毛染成红色，人称'赤眉军'。'绿林'和'赤眉'两支大军声势浩大、所向披靡，一路向西攻打到长安，对了，就是你们陕西的西安。"

秦姑惊讶道："咋打到额们那儿去了？"

高山泰说："长安当时是京城嘛。眼看胜利在望，起义军内部发生了争夺。"

秦姑问："他们斗甚？"

高山泰说："斗谁当皇帝啊。"

秦姑说："这有甚好斗的，额都知道，当年刘邦和项羽攻打秦国时，就约定好，谁先进长安谁称王，额看还是按老办法来。"

高山泰说："这回跟刘邦、项羽那会儿不同。"

秦姑问："甚不同？"

高山泰说："刘邦和项羽那时打的是'楚虽三户，亡秦必楚'的口号，都是自称楚人，没说当皇帝非得姓谁。这回起义军打的是恢复汉室的旗号，汉室的高祖是刘邦，所以要推选姓刘的出来当皇帝。"

秦姑说："找姓刘的还不容易，这有甚好争的？"

高山泰说："找个姓刘的是不难，但得看他替谁说话？起义军当时分成两派，一派是以叔侄俩为代表的农民起义军，他们推举的人叫刘玄，另一派是南洋地主武装，他们推举的人叫刘演。"

秦姑啧啧道："跟鸡似的，就会窝里斗。"

高山泰说："双方相持不下，叔侄俩先下手为强，撇开南洋地主武装，召集起义军农民将领开会，正式立刘玄当皇帝。"

秦姑急问："另一派愿意？"

高山泰说："不愿意也得愿意，见农民起义军兵强马壮，刘演只得灰溜溜走人，这样刘玄登基当了皇帝。"

秦姑说："这不挺完满吗！"

高山泰说:"事情哪那么简单。刘玄当了皇帝,变得荒淫无度,还杀了不少起义军将领,叔侄俩原本以为推举刘玄当皇帝有功,没料到却大难临头,他们得以逃脱,又重新起兵,再次攻进长安,杀了刘玄。"

秦姑石头落地地说:"这回总算是有着落了。"

高山泰感叹:"刘玄是交代了,但后来政权又被刘秀夺了过来。中国千百年就是在成者为王败者为寇中改朝换代的。"

穿过茂密的山林时,高山泰说,当年绿林军能在此屯兵几万人,除了开荒种粮外,湖山还为他们提供了大量的食物。秦姑问有哪些食物?高山泰娓娓道来:多了,野味有羊鹿、猪獾、野兔、香獐、果狸;野果有银杏、植梗、椑柿、茅栗、山樱桃、五月枣;野菜有珍珠花、岩花菜、蕨菜、山葱、薯蓣、山蒜;药草有黄精、龙胆草、防风、葳蕤、甘草、丹生、天葵。嗨,多了去,保证一年到头有吃有药。

出了山林,来到荒冢的拐角处,秦姑突然看到一间简易的瓦房,瓦房旁边有一座修葺过的坟茔。秦姑正奇怪,从房后走出一个驼背的耄耋老人,他把坟茔旁收拢的枯枝败叶,慢慢装进背篓里。

秦姑好奇瞅着高山泰问:"山上怎么还住着人?"

高山泰小声说:"他是我们唯一的邻居,住在这里好多年了。"

秦姑问:"他住在这里干甚?"

高山泰说:"守坟。"

秦姑问:"为谁?"

高山泰悄声说:"过去看,你就知道了。"

秦姑和高山泰轻轻来到坟茔前,秦姑看到墓碑上刻着:

罗霄汉先生之墓。生于一九〇七年,卒于一九四一年。

高山泰用手示意秦姑,要她到墓碑背面看看。秦姑绕到墓碑背面,见上面也镌刻着坟茔主人的生平:

罗霄汉长官,时任国民革命军二十九集团军上尉连长,殉职于湖山保卫战。

秦姑倒吸一口气："哇，他是国民党军。"

高山泰扯了她一下，上前跟驼背耄耋老人打招呼："您老身子骨还硬朗吧？"说着，掏出烟盒抽出一支递给老人。老人也不答话，面无表情地接过烟，高山泰给他点燃，老人深深吸进一口，满足地吐出一串烟雾，然后拍拍胳膊和腿大声说："这把骨头还能扛几年。"

秦姑小声问，老人说话怎么这么大声？高山泰说老人耳背，他听不清别人说话，以为别人也听不见他说话，所以说话声很大。

秦姑凑上前对着老人耳朵大声说："您守的是您甚人？"

老人瞅了秦姑一眼说："是我的长官。"

秦姑问："您为甚要为他守坟啊？"

老人吸着烟回道："长官救了我的命，所以我要为他守坟。"

秦姑不知道这到底是怎么一回事。高山泰跟她讲述了一段往事：抗战期间，国民党和共产党都以湖山作为根据地，共产党据守湖山北麓，国民党据守湖山南麓。一九四一年，日军准备南北夹击湖山。共产党得知情报，通报给国民党守军。湖山下有一条由南向北的公路，可以直插湖山的心脏地带湖山寺。进湖山有个隘口叫清风岭，守住清风岭就卡住了进湖山的咽喉，而扼守清风岭的国民党军，正是罗霄汉所在的部队。日军约有四千人，还有炮兵协从。新四军侦察到日军的动向，李先念火速派人送来情报。据守清风岭部队的长官得到情报，仔细观察地形后，采取了诱敌深入的战术，以少量兵力正面迎敌，主力隐蔽在后面的壕沟里。日军先是一通狂轰滥炸，接着对阵地发起正面进攻，阵地守军按照部署边打边撤，都撤退到后面的壕沟隐蔽起来。日军冲上山头，发现阵地空无一人，四周都是易燃的茅草和矮树丛。守军长官从望远镜里看到日军进入草丛，命令开炮。一阵铺天盖地的硫黄炮，点燃了日军四周的茅草和矮树丛。日军被大火烧得抱头鼠窜，守军跟着一通机枪、步枪齐发，日军死伤无数，逃下山去。日军几次进攻受挫，发现了守军的战术，就以炮火压制，使守军不能露头，步兵再步步蚕食，进攻守军阵地。战斗进行得异常惨烈，双方伤亡都很惨重，守军最后还是打退了日军，老人就是守军仅剩的几个人之一。

高山泰上前又从烟盒抽出一支烟递给老人，老人颤颤巍巍接过，高山泰赶紧帮他点上。老人又满足地大口吸着。

秦姑忍不住上前大声问老人："您的长官是怎么救的您？"

老人用混浊的目光扫了秦姑一眼，近乎声嘶力竭地喊道："罗长官身上已几处挂彩，他抱着一挺机枪就趴在我旁边。我当时是个新兵娃子，看到四周都是尸体，害怕得直尿裤子，手抖得拉不开枪栓。罗长官看我害怕，还安慰我，笑着问我是哪里人，我告诉了他，他说我们还是老乡，说他村子离我们村只有十几里。这时日本兵又冲上来了。罗长官打完机枪里的子弹，来不及换弹匣，几个日本兵就冲到面前，罗长官大喊上刺刀，我吓得连刺刀都拔不出来。罗长官端起枪一对三，连刺中两个日本兵，自己身上也挨了几刀，鲜血往外直流。这时，一个日本兵发现我，一步跳下战壕，扑到我身上，我被压在他身下不能动弹。日本兵双手紧紧掐住我的脖子，我当时眼珠都快暴出来了，心想这回完蛋了。就是在这时，罗长官扑上来，把压在我身上的日本兵扳倒在地。两个人在地上打了几个滚，罗长官身上有伤，被日本兵压在了下面。日本兵摸起身边的一把刺刀，对着罗连长喉咙管刺。罗长官一边死死顶住日本兵的手，一边大喊我帮他。我吓得大哭，手足无措。当我醒悟过来，操起一把工兵铲砸在日本兵脑勺时，日本兵手里的刺刀也扎进了罗长官的喉咙。我掀开日本兵，看见罗长官躺在地上，张着嘴大口喘着，脖子上鲜血直往外喷。我跪在他面前哭喊着，双手按着他的脖子，罗长官紧紧抓住我的手，双眼直愣愣望着我，我以为他要对我说些什么，但他一句话都说不出来了。他死后，手还抓着我不放，眼睛睁得大大地望着我。我人哭昏了，肠子也悔青了，不是我胆小，罗长官就不会死，是我害了他。我恨自己太没有用，真想躺在地上的是我而不是罗长官。战斗结束后，大家费了好大劲，才把罗长官抓着我的手掰开，把他的眼睛合上。掩埋罗长官时，我拔出刺刀，剁掉一根手指，跟罗长官埋在一起。我跪在罗长官坟前发誓：'等打完仗，只要我还活着，我就来为你守一辈子坟！'这多年，只要我一闭眼，罗长官就出现在我面前。我看他血流满面的样子就大哭，他劈头盖脸骂我，哭顶屁用！你个窝囊废，不是你，老子在战场上还能多杀几个鬼子！"

　　高山泰又给老人续上烟。老人接过，用没有燃尽的烟屁股头点燃它，贪婪地吸着。秦姑非常想知道后面的事，催促老人往下说。

　　老人说："罗长官一死，他的魂就像附在我身上，再上战场跟日本兵拼，我总是冲在最前头。"老人敞开上衣，撸起裤腿，露出一道道伤疤、一个个抢眼："抗战胜利那年，我也当连长了。后来打内战，我不愿打，就带着几个兄弟开了小差。我跑回老家专门按罗长官说的地址去找了他的家，结果一打听，根本没有罗长官这个人。我这才明白，当年罗长官说是我老乡，是为了壮我的胆。"

秦姑问："说是老乡就能壮胆？"

老人缺牙少齿，口不关风地说："俗话说，打虎亲兄弟，上阵父子兵。连日本人都是按乡土、家族组建队伍，像什么长崎联队、坂田师团，就是想通过血缘提高队伍的凝聚力和战斗力。"秦姑这才明白。老人吸着烟说："新中国成立后镇反，我又被作为国民党反动军官逮捕，坐了十几年的牢。从牢里出来又被管制，一直不能自由走动，直到'文革'结束，解除了对我的管制，我才能上湖山寻找罗长官的墓。战场还是当年那个样子，罗长官的墓也依然在，只是无人打理，蒿草半人高。"老人边说边比画。"我看四周都是岩石峭壁，连个遮风挡雨的地方都没有，在湖山上找来找去，发现这里风水好，就把罗长官的墓迁到了这里。"老人驼着背，蹒跚着腿，进屋端出一个破旧的茶缸，问高山泰他们喝不喝？见他俩摆手，老人咕噜咕噜连喝了几口。

秦姑问："您一个人在这不闷？"

老人抹了一把嘴，嘿嘿一笑说："罗长官在墓里躺了几十年都不闷，我闷啥！每天守着罗长官有说不完的话，罗长官跟我说什么，我都能听得见。"

离开老人，高山泰把整包烟塞给了他，老人也不推脱，一声不响地接过，也不跟高山泰和秦姑道别，自顾拐进小屋。

往回走，秦姑问："你们跟他很熟吗？"

高山泰说："湖山上能喘气的大活人都数得出来，他也算其中一个。他的事情台里人都知道，他经常顺带帮我们清扫刘台长的墓，我们也经常接济他食品衣物什么的，算是礼尚往来吧。"

秦姑感慨道："这么多年，一个人守着一堆土，也不知道他怎么熬过来的？"

高山泰说："就凭着一个念想。"

秦姑问："念想，每个人都有念想吗？"

高山泰说："谁没有个念想，人要是没有了念想，活在世上还有什么意义？当然，每个人的念想都不同，而且每个时期的念想也不一样，这个念想没了，那个念想又有了。有的人甚至有好多个念想，像守坟的老人，一辈子就这么一个念想，所以他能坚持到今天。"

秦姑又问："那你的念想是甚？"

高山泰想了一下说："我的念想很简单，就是在湖山台站好自己最后一班岗。"

接着，高山泰反问秦姑："你的念想呢？"

秦姑没想到问来问去问到自己头上，一时不知怎么回答，支吾了半天说："额的念想就是陪你到最后一个时辰！"

听高山泰说人会有好多念想，秦姑嘴上说了一个念想，但她心里还藏着一个念想，那就是将来有一天成为高山泰的人。她图高山泰，不是图他的钱、官，而是图他的学识、人品。至于长相、年龄，对秦姑来说都不重要，重要的是有高山泰在身边，就有一种安全感，孤身一人的她，最希望得到的就是有人护着。再说别的念想，秦姑一时半会儿也想不到。有这两个念想，秦姑就觉得够奢侈了，冥冥中，秦姑暗下决心，自己要像为长官守坟的老人那样，用后半生努力去实现这两个念想。

要说高山泰心里，也有一个跟秦姑一样的念想，巴望秦姑有一天能成为自己的人。但高山泰有自知之明，总觉得自己配不上秦姑。别的不说，主要是年龄和长相俩人太悬殊了，这种悬殊是金钱、地位和文化不能弥补的，人毕竟还有动物性的一面。高山泰明白，自己既不能取悦秦姑的审美，也不能满足她生理的需求，形象地说，秦姑还是一朵鲜花，自己连一泡牛屎都算不上，只能算是一堆干牛粪，花都插不上去！就是插上了，也没有养分。高山泰着实不敢奢望。不敢奢望不等于不想，只是高山泰把这种想法视为非分之想，不敢当做为之奋斗的念想。

高山泰和秦姑的内心，就像两股相向而行的列车，至于能不能并轨、几时并轨，只有等天时、地利、人和了，反正人算不如天算。

回到"盆地"，秦姑猫在厨房一边做饭，还一边回想高山泰带给她的所见所闻。打小就听说过"深山藏古寺"，以为那只是传说，结果高山泰带她看到山上的塔陵、碑石，让她相信，湖山上真有过古寺，她甚至相信善信的"佛足"都是真的。今天高山泰又带她去祭拜他的刘台长，让她感动震撼之余，又大开眼界，见识了真实版的"绿林好汉"。对了，还有那个为多年前阵亡长官守灵的驼背老人，当然，还有对湖山了如指掌的高山泰。秦姑想把自己看到、听到的东西串在一起，但却怎么也联系不起来。秦姑好笑：这么大个湖山，这么久的年代，这些人和事，谁也不挨着谁，怎么可能串在一起？她突然想起《关公战秦琼》的相声，自己脑子里瞎想一气，不也在关公战秦琼吗？秦姑不禁哧哧笑出声来。

十

  人们总是在冬天，盼望着下场雪，毕竟瑞雪兆丰年嘛！刀郎在《2002年第一场雪》的歌中唱道："2002年第一场雪，比以往时候来的更晚一些。"表达的还是对雪的祈盼。在湖山，人们对下雪的认识，就有点见多不怪了。湖山下雪，谁都不觉得奇怪，湖山不仅冬天下雪，春天来了也下，秋天没走也下，甚至夏天也会突降飞雪。不过，其他季节把不期而至的飞雪，视为匆匆过客，很快就打发它离去。只有冬季才把飞雪当作游子归来，任其久住，一个星期也罢，一个月也罢，几个月也罢，冬季就像慈母一样，绝不嫌弃。

  下午，天就阴冷阴冷，气温急剧下降。山上刮起了北风，呼啸着在湖山耀武扬威，谁要是敢无视它的存在，不穿上棉袄、披上大衣，它就窜进你的肺腑，抓住你的心脏，给你来个透心凉。

  吃罢晚饭，雪花终于不期而至。它就像大战在即，先派出小股侦察部队，零零星星前来火力侦察，见没有遇到任何抵抗，随即大片大片地蜂拥而至，整个湖山顷刻全面失守，天上、树上、房上、地上全被雪花占领。尽管往来的脚步，一次次对地面雪花进行碾压杀伤，但脚步一挪窝，立刻被飞蛾扑火般的雪花重新填补。

  这是入冬的第一场雪。人们早有心理准备，高山泰他们也早早囤积了过冬的物资，粮食、蔬菜、油料，以及防寒设备一应俱全，连裸露的管线，高山泰也提前组织人员进行了包裹，应付冬天，高山泰他们有足够的经验和办法。后来，根据上面要求，还把这些常用的做法条理化，变成文案写进文件里，叫作"应急预案"。应急预案还分级次，根据出现的异常状况，采取哪些应急措施，哪一级的领导该到场，电视里管这叫"三级响应""二级响应""一级响应"。

  吃晚饭的时候，秦姑还特意要给高山泰上酒，说下雪了，喝点酒御寒。高山泰拦住说：越是这种天，越要保持清醒，万一出了什么情况，也好对付。高山泰出门时，还叮嘱秦姑，早点把门关好，下雪天，山上的豺狗没有食物，有可能蹿到"盆地"来觅食，千万当心。

  高山泰前脚出门，秦姑紧跟着就门窗紧闭，听到阵阵北风拍门，就像啸聚而来的豺狗拱门，秦姑吓得瑟瑟发抖。要搁平时，秦姑会坐在饭厅里独自看会儿狗血连续剧什么的，到点才关电视，进屋上床。今晚，秦姑打破惯例，没有一个人坐在饭厅看电视，一是冷、二是怕。她从麻袋里取出高山泰为她备好的木炭，在厨房点燃放在火盆里，将火盆端进屋，屋里虽然装了双制式的空调，但秦姑还是习惯烧木炭取暖，一来她嫌空调机开着吵得慌，二来她似乎只有见到明火才觉得暖和。

等秦姑梳洗收拾停当进屋，屋里果然温暖如春。晚上给菩萨上香是必做的功课，上香时，秦姑还祈求菩萨保佑。保佑谁？保佑什么？秦姑嘴上没说，心里却在默念，求菩萨保佑台里平安，保佑高山泰平安。祈完福，秦姑起身脱去高山泰给她的棉工作服和裤子，上床偎在被子里。身子暖融融的时候，秦姑又想到高山泰，他现在是在机房还是在办公室？他肯定没有木炭烤火，高山泰说过，机房是不能有明火的，怕引起火灾。他冷不？傻！冷他会开空调。秦姑想着想着，迷迷糊糊进入了梦乡。秦姑一会儿梦到自己的男人和儿子在舍身崖下面喊自己，她隐隐约约听不太清，她想答却出不了声。一会儿她又梦到门前豺狗的撕咬声，接着是高山泰在外拍门高喊：秦姑！秦姑！这回她真真切切听清楚了。她猛地惊起，果然有人拍门，而且大声喊着她的名字，但声音不是高山泰的。秦姑一把掀开被子，一骨碌下床，穿上裤子、抓起棉袄，快步跑到门口把门打开。寒风裹着飞雪，恶狼般地扑在她的脸上、身上，猝不及防的秦姑，不仅周身有万箭穿心的刺冷，而且眼睛被肆虐的飞雪遮蔽得难以睁开。秦姑一手紧抓棉袄裹着身子，一手搭凉棚艰难眯缝着眼，隐约看见台里小周站在雪地里。借着雪地亮光，她看到小周头上、脸上、身上都是雪，整个人就像从雪堆爬出来似的。

秦姑不知道发生了什么，赶紧让进小周，掩上门，紧张地问怎么啦？小周惊魂未定地叫道：高台出事了！高台出事了！秦姑的心陡然被揪到半天云里，她惊恐万状地问：他出甚事了？他出甚事了？小周结结巴巴地告诉她，今天本不该高台值班，但他看到雪下得太大，就一直留在台里没回倒班楼。眼见得雪越下越大，高台又到各处巡查了一番，刚进办公室，台里就断电了。高台马上到配电房检查，发现配电柜的设备和内线都是好的，高台凭经验判断，一定是进线出了问题！他喊上值班的我带上工具，跟他出去查进线。我们一人套了一件雨衣，就顶着风雪出门了。高台分析是风雪形成的冰凌，把进线的电缆压断了。我们顺着电缆的线路一节一节往山下排查。风雪弥漫，刮得人眼都睁不开，我们就这样深一脚浅一脚往外走，亏得道熟，否则仅凭一支电筒，根本寸步难行。到了下山的路口，我有些犹豫，凭我们两个，就是查到天亮也查不到山下。我提议是不是通知山下基地的人，从山下往山上查。可手机没有信号，估计电信的机站也同样出了问题。

高台说没指望，只能靠我们两个了。我知道这个时候，怎么也劝阻不住高台，他倔劲上来了，十头牛也拉不住，只有硬着头皮跟在他后面。

小周抹了一把脸上的雪说：我们在下山的路上走了一截子，高台终于查到刮断的电缆。一截掉在地上，还有一截远远落在路边的沟里。我说自己年轻争着要下去，高台拦住我说，带电作业他业务比我熟，还是他下去，让我帮他搭把手就行。高台踏着没膝的积雪，下到沟里找出电缆的断头，招呼我把这头甩给他，高台一面用嘴咬住手电给自己照明，一面掏出工具，将电缆接上。高台向我伸出大拇指时，我悬着的心也放下了。高台大声提醒我做个记号，明天再来归位。因为两边没有可抓的东西，高台只能双手着地，刨着雪往上爬。高台往上爬一步下滑半步，没爬几步就累得气喘吁吁。我脱下雨衣甩给他，自己抓住一头，希望他能够着另一头，结果怎么都差一截。高台用力跃起往上一蹿，不想不仅没有抓住雨衣，身体落下雪地时，猛地向下出溜，我听见噼里咔嚓树枝折断的声响，高台一下溜不见影了。我急得大喊大叫，也不见他的回音，我当时人就傻了！我想下去找，但又怕下面情况不清楚，高台没有救上来，自己还搭进去，连个报信的人都没有了。于是我赶紧跑回来，喊人帮忙。小周边说边进屋，从储藏室找出绳索、工具，几个闻讯从倒班楼赶来的职工，跟着小周奔下山去了。临出门，小周还叮嘱秦姑，把屋里烧暖和点。

秦姑关上门，反身进屋，赶紧添了几根木炭。她没敢上床，独自在屋里打转转，满脑子都是高山泰，她不敢往下想，也不愿去想。一会儿，她哆哆嗦嗦点燃三炷香，跪在菩萨面前，喃喃祈求菩萨保佑，这回她只有一个心愿，求菩萨保佑高山泰平安无事，安全返回！

时间一分一秒地过去，秦姑现在唯一能做的只能是等待、盼望。秦姑几回走到食堂门口，她不敢开门，就竖起耳朵听着外边的动静，她暗示自己，只要听到脚步声，就打开门冲出去！秦姑像得了伤寒打摆子，浑身颤抖。此时此刻，她才深切感受到，这个男人在她生命中，是那样重要，她恨不得用命去把他换回来。

已是半夜三点了，秦姑隐隐约约听到有声音由远而近，她赶紧蹬上桌子，扒着窗户往外看，贴着耳朵往外听，果然是一串脚步声。秦姑飞快跑去打开门，只见几个职工打着手电，拥着小周背着个人，深一脚浅一脚朝这边过来了。

小周背着高山泰冲进屋里，小心翼翼把高山泰放在床上，他冲秦姑说：快去外边端盆雪来。秦姑说：端雪干甚，厨房有热水。小周说他手脚都冻僵了，不能热敷。见秦姑还愣着，小周二话不说，抓起面盆冲出屋去，接身端回一盆雪。大家七手八脚，脱去高山泰的外衣、鞋袜，秦姑赶紧抓起棉被给他盖上。见高山泰面色惨白，双眼紧闭，嘴唇乌紫，双手握拳，浑身僵硬。她把手放在高山泰鼻子前试了试，似乎没有动静。小周几个人抓起面盆里的雪，给高山泰搓手搓脚，谁都不说话。秦姑插不上手，只在一旁干着急。好一会儿，秦姑发现高山泰手脚的颜色慢慢有了改变。直到这时，小周才抹了一把额头的汗，扭头冲秦姑说：打盆温水来。这回秦姑拔腿出屋，麻利地从厨房端来一盆冒着热气的温水。接下来的事，她没有让小周他们插手，她把温湿的毛巾，裹着高山泰的手脚反复搓揉。很快，秦姑的额头沁出了细密的汗珠，别人要替她，秦姑不让，她正在享受为高山泰付出的过程，这个过程，别人不能跟她分享。小周要秦姑再去换了一盆热点的水，又重复刚才的动作。小周看着高山泰手脚颜色变化了，又翻了翻他的眼皮起身说：慢慢就缓过来了。几个人像一道屏风围在床前，秦姑见状说：这不是一会儿的事，大家都挤在这里也插不上手，不如先回去吧，有额照看他大家放心，有事我会叫你们的。小周一看人多也确实碍手碍脚，帮不上忙还添乱，就说那我们先回了，高台就交给你。接着嘱咐说：高台完全恢复不是一时半会儿的事。我在台里，有事随时喊我。秦姑点头应承，小周和一群人就离去了。

秦姑重新锁上门，进屋加了木炭，接着用手放在高山泰的鼻子前试了试，好像有了轻微的气息，然后又用手背试了试他额头，结果就像放在石头上一样冰凉。秦姑把手伸进被窝去摸高山泰的手，却如同抓着一只冻鸡爪，秦姑忍不住手又伸进高山泰的胸脯，更像触到一块刚从冷库出来的冻猪肉。秦姑的双手在高山泰身上不停地变换着部位，希望能找到一点温暖的地方，然而，令她大失所望，高山泰就像电影《冰山上的来客》里被冰雪冻住的阿米尔一样。秦姑意识到，仅靠他自己，不知道何时能缓过来，时间长了，甚至会把哪儿冻伤。不能这样耗下去了！秦姑扳着高山泰的肩头，摇晃着他的身体，喊着高山泰的名字，希望能唤醒他，然而，无济于事。情急之中，秦姑突然想起什么，她掀开被子，不顾一切把高山泰从头到脚扒个精光，接着，毫不犹豫地脱光自己身上所有的衣裳，光着身子钻进被子，把高山泰紧紧搂在怀里，她把身上能接触到高山泰的地方都紧贴着他，身体、手、脚，甚至连舌头都用上了，她恨不得把自己和高山泰变成面团，揉成一个人！高山泰在秦姑怀里就像根冰柱，秦姑贴着高山泰就像一束火把，俩人正在进行冰与火的较量，不是火把冰融化，就是冰把火熄灭。久久，秦姑终于把自己身体的热能，一点点渗透进高山泰的体内，她脑海里再现出高山泰房里书架上《第三帝国兴亡》那本书，她清楚地记得，高山泰跟她讲德国人是怎样通过人体来救治冻伤者的。她相信那不是胡编乱造的神话，不像是电视里那些手撕鬼子、自行车挡火车的神剧，那是活生生的实验，她需要坚持、等待。

屋里没有任何声响，连呼吸都感觉不到，好像时间都冻住了脚步。秦姑感觉到窗外有了一丝微亮，判断该是拂晓了。她下意识活动了一下麻木的身体，似乎意识能传导到身体的每个部位。突然，高山泰在她怀里抽搐了一下，尽管很微弱，但被秦姑捕捉到了，这正是她所企盼的。秦姑把高山泰放在身下，怕压坏他，便用手撑住自己，挪动身子给高山泰按摩，先弱后强，由慢到快，秦姑的幅度、速度不断加大加快，一阵气喘，秦姑瘫软下来。她触着高山泰，发现他僵硬的身体像一块解冻的猪肉，慢慢变得柔软起来。她又用指头按了一下，皮肤果然有了弹性，高山泰开始复苏了。秦姑再次趴在高山泰身上，重复着上次的动作。秦姑身子感到燥热，额头的汗珠滴落到高山泰嘴上，秦姑看到高山泰的眉头轻轻一蹙，眼球在眼皮的包裹下转动了一下。秦姑用手去触摸高山泰的心脏，微弱的跳动，仿佛是由远及近的小军鼓在敲打，由模糊变得清晰，由微弱变得渐强。秦姑兴奋不已，她继续给高山泰按摩的同时，一只手伸到他的下面，抚动着他的命根子。秦姑不知道书里关于人体实验的过程是怎么描写的，但她和高山泰发生的一切都是出于本能。秦姑发觉高山泰身上有了体温时，他下面的命根子迅速体现出生理的渴望。秦姑转身让高山泰伏在自己身上，高山泰本能地进入她体内的瞬间，秦姑顿时整个人都酥软下来，高山泰虽然眼睛没有睁开，但身体却在本能地挪动，秦姑不仅感到高山泰的心跳在加速，而且也感到他的身体随着心跳不断地收缩、膨胀。终于，秦姑感到一股热流从高山泰的下面，注入到了自己的体内。高山泰趴在自己身上不再动弹，秦姑伸手摸了一把他的脊背，居然沁出了细微的汗珠。至于不少影视剧和小说里也有过类似情节的描写，是不是从秦姑那里学来的，就不得而知了，反正秦姑是从高山泰的书上直接学到的。

高山泰身体复苏了，意识也复苏了。他躺在秦姑怀里睁开眼时，看见秦姑的眼角挂着泪珠，他像是酒醉初醒，不知道自己怎么会躺在秦姑床上？又怎么会和秦姑赤身裸体紧紧抱在一起？他不知道自己和秦姑之间发生了什么？秦姑为什么会哭？高山泰的记忆就像被修复的硬盘，一点一点在恢复。他记起自己晚上没有喝酒，后来呢？后来自己回到台里，再后来？断电了，自己和小周出去查找故障。

高山泰终于完全记起来了，自己修好电缆，没有从沟里爬上来，反倒跌进了雪窝里，再后来就一片空白了。高山泰发现下面黏糊糊的，知道自己在秦姑身上做了什么，他很狼狈，也很惭愧，是自己强迫还是秦姑愿意的呢？他想起身，但在秦姑怀里挪动不了，高山泰喃喃道：怎么会这样？怎么会这样？秦姑清楚高山泰记忆的插头刚刚插上，便把事情的经过原原本本讲给他听。

秦姑说："小周回来搬救兵，幸亏他在出事的地方做了记号，他们顺着绳子爬下去，但找不到你，他们不敢用铁铲，怕伤着你，只能用手一寸寸往下刨。费了两个钟头才在雪窝里把你刨出来。当时，你已经冻僵了，他们用绳子捆在你腰上把你拉上来，小周背着你送到额这里。"

高山泰问："为什么送到你这里？"

秦姑说："额这里烧着木炭暖和，又有热水，不送额这里，还送你冰窖里！"

高山泰问："后来呢？"

秦姑说："后来额要用热水替你擦洗，他们说冻伤的人不能用热水，从外面端来一脸盆雪，用雪给你搓揉手脚，后来额又用温水给你擦了半天，你还是没缓过来。额看人多碍事，要他们都先回去，由额来照顾你。"

高山泰问："再后来呢？"

秦姑见他刨根问底，没好气地说："再后来额就脱了衣裳钻进被子里了。"

高山泰继续问："我的衣裳也是你脱的？"

"是额脱的，咋的？"秦姑瞪了高山泰一眼，"你浑身冰冷暖不过来，额就用身子替你暖，咋还暖错了？"

"我不是责怪你。"高山泰露出笑容，"我是问你怎么想出这个法子？"

"还不是你教的！"

"我教的？"

"咋不是你，上回去你屋里，是你亲口告诉额的，你忘了？"经秦姑一提醒，高山泰记起来了。秦姑欣慰地说："别说，这个法子真管用，额在你身上扑腾扑腾，你就活过来了。开始，真把额吓死了，怕你暖不过来，万一把手脚冻坏了咋办？"秦姑后怕地说。

"哪有那可怕。又不是在零下几十度的高寒下。"缓过劲来的高山泰宽慰地说。

"你不是说零下几十度，人光着身子冻不了多大会儿吗。可你在雪窝里冻了两个小时！"秦姑按着自己的逻辑推理。

"人家那是光着身子，我不穿着棉袄吗。"高山泰提醒道。

"总是你有理，要真冻坏了手脚看你咋办！"秦姑嘟囔道。

"真要是把我的手脚冻坏了，你咋伺候我？"高山泰故意逗她。

"那额天天背着你在湖山上溜达，反正你也没多沉。吃饭的时候额拿嘴喂你。"说着，秦姑嘴伸了过来。

高山泰被秦姑的善良和真情深深打动了。他几乎没有片刻迟疑，张嘴接住秦姑的舌头，两人嘴对嘴一通撕咬，高山泰的手也没闲着，肆无忌惮地在秦姑光滑滚圆的身上，像过山车似的前后上下游走，任何沟沟坎坎的地方，它都不放过。这双二十多年没有碰过女人的手，似乎要把失去的年华，在这一刻变本加厉地补偿回来。热烈的肌肤之亲，居然让高山泰欲火重燃，强壮丰满的秦姑如狼似虎，她没有遮掩和羞涩，像"狼爱上羊"似的，把高山泰骑在身下，使出浑身解数，跟他绞杀得死去活来。

战事告一段落，秦姑一看，高山泰已是大汗淋漓、满面红光。秦姑翻下身来不禁笑道："恢复冻伤，这一招确实比内服外敷的甚药都管用！"

高山泰闭目养神说："也就是你，换成别人未必有这好的疗效。"

高山泰也就信口一说，秦姑马上警觉地问："你说换谁？台里就那么几个不带把的，一个会计人精似的，谁想占她的便宜门都没有。还有那个扫把倒了都懒得伸手扶一把的小唐，指望她会给你搓脚揉背，抱着身子给你取暖？痴心妄想吧你！要换只有你们那个'骨感妹子'了，就怕你俩在床上一打滚，她的骨头不戳穿你的肚皮才怪呢！"

"亏你想得出来，她们都是台里的同事，怎么会做出那种出格的事呢？退一万步讲，就是她们要那样做，我也不答应！"高山泰一副大义凛然的神气说。

"嘿！她们都是你的同事，不会做出那些出格的事。那额问你，额是你甚人？额为你做的哪些出格了？"秦姑眼瞪着高山泰问。

高山泰一看秦姑急了，知道自己话说走了，伤害到了她，觉得过意不去，但话已出口，一时半会儿也解释不清楚，索性顺着往下说："你跟她们当然不一样了，我们俩什么关系！"

秦姑紧盯着问："甚关系？"

高山泰一愣，急中生智说："男女关系啊！"

"男女关系？"秦姑嘴里咂摸着高山泰的话，她不懂"暧昧"，但总觉得这话听起来怪怪的，就像糊了一层窗户纸，让她琢磨不透。他为甚不直截了当说额是他的女人？自己听得心里也舒坦。作为一个女人，该给他的都给他了，咋不是他的女人？当然，自己和他毕竟不是夫妻关系，可"男女关系"算个甚？是男女正常交往的关系，还是没有取得名分就把身子给了对方的关系？秦姑想不明白。但她有一种莫名的兴奋，不管有没有名分，生米煮成了熟饭，自己已经成了高山泰的女人，心里揣着的两个念想，鬼使神差就实现了一个。

雪后，蚕丝般的霞光透过窗户，织出五颜六色的七彩，变成一束光亮，射在墙上。秦姑一看时候不早了，她赶紧爬起来穿衣裳。高山泰让她再躺会，秦姑说再不做早饭，大家来了吃甚？

秦姑出门把房门带上，到厨房忙活早饭去了。高山泰静静躺在被子里，脑子里想着自己和秦姑的事。从几个月前在舍身崖以那种场面与秦姑见面，简直就像电影里有意安排男女主人公邂逅的场面，太戏剧性了！当晚，自己躺在床上，居然就对初次谋面素不相识的她想入非非。不仅如此，自己还找到冠冕堂皇的理由，把她留在了湖山。秦姑就像一个快速进入角色的演员，不仅成了台里的一员，很快融入了这个集体，而且了解了湖山的过往、台里的今昔，甚至连炒菜适时搁置哪些山货都驾轻就熟了。高山泰在心里列举着自己喜欢秦姑身上哪些东西：论长相，能与秋菊相提并论，有一种传统古典的美；论身材，雪润丰腴；论性格，率真热辣，但又不乏机智聪慧。高山泰想着想着迷惑了，他不清楚秦姑到底是从片场走来的明星，还是从画里现身的仙女？总之，秦姑太符合高山泰的审美了！他有点惶惑，秦姑出现在他的生活里，是自己今世遭罪修来的，还是上天看他可怜给他派来的？如果不是这场罕见的大雪天赐良缘，自己和秦姑不可能这快就走到了一起。是巧合？是机缘？高山泰说不清楚，他很想从书里找到答案：小说《红楼梦》，贾宝玉和林黛玉最终也没能走到一起啊？电影《归心似箭》，情节倒是相似，但结尾女一号也只是在盼归那个抗联战士啊？只有生活版的自己和秦姑，才真实地结合在了一起！闻到从厨房飘来的油香，高山泰嗅着鼻子，仿佛能从油香里分辨出秦姑的体味来。高山泰同样不敢相信，曾经还把秦姑能成为自己女人视作非分之想，今天居然梦想成真，一个本不成为念想的念想，居然超越在湖山台站好最后一班岗的念想，率先实现了。胡思乱想的高山泰开始飘飘欲仙，完全把自己释放光了的他，又沉入梦乡。

十一

高山泰因祸得福。自打秦姑用身子救治了高山泰，俩人实现并轨，走到了一起。高山泰像枯木逢春，焕发出自己的第二春，不知道是不是身上的荷尔蒙被激发，他成天红光满面、精神焕发，台里上下都猜，高台怎么像中了头彩。当然，秦姑也有变化，她从失去男人、儿子的泥潭里完全爬了出来，获得涅槃重生。她尽其所能地变换花样，把饭菜弄得交口称赞。最让她满足的是，高山泰在那方面的能力，一开始短兵相接了几回，他几乎不像年近六十的人，不仅战斗力强，而且弹药充足。但毕竟岁月不饶人，不论年龄还是身体，都不可能让高山泰始终保持高昂的斗志和强烈的欲望，他开始力不从心了。秦姑隔三岔五缠着要那事，一交火，高山泰在秦姑面前显得不堪一击，这让他很自惭形秽，他努力过、硬撑过，结果还是力不遂愿，几回都是以失败告终。高山泰当然知道自己身上的原因，但秦姑不这样认为，她既自责自己那方面表现不够好，又怀疑高山泰在自己身上的新鲜感过去了。她越是纠结，越是想证明。高山泰只能尽量躲着她。

吃午饭的时候，秦姑就没见着高山泰人影，晚饭又不见他来，秦姑心想：怎么宁愿挨饿，也要躲着她？她拦住吃完饭正要出门的顾祥喜，问高山泰怎么没来？顾祥喜告诉她高山泰下山了。下山了，什么时候走的？秦姑奇怪。顾祥喜说，中午饭都没顾得上吃，就跟曾尤恭匆匆忙忙下山去了。秦姑问去哪儿了？顾祥喜说去新店了。秦姑纳闷，急急忙忙去新店干甚？

原来，上午九、十点钟，从山下上来一辆车，车上下来几个人直奔台里。他们不找高山泰就直接冲进了机房。值班人员问他们找谁？他们亮出证件说是来检查的。值班人员问："你们检查什么？怎么一来就跑进机房乱窜？"值班人员马上把机房的情况报告给高山泰。高山泰他们几个台长赶过来一问才弄清楚，这几个人的确是上面派来突击检查的。事情的由来是新店有群众写信投诉，反映最近一个时期，经常听不清广播。接到群众投诉，认定那片区域正处在湖山台覆盖的范围，可之前从来没有出现过这类问题，怎么会突然有群众投诉听不到广播呢？联想到上回，湖山台擅自给地方台代播代维，干扰民航频率的事，这回会不会又旧病重犯呢？上面没有事先打招呼，怕湖山台做手脚，找不到证据，就派人贸然闯来，希望查个究竟。一看，所有的发射机都按要求，满时满负荷在转播规定的节目，没有任何违规行为。突击检查的人本来是来兴师问罪的，结果什么也没查到，正准备打道回府，高山泰不愿意了。

高山泰拦住他们，老着脸质问道："你们这么做什么意思？"

来人说："什么什么意思？"

高山泰说："你们来怎么连个招呼都不打，就硬闯呢？"

来人理直气壮地说："我们是按上面要求这么做的，不打招呼，突击检查。"

高山泰强忍着火问："你们检查什么？"

来人也不含糊说："检查你们有没有停播规定转播的节目，利用现有设备给地方台代播代维谋利的行为。"

高山泰像被扇了一耳光似的，涨红脸指着发射机柜问："你们好好看看，有吗？"

"现在没有。"来人毫不示弱地说，"但这不等于你们以前没有，以后也不会有啊！"

高山泰一听火冒三丈嚷道："你们都把我们看成什么人了？你们还相不相信我们这级组织？"

来人不卑不亢说："你冲我们发什么火，我们也是奉命行事。"接着敲打道，"别忘了，为这，你是挨过处分的。"

高山泰正要发火，顾祥喜和曾尤恭见状，赶紧上前劝阻高山泰说：别发火，消消气，咱们身正不怕影子斜。曾尤恭见高山泰受窝囊气，忍不住冲着来人抱屈说："上回的事，是高台替我们冤枉受过，跟他一毛钱的关系都没有，你们别再往他头上扣屎盆子！"

顾祥喜觉得肯定事出有因，否则上面不会来兴师问罪，还是要问清楚缘由，就说："你们查也查了，到底是怎么回事，总得把起因告诉我们吧？"

来人这才把事情的由来告诉他们，并把群众的投诉信转给他们。高山泰一看信上投诉的内容，觉得很蹊跷，新店完全在湖山台覆盖范围，从地形地貌来看，新店不仅处在湖山的阳面，而且是平原地带，与湖山之间也没有任何山体阻隔，按功率计算，湖山台的信号覆盖新店，既不会衰减，也不会丢失，怎么会出现接收问题呢？只有一种可能，除非是信号受到了干扰！从专业角度讲，有比无线覆盖信号更强的信号出现，可哪来的这股信号呢？高山泰百思不得其解，一定要查清楚事情的真相！高山泰没有再责怪来人，觉得事关重大，事不宜迟，决定亲自去一趟新店，破解这个谜团。曾尤恭自告奋勇跟他一起去，二人顾不上吃饭，直奔新店而去。

新店是个集镇，离湖山只有六十里地，也就一个多小时的车程，高山泰和曾尤恭赶到新店已经晌午了。他们随便在镇上找了家饭馆，落座，高山泰让曾尤恭点菜，自己掏出随身带来的收音机打开，发现信号效果非常好，他又转换了几个频率，信号也同样清晰。难道反映失实？要不地方不对？高山泰又掏出信仔细看了看，没错，是新店啊！曾尤恭也觉得奇怪，他开始怀疑是不是有人故意陷害他们。高山泰说怎么会，我们跟人又无冤无仇，谁会陷害我们？曾尤恭说新店也属市里管辖范围，别忘了，上次为他们代播代维的事，他们电台台长都被撸了。高山泰说娄子是他们捅的，我们还为他们受了处分，他们还能怨我们什么？曾尤恭说防人之心不可无，还是小心为好。

　　说话的工夫，服务员把曾尤恭点的菜端上来了，一盘九节鞭菜豆、一盘花鲢鱼、一罐应山滑肉，主食是米饭。高山泰用筷子指着米饭问是哪里的米？服务员说是殷店大米。高山泰用筷子从碗里挑出一颗带黄的饭粒，说殷店大米剔透饱满，哪有你这样还带黄曲霉素的！服务员瞟了一眼也不接腔。高山泰又用汤勺在瓦罐里舀了舀，问你们这里也做应山滑肉？服务员马上得意道：这是我们店里的招牌菜，来我们这里的人都点这道菜，不信你尝尝，骚××好吃！高山泰一听，想起秦姑头回听到这句话，问他为什么那么多好吃的不夸，非得夸那玩意儿好吃？忍不住喷饭。曾尤恭问他笑什么？高山泰只顾闷头吃饭也不作答。

　　吃罢饭，曾尤恭问接下来怎么办？高山泰说既然已经来了，要不我们走访几家，做个调查研究。曾尤恭认为这个主意不错，起身跟高山泰顺着街边，找了几家店铺问了一下收听收看的情况，结果跟他们在饭馆看到的一样。曾尤恭认为信上投诉的事，纯属子虚乌有，回去给上面写个回告交差了事。高山泰觉得事情没有那么简单，谁会无端写信投诉呢？多半事出有因。他对曾尤恭说：要不，我们到附近农户家里再了解了解。

　　出镇不远就有个村子，高山泰和曾尤恭溜达着进了村。

　　村子有几十户人家，已进入冬季农闲，村里少有人走动。高山泰他俩刚走到一户门前，突然蹿出一只黄狗，龇牙咧嘴冲他俩汪汪直叫。曾尤恭做出一个搏斗的动作，想吓唬吓唬它，可黄狗并不退缩。高山泰伸出手，做了一个下压的手势，黄狗立刻蹲下来，高山泰又往旁边一指，黄狗居然顺从地溜达到一边。曾尤恭说：嗨，还神了，这狗怎么这听从你？高山泰说：人类驯服狗有上万年的历史，狗是通人性的，它对你吼叫是在试探你，你如果对它表示出善意，让它不感到威胁它也会对你表示出善意。

这时，从屋里探出一个女人，上下打量高山泰他俩问找谁？曾尤恭上前说：我们是来了解收听收看情况的。女人不知道他说些什么，回头叫屋里的男人。男人打着饱嗝，一跛一跛从屋里出来，看两个陌生人一愣，问找谁？高山泰笑着说：我们不找人。男人警觉道：那你们来干吗？高山泰笑着说：我们是广电部门的，就是想了解一下你们这里听广播、看电视咋样？男人一听不耐烦地挥挥手，随口打发道：都挺好挺好。

高山泰和曾尤恭无奈又往前走到第二家，门没关，门内矮凳上蜷缩着一个晒太阳的老头。看高山泰他俩过来，老头也不问话，只是木然地望着他们。高山泰隔着门说明来意，老头并不答话，只是指了指堂屋案几上的一台带破旧皮套的收音机。高山泰明白老头的意思，上前打开收音机，收音机里立刻响起清晰的声音。高山泰又换了几个台，收听效果都很好。曾尤恭一旁说：信号没问题啊！高山泰没吭声，看到桌上简单的饭菜，随口问老头家里孩子呢？老头指了指外边，还是不吭气。

曾尤恭出来问高山泰："老头啥意思？"

高山泰说："这还不明白，孩子在外面打工呗！"

曾尤恭问："你怎么看得出来？"

高山泰说："你没看见，除了楼房是新盖的，屋里的摆设都很陈旧，说明这家只有老头一人留守。"高山泰感叹："中国的农民哪儿都一样，在外边拼死拼活，好不容易挣了几个钱，首先是回家盖房子，谁家富不富裕，看房子就知道了。"

曾尤恭问："你们老家也这样？"

高山泰苦笑着点点头。

从老头家出来，曾尤恭问还看不看？高山泰说再看一家，就是抽样调查也要有个概率。俩人往前走过几家，看到一户门前有个小孩在玩耍，曾尤恭说就这家吧！

高山泰上前躬身问："小朋友，你家大人在吗？"

小孩不理他，转身往屋里跑，边跑边大声嚷嚷："来人啦！来人啦！"

高山泰他们刚到门口，一个女人迎面堵住他们，神色紧张地问："你们是什么人？找谁？"

高山泰笑着说："我们是广电部门的，想了解一下你们这里听广播、看电视的情况。"

女人松了口气，冲里屋喊："出来吧，没事。"闻声，一个披着外衣的中年男人从里屋走出来，他警觉地打量了高山泰他们一眼。女人说："我还以为是国平那里来的人呢，他们是广电的。"

中年男人一听是广电的人，立刻冲他俩发火道："你们在镇上折腾得还不够，又蹿到家里来干什么？"

高山泰一愣说："我们刚到这里啊。"

中年男人阴着脸问："你们到我家来干什么？"

高山泰解释说："我们就是想了解一下你们听广播、看电视咋样？"

中年男人吹胡子瞪眼说："什么破广播，有一阵没一阵的，听什么听？还不如打麻将听和呢！"

曾尤恭说："怎么会？刚才我们走了几家，信号都很正常啊。"

中年男人不耐烦地说："我不是跟你们说了嘛，是有一阵没一阵！"

屋里正说着，忽听到外面有汽车的马达声，一辆东风小康牌的面包车戛然停在门口，从车上跳下三个警察，冲进屋来。为首的警察紧绷着脸问高山泰他俩："你们是什么人？"

曾尤恭赶紧上前说："我们是广电部门的人。"

为首的警察问："广电部门的人怎么跑到农户家里乱窜？"

曾尤恭说："我们是进户调研的。"

为首的警察厉声说："什么广电部门的，你们挨家挨户乱窜，还跟小孩套近乎，我看你们分明就是人贩子，走，跟我去派出所！"

曾尤恭上前拦住说："哎哎，你们别误会，我们真是广电部门的！"

三个警察不由分说，上来推推搡搡，把高山泰他们推出屋，架上车。

中年男人望着面包车绝尘而去，一脸诡笑。女人诧异道："是你打的110？"

中年男人手搭着女人的肩膀走进里屋说："当村干部就得保护村里的妇女、儿童嘛！我让派出所来抓人贩子，又不是让他们来捉奸，怕什么？"

女人戳着中年男人的额头说："我就知道你没安好心！要是撞上国平回来，非把你送到派出所去不可，看你还敢不敢在村里祸害妇女？"

派出所就在镇上，离高山泰他们晌午吃饭的饭馆不远。进了派出所，见桌前有张条凳，曾尤恭拉着高山泰坐在条凳上，刚才为首的警察嚷道："哎哎，让你们坐了吗？"高山泰和曾尤恭只好又站起身。

这时进来一个所长模样的人，见高山泰他们便问为首的警察："这两个人怎么回事？"

为首的警察说："刚才接到村里报案，说有两个人贩子在村里乱窜，我们就立刻出警，把他们带回所里来了。"

所长模样的人上下打量了高山泰他俩一番问："情况搞清楚了吗？"

为首的警察说："正准备做询问笔录。"

曾尤恭大声对所长模样的人说："我们是广电部门的，进村搞调研，你们不问青红皂白，怎么乱抓人？"

所长模样的人说："你们有证件吗？"

曾尤恭掏出工作证递过去。所长模样的人打开一看："哦，还真是广电湖山无线台的人，他呢？"他指着高山泰问。

曾尤恭说："这是我们台长。"

为首的警察不屑道："台长是个什么官？"

曾尤恭眼睛向上一翻说："跟你们县长一样大的官！"

为首的警察听了一惊，不禁又上下打量了高山泰一番，见高山泰其貌不扬，心想：县长出来都是前呼后拥，有跟班的、提包的、拎茶杯的，高山泰怎么看都不像县太爷那大的官。

高山泰看为首的警察一副狗眼看人低的样子，不卑不亢地问："要不要看看证件？"说着，手往兜里伸。

为首的警察正伸手去接，所长模样的人察言观色，挡开为首的警察的手说："还看什么看？你有眼无珠啊！人家副台长就站在旁边，台长还能冒充！"说着，把证件递还给曾尤恭。接着，赔着笑脸对高山泰说："这完全是个误会。"转脸又批评为首的警察："人家在'微服私访'，你们问都不问清楚，就随便抓人，一点素质都没有，还不赶紧向人家道歉！"

为首的警察脸红一阵白一阵说："都怪我听信了那个村支书的话，对不起，对不起，是我们工作马虎。"接着讨好地向高山泰他们介绍所长模样的人："这是我们所的黄所长，也是有名的办案高手，几起耕牛被盗案和假种子、假化肥案，都是黄所长带领我们破获的。"

高山泰大度地伸出手，跟黄所长握了握说："算了，算了，既然是场误会，我们就不扯谁是谁非了。"

黄所长一边让座，一边问他们调研什么？高山泰和曾尤恭坐下来，为首的警察又端上茶。高山泰如实说："我们这次来，是想了解当地广播信号接收情况的。"

黄所长问："怎么，难道我们这里广播信号有什么问题吗？"

高山泰说："情况是这样的，我们接到群众的投诉信，说这里无线信号断断续续，经常听不到广播。"

黄所长说："哦，还有这样的事。"

为首的警察接腔说："我也听说最近广播经常出毛病。"

高山泰警觉地问："具体是什么状况？"

为首的警察说："具体我也说不清楚，就是收音机里尽是爆米花声。"

高山泰想起刚才农户反映"有一阵没一阵"，就问："这种情况什么时候开始的？一般在什么时间发生？"

为首的警察抠了一下脑勺说："大概有个把月了吧！白天还好，一般都从吃晚饭开始，信号就开始炸锅。"

高山泰听了，哦了一声，他拧眉沉思了一会儿，心想：从技术角度讲，信号出现这种状况，应该不是发射的问题，从自然条件分析，也不可能出现这种状况。

这时，外边下起了雨，为首的警察突发奇想地问："会不会因为下雨，把信号打湿了？"

曾尤恭笑道："信号是通过电磁波在空中传播的，下雨影响不了它。"

"那会是什么造成的呢？"为首的警察喃喃道。

高山泰说："有一种可能，就是有别的电磁波对我们信号的干扰。"

曾尤恭马上警觉道："会不会是敌台干扰？"

一听有敌台干扰，一屋里人顿时紧张起来。黄所长张大嘴问："还真有敌台干扰啊？"

曾尤恭说："以前经常有。为了对付他们，我们专门针对干扰电波，发出更大功率的电磁波进行压制。不是东风压倒西风，就是西风压倒东风。在对敌斗争上，来不得半点含糊！"

为首的警察倒吸凉气说："我的妈，敌对势力真是无孔不入啊！"

黄所长抓住高山泰的手激动地说："真没想到，你们广电的同志，还在隐蔽战线与敌对势力作斗争。有什么需要我们配合的，你们尽管开口，我们一定全力以赴！警力不够，我们会向上面请求增派。"

为首的警察马上附和道:"对对,我们会全力以赴!"

高山泰表示感谢的同时,冷静地问:"最近,镇上有没有生人活动?"

黄所长说:"都是些来来往往做生意的小商小贩。"他想了一会儿说,"不过,最近倒是有外来的人在镇上、村里活动。"

高山泰连忙问:"是些什么人?"

黄所长说:"好像是有线电视网络公司的,据说他们是来镇上发展用户的,嗳,有线电视不也是你们广电的同行吗?"

高山泰不置可否,接着不露声色地说:"今天非常感谢你们给我们提供这些情况,对我们工作帮助很大,我们就不打扰了。"接着对曾尤恭说:"走吧。"

曾尤恭跟着高山泰出来,往前走了一段,高山泰低声说:"今晚我们就住在镇上。"

曾尤恭惊讶:"住镇上干吗,我们不回去了?"

高山泰说:"真相还没查到,我们怎么能离开呢!"

高山泰他们在镇上找了家旅店住下,进房后,高山泰把门插上说:"今天我们就待在房里,不出去抛头露面。"

曾尤恭问:"怕什么?"

高山泰说:"怕被人看见。"

曾尤恭笑:"我们两个大男人,怕谁看见?怕美女看见?你怕,我可不怕,我可有日子没养眼了!"

高山泰一本正经地说:"我可不是跟你开玩笑,要是被不该看见的人看见了,我们的计划就可能泡汤。"

曾尤恭不知道高山泰怎么一下变得鬼鬼祟祟,真像在演谍战片。但他相信,老谋深算的高山泰鼻子肯定嗅到什么,而且跟这次来的目的有关。高山泰不告诉他,那是还不到火候,到时候一揭盖子,自然就真相大白了。曾尤恭也不问那么多,只问:"晚饭怎么办?"

高山泰说:"点餐,送进房间吃。"

曾尤恭问:"想吃点什么?"

高山泰对吃的从来不挑剔,随口道:"随便,中午那几样就行。"

曾尤恭说:"还点那个'骚××好吃'?"

高山泰笑,因为他想起了秦姑。曾尤恭不笑,因为这是本地的口头禅。

高山泰打开收音机,和曾尤恭懒散地躺在各自的床上,他闭目任凭一档档节目,流水般地从耳朵里穿进穿出。一会儿,曾尤恭在床上发出均匀的鼾声。

天擦黑,镇上各家店铺的灯都亮了,远处村里也争先恐后地升腾起缕缕炊烟,空气里弥漫着柴草燃烧的味道,各家各户都在忙着准备晚饭。

突然,收音机发出一片刺耳的轰响,原有的广播信号中断了。高山泰赶紧喊醒曾尤恭说:"干扰信号出现了。"

曾尤恭仔细辨别声音,凭着职业判断说:"肯定是干扰信号!"

高山泰起身在房里低头转着圈,自言自语道:"干扰信号哪来的呢?莫非附近有什么大功率的电机在做功?"想到这里,高山泰停住对曾尤恭说:"你立刻给派出所打电话询问,看附近有没有什么新建的电网或基站在运行?"

曾尤恭问:"问这干什么?"

高山泰说:"如果有,干扰信号可能就是从它们那儿发出来的。"

曾尤恭恍然大悟,马上拨通派出所的电话询问,那边回答说没有。

高山泰纳闷:"这就奇怪了,干扰信号是从哪儿来的呢?"

曾尤恭惊张道:"莫非真有敌台干扰?"

高山泰从容地摆摆手:"不会。如果有,不会只针对一个小小的新店。再说,真有敌台干扰信号,我们湖山台早就测试到了。"

曾尤恭也纳闷:"那干扰信号打哪儿来的?"

高山泰坐在床边,想了一下说:"如果只在新店出现干扰信号,说明干扰信号的功率并不大,而且也只针对新店。"

"你是说干扰信号就是从新店发出的!"曾尤恭似乎找到了头绪。

高山泰点点头说:"可以肯定,发射干扰信号的人和设备就藏在新店!"

"可为什么有人要发射干扰信号呢?这不很无聊吗?"曾尤恭一百个想不明白。

高山泰说:"中国有句老话,'无利不起早',干扰信号也有可能是冲着我们广播来的。"

曾尤恭说:"冲我们干什么?我们发射开路信号是公益事业又不赚钱,碍着谁了?"

高山泰狡黠地一笑:"我们是不赚钱,可碍着想赚钱的了。"

"我们能碍着谁?"曾尤恭一头雾水。

高山泰意味深长地说:"谁会去做赔钱赚吆喝的买卖?这里面藏着猫腻。"

曾尤恭："什么猫腻？"

高山泰："现在说不准。"

突然，曾尤恭来劲说："既然发射干扰信号的设备和人就在新店，干脆我们出去找吧，抓它个现行！"

高山泰说："发射干扰信号的人和设备又不在大街上，肯定藏在暗处，你上哪儿去抓？我们出去，不光是瞎猫抓不着活老鼠，白忙活一场，而且还会打草惊蛇，断了线索。"

"那怎么办？"曾尤恭顿时泄了气。

高山泰又起身在房里转悠，曾尤恭眼睛紧盯着他。一会儿，高山泰停住脚说："我倒有个主意。"

一听有主意，曾尤恭像打了鸡血似的，一下从床上蹦起来问："啥主意？"

高山泰说："我们还没亮出我们的撒手锏呢！"

曾尤恭一头雾水："撒手锏？什么是我们的撒手锏？"

"监测车啊！"

"监测车？"

"对啊，那不就是我们的撒手锏吗？"

"我们哪有那玩意儿？"

"我们没有，可省局有啊！"

曾尤恭终于会过来说："那是省局监测中心的，远水解不了近渴。"

高山泰说："谁说远水解不了近渴，我们去省局找他们借来不就得了。"

曾尤恭说："那不等于与虎谋皮，上百万的监测车是人家的宝贝疙瘩，能借给我们？"

高山泰说："我们又不是刘备借荆州借了不还，这正是发挥监测车威力的时候，干吗放在库房折旧。"

曾尤恭说："我看我们这是山贼找朝廷借兵，异想天开。"

高山泰扬手打住曾尤恭说："嗳，别说泄气话，朝廷养兵千日，也有用兵一时嘛！"

曾尤恭的感觉没有错。高山泰跑到省城，找省局监测中心借监测车，监测中心主任说开什么玩笑？监测车我们花一百多万买回来的，那是我们的宝贝疙瘩，哪能随随便便借给你们！高山泰说监测车买来是让它发挥作用的，又不是买来做摆设的。监测中心主任说：我们就这么个家当，平时都舍不得用，只有上级领导来了，我们才开出来，演示给领导看看。高山泰气恼地说：监测车不是收藏品是撒手锏，有用武之地你们不用，放在家里装门面，真是糟蹋东西！监测中心主任反驳说：原子弹是不是撒手锏，你看有随便乱扔的吗！高山泰跑去找分管的翟清副局长，翟局长也面露难色噱鱼刺。高山泰不客气地说：上面给我们布置工作从来不许讨价还价，现在我们工作上遇到难事，而且还是上面交办的事，找省局借监测车都舍不得，宁可把它锁在库房睡大觉。我们既不是冲你们要，又不是把监测车开去游山玩水，是去捕捉干扰信号。这不是有探雷器不用，硬要我们用身体去蹚地雷吗！翟局长一听，觉得确实说不过去，出面要监测中心把监测车借给高山泰他们。监测中心主任还在叽叽歪歪，逼着翟局长发狠话，说"不换思想就换人"！监测中心主任才极不情愿地答应借车，但提出必须监测中心派人跟车操作。

高山泰随车开到新店，怕监测车显眼暴露目标，他们白天踩点，天黑才把监测车开进新店隐蔽起来。

高山泰他们和监测中心的技术员躲在车内，技术人员打开电子地图，新店的道路、村庄都清楚地显示出来。技术员用鼠标，通过北斗导航系统开始搜索，很快，电子地图上有波光闪烁，技术员用鼠标把它锁住，并指给高山泰他们看，干扰信号就是从这里发出的。曾尤恭兴奋地说：这就像电影里侦讯车查找电台位置一样。技术员得意地说：原理都一样。不过，我们现在比那时不知先进到哪儿去了，过去只能开着车满大街转悠，根据信号的场强跟踪发报的位置，要捕捉具体发射位置很不容易，一旦被对方发现停止发射，信号马上就会消失。现在有电子地图和北斗卫星定位仪，不但不用满大街转悠，还能一下就准确无误地锁定信号发射的具体位置。只要在我们搜索半径内，任何隐秘地方出现的信号，都休想逃脱。

高山泰盯着被锁定的干扰信号源，发现就在新店街上。技术人员放大地图，高山泰他们仔细辨别，发射地点居然是紧挨着派出所的一栋两层楼房，高山泰和曾尤恭马上下车前去查看。

已经吃过晚饭，街上很热闹，店铺都在开门营业，不时有音乐声从店铺里传出来，还有人当街支起麻将桌，围坐着搓起了麻将。

高山泰他们很快找到派出所旁边那栋两层的楼房，房里黑着灯，门紧闭着。曾尤恭要上前敲门，被高山泰拦住说里面的情况不清楚，要是我们贸然闯进去，有个闪失就麻烦了，最好请派出所出面配合我们，来个人赃俱获。高山泰让曾尤恭盯在这里，自己去派出所求助。

黄所长和为首的警察正好都在。他们一见高山泰吃惊地问：你们怎么还在这里？高山泰说我们搬救兵去了。黄所长说：怎么，嫌我们警力不够？高山泰说：哪里，我们从省城借来了监测车。黄所长问：你们查到线索了？高山泰点头说不仅查到了，而且就在你们旁边。为首的警察吃惊道：怎么会在派出所旁边，他们这是吃了豹子胆了！高山泰请求他们出警帮忙。

黄所长二话不说，带了几个警察别着家伙，跟高山泰来到旁边楼房门前。

高山泰问曾尤恭楼里有没有动静？曾尤恭摇摇头说没有。黄所长让一个警察上前敲门，楼里果然没有动静。隔了一会儿，警察又敲了一遍，还是没有动静。黄所长问：是不是确定信号就是从这里发出的？高山泰肯定地说：就是这里。黄所长问：既然在发射信号，楼里怎么会没有人呢？高山泰说：发射这种干扰信号，只要开机工作就行了，不需要人看守。黄所长为难道：没有申请搜查令，我们不能私闯民宅。高山泰说：他们不会一直开机干扰，过了黄金时段，一定会有人来关机的。为首的警察问你怎么猜到？高山泰说干扰信号如果是冲我们信号来的，只会对晚上收听率最高时段进行干扰，估计七点到十点三个钟头差不多了。他问曾尤恭现在几点？曾尤恭看了一下手机上的时间，说九点刚过。高山泰说：估计十点钟就会来人。黄所长马上安排人监控，然后要高山泰、曾尤恭和其他人，回派出所等候，说人多反而容易暴露目标。

果然不出高山泰所料，刚过十点钟，监控的警察发来信号，一个小青年正走向楼房门前。高山泰和黄所长迅速出来，一眼看见小青年停在门前，伸手掏出钥匙开门。黄所长一个手势，几个警察一拥而上，把小青年拿下。小青年一看几个警察按住自己，惊恐道：你们干什么？黄所长上前问：你是房主？小青年说：我不是房主，房子是临时租的。黄所长要他开门进去。

小青年带一行人进到楼内打开灯，一楼地上乱七八糟地摆放着一堆敞开的纸箱，纸箱里装着一些印刷的宣传资料。一看没有高山泰他们要找的东西，就又上到二楼。灯一亮，高山泰一眼就看到桌子上一台发射机正在一闪一闪地工作。高山泰指着发射机说：就是它！几个警察像看稀奇似地围着发射机左看右看，为首的警察还动手去摸。高山泰阻止说，先让我们拍个照！他示意曾尤恭用手机把正在工作的发射机拍下来。

警察把小青年和发射机都带回派出所，高山泰他们也跟了过去。大家都找地方坐下来，唯独要小青年站在那里。为首的警察让另一个警察做笔录，开始对小青年进行审讯。

问完姓名、性别、年龄后，黄所长问："你是干什么的？"

年轻人答："我是有线电视网络公司的。"一屋的人一听都很惊讶，连曾尤恭都大感意外，只有高山泰不露声色。小青年振振有词地质问："你们凭什么抓我？"

黄所长指着发射机说："凭什么？就凭这个抓你！"

小青年一脸无辜地问："这个怎么了？"

黄所长问："你们用它在干什么？"

青年人说："没干什么呀！"

黄所长问："没干什么，它怎么开着机呢？"

青年人说："开机工作呗！"

黄所长问："它在干什么工作？"小青年不语。黄所长见他不开口，厉声问："你们是不是私设电台，搞颠覆破坏活动？老实交代，你是不是敌对势力派来的！"

小青年一听顿时脸都吓白了，连声说："不是！不是！"

"那你们在干什么？"黄所长紧逼着问。

小青年顶不住如实交代说："我们来新店是发展有线电视用户的。"

"你们发展你们的用户，为什么要干扰我们的信号呢？"曾尤恭忍不住插嘴问道。

小青年看了曾尤恭一眼，惊讶地问："你们是干什么的？"

高山泰沉稳地说："我们是湖山无线台的，你干扰了我们的广播信号。"

小青年一听，慌忙申辩道："我们发射干扰信号，又不是针对你们的。"

曾尤恭问："那你们针对谁？"

小青年回说："我们是针对当地小片网的。"

一屋的警察听得稀里糊涂，为首的警察问："我听着你们怎么跟威虎山似的，尽说些我们听不懂的行话，什么小片网、无线信号、干扰信号的，到底咋回事？"

高山泰接过话解释说："小片网是地方搞的一种广电覆盖方式。它们从卫星接收电视信号，然后加密播放出去，用户只有购买他们的机顶盒，才能解码收看。"高山泰扭头对青年人说："可你没想到小片网的信号正好也在我们信号的同一波段上，所以，你们发出的干扰信号，同时也干扰到了我们的广播信号。"

小青年委屈地说："我们真的不是针对你们的。我们在新店发展有线电视用户，发现不少农户家里都安装了小片网的机顶盒，挡了我们发展有线电视的道，所以才动心思干扰小片网的信号，想让他们的用户改换门庭，看我们的有线电视。"

黄所长一旁忍不住调侃道："又是无线信号、又是小片网、又是有线电视，一座龙王庙居然养着三条龙，呵呵，我看广电同业竞争也蛮拼的嘛！"

高山泰苦笑了一下，对小青年正言道："用户选择你们哪家我们管不着，但你们不能干扰我们无线信号，用户既有选择你们的权力，也有选择我们的权力。你们用这样卑劣的手段，实际上就是剥夺他们收听收看的基本权益！"

小青年目瞪口呆地望着高山泰，心想怎么又冒出一个懂广电政策法规的人？

黄所长看出小青年的疑惑，冷笑道："没想到吧？这两位也是你们广电的同行。我就奇怪了，他们是一门心思让老百姓免费看电视听广播，你们是想方设法逼着老百姓花钱看电视，真把我给弄糊涂了。"

高山泰说："这也不难理解，我们的开路信号，提供的是免费公共服务，他们有线电视和小片网是付费的有偿服务，就像社会救济和花钱消费一样，本来是井水不犯河水，现在，等于是他们堵了社会救济的路，硬逼着用户去掏钱消费。"

小青年嘟囔道："漂亮话谁不会说？你们财政掏钱养着，我们得端着饭碗讨饭吃。"

高山泰平心静气地说："小伙子，盗亦有道，我们巴望全社会的人都有能力消费有线电视，但是，我要提醒你，再发达的社会也会有看不起有线电视的人群，我们就是为这个人群而存在的。我们不敢说我们是社会的救世主，但我们代表的是社会的良心，你们不能为了自身的商业利益，连社会良心都要吞噬吧！"

听了高山泰的话，满屋的人都默然无语，小青年也垂下了头。

事情已经水落石出。这时，黄所长跟高山泰使了个眼色，两人先后走到门外。高山泰估计是找他商讨案情。黄所长开口说：事情基本搞清楚了。高山泰问：打算如何处理？黄所长说：若按入罪，挨得着的只有一个"破坏公共设施罪"，但从过程来看，入罪未免过重。一则他们是冲着小片网，而不是冲你们的，没有主观故意；二则他们只是滋扰了你们的信号，没有对公共设施设备造成实体损害；三则现在办案的门槛越来越高，一旦办成冤假错案，过错追究下来，那也是吃不了兜着走。我看……高山泰马上善解人意地说：把他们治罪本来就不是我们的目的，教育教育就行了。黄所长感激地点头说：我担心你们揪住这件事做文章，万一在上面奏我们个"不作为"，上面一板子打下来，也够我们受的。嘿嘿，没想到，高台长这么通情达理，丝毫不为难我们。黄所长说着，情不自禁抓住高山泰的手用劲握了握。高山泰会心一笑，嘴里飘出一句流行语：这年头都不容易！高山泰以为事情已经谈完，正准备转身进去，黄所长拦住他说：罪可以不定，案子还得办完。高山泰定住问：还要怎么办？黄所长说：我们现在是人赃俱获，批评教育一下放他可以，但案还是要立的。年终考核是有指标的。高山泰说：这是你们职责范围内的事，我们没意见。黄所长请求道：立案还得麻烦你们作为报案人履行个手续。高山泰说：这没问题。黄所长见事情都谈妥了，讨好地恳求道：有机会碰到我们县领导，还望替我们美言几句哦！高山泰没想到自己在黄所长心目中还有这个分量，满口应承说：那是必须的！

从派出所出来，曾尤恭问："刚才小青年说他是有线电视的人，所有的人都很吃惊，我看你丝毫不惊讶。"

高山泰笑道："那有什么好惊讶的。听说有人在镇上活动，我就开始怀疑他们了。"

曾尤恭好奇："你是怎么怀疑到他们头上的呢？"

高山泰说："俗话说，同行是冤家。我们的广播电视是白送，有线电视和小片网要付费，他们两家对掐虽然不针对我们，但客观伤及了我们，有线电视在镇里发展用户，闹得风生水起，能干出这种事的，除了他们，还能有谁！"

曾尤恭佩服得五体投地地说："怪不得你不让我上街乱窜，原来怕'相关利益人'发现。孙悟空再会翻跟头，也逃不出如来佛的手心！这一招我得学着点。"

街摊锅碗瓢勺的声响和飘来的油香，勾起了高山泰的食欲。他笑道："少拍马屁。快，把监测车上的人都喊过来消夜，我请客！"

曾尤恭说："我这就去！嗳，这条街上有家'二锦馅'……"嘴里流出的涎水，淹没了曾尤恭下面的话。

十二

回到湖山，曾尤恭逢人就绘声绘色地讲述他和高山泰这次的传奇经历。进村探访农户家，就像是《林海雪原》里小分队进了夹皮沟，误撞误打，险遭不测又化险为夷；在新店镇上蹲守，又像是《潜伏》，隐匿闹市拨开迷雾，追根寻源；进省城借神器，如同《大闹天宫》，与虎谋皮；警民联手捣贼窝，如同《虎穴追踪》，一举人赃俱获。

曾尤恭讲得唾沫横飞，关键之处免不了添油加醋。比如，进村到一农户家，这家本来只有小孩和妇女留守，看到我们是来调研的，从里屋大摇大摆出来个男人。被高台一眼看破，偷偷告诉我说：他肯定是个村干部，趁这家男人外出打工，跑来睡别家女人。大家义愤填膺的同时，还不乏议论：听说这种事在农村很普遍，不光破坏不少家庭，还惹出不少命案。你们跟当地反映了没有呢？曾尤恭说：当然反映了！高台回头就跟当地派出所所长讲了这件事。哦，那就好！马上有人附和，最好把这些坏人都抓去坐牢。再比如，曾尤恭说：警察误以为我们是人贩子，把我们带回派出所，为首的警察问我们是什么人？我掏出工作证亮明身份说：我们是湖山无线台的。为首的警察又问高台是什么人？我说这位是我们台长。他接着问台长是个什么官？我竖起拇指告诉他：跟你们县太爷一样大的官。为首的警察吓得目瞪口呆。大家一阵哄笑问后来呢？曾尤恭说：后来派出所黄所长对我们高台点头哈腰，还主动请缨帮我们破案。更悬的是，曾尤恭说：我们把那个干扰我们信号的小子逮住后，他带我们上楼找发射机，趁我们不备，伸手在腰间掏家伙，被我一眼瞧见。见大家倒吸一口凉气，曾尤恭说：我一个饿狼扑食，把那小子死死压在地上不能动弹。大家长出一口热气，说真够悬的！大家听得津津有味，没有人质疑故事的真伪。总之，说曾尤恭的故事是一部谍战片也好、惊悚片也好、悬疑片也罢，反正在台里热播。当然，曾尤恭把自己拔得再高，男一号当之无愧还是高山泰。

高山泰三缄其口，对曾尤恭口吐莲花，也不置可否。即便有人问到头上，他也是打哈哈，让人难明就里。其实高山泰心里再明亮不过，自己的能力和贡献需要被证明、被认可，但更需要证明和认可的是从来不被人看中、几乎被人遗忘的这份无线台事业，是常年默默无闻坚守在这个岗位上的所有职工。曾尤恭讲故事，看似一个人在狂欢，全台都爱听，因为一群人都寂寞。这个似乎与世隔绝边缘化的群体，突然有了自己的传奇故事和英雄人物，尽管看来微不足道，但对自我提振，还是一剂强心针。高山泰不忍心去打破这个神话，哪怕自己会从神坛上跌落下来。从众人仰视他的眼神，高山泰能感觉到大家对英雄的崇尚，他只是这个英雄的化身罢了。

查处干扰信号也算不上什么大案要案，但却起到了一石三鸟的效果。一是局里发文加了编者按，通报表扬了湖山台勇于维护群众收听收看基本权益，与破坏无线信号不法行为的人和事作斗争的先进事迹；二是局里把湖山台的事迹材料上报到了北京，被作为典型成功案例，在系统内进行了简报交流，据说北京要省局呈报具体的基层单位或个人，候选年度表彰；三是新店派出所协助破获此案，集体立三等功一次。理由很简单，多年来，农村基层派出所办理的案件，最大也莫过偷盗耕牛，而这回破获的是一起滋扰公共设施案，技术含量当然高多了，新店派出所可是为农村基层派出所长了脸。

一连几天没有见着高山泰，秦姑终于在吃晚饭的时候，把高山泰堵在食堂门口。入冬，门帘已换成厚厚的棉帘，秦姑隔着门帘跟高山泰说话里边听不见，但毕竟有人出出进进，秦姑揪住高山泰只发出了一句不可抗拒的指令：晚上额等你！高山泰怕人看见，似笑非笑地点点头。

俗话说，小别胜新婚。虽说高山泰跟秦姑不是什么正当名分的夫妻，但不论心里还是肉体都已接纳了对方。

"月上柳梢头，人约黄昏后"。高山泰前脚进来，秦姑后脚把门锁好。一进到秦姑屋里，高山泰闻到除了燃香的味道，还有另外一种味道，他眼睛在屋里一扫，发现香炉后面供放观音菩萨的旁边，又新添了两个橙黄的金属烛台，烛台里各插着一支点燃的红烛。

高山泰忍不住发笑："菩萨都是火眼金睛，哪还要蜡烛帮忙？"

秦姑横他一眼："就是要让菩萨看得更远！"

高山泰："看多远？"

秦姑："你走多远，菩萨就看多远。"

高山泰："菩萨看我干啥？"

秦姑："看你在新店干坏事没有。"

高山泰："我能干什么坏事？曾尤恭在台里都讲爆了棚，把芝麻说成了西瓜，哪还有掖着藏着的事？"

秦姑："那都是过五关斩六将的事，老实交代，你去发廊找发廊妹没有？"

高山泰摸着头发，忍不住呵呵笑道："我这几根秃毛，用梳子都多余，还用得着进发廊，找什么发廊妹！"

秦姑忍不住也笑："额们那里好多姑娘出来打工，不少去发廊当发廊妹了。"秦姑神秘兮兮地说："听说，她们还学按摩，先洗头，后按摩，还为客人提供什么特殊服务。"

高山泰问："啥'特殊服务'？"

秦姑说："你别跟额装！"

高山泰说："我真不知道啥叫'特殊服务'。"

秦姑上前像老鹰抓小鸡似的，一把把高山泰抓起扔到床上说："额来告诉你甚叫'特殊服务'！"秦姑扒掉高山泰身上的棉工作服，又伸手去解他腰间的皮带，手挠到高山泰的腰间，痒得他满床打滚。高山泰一边笑一边躲避。秦姑一看越发来劲，三下五除二，把高山泰的裤子扒下来……

秦姑和高山泰在床上翻云覆雨，直到高山泰缴械投降为止，两个人瘫软在床上，四只眼睛都直愣愣望着天花板。

半晌，秦姑突然用胳膊肘碰了一下高山泰，说："嗳，你知道台里上下现在把你夸成个甚样？"

高山泰侧过脸问："啥样？"

秦姑笑："本来一个猪不啃的南瓜，偏把你夸成了一朵花！"

高山泰说："哦？把我夸成一朵花，插哪儿？插牛屎上，可湖山没牛啊！插你身上？"

秦姑扬手拍了高山泰一巴掌说："你才牛屎哩！你连狗屎都不如！"

高山泰故意缩作一团叫饶道："好好，我狗屎不如，"紧接着又加了一句，"我狗屎不如，你比我强，肯定是人屎了。"

秦姑踹了高山泰一脚，没好气地说："你尽使阴招，又在变着法子骂额是不？"

高山泰以为秦姑真生气了，伸手想把她搂进怀里，无奈秦姑重得像块石碑挺在那里纹丝不动，高山泰只好趴在她的身上，用嘴在秦姑脸上身上讨好。

秦姑一把把高山泰掀下来说："额还有正事要问你呢！"

高山泰一听秦姑有正事，赶紧问："啥正事？"

秦姑够着头问："这回破案你可是立了头功，上面能给你甚奖励不？"

高山泰一愣说："能给啥奖励？不是已经通报表扬了吗。"

秦姑说："表扬几句就打发了？这不是拿你们当三岁的娃儿哄吗！"

高山泰说："你以为还能咋的？"

秦姑试探着问："能不能把那个甚副巡的帽子重新给你戴上？"

高山泰说："你想哪儿去了？一码归一码。"

秦姑说："你这不叫将功补过吗！"

高山泰说："你那都是戏里唱的，现实中哪有什么将功补过一说？功归功、过归过，功过是不能相抵的。"

秦姑侥幸地说："要万一呢？"

高山泰说："哪有万一！这个我还真没想过，要有那也是上面考虑的事，一顶破副巡的帽子，戴不戴就那回事。三十晚上撸只兔子，有它没它都一样过年。"

秦姑泄气地说："你这也不图，那也不图，到底图甚？"

高山泰语重心长地说："你非得问我图个啥？我图的就只我们这些常年在偏远山区无线台人的存在感！我们的电波每时每刻都会让人感受到，而我们这个群体却长年累月被人遗忘！我们不少职工都是子承父业，是湖山台的二代，他们的父辈，是献了青春献子孙，接替他们的后代，不是官二代、富二代，是山二代！"

秦姑感到胳膊上有毛毛虫在爬，侧眼一看，是高山泰眼角滚落的泪。她不知道自己怎么触动了高山泰心里那根最脆弱、最敏感的神经，一时手足无措。

高山泰也感到自己有点失态，在秦姑面前说这些干什么，还想博得她那份弱小、善良的同情心？难道还嫌秦姑苦得不够，刚从黄连水里爬出来，又给她喂砒霜？她把自己当脊梁、当靠山，自己还把那点一文不值的憋屈、烦恼掏出来压在她心上，自己还是个男人吗？高山泰又重新找回那点男人的血性。

一阵沉默，突然，外面传来猫叫声。秦姑问："台里养了猫？"

高山泰说："台里没养，这是山猫的声音。"

秦姑问："山上还有猫？"

高山泰说："当然有。它的个头比家猫要大多了，也凶多了。"

秦姑奇怪："山上怎么会有猫呢？"

高山泰说："山上有老鼠啊，而且多得很。猫是老鼠的天敌，有老鼠，肯定就有猫。"

秦姑问："这又不是猫发情的季节，这叫唤声怎么像是在叫春啊？"

高山泰扑哧一笑："还非得发情的季节才能叫春？人干那事等过什么发情的季节？"

秦姑哼哧一下，骑在高山泰身上说："额现在发情了。"说着，手伸到他的下面，发现抓在手里只是一团软绵绵的肉球。

高山泰说："不是告诉过你吗，现在是不应期，哪能还干呢？"

秦姑质问道："你骗额！上回你冻伤了，额给你暖身子，你怎么能连干两回？"

高山泰打趣道："多少年没干这事，那不有存粮吗！"

秦姑不依不饶说:"都好多天了,你咋就没存粮了呢?"

高山泰说:"存粮早就被你掏空了,哪还有!"

秦姑不信,又拨弄了一下高山泰的下面,还是不见反应。

高山泰说:"嗳,干这事也得讲科学。你听我讲,书上说,干这事有个公式。"

秦姑疑心:"甚公式?你该不是又编瞎话骗额吧?"

高山泰说:"怎么是编瞎话呢,算术你学过吧?年龄乘上九的得数,就是干这事的次数。"高山泰扳着指头算给秦姑听,"你看,你三十出头,三九二十七,就是两个星期,可以干七次。你看我,六十了,六九五十四,五个星期,最多只能干四次。你想,就我这把年龄、这个身板,哪能连着干两次?科学是讲规律的,规律是不能违反的。"

秦姑强词夺理道:"甚狗屁规律?违反了咋的?"

高山泰说:"违反了就要受惩罚。"

秦姑说:"规律又不是个人,咋惩罚?"

高山泰一时不知怎么对她解释才好,只有现身说法:"就拿那玩意儿来说吧,不用则退,用过则废。"

秦姑眨巴眼问:"甚意思?"

高山泰说:"意思嘛就是,老不练吧,那玩意儿就变得不会了,跟耍把势一样;老使唤吧,那玩意儿就变残废了,跟个物件一样。"

秦姑觉得似乎有那么点道理,但她不明白为什么要用年龄乘上九,而不是别的数?高山泰告诉她:年龄数代表不同时期的身体状况,九是最大自然数,代表人的能力,两数相乘,等于人干这事最合理的周期和次数。秦姑说人跟人咋一样呢?高山泰笑道:当然有差别,孙悟空一跟头能翻出十万八千里去,我一跟头顶多从床头翻到床尾。说完,俩人在床上哈哈大笑,身下的床铺,被他俩咯吱得一通乱叫。

十三

眼见年底了,高山泰接到到省局开会的通知,说是北京的指标下来了,给了一个受全国表彰的先进个人名额。因为湖山台查处干扰信号,维护了群众收听收看的基本权益,入围了这次表彰,要湖山台立刻把人选的事迹材料报上去,并通知高山泰去省局研究表彰的事。

高山泰把顾祥喜、曾尤恭和几个中层干部喊在一起商量，提议推荐曾尤恭。结果遭到大家一致反对，说事情是你领头干的，大主意是你拿的，监测车是你借的，你不当这个先进个人，谁还能当？高山泰说自己是黄瓜打锣——去了半头的人了，机会应该留给年轻人。曾尤恭很有自知之明地说：这不是讲风格的时候，评先是讲竞争力的，就算把我推出去了，上面一平衡，我也是鼻孔喝水——够呛。争来争去，最后采取举手表决来确定，结果除了高山泰一人赞成曾尤恭外，其他人都赞成他，高山泰无奈只有服从。申报材料通过电子邮件报了上去。用曾尤恭私下的话形容，这次高台获得全国先进个人，那是裤裆里抓××——十拿九稳。

　　高山泰到了省城，局机关由办公室、人事处，以及相关业务处室组织了专评组，对基层报来的人选和申报材料进行了认真评审。如果说湖山台只是一口井，到了省局就是一片天了。舞台一大，站在舞台上的就不止高山泰一个，各个基层单位，都推出了自己的人选，就像进行校场比武一样，拿什么兵器，要什么套路，五花八门。几轮筛选淘汰下来，人选集中在了两个人身上，一个是湖山台的高山泰，另一个是监测中心主任钱世奎。因两人申报材料都涉及破获新店干扰信号案，争论的焦点自然也就围绕这起案件进行。力主申报高山泰的陈述理由是：干扰信号是湖山台发现的，工作也是高山泰领头做的，而且在整个破案过程中，高山泰亲力亲为，既走街串户实地调查研究，还协调警方调动警力配合，最后一举人赃俱获破获此案，高山泰是破案功臣，作为全国基层单位先进个人的提名人选当之无愧。主张钱世奎的理由是：如果不是监测中心积极配合，不惜一切代价，把昂贵的监测车千里奔袭开到案发现场，没有监测人员及时准确地锁定目标，即使高山泰他们有三头六臂，也难以最终查找到作案设备和作案人的藏匿地，这起案子还将是桩无法破获的悬案，应该说监测中心在破案中，起到了决定性作用，作为监测中心的负责人，钱世奎才是合适的提名人选。

　　两种意见相持不下，争议摆在了翟局长的面前。湖山台和监测中心都是他分管的，手心手背都是肉，翟局长抓耳挠腮左右为难。他倒是有心向下倾斜，工作明摆着是人家湖山台做的，理应把高山泰作为提名人选。可监测中心就在自己的眼皮底下，再说科技处长马上到点，虽然有几个竞争对手，但钱世奎是接替的热门人选，要是这次获得全国先进个人荣誉，就更加重了竞争的砝码，有望当上科技处长。对于重装备、高投入的广播电视来说，科技处长是个炙手可热的位子，再往上提总工、副局长有一定优势。这是一条看得见、行得通、上得去的路径。

为此，钱世奎没少动用资源，明里暗里做了不少工作，翟局长自然是披挂上阵，力挺自己的属下。事情怕就怕在信息不对称，高山泰完全蒙在鼓里，打死他都想不到，会有人跳出来，用同样的事迹，跟他争夺这个"全国先进个人"，他还踌躇满志地认为，自己是独一无二的人选。

翟局长有意把高山泰找来，是想做他的工作，但一时又不知如何开口。高山泰一进门，翟局长没有按惯例，让他坐在办公桌对面汇报席的椅子上，而是起身，像见到久违到访的贵客，热情招呼他在接待宾客的沙发上落座，并且亲自给他沏了一杯"金骏眉"。单位提供的接待用茶，一般价位、品质不高，像"金骏眉"这样的茗品，都是自备自饮，翟局长舍得拿出来招待他，说明翟局长没有把他当一般的来访者，高山泰有点受宠若惊。不仅如此，以前每次到翟局长这里，他充其量象征性地抬抬屁股，示意高山泰坐在办公桌对面的椅子上，今天他居然屈尊与自己在沙发上促膝而坐。高山泰不明白今天怎么会受到如此高规格的礼遇，不禁有点惶恐不安。

两人一落座，翟局长先是嘘寒问暖，扯了一会儿湖山台的情况，高山泰是问一句答一句，并不主动展开话题。他敏锐地察觉到，此刻跟翟局长的谈话，就跟写文章一样，只是开了个头，还没触及主题，皮不能太厚，他静等着翟局长下面的正文。说着说着，翟局长按捺不住起身在屋里踱来踱去，高山泰屏住呼吸看着他。

果然，翟局长的话题转到申报全国先进个人人选上来："这次全国先进个人提名人选的事你听说了吧？"

之前省局专评组开过会，意见产生分歧的事，高山泰一无所知，所以他说："接到省局的通知，材料已经报上来了，怎么您还要亲自找我谈话，不就是一个先进个人吗，不至于搞得这么郑重其事吧？"高山泰认为有点小题大做了。

翟局长重新落座，他干咳了一声，绕了个弯说："上报的材料我都看过了，整个事情的经过我也很清楚。你在破获这起干扰信号案件的前期做了大量工作，进村走访农户，发现干扰信号，联系派出所配合行动，功不可没！功不可没啊！"

听到这，高山泰心想，看来自己吃苦受累、煞费苦心，领导都一本全知，不禁心头一热，眼圈一红。

只听翟局长低头咂着嘴，似在搜肠刮肚，寻找合适的话。片刻，他话锋一转，问："现在不是都讲'最后一公里'吗，你认为破获这起案子'最后一公里'，起到决定性作用的是什么？"

高山泰想了一下说:"当然是监测车起到了决定性作用,没有它,我们就是长一千双眼睛也是个瞎子。"

翟局长笑而不露地问:"你这是心里话?"

"当然是。"高山泰不明白翟局长什么意思?

翟局长似在喃喃自语:"是啊,现在干什么都不能靠单打独斗、靠经验蛮干,得靠团队精神,得靠科技力量。"高山泰不知翟局长此时为何发此感慨。翟局长突然想到什么,问:"嗳,记得湖山台为此事,已经受到总局的通报表扬了吧?"见高山泰点头,翟局长突然又转换话题,关心地问:"老高,你在湖山台工作差不多有三十年了吧?"高山泰掐着指头说:"早过了,都三十七年了。"翟局长感叹道:"是啊,都有小四十年了!上次提你副巡,要不是碰到干扰民航的事,副巡的帽子早戴在你头上了,住房和医疗待遇跟着就上去了,看个病手里有个红本本也方便得多,可惜啊,可惜!我可是替你据理力争过哦!"

高山泰淡淡一笑说:"这事怪不着别人,全怪我自己。谢谢您还替我说话。"

翟局长摆摆手说:"哪有不护犊子的。"说完,又觉此话对高山泰这个岁数的人不妥,补救道,"你对下面不也是这样做的吗!"翟局长刻意强调上级对下属的关心,不仅是生活上的关心,而且还有政治上的关心。他接着对高山泰说:"关心自己分管的干部理所当然,只要有成长的机会,我都会替你们摇旗呐喊、奔走呼号!"高山泰以为这话只是针对他讲的,心头又一热。谁知翟局长此话另有针对:"钱世奎的情况你知道吗?"高山泰不知说他怎么一下子转到钱世奎身上,一脸茫然地摇摇头。翟局长继续说:"局科技处长马上要退了,钱世奎是最合适接替的人选。"高山泰心想,这跟我一毛钱的关系都没有,我又不想当那个科技处长。翟局长终于把话捡开说:"竞争科技处长位子的有好几个人,谁当谁不当各种声音都有。当然,你和钱世奎都是我分管的,我是力主钱世奎上的,这你能理解吧?"无线台和监测中心是不同的业务部门,高山泰跟钱世奎也少有往来。想起上次借监测车的事,高山泰对钱世奎就没有落下什么好感,他当不当科技处长,跟自己没有任何利益瓜葛,对于别人升官发财的事,高山泰从来不关心,但既然都是归翟局长分管,翟局长开口问他,高山泰也就点点头。翟局长说:"想跟你商量件事。"

高山泰惊讶地指着自己问:"找我商量事?"心想,该不是要我帮他去拜票吧?这个高山泰打死都做不出来。他心里马上盘算,要是翟局长真开这个口,自己该怎么拒绝?

话已经说到这个分上，翟局长直截了当地说："跟你商量，是想让你把全国先进个人让给钱世奎，这就加重了他竞争科技处长位子的砝码，你看如何？"说完，翟局长紧张地盯着高山泰。

　　高山泰一听如释重负，呵呵一笑说："我当什么大不了的事？就为这个，您打个电话，或找人捎句话就行了，用不着大老远把我喊过来，通知说开会，原来是当面锣对面鼓做我的思想工作，多耽误工夫。行！这个先进个人我让给他！"说完，高山泰起身拍拍衣裳说："要是没别的事，我回湖山了。"

　　"别忙走。"翟局长原以为高山泰会不愿意，甚至会闹到局长那里讨说法，毕竟工作一辈子能受到全国表彰的机会不可多得。没想到高山泰这么敞亮、大度，翟局长还准备了一大堆说服高山泰的话，结果都派不上用场，只能烂在肚子里。他心里陡然泛起一种对高山泰的愧疚感，高山泰站在自己面前，简直就是一座山！翟局长快步走到办公桌跟前，拉开抽屉，拿出一个盒子过来递给高山泰说："这是一个新款的4G手机，送给你！"

　　高山泰推辞说："这么贵重的东西，我怎么能要呢。"

　　翟局长诚恳地说："这是我在电信工作的女儿做活动送的。"

　　高山泰说："那您自己留着吧！"

　　翟局长说："你在偏远山区更用得着，就算我个人一点心意。"

　　高山泰看翟局长这么真心实意，不好再推辞，就接了下来。

　　回湖山的路上，高山泰才想起跟台里的人怎么说呢？来时大家都信心满满，还你推我让，结果是寡妇梦见男人——空喜一场。人都上山了，高山泰还是没想好该如何交代？索性照直说吧。

　　不出高山泰所料，事情的结果一传出来，台里顿时炸了锅。其实，高山泰还隐瞒了为钱世奎竞争科技处长的位子，翟局长要他让出先进个人的真实原因，只是说，确实是人家监测中心在整个事件中，起到了决定性的作用，所以他才同意把先进个人让给钱世奎。曾尤恭嚷着说：这他妈成了电视剧《借枪》，日本人是熊阔海杀的，自己命也豁出去了，功劳却要算在借给他枪的县大队头上，有这个道理吗？几个人附和说：这哪是争荣誉，简直就是抢荣誉吗！连一向息事宁人的顾祥喜都义愤填膺地说：手都伸到别人碗里，也不怕烫着！高山泰故意大度地说：我们已经受到总局的通报表扬了，不稀罕这个先进个人。网上那些"心灵鸡汤"不是说，不争才是大智慧吗？我看湖山台的人都是有大智慧的！

晚上，高山泰到秦姑那里，秦姑惊喜地问："给你戴帽了？"

高山泰说："又不是过去的地主、右派，戴啥帽？"

秦姑说："台里都说你评上全国先进个人了，咋的，这顶帽子还嫌小？"

高山泰掏出盒子神秘地说："猜猜这是什么？"

"什么？"秦姑盯着盒子看了一会儿，摇摇头说："这额哪猜得出来啊！该不是舍利子吧？"秦姑索性往神的地方说。

高山泰笑道："尽想得美，我又没去法门寺，哪来的舍利子？"

"那你还让额猜！"秦姑嗔他一眼。

高山泰把盒子塞到秦姑手里："你自己打开看。"

秦姑打开盒子，看到一个方方正正的东西，疑惑地问："这是甚？半导体收音机？"

高山泰拿过盒子，取出机子指着对她说："这是新款的手机，还是 4G 的呢，卡我也配好了，拿着。"

秦姑并没有伸手去接，说："额要这玩意儿干甚，又不会用！再说，能说话的人都在跟前，给谁打电话？"

高山泰兴致勃勃地说："不会用我教你。有了它可方便了，要找我，拿起来对着它一张嘴，我就听到了。"

秦姑笑道："找你还用得着这玩意儿，出门扯起嗓子喊一声，你就是蹲在茅房也能听见。"

高山泰说："我要是下了山、去了省城呢，你有那么大嗓门喊？"看秦姑不言声，高山泰把秦姑拉到床沿并肩坐下，他打开手机，手把手教秦姑识别手机上的每个键，接着教她怎么打电话、接电话。心灵手巧的秦姑很快就运用自如了。她拨通高山泰的手机，高山泰掏出手机接通，她觉得在一间房里没啥感觉，独自跑到厨房跟高山泰通话。她在厨房问一句，高山泰在屋里答一句，果然见不着人能听到声音。

回到屋里，秦姑捧着手机还兴奋地摆弄了半天。高山泰说这玩意儿不光能通话，还有好多神奇的功能呢！秦姑问还能咋地？高山泰又给她演示发短信、拍照、录像、上网。秦姑啧啧称道：没想到这么小不点的玩意儿，里面还能变出这么多戏法来！

俩人折腾了好一阵子手机，秦姑突然问："这是你在省城专门给额买的？"

高山泰笑："告诉你，换来的。"
秦姑问："换来的，用甚？"
高山泰指着头说："帽子。"
"帽子？"
"是啊！"
"甚帽子，能换手机？"
"全国先进个人的帽子。"
秦姑说："额们那里过去有用鸡蛋换煤油，也有用姑娘换媳妇的，没想到城里还有用帽子换手机的？还是城里人会做买卖！"秦姑眨巴着眼睛问，"要是换台彩电，那得多大顶帽子？"
高山泰调侃说："那顶帽子起码得戴在湖山的头上。"
秦姑说："你们男人只要想得到的东西，甚都舍得去换！"
高山泰不笑说："有两样东西我不换。"
"甚？"
高山泰说："一样是湖山台的集体荣誉。"
"还有一样呢？"
高山泰深情地望着秦姑说："你！"
秦姑心里一阵温暖，一把把高山泰抱在怀里，一边亲着嘴，一边就势把高山泰翻倒在床上。
高山泰大声提醒道："六九五十四！六九五十四！"
秦姑回道："去你的六九五十四！工钱都能预支，你那点东西还不能预支！"

十四

转眼要过年了。不过对湖山台的人来说，过不过年都一样，节目照传，值班照值，只是人员比平时稍少，除了发电机房、监播机房等重要岗位必须值守外，其他岗位可以无人。职工排了值班表，整个春节顶多值个半天、一天班，其余时间可以休假。台领导就比职工可怜，总共就三个人，每天必须有领导带班，整个春节只能休一半。顾祥喜和曾尢恭家就在山下基地，来回也还方便，高山泰住在山上当然更方便。要是高山泰不回老家探亲，一般他就把七天假的领导带班一个人包下来，让顾祥喜、曾尢恭他们踏踏实实在家过年。今年，高山泰又打算留在湖山过年，顾祥喜和曾尤恭坚决不同意，说你都几年没回家过年了，家里还有老母，怎么着也该回去看看。高山泰说过年不回家，过完年还可以回家，再说老娘有兄弟姊妹照顾，用不着他操心。其实，高山泰不愿回家，还有一个不堪回首的隐衷，就是一回老家，就勾起他对老婆、儿子的思念，只要在他们的坟头一站，就噩梦连连，整个春节都过得不安神，所以他总选择逃避。顾祥喜和曾尤恭都劝他，今年说什么也要回去看看老母。顾祥喜说：孔子曰，父母在，不远游。就算你放心老母，老母还惦记你这个儿子。好说歹说，这才促成了高山泰今年春节回老家的打算。

高山泰有些放心不下秦姑，跟她商量说：要不你跟我一起回家过年吧？秦姑横他一眼说：额跟你回家，算哪门子事？额又不是你女人，你咋跟家里交代，咋跟村里交代？再说，台里值班的人天天也得吃饭啦，额哪儿走得开！高山泰一想也是，自己大小是个处级干部，就这样不明不白带个女的回家过年，人家还以为我在外面勾搭上了女人呢！但他还是放不下秦姑说：我不在，没人陪你。秦姑笑：嗨，额又不是三岁的娃儿成天要人陪。她见高山泰依依不舍的眼神，安慰说：你放心回家吧，你不是给额手机了吗！额想你的时候，就跟你打电话。秦姑还告诉他，自己已经学会发短信了，就是打字像捉虫，还老捉不准。高山泰问拍照学会了没有？秦姑说那个反倒容易，说着，掏出手机翻出她给高山泰抓拍的照片，拿给他看。高山泰一看，乐道：狗儿的，还真像！秦姑也笑：不像你，还真像狗儿的？

说是那么说，高山泰真不在，秦姑觉得整个人都被掏空了似的，空落落的。台里"骨感妹子"和几个女职工，张罗着又是贴春联，连食堂门口也贴了一副，又是在台门前挂灯笼，又是窗户上挂"中国结"，还帮秦姑把年夜饭的菜单都拉出来了，台里上上下下、里里外外洋溢着浓浓的过节气氛。秦姑当着人面挂着笑，私底下怎么也"喜庆"不起来。白天，她不敢跟高山泰打电话，怕他家里人在跟前不方便，只有到了夜里，她才敢打电话给高山泰。她在电话里，只是报些流水账，早上吃的甚，中午吃的甚，晚上又是吃的甚。完了，问高山泰早上吃的甚？中午吃的甚？晚上吃的甚？仿佛除了吃，再没有别的什么事了。高山泰一一听着，然后又一一作答，既听着不厌，也答着不烦。秦姑没有说一句思念高山泰的话，也没有问一句高山泰想不想自己的话。但秦姑一个人躺在被窝里闭上眼睛的时候，就开始幻想高山泰在家的情形……高山泰一家围坐着吃年夜饭，高山泰陪着老母唠家常，高山泰走亲访友拜年，高山泰给女人、儿子上坟，连夜深人静高山泰脱了衣裳一个人躺在床上的情景也想到了。秦姑不仅想象得真真切切，还把自己PS在高山泰旁边，幻想着第一次踏进高山泰家门，自己羞羞答答躲在高山泰身后不敢见人，高山泰让她跪拜老娘，等她磕完头，老娘上前一把把她扶起，盯着她上下打量，嘴里连声夸赞：好俊俏的媳妇；吃年夜饭时，自己挨坐在高山泰旁边，高山泰不停地往她碗里夹菜；过年高山泰牵着她走亲访友，在别人家吃饭，人家灌他的酒，自己出来替他抵挡，把灌酒的人给喝趴下了；晚上自己和高山泰躺在被子里，高山泰搂着她，跟她讲小时候的故事，说夏天傍晚爬到树上藏着，偷看女人在河里洗澡，结果同去的孩子不小心从树上掉进河里，被洗澡的女人按在河里灌了一肚子水……春节七天长假，秦姑就做了七个梦，七个梦里，她都跟高山泰在一起。最离奇的是，梦里高山泰带着她给自己女人、儿子上坟时，坟墓里走出一个女人，还牵着一个孩子，这女人和孩子竟是自己和娃儿，再看高山泰也变成了自己的男人。秦姑半夜惊醒，睡在床上胡思乱想，明知道这是梦幻，但冥冥之中又感觉好像是天意。自己就是高山泰过世女人的来世，高山泰就是自己过世男人的今世。她爬起来，披衣下床，重新点燃红烛，又上了三炷香，给观音菩萨磕了三个头。人在做，天在看。她认为有双眼睛，一直在盯着高山泰和自己。

　　时间是件很奇妙的东西，当人急切盼望或等待时，时间就像条蚯蚓慢慢蠕动，让人心急火燎；当人凄苦挽留或不舍时，时间又像攥在手里的流沙，从指缝悄然溜走，让人无可奈何。春节七天长假，对于阖家团聚的人来说，时间太短；对于隔空相思的情侣来讲，时间太长。从理论上讲，速度影响物质运动本身的时间，当人的速度达到光速时，人自身的生命状态基本处于静止，秦姑的思念就达到了光速，所以，秦姑等了七天，高山泰简直就像离开七年！

　　高山泰回到湖山当晚，秦姑在屋里见到他的瞬间，恨不得一口把他吞进去。一阵耳鬓厮磨过后，高山泰从旅行包里，把他从江西老家带来的土特产拿出来给秦姑。

　　高山泰从塑料袋里抓了一把瓜子塞到秦姑手里说："来，尝尝我们鄱阳湖的瓜子。"

　　秦姑就手捡起一颗嗑开一看说："哟，这是甚瓜子？外面看着黑不溜秋的，仁挺饱满的嘛！"

　　高山泰喜滋滋地说："这是我们鄱阳湖有名的莲湖瓜子。"接着，他又拿出两大包塑料袋递给秦姑说："你再猜猜这一白一黑是什么？"

秦姑腾出手接过两个塑料袋看了半天，吞吞吐吐地说："是鱼和菜吧？"

高山泰问："什么鱼和菜，具体点。"

秦姑说："你们湖区的东西，额哪猜得出来啊。"

高山泰指着白色的塑料袋说："这是银鱼干，又叫'白小'。"秦姑瞪大眼说没见过这小的鱼。高山泰说："银鱼生长在湖区，你们山区哪有！这种鱼润肺、滋阴不错。"

秦姑笑："像额这样没心没肺的补个甚？滋阴额就更用不着了，你还是想法子给自己壮壮阳吧。"

高山泰调皮地说："一会儿壮给你看。"

秦姑赶紧问："又有粮了？"

高山泰扮了个鬼脸说："够一顿的。"接着，他又打开一个塑料袋，抓出一撮齑粉样的东西说："这叫'春不老'，也是我们鄱阳湖的特产。"

秦姑用手指捻了捻，又用鼻子闻了闻说："这很像额们那里的芥菜嘛？"

高山泰点头说："这就是芥菜的一种，在我们当地管它叫'春不老腌菜'。把它蒸熟晒干后，做成霉干菜、沤肉、煮黄颊鱼，或者做羹、单炒，都非常爽口。"

秦姑掂了掂两大包塑料袋："切，守着那么大个湖，尽吃这些干货？"

高山泰说："干货能够存放、送人，你要是到我们湖区，我包你四季都吃到新鲜的。"

秦姑不信："你就吹吧！"

高山泰急了说："这还用得着吹吗？"他扳起指头数着，"我们那里光吃鱼，就有春鲇、夏鲤、秋鳜、冬鳊，保证四季不重复！"

秦姑偏头问："你吃鱼长大的，属猫啊？嗳，属猫的可是爱偷腥哦，老实交代，会了你的老相好没有？"秦姑是信口开河，谁知高山泰一听，目光顿时暗淡下来。秦姑一看就有些惊慌失措，不知自己又绊到他哪根神经，引起了他的伤感，喃喃道："额……额……"

高山泰摆摆手半天无语，隔了好一会儿，他才缓过神说："不怪你，不怪你！是我又想起他们。"

秦姑一时没有会过来，但随后判断出，"他们"一定指的是高山泰原先的老婆和儿子。"骨感妹子"跟她说过，他的老婆儿子是在一起凶杀案中被害的，自己不是还做梦跟高山泰去给他们上过坟吗。秦姑不敢问，也不敢再言语，静等高山泰开口。

　　高山泰仰面躺在床上，双手枕在脑后，目光呆滞地望着天花板缓缓说："我跟你一样，在老家曾经成过家，有过老婆孩子，可后来都没有了。"

　　秦姑屏住呼吸，明知故问："怎么没的？"

　　高山泰缓缓说："二十年前，他们死于一起凶杀案。"

　　秦姑试探着问："凶手杀你老婆娃儿干甚？"

　　高山泰坐起身摇摇头。

　　秦姑问："凶手抓到没？"

　　高山泰依旧摇摇头。

　　秦姑终于忍不住请求道："到底咋回事？上次问你，你说以后再告诉额，你打算还等到甚时候，能不能说给额听听。"

　　高山泰望着秦姑说："你真想知道我老婆儿子是怎么死的？"

　　秦姑肯定地点点头。

　　尽管揭开心里的疮疤，内心会流血，但高山泰还是忍痛给秦姑讲述了一段悲催的往事。

　　原来，高山泰作为最后一届工农兵学员，分配到省局机关，结果行李还没打开，人事处一纸派遣函，把他派到了湖山台。当时"文革"刚结束没几年，湖山台还作为高度机密的保密单位，选派到台里工作的人，条件都是要过得硬的。高山泰根红苗正，又是学无线电专业的大学毕业生，专业对口，选派他到湖山台再合适不过了。不光上面这么想，高山泰自己也是这么认为的，这是组织对自己莫大的信任，几个同时分来的大学生，只有他一个人分到了台里，其余几个全都留在了局机关。当时，大家对他还羡慕不已，人事处长像电影里描写的那样，拍着他的肩膀说："小高，湖山是个艰苦的地方，越是艰苦越是锻炼人，我们局的总工就在湖山干了上十年，你要扎根湖山，干出成绩来，不要辜负组织对你的期望啊！"

　　高山泰就是在这种感召下上的湖山。山上条件艰苦还能忍受，可到了谈婚论嫁的年龄，问题就麻烦了。湖山台就像一座禁欲修行的庙，台里几个人都是和尚，根本没有地方和机会接触到女人。倒是有人关心过高山泰，给他介绍过对象，对方对他的其他条件都能接受，一听常年在山上工作，就死活不干了，说嫁个属猴的可以，哪能真嫁给一只湖山的猴子呢？结了婚不等于守活寡吗！一晃高山泰三十出头了，他自己在山上过一天算两个半天，可他老娘还指望抱孙子呢！看高山泰这边没有动静，他老娘就慌着在老家给他物色对象。找个普通扛锄头把的姑娘倒也不难，再怎么说，高山泰也是个大学生，而且在广电部门工作，觉得太委屈了他，说什么也得找个不拿工分拿工资、吃商品粮的吧！七挑八选，最终找了个公社中心小学的女教师，人虽然长得没有"秋菊"漂亮，但配高山泰这个"名导"还是绰绰有余。对方一听高山泰的条件，也没有挑三拣四，一口答应下来。高山泰在家人的催促下，回家与那个女教师正式见了个面，家里一看两人都没意见，就紧锣密鼓给他们操办婚事，当年春节，趁着高山泰回家过年的机会，就把他俩的婚事给办了。

　　高山泰度完蜜月回到湖山，喜讯也跟着上来了，新婚的老婆怀上了孩子。高山泰喜不自禁，只说讨不上老婆，一讨上老婆，就要当爸爸了。第二年，高山泰就得了个儿子。儿子一岁那年，高山泰趁着学校放假，还把老婆儿子接到湖山来小住了一段。他还告诉老婆，现在出台了政策，像他这样常年在偏远山区工作的职工，可以申请把配偶调到身边。他对老婆说，再熬两年我们一家人就可以团聚了。

　　高山泰老婆所在的学校，离娘家、婆家都有好几里路，带着个孩子来回跑，住哪家都不方便，所以，老婆一个人带着孩子住在学校。孩子两岁那年，刚咿咿呀呀学会喊妈妈，学校放暑假前夕的一个晚上，天气很热，那时又没有电扇，老婆怕热着孩子，想着校门上了锁，就大胆开着房门睡觉。结果，祸从天降。

　　案发过后，根据公安部门对现场勘查，推测出案发的时间和经过。当晚半夜两点左右，学校没有任何动静，房里突然摸进一个蒙面男子，老婆身上穿得很单薄，蒙面男子扑上来，撕扯老婆的衣裳欲图不轨。老婆惊醒后拼命反抗，估计动静大，惊醒了熟睡的儿子，儿子睁眼一看，立刻发出凄厉的哭叫。丧心病狂的蒙面男子一把掐住儿子的喉咙，活生生把儿子掐死了。转头，蒙面男子就在老婆身上发泄。老婆奋力反抗，双方在撕扯中，老婆就手抓伤了蒙面男子，受伤的蒙面男子拔出匕首，对着老婆猛戳了十几刀，残忍地将老婆杀害。

　　第二天，公安部门在案发现场，发现老婆一丝不挂，浑身是血，二目圆睁，直挺挺死在床上，儿子也死在她旁边。从案发现场的两种血迹分析，公安部门认定，一个是老婆的，一个应该是凶犯的。公安部门还在学校外面的菜地里，找到一块带血的方巾和作案的匕首，上面的血型跟留在案发现场的血型是同一个人的，于是判断出凶犯是蒙面作案，从脚印大小、深浅推断，凶犯应该是个身高一米七左右的青年男子。

高山泰接到老婆儿子的死讯，就像人随着整座湖山坍塌了一样，瞬时灵魂出窍，脚不沾地地飘忽起来。台里派人护送他回到老家，一路上，高山泰神情恍惚，水米不沾。见到身上盖着白布，躺在那里的老婆儿子，高山泰天崩地裂般的哭喊着，他扑在老婆儿子身上摇晃着，就像老婆儿子都熟睡着，等着他回来。高山泰要把他们摇醒，亲耳听儿子喊他一声爸爸；他要亲口告诉老婆自己已够年限，已经打报告把她调到身边，一家人就要团圆了。恍惚中，高山泰仿佛看到儿子睁眼冲他喊了一声：爸爸！又仿佛看到老婆笑着对他说：我们把家就安在湖山，一家人早晚都能在一起。

安葬完老婆儿子，高山泰回到湖山，很长时间都缓不过来，睁眼闭眼，眼前都是老婆儿子的影子。半夜经常被儿子喊爸爸的叫声惊醒，再不，就是老婆在耳边催促，调动的报告怎么还没批下来？高山泰几乎要崩溃了，几次站在舍身崖跟前，都想纵身一跳，到阴间地府去跟老婆儿子团圆。每当他们的祭日，高山泰夜里都会做噩梦，梦到老婆儿子问他怎么还不过去跟他们团圆。

讲完老婆和儿子遇害的经过，高山泰泪水纵横，嘴里一字一句念道：

　　十年生死两茫茫，不思量，自难忘。千里孤坟，无处话凄凉。纵使相逢应不识，尘满面，鬓如霜。
　　夜来幽梦忽还乡，小轩窗，正梳妆。相顾无言，唯有泪千行。料得年年肠断处，明月夜，短松冈。

高山泰的讲述，等于也揭开了秦姑心头的创伤，同病相怜的她也哭得像个泪人。一根藤上两个苦瓜，那哪是书上写的呢？她和高山泰分明就是！高山泰死了老婆儿子，自己没了丈夫娃儿，两个人都曾想从舍身崖跳下去跟家人团圆，两个人的身世，就像是复制出来的。两个人对失去家人撕心裂肺的痛，对亲人不能忘却的怀念，就像发生在一对双胞胎身上的传感，只是，秦姑背不出高山泰嘴里的那首词。

秦姑抽搐着问："后来有那个凶犯的音信吗？"高山泰摇摇头。秦姑又问："就这么算了？公安部门总得有个说法吧？"

高山泰说："公安部门经过排查，也没有发现重要线索，他们判断，极可能是一起流窜作案。"

秦姑问:"公安部门就撒手不管了?"

高山泰说:"事情虽然过去了二十年,但公安部门并没有销案,现在这起案子,还作为全国通缉的大案要案挂在网上。"

秦姑走过来,紧挨着高山泰坐着。高山泰搂着她的肩膀反倒安慰她说:"我不认命,但该来的总归要来,我们都无法回避,只能学会面对。'存者且偷生,死者长已矣。'我们不能停留在过去的日子,还得往前过。"

秦姑把头靠在高山泰的肩头,心里说:"后半生,额就把自己托付给这个男人。"

十五

尽管全球气候变暖,湖山还是经历了寒冷,下过几场雪,有过封冻期,但都架不住太阳的炙烤。盈尺积雪无论脚步如何践踏、挤压,它们都顽强地黏在一起,保持着自己的原形,但只要太阳露出美丽的面庞,用它妖艳的目光盯着积雪,积雪便骨酥肉泥,化作股股浊流,虚与委蛇而去。原本坚不可摧的冰凌,不论是岩石、树干,都被它死死禁锢。不过,阳光强烈的紫外线,犹如一杆杆喷火的焊枪,再坚硬的冰凌,也从形销骨立最终分崩离析。

在湖山,敢于同严冬鏖战的当数梅花。即便是万花凋敝,梅花依然一枝独秀。莫看它花朵小,却绽放在漫天飞雪中,比银雪还要纯洁、耀眼。湖山的宝藏峰、晨钟峰、暮鼓峰的山岭上,都能看到梅花傲雪的英姿,连游历湖山的古人,都留下"十月先开岭上梅"的诗句。

有了梅花这面旗帜,海棠紧随其后,接着是瑞香,它不像梅花开在岭上,而是深藏在岩谷中,它的叶子像冬青树,枝干茂繁分披,经历寒冬也不凋谢,冬天就长出花蕊蓄势待发,只要立春一声号令就开花,且香味浓烈。一株好的瑞香,可长到两三丈,下面可以围坐十来个人。当然,不甘落后的还有紫荆花,深紫色的紫荆花柔丝相系、朵朵娇颤,把自己的深紫色也汇入湖山花的第一方阵中。

一开春,一向寂静的湖山上突然热闹起来。每天不仅有大车小车上山,而且还有人扛着长长的标尺,这个山头蹿到那个山头,还有人拿着看似照相机的东西,架在三脚架上对着远处的标尺照相,山上随处是他们扔下的矿泉水瓶子和食品包装袋。

秦姑问高山泰他们是干什么的?高山泰摇摇头说:看样子是搞勘探的吧!秦姑说:山上有矿?高山泰还是摇头说:说不准。秦姑猜:八成是有,要不这些人跑上跑下忙活甚？高山泰纳闷：几十年都没听说湖山有矿啊？

　　搞勘探的人，跑到舍身崖观赏风景，秦姑听到他们议论说：谁说"五岳归来不看山"？古人肯定没有上过湖山，要是在这里看过，就不会放出那样的话来！有人接腔说：嗳，这话可是大名鼎鼎的徐霞客说的，他是游历了不少名山大川的。前面说话的人说：那又怎么了？徐霞客未必登过湖山！接腔的人说：湖山哪有名气，徐霞客可能听都没听说过。前面说话的人说：没有调查研究，就没有发言权。他要是上过湖山，肯定会说"湖山归来不看岳"。接腔的人说：拉倒吧，人家徐霞客说了，"黄山归来不看岳"。

　　秦姑听了，心里美滋滋的。尽管什么东岳、西岳、南岳、北岳、中岳她不知道，也没去过，但夸湖山景色好，她一百个赞成。秦姑有秦姑的道理，自己孤陋寡闻，可这群搞勘探的人，肯定见多识广，从他们嘴里说出湖山的好来，那是没有行市有比试！

　　这伙人看完风景，又从舍身崖好奇地走到无线台跟前，想打探一下里边是干什么的。他们刚到铁栅门，台里狗立即咆哮着，一跃冲到他们面前，挡住他们的去路，这伙人吓得赶紧后撤。

　　进不了无线台，这伙人又拐到食堂，他们怕同样有狗不敢贸然上前，一步一探嗅到食堂门口，看到没有狗出来跟他们较劲，就大着胆子掀开门帘，往里边探头探脑，闻到油烟的香味，看到饭厅有几张桌子，还以为这是个餐馆。

　　秦姑听到动静，扎着围裙从厨房出来，这伙人好奇地问：这里营业吗？秦姑说：营甚业？他们问：这里不是餐馆吗？秦姑笑道：这里不是餐馆，是食堂。这伙人问：哪个单位的食堂？秦姑说：台里的。这伙人问：什么台？秦姑指着铁塔说：你们没看见这大个铁塔竖在那儿，无线台啊！这伙人刨根问底：无线台发射什么？秦姑内行地说：广播电视啊。这伙人一听广播电视，扭头看了看铁塔和一口口接收锅，这才放下门帘退了出去。

　　秦姑把事情讲给高山泰听，高山泰笑着说："你就说这是餐馆，做几个拿手菜，亮亮你的手艺，让他们按质估价，看能值几个钱？往后湖山来的人多了，兴许你还真能开个餐馆。"

　　秦姑笑："额当掌勺的，你当掌柜的，开个夫妻店。"

　　高山泰诡笑道："嗳，这可是你说的，不许反悔！"

　　秦姑知道自己说漏了嘴，但她不想改口说："额说的就额说的！咋的？还不知道有没有那一天呢？"

高山泰说："看你说的，咋没那一天？掐着指头算也就三百多天，你没听春晚上小沈阳说，'眼一睁一闭，一天就没了；眼睛一闭不睁，一辈子就没了。'这日子过得快着呢！"

秦姑嗔他说："眼一闭不睁人都没了，还开甚夫妻店！"

一天早上，高山泰匆匆忙忙到食堂来跟秦姑交代，上次市里来的那个海市长又要来台里，说这次跟来的还有市里几个职能部门的领导，要秦姑准备一桌午饭，还再次提醒说海市长是回民，不能上猪肉。秦姑应声说知道了。

高山泰一走，秦姑赶紧要司机下山，跟上次一样，买些牛肉回来，想起海市长夸那玩意儿好吃，秦姑末了还补充说：别忘了带几根牛鞭。说完，抿嘴偷笑。秦姑一头扎进厨房张罗起来。不一会儿，听到外面有汽车的声音，而且不止一辆。接着听到高山泰和顾祥喜、曾尤恭几个人站在门口迎客的声音，一群混杂的脚步声进了台里。

因为有客人，按常规中午开饭的时间会比平日提前些，进餐的职工一般接到通知，会拿着饭盒，打好饭菜端到台里或倒班楼去吃，把饭厅腾出来招待客人用餐。

饭厅有个大圆桌，专门用来招待客人的，平时不用就靠在墙边。圆桌又大又重，秦姑一个人搬不动，喊司机帮忙才摆放好。圆桌确实占地方，圆桌一架，饭厅顿时显得狭小许多，过人都得起身让道。秦姑在圆桌上铺了两层一次性塑料薄膜，餐后收拾的时候，只要把塑料薄膜往中间一拢，连同一次性的餐具和桌上的残渣余孽打包，餐桌上干干净净，用不着费劲地擦啊洗的，这是她从外面餐馆学来的。接着，秦姑把一套套一次性的餐具摆放好，乍眼一看，颇有点正规餐馆的"范"。秦姑把高山泰的药酒也拿出来放在旁边，一切准备停当，只等客人到了就上菜开席。

晌午，台里的职工开过饭，一阵脚步声才缓缓从台里出来，朝食堂这边过来了。先是听到掀门帘的声音，接着是一串杂乱的脚步声，其间夹杂着笃笃悦耳的脚步声，格外不同凡响。秦姑忍不住抬眼注视着厨房门口，经过的人群里，除了牛高马大的海市长，果然还夹着一个女人。女人脚蹬一双黑色没膝的高筒皮靴，趾高气扬地从她眼前迈过，着实令秦姑有点自惭形秽，让自己穿那女人脚上的靴子，别说走路，只怕站都站不稳。秦姑隐约觉得这个女人看似面熟，像是在哪儿见过，但一时又想不起来。

一阵你推我让，大家总算围定桌子坐了下来。桌上除了高山泰、顾祥喜和曾尤恭作陪外，也许考虑到有女宾，还特意把"骨感妹子"喊来陪客做司仪。秦姑借着上菜的工夫瞟了一眼桌上的客人，只有坐在上方的海市长她见过，其余的都是生面孔。"骨感妹子"把每个人面前的酒杯倒满，秦姑把盐蛋、花生米、刀拍黄瓜、酱牛尾、韭菜花拌牛肉几个凉菜端上来，桌上就举杯开喝了。

　　秦姑在厨房一边忙活，一边听见高山泰大声致辞："首先，我代表湖山台全体职工，热烈欢迎海市长率领市发改委宋主任、市规划土地局阎局长、市建设局吴局长、市旅游局颜局长等一行到湖山台检查指导工作！"一阵掌声过后，高山泰放缓语气说："不瞒大家说，我在湖山工作了几十年，市里这么多领导来无线台，还是头一次。今天你们的到来，是我们湖山台全体职工政治生活和经济生活上的一件大事！"桌上一阵哄笑。海市长笑着说："这也未免太夸张了吧！"高山泰振振有词地说："丝毫不夸张！你们来，代表着市委、市政府，是从政治上关心我们，你们这次现场办公，解决了我们山下基地用地多年困扰的难题，是从生活上帮助我们，对我们来说，这不仅是一件大事，而且是一件天大的事！千言万语汇成一句话，就是感谢各位！来，我们湖山台的同志一起端杯，敬所有莅临我台的市领导一杯。"秦姑这才知道，原来来了一桌市里的头头脑脑。只听得一阵桌椅交错的挪动声和杯盏的磕碰声，估计满桌的人都在艰难起身。

　　重新落座后，海市长开口道："现在有规定，不让吃吃喝喝。今天因为路途遥远，虽然吃个工作餐，也是破例了。不过，我首先给大家做个说明，这酒不是用公款在商店买来的，是老高个人用粮食和药材酿制的，关于这酒的疗效我就不宣传了，总之，喝了老高的药酒，有病治病，无病养身。"桌上又一阵哄笑，只听海市长说："老高，你看我这免费广告做得不错吧？"

　　高山泰跷起拇指夸道："没想到海市长还会做广告代言人，赶明儿改行，肯定赚大钱！"一桌笑声，恨不得把海市长抬起来。

　　海市长接着打招呼说："我看大家都不要再站起来，坐着吃、坐着喝，更像是一顿工作餐嘛！"

　　高山泰接话说："既然海市长发了话，我们就恭敬不如从命了。"满桌的人都附和同意。接着，高山泰说："感谢的话刚才已经说了，现在用行动感谢大家，我先打个通关，敬各位领导一杯。这第一杯酒敬海市长。海市长为我们做了个务实的表率。"海市长谦虚道：哪有哪有！高山泰说："您轻车简从，排忧解难。大家说是不是务实的表率啊！"

海市长很受用地笑道："这也是上面倡导的嘛！各级都应该身体力行。"

秦姑心里暗暗数落高山泰：你小子甚时候也学会溜须拍马了！

碰杯声过后，秦姑又听到海市长说："今天，我首先要做个检讨，山下基地的用地问题，从上届政府换届到我分管，历时将近两届政府，都没有得到解决，台里也多次上门，由于各种各样的原因吧，一直拖到现在。上次，我就答应过老高，今天来，我是下了死命令，各位再忙，也要把手头的工作放下来随我上山现场办公，说什么也要把这个久拖不决的问题给解决了！领导就是要为基层办实事。"海市长话锋一转说："当然啰，你们是省属单位，理论上还是我们的上级嘛，我们这叫'上门服务'，为上级单位排忧解难才对啊！哈哈哈！"

高山泰内疚道："我们虽然是省属单位，但也是基层，而且是个既无权又无钱的公益事业单位。说来惭愧，在湖山这么多年，我们没给市里做什么，连一分钱的 GDP 也贡献不出来，倒是给市里找了不少麻烦。"

海市长拦住说："嗳，话可不能这么说，你们贡献也不小啊！市里几十年听广播、看电视，都是你们提供的信号嘛！现在虽说有了有线电视，可大家听广播，不是还得接收湖山台的信号吗！"

高山泰的第二杯酒敬的是发改委的宋主任，感谢他终于把山下基地建设项目列入了今年计划。高山泰的第三杯酒敬的是规划土地局的阎局长，感谢他解决了多年申请不到的用地指标。高山泰的第四杯酒敬的是建设局的吴局长，感谢他承诺开出施工许可证。高山泰的第五杯酒敬的是市旅游局的颜局长，感谢她在会上介绍了建立湖山旅游风景区的设想。

秦姑手一掐，高山泰一连敬了五杯酒，不禁替他捏把汗，恨不得冲出去给他喂口菜，剩下的酒自己替他喝，他光说话就行了。

高山泰刚跟颜局长碰过杯，就听"骨感妹子"叫道："嗳，颜局长没喝完，剩酒一滴，罚酒三杯！""骨感妹子"不光是司仪还充当桌上酒监的角色。估计在众目睽睽之下，旅游局颜局长无奈抽干了杯中的剩酒。一阵掌声过后，只听"骨感妹子"嘚瑟道："不光工作要讲严实，喝酒也得讲严实对吧！"

高山泰打完一个通关，秦姑的热菜就开始上桌了。她趁着上菜的工夫，仔细留意了一下那个市旅游局的颜局长。见她四十出头，五官端正，脸上画着肉眼几乎看不出的淡妆，一头黑油油的齐耳短发，干练地披在脑后，上穿黑色女式休闲小西服，下身一袭绛色筒裙，脖子上挂着一串乳白色的项链，表情淡定，看上去更像是个文化人。秦姑退回厨房，面有愧色，那个颜局长少说大自己一个放牛娃儿，但人家细皮嫩肉、衣着得体、浑身透着文化气，哪像自己膀粗腰圆、黄脸素颜，早晚套着一件油汁拉糊的棉工作服，一看就是个劳作命。同样都是女人，但命跟命不一样，要么享一辈子福，要么遭一辈子罪，要怪就怪上辈子没修好。秦姑猛然想起家乡广为流传的一句顺口溜：前世无修，生在山沟；今生无望，修补地球。

秦姑一个人胡思乱想的时候，外边已酒过三巡，菜过五味。正当酒酣耳热之际，猛听到海市长兴致勃勃提议道："现在饭桌上不兴讲段子，要不，我们请颜局长给大家唱一段凑个兴如何？"桌上一阵掌声和叫好声。

只听颜局长推脱说："这拳不离手，曲不离口。我都多少年没吊嗓子了，这不是纯粹献丑吗！"

发改委宋主任说："嗳，你是童子功谁不知道？把你压箱底的东西，随便抖落一下，就够我们享耳福的了。"就是，就是！众人嘴巴捧着颜局长下不来台。

颜局长忸怩一下说："好吧，既然大家执意要听，我就献丑了。不过，我有言在先，要是有荒腔走板的地方，你们可不要喝倒彩哦。"哪能！哪能！饭桌上又是一阵掌声。

秦姑竖起耳朵。颜局长清了清嗓子说：那我就唱一段《苏三起解》。

> 苏三离了洪洞县，
> 将身来在大街前。
> 未曾开言我心好惨，
> 过往的君子听我言。
> 哪一位去往南京转，
> 与我那三郎把信传。
> 就说苏三把命断，
> 来生变犬马我当报还。

颜局长嗓音如同扎进河里的卵石，激起一片掌声、喝彩声的浪花。猫在厨房的秦姑心里也啧啧称奇，这嗓子完全可以上电视了！秦姑忍不住又拿自己跟颜局长比，要是这种场合要自己来一段，自己只能扯起嗓子喊几句秦腔，一想自己如同刮锅般的嗓音，秦姑赶紧捂住耳朵。

曾尤恭起哄，提议大家敬颜局长一杯，颜局长说："我实在不胜酒力，就别勉为其难了。"

秦姑听到颜局长的话，不免又一阵佩服，有文化的人说话跟自己就是不一样，碰到这种事，自己大不了说："别难为额"，绝对说不出她那个软绵绵的"免……难"来，秦姑一时想不全颜局长刚才出口的那个词。

海市长救驾说："这酒我替你代了，酒你可以不喝，但要再给大家讲几句话。"

颜局长说："要唱我都唱了，还要我讲什么话？"

海市长说："唱归唱，讲归讲。你这个当旅游局局长的，将来开发湖山，建立旅游风景区，湖山不就归你主宰了？还不借此机会，给大家念念你那本经！"

秦姑一听，心里猛然咯噔一沉，将后来湖山被这个颜局长主宰，那湖山台还有高山泰和自己，不都得听她的！秦姑心里说不出来是什么滋味。

经海市长一说，颜局长不再谦让，说："那我就斗胆班门弄斧说两句。"见颜局长要讲话，秦姑赶紧把耳朵竖起来。颜局长一张嘴，跟她唱戏似的，丝毫不荒腔走板，而且像个屠宰的高手，层层剥皮，纹理清楚："今天这个现场办公会，我本可以不来，是海市长要我上山看看，顺便宣传宣传开发湖山旅游的重大意义。借此，我今天也跟大家透露点小秘密，自从市里调整发展战略，下决心开发湖山，打造庙宇经济，我私下已经多次来过湖山。"

秦姑脑子搜索着，难怪这个女人一进来，就觉得像在哪儿见过？多半是在山上撞见过。

颜局长接下来说："兵书上说，不打无准备之战。开发湖山，我们不能闭门造车。所以，我对湖山还是作了一番深入的调查研究，经过一番深思熟虑，我想起码有这么几点是眼见得的。第一点，转变发展思路，前些年发展经济，什么小化工、小钢铁、小水泥厂、小电镀、小印刷，全是低端高耗，结果造成资源浪费、技术落后、质量低劣、污染严重，整治了十几年总算是给关停并转了。这些年发展经济，又搞大型制造业，一味追求投资大、体量大、产值大、销售大，看似GDP上去了，就业上去了，但资源消耗大、环境破坏大，市场和技术却攥在人家手里，我们整个制造业的平均利润率只有6.2%。"

高山泰听着忍不住插嘴道："颜局长的话，让我想起了一篇文章。"

海市长问:"什么文章?"他不相信常年蹲在湖山的高山泰能了解外面的大千世界,能在经济工作和前沿理论上与颜局长对话。

高山泰说:"我看过一篇文章,是介绍香港宏碁集团创办人施振荣先生的。施先生在1992年就提出了著名的'微笑曲线'理论。"

海市长大惊,自己虽然位高权重,但毕竟是搞城建的,对经济理论一窍不通,耳闻过'微笑曲线',但不知道什么是"微笑曲线"。既然一个分管城建的副市长都似懂非懂,凭什么你个藏在山上的无线台长能懂呢?还真成了"未出茅庐,已知三分天下"的诸葛亮?海市长颇不服气,静等着高山泰后面的话。

只听高山泰饶有兴趣地说:"'微笑曲线'从图表上看上去,就像人发笑时,嘴角两端挂着下咧的嘴唇。"说着,高山泰还做了个微笑的表情说,"制造业附加值最高的体现在研发和营销两端,这就是专利、品牌和市场,两个嘴角恰恰代表这前后两端,处于制造的中间环节附加值最低,下咧的嘴唇就代表制造端。"

"你不要夸夸其谈地背书,就说说我们发展制造业问题出在哪儿?"海市长觉得高山泰抢了颜局长的风头,想给高山泰出个难题。

谁知高山泰不仅有理论,还能举出案例。他要紧不慢地对着一桌人说:"就拿生产MP3为例,外商握有产品的知识产权和销售权,把生产放到我们国内,国际市场上一个2G的MP3,销售价100多块钱,专利提取和营销分成,大头都被外商拿走,我们只能赚个几块钱的零头。不仅如此,我们还消耗了国内大量的资源,外商运用'微笑曲线'理论赚取了大钱,而我们却掉进了'微笑曲线'的陷阱。当然,这也是我们实现工业化的一个过程。但我们不能老待在陷阱里,要努力爬上来。"高山泰无意卖弄,只是作为酒桌上的谈资助助兴而已。

颜局长抢过高山泰的话说:"正是认识到这一点,我们正在一步步从陷阱里往外爬。既然资源掠夺型、环境牺牲型、附加值低的老路不能走,也走不通了,我们就得另辟蹊径、创新发展,发展旅游业无疑是最佳选择。我考察过很多国家,美国的拉斯维加斯、法国的尼斯、澳大利亚的黄金海岸,充分利用资源禀赋,把自己打造成世界著名的旅游城市,无烟工业的典范。"

颜局长的话就像一个放飞的风筝,秦姑的眼睛似乎乘着这个风筝,饱览到世界上异国他乡的风光,高山泰说来说去都是书上看到的,而颜局长都是亲眼所见,那才叫见多识广,秦姑是既羡慕又佩服。

颜局长仿佛收回放飞的风筝说:"说到发展旅游业,不能不提湖山。湖山自古就是一座名山。从人文景观看，它的诗文碑刻、禅寺庙宇、历史掌故，蕴藏着丰厚的文化底蕴。从自然景观看，它完好的原始植被，稀有的物种，近乎庐山、黄山的山形地貌，以及处于南北文化交汇的优越地理位置，这些都是旅游开发的富矿。湖山沉睡了几十年，该是它为我市人民造福，为我市经济发展做出贡献的时候了！"

听颜局长这么一说，秦姑脑海里呈现出一幅壮美的图景。她奇怪：自己天天看在眼里的湖山，为什么就没有颜局长描绘的那么美呢？果真是熟悉无风景？高山泰说没听说湖山有矿，刚才人家颜局长说得清清白白，整个湖山都是富矿！别看高山泰在湖山待了几十年，还不及人家颜局长知道得多！

"大家知道，市里刚开过会，未来几年既要调结构、惠民生，又要稳增长。"颜局长的话，把大家又带回现实中："压力有多大可想而知。调结构哪是说调就调得了的？就拿钢厂来说吧，产品都是大路货，如今一吨钢材白菜价，生产吧，巨亏，停产吧，工人谁养活？掉下的GDP拿什么补？惠民生钱从哪里来？稳增长拿什么稳？"

一桌人都像被打过霜，蔫不作声。秦姑心里也是咯噔一下，刚才一颗活蹦乱跳的心，蓦地就掉进冰窖里。不当家不知柴米贵，这不当官不知做官难啊！

正当山穷水复疑无路时，颜局长话锋一转："我们传统生产型的资源基本枯竭，幸亏老祖宗还给我们留下这座湖山，我们不能捧着金饭碗去讨饭，我们要向湖山要调整，向湖山要惠民生，向湖山要GDP。市里的规划是，在湖山打造庙宇经济，把湖山的香火烧得旺旺的，使之成为市里经济增长的一极。"颜局长越说越亢奋："通过大数据推算出的结果是，等湖山的庙宇经济打造成型，可以占到全市经济总量的半壁河山，GDP的贡献率达50%，可提供近万个就业岗位。"

桌子上一片哗然。等大家安静下来，颜局长继续情绪激昂道："可以预见，当我们把湖山建成五A级旅游风景区时，什么淘汰落后产能，减少化学排放量，建设生态城市的重任，一座湖山就能全部承担起来！"

在一阵噼噼啪啪的掌声中，颜局长结束了精彩的演讲。秦姑听着颜局长充满煽情的讲话，不仅把自己那颗掉进冰窖的心捞了出来，而且还重新炒得滚烫。秦姑怎么也想不到，湖山居然有这么大能耐！海市长刚才说，湖山将来交给颜局长主宰，看来不是闭着眼说的。

秦姑正走神，只听高山泰大声说："今天有幸听了海市长、颜局长一席话，真是醍醐灌顶！我在湖山待了几十年，自认为熟悉湖山，了解湖山，现在看来，我远不如颜局长了解湖山！都说高度决定视野、角度决定视角、尺度决定距离，颜局长就是比我们站得高、看得远、角度新、把握准，给了我们一个重新认识湖山的新视角。我提议为颜局长的宏伟蓝图干一杯！"

干！干！干！满桌的人正热烈响应，忽听"骨感妹子"嚷道："慢着慢着，我提议我们一起走个大的！"

好！好！好！大家又推杯换盏，唯有颜局长闷头迟迟不肯端杯。"骨感妹子"发现说："嗳，大家可都是为你干杯，你怎么能不端杯呢？那这酒还怎么喝！"

"骨感妹子"一将军，满桌的人立刻跟着起哄。颜局长为难道："你们要我唱也唱了，说也说了，可我确实不胜酒力，这一大杯下去，非放倒不可。"

都是女人，秦姑一听，立刻怜悯起颜局长来，心想：若是让她替颜局长代酒，别说一大杯，就是挨个来，她也管保把一桌人全都撂倒！

桌上同来的不知谁暧昧道："你要是倒了，我们都愿意跟你倒。"

酒桌上一阵哄笑，海市长再次站出来救场："颜局长的酒我替她喝，她倒不了，看谁也甭想倒！"

秦姑一阵感动：一桌人就数海市长最懂得怜香惜玉，像个大老爷们！

一阵嬉笑中，大家干了大杯，重新落座，所有人早把不准起身的规矩忘得一干二净。

秦姑把最后一道菜银杏莲羹汤端出去，发现海市长筷子夹着一根牛鞭，眼睛直勾勾地盯着颜局长，她以为颜局长身上有什么地方不对劲，偷偷顺着海市长的目光看去，见颜局长面若桃花，小媳妇似的伸出半截筷子，用筷尖夹着碗里的菜，目光注视着筷头，并没有搭理海市长的目光。海市长为什么要这样看着颜局长？是怜爱？是欣赏？秦姑看不出。饭厅里的肉香味、蒜香味、酒香味，你推我搡合力把秦姑撑回厨房。

旷久的饭局在一片饱嗝声中，总算结束了。吃完饭出来，高山泰他们送客人上车。海市长跟高山泰他们打过招呼，回头见一行人都等着他上车，发号施令说："都愣着干什么，打道回府吧！"大家分头钻进自己车里，唯有颜局长一个人站在那里。海市长对颜局长招手说："还是上我的车，顺道。"秦姑站在食堂门口，远远看见颜局长一头钻进了海市长的车。

晚上，高山泰还一脸喜气洋洋。秦姑问："你今天咋这高兴啊？"

高山泰笑："哪能不高兴呢？我们争取了多年的基地用地，求爷爷告奶奶头都磕破了，就是批不下来！这回可好，海市长现场办公，主动上门服务，把所有的问题一揽子全都解决了，你说我能不高兴吗。"

秦姑说："高兴，额都替你高兴！"不过，秦姑还是有点纳闷："同样一件事，耗了这么多年找上门不给办，今天突然跑到山上来，一下子全给办妥了，你说是政策变了，还是人变了？"

高山泰一伸懒腰，秦姑发现他裤裆的拉链开着，叫道："嗳，你甚时候把个大门敞着？敞着大门满处跑，臊不臊？"

高山泰低头一看，果然"大门"敞着，用手去扯，发现拉链脱了线。

秦姑说："快脱下来，额给你缝缝。"

高山泰说："跑到你屋里脱裤子，万一来个人看着像啥样！"

秦姑说："不脱下来咋缝？不怕针扎着你？"

高山泰说："针该扎到哪儿你不知道？除非你使坏。"

秦姑取来针线，蹲在高山泰跟前望着他说："你那玩意儿放老实点，要不真扎着它了。"

高山泰打趣地说："放心吧，它比我睡得早，这会儿你叫它，它也不会醒。"

秦姑有意拿手碰了碰，果然没有反应。秦姑边缝边把话题转移到颜局长身上说："嗳，额看今天那个旅游局的颜局长可是个人物！"

高山泰问："何以见得？"

秦姑说："人长得漂亮不说，穿得也体面，关键是那张嘴，不光会唱还能说，而且说的比唱的还好！甚话打她嘴里出来，就是另外一个味。她说湖山美，夸得就跟仙姑似的；她说湖山富，简直遍地都是金银财宝；她说湖山值当，可以换整个湖山市！"

高山泰呵呵一笑："这就叫'价值连城'嘛！"他接着夸道，"人家颜局长可不简单啊！"

秦姑忙问："咋不简单了？"

高山泰说："听说，她早先是剧团唱青衣的。"

秦姑恍然大悟："哦！怪不得她的戏唱得那好听！比额们赶集时在庙会台上看到的，唱得不知好哪儿去了！"

高山泰说："人家是科班出身，你们那尽是草台班子，咋比！就是因为戏唱得好，又有工作能力，后来调她到市文化局，一步一步走上领导岗位，再后来又调到市委宣传部当上了副部长，现在当了市旅游局局长。"

秦姑问："那是多大个官？"

高山泰说："跟我一样，也是个正处。"

秦姑惊呼："跟你一样？！了不得！了不得！"接着，无地自容地说，"额跟她一比，简直就是黄鼠狼比金凤凰！"

高山泰问："咋说呢？"

秦姑说："额在地下蹿，她在天上飞！"

高山泰笑道："没那么惨吧！再说，也没你这样打比方的。就算你是黄鼠狼，她是金凤凰，各有各的天地，不是有你没她，也不是有她没你。你看啊，她生在城里，受过良好的教育，有一种气质的美；你生在农村，深受大自然的熏陶，有一种自然的美。她有的你没有，可你有的她也没有，对吧？"

经高山泰这么一说，秦姑似乎找回一点自信说："说这美那美，在你眼里额和颜局长到底谁美？"

高山泰说："美也分各式各样。有心灵美、貌相美、健康美、气质美，哪能眉毛胡子一把抓呢！"

秦姑不依不饶说："你别打马虎眼，不管头发胡子还是眉毛胡子，今天非得分出个公母来！"

高山泰无奈地说："要论内涵，颜局长确实比你有文化有气质，这你服气吧？"见秦姑点头，高山泰话锋一转说："但要论长相颜局长跟你比，那是乌鸡比凤凰。"

"谁乌鸡？谁凤凰？"秦姑紧逼着问。

"当然是你乌鸡、她凤凰。"高山泰故意逗她。

"谁？"秦姑手上一使劲。

"哎哟！"高山泰痛得往后一缩，忙说，"她是乌鸡，你是凤凰！"

"你别嘴上学驴叫，光嗳嗳，额倒要听听乌鸡和凤凰哪点不同？"秦姑又给了高山泰一下。

"不同的地方太多了！"高山泰捂着下面说。

"你别给额玩虚的，具体点！"秦姑停住手，拿眼盯着他。

高山泰搜肠刮肚，搬出一套理论说："就拿你们的脸来说吧！颜局长的脸比例就有些失调，而你的脸比例非常符合'黄金比例'。"

秦姑下意识摸了一下自己的脸问:"甚叫'黄金比例'?"

高山泰振振有词道:"'黄金比例'就是最合理的比例关系。科学家认为,符合'黄金比例'的女人才是美女。这是有过硬指标的。比如,两个瞳孔间的距离,是左耳到右耳距离的一半以下,最标准的比例是,双眼距离占脸宽度的46%。"高山泰说着,要秦姑把针线盒里卷尺递给他。秦姑递给他卷尺,不解他要卷尺干什么。高山泰接过卷尺,打开在秦姑脸上丈量着说:"看,你眼睛和嘴之间的距离,正好是额头发际线到下颌距离长度的三分之一左右。最标准的距离是,眼睛到嘴巴占脸长的36%。你的脸非常符合'黄金比例'。"

秦姑赶紧问:"那颜局长是个甚距离?"

高山泰说:"我没量过。但据我目测,她两个瞳孔间的距离,最多只有20%。"高山泰把两个眼睛往拢挤成个对眼模样,逗得秦姑哈哈大笑。高山泰接着说:"还有,颜局长眼睛到嘴巴占脸长也就30%。"高山泰又把眼睛和下巴往一块挤。

秦姑一看,笑岔了气说:"颜局长是这模样吗?这简直就跟田里的矮冬瓜似的!"

明知高山泰在逗自己开心,可秦姑还是很乐意听、很享受、很满足。天底下的女人都犯一个毛病,需要自己的男人夸。

比完了长相,秦姑还不过瘾,又比过日子。她寻思着问:"嗳,你说颜局长比额会烧火做饭不?"

高山泰笑:"我又没跟她一起过过日子,哪知道她会不会做饭?"

秦姑不甘心,接着又问:"那你说颜局长针线活有没有额做得好呢?"

高山泰打趣道:"就算她的针线活做得再好,我也不能让她给我缝裤裆啊!"

高山泰刚说完,双手捂住裤裆大叫:"哎哟!你又扎着我了!"

秦姑咬牙道:"让你长点记性,你敢让她缝裤裆,看额怎么收拾你!"

俩人打闹了一会儿,秦姑又同情起颜局长说:"话又说回来,颜局长能当局长,能说会唱,还成天跟这些馋猫似的男人搅在一起,也真不容易。"

高山泰说:"她不容易,你容易?你一日三餐变着法,让几十号人吃好喝好容易吗?"

秦姑感叹:"做女人就是难。"

高山泰说:"那要看哪个年代。古代做女人比你们幸福,不仅用不着这么操劳,而且尽享清福。"

秦姑羡慕地问:"她们一年四季都干甚?"

高山泰逗她说："古代女人可休闲了。"他扳着指头数道："一月踏雪、观雪、喝茶、吟诗；二月寒夜寻梅、赏灯猜谜；三月下棋；四月荡秋千、捉迷藏；五月出游赏景；六月池亭观鱼；七月荷塘采莲、湖里划船；八月树荫下纳凉；九月楼台赏月；十月深秋赏菊；十一月闺房刺绣；十二月围炉聊天。"

秦姑问："成年累月不干活，谁养活她们？"

高山泰说："男人啊！"

秦姑苦笑："古代女人都把福享够了，所以轮到现代女人吃苦受累。"

聊着聊着，秦姑把话题又转移到中午吃饭上来："嗳，有件事额没闹明白。"

高山泰："啥事？"

秦姑问："按理说，今天海市长带人来现场办公，是解决你们用地问题的，怎么把旅游局局长给带来了？旅游跟你们有甚关系？"

秦姑一问，把高山泰给问蒙了。他怔了一下，摇摇头说："旅游的确跟我们没啥关系。"接着又开脱说，"你没听海市长他们说，市里要开发湖山发展旅游，少不了需要我们支持呗！"

秦姑嘴一撇说："你们能够支持个甚？"

高山泰说："眼下用不着，不等于以后也用不着。"

秦姑憧憬着问："你说湖山要是开发出来，会建成个甚样？"

高山泰说："你没听颜局长说，湖山发展旅游的定位是庙宇经济，将后来山前山后肯定是一个寺庙接一个寺庙，跟五台山一样，暮鼓晨钟，香火绵延。"

秦姑问："五台山你去过？"

高山泰点头说："以前在山西开会时，顺便去看过。"

秦姑担心地问："将后来庙里成天敲鼓撞钟，影不影响你们信号？"

高山泰笑："怎么会？我们是河水不犯井水。"

秦姑担心："额听海市长在饭桌上说，将后来整个湖山都由颜局长掌管，那湖山台会不会也归她管？"

高山泰笑："嗜！看你操的哪门子心？湖山台是省属单位，她想管也管不了！湖山这么大，她爱管哪儿管哪儿。"

秦姑问："你就不怕他们来跟你们抢地盘？"

高山泰说："我们又没打算占山为王，跟我们抢什么地盘？"

秦姑嘴里念叨："日后跟和尚尼姑做邻居，是个甚感觉？"

高山泰笑："能有啥感觉？我们吃肉喝酒，他们吃斋念佛，各行各的事，各走各的道。"

隔了一会儿，秦姑的话题又转到今天的饭桌上。她好奇地问："你说今天怎么两个局长都姓颜？他们会不会是一家子啊？"

高山泰一听哈哈笑道："你把驴鞭马鞭混一块了！规划土地局的阎局长是阎王的阎，旅游局的颜局长是颜色的颜。"

秦姑不好意思地笑道："额哪儿搞得清，姓颜还分好几种？你说当官的也真会挑姓，管土地的姓阎王的阎，那不就是个阎王爷！管旅游的姓颜色的颜，那不就是要给人颜色看！"

高山泰听秦姑的一通解释，笑得眼泪都出来了，连夸她确实太有才了！

秦姑接着又说："你们男人都不是甚好东西，成天记得这鞭那鞭的，补了身子，好去祸害女人！"

高山泰忙说："我祸害谁了？"

秦姑缝完针，伸嘴用牙咬断线头，顺嘴在高山泰下面亲了一下说："就你的鞭偷懒，不出工、不出力，成天好吃懒做。"突然，秦姑扑哧一笑，高山泰问她笑什么？秦姑掩着嘴说："额想起今天那个海市长在桌上，筷子夹着那玩意儿，一副馋样就好笑。"

高山泰问："什么山珍海味他没吃过，见啥玩意儿还会露出一副馋样？"

秦姑提醒说："就是上次他说那个骚好吃的玩意儿。"

高山泰奇怪："海市长又不是没见过吃过，怎么会露出一副馋样呢？"

秦姑说："额不是说他见那玩意儿露出馋样，是他眼睛直勾勾看着颜局长时，露出一副馋样。嗳，你说一个大领导哪有那样盯着一个女下属看的？额看他八成喜欢那个颜局长。"

高山泰打断她说："你可不能没有根据地胡说啊！"

秦姑抢过话说："咋没根据？他们临走时，额还看见颜局长钻进了海市长的车里。"

高山泰说："这是什么根据？人家来时坐的就是海市长的车，回去当然还坐他的车，这有什么奇怪！"

秦姑说："她来时为什么不坐自己的车？按说，别的局长都有自己的车，她也是个局长，怎么没有自己的车呢？"

高山泰两手一摊说:"你问我,我问谁去?"

秦姑鼻子哼了一声说:"反正额看他们怪怪的!"

高山泰笑她:"操多了冤枉心,当心拉夜屎!"

十六

听说高山泰要下山到市里开会,秦姑想搭他的便车,进城给厨房添置些用品。一大早,俩人胡乱扒了几口,就赶往山下。临上车,秦姑看高山泰还套着件棉工作服,说你不是蹲在台里,是去市里开会,得体面点,这副打扮活像个拾破烂的老头,寒不寒碜!再说都立春多时了,怎么还穿着棉工作服呢?高山泰说穿着并不感觉热啊!秦姑说山上山下差好几度呢!人家山下早穿春装了,你穿个大棉袄进会场,人家还以为你打摆子呢!她硬逼着高山泰回屋换了一件外套。

车快到山底,秦姑看到城市的高楼大厦,突然问:听说市里又建了座新城,在哪儿?高山泰摸头不知脑,还是司机接话说:就是接着开发区刚建的一个擂鼓新区。经司机提醒,高山泰这才记起,说确实有那么一个新区。秦姑问能不能去开开眼界?高山泰一看时间还早,就让司机绕一下,带秦姑到新区看看。

汽车穿过开发区,一条宽敞的马路,直通前面的新区。汽车驶过一座桥,高山泰指着道路两旁说这就是新区。秦姑左右一看,道路两旁密不透风地排列着一栋栋几十层楼的住宅,远看就像横亘着一道道水泥屏障。近前一看,绿化带和小区配套设施也一应俱全,只是楼盘的窗户都紧闭着,小区内空空荡荡,不见一根人毛,更没有车辆过往。秦姑奇怪:怎么没有人住呢?高山泰说这就是一座空城。秦姑更奇怪了:花那么多钱,建座空城干吗?高山泰说:原以为周边的农民都会进城来住,农民变居民,可以带动城市的发展。秦姑问:农民怎么没进城呢?高山泰说:第一农民买不起高档的商品房,第二进城就不了业,靠什么养活自己?秦姑说就让这大一座空城干闲着?这得花多少钱啊?司机在前面插话说:路是政府出钱修的,住宅是开发商盖的,钱是银行贷的。结果房子没卖出去,开发商也跑了。秦姑赶紧问:那钱谁还?司机摇头,高山泰无语,秦姑问:那图甚?高山泰喃喃道:图当年市里的 GDP 位于全省前茅。秦姑又问:那顶甚用?司机插嘴说:用处可大了,过了年,书记就提拔到省里去了。这回轮到秦姑无语了,她实在弄不懂这当中的奥秘。

到了开会的地点,高山泰交代司机,先送秦姑去买东西,然后送她赶回去做饭，再过来接他也不迟，估计会得开一上午。

　　开会的地点是市城建规划馆。这是一幢五层规模的大楼，外表造型很有特点，屋顶斜坡飞檐，采用蓝色琉璃瓦，恰似农耕时期农人戴在头上的斗笠，而外立面又是超大的茶色玻璃窗作幕墙，门前还有几级汉白玉的台阶，看上去有点头戴斗笠，身着西装，脚蹬皂靴的滑稽，据说是综合了几个设计方案，最后领导拍板定下来的。

　　高山泰进到楼内，一楼中间是个大展厅，里面采用声光电技术，按万分之几的比例，做出的城市规划模型，城市的现状和未来都在里面。据说有没有像样的城建规划馆，是能否跻身现代化城市的重要标志之一。围着展厅是一圈参观走道。二楼除了回顾展示城市历史和未来的专项展厅外，还有一个用于学术交流和接纳大型会议的阶梯式多功能厅，三楼、四楼是办公区，五楼是存放档案资料的地方。

　　会场在二楼多功能厅。高山泰通过手扶电梯上到二楼，门口挤满了与会的人签到，简直就像在赶庙会。好不容易轮到高山泰，他低头一看，面前摆着几张签到纸，一下麻了爪子，不知道该在哪张纸上签到。负责签到的一个小姑娘问：你是市直单位还是区街？还是大型企业厂矿的？高山泰摇摇头说都不是，我是省属单位的。小姑娘说那是驻市单位。说着，把一张纸扒到他面前，说就签在这上面吧！

　　离开会时间还有一会儿，门口走道上三五成群满是候会的人，有抽烟的、聊天的，乱哄哄一片。高山泰没有片刻滞留，赶紧逃进会场。进去他还在想：会议通知上写着不是召开座谈会吗，怎么像过年开团拜会的规模，各路诸侯都到齐了。再抬眼一看，会场没有设主席台，只是摆放了一个椭圆形的会议桌，面对会场的一面，摆放着写有领导姓名的席次卡。高山泰想在后面找座，猛然瞟见写有湖山台的席次卡，居然摆放在领导席的对面，这真是破天荒头一回，高山泰百思不得其解，湖山台怎么会享受这份殊荣？以前参加市里的会，湖山台的位子总在会场不起眼的角角落落，今天怎么成了贵宾，摆在如此醒目的地方？高山泰甚至怀疑是不是搞会务的弄错了，再不，台里还有其他人来开会？不会啊！高山泰摸出会议通知一看，上面明明白白写着，主要负责人一人参会。高山泰还是不放心地站在旁边等了一会儿，见进来的人都是对号入座，显然后面再没有安排湖山台的座位，这才诚惶诚恐地走到"湖山台"的座位上。

　　高山泰坐定左顾右盼，发现大家都穿着西服、夹克衫，没有一个穿棉袄的，心里暗自庆幸，同时也感谢秦姑，不是她及时提醒，坚持要自己换春装，此刻，穿件棉袄坐在这里，别人不把他当精神病人打110报警才怪！

高山泰从包里掏出笔记本和笔摆放在面前，见开会的人还在熙熙攘攘流动，摸出会议通知一看，上面明明写着8：00入场完毕，一看表已经8：20了，会场上依然交响着走动声、寒暄声、座椅翻动声。高山泰终有所悟，8：00入场完毕的时间是对下面参会的，与会领导又是另外一个时间，所有知道这个秘密的人都显得从容不迫。

果不其然，8：30一到，下面的人各自在自己的位子上坐定，与会领导从会议室前方侧面依次走了出来。高山泰发现，所有领导都身着长短不一的深色风衣，有黑色的、藏青色的。高山泰敏锐地察觉，尽管都是风衣，但还是有区别。走在头里主要领导的风衣没膝，跟在后面的领导的风衣依次递减，有的到膝盖上面，有的遮住大腿的一半，总之，没有一个再没膝的。服务员上前双手轻轻搬开座椅，领导偏腿侧身，就像坐进小汽车后座一样坐了上去，接着自己挪动座椅，调整好与会议桌适度的距离。骚动的会场顿时安静下来，大家的目光都聚焦在领导身上，领导的衣着、发型、神情，都是被关注的内容。聚光灯对着会议桌前的领导亮起，记者扛着摄像机对着领导依次扫过。面对镜头，有的领导不露痕迹地俯视着桌上的文件，表情从容松弛；有的领导则摆出Pose面向会场，表情略显僵硬。从业内的角度看，面对镜头能做到潇洒自然，没有经年累月参会坐台的磨砺，是难以做到的。高山泰发现市里主要领导都出席了会议，他感觉这个座谈会有些不寻常，但又说不出来。

会议由海市长主持，看来跟他分管的工作有关。海市长首先依次介绍参加今天会议的市领导，介绍到谁，谁就起身欠欠屁股，台下报以一片掌声，一般来说，给予主要领导的掌声要热烈些。

切入正题，海市长开场白先分析了一下市里当前的经济形势，所面临的机遇和挑战，指出未来几年发展的方向。接下来，他说：今天会议主题是研讨"开发湖山，打造旅游业"的新战略。接着，海市长特别提醒道：不知道大家注意到了没有，今天这个座谈会不同以往，市里所有单位、部门的主要负责人都到会了，市里几大家的主要领导也到会了，这说明什么？说明我们要举全市之力，向湖山进军，我们要拿下湖山！我们不光有信心，而且有能力把旅游业变成我市新的支柱产业！全场掌声雷动，高山泰跟着鼓掌的同时，心里下意识地颤抖了一下，不知道是激动还是因为别的什么。会议进行第一项，由市城市规划院介绍湖山五A

级旅游景区规划。

工作人员拉上窗帘，关上灯，同时，多功能厅两侧墙面上的大屏幕亮起，接着播放了一个五分钟介绍湖山的短片。短片是市电视台做的，具体介绍了湖山的地理区位、山体山貌、人文掌故、自然景观、物藏资源，结论是：湖山是一座沉睡多年，正待开发的旅游名山。尽管短片中所涉及的东西，高山泰早就烂熟于心，但短片运用对比、特写、航拍和电脑合成技术，所给出既写意又有质感的镜头画面，伴随声情并茂的解说、穿插优美动听的配乐，具有相当的视觉冲击力和震撼力，还是令高山泰心旷神怡、心潮澎湃。可以说，在座的每一位都没有高山泰对湖山熟悉，对湖山热爱。湖山的任何过往、拥有、灵动，都植根在高山泰心里，就像现代网络链接着他的每根神经，只要输入湖山的某一个词条，就能从高山泰的头脑里读取它的信息。高山泰说不清，自己究竟是湖山的儿子还是湖山的丈夫？相守依恋、分离思念，不知不觉自己与湖山牵手了三十多年，如同做了一场漫长的鸳梦，但再美的梦，也有梦醒时分。陡然，高山泰心里咯噔了一下，万一自己与湖山分离的那一天真的到来呢？高山泰不敢往下想。他感到眼眶一热，接着有毛毛虫偷偷从眼角往外爬，而且毛毛虫迅速长大，先是在眼眶下沿游弋挣扎、命悬一线，最终不堪重负地跌落下来，接踵而至地重重摔在他的衣襟上，发出粉身碎骨的噼啪声。高山泰知道自己动了感情，赶紧掏出纸巾，趁着灯没亮起、窗帘没拉开，吸干眼眶还未长成的毛毛虫，同时平复心情，让情绪平稳下来。

没想到，短片过后，会场上只亮起灯，并没有拉开窗帘。接着由城市规划院的院长具体介绍开发湖山的详规。两侧的屏幕上，投影机打出规划院制作的PPT。规划院院长手攥着一支电光笔，开始图文并茂地介绍起详规来。用电脑合成的湖山，有远景图、俯视图、分布图、透视图、规划图、效果图，所有构图都是根据地图和航拍图的比例微缩的，非常精准。总体规划图上，群体建筑、单体建筑都精确到每道梁、每根柱、每根衬的尺寸，可以说一部规划图就像是一幅清明上河图，或者说像一幅富春山居图一样，逼真地描绘出了湖山将要建成的未来。高山泰不禁叹为观止，由衷地佩服现代电脑成像技术，它可以让你梦想成真。只有你想不到的，没有它做不到的。高山泰想起两句广告词，一句是"思想有多远，就能走多远"。尽管高山泰认为这句话有点反物质，但他还是肯定它的胆量；还有一句名言是"科学不是幻想，但科学往往是从幻想开始的"。高山泰认为这句名言很有哲理。

总论完了，开始分说。规划院院长手里的电光笔在 PPT 上游走。

规划院院长娓娓道来：大家请看，湖山的宝藏峰、晨钟峰、暮鼓峰，三峰成"品"字形，"品"字形的中心正好有一块"盆地"。宝藏峰海拔最高，为湖山主峰，晨钟峰和暮鼓峰海拔低于宝藏峰，如同左右哼哈二将，拱卫宝藏峰。我们规划湖山遵循的基本原则是三句话，"因山构基，错落有致，尽显山胜"。我们用一根十字轴线，来处理建筑群体和湖山地势的关系。规划院院长的电光笔在 PPT 上画了一道十字。电光笔又回到进山的路口，这里就是纵向轴线的起始点。未来的建筑，我们将依次摆放，山门、王殿、宝殿、法堂。电光笔指到纵向轴线的终点宝藏峰，这里要建造的是湖山寺庙群体最辉煌、也是海拔最高的建筑——金殿。

高山泰对规划的神来之笔，看得目瞪口呆，对规划的恢宏愿景听得是如醉如痴。规划院院长的电光笔又在横向轴线上画了一道，然后回到晨钟峰说：在这上面我们将建一座塔，至于塔的式样和层级，已设计出几套方案，请领导最后拍板。电光笔走到暮鼓峰，这上面将建一个慈悲阁……

高山泰听着听着渐渐走神了。整座湖山几乎都摆布满了，在介绍湖山现状图时，地面、地下不论植物还是矿物，以及稀有的动物还是生物都一一列举，但始终没有介绍湖山台，是湖山台跟开发湖山没有任何关联，还是湖山台根本就不存在？高山泰担心自己产生错觉看走了眼，正在规划图上查找到底有没有湖山台？只见规划院院长的电光笔，正巧指到舍身崖，但图上并没有标注出湖山台，只是一片绿化地。规划院院长用电光笔指着绿化地说：在这里，我们将规划建禅房和斋房。高山泰脑子顿时一嗡，湖山台呢？湖山台难道蒸发了！否则怎么会就这样平白无故被抹掉了！高山泰突然心跳加快，头顶冒汗，他快速解开春装，脑子里一片混乱，仿佛自己跟湖山台一起腾云驾雾，漂浮在半天云里，头晕目眩，规划院院长什么时候结束的演讲、后面部门单位的发言，他一概没听进去。

高山泰正失魂落魄地坐在那里，猛听海市长点他的将："高台长，今天是座谈会，你对开发湖山的规划有什么疑问，规划院院长可以现场解答啊！"所有人的目光都集中在他身上。

高山泰如梦初醒般地摇晃了一下脑袋，努力使自己清醒过来。他终于回到自己刚才疑惑的问题上来，迫不及待起身。海市长示意他坐下说："座谈会座谈会，就是坐着谈嘛，起身不变成站谈会了。"海市长的风趣，引起会场一片迎合的笑声。

高山泰重新坐下，哆嗦着打开面前的麦克风，连客套都顾不上，语无伦次问道："规划上怎么没有我们湖山台？"

会场一片骚动，规划院院长茫然反问："什么湖山台？"

高山泰急了："广播电视湖山无线发射台啊！"

规划院院长一听，侧头问具体做规划的人，那人摇摇头说湖山现状图上没有。规划院长肯定地回答："现状图上没有你说的这个单位。"

高山泰惊讶："现状图上怎么会没有我们？"

规划院院长笑："地图上怎么会有人呢？有也是电脑合成的。"

高山泰分辩说："我指的不是人，是湖山台！"

规划院院长说："我们是严格按现状图做的规划，不能胡编乱造。"

高山泰冒汗："现状图上怎么可能没有湖山台呢？"

规划院院长两手一摊，一副无辜的样子说："这你就不能问我了。"

高山泰眼睛扫视着会场，不知道由谁来回答这个问题？就像自己钱包被偷，不知该问谁要一样。这时，不远处的规划土地局的阎局长接话说："地图是我们绘制的，绘制的依据是湖山的地质资料、拥有土地房产以及他项权证的建筑物。"

高山泰争辩道："我们活生生在湖山几十年，难道还要依据吗？"

阎局长公事公办地说："几十年也不能证明你们的合法性啊！"

高山泰问："什么才能证明我们的合法性呢？"

阎局长说："土地证、房产证，你们有吗？没有，就不能证明你们的合法性。"

高山泰脸涨得通红说："我们二十世纪七十年代就上了山，作为保密单位，通信都用代号，怎么可能办证呢？"

阎局长说："七十年代是七十年代的事，都老黄历了，现在谁家住房没个土地证、房产证？单位也一样。"

高山泰一时理屈词穷，他问："那我们现在可以补办嘛！"

阎局长鼻子一哼说："补办？几十年的土地资源占用费，你们交得起吗？"接着，阎局长说，"现在想补办，门都没有。市里早就预料到像你们这样的情况发生，湖山旅游规划批准生效之前，就已经冻结在规划范围内一切土地证、房产证和他项权证的办理。"

高山泰愤怒道："你们这是搞人间蒸发，还是逼我们去跳舍身崖？！"

海市长拦住高山泰说："嗳，高台长，话不要说得这么难听嘛，出路还是会给你们的！"

高山泰抑制不住问:"出路?出路在哪里?"

这时,从桌子一侧发出一个声音说:"什么出路不出路的,我看湖山台就是关掉,也没有什么大不了的!"

高山泰侧头一看,发声的是电信的谌总。高山泰责问道:"湖山台关了,老百姓听什么?看什么?"

那边谌总接上火说:"现在都进入网络时代了,谁还稀罕你那个无线信号?老套!"

高山泰火冒三丈说:"你不要信口雌黄!我们的无线信号覆盖几百平方公里,低收入的群体还不都在听我们的广播、看我们的电视!"

谌总冷笑道:"我报一组数据,你听了不要难过啊!据业内调查,现在二三十岁的人是通过网络来获取资讯,四十岁左右的人看电视听广播,六十岁以上的人还在看报纸。电视是个夕阳产业,已经是个不争的事实了!"

高山泰据理力争说:"你这个结论不要下得太早!无线电视和广播远不是你说的要寿终正寝了,告诉你,恰恰相反,它的生命力还很旺盛,老百姓还需要它!我也告诉你一个事实,汶川大地震、玉树大地震,灾区群众靠什么获取外面的信息,靠的还是收音机接收我们发射的无线信号!因为我们的信号在空中,再大的地震也不怕!今后的应急广播,同样离不开无线信号!"

谌总讥讽道:"你说得再悲壮也没用。网络时代到来,不是你们发射塔挡得住的,要认清形势,与时俱进啊!"

谌总的一阵冷嘲热讽,引来一片哄笑。刚才阎局长的一番话,使高山泰仿佛坠入舍身崖的万丈深渊,五脏六腑一下都漂浮起来,现在,谌总一番嘲弄,又似一只手拽起他的头发,把他扯起,从湖山抛到半天云里,胸前所有的器官立刻挤压到了肚子里。

会场上,没有一个人站出来帮高山泰讲话,甚至连劝阻的声音都没有,有的只是如芒在背的讥讽和嘲笑。高山泰尽管内心坚挺,但还是感到孤立和无助,一股巨大的压力,从四面八方向他挤压过来,通过每个毛孔,直逼他的内脏。高山泰体内如同海啸来临,刚刚还面色潮红,马上变成土黄,接着又变得惨白。一阵翻江倒海般难受,高山泰只觉得胸口像火山喷发,有股炙热的岩浆往上一冲,从胃里迅速穿过幽门、贲门、食道,决堤般地涌进嘴里。他想用手捂住,但来不及了,只见大口大口的鲜血如同火山岩浆喷口而出,高山泰最后听到会场一片惊呼,他在众目睽睽之下，完成了自己的壮举，接下来的事，就一概不知了。

十七

高山泰醒来时，人躺在医院病床上。他睁眼一看，发现秦姑坐在床跟前，觉得十分奇怪，他"梦里不知身是客"地问："我这是在哪儿？你怎么在我跟前？"

秦姑见状俯身说："你总算醒过来了！"

高山泰听了她的话莫明其妙，他不知道此刻是白天还是夜晚，也不知道自己到底睡了多长时间？否则，秦姑怎么会问这样的话？突然，他感觉什么都不对，自己到底是在梦里还是在现实？他喃喃问："我这到底在哪儿？"

秦姑含笑轻语道："自己都不知道自己在哪儿！你在医院。"

高山泰眉毛一蹙问："我在医院干什么？"

秦姑眉毛一扬说："问你自己啊！"

高山泰舔了舔干涩的嘴唇说："我哪儿知道？"

秦姑赶紧抬起高山泰的头，往下面塞了一个枕头，端起床头柜上的茶缸，用勺子一点点往他嘴里喂水。高山泰想自己动手，但浑身软得像棉花似的乏力。秦姑一边制止他，一边说："你病情刚稳定，千万别乱动。"

高山泰惊讶："我病了？什么病？病多久了？"

秦姑说："都好几天了，听他们说，把你送到医院时，你还吐了一脸盆血呢！把医生都吓死了！"

"什么，我吐血了！这是什么时候的事？"高山泰的嘴躲开汤勺问。

"你在市里开会的时候啊！"秦姑心想，怎么连自己在哪儿发的病都忘了。"那天一大早，额跟你一起下山，你带额还绕道去新城看了一下，后来你去开会，额买完东西就回山上去了。"

秦姑的话，招魂似的唤回了高山泰的记忆，开会的情节，从他记忆的U盘里，一下倒了出来。他顿时心里一阵痛楚，皱起眉头，咧着嘴。秦姑以为他哪儿又不舒服了，担心地问："是不是又想吐？"她赶紧放下茶缸，伸手去拿床下的脸盆。

高山泰摇摇头，半天嘴里吐出一句话："心痛！"

秦姑一听他心痛，忙问："要不要喊医生？"

高山泰还是摇头。心里说：我这心痛，医生是治不了的！

这时，顾祥喜和曾尤恭提着一兜果品进房来了。他们见高山泰醒过来了，都露出笑容，长出一口气。顾祥喜说：谢天谢地，总算醒过来了。曾尤恭说：迟早的事！接着打趣说：我心里还着急呢，就这么走了，再怎么也得撂下一句话啊！顾祥喜拦住他说：高台刚醒过来，你嘴巴积点德好吧！秦姑问曾尤恭：你刚才说撂甚话？曾尤恭故意小声说：银行卡密码啊！要不，就算你拿着银行卡到了银行，只要你不知道密码，不管你们是恩爱夫妻、亲娘老子，照样取不出钱！四个人一听都笑了。顾祥喜见高山泰也乐，就故意挤对曾尤恭说：我看你是看"三国"流泪，替古人担忧。高台银行卡的密码，不告诉你，不告诉我，总得告诉个人吧？秦姑忍不住又问：告诉谁？顾祥喜和曾尤恭相视而笑，曾尤恭调皮地说：这得问高台了。除了秦姑，三个人都会意地笑了。

　　秦姑让他俩坐，顾祥喜执意要秦姑坐在床沿，自己坐在椅子上，曾尤恭站在顾祥喜旁边扶着椅背。

　　谈到自己的病情，高山泰问："我到底得的什么病？"

　　顾祥喜抢着说："也没什么大不了的，医生说，是急火攻心，引起的吐血。"

　　高山泰嘴里念道："中医说，'人知百病生于气，而不知血为百病之始也。'"

　　曾尤恭宽慰道："让秦姑炖两次鸡汤，保证把你吐的血补回来。"

　　秦姑说："要不，我在鸡汤里放些白芍？那可是补血的。"

　　高山泰一笑说："书上讲，白芍是专治妇科的，用于女人补血有效，但味道酸苦，不适合与食材同伙。"

　　秦姑说："你说放甚好，额去买。"

　　高山泰说："用不着到药店去买，食堂储藏室就有，每年我们都会在山上采摘些草药备用。"

　　秦姑说："好，你说放甚？"

　　高山泰说："抓把枸杞子，切几片当归就行了。枸杞补肾生精，当归'血虚能补，血枯能润'。都是补血的上好药材。"

　　秦姑笑："你真是久病成郎中，自己跟自己开方子吃药。等退休了，开家药铺算了。"

　　正说着，护士进来换吊瓶，又量了体温。护士走后，话题就转到开会的内容上了。高山泰把那天在会上发生的事一一讲给顾祥喜和曾尤恭听。

　　曾尤恭听了顿时火冒三丈："哪有这样欺负人的？太不把我们湖山台当回事了吧！"

顾祥喜也恼怒道:"真是岂有此理!我们大小也是个省属处级单位,在他们眼里怎么一下变成了黑户呢!"

曾尤恭说:"我们在湖山安营扎寨,当了几十年的山大王,他们怎么全当我们没来过?"

顾祥喜说:"我们不说猴子变人怎么来的,大家总得尊重历史吧!怎么现状图上没有湖山台,难道我们人间蒸发了?这不是捏着鼻子哄眼睛吗,这哪是搞笑,完全是在恶搞!"

高山泰沉思着说:"事情来得这样突然,是我们万万没有想到的。他们开发湖山,我们不仅没有任何意见,而且全力支持,但他们无视我们的存在不说,还居然把湖山台当成黑户,他们这到底想干什么?"高山泰顿了顿说:"我看这绝不仅仅只是轻视怠慢我们,让我们难堪,有求于市里那么简单。"

顾祥喜惊问:"他们有别的企图?"

曾尤恭揣测说:"他们是想收编我们,还是想吞并我们?还真想把湖山台改成庙,让我们剃度当和尚?"

秦姑忍不住插嘴道:"你们又不是柿子、面团,他们想咋捏就咋捏!"

高山泰缓缓摇了摇头:"现在下结论,还为时尚早。"

顾祥喜说:"他们即便有什么考虑,也应该打个招呼啊!双方坐下来好商量嘛。"

曾尤恭鼻子一哼:"商量什么,你没听高台说,他们压根就当我们不存在!"

高山泰检讨说:"也怪我们大意了,如果我们早点咨询,掌握政策,主动把证办到手,就不会像现在这样被动,责任主要在我。"

顾祥喜说:"高台,这件事也不能怪你。我听老职工说,当年在湖山建无线台,那还是部队圈定的地方,湖山作为战略储备地,谁能上谁不能上,做什么用,都由部队说了算。不信去查档案,说不定就有批文。"

曾尤恭一冲动,瞪眼道:"我们是省属单位,他们当我们不存在,我们还当没他们这档子事,根本不理他们的茬,咋地?看他们有本事把我的××啃啰!"

顾祥喜用肘子捅了曾尤恭一下说:"说话注意点!"示意秦姑在旁边。曾尤恭吐了一下舌头。

秦姑拿眼看着高山泰,装着压根没听见他们说些什么。

顾祥喜疑惑地问:"他们在规划图上可以无视我们的存在,但既然要在我们地块上规划建禅房和斋房,总不能在我们的头上霸王硬上弓吧!"

高山泰说:"那倒不至于,我估计他们这样做的目的,是想对我们表明一个强硬态势。"

曾尤恭问:"什么态势？"

高山泰琢磨着说:"首先,表明市里开发湖山的决心。其次,宣誓对湖山的主权。第三,在处理湖山的问题上,始终保持主动权,不管你是谁,处在什么状况,都得听从他们摆布。海市长在会上丢了一句话,说会给我们出路。"

顾祥喜忙问:"啥意思？"

高山泰说:"意思很清楚,湖山台得听他们安排。"

曾尤恭叫:"怎么安排？该不会让我们卷铺盖走人吧？"

高山泰连连摆手说:"相信他们做事应该是有分寸的,这么大个湖山,哪会没有我们的立锥之地呢！"

"就是,"曾尤恭说,"他们开发他们的湖山,我们无线台既没挡他们的道,也没有抢占他们的地盘,井水不犯河水,干吗非得一山容不得二虎呢！"

顾祥喜说:"他们是不是看着我们湖山台现在的位置眼馋啊？"

高山泰说:"有可能。这跟打仗一样,一开始我们就占据了有利地形,他们想从我们手里夺走这块阵地。我看这事还得认真应对,既然他们已经传递出这个信息,我们既不能装聋作哑,也不能被动应战。"

顾祥喜和曾尤恭异口同声问:"那我们应该怎么办？"

高山泰一笑说:"还能怎么办？'兵来将挡,水来土掩。'我们既要在家门口备好土,又要到上面搬救兵,就跟上回找省局借监测车一样。不过,我们还是要有理有节,毕竟不是哪个人的事。既然海市长说给出路,我们就跟他讨出路,看看究竟是条什么样的出路再说。"说完,高山泰又话锋一转:"也许,事情没我们想象的那么糟糕,只是我们多虑了,我相信人心都是向善的。"

秦姑在一旁又忍不住插嘴:"人家是王八吃秤砣——铁了心,就你还是一个肉长的菩萨心！"

高山泰呵呵一笑:"菩萨心有什么不好？佛教讲'即心即佛',没有一个菩萨心,哪能成佛啊！"

高山泰跟顾祥喜和曾尤恭分了个工,让他们两人回台里认真准备,自己迫不及待要去找海市长讨出路。顾祥喜和曾尤恭担心他的身体,高山泰说事不宜迟,顾不得那多了,等人家刀磨好了架在脖子上,再哭爹喊娘就来不及了！顾祥喜提议，还是让曾尤恭陪他一起去，也好有个照顾，高山泰不再推辞。

高山泰和秦姑好上，虽然没有像无线信号，在台里发射，但他俩也没有避讳大家，所以，台里几乎无人不知无人不晓，也没有谁觉得不好，只等着啥时候喝他俩的喜酒。顾祥喜和曾尤恭告辞时，告诉高山泰，这两天还让秦姑在跟前照顾他，本来台里想排个班，考虑到大家都有各自岗位离不开，干脆让秦姑一个人留在医院，做饭临时再想办法。

顾祥喜和曾尤恭走后，秦姑给高山泰削了个苹果，怕他不好啃，还把苹果切成小片，插上牙签让他吃。高山泰顺从地吃着，脑子里还在想着应对的办法。

秦姑看着高山泰吃苹果，想着刚才他们说的事，突然说："我觉得这件事，他们早就有谋划。"

高山泰停住问："你怎么感觉出他们早有谋划？"

秦姑回想说："那个海市长前后两次来湖山，头回说是调查研究，就提到了开发湖山的事；二回说是现场办公，本来八竿子打不着，却把旅游局的颜局长带来了，还让她跟你们大讲一通开发湖山的道理，你说这不是早有谋划是甚？"高山泰觉得秦姑说得有点道理。秦姑接着说："还有，你们为基地建设用地的事，找他们多年都没解决是不是？"高山泰点头。秦姑说："这回可好，人家主动上门，什么事都给你们办得妥妥帖帖的，我还奇怪呢，问你到底是世道变了，还是人变了？其实，那是他们拿小恩小惠麻痹你们，人家早就在算计你们了！"

高山泰越想越觉得这里面有名堂，若有所悟地自语道："还是老子说得对啊！"

秦姑一听说话从来不带脏字的高山泰，今天怎么称起老子来了，于是问："嗳，你怎么说起脏话来了？"

高山泰莫名其妙反问："我说什么脏话了？"

秦姑指着他："你刚才称老子了，还说没有！"

高山泰知道她误会了，笑道："'老子'是个人！我刚才说'老子'说，是指'老子'说过的话。"

"这个'老子'说甚了？"

"'老子'在《道德经》里说，'将欲废之，必固兴之；将欲取之，必固与之。'"

秦姑问："甚意思？"

高山泰说："意思是说，要想去掉它，先得扩张它；要想得到它，先得给予它。"

秦姑寻思着说："说得有道理，怪不得能当老子的！"

高山泰笑："这哪儿挨哪儿！不过，他们的真实意图还有待观察。"

秦姑回忆说："记得额刚到湖山那会儿，你不是让额下山买几套衣裳嘛？"高山泰点头。秦姑说："当晚额不是告诉你，有辆小车跟额们一起上的山，车上下来三个干部，还掏出图纸指指点点，后来奔宝藏峰去了。"高山泰说记得。秦姑又说："颜局长随海市长来食堂吃饭，额见她觉得面熟，后来听她自己说，私底下她上过湖山好几次，说明额们在山上碰过面。"高山泰说对啊。秦姑又说："前些日子，有人扛着标尺、照相机满山乱转悠，额说人家勘探矿的，你说没听说湖山有矿，那他们是在丈量湖山。"高山泰还没完全理出头绪，秦姑没好气地说："你们把自己当钓鱼的姜太公，四平八稳在那儿坐着，人家早就谋划你们了！"

秦姑的话让高山泰感到震撼。他没想到秦姑能把近期湖山所发生的事情串联在一起，而且分析得头头是道！他觉得秦姑不仅能记事，而且还善于思考，对事情的敏锐和判断，甚至超过了自己，不觉心头一热，身旁有一个这样的贤内助太幸运了！高山泰由衷地说："以后，这方面你替我多把持着点。"

秦姑扑哧一笑："额一个乡下女人懂个甚？哪有那能耐替你把持？"

高山泰一脸认真地说："嗳，乡下女人怎么了？你考虑问题就是比我们这些大老爷们强！要你替我们把着点，就是要你多观察、多出主意，像今天这样，在我跟前常敲打敲打。"

秦姑故意脸一拉说："就你们给那几个钱，额又管做饭，还管敲打，拿一份工钱干两份活，你们也太划算了吧！告诉你，动手是动手的工钱，动脑子是动脑子的工钱！"

高山泰示意秦姑把耳朵贴过来，秦姑以为他有很体己的话要对自己讲，顺从地把耳朵贴了过去。高山泰故作神秘，附耳悄声说："我现在把银行卡的密码告诉你。"

秦姑抿嘴一笑，用手指轻轻戳了一下高山泰的额头说："额才不稀罕呢！"

十八

按照分工，高山泰和曾尤恭去市里找海市长讨出路。一大早，曾尤恭来车接高山泰去市政府。路上，曾尤恭还问高山泰，现在开发湖山还只是在规划阶段，又没有实质性动工，我们现在去找他们，会不会有点为时过早啊？高山泰说：未雨绸缪，等生米煮成熟饭，恐怕为时已晚。现在去打探他们的口风，表达我们的诉求，也许会促成他们做出对我们有利的决策。曾尤恭觉得高山泰的话有道理。

市政府原先在老城区，后来建开发区，为了带活那里的人气，市里不仅把好的医院、学校、商场、餐饮、娱乐场所等优势资源集中到那里，而且把政府机关也搬到开发区，把老城区彻底改造成商业区。别说，这一招还真灵，政府出面站台，开发区的人气突突往上蹿，开发区的房价也跟着上扬，原先开发商都不肯到开发区拿地，房价一平方米只能卖到一千元左右，现在都蹿到八九千一平方米了，好的景观房、别墅，房价更是一平方米上万，地价自然也跟着涨。当然，这个多赢的局面，也是政府希望看到的。政府卖地有了钱，手笔就大了。在开发区建了一个占地100亩的广场，广场四周除了展示城市沿革的雕塑以外，广场中央矗立着一尊重达30吨的铜鼎。湖山市地处中原门户，南北文化交汇，此处铸鼎，自然有问鼎中原的寓意。当然，问鼎中原不是要做封建时代逐鹿中原的大佬，而是表达要成为中部同类城市体量最大、经济总量最大的城市。开发区的绿化也很有特色，所有沿街的绿化带都是立体三层，当街是时令花卉四季缤纷，花卉的后面是由万年青组成的长廊，最里面栽种的是四季常青的白玉兰。据说，每年的绿化费就上千万。街边街心的护栏，刚开始用的是刷着红白油漆的铁管，有领导经过说太土气，后来全部换成了不锈钢的。开发区果真成了市里的增长点和亮点，外省市但凡到湖山市来考察、交流的，市里都要把开发区作为一个参观点，因为它集经济建设和城市建设于一体，是"后湖山市"的典范。前面主政的市领导升迁走了，后来的主要领导萧规曹随，也用摊大饼的方式，接着开发区再建一座新城，但情形发生了变化，再用前任领导的招数，仅靠投资拉动助推经济，失灵了，结果新城成了一座"鬼城"。

政府大楼位于开发区大道的中段，左右两边各职能部门依次摆开，当然，气势恢宏、体量最大的建筑，还数政府大楼。虽然大楼门前的台阶只有几级，门厅的廊柱也没有人民大会堂那么高、那么粗，门口的警卫也不是持枪的武警而是保安，但在湖山地界上，已足够威严。

高山泰和曾尤恭拾级来到大门口，一身戎装的保安，用规范的手势拦住他们问：同志，请问找谁？曾尤恭说：我们是来找海市长的。保安机械地说：请出示你们的证件。曾尤恭掏出工作证递过去。保安接过，煞有介事地前后翻看了一下，递还给曾尤恭，熟练地展臂，指着大门旁边的接待室说：请到那边与接待室联系。

高山泰和曾尤恭只得拐向旁边的接待室。曾尤恭说：直接让我们去接待室不得了，还非得看什么证件？高山泰说：你不懂，这是程序。曾尤恭悻悻道：狗屁程序，纯粹是脱裤子放屁，多此一举。

接待室很宽敞，但实行的是物理隔离。进门靠墙摆着一排长椅，专门提供给来访者坐等。大门对面有一堵矮墙，矮墙上开着可以来回梭动的窗户，窗户里面的房间连接着大楼，靠窗摆着两张对着的办公桌，两个负责接待的人对面坐着，来访者坐在椅子上,隔着窗户跟里边的人对话，就像办理工商执照和税务登记一样。

高山泰和曾尤恭一进接待室，长椅上和窗前都是人。高山泰眉头一蹙，就像进了医院，有一种说不出的压抑感。曾尤恭让他找个地方坐下来，自己上前排队。等轮到他，曾尤恭主动掏出工作证递给里边的人说：我们是来找海市长联系工作的。里边的人接过工作证随手翻了翻，漫不经心地拿起桌上的电话，拨了几个号码，曾尤恭一看号码很短，估计是内线。不一会儿，电话那头有人接听，但声音很小，听不清那头说些什么。只听这头人说有湖山台的人，要找海市长。那头不知说了什么，这头的人拨弄着手里的笔静等着。一会儿，那头又不知说了什么，这头人放下电话对曾尤恭说：海市长出去了。曾尤恭问去哪儿了？这头人两手一摊说：我哪儿知道？

曾尤恭无奈退到长椅跟前，对高山泰说海市长不在，怎么办？高山泰也问了同样的问题：海市长去哪儿了？曾尤恭用那个同样的手势回答说：不知道。

高山泰和曾尤恭出来上车，曾尤恭又问怎么办？高山泰说还能怎么办？明天我们赶个早集，不信堵不住他。曾尤恭送高山泰回医院吊瓶，自己回台里去了。

第二天一大早，高山泰和曾尤恭上班前就赶到接待室，门一开他们就站在了窗口。里边接待的还是昨天的人，他抬头问曾尤恭找谁？曾尤恭说我昨天来过。那人说我这里天天人来人往，我哪儿记得住谁来过谁没来过！曾尤恭又重复说找海市长联系工作。一切都是按套路进行，那人抓起电话，很快电话接通，这头依然说湖山台来人找海市长。这回对方没有停留，立马回了话。这头放下电话说：海市长现场办公去了，没到办公室来。高山泰插问：去哪个现场办公？接待的人说：我哪儿知道。高山泰忙说：你能不能打电话问问？接待的人说：那怎么行？领导的行踪哪能瞎打听！

出来，曾尤恭说：这是第二次了，我们就这样找下去啊？高山泰一脸无奈地说：那怎么办？人家是市领导公务繁忙，哪是随随便便就能找到的。曾尤恭说：他们找我们，一个电话说几点就几点，从来不带讨价还价的，我们不仅要乖乖在门前迎候，还要好吃好喝伺候着。高山泰说：别抱怨，明天，我们三顾茅庐，总有办法找到他。

第三天上午，高山泰和曾尤恭在接待室又碰了钉子。出来，曾尤恭丧气地说：这个海市长是不是前世在湖山修炼过隐身术啊，怎么这难找？高山泰扯了曾尤恭一把说：我们到旁边坐一会儿。俩人退到后面长椅上，高山泰坐下来，弯着腰双手捂头。曾尤恭以为高山泰哪儿不舒服想歇会儿，没敢打扰，就坐在旁边静等着。隔了一会儿，高山泰松开手扬起脸，起身说：走，再去找。曾尤恭说不是已经找过了，海市长不在。高山泰说：这回我们不找他。曾尤恭问：那找谁？高山泰说：这回我们找王工的老婆。曾尤恭奇怪：找王工的老婆干什么？高山泰说：王工的老婆不是在政府机要室工作吗？让她把我们带进去。曾尤恭突然明白了：你是说，我们自己去撞海市长！高山泰肯定地点点头。曾尤恭一拍大腿：好主意！

接待的人电话打给王工的老婆，说有人找她。王工和曾尤恭都住在山下基地，家属之间彼此也很熟悉。王工的老婆接电话一听是曾尤恭觉得奇怪，问找她有什么事？曾尤恭没说什么事，只说你把我们接进去再说。王工的老婆说好。曾尤恭把电话递给接待的人，接待的人确认是找王工的老婆，就让曾尤恭填写了一张会客单，留下存根，撕下半截递给曾尤恭，告诉他们从侧门进去。

高山泰和曾尤恭顺利通过门卫，看到王工的老婆已经在大厅里等候他们。她一看高山泰也来了，以为王工出了什么事，紧张地问：王工怎么了？高山泰笑着告诉她，王工什么事也没有，正在台里上班呢！他们来也不是来找她的。王工的老婆问那你们找谁？高山泰说我们是来找海市长的。让她把海市长办公室在几楼几号房告诉他们就行了，剩下的事不用管，也不要告诉别人。王工的老婆这才明白他们的来意，连忙把海市长办公室的具体位置告诉了他们。

高山泰和曾尤恭没有遇到任何阻拦，就找到了海市长的办公室。办公室的门虚掩着，曾尤恭轻轻推开门，探头一看，一个戴眼镜的青年人坐在外间办公桌前清理文件，套间的门紧闭着。

戴眼镜的青年人抬头见一个陌生人进来，后面还跟着一个人，惊问："你们找谁？"

高山泰跟着进到房内，他听到套间传出说笑声里还夹杂着女人的声音。

曾尤恭说："我们是来找海市长的。"

戴眼镜的青年人问："你们是哪个单位的？有预约吗？"

曾尤恭说："我们是湖山台的。"

戴眼镜的青年人一听，惊恐地起身说："海市长不在。"

高山泰指着里间笑着说："我听到海市长的声音了。"

戴眼镜的青年人忙说："你们要见海市长，事先要预约的。"

曾尤恭说："我们这已经是第三次来找海市长了，前两次都被挡了驾。"

高山泰眼疾手快，趁着曾尤恭说话的工夫，上前一把推开套间的门。戴眼镜的青年人想去阻拦，已经来不及了。

高山泰一眼看到坐在办公桌后面的海市长，他旁边站着一个女人，手搭着海市长的椅背，俯身凑着海市长，正看着摊在桌上的东西说笑。海市长和女人听到推门声，同时抬头，正好与高山泰的目光相遇。高山泰一看，站在海市长身边的女人是旅游局的颜局长。

颜局长一见闯进来的是高山泰，立刻闪电般绕过办公桌，跨步上前伸手，满面春风笑道："怎么是高台？说曹操曹操到，我和海市长正在说你，你就来了，真是近朱者赤，近仙者灵，常年在湖山，就是比我们先得道啊！"

高山泰听着颜局长的话，手不由自主伸了出去说："这么巧，颜局长也在这里。"

颜局长双手握住高山泰的手说："什么巧不巧，这些日子，我和海市长一直在商量你们的事。"颜局长说着，扭头对海市长说："海市长，你说是吧？"

海市长如梦初醒般地起身连声说："是是。"他隔着办公桌把手伸给高山泰，高山泰连忙迎上去握住海市长的手。海市长脸上僵硬的肌肉这才松弛下来，他关切地问："怎么样老高，身体没有大碍吧？嘻，那天在会场上，可是把我们大家吓坏了！"

高山泰拍拍胸脯说："放心，一时半会儿死不了。"

海市长说："我们正说忙过这几天去医院看你呢？"

高山泰笑着说："知道你们都忙，怕耽误你们工夫，特意送来给你们看，这不好好的！"

说话的当间，曾尤恭也分别跟颜局长和海市长握了手。

彼此寒暄过后，海市长一屁股回到原位上，颜局长拉过一把椅子，隔着办公桌，与高山泰和曾尤恭并排坐在海市长对面。

坐定后，高山泰和海市长谁都没有提及造访的事。高山泰不提，一是海市长对他们避而不见，是秃子头上的虱子，明摆着的，硬要说破，会令海市长难堪；

二是今天来的目的不是来论短长的,是来讨说法谋出路的,不能跑偏了方向,冲淡了主题。海市长不提,是因为自己有意回避,不仅已被识破,而且还被高山泰他们抓个正着,再主动提及此事,是屎不臭挑起来臭。所以,高山泰和海市长都不去捅这层窗户纸。

还是高山泰先开口:"海市长,知道您公务繁忙,贸然来打扰您,就是为了湖山台的事。上次座谈会,在开发湖山建旅游风景区的规划上,既没有显示我们湖山台的现状,也没有在规划中提及,我们非常担忧湖山台的未来。您在会上说,要给出路,我们不知道市里对湖山台是怎样考虑的?"高山泰没有拐弯抹角,而是直奔主题。

海市长干咳了两声,说:"市里也很为难啊。"

"市里有什么为难的呢?我们又不是找市里要地在湖山建无线台,而是已经早就建成在湖山。"高山泰实在想不出为难的地方。

海市长说:"湖山台要是依法建设,手续完备,就不会造成今天这个状况。坦率地说,责任也不在市里。我们也仔细查过,当年,你们在湖山建无线台,我们不能说你们是偷偷摸摸,但确实是神神秘秘,是在我们市里完全不知情的情况下搞的。市里从上到下都没有你们的档案资料,我们凭什么在地图上标明湖山台呢?总得拿凭证、讲依据吧!"海市长对现实避而不谈,而是揪住历史不放。

高山泰说:"当时建的叫战备台,正值'文革'期间。"高山泰心说,那时你还在穿开裆裤哩!"建台和选址都是部队首长定的,出于保密需要,整个建设过程,对外都没有宣传,有没有批文和文字材料给市里,我们也不清楚。"

海市长说:"是啊,你们弄得那么神秘,又保密,市里不知情也是正常的嘛!至于有没有什么批文给市里,这个我们也无从查起,毕竟年头太长,当时的老人恐怕都不在啰。"海市长把话递给颜局长说:"是吧?"

颜局长马上接过话说:"可不是嘛!据我所了解,当年担任市革委会的几个领导都不在世了。像麻主任,都已去世好几年了。年轻点的像漆副主任、唐副主任,也在这几年前后病逝了。"

海市长附和着说:"是啊,知情的,现在都开不了口。嗳,"海市长转向高山泰问:"老高,你们那里还有能开口的吗?"

高山泰一笑说:"有,湖山台的人还都能开口。"

海市长知道自己的话说走了,脸一怔连忙更正说:"你不要误会,我不是那个意思啊！我是问你们那里还有没有了解当时历史情况的人？"

高山泰说："老台长早就去世了，当年建台的老职工也退休多年。当然，情况还是可以找他们了解到的。"

颜局长插话说："人证、言证固然重要，但更重要的还是要有凭证。你看法院判案子，首先要看物证。"

"是啊，空口无凭嘛！"海市长露出得意的笑。

高山泰问："是不是我们找到当年的物证，对湖山台有帮助呢？"

"那是，"海市长说，"不过这个物证，可不是当年用过的锄头、铁锹哦，必须是当年有效的法定性文件才行！"高山泰心说：那是个法治的年代吗！

话说到这个分上，没有再进行下去的必要了，高山泰他们起身告辞。海市长也起身，嘴里挽留说："既然来了，就在我们这里吃个便饭。"高山泰说还有事要办，执意要走。海市长继续挽留说："嗳，我们这里伙食很不错的哦，就是没有你们山上的炖牛鞭。"

返回的车上，曾尤恭问下步干什么？高山泰说去省城。曾尤恭问去省城干什么？高山泰说去找湖山台的出生证。曾尤恭明白了，但他担心地问能找着吗？高山泰摇摇头说没把握，但起码有了方向。他要车子直接开往省城。曾尤恭饥肠辘辘地问：要不要找个地方，解决一下饥荒问题。高山泰说，赶早不赶晚，出城路边有家餐馆，"拐子饭"做得味道不错，我们就去那里吃。曾尤恭说"拐子饭"是当早饭吃的。高山泰说老黄历了，现在二十四小时都有的卖，而且经济实惠，五六块钱就管饱。曾尤恭说你才是老黄历，"拐子饭"早就涨到十一二块了！

路边吃了饭，高山泰在车上还眯了一会儿。赶到省城，正好是下午上班的点。

高山泰和曾尤恭进省局，直奔无线台管理中心，这是他们的直管部门。中心主任是从外面调来的，根本不了解湖山台的历史，简单听了一下情况说：跟我说这些，只能是对牛弹琴，我们还是去找科技处吧！行政上管理中心只是个二级单位，无线台技术业务一直是局科技处负责，从建台到现在都没变过，几任处长都在下面无线台干过，对无线台的情况比较清楚。

科技处的谢处长听了高山泰讲的情况，说他在别的无线台干过，对湖山台的历史情况不清楚，要问得问退休的马总，他应该了解。高山泰也听说马总在湖山台干过，但具体马总是否了解湖山台的建台历史，也没有把握。高山泰提议谢处长给马总打个电话问问。谢处长说马总耳背，电话里说不清楚，要问得去他家当面问。高山泰问马总家在哪儿？谢处长说就在院里宿舍。事不宜迟，说去就去。高山泰和曾尤恭跟着谢处长出了门。

出局大楼，高山泰突然想起什么，说就这样空手去不合适。他问马总有什么嗜好？谢处长说好喝两口。高山泰提出买两瓶好酒带去，一摸口袋没钱，常年在湖山就没个用钱的地方，高山泰经常是身无分文。曾尤恭带的钱也不够，就找司机凑。司机掏出五百块给曾尤恭，说回去记得还我啊！高山泰问怎么这猴急？曾尤恭笑说：这是他晚上打麻将的本钱，基地的麻友，有几套固定班子。高山泰问他打不打？曾尤恭支吾道：偶尔凑个角。

高山泰他们提着两瓶"白云边"酒，跟着谢处长来到马总的家。

马总刚刚午觉起来，正在家里修剪花枝。一看有人来访，赶紧把他们让进客厅。马总在位时分管技术工作，知道高山泰是湖山台的台长，跟谢处长更是师徒加上下级关系，谢处长几个在马总跟前围坐下来。

高山泰说明来意问："当年湖山台选址、建台您还记得吗？"

马总回忆着说："湖山的选址我没赶上，建台过程我记得。"

高山泰问："现在最关键是谁批准建的？建台有没有批文？批文在哪里？"

马总说："让我想想，"马总靠在椅背上，闭目思索着。高山泰他们大气不出地看着他。片刻，马总睁开眼说："我记得老台长有次说过，当年在全省范围内选址，是省军区的一位首长推荐的。"

高山泰问："他为什么推荐湖山呢？"

马总说："那位首长抗战在湖山打过几年游击，对湖山非常了解。说湖山毗连桐柏山脉，南北疏通，易守难攻，是一个很好的战略要冲，自古就是兵家必争之地。新中国成立后，湖山一直作为战略储备地，由军区掌控，一砖一瓦上湖山，都得军区批准。"

高山泰眼睛一亮说："您是说，当年建湖山台，是得到军区批准的！"马总点头。高山泰兴奋地说："那就是说，军区是下了批文的？"

马总不确定地说："军区下没下批文，我说不准，那时正处'文革'非常时期，也许下个批文，也许就是首长一句话。这个仅凭记忆、拍脑袋都没用，你们得去查。"

从马总家出来，四个人都很沮丧。曾尤恭犯难地说："年代这么远了，上哪儿去查？"

谢处长提议，要不先到局档案室去查查试试看？高山泰同意。

好在局档案室就在局大楼一楼，谢处长领着高山泰和曾尤恭他们进了档案室。管档案的一听，说："这哪有，局机关只保留近十年的档案，过去的档案，按要求统统交给档案馆统一保管。"管档案的也是个历经几朝的老人，她说广电的机构分分合合，就没消停过。早前就一个广播台，后来成立了广播事业局，二十世纪七十年又有了电视台，后又成立广播电视厅，机构改革又成广电局，没几年又局台分设。以前是在系统内折腾，现在可好，又嚷着跟系统外合并。别说档案，就连人员身份都搅得稀里糊涂，何况"文革"期间的档案，恐怕连尸首都找不到了！

曾尤恭一听傻了眼，问高山泰怎么办？高山泰锲而不舍地说："去档案馆！"

果然不出局管档案的老人所料，档案馆现存局里交来的档案残存不全、支离破碎，"文革"期间的档案更是几乎等于零。

两手空空，无功而返。返回湖山的路上，曾尤恭垂头丧气，高山泰沉默不语。

突然，高山泰小声唱道："我是一个黑孩子，我的祖国在黑非洲。黑非洲，黑非洲，黑夜沉沉不到头……"

曾尤恭听着问："你怎么有兴致唱上了！这是唱的什么歌？怎么从来没听过？"

高山泰说："这是我小时候学过的一首歌，描写非洲小朋友受苦受难的。"

曾尤恭问："你现在怎么想起唱它了呢？"

高山泰说："我们现在找不着出生证，跟非洲小朋友不一样吗！"

曾尤恭一时不明白地问："怎么跟非洲人一样了？"

高山泰说："都变成黑人了，还不一样。"

曾尤恭一听，哑然失笑说："黑人、黑户，干脆让我们移民到非洲得了！现在不是倡导广电也要走出去吗，我们到非洲办个无线台，让非洲人民也能听我们的广播，看我们的电视。"

高山泰笑道："我们在湖山市都没个身份，走得出国门吗？"

曾尤恭郁闷道："堂堂一个省属单位，在湖山待了几十年，居然成了黑户，这不是滑天下之大稽吗？"

高山泰说："嗳，你让我想起一个故事。"

曾尤恭问："啥故事？"

高山泰说："我看过一篇小说，是讲一个右派找帽子的故事。"

曾尤恭估摸着问："那是'文革'前的事吧？"

高山泰说："'文革'后的事。'文革'前是打右派，'文革'后是给右派摘帽。说有个人因右派问题被发配到乡下，'文革'后返回城里。他找单位上要求摘帽，单位问他摘什么帽？他说摘右派的帽啊！单位上一查说，没谁给你戴过右派的帽子啊！那人一听蒙了，说我就是因为右派问题才下放的，怎么会没帽子呢？单位上说，查过，真没给你戴过右派帽子，怎么给你摘帽？那人说那我不白白冤屈了几十年？单位上让他到别处找找，是不是别的单位给他戴过右派帽子。那人跑了很多相关部门，结果没有一家给他戴过右派帽子。"

"完了？"曾尤恭问。

"完了。"高山泰说，"历史跟那人开了一个天大的玩笑。"

"真的假的？"曾尤恭将信将疑。

"历史跟那人开玩笑是虚构的，历史跟我们可不是开玩笑！"高山泰的语气有些沉重。

高山泰还有几天吊针没打完，车先把他送回医院，再把曾尤恭送回山下基地的家。

高山泰走进病房，秦姑正在等他。一见他风尘仆仆的样子，秦姑赶紧招呼他脱鞋上床躺下，接着打水、搓毛巾给他擦脸擦手，把高山泰收拾好了，秦姑这才把做好的饭菜摆在床头柜上，一摸罐里的鸡汤还烫手，秦姑赶紧盛了一碗端给高山泰。不知是鸡汤香味的诱惑，还是确实饥肠辘辘，唤起了高山泰强烈的食欲。他接过鸡汤大快朵颐地吃起来。

高山泰抬眼见秦姑正盯着自己看，笑道："你看我这副吃相，是不是像女人坐月子？"

秦姑笑着说："女人坐月子都没你这享福！额生娃儿的时候，月子里还不是照样下地干活。"见高山泰要吐鸡骨头，秦姑连忙把手伸到他嘴边："就吐在额手上。"

高山泰犹豫了一下，还是吐在了秦姑的手上。看见秦姑扭身把手里的鸡骨头丢进旁边的垃圾桶里，不禁心头一热，不是自己最亲最爱的人，谁会做出这种举动。他对秦姑说："这么大一罐鸡汤，我一个人喝不了，你也喝一碗补补吧。"

秦姑说："额补个甚？额又没吐血。"

高山泰说："你没吐血，可你失血了。"

秦姑问："额哪儿失血了？"

高山泰笑："我是上面吐血，你是下面失血，都需要补补。"

秦姑听了扑哧一笑："老没正经的！"接着，秦姑一脸正经地说："嗳，额数着日子，该来咋没来？该不会真怀上了吧？"

高山泰听了一怔，转念又呵呵一笑："就我这只公鸡，打个鸣可以，哪能让母鸡下蛋？"

秦姑说："话不能这么说，额听说还有八十岁老头抱娃儿的呢！你咋就不行？"

高山泰一喜，心想，真要是老来得子，他就把秦姑明媒正娶，带回老家享受天伦之乐。他试问道："你真有怀上的感觉？"

秦姑说："感觉倒没有，只是每次额来那个都很准，这次都过了好几天，还不见来，额怀疑八成是怀上了。"

高山泰憧憬着问："嗳，你说你怀的是男孩呢，还是女孩？"

秦姑毫不犹豫地说："你喜欢男娃儿额就给你生男娃儿，你要喜欢女娃儿额就给你生女娃儿！"

高山泰一乐："我要是喜欢龙凤胎呢？"

秦姑说："额就给你一样生一个！"

高山泰要秦姑把脸伸给他，秦姑以为他有什么秘密的话要对自己说，顺从地把脸凑了过去。高山泰什么也没说，只是在秦姑的脸上亲热地嘬了一口。

秦姑赶紧把身子往后一缩，四下看了一下，涨红着脸说："当心人家看到了，你臊不臊！"

高山泰嘿嘿一笑："我亲自己媳妇有什么好臊的？"

秦姑嗔道："谁是你媳妇？儿子的老婆才叫媳妇，自己的女人就叫老婆，额们那里叫婆姨。你把额当成你儿媳了？告诉你，你娃儿还在额肚里咧！"

高山泰说："好好，老婆老婆，亲自己老婆，这该可以了吧！"

秦姑故意横他一眼说："你们男人啊，都想当爬灰的爹爹，占着自己的婆姨，还惦记儿子的媳妇。所以，在人面前，一会儿称自己的老婆是老婆，一会儿称自己的老婆是媳妇，就是想浑水摸鱼！"

高山泰听了秦姑的话，笑得连碗里的鸡汤都洒出来了。秦姑赶紧接过碗，放在床头柜上，又用毛巾替他擦擦嘴。高山泰还在咯咯笑个不停。

笑过，高山泰突然说："嗳，要不我们现在就给你肚里的孩子取个名吧？"

秦姑一听给孩子取名，顿时来了情绪，问："给娃儿取个甚名呢？"

高山泰想了一下，故作神秘地说："取个日本名字吧？"

秦姑一愣："好好一个中国人，为甚取个日本名字呢？"

高山泰笑着说："这个日本名字符合我们俩的现状啊！"

"我们俩的现状，我们俩甚现状？"秦姑一头雾水。

"你听了这个日本名字就明白了。"高山泰还跟秦姑打哑谜。秦姑莫明其妙地望着他。高山泰神秘兮兮地说："这个日本名字就叫'未婚先有子'。"

"听起来像个日本名字，可甚意思啊？"秦姑还是不明白。

高山泰嬉笑着问："我俩还没正式结婚是吧？"秦姑点头。高山泰继续问："可我俩现在已经怀上孩子了对吧？"秦姑又点头。高山泰乐："这就叫'未婚先有子'，懂了吧！"

秦姑恍然大悟，笑道："额说你怎么给娃儿起个日本名字呢？"秦姑越想越好笑，一个人捂着嘴笑了好半天。笑过，秦姑又似乎想到了什么，发笑道："日本婆姨的名字后面都带个'子'，额要怀的是男娃儿，那该叫个甚名？"

高山泰愣了一会儿说："如果是个男孩，那就叫他'高山次郎'。"

秦姑大感不解说："起甚名不好，偏要叫甚'狼'？"

高山泰笑道："不是你让起个日本男孩的名字吗？日本男的不少就叫这'郎'那'郎'的。既然是我高山泰的儿子，自然就叫'高山次郎'了！"

秦姑白了他一眼说："去你的吧，还'高山次郎'，你还真把自己当成日本人了！要有多难听就有多难听！额看，干脆叫'大灰狼''白眼狼'拉倒！"

秦姑一边打着趣，一边收拾好高山泰吃完的碗筷，重新坐回高山泰床前，问起他们到省城的事，高山泰把事情的经过一一讲给她听。

秦姑担忧地问："找不到当年批文，拿甚找他们讲理去？"

高山泰叹息道："是啊，批文就相当于我们的出生证一样。没有它，湖山台就成了黑户，我们就成了黑人。"

秦姑问："还有别的法子吗？"

高山泰说："这不正在想吗！"

这时，护士进来量体温。等护士出门，高山泰问："我的诊断结果出来没有？"

秦姑摇摇头说："医生说没有。"

高山泰纳闷："怎么还没有，该不是有意瞒着你吧？"

秦姑说："瞒着我干甚？怕额告诉你啊！八成是还没出来。"说着，秦姑突然记起来说："哦，下午王工来医院看病，还专门过来看你。"

高山泰一听王工，突然眼睛一亮，猛地坐起身："有了！"

秦姑问："甚有了？一惊一乍的。"

高山泰兴奋地捶着脑袋说："你看我这个猪脑子，怎么就没想到她呢？"

秦姑问："没有想到谁？"

高山泰说："王工的媳妇啊，不，王工的老婆！"

秦姑问："想她干甚？"

高山泰说："湖山是不是属于市里管辖？"秦姑点头。高山泰说："当年选址湖山，要在湖山建无线台，不可能绕过市里，甚至还需要市里的帮助支持。军区的批文不说直接下给市里，但一定会抄送给市里！市里的机构变动不大，历史档案比省局保存要完整，通过市里查找，兴许就能查到。"

秦姑问："那找王工的老婆有用吗？"

高山泰说："当然有用！王工的老婆在市政府机要室工作，即便她没有经手过，也能帮忙查找。"高山泰雷厉风行，掏出手机接通曾尤恭，告诉他自己的想法，要他这就把王工和他老婆请到医院来一趟。

山下基地离医院不远，等护士取出体温表，给高山泰挂上吊瓶，曾尤恭领着王工和他老婆就进来了。

秦姑安排他们坐下，高山泰迫不及待把事情讲了一遍，问王工的老婆："你在市里工作时间长，见过这个批文没有？"

王工的老婆想了想，摇摇头说："好像没见过。'文革'都过去多少年了，历史档案早就移交到了档案馆。不过，我跟档案馆那边很熟，可以去查查。"

高山泰叮嘱说："是当年关于在湖山建无线台的批文。"

王工的老婆点头说："放心吧，明天我就去查。"

曾尤恭问自己要不要跟王工的老婆一起去，高山泰想了下说不去为好，避人耳目。

夜里，高山泰躺在病床上，心里还在默默企盼，要是明天王工的老婆能查到这个批文就好了！隔壁陪护床上传来秦姑均匀的鼾声，高山泰还久久难以入睡。入梦，高山泰又唱起"我是一个黑孩子"的歌，曾尤恭和王工的老婆满脸欢喜冲进病房，曾尤恭手里高高摇着一张纸喊道：批文找到了！批文找到了！

高山泰日想夜盼，希望梦想成真得到批文，结果却事与愿违。晚上，曾尤恭带着王工和他的老婆来到医院，王工的老婆把这个失望的消息，当面告诉了高山泰。

　　王工的老婆说，一大早，她就去档案馆查了，结果非常出人意料，当年与部队往来的档案都在，但没有他们想要的批文。大家一听顿时泄了气。不过，王工的老婆刚张口，大家的神经又绷起来了。王工的老婆说：我查阅档案时，发现目录是被涂改过的，上面隐约有"军区战备领导小组"几个字样，我根据页码却找不到正文，而且有撕毁的痕迹，估计被人动过手脚。曾尤恭说：说不定那份"军区战备领导小组"的正文，就是关于在湖山建立无线台的批文！

　　高山泰虽然不露声色，但心里似乎什么都明白了。他缓缓地说："他们到底还是抢在我们前面了。"

　　曾尤恭惊恐道："你是说他们盗走了那份批文？"

　　高山泰沉思着说："现在还不能妄下结论，毕竟我们谁也没有见过那份批文，它到底存不存在还是个问号。"

　　王工老婆问："那个'军区战备领导小组'是个什么机构，它跟市里怎么会有文件往来呢？"

　　高山泰寻思着说："这个问题问得好。'军区战备领导小组'正是管我们这个事的，从时间节点上讲，如果它给市里发文，很有可能是涉及在湖山建无线台的批文。"

　　王工问："谁会盗走这个批文呢？"

　　高山泰冷笑："还能是谁？"

　　秦姑忍不住插嘴说："一定是那个颜局长。"

　　王工奇怪："她为什么要这么做？"

　　秦姑说："为了独霸湖山呗！"

　　王工不解："她建她的景区，我们搞我们的发射，井水不犯河水啊。"

　　高山泰意味深长地说："宋太祖当年说过一句话，'卧榻之侧，岂容他人酣睡'！"

　　曾尤恭不解地说："我们都安卧几十年了，他们即便盗走那个批文，屁用！"

　　高山泰苦笑道："当然有用！"

　　曾尤恭问："什么用？"

　　高山泰说："起码证明无线台是非法的。"

　　高山泰努力想把那天会场上电信谌总鄙夷他的话，和海市长回避他们以及批文被盗的事联系在一起，但就像长度和重量一样，似乎不是同类项。谌总是站在行业的制高点上，认为无线发射是终将淘汰的落后方式，而海市长他们的态度和批文被盗，是想否定无线台的合法性，最终甚至把湖山台踢出湖山！看上去二者不搭，但二者确有内在的必然联系。前者是从技术层面上，否定湖山台存在的价值；后者是法理层面上，否定湖山台存在的合法性。高山泰似乎想明白了，唯一能解释得通的，是他们都想把无线台变得可有可无，随意抹去。

曾尤恭拧着说："变成黑户又能把我们怎么着？还能开除我们湖山的山籍？"

秦姑接茬说："就是，别说一个单位，就是一个大活人，来到这世上都几十年了，还能塞回娘肚子里去？"

王工担忧说："我看这里头有名堂。"

高山泰说："王工说的没错，他们一定有不可告人的图谋！"

一听有图谋，大家又毛骨悚然起来，几乎异口同声问：什么图谋？

高山泰只是摇摇头，没有接着往下说。

曾尤恭义愤填膺道："我们告他们去！"

高山泰发出一连串的问："你去哪儿告？告谁？告什么？证据呢？"

曾尤恭张口结舌。一会儿，他嚷道："在市里没处讲理，不行我们到省里去告、到北京去告，非让他们现原形不可！"

高山泰说："谁主张谁举证，你就是告到联合国也得拿出证据！你有证据吗？"

曾尤恭指着王工的老婆说："我们请她出庭帮我们作证！"

高山泰讥笑道："法庭会采信没有证据的证言？再说，她还在市里工作，将后来叫人家在市里怎么抬头见人啦？"

曾尤恭顿时哑火，半天喃喃道："那怎么办？难道我们真成了砧板上的肉，等他们拿刀子来剁！"

高山泰冷静地分析说："不要慌！就算真是他们盗走了批文，但他们并不清楚我们手里有没有有利于我们的东西，譬如批文如果一式两份，市里有，我们手里也有！他们盗走那份批文，就没有任何意义了。他们一定在看、在等，现在双方比的是耐心和定力。"

曾尤恭问："下一步我们怎么办？"

高山泰说："只能走一步看一步，静观其变了。"

十九

入春，万物苏醒，湖山一片春意盎然。不论哪种颜色，最鲜艳的、最淡雅的，都毫不掩饰地争奇斗艳；无论哪种形态，婀娜多姿也好，奇枝权桠也罢，都极尽能事地取悦春色。人是大自然的天敌，人迹所至，生灵涂炭。但人却喜欢扮演救世主的角色，一面亲手毁坏着河流山川、资源气候，制造灾难，一面又自我救赎，补偿对大自然的掠夺，以求和睦。其实，大自然自我修复的能力，远远被人类低估。物种繁衍所遵循的是优胜劣汰、适者生存的法则，物种的平衡也是由内在的机制决定，如同公鸡母鸡的比例，都不是人类所能决断的。少有人至的湖山，几十年都由大自然主宰，尽管野性十足，但处子之身，终究难敌人类的觊觎和贪婪。

通往湖山的路开始繁忙起来，各种大车、小车、履带施工车源源开上湖山。本来就不宽敞的山路，就像一根细小脆弱的血管，冒着随时爆裂的危险，承载着浑浊且大流量的血液通过。原本空旷的"盆地"，被乱停乱放的车辆，拥堵得像个四处摆摊设点的集市。宝藏峰方向的爆破声、掘进声，如同正在进行一场掠城夺宝的殊死搏斗。

秦姑听到宝藏峰那边的动静，想过去看个热闹，被高山泰拦住了。

秦姑说："这么大动静，看看热闹开开眼也不行？"

高山泰说："人家正在施工，你没听到放炮声，飞来一块石头砸着你可不是闹着玩的！"

秦姑说："额站远点，躲着石头不行？"

高山泰故意板着脸说："你长了眼睛，石头可没长眼，一看高山泰的媳妇来了，嗖地就冲你来了。"

秦姑咯咯一笑："哪有你说的那邪乎！还高山泰的媳妇？石头咋认识额？嗳，你怎么又媳妇媳妇的，是婆姨！跟你说了，怎么一点不长记性！"

高山泰抠着脑门笑道："嘻，这媳妇、老婆，老是爱搞混。"

秦姑戳了一下他的脑门说："甚搞混？就是贼心不死！"

高山泰憨笑："被你逼得连公粮都缴不出来，就算有那份贼心贼胆，也没有那份贼力啊！"

秦姑笑："就算你有那份贼力，也没处使。"

高山泰也笑："可不是嘛，山上除了你，还有几个母的？"

秦姑抡起拳头往他身上捶:"你把额当牲口?额是母的,你是公的?"

高山泰躲闪着连声告饶:"好好,我是公的,我是公的。"

俩人打闹完了,秦姑问:"你说他们施工,怎么不从山门开始,偏从最里头的宝藏峰开始?"

高山泰说:"这你就不懂了,先修了山门和前面的建筑,再去建后面宝藏峰上的金殿,车辆和材料怎么运进去?前面建好的建筑怎么保护?"

秦姑一听恍然大悟说:"额怎么没想到呢!"

高山泰笑着说:"这好比你做菜一样,什么先下锅,什么后下锅,有个讲究,否则非就成了'乱炖'不是。"

没几天,宝藏峰方向的施工停下来了,秦姑看到人们从停靠在"盆地"的车辆上,往下搬些桌椅和扩音设备,还有彩旗、鲜花之类的东西。她好奇地跟去一看,发现他们在宝藏峰下的施工现场搭了个台子,扯了横幅,面对台子的地上,还挖了一个坑,坑里埋着半截石碑,石碑上刻着字,扎着红绸带,围圈还插着几把铁锨。

回来,秦姑把看到的情景说给高山泰听,高山泰说他们这是要搞奠基仪式。秦姑问甚叫"奠基"啊?高山泰说:奠基就是放在建筑下面的基石,上面刻着开工的年月和单位。秦姑问:所有房子都有吗?高山泰说那当然。秦姑跑到食堂外看了一圈,进来说:我怎么没找到甚刻字的石头啊?高山泰忍不住笑着说:别说食堂没有,就是湖山台也没有。我们这破建筑,还奠什么基啊!秦姑说那你还说那当然?高山泰说这是搁现在,以前不兴这个。现在,随便建个什么,都要弄个奠基仪式,头头脑脑出个场,铲几下土,作个秀,拍个照,见个报。秦姑问建个茅房也这样?高山泰手指着她说:就你会想!俩人忍不住相视而笑。

奠基的那天上午,恰好是个周末。湖山上就像小学生作文开头那两句:春阳高照,风和日丽。一大早,几十辆大大小小的车辆首尾相连开上山来。停车的"盆地",不仅竖有指引去往奠基现场的路标,而且一路还有工作人员服务,下车的人都兴高采烈地奔宝藏峰而去。一路上,不时有人停下来互拍、自拍,把湖山作为背景。

老远,无线台这边就听到宝藏峰那边扩音器里传来的乐曲声。台里也有人跑出来看热闹,秦姑要高山泰跟她一起去现场,高山泰不愿跟市里那些人碰面不肯去。秦姑苦苦哀求,说平时湖山上没几根人毛,今天一下来了这么多人,难得比赶集还热闹，就带她去开开心，而且答应他，不往人堆里扎，就躲得远远的看个西洋景还不行。高山泰拗不过，想到也确实难得，就带着秦姑往宝藏峰去了。

高山泰和秦姑躲在人背后，眼睛从人缝往里瞅。只见台上已经站成一排，秦姑眼尖，一眼看见一排人中有西装革履的海市长，还有站在麦克风旁边的颜局长，一身浅色套装。她用肘子轻轻捅着高山泰问：台上其他是甚人？高山泰轻声说是市里四大家领导。秦姑问：面对台子黑压压站着的是些甚人？高山泰看了看说：大概是市里有关部门组织来的人，头戴安全帽的可能是施工单位的人。

台上台下的人站了老半天，乐曲还在不停地播放着，山下山上相差一千多米，而且在湖山海拔最高的宝藏峰，强烈的阳光射在人脸上火辣辣的，秦姑能清楚地看到台上人脸上滚落的汗珠，仪式却迟迟没有开始。秦姑奇怪地问高山泰，他们在等什么，怎么还不开始？高山泰说可能在等大人物。说话间，果然几个人前呼后拥，陪着一个人走过来了。人们纷纷扭头看着走来的人。来人跨步登上台，脸上挂着笑，跟台上的人一一握手，高山泰一看，低声说是连副省长。

一阵骚动过后，奠基仪式终于开始了。乐曲停放，颜局长上前对着麦克风轻轻拍了两下，听到麦克风发出配合的声响，然后大声宣布：湖山旅游风景区金殿奠基仪式现在开始！她清亮激越的声音顿时划过湖山上空，恰似一股清风拂过。接着，颜局长一一介绍参加今天仪式的嘉宾，接下来是施工单位发言，部门领导发言，海市长讲话，最后是连副省长致辞。台上的仪程进行完了，颜局长宣布奠基开始，谁知，随着颜局长一声：请领导下台，台下哄地笑成一片。秦姑不明白满场的人笑甚？扭头一看，高山泰也咧嘴在笑，就用拐子捅他问：你们笑甚？高山泰只顾望着台上笑自己的，也不搭理她。秦姑回头看台上，尴尬的场面出现了，台上的领导没有一个人挪步。颜局长赶紧纠正道：请各位领导到下面奠基。台上的领导这才抬脚。

台上的人依次款款下来，在没土半截的石碑前围成一圈，他们取下搭在铁锹把上的白手套戴上，然后同频共振地开始铲土。这时，最辛苦是扛摄像机的摄影记者，他满头大汗地围着一圈人打转，捕捉每个人的镜头。象征性地铲了两下土后，领导们便停下用脚把铁锹踩进土里，又摘下白手套搭在把上。秦姑还想往下看，高山泰拽了她一把，赶紧回撤。

一路上，秦姑意犹未尽地说："这么一会儿就完了。"

高山泰说："你还想怎么着？"

秦姑说:"台都搭了,额还以为后面还会唱大戏呢!"

高山泰说:"唱什么大戏?"

秦姑说:"图喜庆啊!额们那儿只要搭台子,肯定有戏班子上台唱戏。"

高山泰说:"又不是婚丧嫁娶,请戏班子来凑热闹,这就是个简单的仪式。"

秦姑说:"还简单?市里的头头脑脑都到了场,副省长也从省城赶来了,光搭台子就忙活了好几天,还有那些跑前跑后的记者。这就叫简单,那要不简单?"

高山泰说:"我是说仪式简单,准备过程还是很复杂的,每个环节都不能出纰漏,每个细节都要考虑周全,你看,连握铁锨的手套都得事先备好。"

秦姑说:"不说额还忘了!你说那么新的白手套,就用那么一次?"

高山泰说:"留着它啥用,你以为天天有奠基啊!"

秦姑叹了口气说:"唉,额觉得扔了怪可惜的。"

高山泰笑:"你要是觉得可惜,我去把它找回来,让你天天戴着它做饭,那才像大饭店的厨子呢!"

秦姑挥拳撵着高山泰说:"去你的,额才不稀罕呢!"

二十

没隔几天,一天早上,到了吃早饭的点,结果来吃早饭的,都是昨晚留在山上当班的职工,山下的班车没上来。眼见时间过去老半天,热乎乎的面条早就稠了汤。秦姑一会儿在厨房竖着耳朵听着外边的汽车声,一会儿跑出来踮起脚往山门看,就是不见班车的影子。

高山泰在台里也待不住了跑出来观望,见秦姑站在食堂门口就走了过来。

秦姑着急地问:"今天这是咋了?平时这个点班车早就到了!"

高山泰蹙着眉自语道:"被谁耽搁了?"

秦姑惊诧道:"该不会出车祸吧?"

高山泰横了她一眼:"乌鸦嘴!"

秦姑一吐舌头,赶紧用手捂着嘴。这时,高山泰的手机响了,他一接,手机里传来顾祥喜急切的声音,说前面的重型车辆,把山路的路基压塌了,它自己趴了窝,把整条山路都给堵死了。现在班车被堵在半道上,上不能上,下不能下。高山泰忙问有没有人受伤。顾祥喜说那倒没有。高山泰问他们打算怎么办?顾祥喜说留下司机等,其余的人准备抄小路爬上来,好在已到半山腰。

过了个把钟头，顾祥喜带着班车上的人，气喘吁吁、满头大汗爬上山来了。高山泰见面忙问到底啥情况？顾祥喜说前面的大车本来就重，还装满了材料，我们这条山路，充其量走个面包车，哪承受得住那个大家伙，简直就是一个小孩背个大人，不压塌才怪呢！高山泰问是哪个单位的车辆？顾祥喜说还能是谁的，是山上施工单位的。高山泰说路是他们压垮的，他们应该负责修复。

可是一连几天，施工单位毫无动静，班车开到半道，车上的人都得下来，减轻车辆的重量，才能晃晃悠悠，勉强开过来。台里怨声载道，高山泰要去找宝藏峰的施工单位理论。曾尤恭拦住他说：杀鸡还用宰牛刀，我去就行了。曾尤恭腾腾腾只身奔宝藏峰而去。

大约过了半小时，高山泰听到喊叫声，跑出来一看，只见曾尤恭手捂着鼻子站在台门口，一股鲜血顺着鼻子不断往下淌。一会儿，秦姑赶紧从食堂拿着药棉跑出来。她让曾尤恭仰起脖子，免得血滴到身上，然后用药棉沾去他鼻子上的血，又扯了两个棉球，塞进他的鼻孔，扶他就近到食堂歇一下。顾祥喜和其他几个人也闻讯赶来。

大家围住曾尤恭问到底发生了什么事？曾尤恭讲述了事情的经过。

原来，曾尤恭跑去找施工单位讲理，施工单位的包工头是个一脸横肉的胖子。他先是爱理不理，后来听曾尤恭说路是台里筑的，就说你们筑的路，凭什么要我们替你们修？曾尤恭说路是你们的车辆压坏的，当然由你们修。包工头说：我们只负责施工，不负责修路。曾尤恭一看他一副蛮横不讲理的样子，顿时火冒三丈说：走，我们到市里评理去！包工头不屑地说：要评理你去评，我在这里还要赶工期呢，告诉你，我们这是签了承包合同的，耽误了工期，合同违约金你出？曾尤恭上前一把抓住包工头的衣领气恼地说：没见过你这样不讲道理的！包工头反身抓住曾尤恭的手，当面给了他一拳，曾尤恭眼冒金星，鲜血顺着鼻孔就流出来了。施工单位几个人听到包工头跟人扯皮，跑拢来一看情形，不问青红皂白，推推搡搡把曾尤恭轰了出来。

围着曾尤恭的几个人听了义愤填膺，忍不住要去找施工单位说理。高山泰拦住他们说：他们要是讲理，曾尤恭刚才去，就把理讨回来了，他们是不会跟我们讲理的。大家问那怎么办，就让他们这样欺负？高山泰低头摆摆手说：不要盲动，还得从长计议，大家先回去工作吧。

第二天，就跟平日一样，太阳还是从东边升起，高山泰还是早起在湖山遛弯，秦姑还是在厨房准备早饭,班车还是按时抵达"盆地"。吃了早饭,职工们一如既往地进台里上班。与平日不一样的是,尽管开发湖山的隆隆脚步,已经踏进了湖山的家园,正一步步缩小着湖山的空间,但喧嚣还未到来的此时,没有外界骚扰的湖山仍是禽鸟花木的天下,它们依然故我得尽情嬉戏、恣意生长。

然而好景不长,汽车的轰鸣声由远及近,其间不时喊咔换挡加油,最终费力地爬近山门,活像一只只从水里爬上岸的乌龟,先是探出一个个乌黑的脑袋,接着露出整个身子,驴子打鸣似的拱进山门,呼哧呼哧喘着粗气攀向宝藏峰,一路像甲壳虫似的逐出一串串刺鼻的柴油味,长久地滞留在湖山上不肯散去。

上午九点来钟,宝藏峰方向传来一片喧闹叫骂声。

秦姑好奇,从食堂出来,踮着脚、手搭凉棚,朝宝藏峰方向看,结果什么都看不见。越是看不见越是好奇,秦姑索性去探个究竟。

在施工现场的空地上,秦姑老远就见一群人站在几辆汽车旁边,一会儿蹲下来盯着车轮,一会儿围着汽车转圈。秦姑不知道他们这是干什么?一会儿,见一个满脸横肉的胖子骂道:今天真他妈活见鬼了!怎么所有的汽车都趴窝了呢!秦姑这才知道汽车都不能动弹了。满脸横肉的胖子在车胎上用手去摸,半天,终于摸到一个铁样的东西,深深扎在车胎上。满脸横肉的胖子找旁边的司机要来一把起子,费了好大劲才从车胎上起出一块菱形的角铁。秦姑看着像个铁蒺藜。围着的人说:我们的车胎也是被这玩意儿扎破的。满脸横肉的胖子掂着手里的铁蒺藜寻思说:这玩意儿哪儿来的呢?围着的人说:谁知道?前两天还没有,今天怎么突然像从地里长出来似的,到处都是!满脸横肉的胖子没好气地说:还傻站着干啥,赶紧换胎啊!有人说:前后胎都扎破了,上哪儿去找那么多备胎啊?另一个人抱怨说:别说赶工期了,就是山都下不去了!满脸横肉的胖子吼道:马上散开,都给我把眼睛睁大点,把这玩意儿捡干净!一群人弯下腰,眼睛盯着地上,像《地雷战》里鬼子找地雷似的,小心翼翼在地上找着。秦姑估计,满脸横肉的胖子,就是曾尤恭说的那个包工头。

回来的路上,秦姑也纳闷,山上怎么会长出这些铁蒺藜呢?以前没见过啊?晚上,她问高山泰,高山泰笑:金木水火土,湖山上什么没有!秦姑说:有归有,但总不会从地底下长出铁蒺藜吧?高山泰还是笑:那可没准,你肚子里能长出孩子,就不兴地里长出铁蒺藜?秦姑说:扯!肚子里只能长出肉娃儿,地里只能长出树木庄稼,哪能生出钢铁?高山泰狡辩说:谁说不能,铁树不是地里长出来的?

秦姑说：铁树叫铁树，哪是铁的呢！高山泰继续狡辩说：树在地底下为啥还能变成煤炭呢？这秦姑回答不上来了。

时隔没两天，宝藏峰上长铁蒺藜的事又接连发生，给施工队制造了相当大的麻烦，延误了工期不说，还造成很大的经济损失。那个满脸横肉的包工头焦头烂额，头天布置人好不容易才把地上的铁蒺藜捡干净，第二天又满处冒出铁蒺藜。包工头打死也不相信地里能长出铁蒺藜，他断定是有人故意撒在地上的。撒铁蒺藜的人肯定是成心跟施工队作对！他想找撒铁蒺藜的人拼命，可他就像是电影《地道战》里闯进高家庄的鬼子，自己挨了打，却不知道对手在哪儿。包工头想来想去，湖山上除了他们，就只剩下无线台了，可无线台终日大门紧闭，不见人影出来晃动，怎么会是无线台的人干的呢？不，也只有是无线台的人干的！上次压坏了上山的路，还打伤了他们的人，只有无线台的人有暗算他们的理由和条件。包工头带着几个人气势汹汹奔无线台而来，定要问出个子丑寅卯！

刚刚走到无线台铁栅门前，里边一阵咆哮，吓得他们立刻站住脚不敢拢边。高山泰听到台里狗猛烈地狂吠，断定是有外人来了。他出来一看，几个人当中有个满脸横肉的胖子，猜想这人就是打曾尤恭的包工头，心里马上明白了八九分。他不慌不忙地拉开铁栅门出来，狗不停地发出令人毛骨悚然的低鸣声，眼盯着这几个人，像一个贴身保镖，警惕地站在高山泰身边。

高山泰要紧不慢地问："你们找谁？"

包工头说："我们是山上施工队的。"

高山泰不卑不亢地问："这里是湖山无线台，你们有什么事？"

包工头说："有人在山上扔这玩意儿，跟我们捣乱。"说着掏出铁蒺藜给高山泰看。

高山泰说："谁扔的，你们找谁去。"说着扭身往回走。

"慢！"包工头鼓着眼珠说，"我们怀疑是你们扔的！"

"哦？"高山泰重新转过身泰然自若地问，"你们有证据吗？"

包工头愣了一下，举着铁蒺藜说："这就是证据！"

高山泰冷笑道："你问过它？它说是我们干的？"

包工头嚷道："湖山上除了我们就是你们，不是你们干的，能是谁干的？"

听到争吵声，顾祥喜和曾尤恭他们都跑出来，看是谁吵上门来了。曾尤恭一看，说他们是施工队的，又指着满脸横肉的胖子对高山泰说："他就是打我的那个包工头。"

高山泰揶揄道:"我怀疑是你们自己干的!"

包工头恼怒道:"我们怎么会自己坑自己呢?"

高山泰不痛不痒地说:"那谁知道?还不是你们想嫁祸于人,把延误工期的责任推在别人身上。"

包工头嚷道:"我们怎么可能做出坑自己的事呢!"

高山泰奚落说:"你们怕是做了不肯认账吧!"

包工头继续嚷道:"我们做什么不肯认账了?"

高山泰诘问道:"上山的路是不是你们压塌的?你们认账了吗?"他指着一旁的曾尤恭,"你们出手打伤我们的人,你们认账了吗?"曾尤恭一听,仗着在自家门口,撸起袖子就要往前冲,被高山泰一把拦住了。

包工头没想到高山泰在这里等着他,心里顿时明白,扔铁蒺藜的事,肯定跟无线台有关,但又没有证据。高山泰就像个隐形人,明明使了绊子把他们摔倒,而且站在对面,但就是抓不着他。包工头血脉贲张,攥着拳头朝高山泰冲过来。

机敏的台里狗咧着嘴,后肢一蹬,猛地蹿起身,挡在高山泰前面,龇牙咧嘴怒吼着,并按捺不住地磨着牙,似在警告包工头:胆敢动粗,别怪我不客气了!包工头吓得向后踉跄,几个跟来的人忙扶住他。

包工头尽管吓得面如土色,但仍然色厉内荏地对台里狗叫骂道:"别他妈狗仗人势!"

高山泰回敬说:"我们既无权,哪来势?它仗我们有什么用?不像有的狗,仗着主子有权有势,敢恃强凌弱、胡作非为。"

包工头嚷道:"你别指桑骂槐!"

高山泰冷笑道:"你很会对号入座嘛!"

包工头恼羞成怒,又想上前动粗,刚迈出腿,就被台里狗吼了回去。见行蛮不成,包工头虚张声势地说:"等着,我们告你们去!"

高山泰不温不火地说:"好啊!我们告不灵,你们告肯定灵。"

施工队果然把事情告到市里,没隔几天,市里责成湖山旅游风景区管委会出面,把台里和施工队找到一起协调,高山泰装聋作哑不理这个茬。管委会没辙,只有搬出海市长打招呼,曾尤恭问去不去?高山泰说:事情闹得太僵,以后大家都没有回旋余地,既然海市长出面,这个面子还是要给。他让曾尤恭走一趟,并面授机宜。

　　从市里回来，高山泰见曾尤恭满面春风，问：搞定了？曾尤恭得意洋洋说：搞定了！高山泰问：怎么搞定的？曾尤恭说：还不是按你教我的办法，各说各的理，各唱各的调。包工头说铁蒺藜的事，我说打人和路的事，他要我们不要妨碍他们施工，我要他们把路修好，并给我赔礼道歉。他说我们搞破坏，拿不出证据，我说他们压坏路还打伤人，物证、人证俱全，包工头都快气疯了，当着颜局长的面，要对我动手，我面不改色心不跳，指给颜局长说，你看见了吧，当着你的面他都敢动手。高山泰问：颜局长怎么说？曾尤恭说：颜局长呵斥住包工头，她本想偏袒施工队，没想到他们处处不占理，只得各打五十大板，要施工队负责把路修好，请求台里也不再给他们制造麻烦。高山泰笑道：我料定会是这个结果。曾尤恭佩服地说：真是一切不出你所料。你没看到，颜局长见到我时，一副兴师问罪的样子。高山泰问：后来呢？曾尤恭扬起手说：后来只能高高举起，轻轻放下。

　　台里像打了一场大胜仗似的上下一片喜气洋洋。晚饭时，大家聚在饭厅里，边吃饭边夸高山泰有勇有谋。曾尤恭畅快地说：高台，今天可是为我出了一口恶气！顾祥喜对曾尤恭说：学着点，对付这样的恶人，就得像高台，不能光有勇，还得有谋才行。王工补充说：就像《智取威虎山》里少剑波教育李勇奇的，光凭蛮力是斗不过土匪的，还得动这个，王工指着脑袋。曾尤恭心悦诚服地问：高台，你是怎么料到他们会找上门来？高山泰笑道：还不是你提醒我的？曾尤恭纳闷：我提醒你了什么？高山泰说：那天你找他们回来说，包工头不肯跟你去市里说理，怕耽误工期。我就在想，他们遇到麻烦，找不着制造麻烦的人，就像没头的苍蝇急得到处乱窜，耽误一天工期，对他们意味着就是一天的损失。高山泰做了一个点钞的手势说：那可是大把的钞票啊！曾尤恭喜形于色说：谁会跟钱较劲？难怪他们耗不起。王工突然问：嗳，你们说这事是谁干的呢？没人回答。一会儿，顾祥喜指着曾尤恭猜：会不会是你小子干的？曾尤恭立刻申辩说：要是我干的就好了，我是有这副贼胆没这副贼心。"骨感妹子"猜：该不会是顾台干的吧，他一贯是只做不说的。顾祥喜连连摆手说：我是既没有这个贼胆，也没有这个贼心。王工猜：要不就是小周干的，这小子贼胆贼心都有。"骨感妹子"说：不可能，小周即便什么都有，可没有作案时间啊！大白天到处是施工队的眼睛，他不可能去宝藏峰明目张胆地作案，晚上他坐班车下山回基地去了，不可能偷偷爬上山来作案。那会是谁呢？大家就像击鼓传花似的，把台里上上下下猜了个遍，高山泰像个旁观者，只是含笑看着，并不参与。末了，曾尤恭说：不管谁干的，能使出这招真绝，就像武侠小说里的高手出招，点在穴位上让对手动弹不得！

晚上，在台里巡查完了，高山泰又到秦姑屋里。凭着香味的浓度，高山泰就能判断出香燃烧到什么程度，这全归功于秦姑日复一日的熏陶。这就如同炒茶和烧窑，全凭火候，所以，有些事眼神和嗅觉比手还重要。高山泰嗅了嗅，估计香正好燃到一半，探头一看，屋里没人，香炉里的香，果然燃去半截。听到厕所里发出哗哗的流水声，高山泰猜秦姑正在盥洗。拐角一看，隔着塑料门帘，看到水雾中的秦姑果然在洗澡，高山泰反身到食堂门口把门反锁上。

返到厕所门口，高山泰撩开塑料门帘探进头去，见秦姑赤身露体正对着"莲蓬"冲洗。秦姑看见高山泰回眸一笑。

高山泰手撩着门帘说："洗澡怎么也不把门锁上？"

秦姑吐出流进嘴里的水说："这不是给你留的门吗！"

高山泰责怪说："万一进来个外人怎么办？"

秦姑咯咯一笑说："黑灯瞎火的，山上哪来的外人？"

高山泰说："你别大意，现在的湖山跟从前的湖山不一样了,有施工队在山上。"

秦姑说："晚上施工队都下山了。"

高山泰说："那还有看工地的呢？"

秦姑："看工地的不猫在工棚里，摸到额这里来干甚？"

高山泰笑："劫色啊！"

秦姑胸一挺，把两个奶耸得老高，正色道："额像阉猪那样阉了他！"

高山泰一下来了情绪说："我也进来跟你洗个鸳鸯澡吧？"

秦姑回应："好啊，额帮你好好搓搓背。"

高山泰脱光身子，挤进狭小的厕所。两人身子贴着身子，高山泰享受着秦姑给他搓揉。慢慢高山泰来了性趣……

洗完澡，俩人进房穿好衣裳，并排躺在床上。

嬉闹了一会儿，秦姑回到晚饭时的话题问："刚才王工问是谁撒的铁蒺藜，大家都猜不出来，你说到底是谁干的？"

高山泰眯缝着眼问："你说会是谁干的呢？"

秦姑想了想，摇摇头说："猜不着。"高山泰嘿嘿一笑。秦姑眼睛一亮，好像突然明白了什么，猛地盯着他问："该不会是你干的吧？！"

高山泰狡黠地一笑，说："怎么就不会呢！"

"真是你干的？"秦姑瞪大眼。

"要是我干的呢？"高山泰反问道。

"额的个娘哎！你也真够阴的！"秦姑怎么也没想到高山泰会干出这种事情。

"啥叫阴？这也是攻略！《孙子兵法》的三十六计，哪一计是让人去硬碰硬的？都是教人打得赢就打，打不赢就跑，攻城不如攻心，使力不如借力，硬打不如巧打，明打不如暗打。我这都是跟《孙子兵法》学的，打了他，还让他找不着北。"

秦姑说："真够贼的。嗳，你刚才说这叫甚兵法？"

高山泰说："孙子啊！"

秦姑说："怪不得，明人不做暗事，只有孙子才想得出这些阴招！"

高山泰笑："什么呀，人家不是孙子，叫孙子，是古代有名的军事家！"

秦姑也笑："叫什么名不好，偏要叫个孙子，只有装孙子的，哪有叫孙子的？"

高山泰一听恨不得笑岔了气说："人家古人就这么叫的，不是有叫老子的吗？还有叫庄子、孔子、荀子、墨子的都有。"

秦姑说："是啊，叫'老子'多好，谁见了都得管他喊爹，叫'孙子'，见了谁都得喊爷爷。"

高山泰边笑边说："赶明儿等你肚里的孩子出来，干脆叫'祖宗'得了，他是'小祖宗'，我们就是'老祖宗'。"

秦姑听了也忍不住笑道："以后，海市长、颜局长见了额们，也得喊'祖宗'他爹、'祖宗'他娘不是。"笑过，秦姑又回到铁蒺藜的事上说："不过，你这一招确实是绝！嗳，你是怎么想到使这招的呢？"秦姑很好奇。

高山泰说："是曾尤恭提醒了我。"

"他怎么提醒你了？"秦姑问。

"曾尤恭回来说，包工头口口声声说怕耽误工期，我就琢磨，工期肯定是施工队的软肋，跟他们讲别的都没用，只有打到他们的软肋上，他们疼了，才会就范。我想只有让他们汽车趴窝，他们才会急。"

"你怎么想到用铁蒺藜的呢？"

"小时候，我们老家的公路旁有家火补车胎的铺子，生意并不好，总是冷冷清清的，在公路上跑来跑去的汽车不少，但很少有车扎破胎，停下来到铺子补胎。开铺子的是个瘸子，他就想出一计，每天在铺子两头的公路上撒一把曲里拐弯的锈钉子，过往的汽车被钉子扎破胎，都得就近来找他补，生意一下红火起来。"

秦姑听了咯咯笑道："原来你是跟这个瘸子学的损招啊！"

高山泰说："损不损，这要看对谁！对这些蛮横不讲理的人，就得用这种招法。"

秦姑十分好奇："你为什么不用钉子用铁蒺藜呢？你又上哪儿找来那么多铁蒺藜？"

高山泰说："钉子只有一头是尖的，躺在地上还横着，汽车即便辗过，也不一定能扎破车胎，得靠运气。我就想必须用一种让汽车一辗过，就能扎破车胎的东西，于是我就想到了铁蒺藜。"

"你拿什么做的？"秦姑好奇地问。

"我在库房找来一根角铁，把它切割成一个个菱形的模样，撒在地上，汽车压到它任何一面，都会扎破车胎。"

"你甚时候去撒的？额怎么不知道？就不怕被施工队发现？"秦姑后怕地问。

"干这种事不能人多，别说你不知道，我谁也没告诉，自己一个人偷偷去干。等到夜黑风高，反正路熟，我神不知鬼不觉摸到宝藏峰的工地上，撒完铁蒺藜，原路返回，钻被窝睡觉，静等天亮看好戏。"高山泰说完，脸上挂着得意的坏笑。

秦姑在高山泰肚子上给了一拳说："一肚子的坏水，跟瘸子学，赶明儿成瘸子！跟孙子学，赶明儿当孙子！"

二十一

宝藏峰上的金殿工程，可以用"日新月异"四个字来形容。短短几个月的时间，效果图上的金殿，就像小朋友搭积木，一点点搬上了宝藏峰。平时一有空闲，秦姑就跑去工地看，她好奇，想看建成的金殿究竟是个什么样？用秦姑的话形容，那就像女人生娃儿，一点点从娘肚子出来。高山泰笑她比喻不对，说女人生孩子是头朝下倒着出来的，盖房子是竖着往上长的。秦姑啐他：你甚时候看过女人生娃儿了？高山泰笑：女人生孩子虽然没见过，但道理准错不了，不信，等你生孩子的时候，我守在旁边看。秦姑说：去你的，哪有女人生娃儿让男人待在里边的。高山泰说：老套了吧，现如今，女人生孩子，丈夫都允许陪伴。秦姑捂着脸说：当着男人的面生娃儿，那多害臊！高山泰说：当着自己的男人，那有什么好害臊的，国外女人生孩子还有现场直播的呢，满世界都可以看。秦姑听着直吐舌。

金殿建在宝藏峰峰顶的平台上。平台是用水泥浇注出来的。平台左侧立了十来根十余米高的石柱，石柱顶部是用预制件搭成的拱形坡屋面，有如意造型的飞檐翘首苍穹。拱形坡屋面上，铺盖着预制汉瓦，汉瓦的涂料是金光灿灿的黄色；拱形屋架、飞檐和石柱，则是采用灰色涂料。石柱之间的墙体上方，嵌有法轮形状的玻璃窗，玻璃窗的外框、廊柱、梁柱，采用大红的涂料；墙体的外立面和金殿内面的涂料，则采用金黄色；地面的菱形地砖，则一律是灰色。

峰顶平台的右侧背对苍穹，立着一块椭圆形的山石，山石上刻有一首诗：

形势巍峨镇汉东，
四周云气接鸿蒙。
鸟还峭石岩边树，
猿啸流泉谷口风。

指顾龙池秋雨后，
徘徊梵宇夕阳中。
披襟更上高台立，
呼吸还应帝座通。

有人说山石上的字是出自僧人之手，也有人传是某某领导的手笔。

金殿和山石同在一个平台，平台四周有半人高镂空的墙裙，既古朴典雅，又安全美观。凭栏就如同站在海边，不仅能远眺观景，而且还能近距离感受脚下的云海涌动而来，拍打崖身，又跃起返流，大有苏东坡词中"惊涛拍岸，卷起千堆雪"的意境。

平台两侧各有一个供登顶的石梯，石梯下来，又各有三级台阶下到山道。沿台阶围绕金殿至后边的山崖是绿化带，两个石梯中间的台阶上，矗立着一尊铜铸龟鹤，龟伏地作爬行状，龟头朝天，冲天的飞鹤则栖息在龟背上，作展翅状。

台阶下来，隔着山道是一片平整的停车场。

晚上，秦姑把白天在宝藏峰看到的东西绘声绘色讲给高山泰听。

秦姑说："额就奇了怪了？"

高山泰问："有啥奇怪的？"

秦姑说："额们那里打个猪圈，还得好几天忙活；他们盖那么大个金殿，咋像娃儿搭积木似的，说搭就搭起来了！"

高山泰说："你们盖房子还是采用传统的土办法，要从建筑材料准备起，取土、和泥、拖坯、晾晒、伐木，还得请工匠，一块块土坯往上垒，还不能垒得太高，担心坯缝跑浆不结实，屁大几间房，没个把月拿不下来。施工队要像你们那样盖房子，早喝西北风去了。"

秦姑不服气地问："他们咋盖？"

高山泰说："人家盖房子，采用的都是现代工艺，柱子、墙体、屋顶都事先在下面预制好，搬到工地上三两下就组装起来了，那不跟小孩搭积木似的，多快好省，干净利落。"

"额的娘！"秦姑心悬在胸口说，"房子就这么搭起来啊？那结实吗？住进去万一塌了咋办？"

"怎么会塌呢！"高山泰笑："人家的房子又不是泥捏的，现在的建筑材料都是高强度的，抗压、抗震，还轻。现在盖高楼既不用灰砖，也不用石材了。"

秦姑张大嘴问："那用甚？"

高山泰说："用轻型的合金材料，相互用螺钉衔接，墙体也是采用耐火、无辐射的环保材料，别说是几层楼，就是几十层的大楼都是这么拼装起来的。要拆，只要拧开螺钉，一层层往下卸，丁点垃圾都不带剩下，就跟没盖过房子似的干净。"

"哪有？你骗额吧？"秦姑不信。

"骗你干啥，"高山泰信誓旦旦说，"骗你小狗！香港中环有家几十层的银行，就是用这种轻型材料盖的。"

"你去过香港？"

高山泰摇头。

"你没去咋知道有这家银行？你还敢说你没骗额？"

高山泰瞪眼说："人家那是香港地标式建筑，电视上老出现，连播个天气预报都拿它做背景，不信你自己看电视去！"

"就算有，你咋知道它是你说的那样盖的？"

"书上介绍的呀！这就叫'秀才不出门，全知天下事'。"

"你就知道书、书，人家颜局长世界各地都去过，才说得出道道来！"

高山泰乜斜着眼问："你去过北京没？"

秦姑摇头。

高山泰问:"你知道北京有天安门吧？"

秦姑点头。

高山泰又问:"你去过武汉没？"

秦姑又摇头。

高山泰又问:"你知道武汉有长江大桥吧？"

秦姑又点头。

高山泰说:"这不结了！你没去过北京，却知道北京有个天安门；你又没去过武汉，也知道武汉有座长江大桥。凭什么我没去过香港，就不能知道香港有那么个银行呢？这不成了要吃'夫妻肺片'，还真得去杀两个人！吃虎皮青椒，还得去打只虎吗！"

秦姑说不过，扑上来与高山泰撕扯，嘴里蛮横道:"今日，额倒要看看，谁吃谁的肺片！扒了你的皮，做个虎皮青椒！"

二十二

工程接近尾声时，上山来得最多的是海市长和颜局长。他们隔三岔五，有时带着一帮人来检查，有时陪着上面的人来参观，有时他们也自己单独来。每次来，包工头都像跟屁虫似的，点头哈腰跟在海市长和颜局长的后头。所到之处，只要海市长和颜局长对工程提出质疑和要求修改的地方，包工头都要旁边的人认真地记下来，回头安排人落实。

有两回，海市长和颜局长检查完工程，从宝藏峰下来，专门拐到台里，说是来看望一下高山泰，但送他们出来的总是顾祥喜、曾尤恭，并不见高山泰的影子。

秦姑奇怪，问高山泰:"海市长和颜局长专门来看你，你怎么连送都不送送人家？"

高山泰说:"我压根就躲着没见。他们哪是专程来看我呢？那是黄鼠狼给鸡拜年，没安好心！"

秦姑问:"没安甚好心？"

高山泰说:"藏在他们肚子里，我哪儿知道。"

秦姑说:"伸手不打笑脸人，人家主动来看你，你干甚老往坏处想。"

高山泰说:"我们三番五次去找他们，他们避而不见，有意躲着我们，策划于密室，不小心被我们撞见了，实际上那时他们已经在算计我们。现在他们又五次三番主动找上门来，不知道心里打的什么如意算盘！"

秦姑问："你打算就这么跟他们耗着？"

高山泰说："以静制动，只有见招才能拆招。"

宝藏峰上金殿的主体工程基本完工，大型机械设备也都不响了，湖山又恢复了以往的沉静。

一天上午，湖山上突然响起了清脆的枪声，"叭勾、叭勾"的回声，在山野间嗡嗡震荡，就像一粒粒石子扔进平静的河里，即刻激起由小到大的波圈。一波未平，一波又起，前面的声波遭受到后面声波的碰撞，彼此失去震动的频率，在山谷中乱撞，发出一片没有节奏的声响。

台里狗闻声惊恐万状，不仅狂躁地蹦跳，而且四下发出高声的咆哮，仿佛威胁正从四面袭来。显然，它也受到不小的惊吓。

高山泰和顾祥喜、曾尤恭还有台里的职工闻声跑出来四处张望，不知道枪声是从湖山哪个方向传来的。秦姑也惊慌失措，她跌跌撞撞从食堂跑出来，紧贴着高山泰，瑟瑟发抖地问：哪儿打枪？哪儿打枪？见高山泰神情严峻，秦姑害怕地问：是不是有队伍攻打湖山？高山泰目光搜索着没有吭声。所有人都紧张地竖着耳朵，连狗都耸着鼻子，吮吸着四面而来的气息。

曾尤恭有点结巴地问：会不会有间谍活动？顾祥喜说：不像，间谍不会乱放枪，那不是暴露目标吗！曾尤恭又猜：那会不会是警察追击在逃犯呢？顾祥喜说：这可说不准。高山泰心想：湖山上响枪，还是二十世纪的事，湖山谁还有枪？谁又会在湖山放枪呢？秦姑哆嗦着问：放枪会不会是冲着我们来的？高山泰说：冲我们干什么？秦姑说：你不是说，经常有邪教搞破坏吗？高山泰淡定地说：那也只是干扰信号，不会明火执仗地打枪。正说着，"叭勾、叭勾"又是两声枪响，凄厉的枪声，远比电视剧里来得真实，听得人毛骨悚然。这回，高山泰明确判断出，枪声是从暮鼓峰方向传来的。曾尤恭急切地问高山泰：要不要打 110 报警？高山泰还来不及回答，凄厉的警笛声就由远及近，接着，拉着警笛、闪着红灯的军车、警车，鱼贯冲上湖山。

军车、警车紧急停靠在"盆地"上，车门打开，从车上迅速跳下荷枪实弹的军人和警察。他们个个头戴钢盔，身穿防弹衣，手握长短枪，还有狙击步枪。几条比台里狗还要壮硕的警犬、军犬，也夹杂在他们当中。军警分别列队，依次喊口令：立正、向右看齐、向前看、报数，稍息。顿时，整座湖山如临大敌一般。

秦姑紧张得浑身直起鸡皮疙瘩，高山泰他们几个也是紧绷着脸，不知道发生了多大的敌情。

部队指挥员和带队的警察围在一起，摊开湖山地图，双方在地图上指指点点，交换完意见后，指挥员在各自队伍面前，下达行动命令。部队迅速插向暮鼓峰，警察则在暮鼓峰外围展开，形成包围圈。

突然，秦姑凑到高山泰耳边，悄声问："该不是拍电视剧吧？"

高山泰依然神情严峻，目不斜视地盯着暮鼓峰方向，小声说："但愿是吧！"

不出半个小时，暮鼓峰方向传来军犬激烈的吠声。高山泰跟顾祥喜和曾尤恭他们交换了一下眼神，高山泰说：八成发现了目标。

果然，不一刻，军犬的叫声越来越近，紧接着，一群钢盔在炽烈的阳光下，熠熠生辉地跳跃着出现了。军人们手端着枪，走出暮鼓峰的树丛，朝"盆地"方向过来了。队伍中还夹着两个穿便服的人。

还是秦姑眼尖，一眼发现一个穿便服的人，头上还戴着像飞行帽样的东西，大喊道：快看，抓到一个飞行员！高山泰他们几个赶紧手搭凉棚，踮起脚往那边张望。

等队伍走到近前，秦姑发现一个穿便服的人很像海市长，惊讶道：好像海市长啊！高山泰也认出来了：什么像？就是海市长！与此同时，秦姑和高山泰他们几乎同时认出，那个头戴飞行帽的是颜局长。海市长和颜局长被部队狼狈地押解到"盆地"，快到"盆地"时，颜局长一把抓下头上的"飞行帽"塞进兜里。

带队的警察肯定也认出了他们，连忙迎上前询问。部队押解他俩的人说：这两个人违犯禁令，在山上打猎。说着，把缴获的猎枪展示给带队的警察看。带队的警察忙向部队指挥员解释说：误会了！误会了！这是市里的海市长和市旅游局的颜局长。海市长一看到了可以说话的地方，开口道：我们不是在打猎，是在湖山考察野生动物生存状况，建立湖山旅游生态园，不了解、掌握湖山还有哪些野生动物和它们的生存状况，将来怎么有效保护它们啊！部队指挥员说：可你们怎么在山上放枪呢？海市长强词夺理地说：不放枪，野生动物怎么会出来呢？它们都藏在草里、洞里，我们又怎么能掌握呢？部队指挥员说：在湖山动枪，都要事先报备，没有得到批准，是不能随便打枪的。否则，我们从战备的角度，听到枪声，会启动紧急预案响应。海市长一听，拍着脑门说：你看我们怎么就忘了这茬呢！他马上检讨说：这是我们事先考虑不周，给部队添麻烦了。海市长上前，抓住部队指挥员的手说：让你们辛苦了，下回我们一定注意！海市长趁机从部队指挥员手里抓过枪说：这杆双筒猎枪还是我找刑警队借的，心想公安局都知道了，应该没事。没想到惊动了部队，闹了这么大一场虚惊，太不应该了！

部队整队，又是向右看齐、向前看、报数、立正、稍息，部队指挥员下达命令：部队带回。战士们跑步登上军车，一阵马达发动声，汽车驶离"盆地"，在山门像潜水艇下潜一样即刻没了身影，车身带起的尘土，就像卷起的浪花。

秦姑松弛下来，很肯定地对高山泰说："不是拍电影！"

高山泰皮笑肉不笑地应声道："谁说拍电影了！"

见一场精彩的表演精华已尽，怕海市长跟他们照面难堪，高山泰对顾祥喜他们使了个眼色，转身赶鸭子似的把职工们赶进台里。台里狗紧随其后，安静地跟回台里。秦姑也回到食堂准备午饭去了。

不一会儿，听到有人撩门帘，秦姑探头一看是颜局长，忙从厨房迎出来。颜局长有点尴尬，说借厕所用用，秦姑热情地把她带到厕所，转身避开了。秦姑站在拐角处，好等颜局长"方便"完出来送她，隐隐约约听到颜局长在里边发出拉拉链脱衣裳的窸窣声，有些好奇。她偷偷拐过来，门虚掩着，秦姑透过门缝往里一看，只见颜局长脱光上身，像变戏法似的从裤兜里掏出一个揉成一团的胸罩，重新展开戴在身上穿好衣裳，然后对着镜子整了整凌乱的头发，秦姑赶紧撤身。送走颜局长，秦姑心里还在犯嘀咕，颜局长的胸罩怎么会塞在裤兜里呢？

秦姑正寻思，突然，听到外边一片嘈杂声，撩门帘一看，见高山泰带着人，正在铁塔跟前忙着，只听他扯着嗓门，吆来喝去地指挥人干活。过了个把小时，秦姑担心高山泰站在太阳地里口渴，就出门招呼他进来喝口水。高山泰听见招呼，转身进来了。秦姑把他让进屋里，把准备好的茶缸递给他。高山泰接过茶缸，咕噜咕噜一口气全灌进肚里，像浇灭了胸中的火，接着"嗨"的一声，长出一口气。秦姑问他还要不要喝？高山泰摆摆手。秦姑问刚才吆五喝六干什么？高山泰说铁塔上的设备出了点故障，正组织人抢修。

秦姑想起刚才的事，忍不住又咪咪发笑。高山泰问："你是不是嫌我嗓门大了，乱嚷嚷？"

秦姑说："额哪是笑你，是笑那个颜局长！"

高山泰奇怪："她又没招你惹你，你笑她什么？"

秦姑说："额看她刚才古里古怪的。"

高山泰吃惊："她刚才来过？"

秦姑嗯了声说："她刚才进来，说要上厕所，我带她进厕所，可她又没上厕所。"

高山泰听得一头雾水："那她在厕所干什么？"

秦姑嘻嘻一笑："打死你也猜不着，她在厕所戴胸罩！"

高山泰越听越离奇："她怎么会跑到厕所戴胸罩呢？你看见了？"

秦姑说："当然啦，额亲眼看见的！"

高山泰责怪说："你怎么能偷看人家上厕所呢？"

秦姑辩解说："额不是有意的。额在门口候着没走远，听到厕所里没有撒尿声，而是窸窸窣窣脱衣裳声，觉得好奇怪，不知道她在干什么，就好奇地从门缝里瞟了一眼。"

高山泰说："那是人家的隐私，你管人家干什么，她爱干什么干什么！"

秦姑说："你说哪有把胸罩不戴在身上，揣在裤兜里到处乱跑的？嗳，你说她会不会先前已经从身上取下来，又重新戴上的呀？"

高山泰说："你这话问得稀奇！我哪知道，要问你问她去。"

秦姑突然神秘地说："嗳，额发现她头上那顶'飞行帽'不见了！"

经秦姑这么一说，高山泰突然也发现了其间的奥秘，他眼睛在房里寻找着，一眼看到挂在衣架上的胸罩，他上前取下来，系在头上问："你看我像不像个飞行员？"

秦姑眼睛一亮，连声说："像！像！实在太像了！"

高山泰对着镜子，把两片胸罩拨上拨下，就像飞行员两片活动的眼罩。秦姑见高山泰这副模样，顿时笑散了骨头，一屁股摊在床上，双手抓着床头，把头伏在上面，生怕脑袋掉下来似的。笑了好一阵子，秦姑抬起泪眼对着高山泰说："你比戏台上的丑角还逗！"说着，又咯咯笑个不停。高山泰照着镜子，孤芳自赏着自己的创意。秦姑笑着问："你是咋想出来的？"

高山泰："哪是我想出来的，是颜局长想出来的！"

秦姑问："你怎么知道是想出来的呢？"

高山泰说："刚才在'盆地'上不是见识过了吗！"经高山泰一提醒，秦姑也想起来了。高山泰进而说："这就叫'就地取材'。我猜想，他们上山打猎，可能准备不足，没想到山上的太阳会这么毒，烤得他们受不了。用什么遮阳呢，于是颜局长就想出这个法子,把胸罩取下来戴在头上,把它放平,既能遮住阳光,又不影响视线。"说着,高山泰又做了一回示范。

听到外面有脚步声,高山泰一把扯下胸罩搭在床头,闪出屋去。

二十三

全球气候变暖的标志,就是冬天不冷,春天很暖,夏天炙热。入夏,山上山下,那是一个太阳两重天。一千米的落差,山上山下对阳光的感受截然不同,就像一个在地下,一个在天上。山上山下不仅早晚的温差很大,白天的温差也很大。早晚,山上比山下凉爽,但山上白天在太阳底下简直站不住人。不戴帽子打伞,就得找阴凉地钻,否则,非被扒层皮不可。就算躲在树荫底下,泥土里蒸发出的热气,也把你熏个半熟。尤其是上午十点到下午两点这段时间,只有待在屋里,或者猫在水里,才能避暑。

吃完午饭,秦姑收拾停当,跑到食堂外,往水塔上泵水。水塔能盛十一二吨水,足够台里上下一天的用量。水是从无线台和宝藏峰中间的明泉引来的,明泉的水质洁净,达到二级以上标准,可以直接饮用。每次泵水时,秦姑都要放掉一截前面的陈水,以防引入管道里的锈水。秦姑打开机泵,发现流出的水十分浑浊,而且水量比平时也小了不少。先还以为是前日滞留的雨水,放了好一会儿,水管里流出的水依旧非常浑浊。秦姑纳闷,往日也碰到雨水,可一般放上一会儿,水就会变清,今天是怎么了?是水管破裂灌进了泥沙,还是水的源头出了问题?

秦姑沿着铺设的水管,一节节往回查看,快到明泉时,老远听到喧闹声。秦姑近前一看,只见泉边停着一辆水罐车,水罐车下方伸出一根粗粗的橡皮管,正在突突抽着明泉里的水,几个光着屁股的男人在明泉里扑腾。秦姑一看是施工队的人,顿时火冒三丈,不顾一切冲上去吼道:谁让你们下明泉玩水的!施工队的人听到吼声一愣,再一看,猛然冒出个女人,吓得直往水里躲。秦姑指着明泉说:这泉里的水是吃的你们知道吗?你们把水弄脏还怎么吃!施工队的人半截身子猫在明泉里还嘴说:我们怎么知道这明泉里的水是吃的?接着有人帮腔说:是啊,哪儿写着这是吃的水?还有人耍横说:这明泉又不是你们家的,由你们能吃,不能由我们洗啊?对对!明泉里的人,跟着起哄。秦姑恼羞成怒喊道:还不跟额起来!施工队的人见只有秦姑一个女人,色胆大了起来。他们肆无忌惮冒出水面,故意把下身袒露在秦姑面前,以为会把秦姑吓跑。哪知秦姑面无惧色,指着他们厉声说：你们以为就是你们带把，告诉你们，额娃儿也带把！见他们还在嬉皮笑脸，秦姑指着地上的衣裳说：额看你们披张人皮就够了，衣裳额抱走了！说着，秦姑要过去抱衣裳。施工队的人一看，吓得一个个从明泉里爬起来，抓起衣裳往回跑。

　　回来，秦姑气鼓鼓地说给高山泰听，问明泉的水被他们弄脏了，还怎么吃啊？高山泰拧着眉头想了想说：看来短期内明泉的水是不能吃了，得另外想办法。这样，我带你去看个地方。秦姑心急火燎，说走就要拔腿。高山泰说现在不能去，得避开施工队的人。

　　傍晚，等施工队的人下山后，高山泰领着秦姑往宝藏峰方向而去。秦姑走着，发现还是去明泉的路上，说怎么还是去明泉，不是说另外看个地方吗？高山泰也不答话，埋着头在前面带路。

　　不到明泉，隐约生出一条几乎被草覆盖着的小径，高山泰俯身拨开草，仔细辨认了一会，确认没错，就领着秦姑一前一后，沿着曲里拐弯的小径，来到宝藏峰的山脚下。高山泰扒开面前的蒿草荆棘，手牵着秦姑爬上山坡，拐到山脚后面，面向悬崖峭壁一个"车到山前疑无路"的地方。秦姑说：咋的，这是领额来看风景，还是来跳崖啊？高山泰也不回话，站定，前后左右看了看，噌噌往上蹿了两步，回身把手递给秦姑，把她也拉上来，秦姑一抬眼，山坡上现出了一个洞口。

　　进到洞里，秦姑一看，发现洞内有打谷场般大小，洞底居然有一个泉，泉水清澈见底。秦姑惊诧道：怎么洞里也有一口泉？还跟外边的泉一般大小！高山泰告诉她说：外面那口泉之所以叫明泉，是因为洞里还有这口暗泉。明泉一眼就能看到，暗泉几乎无人知晓。秦姑问：那你们是怎么发现的呢？高山泰说：还是老台长在的时候，有年干旱，外面的明泉干涸了，老台长带着我们满山找水，找到这里，偶然发现洞里还有口泉，大家满心欢喜。因为两口泉，一口在外面，一口在洞里，老台长就称外面的泉为明泉，称洞里的泉为暗泉，我们又称它为战备泉。秦姑嗔他：你们甚时候都惦记打仗，建个发射台叫战备台，寻口泉又叫战备泉。高山泰说：当年的最高指示，就叫"备战备荒为人民"嘛！秦姑指着自己问：你是不是把额也当作战备婆姨啊？高山泰笑道：哪有？战备、战备，那是占一个、备一个，我就你一个，只战不备。秦姑鼻子一哼说：说得好听，额看你是只备不战，十天半月不碰额一次。高山泰笑说：哪能光打渔不晒网呢！秦姑说：狗屁！额看你是光晒网不打渔！

俩人一边打着嘴巴官司，一边围着暗泉转了一圈。秦姑忍不住蹲下身，把手伸进暗泉里试了试说：这水也真够凉的，穿心刺骨。高山泰说：山泉都这样。秦姑盯着泉里问：这暗泉的水是从哪儿冒出来的？高山泰蹲下来，指着泉底说：是从下面的泉眼冒出来的，自古有山就有水，山上的植被越好，涵养的水分就越充足。尤其是喀斯特地貌的山体，很容易形成这种暗泉。多少年不来这儿，几乎都把它忘了，今天不是你提到明泉被祸害的事，我还真记不起这口暗泉来。秦姑担心怎么把暗泉的水引到台里。高山泰说不费事。秦姑问怎么不费事？高山泰说来之前就想好了。秦姑问咋弄？高山泰说这很容易，把原先接通明泉的管子这头断开，安个"两通"，切断明泉通往台里的水，再埋一截管子到暗泉，暗泉的水就能引到台里了。不过，管子要掩埋好，让施工队那帮人以为我们还喝的是他们的洗澡水，防止他们再捣蛋破坏。秦姑笑着找词说：这叫狡兔甚米着？高山泰递话说：狡兔三窟。秦姑连声说：对对，狡兔三窟。额们那儿还讲"兔子不吃窝边草"。高山泰笑：何止你们那儿讲，全中国人民都讲这句话。秦姑寻思着说：你说兔子咋就这聪明，自己窝边的草不吃，跑去吃别处的？高山泰说：那是人自作聪明，拿兔子说事，意思是你看，连兔子都懂的道理，人怎么就不懂呢？你啥时候见过兔子不吃窝边草了？自己不吃，让给别处的兔子吃？高山泰鼻子一哼说：放着窝边草不吃，那叫兔子犯傻！秦姑给他背后一拳说：你就是一只吃窝边草的兔子！高山泰眨巴着眼问：我吃啥窝边草了？秦姑指着自己说：你吃额了！高山泰听了扑哧一笑：最老的兔子也活不过十年，你啥时候见过我这只快六十岁的老兔子了？告诉你，我这叫老牛吃嫩草还差不多！

出山洞，高山泰掏出一个卷尺，和秦姑一人拉一头，一截截往回丈量，高山泰沿路记下尺寸。

吃完晚饭，看离天黑还早，高山泰提议到山上转转。秦姑拾掇拾掇，跟高山泰出了门。

山上不仅比山下亮得早，也比山下黑得晚。这个时辰，山下早已暮色苍茫，山上还晚霞绚丽。色彩斑斓的火烧云，就像电视上最新潮的手指沙画，在浩瀚的天幕上，任意勾勒出各种奇异的景象和人物。两条长长的橘红色的云，极具动感地卧在暗蓝色的云彩中。秦姑指着它们让高山泰快看：你看那像不像两只黄鼠狼？还拖着两条长长的尾巴。高山泰仰面仔细看了下说：像！像！接着，他指着一朵暗褐色的云问：你看那朵云，像不像庙里的门神？秦姑看了一眼扭头说：像是像，怪吓人的，额不喜欢！像猪头肥脑的包工头。高山泰一听哈哈大笑：像包工头你就怕了？秦姑眼一瞪说：怕他甚？他要是敢像欺负曾尤恭那样欺负额，额非废了他不可，让他一辈子没有使的！高山泰问你废他哪儿？秦姑横他一眼，指着他的裤裆说：废他这儿，装糊涂！高山泰学着电影上的人，弯着腰，双手捂着裤裆，装模作样哭喊着：我好怕！我好怕！秦姑举起拳头，没好气地朝他背上给了一下。

高山泰和秦姑打打闹闹，沿着舍身崖一路走出山门。高山泰突发奇想，说要带秦姑去看半山腰的温泉。秦姑大大方方挽着高山泰的胳膊，喜气洋洋地依偎着他，信步走出山门。

说是半山腰，其实也就十来分钟的路程。站在山道旁，高山泰指着下方不远处说：喏，那就是！秦姑侧头一看，山坳幽僻处果然有一个比明泉还大的池子，上方雾霭袅袅，如同天上的瑶池。秦姑问：这就是温泉？高山泰点头。秦姑问：池子里的水是热的？高山泰说当然。秦姑问：比澡堂子的水还热？高山泰说：差不多吧！秦姑兴致勃勃地说：额们下去泡泡？

高山泰牵着秦姑的手，一步一探下到温泉跟前。秦姑问：水深不？高山泰说：中间深，靠边能站住人。秦姑问：你下去过？高山泰说当然。秦姑弯腰把手伸进水里，抽出来说：嘿，还真跟澡堂子的水一样热！秦姑真要脱衣裳下水。高山泰说：你不怕别人看见？秦姑说：这会儿哪来的人？再说荒郊野外的，谁跑到这儿来？秦姑大着胆子脱个精光，正要下水，又害怕地收住脚说：你先下。

高山泰看秦姑脱光了，也三下五除二脱光自己，一下蹦进水里。他站在池边，伸出双手，秦姑看有高山泰站在那里，眼一闭往他身上一扑。秦姑个大体重，又是从上往下跳，跟塌方似的，一下重重砸在高山泰身上。高山泰站立不稳，两人都没进水里。秦姑满以为高山泰能把自己接住，没想到他没扛住。秦姑不会水，扎在水里顿时乱了方寸，两脚乱蹬，两手乱抓，嘴里连灌了几口水。高山泰毕竟有经验，而且又会水。他手着地一撑，迅速站起，双手伸到秦姑的腋下，往上一使力，把秦姑架出了水面。

秦姑一出水面，被灌进喉咙里的水呛得直咳嗽，眼睛还来不及睁开。高山泰一手扶着她，一手拍打她的后背。好一会儿，秦姑才缓过气来，她气鼓鼓地埋怨高山泰：连个人都接不住，害得额灌了一肚子的水！高山泰伸手摸着秦姑的肚子安慰说：都怪我！都怪我！肚子里的孩子没呛着吧？秦姑嘟囔着说：那谁知道？就是呛着他也没法抱怨啊！

两人面对面光着身子站着，高山泰猛然发现，秦姑的皮肤是那样的白皙光洁，高耸的一对乳房，犹如两个刚出锅的馒头，看着让人垂涎欲滴；翘起的屁股，划出两道优美的弧线。秦姑无敌的美，可以秒杀任何男人！高山泰想起了希腊神话里的诸多女神，但在高山泰眼里，任何女神都无法跟眼前的秦姑媲美！

　　秦姑见高山泰愣神看着自己，问：看看，你甚没见过？高山泰情不自禁说：你从来没有像今天这样美！秦姑咧嘴一笑：哪有当着面夸自己女人的？要夸，在外人面前夸去！高山泰故意对着秦姑身后招手喊道：喂，请你过来一下，看我的女人美不美？秦姑一听，真以为后面有人，吓得赶紧猫进水里。高山泰哈哈大笑说：骗你的，哪有人！秦姑起身，像电影里常有的那种镜头，用拳头捶着高山泰的胸脯叫道：吓死额了！再不许这样吓额，当心把肚子里的娃吓掉了！

　　俩人蹲下来非常惬意地泡着温泉，高山泰说：说起这温泉，还有一个传说呢。秦姑缠着问：甚传说？说给额听听。高山泰津津有味地讲了起来：

　　相传，湖山上有两处泉水相隔很近……秦姑说：那不是明泉和暗泉吗？高山泰说：湖山哪只明泉、暗泉，各式各样的泉都有，你听我慢慢讲给你听。这两个泉，一个是温泉，一个是冷泉。温泉里有一条火龙，冷泉里有一条青龙。常言道，一山难容二虎……秦姑插话：一笼还关不住二鸟呢！高山泰继续说：这火龙为了独霸地盘，想赶走青龙，青龙当然不甘示弱，两条龙就使出浑身的本领，展开搏斗。火龙飞沙走石，口吐烈焰，想活活烧死青龙，结果把温泉周围的土地都烤焦了。高山泰指着泉边的泥土说：你看，温泉周围的泥土至今都还是黄色。秦姑扫了一圈，果然都是黄土。秦姑紧张地问那青龙呢？高山泰说：青龙当然也不是好惹的。它呼风唤雨，倾盆而下，扑灭了烈焰，把自己周围的红土又变成了灰色，直到如今，冷泉周围的土仍然是青灰色的。这对冤家斗了几十年难分难解。两条龙斗来斗去，坑苦了当地的百姓。刚长成的麦子，都被火龙的烈焰给烧光了。刚抽穗的高粱，被青龙的洪水冲得无影无踪。农民不是被饿死，就是背井离乡。秦姑急切地问：就让它俩这么斗下去？高山泰说：当然不行。后来，玉皇大帝得知，派了一对孪生姐妹下凡，让她们建塔降龙。姐妹俩约定，由妹妹在火龙头上建塔，由姐姐在青龙头上建塔，比试看谁在鸡叫前先建好。秦姑兴奋地叫好：让这姐妹俩比试比试。高山泰说：火龙和青龙当然不甘心就这样束手就擒，姐妹俩是玉皇大帝派来的，火龙自然不敢口吐烈焰烧妹妹，只是一个劲地喘出热气，想把妹妹热跑。妹妹虽然热得汗如雨下，但片刻没有停歇。青龙也不敢呼风唤雨，只是一个劲地吐着冷气，想把姐姐冻跑，姐姐尽管冷得浑身哆嗦，但也始终没有住手。妹妹手疾眼快，抢先把塔建好。她看姐姐还在手忙脚乱，就偷偷学了几声鸡叫，村里的鸡听到鸡叫，也都跟着叫起来。姐姐听到鸡叫手一慌，一下把塔尖放歪了。秦姑听了欢天喜地拍着巴掌说：妹妹赢了！妹妹赢了！高山泰说：后来人们把正塔叫"妹塔"，把歪塔叫"姐塔"。合称叫"姐妹塔"。秦姑问："姐妹塔"现在哪儿呢？高山泰指着不远处用岩石片垒成的塔说：那儿。秦姑一看说：还真有座塔！就是太寒碜了，哪像仙姑垒的？秦姑接着又问：那歪塔呢？高山泰说：歪塔在山脚下冷泉的旁边。为了防止它们搅在一起再打仗，姐妹俩把温泉留在了山上，把冷泉移到了山下。秦姑问：两条龙就心甘情愿被姐妹俩降服？高山泰说：它们当然不服气了。火龙不断吐着热气，所以流出的水一直是热的，这就形成了温泉。青龙也一个劲地吐着冷气，所以流出的水一直是冷的，也就形成了冷泉。

天色逐渐暗下来，秦姑起身，一阵凉风吹过，光着身子的她，下意识地打了个冷战。秦姑本能地双手抱臂缩着身子。高山泰笑她：怎么，刚泡过温泉，又尝到冷泉的滋味了？

二十四

吃水的问题刚消停，行车又出问题了。大清早，曾尤恭在山下就给高山泰打电话说：路口设了卡，班车被拦在山下不让上来。高山泰问为什么？曾尤恭说：管委会下的命令，为了举行金殿开殿仪式，要把上山的路拓宽刷黑，施工期间，为了限制车流量，上山车辆一律凭管委会签发的通行证才能通行。曾尤恭问高山泰怎么办？高山泰说：你告诉他们，说你是湖山无线台的。曾尤恭说：说过了，不管用，守卡的人说，他们不管哪个单位，只见证放行！高山泰一下也麻了头说：你去找管委会要个证。

曾尤恭问清管委会设在旅游局，只好拉着一车人返回市里。到旅游局门口一看，果然挂着湖山旅游风景区管委会的招牌，与旅游局的招牌并排挂着。曾尤恭明白，这叫两块牌子一套班子合署办公，管委会一般是非常设机构，成员都是相关部门的领导，管委会头头由市领导兼任，具体办事还是旅游局，不过有了这块牌子，就能整合行政资源，号令市里其他职能部门。

管委会在三楼办公。曾尤恭上到三楼，打听到具体办证的办公室，进门一看，一个时髦女青年正在聚精会神地翻看手机上朋友圈的微信，不时发出咯咯的笑声，曾尤恭站到了面前,她连眼皮都没抬一下。

曾尤恭凑近问:"请问是在这里办理上湖山的通行证吗?"

女青年眼睛不离开手机问了句:"有领导批示吗?"

曾尤恭说:"什么领导批示?"

女青年盯着手机上的微信说:"管委会领导批示啊!没有批示,我怎么给你办?"

曾尤恭恼怒道:"我们就住在湖山,那还要领导批示?"

女青年这才抬头看了曾尤恭一眼问:"你们是哪个单位的?"

曾尤恭说:"我是湖山台的。"

女青年盯问:"什么台?"

曾尤恭没好气地重复说:"湖山台。"

"什么湖山台?没听说过。"女青年又低头继续看手机。

"我们是省属在湖山的单位,是负责广播电视信号发射的台站。"曾尤恭恨不得咬碎牙,一字一句往外吐。

女青年扬起头,一脸不屑地说:"你使那么大劲干什么?你是来抬杠还是来找茬?管你什么台,我只认领导批示!"

曾尤恭被噎得一句话说不出来,直愣愣看着女青年。半天缓过气来,强压住火问:"谁是你们领导?我找他去!"

女青年轻飘道:"颜局长。开通行证她一支笔,别人我们都不认。"

曾尤恭跑到办公室问颜局长。办公室的人说颜局长陪海市长到省城送请柬去了。曾尤恭无奈转头又去找女青年商量。女青年打发他说:我就是个照章办事的,你就别为难我了,不见颜局长的批示,就是说破天,我也不能给你办!曾尤恭知道再怎么纠缠下去也无济于事。

曾尤恭悻悻地出来,等在车上的职工急切地问证办到没有?曾尤恭垂头丧气,两手一摊。车上的职工抱怨说:这算哪门子事啊?到自己的单位,走自己的路,还要通行证?天底下哪有这样的道理!

曾尤恭正束手无策,高山泰的电话打进来了。曾尤恭把这边的情况讲给他听,说现在是秀才遇到兵,有理说不清。高山泰在电话那头沉吟了片刻说:那要是兵遇到秀才呢?曾尤恭顺口回说:有理说不来啊!电话那头说:对啊!高山泰点拨曾尤恭,说顾祥喜的妹夫不是在当地驻军当战情科长吗,请他派辆军车救个急。曾尤恭问:那能行吗?高山泰说:怎么不行?军车在哪儿都通行无阻。

曾尤恭要车开到部队驻地。车上职工说：拉着我们满处转，今天还上不上班了？有职工说：上不了山，干脆放假，让我们回基地得了。曾尤恭心烦道：不上班，按旷工处理！职工说：又不是我们有意不上班，是他们拦着不让我们上山，责任在他们，板子怎么打在我们身上！

因为顾祥喜在山上已经跟他的妹夫取得了联系，所以，曾尤恭他们的车到了驻军门口，岗哨一查看车牌，就放他们进去了。

见营房楼前站着个军官，曾尤恭估计他就是顾祥喜的妹夫，下车一问果然是。顾祥喜的妹夫指着旁边面包车说：车已经给你们安排好了，你们换乘这辆车上山吧，下山我们再派车接。接着又对驾驶员交代了几句。

面包车开到上山的路口，新设置的栏杆没有竖起，一个专管栏杆的人上前要驾驶员出示通行证。身着军服的驾驶员，指着前面的车牌说这是军车。那人居然蛮横道：我不管你什么车，上面只要我认管委会发放的通行证，没有通行证，什么车都不能放行！驾驶员一听顿时火了，一把打开车门，腾地跳下车，指着那人厉声道：你还有没有一点常识？全中国没有哪一条道，不让军车通行的！那人还在横，驾驶员指着横着的栏杆说：你再敢不放行，我立马给你砸烂了信不信！

这时，躲在树荫下正在跟人聊天的交警看到这边的情形，赶紧跑过来，一看是辆军车，忙对那人说：军车还不放行！那人嘟囔说：上面要我们只认通行证不认牌照的。交警说：你傻啊！军车是无冕之王，我们都惹不起，你比我们头大啊！那人怏怏上前拉起了栏杆，交警马上做手势，让军车通行。

望着绝尘而去的军车，交警还在训导那人：军牌通行天下，还要什么管委会的破通行证！耽误了他们的事，真敢砸你栏杆，你只能干瞪眼。前些日子，部队在湖山连海市长和旅游局的颜局长都抓了。那人吐着舌头问：真的？他们犯啥事了？交警说：我哪儿知道！

回到台里，曾尤恭对高山泰说你这招还真管用。高山泰说用军车只能救个急，我们还得名正言顺地出入湖山，等他们从省城回来，我去找他们。

已经碰了一回钉子的曾尤恭，带着高山泰来到市旅游局。管委会办公室的人说颜局长正在会议室开会，曾尤恭亮明身份，请他进去通报一声。办公室的人让他们在外面等，说领导开会不能随便打扰。曾尤恭说：你就说湖山台的台长、副台长专程来拜会颜局长的。办公室的人极不情愿地去了，不一会儿，回来哭丧着脸说：我刚开口，就被撵出来了，说开会不会客。曾尤恭还要说什么，高山泰拦住他说：既来之，则安之。我们就耐心等一会儿吧。

办公室的人拿来两个纸杯，给他俩倒了两杯水，高山泰和曾尤恭坐下来，边喝水边等。办公室的人进进出出忙着自己的事，把高山泰和曾尤恭晾在那儿了。过了将近一个小时，还不见会议结束。这时，匆匆忙忙进来一个人，冲着办公室的人说：颜局长在不在？办公室的人说：颜局长正在开会。进来的人急匆匆地说：你快去通报一下，我有急事汇报！办公室的人去了一会儿进来对那人说：颜局长要你去。那人转身出去了。曾尤恭问：这是个什么人？办公室的人说：他是管委会工程部的人。曾尤恭忍不住问：颜局长不是开会不会客吗，怎么见他不见我们？办公室的人苦笑着说：领导的事，我哪能管得着。曾尤恭愤愤地说：这分明是不拿我们当回事嘛！高山泰捅了他一下，问：卫生间在哪儿？办公室的人说：出门往右走到头就是。高山泰拉着曾尤恭出了办公室。

出来，高山泰径直朝会议室走。曾尤恭跟在后面提醒：嗳，厕所在右边，你走反向了。高山泰也不理他，几步走到会议室门口。

高山泰轻轻扭开会议室的门，见那个工程部的人正在大声讲着什么，一屋的人都在听他说。高山泰再一看，发现除了颜局长，海市长也在里边，索性大大方方推门进到会议室，曾尤恭也跟了进去。

高山泰跨进门笑着说："我们是来找颜局长汇报的，没想到海市长也在啊，来得早不如来得巧，我们就一并汇报了！"

会议室的人都愣神望着这两个不速之客。颜局长脸上掠过一丝不易察觉的尴尬，马上起身笑道："贵客！贵客！快请坐。"说着忙拖椅子。

海市长也起身说："啥事让你们拖这远的步，有事打个电话，让管委会的人跑一趟就是了。"

高山泰也不客气和曾尤恭并排坐下来。

颜局长笑着说："你跟我汇什么报，我们是同级干部，说起来，你们还是省里的领导，应该是我们汇报才对，是吧，海市长？"

海市长连声说："对对。市里的同志就是要摆正位置，要树立服务意识。"

颜局长和颜悦色地问："高台亲自驾到，不知有何吩咐？"

高山泰嘿嘿一笑说："其实，也没有什么大不了的事。"

颜局长说："哦，没有什么大不了的事，高台怎么会拖步亲临呢？"

高山泰无奈地说："都怪下面的人办事不力，我也是被逼无奈啊！要是都像管委会的同志这样得力，也不至于我从湖山跑到这里来。还是颜局长教育有方啊！"

海市长忍不住问："什么事让高台这么为难？"

高山泰摊开手说："就为了区区几张上湖山的通行证。"

海市长不知所云地问："什么通行证？"高山泰反问："上湖山要凭管委会发的通行证，怎么，海市长还不知道？"

海市长一脸无辜地说："真不知道，我还是头回听你说。"海市长扭头问颜局长："什么时候上山要凭通行证了？"

颜局长赶紧解释说："是这样，市里不是定下来要搞金殿落成开殿仪式吗，请柬也都送出去了。可这一段进出湖山的车辆太多，上湖山的路经常发生拥堵，怕耽误金殿收尾工期。为了保证开殿仪式如期举行，管委会要把上山的路拓宽翻修一下，暂定对进出湖山的车辆实行管控，才发放通行证，严格控制湖山以外的车辆进出。本来要给您汇报的，后来一想，您这么忙，这么点小事我们定了就算了，没敢再打扰您。"

"嗳，这可不是小事，都惊扰到了人家湖山台，怎么能是小事呢！"海市长摆出一副愠怒的面孔说："你们做事莽莽撞撞，考虑不周全，看人家高台都找到管委会来了。"

高山泰不温不火地问："如果我没有听错的话，刚才颜局长说管委会发放通行证，是为了控制湖山以外的车辆进出湖山，请问颜局长，我们湖山台的车辆是湖山以外的吗？"

颜局长连忙摆手说："当然不是。"

高山泰又问："既然湖山台的车辆不属于湖山以外的，为什么管委会不发给我们通行证呢？难道要我们的人每天徒步上下班？"

"是啊，这到底是怎么回事？怎么把人家湖山台给漏了呢？你们做事也太马虎了。我刚才还批评你们要加强服务意识，结果你们连起码的服务都不到位。"海市长拉下脸批评道。

"这都怪我工作疏忽。"颜局长检讨着说："我以为这点小事交给工程部办，不会出现差错，没想到他们居然把湖山台给漏了。"颜局长转向工程部经理问："你们怎么办事的？"

工程部经理辩解说："通行证我们是按名单发下去的啊！"

颜局长说："既然是按名单发的，湖山台怎么会没有呢？"

工程部经理说:"我哪儿知道?"

海市长刻不容缓地追问道:"名单呢?把名单找来!"

颜局长要工程部经理去把名单找来,工程部经理起身离去,不一会儿,他回到会议室,把名单递给颜局长。

颜局长接过名单上下一看,惊道:"谁把湖山台给划了?"

工程部经理嘟囔道:"不知道,下面人给我,湖山台就给划了。"

颜局长勃然大怒,拍打着名单道:"名单是我亲自审核签发的,上面明明有湖山台,怎么给划了呢?查!谁这么大胆子,敢私自涂改我审批过的名单,简直无法无天了!"

工程部经理眼望着别处,一副事不关己的样子说:"反正不是我划的。"

海市长声色俱厉道:"谁划的也不行!这件事一定要严查,而且要严肃处理,绝不姑息!"

会议室的气氛顿时凝固了,谁都不敢吭声,每个人都尽量避开他人的目光。

还是高山泰率先打破难堪的场面,他呵呵笑了两声说:"算了算了,工作失误在所难免,不要查了。我们今天既不是来断案的,更不是来追究责任的,是来讨通行证的,要不,我们一会儿还回不了湖山呢!"

曾尤恭本来就憋着一肚子气,忍不住插嘴说:"上山的路本来是我们修的,现在进出还得凭你们的通行证,这理上哪儿说去?"

工程部经理一听这话,也正闷着一肚子火没处发,马上接话说:"你们修的路?整个湖山都是我们的,你们在湖山修这盖那,无偿占用了这多年,一分钱没出过,就算便宜你们了!"

曾尤恭猛被工程部经理一通抢白,竟一时答不上话。会议室有人发出幸灾乐祸的嗤鼻声。

高山泰从容不迫地对工程部经理说:"你这话听起来很有道理。请问你从小到现在,接收湖山台的信号听广播、看电视,缴过一分钱没有?方圆几百公里内,包括湖山市所有的人,几十年听广播、看电视,谁又掏过钱?"

工程部经理一听,无趣地扭过脸去。颜局长忙制止工程部经理说:"砸破锅说锅,打破碗说碗,别把话题扯远了。"

高山泰笑了笑说:"天下本无事,庸人自扰之!"

海市长出面收场说:"今天看着高台的面子,我可以不追究你们,但没有下回了。"见所有人都石化在那里,海市长嚷道:"还愣着干什么,赶紧给人家办理通行证啊!"

颜局长闻声拿起笔,在名单上打着横杠的湖山台旁边,批了"立即补发"几个字,签上自己的名字,把名单甩给工程部经理。工程部经理并不起身,而是交代旁边的人,让他带高山泰他们去办理通行证。高山泰和曾尤恭起身告辞出来。

办证的女青年见了颜局长的批示,二话不说,让高山泰他们在本子上签字,曾尤恭抢前签了字,办证的女青年从抽屉里拿出一个通行证递给曾尤恭。曾尤恭接过说一个不够得三个。办证的姑娘说批示上没有具体数目,她不能滥发,还得去找颜局长批。曾尤恭抓过名单,让高山泰等着,自己又返回会议室找颜局长。不过,这次曾尤恭很快就返回来了。高山泰问颜局长批了?曾尤恭高兴地点头。

拿了通行证出来,回湖山的路上,高山泰问:"这回颜局长怎么批得这么爽快?"

曾尤恭说:"我进去对她说一个不够。她愣眼看着我。我说台里有三辆车,一张通行证怎么够?她就手写了个'三张'。我拿着就出来了。"

"你没说声谢谢?"高山泰调侃道。

"我谢谁?谢海市长?谢颜局长?还是谢那个工程部经理?"曾尤恭气不打一处来地说:"我恨不得啐他们一人一口,还谢呢!"

高山泰听了哈哈大笑,笑得眼泪都出来了。

曾尤恭问:"你笑什么?"

高山泰笑着说:"你只想啐他们一口,你知道他们心里怎么想的吗?"

曾尤恭问:"怎么想的?"

高山泰说:"他们恨不得一人咬你一口。"说罢忍不住又哈哈大笑起来,笑得胸口发痛,赶紧用手捂着。

曾尤恭想了下,也笑了起来。笑过,他问:"嗳,你说名单上明明有我们,是谁给划了?"

高山泰笑着反问他:"你说是谁划的?"

曾尤恭挠挠头半天回答不出来,接着又问:"你说说看,会是谁干的?"

高山泰望着车外,半天反问道:"你看过悬疑片吗?"

曾尤恭说:"看过啊,跟这有什么关系?"

高山泰收回视线说:"这就像悬疑片里的情节一样错综复杂。"

曾尤恭将信将疑:"有你说的那么复杂吗?"

高山泰反问:"你以为呢?"

曾尤恭摇着头:"我看不出来。"

高山泰说:"那我就分析给你听听。"

曾尤恭饶有兴趣地说:"愿闻其详。"

高山泰说:"名单可能是工程部经理擅自划的,也可能是颜局长划了后,交给工程部经理的,还有一种可能,就是海市长偷偷指使他们干的。他们都有作案的动机和可能。"

曾尤恭倒吸一口凉气说:"这也太诡异了吧!简直就像《尼罗河上的惨案》那部电影,每个人都有作案的动机,你分析分析他们的动机看?"

高山泰抽丝剥茧地说:"先说那个工程部经理。你看他对我们那副蔑视的态度,好像跟我们有深仇大恨似的,别忘了施工队是由他负责的,我们跟施工队闹那一出,就已经跟他结下梁子了,名单到他手里,他完全有可能擅自把我们划掉;再说颜局长。她起先看到这份名单有我们是认可的,但她一直觊觎湖山台那块风水宝地,为了给我们制造麻烦,故意把我们从名单上划掉,让我们到处钻烟囱,反正经手的人多,无从查起;最后是海市长。我们在湖山,是他建旅游风景区的眼中钉、肉中刺,他早就想把我们从湖山上踢出去,可能暗中授意他们使坏,给我们添乱。"

曾尤恭听了连连点头说:"有道理!有道理!嗳,我怎么就没有想到呢?"突然,曾尤恭像想起什么似的问:"嗳,你说那个工程部经理说话怎么那么横,当着海市长的面敢那样放肆?"

高山泰觑着眼问:"你一点没看出来?"

曾尤恭一脸困惑地问:"看出什么?"

高山泰说:"你看出他们之间的关系没有?"

曾尤恭问:"他们之间能有什么关系?"

高山泰提示说:"刚才,在会议室,工程部经理脱口喊了一声'姐',马上又收口了。"

曾尤恭记起来了:"是,他确实喊了一声'姐'。哦,你是说,颜局长是他姐?!"

高山泰摇摇头说:"结论不能下得太早。我注意到,工程部经理喊'姐'的时候,颜局长不露声色,倒是海市长马上用眼神制止了他。这说明什么?"

"说明什么?"曾尤恭张大嘴问。想了一会儿,曾尤恭醒悟道:"哦!这说明颜局长不是工程部经理的'姐',而海市长恰恰是工程部经理的'姐夫'!"

高山泰听了曾尤恭的分析,又摆摆头说:"还是不能过早下结论。有三个选项,"高山泰像解析试题似的分析道:"一个是颜局长不是工程部经理的'姐',所以她没有任何反应;二个是海市长是工程部经理的'姐夫',怕当众暴露,用眼神制止了工程部经理;三个是颜局长就是工程部经理的'姐',海市长知情帮她遮掩。"

"哇!太诡异了!"曾尤恭拍手叫绝:"这个情节要是放在电视剧里,该是多好的桥段呢!"

高山泰笑道:"这都只是猜测,套用一句时髦的广告词——'一切皆有可能'!"

曾尤恭调侃说:"高台,我看你干脆改行算了。"

高山泰问:"改行干什么?"

曾尤恭说:"改行当侦探啊!当福尔摩斯或者波罗,还有现在电视上热播的狄仁杰,我看你一点不比他们差!"

高山泰打趣地说:"再在湖山台加挂一块招牌'湖山私人侦探所',你也改行当我的经纪人算了。"

车都上了湖山,高山泰才记起,秦姑最近胃口不好,老觉得恶心,要他捎点山楂片之类的东西回去。

晚上,高山泰蹑手蹑脚摸进秦姑的屋门口,伸头一看,秦姑正跪在蒲团上,给观音菩萨磕头,嘴里还喃喃有词念道:"求菩萨保佑额娃儿!求菩萨保佑额娃儿!"

高山泰躲在门口,看着秦姑把头磕完把愿许完起身,才现身哧哧笑道:"烧几炷高香,磕几个响头,就把菩萨贿赂了?"

秦姑吓了一跳,扭头一看是高山泰,捂着胸口说:"死鬼!进来也不吭一声,把额的魂都吓掉了!"

高山泰笑嘻嘻地坐在床沿说:"只要没把肚里的娃儿吓着就行。嗳,当着菩萨的面不能说死啊,不吉利。"

一提起肚里的娃儿,秦姑手一伸说:"额要你带的东西呢?"

高山泰佯装说:"带回来了。"

"在哪儿?"秦姑问。

"在车上啊。"高山泰说。

"搁车上干吗,还不去拿给额。"秦姑催促道。

高山泰说:"拿给你干什么,你要它也没用。"

秦姑一愣："甚叫额拿它没用？"

高山泰说："通行证你拿着有啥用？生孩子只要准生证，用不着通行证。"

秦姑捶了他一下说："谁要那玩意儿了，额是要山楂片！"

高山泰抠着头说："不好意思，光顾着要通行证，我把这事给忘了。"

秦姑气恼道："就记得你那点破事，连额肚子里的娃儿都给忘了，赶明儿娃儿生下来，你还不知道是谁的呢！"

高山泰赔着笑脸说："那怎么会？孩子生下来肯定像我。"

秦姑说："拉倒吧！娃儿像你就惨了！"

高山泰不服气地说："像我怎么就惨了？我长得就那么让观众声讨！"

秦姑说："你没听人说，你长得跟那个导演似的，一张皮包骨头的苦瓜脸。"

高山泰说："管它苦瓜脸、猪腰子脸，人家是赫赫有名的大导演，想跟他生孩子的女人多了去，你能跟我生孩子，那是你的福气！"

秦姑说："美得你！还真把自己当那个导演了？告诉你额这肚里的娃儿，指不定是谁的呢！"

高山泰伸手摸秦姑的脑门说："你不是发烧说胡话吧？你肚里的孩子，不是我的还能是谁的？"

秦姑说："是你的娃儿，你为甚不关心？"

高山泰说："我怎么不关心了？"

秦姑说："三番五次让你捎点山楂片，你都给忘了，还好意思当娃儿的爹！"

高山泰诚恳地说："一忙，我确实忘记了，明天我就让班车给你捎上来行不？"

秦姑说："给额捎？你以为是额要吃？是肚里的娃儿要吃！"

高山泰俯下身，摸着秦姑的肚子戏声说："孩子，再忍忍啊，爹明早就给你买山楂片啊！"

秦姑笑道："一边去，这会你知道跟娃儿讨好卖乖了！"秦姑故意拍着肚子说："娃儿，哭一个给你爹听听。"接着，秦姑学着婴儿腔，边哭边唱："狗屁爹，一边歇。娃儿要吃，你忘咧。只认娘，莫认爹！"

二十五

吃早饭的时候，秦姑听到高山泰和曾尤恭几个在桌上议论。曾尤恭喝着粥说：你说他们修路的也太神奇了！王工嚼着馒头问：咋神奇了？曾尤恭说：我们每天都上上下下，上山和下山不一样，今天和昨天又不一样。王工问怎么个不一样法？曾尤恭说：简直就跟脚撑着屁股似的，刷黑的柏油路简直就像铺地毯，噌噌直往前蹿啊！王工说：领导大会小会不是提倡"五加二""白加黑"吗！要是一个什么献礼工程，更得没日没夜地赶工期。秦姑听不明白，悄悄问"骨感妹子"：甚叫"五加二""白加黑"？"骨感妹子"笑着解释说："五加二"就是五天工作日加上星期六和星期天；"白加黑"就是白天加晚上。秦姑这才恍然大悟，不好意思笑道：额还以为是打麻将、吃中药呢！"骨感妹子"奇怪：怎么会是打麻将、吃中药呢？秦姑说：额以为"五加二"就是五筒加二筒、五条加二条，那不是打麻将是干甚？"白加黑"不就是治感冒的药嘛！"骨感妹子"一听大笑不止说：你真有悟性！人家领导说话形象生动，那叫接地气。秦姑问：领导说话都像额们庄稼人话接地气？"骨感妹子"说：那是！有的领导说话不仅形象生动，还挺艺术。秦姑好奇地问：咋艺术了？"骨感妹子"兴致勃勃地说：比如周六吧，领导会说，"星期六一定不休息。"秦姑问：那星期天呢？"骨感妹子"说："星期天休息不一定。"秦姑听着有点晕，说额咋听着，绕来绕去还是不休息。

　　过后，秦姑把"骨感妹子"的话说给高山泰听。高山泰扑哧一笑说："你不在体制内，不懂得体制内的语境。"

　　秦姑听着纳闷，问："甚叫'体制内'？"

　　高山泰想了一下说："吃财政饭的公职人员都算'体制内'吧！"

　　秦姑兴奋地问："你也在'体制内'？"见高山泰点头，秦姑忙问："那额呢？"

　　高山泰说："你不在编，是临时聘请人员，不能算'体制内'的人。"

　　秦姑有点失落地自语道："难怪额听不懂你们'体制内'的话。"

　　高山泰不以为然地说："待长了，自然就听懂了。"

　　秦姑接着又问："你刚才还说甚'境'来着？"

　　高山泰说："语境。"

　　秦姑又好奇："甚叫'语境'？"

　　高山泰说："语境就是说话的环境，生活有生活的环境，工作有工作的环境，两下的环境不同，说话的语境自然也不同。"见秦姑还是不太明白，高山泰说："这么跟你说吧，上游泳池游泳，男男女女都穿着游泳衣、游泳裤，谁都不觉得奇怪，但谁要穿着游泳衣、游泳裤上大街，人家不把你当神经病才怪！"见秦姑听了咯咯直笑，高山泰说："游泳池和大街就是不同的环境，做事、说话自然就不一样。

我俩在这里说话和在体制内说话,环境就不一样,对象不一样,同样的事说法都不一样。"

秦姑很好奇:"咋个不一样法?"

高山泰说:"比如谁跟谁联系,体制内不叫联系。"

秦姑瞪大眼问:"那叫甚?"

高山泰故作神秘地说:"叫'对接'。"

秦姑用两根指头对着琢磨道:"就这样?"高山泰点头。秦姑笑:"有点像娃儿玩的'虫虫虫虫飞'嘛。"

高山泰又说:"比如一个事情过渡到下一个事情,体制内叫'节点'。"秦姑就手找出两根绳子,两头对着打了个结一扯。高山泰笑着点头又说:"再比如一个阶段到下一个阶段,体制内就叫'拐点'。"

秦姑用手臂又做了一个拐弯的姿势,但还是不解地问:"为甚非得说这个'点'、那个'点'的?"

高山泰笑道:"这就叫'接轨'。"

秦姑一脸困惑:"接甚'轨'?跟开火车似的!"

高山泰耐心解释说:"跟数字时代接轨。你看现在什么都用图表来示意,数字与数字之间连接,就叫'节点',数字与数字拐弯的地方,就叫'拐点'。"

秦姑问:"为甚非得这样说呢?"

高山泰说:"这样说显得前卫吗?时代在进步,说话也得跟上,要不就落伍了嘛!"

秦姑抿嘴笑:"刚说几句话,又是'前卫'又是'落伍',满嘴新名词。"

高山泰说:"还有好多呢!"

秦姑叹口气说:"幸亏额不在你们'体制内',要不连话都不会说了。"

高山泰说:"听多了,说多了,自然就会了。"

秦姑说:"额算是说不来你们那些新词儿。"

高山泰鼓励说:"很快你就学会了。不信,你造两个句试试。"

秦姑问:"造甚句?"

高山泰想了一下说:"你就用'上行'和'下行'造句听听。"

秦姑:"额能行?"

高山泰:"当然行!"

秦姑毕竟念过几年书，沉吟片刻造了个句说："额'上行'到湖山，准备从舍身崖'下行'……"秦姑捂着脸："不对，不对！"

高山泰继续鼓励说："挺好，挺好！多试几次就会了，你再用'倒逼'造个句。"

秦姑问："甚叫'倒逼'？"

高山泰说："'倒逼'就是正面用力没效果，改从背面用力。"

秦姑想了想，摸着自己的肚子说："下回，你再不给额买山楂片，额就叫肚里的娃'倒逼'你！"

高山泰伸出拇指称赞道："好好！这个'倒逼'用得恰到好处！"

秦姑一脸得意道："得了吧，额不说'体制内'的话了，累得慌，还是说额自己的话吧！"秦姑转移话题说："这两天，额看见宝藏峰上人来人往，在金殿跟前忙活，又是搭戏台，又是扎彩门，嘿，彩门还是用气吹起来的呢！台子跟前还摆了好多鲜花，你说山上有现成的不用，非得费老大劲，从山下用汽车往山上拉，看样子，比上回奠基的排场要大得多，八成是张罗金殿开张吧？"

高山泰说："可能是在准备金殿落成仪式。"

秦姑问："你说盖个金殿，请这么多人来，又是搞奠基又是搞落成仪式，这两下有甚不同？"

高山泰说："这好比结婚，先得送彩礼喝定亲酒，等正式结婚那天，还得大摆宴席举行结婚仪式一样。"

隔了两天，秦姑又惊张地告诉高山泰，说警察牵着狗子上了宝藏峰，狗子在金殿里闻进闻出，还在台上闻来闻去。会场还拉了布条，不让人进出。高山泰告诉她：好戏要开锣啦！

第二天上午，果然有警车鸣着警笛上了湖山。警车停在"盆地"，有两个警察拉着皮尺在地上量来量去，另有一个警察拿着一个带长把的铁轱辘，沿着地上的记号推着铁轱辘，从铁轱辘里撒出的白灰，把整个"盆地"画成一个个斜着的长方格。

画完，几个警察凑在一起嘀咕了几句，朝无线台这边过来，正好碰到出门的曾尤恭，警察指着停在外边的车，冲曾尤恭打招呼说：明天上午，你们的车不能停在这里。曾尤恭奇怪地问：为什么？警察说：明天上午山上有活动。曾尤恭说：有活动跟我们停车有什么关系？我们又不妨碍你们活动！警察说：明天来的车多，必须按指定地点停放，否则车辆停不下。曾尤恭申辩说：我们自己的车停在自家门口也不让，那停哪儿？警察不耐烦地指着无线台里边说：停进你们自己院里。曾尤恭扭头指着院内狭窄的通道急了：这么窄的地方，怎么停放三辆车？警察也恼火了：要不是因为你们是山上的车，想停里边都没门儿！

正说着，高山泰出来。曾尤恭还在跟警察争辩，高山泰拦住他问明情况说：算了，既然明天市里有重大活动，我们就克服克服困难。他交代曾尤恭，明天另外两辆车暂时停在山下基地不要开上来，班车上来后，倒进院里。警察一听，没什么好再说的，转身走了。

警察走后，曾尤恭还忿忿不平地抱怨：他们搞他们的活动，闹得我们鸡犬不宁！高山泰拍拍曾尤恭的肩膀说：都要相互理解。曾尤恭说：我们理解他们，他们理解过我们吗？自己家门口不能停放自家的车，天底下哪有这样的道理！高山泰劝说道：就是一上午，有什么不能克服的。曾尤恭怒气未消地说：这帮人什么做不出来，今天敢不让我们停车，明天就敢不让我们出行，后天就敢扒我们的房子！你信不信？高山泰淡淡一笑：你说得也太邪乎了！

有阳光的早晨，湖山就像电影画面一样明媚。阳光的紫外线，就像一根根色彩斑斓的珍珠链，连接着湖山的万物，光彩艳丽。反观，又像是湖山用千万条银线，放飞太阳。

最早上湖山打前站的是操办仪式的工作人员和交警。宝藏峰方向即刻传来调试音响的乐曲声，交警有的把守山门路口，有的在"盆地"指挥车辆停放。陆续有车辆驶抵湖山，没有特别通行证的车，在交警的指挥下，一律停放在"盆地"，车上的人下车步行前往宝藏峰会场。不一刻，湖山上就人满为患拥堵起来，不少初次上湖山的人，还不时停下来，以山上各处风光为背景拍照留影。也有人好奇地摸到无线台来窥视，不知道里面是个什么秘密单位。看到旁边高耸的铁塔，和一面面朝着不同方向貌似雷达的"锅"，有人窃窃私语，有的说是雷达站，天上放个屁都能捕捉到；有的说是无线台，这里发出的电波，美国加州都能收到；也有的说是情报机构，斯诺登爆的那些料，这里都能解谜。但所有试图接近无线台的人，都被明察秋毫的台里狗，无一例外阻止在了门外。

八点半钟过后，开始有高档小车驶上湖山。这些车前面挡风玻璃上贴有特别通行证，交警见到它，立刻靠边肃立，打着标准手势，引导小车直接驶向宝藏峰。小车噜噜驶过，在"盆地"通往宝藏峰的简易砂石路上，卷起一阵阵遮天蔽日的风沙，如同龙卷风来袭一般，路旁行走的人，赶紧捂面侧头，唯恐避之不及。

拾掇完早餐蒸馒头的笼屉和碗筷，秦姑摘下围裙，就站在食堂门前。远看小车接小车，乌贼鱼似的鱼贯而过，近看一辆辆小车，整齐划一地停放在"盆地"上，就像在自家门口办车展似的，心里不禁莫名地兴奋起来。

眼见小车过得差不多了，秦姑赶紧进去，洗了把脸，对着镜子梳了梳头，低头一看衣裳有点油渍，又赶紧换了件衣裳，出来锁上门，匆匆奔宝藏峰去了。

什么叫"近水楼台先得月"？秦姑就是。不论是作为湖山的住民，还是作为虔诚的善男信女，秦姑都是不请自到的当然嘉宾。她不用起大早，赶远路，受颠簸，担惊受怕迟到。正相反，她凑到宝藏峰看金殿落成仪式，就像在自个家吃宴席，饭菜都端上来只等她上桌张嘴，又好比在自个家里唱堂会，锣鼓家什敲响，她再出屋也不迟。

尽管秦姑已有思想准备，但场面的盛况，还是让她震撼。金殿上面的平台，正好当作主席台，下面龟鹤铜像前面的空地，正好改成临时会场，与会的人早已列队站得拍拍满满，个个脸上喜气洋洋，在原地交头接耳，等待仪式开始。

主席台当面摆设着一个充气的红色拱门，主席台的前沿摆着一溜鲜花，主席台的上方挂着一条横幅，横幅上写着："湖山国家级旅游风景区金殿落成典礼暨开光仪式"。主席台的背面立着一块偌大的背景板，遮蔽着空旷的天际，不时有人扛着摄像机对着台上人展开的白纸，调试着镜头的亮度。主席台正前方，竖着一个落地长杆麦克风。有工作人员上前，对着麦克风喂了几声，指挥音响作最后的调试，随即离开了。主席台上空无一人，刚才坐小车上山的人，都不知哪儿去了。

秦姑正在疑惑，突然，会场上音乐乍响，众目睽睽之下，只见一个个西装革履的人从金殿里先后有序，挨个出来，在台上逐一站定。秦姑这才明白，原来这些人都猫在金殿里坐等。秦姑眼前突然一亮，她看到走在这群人后面的，居然是一个个身着红黄袈裟的僧人！这让她颇感震惊，她猛然觉得眼前的金殿变得神圣起来，不禁双手合十，虔诚地目视着缓缓而来的僧人。

台上的人站成一排，有的面带微笑，有的神情庄重。秦姑注意到，他们的胸前都别着一朵鲜花，鲜花下面还有一个绿色的缎带，上面有"嘉宾"二字。台上的人秦姑只认出来海市长、颜局长，她眼睛来回扫了两遍，突然发现施工队的包工头，居然也腆着个肚子站在台上的最旁边。秦姑有点愤愤然：他凭什么同领导和僧人站在一起？她感到就像一道美味佳肴上掉进一只苍蝇一样恶心！领导和僧人身上的光环，在她眼里顿时也黯淡了许多。

见台上的人站定，身袭枣红套裙的颜局长跨步向前，走到麦克风前，台下会场的骚动戛然而止。秦姑估计仪式就要开始了，也踮起脚、屏住气、张大嘴望着台上。

颜局长扫视了一下会场，手上捏着稿子，情绪激昂地念道："各位领导、各位高僧大师、各位来宾，大家上午好——"

台上、台下如同点燃了鞭炮，顿时发出一阵热烈的掌声。秦姑抬头一看太阳的位置，估计大约九点的光景。

掌声过后，颜局长继续念道："今天，是我们金殿落成典礼暨开光的大喜日子！"颜局长抬头停顿下来，估计讲话稿上有提示，"此处有掌声"，颜局长平视会场，显然下面的人准备不足，只响起几处稀疏的掌声。颜局长顾不得掌声，声情并茂地往下念："湖山胜景迎远客，金殿佛光接盛香。首先，请允许我向大家介绍莅临今天金殿落成典礼暨开光仪式的领导和嘉宾。他们是省人大常委会副主任汪至尊、副省长连普、省政协副主席王友道……"颜局长又依次介绍省政府副秘书长、省发改委副主任、省民宗委主任、省旅游局局长，接下来介绍的才是市委书记、市人大常委会主任、市长、市政协主席。

秦姑正着急，怎么还没有轮到海市长？猛然听到介绍海市长。她心里犯嘀咕：没想到心目中海市长这大的官，前面居然还有一排比他更大的官。后面市里职能部门的头头脑脑，颜局长没有一一介绍，只用了一句话带过：今天到会的还有市直相关部门的领导。

凡是被颜局长介绍到的人，都向前跨出一步，微笑着向台下欠身鞠躬，然后退回队列。

介绍完官员，颜局长又开始介绍僧人。她神情庄重地介绍道：今天我们还有幸请来了知名的高僧、法师，他们是圆山长老、静波法师、耀智法师、演觉法师、常道法师、正忍法师、正德法师、盖成法师、宗良法师、亲海法师、无心法师、果如法师。

一听介绍高僧、法师，秦姑立马虔诚起来。颜局长每念到一个法师的名号，秦姑不仅竖起耳朵听，而且还努力去记，但就像水里按葫芦，记住了这个又忘记了那个，要不就搞混了。秦姑有些泄气，又有点埋怨：这么多法师哪儿记得住！她突然想起电视上的相亲节目，台上站着那么多姑娘，为了方便好记，每个姑娘都给编号，不论是主持人还是嘉宾，一说几号几号，台下观众立马就对上了。

颜局长总算把台上的人介绍完了，秦姑抬头一看日头爬高了一截，怎么也去了小半个时辰。她发现台上的人头上、脸上开始冒汗了，心想：这热的天，身上套西服，脖子上还扎根领带！秦姑心里替他们热，她下意识抹了一把，不想，自己额头也沁出细小的汗珠。

接着，她听到颜局长宣布："现在，进行仪式第一项，唱国歌！"

台上台下顿时一片肃然，乐曲响起，秦姑看见台上的人都张着嘴，但听不到声音。台下有人大声唱着，有人细声哼着，也有人干脆连嘴都不张。扯着嗓门喊的，都是跟来的孩子。

唱完国歌，颜局长继续主持："现在进行仪式第二项，进行大会发言，首先请施工单位代表发言。"

秦姑看见站在台上角边的包工头，跌跌撞撞跑到麦克风前，他忙不迭地从口袋里掏出一张纸展开，声音颤抖地念道：各位领导、各位来宾——今天我能作为施工单位发言，激动很心情。秦姑猛听到台下发出一阵哄笑声，听到前面的人议论说：是心情很激动吧，怎么变成了激动很心情呢？这'很'的不是地方。包工头几分钟的发言，念得结结巴巴，就像衰减、丢失的无线信号，又像墙壁上脱落了马赛克，有一块没一块的。几下零落的掌声，总算把发言完的包工头打发回到台边上。

接着是市民宗委的主任发言，湖山风景区管委会负责人发言，法师致辞，轮到海市长最后发言时，秦姑发现台上台下有些按捺不住地骚动。秦姑抬头，太阳的高度远不止又过了半个时辰，台上的人依然中规中矩地站着不动，台下的人，有的头戴长舌遮阳帽，有的手搭凉棚，有的脱掉上衣搭在脑袋上遮阳。秦姑手里没有什么可遮阳的东西，只有任凭太阳发落，她发觉自己额头的汗珠，像梅雨天隔着墙壁渗出的水，细密地在额头上集结。秦姑后悔没带条毛巾在手上，就用食指沿额头，把密匝的汗珠一笔勾销，继续强打精神，听着海市长的发言。听着听着，秦姑发现海市长的话，基本上跟上回颜局长在食堂饭桌上讲的话一个腔调，她好生奇怪，难道海市长讲话还要颜局长口把口教？就像自己教娃儿念儿歌一样？不至于吧！

终于，颜局长宣布："下面进行仪式第三项，请领导和嘉宾剪彩。"秦姑只见礼炮齐鸣，彩烟绽放，鸽子和气球遮天蔽日，台上台下一片欢腾。

乐曲响起，像给所有的人注射了一支强心针，身心疲惫的人们，又为之一振。

秦姑看见几个脚蹬细长高跟鞋、身穿大红旗袍的礼仪姑娘，在台前拉着一条长长的红绸带，中间还扎着一个个用绸带系着的彩球，每个彩球之间，站着一个姑娘，每个姑娘手里捧着一个托盘，托盘里放着一把剪刀。被颜局长点到名的人，相互推让着走到彩带前，左顾右盼地拿起剪刀，剪断面前的彩带，然后放回剪刀，面向台下鼓掌。扛摄像机的记者，跑来跑去给台上的人摄像。看着一截一截散落的红绸缎，秦姑暗想：这就叫'剪彩'？也忒浪费了吧！城里再怎么有，也不至于把这么好的红绸缎，硬是剪成一截一截的，太糟践东西了！要搁自己，把这些红绸缎拿回去，拼一拼，怎么着也要做几件像样的夹衣夹袄，兴许还可以做床红绸被面呢！秦姑心里实在不忍。

等剪彩的人重新站回原先的位子，颜局长大声宣布："金殿落成典礼到此结束，下面进行金殿开光仪式，请正忍法师为金殿开光，请各位领导和嘉宾，在金殿两侧随喜参加。"

台上的人在礼仪小姐的带领下，挨个退场进入金殿。台下的人不甘遗弃，很多人就是冲着开光仪式来的，于是纷纷拥向金殿。金殿不大，容不下很多人，只事先安排了少量观众，其余的人被警察和保安组成的人墙挡在了外面。

秦姑也是冲着开光来的。忍受了一上午跟她完全不搭界的仪式，好不容易挨到开光，却又进不去，秦姑急得直跺脚。情急之中，秦姑突然想起高山泰带她抄过的一条小路，可以绕到金殿后边，兴许能从那里进去。秦姑避开人群，独自剥开荆棘，抄着小路拐到金殿后面，那里果然没有人把守，秦姑窃喜，径直登上后廊，从开着的侧门悄悄溜进金殿。

秦姑闪在对着佛像的人群后边，正好把殿内一览无余。

金殿的正面用酱紫色的木栅栏围成半圆，栅栏里高悬的莲台上，卧着一尊金光亮霞的如来佛。他体态丰腴，面容安详，脸阔耳长，眼帘暗垂。如来佛的左边是文殊菩萨，右边是普贤菩萨。佛像前面隔着栅栏，安放着褐色的案几，案几上香炉里的炷香已是青烟袅袅，足以充盈金殿的每个角落。秦姑用鼻子嗅了嗅，感觉跟在自己屋里上的香香味不一样，应该不是一种香型，大概秦姑闻惯了自己上香的香型，总觉得这里的香味有点怪怪的。秦姑发现香炉的后面还亮着几柱闪着蓝光的东西，看上去似香又不像香。秦姑揣摩：这是甚玩意儿，只闪光不冒烟？定睛一看，原来是燃香型的灯泡。秦姑心里骂道：对菩萨还敢玩巧，当心遭报应！秦姑眼睛接着往前瞅，案几的前头放着一个大红的功德箱。功德箱不远就是三个并排放着的蒲团，供香客磕头用的。

金殿内，一侧站的是官员，一侧站的是高僧、大师，秦姑庆幸自己寻对了位子，隐在观众里不被人发现。正式开光了，秦姑发现主角发生了变化，刚才在外面的仪式，是官员唱主角，到里边开光，僧人成了主角。

三宝乐曲响起，殿内一片静穆。只见正忍法师手持禅杖上前，他先是嘴里念念有词绕场一周，然后跪在蒲团上顶礼膜拜，接着起身双手合十，引领众人一字一句念道："微妙净土在何方，方寸之间净土在；慧心无碍随处是，是非不辨慧心随。"秦姑微弱的陕南乡音，被淹没在众口铄金的湖山方言中，就像大海里丢进一粒盐，无关咸淡。

念完，秦姑看见有人递给正忍法师一条毛巾。正忍法师接过，面向佛像做了一个擦拭的动作，嘴里念念有词不知道说些什么。接着，又接过一面镜子，与佛像正面对照，并说了几句。这回秦姑大约听明白了，好像是说佛像和金殿的因缘。这个动作过后，正忍法师拿起朱砂笔，嘴里又叽里咕噜说了几句听不懂的话，然后用朱砂笔，向佛眼的方向作了一个"点"的动作，大喊一声"开"！秦姑闻声，心里随之颤抖了一下。整个开光仪式就此结束，秦姑也总算领教了，甚叫"开光"。

正忍法师退到一旁双手合十，一边站着的官员上前，躲得远远的合掌向佛像打躬作揖，有的上前往功德箱里塞钱。有个官员身上忘了带钱，朝边上的人借，被借的人悄悄告诉他，敬菩萨的钱必须是自己的，不能拿别人的钱，否则菩萨会不高兴，也不会显灵让你如愿的。那个领导悻悻溜出去了。也有胆大的领导，上前跪拜三叩首，秦姑一看动作的"范"，心想：这一定是个信佛的主。跪拜完起身敬香，有专门工作人员给领导派香，秦姑发现凡是上前跪拜了的，往功德箱里塞的钱就多，秦姑心想：这些人不定心里许了多大个愿，要不这舍得！

秦姑很想挤上前去磕头、敬香、捐钱，可排在前面的人太多了，不知要排到甚时候。她抬头看了一眼窗外的太阳，都快直射到地面了。糟了，还得赶回去做午饭呢！她顾不得未尽事宜，挤出金殿，一溜小跑赶回食堂。

一整天，秦姑都忐忑不安。尽管看到那么多从来没有见过的高档小车，看到从来没有见到过的大官，还有那些四面八方云集而来的高僧、法师，还有那个盛大的典礼和隆重的开光仪式，但有两个未了的心愿让她耿耿于怀。一个是已经近在咫尺，她却未能上前磕头许愿、敬香、捐钱，她出门早就把一百的大钞揣在兜里了，居然没能捐出去！还有一个是，她很想让正忍法师摸摸头开个光，要是能抽个签，请正忍法师解解就再圆满不过了！这样子，她这个不请自到的嘉宾也没有白当一回！

唉，秦姑唉声叹气，神情恍惚地往锅里放了两次盐，吃晚饭的时候，还有人跟她开玩笑问她：是不是盐铺搬家，把盐坛子打破了，菜里放这多盐。

晚上，秦姑跟观音菩萨敬香、磕头时，嘴里还一个劲地忏悔，乞求菩萨不计凡人过。

晚餐的菜高山泰也觉得咸了，吃饭时见人多没好说，但直觉告诉他，问题出在秦姑身上，正想晚上过来问。高山泰进到食堂走到屋门口，听到秦姑嘴里还在念叨没完，进屋笑问："你又怎么得罪菩萨了？"秦姑把白天的经过大致说了一遍。高山泰说："你白天得罪的是如来佛，怎么晚上跟观音菩萨赔罪呢？拜错码头了吧？"秦姑说观音菩萨也是跟随如来佛的。高山泰说："原来你是想请观音菩萨替你给如来佛吹耳边风啊。"

秦姑想起白天的事，高兴劲又上来了："额今天算是开眼了！"

高山泰问："你不是说给佛像开眼，怎么给你也开眼了？"

秦姑把高山泰按在床沿说："额是说额开眼界了，哪是给额开眼，轮得上额吗？"

高山泰问："你怎么开眼界了？"

秦姑说："额今天不光见到那多大官、法师，还见到大阵势、大佛像。"她把今天见到的细节，一点点绘声绘色地学给高山泰听，包工头讲话怎么吭哧吭哧地结巴，海市长讲话怎么就像颜局长躲在他背后俩人在演双簧，台上的人剪彩怎么左顾右盼，台下的人怎么把上衣脱下来盖在头上遮阳像赶大集似的。秦姑学得惟妙惟肖，高山泰的笑声像河里激起的浪，一个接着一个。

秦姑问："你说包工头说话怎么那像电视上贴了马赛克似的？"

高山泰说："电视上哪能贴马赛克呢？那是传输信号衰减、丢失，造成画面残缺。"

秦姑问："可以前电视上为什么不贴马赛克呢？"

一扯到技术问题，不管面对的是谁，高山泰总是该咋说咋说："以前采用模拟技术，把信号调制到载波上记录下来，传输过程中，即便出现衰减或丢失，画面只是出现雪花，模糊不清，就像写过字的纸被水浸泡，效果会走形失真。现在采用数字技术，信号用 0 和 1 进行编码，打成数据包，如果传输过程出现丢失，就会残缺，出现像马赛克的样子，画面出现停顿，但信号不会走形失真。"

秦姑说:"哦,原来是这样。"秦姑似懂非懂地说:"额还以为是电视台搞装修呢!"

高山泰笑:"就你尽在那儿瞎琢磨。"

秦姑嫌坐着说话累,让高山泰靠在床头,她给高山泰垫了一个枕头,高山泰脱鞋,舒适地靠在床头,跷起二郎腿,秦姑对着他坐在床沿。她拉着高山泰的手,放在自己的肚子上轻轻地抚摸着。高山泰够起头,想俯在秦姑的肚子上听孩子讲话,秦姑一把推开他,说娃儿才多大,能说话你听?还是听他娘讲吧。

秦姑今天见闻多,疑问也多。她扯着高山泰问:"今天海市长在台上讲话,额咋老觉得颜局长藏在他身后递话似的?"

高山泰摸着下巴颏说:"海市长嘴里念的,兴许就是颜局长他们写的。"

秦姑说:"怎么会?海市长的官比颜局长大,自己说甚还用得着颜局长教?那不等于屁眼儿屙尿——搞倒了吗!"

高山泰呵呵笑道:"啥倒不倒?领导动嘴不动手!现在大会小会,领导拿着稿子念的,有几个不是下面人事先写好,领导台上照念的?再说,海市长兼湖山旅游风景区管委会的主任,颜局长兼管委会的办公室主任,办公室主任给管委会主任写稿子,那不天经地义吗。"突然,高山泰饶有兴趣地问:"嗳,你说今天开光的和尚叫什么?"

"叫正忍。"秦姑拍了高山泰一下责怪道:"别和尚和尚的啊,人家法号叫'正忍'。"

"好好,'正忍'。"高山泰接着问:"这个正忍法师长得什么样?"

"他啊?"秦姑想了一下,比画着说:"中等个,长得白白净净的,额头很高,光堂堂的,中间好像还盖着一个印。"

高山泰说:"那哪是盖的印?那叫'印堂饱满'。"

秦姑忙解释说:"额说不出来,就是那个意思。"秦姑继续绘声绘色道:"正忍法师耳朵大,嘴巴阔,戴着一副深色的宽边眼镜,看上去像个蛤蟆。"一说完,秦姑赶紧掌嘴道:"瞧额这张臭嘴,说高兴了就忘形!"自责后,秦姑又兴致勃勃道:"他啊,肉乎乎的有点胖。嗳,他跟别的法师还真不一样。"高山泰问哪点不一样了?秦姑说:"额特意注意了一下,站在台上,有的法师眼睛东张西望,有的法师低眉垂眼,唯独这个正忍法师,从头到尾眼睛一动不动,直愣愣定在一个方向。"

高山泰说:"这叫'定力'。"接着,高山泰又问:"这个正忍法师是怎么开光的?"

秦姑回忆着说："他先是拿毛巾给佛像做了一个擦脸的动作，嘴里叽里呱啦说了一通，也不知道说些什么。接着又拿面镜子，对着佛像照了一通，嘴里又说了一通。再接着就是提起一支红色的毛笔，对着佛像点了一下，嘴里还大喊一声'开'！"

高山泰说："完了？"

秦姑"嗯"了声问："你说正忍法师用的笔为甚是红色的？写字不都是用墨吗？"

高山泰想了下说："据书上记载，点睛所用的神砂是师父传下来的种子，不知传下来多少年。古时候点睛是用人血的，后来改用鸡血，再后来，主张不杀生，就改用朱砂。所以是红的。"

秦姑说："还真有说道！"接着又问，"正忍法师嘴里念叨些甚，额怎么一句也听不懂？"

高山泰想了想，回说："可能是偈语吧？"秦姑问甚叫"偈语"？

高山泰说："'偈语'应该是唱诵之类的话吧！比如给佛像洗脸时唱的偈语，可能是颂扬佛像的话，再如给佛像照镜子，可能唱的是佛像与寺庙因缘的话。"

秦姑奇怪："额为甚听不懂呢？"

高山泰说："他是用梵语唱的，你怎么听得懂呢？"高山泰说着，还用指头在秦姑手心把"梵"字画给她看。

秦姑越发好奇："梵语是甚语？是神仙说的话吗？凡间听不懂？"

高山泰说："佛教是从印度传进中国的，梵语既是古印度的语言，也是佛教的经典用语。"

秦姑恍然大悟："难怪额听不懂的。嗳，你咋听得懂呢？"

高山泰说："我也听不懂。"

秦姑鼻子一哼："骗额！听不懂，你咋知道是梵语呢？"

高山泰呵呵一笑："我还不是从书上看到的。"

秦姑感慨："书上咋甚都有，像开杂货店的！你跟额说说，书上对开光还说些甚？"

高山泰说不记得了。秦姑亮出撒手锏，一把捏住他的裤裆："今日你不说，额就叫它开口。"高山泰疼得哎哟哎哟直叫唤，连声告饶："让我想想，让我想想！"

高山泰搜肠刮肚地说："我记得书上说，开眼有'六通'。"秦姑问哪六通？高山泰扳着指头列举道："眼通、耳通、鼻通、舌通、身通，还有一个……对了，意通。"

秦姑眨巴着眼说:"佛像要是真有六通,那额说甚、做甚、想甚他不都知道?嗳,既然佛像已经舌通,为甚他不开口说话呢?"

高山泰说:"佛像对谁都开口说话,还不渴死累死啊?你看跟你说了老半天,嗓子都冒烟了,快给杯水我喝。"

秦姑赶紧起身,端过桌上的杯子递给高山泰。

高山泰接过,一口气喝个底朝天,抹了一下嘴说:"祈佛不是靠语言交流,而是靠心领神会。"

秦姑:"额说的佛像都听到了,可佛像不说,额咋知道他说甚想甚?"

高山泰:"这就要靠修炼,把自己的六通跟佛像的六通对接,佛像嘴上说的、心里想的,你就全知道了。"

秦姑寻思:"那得多长时间?"

高山泰笑:"不长,就一辈子吧。"

秦姑捶着他说:"你又骗额!一辈子都过去了,额还听个屁啊?"

高山泰躲着她的拳头说:"对佛不能说粗话,当心受惩罚。"秦姑立马收住拳头,直吐舌头。高山泰说:"要想知道佛像说什么、想什么,就得修炼。修炼是每天的作业、一辈子的功课,你每天跟菩萨烧香祈福,这就是修炼。哪天你感觉到佛像在对你说什么,佛像在想什么,说明你修炼得道了。"

秦姑叹了一口气说:"唉,额这辈子就不做这个梦了,佛是佛,额是额,额是苦海无边,就算听到佛像在说甚,佛像在想甚,也拯救不了额。"忽地,秦姑突发奇想,一把扯起高山泰说:"额看你对佛甚都懂,肯定结佛缘,干脆,你给额肚里的娃儿开个光吧?"

高山泰连连摆手说:"我只是在书上看了点皮毛,我又不信佛,佛是佛,我是我,怎么结得了佛缘?哪能开光呢,简直开玩笑嘛!"

秦姑强行把高山泰的头按在自己肚子上说:"不管是开光还是开玩笑,你都跟肚里的娃儿说几句。"

高山泰挣脱着说:"书上说,开光的人是有条件的。"

秦姑问:"甚条件?"

高山泰说:"这一,得有缘。"

秦姑说:"额看你甚都懂,挺有缘的。"

高山泰说:"这二,身体要健康,我病病痨痨的,给谁开光谁还不得病?我刚吐过血，你别害了肚里的孩子。这三，要得德高望重，是个掌门的，下面要有信众。"

秦姑说："你不就是台里掌门的吗！台里上上下下不都是你的信众?！"

高山泰说："这四，得有一定的物质基础，像我这样上无片瓦，下无分田，给孩子开光，让他以后也跟我一样当无产阶级啊！"

秦姑说："额们又不指望娃儿以后当财主，能自己养活自己就行了。"

高山泰说："还有，开光要有无为之心，不贪、不争、不嗔、不怒，保持无所谓的态度，得之不喜，失之不愁。"

秦姑说："你跟人争过甚？连到手的副巡都不要了。好不容易破了个案，功劳还让给了别人。"

高山泰最后为难地说："我又不会说梵语，你让我说什么呀？"

秦姑再次把他的头按自己肚子上说："不会说梵语，就说人话！"

高山泰无奈，只得对着秦姑的肚子装腔作势道："肚里孩，你听着。快快长，睁开眼。湖山生，是山圣。湖山长，成天罡。像你娘，仪表郎。像你爹，聪明些……"

秦姑听到这里，猛拍高山泰的屁股嚷道："凭什么'像你爹，就'聪明些'？像额就不聪明啦？说，像你爹，当土鳖。像你娘，武媚娘！"

二十六

自从湖山有了金殿，湖山就打破了以往的宁静，由一座久久沉寂的大山，变成了一座佛光重启的圣地。湖山正在悄然发生变化。暮鼓晨钟惊扰着鸟叫雀鸣，青烟袅袅浸淫着花红叶绿，疾步匆匆驱赶着兽影鸟踪。

莫道君行早，更有早行人。高山泰不再是每天第一个亲候湖山的人了。每天天不亮，就有十里八乡的香客、善男信女赶往湖山。有开车上来的，有徒步上来的，有拖家带口举家前来的，也有形单影只一个人来的。经常是汽车的马达声、喇叭声，人们的呼喊声、喧哗声，把倒班楼的高山泰他们和食堂的秦姑从睡梦中惊醒。甚至还有黑灯瞎火摸到无线台找错地方的，把无线台当成了金殿！经常是，秦姑睡在床上，听到外面大呼小叫：今天可是抢到头香了！秦姑苦笑一下，只得无可奈何地翻个身，重新入睡。过后，她要高山泰在"盆地"前做一个指示牌，画上图，告知金殿往宝藏峰方向。无奈，朝圣的人，不知是因天黑看不见，还是步履匆匆没看见，依旧有人跑到无线台门前错等，连台里狗都撵不走这些心诚的香客。这也难怪，整个湖山，除了无线台，就是金殿，在外面的人看来，湖山应该只有山庙，哪来什么世俗单位？

朝山的人多了，麻烦事自然也就找上门来了。不论是早饭还是午饭，只要到了饭点，食堂饭菜的香味，就像出墙的杏花招蜂引蝶，引来饥肠辘辘的香客到食堂门前。有的立在门外，像长颈鹿似的伸着脖子，问里边营不营业？有的"宾至如归"，干脆撩门帘进来，在饭厅找坐，还嚷着要菜单。秦姑还得费口舌，好说歹说把他们劝走。秦姑想老这样也不是办法，让高山泰又做了一块写着大大"食堂"二字的招牌，挂在门口上方，满以为这样等于挂出了"免战牌"，挡住那些不明就里的食客。没想到，招牌一挂，反倒引来更多的食客。他们被秦姑拒之门外时，还与秦姑争执不休。秦姑说这里不对外营业，食客问为什么不对外营业？秦姑指着招牌说："你们没看见，这是'食堂'？"食客振振有词辩驳说："城里的餐馆别说叫'食堂'，就是叫'公社'的都有！"秦姑解释说这里是单位内部食堂。食客又把这里当成僧人用餐的膳堂，够着头看里面有没有光头和尚和尼姑，闹得秦姑哭笑不得。无奈，她又逼着高山泰做了一块更大的牌子，上面写着"单位内部食堂，概不对外营业"。

更为离奇的是，不少香客错把倒班楼当成了旅店，纷纷前来投宿。从前，山上除了台里的人，基本没有外人，倒班楼的门也从来不用上锁，都是敞进敞出。香客一来，就像电影《平原游击队》里鬼子进庄似的，倒班楼不堪其扰。香客们不管三七二十一推门而入，楼上楼下满处乱窜，看见房间里面的陈设跟宾馆、旅店一样，再看一楼还有健身房、娱乐室之类的设施，更以为这是配套齐全的星级宾馆，但就是找不着大堂在哪儿。碰到的职工问他们找谁？他们说找大堂。职工还以为大堂是个人，说我们这里没有叫大堂的。香客也奇怪：你们这里怎么会没有大堂呢？职工说我们这里真没有大堂。香客问那我们要住店找谁？职工这才恍然大悟，说这里是倒班楼不是旅店。香客不依，说前面赶上头香的人肯定在这儿过的夜，'倒班'怎么也该轮到我们了。职工把他们轰出来说：去去，跟你们说了，这是我们职工的倒班楼，不是对外的旅馆。香客还嘟囔说：内部的咋了？人家旅游风景区一到旺季，只要能腾出来的地方，全都对外开放接纳游客。你们倒好，宁可房间空着，也不让游客住，放着大把的钞票不赚，脑袋进水了吧！有的香客内急，蹿进倒班楼拉屎拉尿不冲，厕所一片狼藉，弄得臭气熏天。更有香客顺手牵羊，偷走职工钱物什么的，倒班楼的治安环境越来越恶劣。无奈，高山泰只有把倒班楼的大门重新安装电子识别装置，每人配了电子卡，进出随手关门。

上山的车辆越来越多，宝藏峰那边停不下，经常有车停在"盆地"。车一多，"盆地"也乱了套发生拥堵，有外来的车，见缝插针把车停到了无线台门口，把台里停车的地方都挤占了。为这，台里的司机跟外边的司机不仅发生过争吵还打过架，只差刀斧相向。

一天早上，高山泰要下山开会，司机准备开车，发现一辆外来的车死死地堵在门前，根本无法出行。司机急得飞跑到金殿，站在外面大喊了一通没人搭理，司机又跑进殿内，请和尚帮忙询问，也没人应声，司机气急败坏，放了一句狠话走了。幸亏基地上来一辆车，高山泰慌忙坐那辆车赶下山去了。没找着人的司机看着挡他道的车，越看越憋屈，他找来千斤顶顶起那辆车，把车轮下了一个藏了起来。据司机后来说，这个办法还是从电视上学来的。电视上介绍德国人严格管理路边停放车辆，只要违规停放的，警察下罚单不说，还卸下一个车轮带走，让你乖乖到警察局去认罚。等车主从金殿返转"盆地"取车，发现车轮被卸了一个，急得乱喊乱叫，司机远远躲着偷笑。车主先是在"盆地"上乱窜，逮住谁就问看见他的车轮没有，然后又凑在停放的一辆辆车跟前，看车内有没有他的车轮。末了，还跑到台门口，拦着进出的职工询问，台里的职工都一问三不知。虽然车主怀疑是台里人干的，但他拿不出证据找不着主。直到中午高山泰返回湖山，车主还围着趴窝的车打转，嘴里骂骂咧咧。高山泰进台问明情况，说惩罚也惩罚够了，要司机把车轮还给车主。司机说车主被折腾了一上午，已经毛焦火燥，此刻连杀我的心都有，就这样把车轮还给他，那不等于承认是我干的吗，他不跟我拼命才怪！高山泰一想也是，他心生一计对司机耳语了一番。司机拍手叫好，飞奔而去。高山泰出去，迎着车主和蔼可亲地问他遇到什么麻烦了？车主哭丧着脸说车轮丢了下不了山。高山泰热情招呼他到食堂，喝杯水歇口气，平心静气地开导说：小伙子，你的车停的确不是地方，凡事多替别人想想，也给别人留条路。车主后悔不迭地说：都怪自己当时心急，把车乱停乱放。高山泰拍拍他的肩膀提示说：你别老在旁处转悠，自己的车仔细查找过没有？车主说自己车丢的车轮，总不会跑到自己车上去了吧！高山泰说车轮不会跑到自己车上，说不定会留下什么线索也难说。车主一听将信将疑，拔腿跑回车跟前，围着车子转了一圈，猛然发现车前窗的雨刮下，压着一张纸条，取下来打开一看，纸条上写着：丢失之物，金殿来取。车主撒腿跑到金殿一问，和尚告诉他，确实有人送来一个车轮，说是在湖山拾到的，交给金殿发还给失主。车主问送车轮的是个什么人？和尚双手合十说：跟你一样，都是施主。

用报上的话讲，为了杜绝此类事件的再次发生，高山泰带领司机不仅采用小区里私人车位的管理方法，在自己的车位上，设置了有障碍物的"禁停区"，为台里车辆进出留出通道。

然而，一波未平一波又起，一起人命关天的"责任事故"，搅得高山泰和无线台鸡犬不宁。舍身崖浑然天成的风景，成了不少香客的第二去处。从金殿下来的香客，来到"盆地"只要走近舍身崖，就像被磁铁吸住似的，即刻被眼前的旖旎风光牢牢吸引。虔诚的香客，瞬间变成了躁动的游客，他们纷纷掏出相机、手机拍照，还在舍身崖前留影。有的人靠着舍身崖的护栏拍照还觉得不够刺激，忘乎所以地攀上护栏，坐在护栏上摆Pose，悲剧就此发生。

有天，一个得意忘形的游客攀上护栏拍照，不慎从舍身崖翻落下去，造成建立湖山旅游风景区以来的首起坠崖命案。天上打雷还往树上指，就看谁的头大，何况掉下去一个大活人。死者家属不甘心，找到湖山旅游风景区管委会扯皮要求赔偿。管委会推说护栏不是我们修的，谁修的你们找谁。家属一打听，护栏是台里修的，家属扯着横幅，聚众找到台里扯皮。不是台里狗在门口顶着，一群人恐怕就冲进台里。弄不好还像有的地方闹医患矛盾似的，对台里的设备一通打砸，高山泰赶忙出面解释说：我们修护栏就是防止有人摔下去，死者自己攀上护栏摔下去了，责任在他自己，怎么找我们扯皮呢？家属振振有词说：你们修护栏，为什么没有立"严禁攀登"的警示牌提醒游客？由于你们的不作为，才导致坠崖惨剧的发生，你们有不可推卸的责任！高山泰说：嗳嗳，拜托了！你们搞清楚没有，这里不是旅游景点，我们修护栏是防止我们自己职工坠崖，跟外边的人一毛钱的关系都没有，要我们负什么责！家属说：谁说这里不是旅游景点？既然对外称"湖山旅游风景区"，那么，整个湖山当然都是旅游景点了！高山泰耐心地说：我们在湖山都几十年了，是先有无线台，后有湖山旅游风景区的。我们这个先有蛋后有鸡的问题，是明摆着的，用不着讨论。家属说：不管是先有鸡还是先有蛋，既然你们在湖山上，就是风景区的一部分，就要承担相应责任。高山泰说：我再重申一遍，我们是无线台，不是，也不隶属于湖山旅游风景区管委会，更不是他们的一部分。你们要找找旅游风景区管委会去！家属哪里肯依说：就是旅游风景区管委会要我们来找你们的。管委会是管委会的责任，你们承担你们的责任！高山泰问：我们是什么责任？家属说：路上轧死人，司机还要承担"无过错"责任呢，你们就没有一点"无过错"责任？高山泰说：交规的"无过错"责任，只适用于交通事故，不适用于我们。家属一听恼羞成怒，领头的家属冲上来，一把抓住高山泰，往舍身崖边上扯，嘴里嚷道：今天你们不答应赔偿，就跟我一起跳崖！顾祥喜和曾尤恭几个连忙上前阻止，随同来的家属蜂拥上来撕扯，场面顿时混乱不堪。站在一旁的秦姑一看不对劲，铆足劲冲进人群，用力掰开领头家属的手，把他和高山泰分开，反抓住领头家属的胸口铁青着脸厉声道：要跳崖是吧？额陪你跳，你今天不跳，就是额的个娃儿！说着，拧住领头家属，往舍身崖边上拽。领头家属顿时吓蒙了，他本来只是想吓唬吓唬高山泰的，哪晓得冒出来个不怕死的程咬金，真要陪他跳崖，顿时腿就软了，人直往后撤。谁知秦姑比领头家属的劲大，她抱着领头家属的胳膊，死命往舍身崖边上拖，领头家属架不住，一面鬼哭狼嚎般地喊叫，一面把脚尖插进地面土里希望绊住脚，结果脚在地上犁出一道沟，人被秦姑拖着往前去。所有的人一看，再不拉住，只怕真要闹出人命来，双方的人都上前拉扯住自己的人。高山泰抱住秦姑的身子，顾祥喜和曾尤恭拽着她的胳膊，往食堂方向撤，家属们也拽住领头家属，往山门方向而去。一场看似即将发生同归于尽的惨剧，就这样有惊无险地化解了。秦姑在大敌当前所表现出的大义凛然、视死如归的大无畏精神和英勇气概，让无线台所有的人都肃然起敬、刮目相看。

过后，高山泰心有余悸地问秦姑：你真打算跳啊？秦姑一瞪眼说：怕甚？额又不是没跳过！高山泰说：姑奶奶，他是做做样子，你还真以为他会跳啊？秦姑一瞪眼说：额说你们这些大男人啊，都是些尿蛋！窝囊货！高山泰后怕道：你要真跳下去了，想过我们的孩子没？秦姑一愣说：当时还真顾不上想那么多，先救娃儿他爹要紧。高山泰眼眶一热，心里一阵感动。

接连几件事，把高山泰搅得疲惫不堪、心烦意乱，台里上上下下也是议论纷纷、怨声载道。湖山原有的宁静被打破了，台里正常的秩序被袭扰了，只有秦姑一个人，对这个日益渐涨的人气欣喜不已。之前，秦姑每天面对同样的景物，同样几张面孔，已觉乏腻，现在，天天看到这么多新面孔，听到不同的方言和随处俯拾的趣闻、笑料，如同餐桌上一日三餐老三样，突然换了新三样似的，刺激着秦姑，让她沉浸在兴奋、快慰之中。尤其是转个身，几步路就从食堂到了金殿，能享受远道香客的待遇，可以到金殿当面给佛像敬香，可以听正忍法师耳提面命地讲经说法，而且用不着旅途劳顿，不惧怕风吹雨打。秦姑固然不知道"向阳花木易逢春"的诗句，但"近水楼台"的优越性，她却是实实在在体会到了。以前几顿饭之间的空闲，秦姑总是想着法子打发，现在，早中晚三个单元，只要忙完手里的活，收拾妥了，衣裳一换，门一锁，直上宝藏峰，奔金殿去找寄托。

秦姑进金殿的程序，就跟下围棋打定式一样，先敬香，后拜佛，再听讲。自从正忍法师住持金殿以来，每天前来拜佛祈福的、请他开光的、听他讲经的人络绎不绝。正忍法师有时避至室内，与求访者单个面授机宜，有时带领信众和僧人一起诵经做法事，有时公开讲经答疑解惑。秦姑总是凑在人堆里，悉听正忍法师讲解，有时听着云山雾罩，有时听着茅塞顿开。秦姑时刻记着高山泰跟她讲的开光，有眼、耳、鼻、舌、身、意六通，她的想法很简单，但凡听懂了的，说明自己某一点接了佛缘，但凡没有听懂的，说明自己修炼不够，还蒙在凡尘中未通。

比如，正忍法师讲《佛教戒律》，说：为什么会"修行念佛多如牛毛，往生极乐少如牛角"？原因是不守戒律。正忍法师并不环视面前的信众，而是手持佛珠，目不转睛。他说，现在念佛的人多了，持戒的人却少了，不研求经纶，求禅定智慧，每犯戒而不知，乃舍本逐末，不仅不能悟道，反而得地狱果报。

秦姑心问：怎么能做到戒呢？正忍法师解道：《楞严经》云，"摄心为戒，因戒而生定，由定而生慧，名为'三无漏学'。秦姑琢磨："摄心"，是不是抓住心？正忍法师说：欲摄心，先必除妄念，当得学戒，持戒严者，自可断妄念，无妄念自可生定，而可参禅思虑，久日可现般若智慧研学经纶，自得无漏，证得一切种智，而圆无上正知正觉。

前几句秦姑听明白了，中间"般若智慧"，她没搞懂，后面的话，她大致听懂了。连起来就是，要抓住心，就不能胡思乱想，就得戒，戒严，自然就不会胡思乱想，不胡思乱想，就去参禅，得到真经。秦姑反躬自问：自己算是入佛的人吗？那么自己持戒没有？自己身上没有妄念？自己该怎么摄心？

秦姑正想，正忍法师解道：佛制比丘，需先学戒律五年，若精于无犯，方许离学禅修佛，故知在家出家众，应依佛制循序渐进，勿可本末倒置而废道业，应知登高而自卑，行远必自迩，应以学戒为入门，戒为一切法之根本，不可犯。

秦姑返回食堂，一直在咀嚼正忍法师今天讲的话。晚上，给菩萨上了香，磕完头，秦姑还在一个人瞎琢磨，高山泰几时摸进来的，她浑然不觉。

高山泰见她一副神魂颠倒的样子，问："什么让你这样走火入魔？"

秦姑一见高山泰，赶紧把他拉到跟前坐在床沿问："你来得正好！额问你，你读过楞甚经没有？"秦姑抠着脑袋，一时想不全《楞严经》。

高山泰被问得没头没脑，说："我只知道愣头愣脑，不知道楞甚经。"

秦姑埋怨："额跟你说正经的，不是说笑。读过楞甚经没有？"

高山泰说："我没跟你说笑，我又不是神学院毕业的，读什么经书啊。你今天在金殿，肯定又听到什么新鲜名词了？"

秦姑说："那你说甚叫'三无漏学'？"

高山泰说："我说吧，你肯定是听到新词了，否则，你不会神神叨叨。"

秦姑用胳膊肘捅了高山泰一下催促道："问你话呢，赶紧回答！"

"三无漏学应该是……"高山泰翻着眼皮搜索着，一会儿，他说："佛陀教导众僧有'三修'，不知道是不是你说的'三学'？"

秦姑催促道："说来听听。"

高山泰说："佛陀的'三修'，一是修戒，要求众僧完善道德品行；二是修定，要求众僧致力于内心平静；三是修慧，要求众僧培养智慧。"

秦姑听了拍手道："对对，你这'三修'就是楞甚经上讲的'三学'。"秦姑马上记起正忍法师讲的三句话，说："'摄心为戒，戒而生定，定而生慧'。跟你说的'修戒、修定、修慧'，完全一码事！"

高山泰双手枕着头躺在床上，望着天花板羡慕道："你倒是有闲情逸致修身养性，我们天天如坐针毡，麻烦不断。"

秦姑问："又咋了？"

高山泰叹气道："今天接到通知，增补我为湖山风景区管委会成员。"

秦姑本来坐着，一骨碌立起身说："封你官，这是好事啊！给工钱不？"

高山泰鼻子一哼说："屁的好事，还给工钱呢？跟当年公社派活一样，拿自家的家伙，背自家的口粮。"

秦姑说："都甚年月了，干活不给工钱？那你不当他们的成员，额不相信他们还能抓壮丁，把你捆了去！"秦姑又一屁股摊在床上，痛得床铺龇牙咧嘴直叫唤。

高山泰："捆他们不会捆。"

秦姑："那你怕他们甚？"

高山泰："他们正式下了文。"

秦姑："你拿它当擦屁股的纸不就得了。"

高山泰："他们毕竟是地方一级组织。"

秦姑愣着说："你们是省属单位，由他们瞎掰扯？"

高山泰叹道："他们又没说领导你，请你支持他们工作总没错吧？再说海市长又兼任管委会主任，不当这个成员，不等于驳海市长的面子吗？"

秦姑："既然是请你，那就是瞧得起你，有什么好烦心的？"

高山泰："他们这是包藏祸心！明里是增补我为成员，暗里是想绑架我们，他们画圈圈，让我们跟着跳。还有，以后再发生像在舍身崖出人命扯皮的事，都可以往我身上推，让我出面处理，谁叫我是'管委会'成员呢？他们可以把自己撇得干干净净！"

秦姑说："画不画圈是他们的事，跳不跳你自己拿主意，他们还能把你推下去不成？"

高山泰说："唉，要这么简单就好啰！当了他们的成员，总得参加他们的会吧？他们坐在你对面，指不定一会儿冒出一个什么歪主意，逼着你表态，你要胡乱同意，就等于跳进他们设下的圈套；你不同意，明摆着就是得罪他们，你说能不烦心吗？"

秦姑宽慰道："嗳嗳，有甚好烦心的？烦就证明你没修炼好，定力不够。你刚才不是说'三修'吗？修定就是要致力于内心平静不是。"

高山泰："碰到这些烦心事，心里平静得了吗？"

秦姑："不是事烦，是你心烦。佛咋说的……不是甚动，是心动？"

高山泰接过话说："不是幡动，是心动。"

秦姑："对对，道理你比额懂，为甚就做不到呢？"

高山泰苦笑："我又不是出家人，没法做到超脱。"

秦姑："不对，正忍法师今天说了，不管是在家人还是出家人都一样能做到。"秦姑补充说："额留神看了一下，人家正忍法师，讲了半天的经，连眼睛珠子都没动一下，你说他内心该有多大的定力！"

高山泰哭笑不得："只有信佛的人，才分在家出家，我又不信佛，我是体制内的人，要对我这摊子事负责，领导大会小会常用'责任重于泰山'这句话敲打下面。"

秦姑正言道："你别跟额说你们体制内的话！额是在家的人，额还劝你一句，泰山十万八千里，何必搬来压自己！解除烦恼，还是那句话。"

高山泰问："哪句话？"

秦姑想了一下，觉得哪儿不对劲，但还是说出来了："解鞋带还得系鞋带的人。"

高山泰扑哧笑出声来："不是'解鞋带还得系鞋带的人'。"

秦姑侧头问："那是甚？"

高山泰说："是'解铃还须系铃人'！"

秦姑干脆躺平说："反正都一个意思。"

高山泰像跟秦姑玩跷跷板似的，秦姑这头一躺下，他那头起身说："嘿，没想到这么快你就得道了，还做起我的思想工作来了！看来我得称你为'秦姑居士'了。"说完，高山泰躺下身。

秦姑起身喜滋滋地双手合十，学着僧人的口气说："阿弥陀佛，善哉！善哉！"

二十七

这天，高山泰接到湖山旅游风景区管委会的通知，要他参加成员会议。

高山泰从出发到坐进管委会会议室，心里就揣着秦姑教他的话不断提醒自己，遇事要有定力，尽量保持内心平静。

管委会的成员陆陆续续进了会场，颜局长是倒数第二个进来的，她当仁不让地坐在高山泰对面的中间，按惯例这个位子，都是会议主持者和领导坐的地方，看来颜局长很清楚自己的角色。不知是风范还是常年在职场养成的好习惯，颜局长一坐定，立刻满眼含笑跟与会的每个人打招呼。轮到高山泰时，尽管他心里一百个不情愿，但还是做好准备，与颜局长的眼神做个交流。但高山泰发现颜局长的眼睛，几乎一秒没有在他脸上停留就扫过去了，好像他根本就不存在。高山泰揣度，颜局长绝非是看走了眼，而是有意用这样的方式睬着他，表示对他的蔑视。高山泰心里隐隐冒出一丝凉意和不快，既然如此不待见我，何苦要增补我当这个狗屁成员呢？高山泰恨不得起身走人，但转念想起秦姑的话，还是不动声色地忍住了。心想，也许此刻颜局长看到他，比他看到颜局长更恶心。

所有的与会者几乎都到齐了，高山泰扫了一眼会场，就剩对面中间的位子空着。这时，有人推开门，跟着，海市长神采奕奕走进会议室。紧随其后的秘书，把海市长的提包放到座位旁，把茶杯放到桌上，又从包包里掏出笔记本，端端正正放在座位的前面，才转身离去。

与颜局长出场方式不同的是，海市长进会议室后没有急于坐到座位上，而是满面笑容地绕着椭圆形的会议桌，跟每个人一一握手，被握的人都忙不迭地起身，海市长还不时寒暄打趣几句，就像往人身上注入一剂吗啡似的，令对方立马亢奋起来。握到高山泰跟前，高山泰刚要起身，被海市长按住，笑着说：嗳，你是省管干部，屈驾了！屈驾了！海市长几句话，让高山泰心里又涌出一股暖流，尽管他知道，海市长的话未必真心，但起码听起来还是受用。他想起《增广贤文》里一句话："良言一句三冬暖，恶语伤人六月寒"。领导毕竟是领导，境界就是比一般人高。高山泰瞟了桌对面的颜局长一眼，心说：谁跟你一般见识！

会议由颜局长主持。先是规划部门汇报湖山风景区规划修改报批的进展情况，接着是工程部汇报工程进展情况。

工程部经理谈着谈着，海市长忍不住打断他说："成绩不讲就有，问题不说不透。不要光讲成绩不讲问题。"工程部经理拿眼望着他。海市长不客气地说："看着我干什么？项目早已确定，工程款早已拨付，你们的工程进度呢？路通了，金殿香火起来了，可是，整个湖山还是孤零零一个金殿，一个配套设施都没有跟上，你们是干什么吃的！"会场的气氛顿时紧张起来，大家都屏住呼吸，盯着工程部经理。

工程部经理申辩说："我们是根据项目安排施工的。"

海市长问："项目是怎么安排的呀？"

工程部经理漫不经心地说："不都是你们研究定下来的，写在文件上的吗？！"

海市长厉声说："我现在要你回答我的问题！"

工程部经理喃喃道："先主体工程，后配套设施。"

海市长敲着桌子发火道："现在金殿的主体工程已经完工，并已投入运营，可配套设施呢？"高山泰不知道海市长怎么一上来就发这么大的火？接着，听海市长继续数落说："每天上下湖山的车辆那么多，把金殿门口挤得水泄不通，停车场的建设进度怎么这么迟缓？不知道有多少人因为停不了车而上不了湖山！你们不要简单以为那是上不上香，拜不了佛，许不上愿，听不到经，那背后是一笔巨大的经济损失！那是拉动全市经济增长的 GDP！大家头脑一定要有这个意识。"海市长突然转向会议室所有的人："如果把湖山现有的停车场扩大一倍，甚至几倍，上山的人就会增加一倍或几倍，金殿的收入就会增加一倍或几倍，大家算过这笔账没有？大家不要以为我们只是在建造一个旅游风景区，我们这是在打造一个经济增长极！"

高山泰一想可不是嘛，自从金殿开殿以来，秦姑光花在门票上就已经大几百块,要是其他收费项目跟上来,来趟湖山的人,游、购、吃、住、玩,还不大把的钱扔在湖山!同时,高山泰心里十分震撼,自己眼里的旅游风景区,和海市长心里的旅游风景区,全然不是一码事!自己一直以为建旅游风景区,就是给老百姓提供一个旅游的去处;可在海市长看来,旅游风景区不仅是地方 GDP 增长的重要来源,弥补落后产能不断缺失的比重,而且旅游风景区还是一根有力的杠杆,由它撬动 GDP 的 K 线,继续攀缘。高山泰蓦然感到,面前的海市长仿佛成了个经济动物,所有的工作,在他眼里,最终都折换成经济指标。高山泰弄不明白,难道这就是建立湖山旅游风景区的全部意义吗?

　　高山泰正想着,但听海市长说:"湖山停车场是制约旅游风景区发展的瓶颈,现在出行不像过去两万五千里长征,光靠两条腿。现在我们已经进入汽车时代了,别说城里几乎家家户户都有汽车,就连农村,拥有各种运输车辆的农户,也大有人在嘛。过去上湖山,十里八乡的老百姓,是背着干粮,走上好几天,一步一步爬上去,现在是开着车,一个上午能跑个来回。可光有车没有停车场怎么行?把车挂在山头上还是悬在半天云里?所以,解决停车问题是管委会当务之急的工作!"

　　海市长的话,引起会场一阵窃窃私语。有人说,海市长的话抓住了问题的关键,有人说,停车场的问题早就应该提上议事日程,还有人说,湖山现有用地巴掌大块地方,停车场建在哪儿呢?高山泰脑子里也在打转,他把湖山现有能用的地在脑子里都过了一遍,除了倒班楼占着的"盆地",还真没地方可建停车场。除非劈山,那可是费时费力的事,高山泰想不出该平哪个山头?不由得眉头一蹙。

　　果然,工程部经理的话印证了高山泰的想法,他说:"湖山上不能用的地要变成能用的地,就得炸山平地,不仅工程量大,而且周期长,不是一时半会儿的事。湖山现有能用的地,都有建筑物,让我们上哪儿变地去?"

　　海市长说:"物是死的,人是活的,你们就不能动动脑筋,想想办法?"

　　会场上顿时又炸开锅,大家七嘴八舌地议论开来。高山泰突然想起秦姑的话,面对嘈杂的声音,要不受外界干扰,保持内心的平静。建不建停车场跟自己半毛钱的关系都没有,管他建不建,也不管他在哪儿建,高山泰闭上眼,用意念堵住耳朵,不让嘈杂渗透进来。

　　会场上七七八八提出好些建议,高山泰一句都没听进去。突然,听到颜局长高声说:"大家静一静,听海市长说。"

　　会场上这才安静下来。高山泰睁开眼,只见海市长环视了一下会场说:"大家刚才的建议我都注意到了，但不是隔靴搔痒，就是远水解不了近渴，我想听听有真知灼见的发言，看哪位说说？"海市长的眼睛又像机关枪似的扫射起来。突然，海市长的眼睛停在高山泰身上，笑眯眯地说："高台长，你有什么高见啊？"

高山泰始终把自己当成局外人，来开这个会，那也是药铺里的甘草，有它没它都无所谓，没有料到海市长会点他的将，一时间不知道说什么好。满会场人的眼睛都盯在自己身上，就像都端着枪瞄准自己只等扣扳机一样，毫无准备的高山泰脑子一片混乱。他嗯了一会儿，结结巴巴说："现成……我也提不出什么建议。既然来参加会，我就表个态吧，凡是涉及湖山旅游风景区建设需要的地方，我们无线台一定大力配合支持。"

"好！太好了！"高山泰一句没有任何实质内容的表态，海市长却击节叫好："高台长啊，我们要的就是你这句话，等的也就是你这句话！"海市长站起身说："以前，高台长也说过类似的话，但场合不一样，身份也不一样。今天，高台长是以管委会成员的身份，并且是在成员会上正式表态。"海市长的手指在会场画了个圈说："所有参加会的人都听到了高台长的表态，记录的同志一定要记录在案。"海市长由于过于兴奋，颤抖着声音说："什么叫想风景区之所想，急风景区之所急？态度，态度，态度决定一切！"海市长突然又游离主题，大谈起哲学来："办法总比困难多。从哲学上讲，当困难出现时，解决困难的办法也同时存在，只是我们选择什么时机，通过什么路径、采用什么工具解决困难。我们面对困难的时候，需要的就是像高台长这样的态度，来，我们大家为高台长的态度鼓掌！"整个会场顿时爆发出热烈的掌声。高山泰仿佛看到人们手里放飞出一只只鸽子，满屋打着呼啸。他不由自主起立，环视会场鞠了一躬。之前，在市里的很多场合，高山泰面对的不是刁难、冷落，就是责难、嘲讽，甚至是羞辱！以至于给他心里蒙上了一层阴影。今天，他得到的却是赞许和掌声，高山泰不想去辨别它们的真伪，如同一个前行在沙漠里的饥渴者，猛然有人给了他一碗水，不管水里是否有毒，他都会欣然把它一饮而尽，他太需要解渴了！

自己怎么离开会场的，怎么回到湖山的，高山泰完全记不清了，隐约有一种腾云驾雾的感觉。

二十八

回到台里，高山泰立马找来顾祥喜和曾尤恭，通报了开会的情况，抑制不住兴奋地说：我就随口表了个态，没想得到海市长的高度肯定，丝毫没有为难我的意思，还要全场为我鼓掌，说"态度决定一切"。顾祥喜说：擅长鼓励表扬，是领导会当官的一种表现。高山泰说：你没有看到海市长剋下面的人，一点不留情面，都是一针见血，让人如坐针毡。曾尤恭说：这叫内外有别，抬你打压下面的人，也许用的激将法。高山泰坦诚地说：看来我们对海市长他们还是有偏见，不论他们说什么、做什么，我们都先入为主地怀疑他们的动机，双方还是缺乏应有的信任。顾祥喜说：信任是建立在诚意基础上的。反正到现在，我还没有看到他们的诚意在哪儿？曾尤恭也说：就是，你看他们的所作所为，尤其是他们盗走历史批文这件事，体现的哪是诚意？完全是成心！高山泰说：人心向善，我们不要把他们想得太坏，立场不同，各为其主嘛！话说回来，我们几十年走的是市里的路，吃的是市里的粮，还有山下的基地建设、家属安排、孩子上学，都离不开市里支持，现在人家开发湖山建旅游风景区，我们能拿出什么来支持人家？我在会上表个态，马上就得到人家肯定，说明人家还是很在意我们的，你们也别再多想了。听高山泰这么善解人意，顾祥喜和曾尤恭自然也就无话可说了。

晚饭前，高山泰还特意围着"盆地"用脚丈量了一遍，尽管他闭着眼都能划出"盆地"有多大个圈圈，但还想实地验证一下。高山泰清楚，自己每一个步幅大约是0.75米，他低头累计着自己的步子，等绕"盆地"走完，整个"盆地"的面积，也大体心算出来了。高山泰又掏出卷尺，量了停靠在"盆地"上小车、大车的长度和宽度。心算了一下，如果剔除倒班楼所占面积，大体可以停放几辆车？如果含倒班楼所占面积，大体可以停放几辆车？算完，高山泰心里有了底。高山泰看着倒班楼不觉好笑，它就像一座看守湖山的碉楼，立在"盆地"的中央，无论是晨钟峰、暮鼓峰还是宝藏峰，都逃不脱它的视野。高山泰奇怪，之前，怎么从来没有注意到倒班楼战略位置的重要，今天又怎么这么在意它的存在？高山泰突然想：被倒班楼一占，要建停车场，"盆地"上的边边角角确实派不上什么用场，但没有倒班楼，台里倒班职工住哪儿？想到这，高山泰又觉得荒唐，被海市长表扬了几句，就不知道自己是谁了？怎么老站在他们的立场上考虑问题，反倒把自己的立场给弄丢了呢！难怪秦姑说他，就是耳朵根子软，听不得几句好话，人家说几句好话，就跟灌了迷魂汤似的，被别人牵着鼻子走。高山泰环视周围，只见"盆地"群山环抱，确实像个聚宝盆，但毕竟只有弹丸之地，想建一个大的停车场，非得炸山平地不可！他知道山体是国家控制的资源，不是随便可以炸的，再说确实是代价大、周期长。高山泰想到了井冈山，井冈山上也有一块"盆地"，那可比湖山的大多了，上面不仅有湖，光常年居住人口就有两万，早年就是一个镇的建制，建好几个停车场都没问题，要不当年红军上了井冈山没上湖山呢！他又想到庐山，庐山上有个牯岭镇，那也大得湖山的"盆地"没法比，上面不仅建几个停车场都有地方，而且还建了那么多别墅、街道、店铺、礼堂，那么多重要会议，都在庐山上召开的，为什么没到湖山召开，还不是湖山先天不足，别说毛主席，就是那么多中央领导来了住哪儿？多少年了，湖山唯一就建了个无线台，连个公厕都没建一个，作为湖山的原住民，高山泰不觉自惭形秽。儿不嫌母丑，并不等于儿不知道母丑，是他不应该嫌弃，而且必须维护。高山泰一个人在"盆地"上转悠了半天，没有人要他这样去想，这样去做，但他既这样想了，也这样做了，就像鬼使神差吃错了药。

晚上，高山泰进到秦姑的屋里，心里还盘算着停车场的事。

秦姑看他一副魂不守舍的样子，问道："你今天咋了，像丢了魂似的？"高山泰把琢磨停车场的事讲给她听。秦姑气不打一处来说："别人家的女人生不出娃儿你着甚急，额说你这是操的哪门子心啊？建不建停车场跟你屁关系！"

高山泰说："人家高看我们，我们不能做什么，替人家想想法子总没有什么错吧！"

秦姑问："他们怎么高看你了？"高山泰把开会时海市长表扬他的事又拿出来说。秦姑一瘪嘴说："你是三岁的娃儿？人家给你一根棒棒糖，你就舔到现在。海市长也就这么随口一说，你还当真了！"

高山泰认起真来说："嗳，海市长还让记录的人，把我的话原原本本记录在案，怎么是随口一说呢！"

秦姑咋着舌着问："你说甚了，海市长要人把你说的话记录在案？"

高山泰说："我表的态啊！"

秦姑紧盯着问："你表甚态了？"

高山泰把会上表态的话原原本本道出来说："我就说以后湖山旅游风景区建设用得着无线台的地方，我们一定全力配合支持。"高山泰说完，不放心地问："怎么，我哪儿说得不对了？"

秦姑半天没吱声，末了说："也没觉得哪儿不对劲。"

高山泰寻思说："我觉得自己确实没什么地方说错了。再说，不就是表个态吗，多大个事！"

　　秦姑定住神问："话是不错，可台里拿什么来配合支持他们呢？空话还是空气啊？"

　　高山泰笑："你嘴巴积点德好吧！他们真要空气就好办啰，湖山就是个天然氧吧，他们要多少有多少！"

　　秦姑说："人家不要的你尽给，只怕人家真向你要的，你给不出！"

　　高山泰瞪着眼问："他们要我什么我给不出？"

　　秦姑一针见血地说："人家当然不会要你婆姨，要你婆姨肚里的娃儿。可人家要你腾地方，你腾得了吗？"

　　高山泰听了秦姑的话，心里猛地打了个惊颤，但马上笑着说："你开玩笑！要我们腾地方，往哪儿腾？这么重要的无线台，哪能随便给别人腾地方？几百万人听不到广播，看不到电视找谁去?！"

　　秦姑鼻子一哼哼说："看把自己说的能的，离了你这个高屠户，几百万人就不吃混毛猪了？"

　　高山泰脖子一仰说："不是我有多能，是人民群众离不了它！"

　　秦姑说："拉倒吧，还拿'人民群众'当挡箭牌，听不着广播、看不见电视咋啦，比吃不上饭还重要？比他们挂在嘴边那个甚'鸡的屁'还重要？"

　　"不是'鸡的屁'，是GDP。"高山泰更正道。不过，被秦姑一通抢白，高山泰一时不知道说什么好，半会儿瓮声道："吃饭是根本需求，听广播看电视是基本需求，都少不了。"

　　秦姑一把抓住高山泰的裤裆讥讽道："少跟额这'求'那'求'的，除了额，谁在乎你这两屎！"

　　高山泰抓着秦姑的手说："嗳，差点忘了告诉你，这回，我用你教我的法子，还真管用咧！"

　　秦姑松开手问："甚法子？"

　　高山泰说："开会时我坐在那里，用意念堵住耳朵，他们说什么我都不听，始终保持内心的平静，我还用手指测量脉搏，跳得特别均匀。"

　　秦姑惊喜道："真的！不听为净，不见为无，只要心不动，哪来甚幡动？额决定收你当额的嫡传弟子，还不快快拜师！"说着，秦姑伸手去按高山泰的头。

　　高山泰感觉底下有了冲动，就势伏在秦姑身上去扒她的裤子。

秦姑连忙护住说："行不得，行不得！"

高山泰扬起头问："为什么行不得？"

秦姑说："行不得就是行不得！"

高山泰很纳闷，以往每次都是秦姑要，自己不行，这回怎么成了自己要，秦姑不行了呢？出了什么状况？来"好事"了？高山泰伸手摸了一下，好像没来。难道是怕影响到肚里的孩子？才几个月，不会影响夫妻生活，这点常识他还是懂的。那是为什么？高山泰用蹊跷的眼神望着秦姑问："是不是身体不舒服？"

秦姑指着胸口说："不是身子问题，是这儿不让。"

"这指哪儿？"

"心里啊！"

"为什么？"高山泰不解地问。

"是正忍法师不让。"秦姑直言不讳地说。

"我俩干这事，还要经过他同意？"高山泰好笑，秦姑真是傻得可爱。

"不是要经过他同意，"秦姑说，"是今天正忍法师讲经讲到要禁欲。"

"他怎么讲的？"高山泰很好奇。

秦姑说："正忍法师说，佛最初传法时是没有戒律的。"高山泰问那后来怎么又有了呢？秦姑说："后来因为弟子当中经常有人犯事，所以才有了戒律。"高山泰问为什么单讲禁欲呢？秦姑笑道："因为最难管住的是自己的裤裆，所以佛初定的第一条大戒就是'淫戒'。佛说，要是犯了大戒，会自得果报，就算你修行念佛再精进，也会前功尽弃，不得往生净土，得证圆满。正忍法师还举了个例子，说当初佛有个宝莲香比丘尼修行多年，因为不守佛戒，裤裆经常出事，还不知悔改，不久，平地裂开，她的肉身掉进了无间地狱。"秦姑抠着头疑惑地说："正忍法师说掉进去的地方好像在什么中印度，唐玄奘去那儿取经，还专门去看过那个坑，嚯！说那个坑深黑无底，用各种办法去探，都不见底。正忍法师说，这就是破戒的现报，要额们好好看着自己。"

高山泰凑近秦姑问："那个比丘尼是个什么人？"

秦姑说："出家人啦！"

高山泰接着问："你呢？"

秦姑说："额当然是在家人了。"

高山泰一边对秦姑动手动脚，一边笑道："我的傻老婆，守'淫戒'的是出家人，在家人守个毛啊！"

秦姑一边护着裤腰，一边争辩说："信佛的人，不管出家的还是在家的，都应该自觉遵守。"

高山泰拽着裤带说："在家人也守'淫戒'，人类还怎么传宗接代啊？你肚里的孩子哪来的？"

秦姑一想也是这个理。心里的闸一开，欲望就像渠水，涌动在身上的每根血管里，秦姑尽其所能地配合着高山泰，二人碾压着身下的床铺发出阵阵欢愉的呻吟。

事毕，两个人像剔了筋骨似的瘫软在床上，又像是刚跑完百米冲刺，双眼紧闭，喘着粗气。歇了一会儿，已心无羁绊的秦姑，体现出旺盛的战斗力，提出大战第二回合。高山泰高挂免战牌，秦姑不依，高山泰摸着秦姑的肚子，拿肚里的孩子作挡箭牌，这一招还真灵，秦姑不再纠缠他了。

一会儿，秦姑摸着肚子问："嗳，你说额肚里怀的是男娃儿还是女娃儿？"

高山泰说："这我哪儿知道，我又不是B超，能看到你肚子里去。"

秦姑说："额明天自己到医院去查。"

高山泰阻拦说："嗳嗳，现在有法规，明令医院不让做 B 超查胎儿性别，违法乱纪的事，我们可不能做啊！"

秦姑说："谁说额要做犯法的事了？"

高山泰："你去医院做 B 超查性别，那还不违法乱纪？"

秦姑："谁说额做 B 超，就是为了查性别？额查别的不行！"

高山泰没词了。

第二天吃完早饭，秦姑随班车下山进城去了。

晚上等高山泰来，秦姑神神秘秘地说："额肚里的是男娃儿！"

高山泰奇怪："你怎么知道是男孩？"

秦姑一脸喜悦："医生告诉额的。"

高山泰："叫你不要去做 B 超。你怎么还是去了？人家没把你逮起来？"

秦姑："逮额干甚？额又没做犯法的事？"

高山泰："你去查胎儿的性别，还说没做违法乱纪的事！"

秦姑："谁说额去查娃儿的性别了？"

高山泰："那医生怎么会告诉你是男孩？"

秦姑偷笑："额又没要她说，是医生主动告诉额的。"

高山泰不信："医生会主动告诉你？"

秦姑这才津津有味地讲起了事情的来龙去脉："额去医院做的是胎位检查，做B超的医生问额有甚不适？额说胎儿总是搅得肚子痛。医生给额查了半天，说胎位正常。额一边装着整衣裳，一边漫不经心地说：额头个怀的男娃儿，在里面老老实实的没一点动静，怎么二胎怀个女娃儿就这么不老实。你猜医生说甚？"高山泰摇头。秦姑喜不自禁地说："医生忍不住说，谁说你肚里是女娃儿？也是男娃儿。额要的就是医生这句话！"

高山泰被她逗乐了："你真鬼！"

讲完做B超的事，秦姑又神神叨叨说："差点忘了告诉你，额昨晚做噩梦了！"

高山泰好奇地问："梦见什么了？"

秦姑说："额梦见自己走得好好的，怎么一下掉进一个黑洞里，好大个洞！"秦姑做着手势说："额的心一下悬到了嗓子眼，额闭着眼害怕极了，全身缩成一团。额就这样往下掉呀掉呀，一直不见底。"

高山泰问："后来呢？"

秦姑说："后来就听见山上的鸟叫了。"秦姑瑟瑟地问："你说额是不是犯戒，佛要惩罚额啊？"

高山泰笑着安慰她说："佛只管出家人，你是在家人，不归佛管。"

秦姑问："那额怎么会做受惩戒的梦呢？"

高山泰说："俗话说，日有所想，夜有所梦，这只是你自己的心理暗示罢了。人想得太多，就容易走火入魔。你教我学会放下，你自己也要放下，不要作茧自缚，自寻烦恼。"

秦姑应声答应，可心里依然有挂碍。

一般说来，金殿下午的游客比上午要少一些。四点钟的样子，秦姑一个人摸到金殿，殿内果然游客稀少。

秦姑上了香、跪拜后，凑到正忍法师的座前，猛然发现，正忍法师一只眼始终睁得大大的，另一只眼却闭着。秦姑心里陡然升腾起一种敬畏感，只见过睁一只眼闭一只眼的佛像，没想到正忍法师也是睁一只眼闭一只眼，这不是神佛转世是什么？！秦姑双腿发软，膝盖打弯。

突然，正忍法师睁开另一只眼问道："女施主有何见教啊？"

秦姑忙双手合十说："额有一个迷津，还请法师指点。"

正忍法师说:"有何迷津,女施主不妨请道来。"

秦姑自然不敢说出自己和高山泰那档子事,她只是绕着说:"敢问法师,信佛的人,在家人和出家人是不是同样要守戒律?"

正忍法师说:"信佛之人,都需从师先学戒律五年,若精于无犯,才能离师学禅修佛。不论在家、出家的信众,都应依佛制循序渐进,勿可本末倒置而废道业。信佛应以学戒为入门,戒为一切法之根本,不可犯也。"接着,正忍法师问:"请问女施主,师从哪位师傅?"

秦姑回说:"额只是在家念佛,还没有拜师傅。"

正忍法师宽慰道:"既然女施主不曾拜师,没有取得法号,只是吃斋念佛,就不为在家之人,可不必拘泥于佛制戒律。"

秦姑一听,心里顿时放下了。心想:幸亏没有拜师取得法号,否则麻烦就大了!但她还是忐忑不安地问:"像额这样在家念佛,又不算你说的在家人,要是违反了戒律,会不会受到惩戒?"

正忍法师说:"在家的出家之人身已归佛门,自然要受戒律的管制,若有违犯,当受惩戒。像女施主这样吃斋念佛之人,只是心归佛门,学禅修佛,悟道深浅,全凭自身,有无破戒,也全凭觉悟。佛门不予惩戒,唯恐难逃心受责难。"

秦姑茅塞顿开,她毫不犹豫掏出票子,恭恭敬敬投进旁边的功德箱里。

正忍法师视而不见,立掌道:"阿弥陀佛!女施主慢走。"

秦姑转身离开,始终感觉背后有只眼睛在盯着自己,不禁有一种如芒在背的隐隐寒意。

再过几天,就是高山泰五十九岁生日,秦姑张罗要给他过生。高山泰多少年都没有过生日的概念,该干吗干吗,该吃啥吃啥。可自打有了秦姑,过生日,就像重大节庆,被隆重地提上了议事日程。秦姑吵吵着要给高山泰买身新衣服,说他一年四季都是工作服,高山泰说工作服哪点不好了?第一方便,想坐哪儿坐哪儿,想蹭哪儿蹭哪儿,根本不用顾忌;第二节约,不用花钱买衣裳。秦姑嗔道:你能不能不像街上拾破烂大爷,一年四季套着件油得发亮的野战服,你不嫌腻味,别人还嫌腻味呢!高山泰拗不过秦姑,就由着她当家做主。

这天周六,高山泰被秦姑硬拽着下山到城里去买衣裳,秦姑还出题目,要上一次馆子、看一场电影。既然好不容易进趟城,何不让秦姑心满意足呢,高山泰满口应承。

俩人一直玩到下午四五点才返回湖山。一到台里，顾祥喜就风急火燎来找高山泰。

只见顾祥喜手里抖着一份文件，惊慌失措地叫道："不好了！不好了！"

高山泰忙问："什么不好了？"

顾祥喜把文件摊到高山泰的桌子上说："他们给我们下最后通牒了！"

高山泰抓起桌上的文件一看，文件上印有"湖山旅游风景区管委会"的字样，文件的标题是"关于拆除湖山无线台倒班楼的紧急通知"。全文是：

湖山广播电视无线台：

　　经上级相关部门批准建立的湖山旅游风景区，其规划已正式获批，并已进入实质性建设阶段。根据规划，湖山景区范围内所有的新建、报建项目，须经得湖山旅游风景区管委会审核批准。凡未经湖山旅游风景区管委会审核批准所建的建筑，一律视作非法建筑，予以拆除。

　　凡没有权证，且又未经湖山旅游风景区管委会审核批准，已在湖山旅游风景区范围内自行搭建的所有建筑（含单位用房或民用房），一律视同违章建筑。自接到本通知之日起，单位或个人一周内自行拆除。凡没有按本通知时限自行拆除的，湖山旅游风景区管委会将组织力量进行强拆，强拆所产生的费用和一切后果，将由被拆除单位或个人负全责。

　　本通知由湖山旅游风景区管委会负责解释。

　　（附件：湖山旅游风景区规划批复件。）

湖山旅游风景区管委会
××××年×月×日

高山泰看完"最后通牒"，眼发直，手发抖，他万万没有想到，他们这一手来得这快，做得这绝！莫说没有还手的余地，就连招架的余地都没有。他把围绕建立旅游风景区，在湖山和自己身上所发生的事情联系起来，简直就是一场惊天大阴谋！而湖山台和自己就是他们算计的对象。自己甚至还被他们的假象和施放的烟幕所迷惑，觉得曲解了他们，高山泰发现自己真是可悲。现在，他们已经在自己面前挖好一个大坑，问题只是是自己跳下去，还是被他们推下去而已。就如同历史上皇帝下诏书赐死一样，喝药、上吊、投河都行，要是自己不肯遵旨，只有轮到刽子手动手了，那不仅死得痛苦，而且死得难看。

"文件是什么时候收到的？"高山泰抖着手里的文件问。

"将近吃午饭的时候。"

"那你们为什么不早告诉我？"高山泰额头的青筋，蚯蚓般地显现着，他还头回对顾祥喜这样声色俱厉。

"我给你打了几遍电话，都无法接通。"顾祥喜并没有在意高山泰的态度。

高山泰想起来，自己看电影的时候，电影院内手机信号是屏蔽的，顾祥喜的电话肯定打不进来。他觉得自己有些失态，忙对顾祥喜摆手说："对不起，是我的手机无法接收，不能怪你。"

顾祥喜坦然道："这没什么，碰到火烧眉毛的事，哪个不心焦！"

高山泰稳定一下情绪，重新仔细看了一遍文件，指着文件下方签署的日期说："今天是七月七号吧？"顾祥喜点头。高山泰说："文件是七月六号签发的。"顾祥喜问这怎么啦？高山泰说："六号是星期五，如果文件压到星期五的下午发出，星期六的上午，公文交换站才能送出，我们快到中午才能收到。星期六、星期天是双休日不办公，你算算，从文件签发之日起，星期五、星期六、星期天，一事无成就去了三天！他们这是算计好了，有意耽误时间，让我们来不及做工作阻止他们，以达到他们强拆倒班楼的目的！"

顾祥喜气愤地说："真是机关算尽！我们怎么办？"

"我们不能躲在屋里当缩头乌龟，找他们去！"高山泰一拳头砸在办公桌上。

"今天就去？"

"今明两天不办公，他们不会坐在办公室等我们去找。"

"我们上他们家去找。"

"你知道他们家住哪儿？"

顾祥喜摇头。

高山泰沉吟了一会儿说："就算我们今天找上门，估计也会吃闭门羹，还是等周一上班吧！"高山泰说完，抓起电话打给山下基地的曾尤恭，把情况简单通报给他。曾尤恭问怎么办？高山泰说：还是老办法，闯！他要曾尤恭去找王工的老婆，星期一早上在市政府大门口等他们，把他们带进去。接着，他又把这一情况，通报给了省局，请省局出面干预制止。

整个星期天，高山泰如坐针毡在极度急躁不安中度过。秦姑看他吃不下饭，垮着张脸，整个人就像个被抽得停不下来的陀螺到处乱转。秦姑想转移他的注意力，便好意让他试试新买的衣裳。没想到高山泰像吃了枪药似的，冲着秦姑直发火，吓得秦姑只好躲得远远的。

星期一一大早，高山泰和曾尤恭就赶到市政府门前，有王工老婆领着，他们顺利进到政府大楼。

高山泰和曾尤恭乘电梯上到海市长办公的楼层。

从星期六、星期天到来的路上，高山泰心里一直打着腹稿。他不仅把要对海市长说的话过了无数遍，还在脑海里虚拟了两个人，一个是海市长，一个是他自己，两个人一问一答，围绕着倒班楼展开唇枪舌剑的辩论，结论是海市长被他辩得张口结舌、哑口无言。高山泰丝毫不担心自己的论点、论据、论证，他担心的是自己的胆量。一旦真正直面海市长，自己敢不敢于大胆陈词，据理力争，无情反驳？高山泰清楚自己有两个致命的弱点，一个是怕见领导，不是为了工作或者领导找他，一般见了领导他都绕道走。逢年过节，他也是绝不会上门看望领导。至于给领导塞红包、送大礼拜年什么的，打死他也做不出来。上回"副巡"的帽子没戴上，大家都鼓着他登门去找领导，兴许还有挽回的余地，可他听之任之不为所动。倒不是他跟领导有什么过不去，只是他觉得自己跟领导就是个工作关系，一个自诩的读书人，犯不着奴颜婢膝地跟领导套近乎，那是一种很不齿的做派，有辱斯文。另一个弱点是他耳朵根子软，听不得人家几句好话，谁要是给他灌迷魂汤，立马就能让他趴下。上次，抓干扰信号破案立功的事，就是翟局长几句好话，高帽子一戴，他就把立功受奖的机会拱手让给了别人。海市长在会上表扬他两句，他高兴得几晚上睡不着。打小在外面上当受骗回来，家里就教他"马善被人骑，人善被人欺"的道理，可他就是不长记性。他做人的原则恰恰跟曹操相反，曹操是"宁可我负天下人，不可天下人负我"。高山泰是"宁可天下人负我，不可我负天下人"。但湖山台面临壮士断腕，已不是他高山泰个人的事，他奋起抗争，保全的也不是他个人的利益和颜面，是几代湖山人创下的基业，是湖山台的尊严，他只能豁出去了！

来到海市长办公室门口，办公室的门紧闭着。曾尤恭上前敲了敲门，里面没有一点动静。隔了一会儿，曾尤恭又敲了敲，里面依然没有丝毫动静。曾尤恭猜：他们是一早就出去了，还是根本没到办公室来？高山泰说：到秘书处去问问。

他们通过楼梯通道下了一层楼，找到挂有秘书处牌子的房间，门开着。

曾尤恭探身进门问:"请问海市长去哪儿了?"

一个留着短披发的女青年抬头看了他们一眼问:"你们是哪个单位的?"

曾尤恭说:"我们是湖山无线台的。"

女青年问:"你们找海市长有什么事?"

高山泰接话说:"我们想找海市长反映个情况。"

女青年一听反映情况,警惕地扫了他们一眼问:"你们要反映什么情况?"

高山泰耐着性子说:"反映拆迁方面的情况。"

女青年马上说:"反映拆迁方面的情况怎么找海市长呢?应该去找城管部门或者去找信访办啊!"

高山泰说:"这个问题只有找海市长才能解决。"

女青年绷着脸说:"海市长是管宏观层面大事的,怎么会管拆迁的具体事呢!"

高山泰说:"我们是来找他反映我们实际问题的。"

女青年说:"反映问题找信访办。"

曾尤恭说:"我们不是来上访的!"

女青年说:"我怎么知道你们是不是来上访的?"

高山泰气恼地说:"你这个同志怎么这个态度?我们问你海市长去哪儿了,你刨根问底问了半天,不仅不告诉我们海市长去哪儿了,还把我们往黑道上指!"

女青年唰地站起身来,态度蛮横地说:"你这个同志怎么说话的!让你们反映问题去信访办,怎么说我把你们往黑道上指,信访办是黑道吗?真是岂有此理!"

听到争吵声,从外面进来一个戴眼镜的中年人。他首先制止女青年说:"你怎么能对外面来办事的人耍态度呢?前些时有人反映你门难进、脸难看、事难办,你怎么老毛病又犯了!"女青年气鼓鼓地把头扭到一边。戴眼镜的中年人转过身,对高山泰和曾尤恭客气道:"请问两位有什么事?"

高山泰也态度缓和地说:"我们是来找海市长反映问题的。"

戴眼镜的中年人问:"你们跟他有预约吗?"

高山泰说:"没有。"

戴眼镜的中年人说:"真不巧,海市长带队到外地考察去了。"

曾尤恭忙问:"他什么时候走的?"

戴眼镜的中年人说:"上周就走了。"

高山泰问:"他什么时候回?"

戴眼镜的中年人两手一摊说："领导的行程我们哪知道。"

出了市政府，天上飘起了毛毛雨，像毛衣上脱落的绒毛，轻轻飘落在脸上，似在轻抚，又像是戏谑。俩人站在街头，茫然四顾。海市长外出，是高山泰没有预料到的。怎么偏偏在这个重要当口，海市长离开了市里？高山泰做足了功课，一大早跑来找海市长，就像一个拳击手铆足了劲，准备好了一场搏杀，结果对面空无一人，让他连出拳的机会都没有。

曾尤恭无所适从地问："现在我们怎么办？"

高山泰一片茫然，想了想说："我们再去找颜局长试试看。"

曾尤恭疑惑地问："颜局长当得了家吗？她要把事情都推给海市长怎么办？"

高山泰绷着脸说："只能死马当成活马医了。"

曾尤恭提醒道："我看那个颜局长也不是什么善茬！你记得在我们食堂餐桌上，海市长要她讲开发湖山的意义，她口吐莲花，讲得头头是道，对付这种伶牙俐齿的女人，说什么，你得想好了！"

对于曾尤恭的提醒，高山泰心里早有准备，对付这种巧舌如簧的女人，最重要的是不能被她牵着鼻子走，否则，三下两下，就把你带进沟里。高山泰决定，跟她摔破碗说碗，砸破锅说锅，不跟她扯什么开发湖山的伟大意义，扯淡的话一概不说，就跟她讲倒班楼存在的合理性和必要性，要他们拿出拆除倒班楼的法规依据来。

到市旅游局门口，抬头一看"湖山旅游风景区管委会"的牌子，高山泰一阵恶心，有股血腥味涌到嘴里，他咬紧牙关，把这股味道压进肚里。

上楼到了办公室，办公室的人一见高山泰，知道他是湖山台的，还是管委会的成员，来这里开过会，态度热情多了，问他们有什么事？高山泰说我们找颜局长。办公室的人说颜局长跟海市长外出考察去了，他还奇怪地问：管委会的成员都去了，你怎么没去？高山泰胡乱扯了个理由搪塞过去了。

出来，高山泰心里完全明白了。海市长带着颜局长一班人外出，是早就预谋好的。他们清楚，台里收到拆除倒班楼的"最后通牒"，肯定会来找他们，跟他们不依不饶，阻挠他们的行动，甚至会动摇他们的决心，让他们蓄谋已久的行动流产。为了避免这种局面出现，最好的办法，也是最有效的办法，就是躲！叫你找不见、摸不着、打不到，叫天天不应，叫地地不灵。就像古时杀人，只等午时三刻，开刀问斩。

走出旅游局，毛茸茸的微雨，变成柳条细雨，急促地抽打在俩人脸上，让人有一种喊不出的痛感。

　　回到台里，高山泰把顾祥喜和曾尤恭召到办公室商量对策。高山泰说："他们已经把和我们对话的路堵死了。"

　　顾祥喜探问："我们还有别的办法吗？"

　　曾尤恭耍横说："我们干脆打着横幅到市里上访去！"

　　高山泰摆摆手说："这些都阻止不了他们，我看这样，我们三个分个工。我负责跟省局联系，催促省局行动。曾尤恭负责组织职工清理倒班楼的重要物品，以免不测。老顾负责协调调度，确保安全播出。

　　站在"盆地"上，高山泰久久注视着倒班楼。这个熟悉得就像自己家一样的楼房，虽然只有三层，外表土里土气，其貌不扬，甚至连清水墙的灰缝，走得也歪歪咧咧，如同一个山里土生土长，不曾示人的土包子。但它的一砖一瓦，都是老台长带着自己和台里一拨老职工，燕子衔泥般地从山下，跋涉羊肠小道，肩扛背驮一点点运上山的，其间的艰辛，唯有湖山可以见证。山下没建基地的时候，全台的职工就挤在楼里打地铺，从睡木板床到棕床再到席梦思；从向芭扇、被子索冷暖，到一台空调给冬夏；从围看一台九寸黑白电视，到独享大屏数字彩电，倒班楼就像一本墨迹斑驳的工作日志，记录着湖山台"猴子变人"的过程，倒班楼又像是一部摄影机，摄录着湖山台职工弥足珍贵的历史瞬间。倒班楼就像自己身边朝夕相伴的亲人一样不忍分离，就像自己身上的一只胳膊一条腿一样不忍割舍。如同春晚上，小沈阳说的那样，一睁眼，倒班楼就在那儿；一闭眼，倒班楼没了。高山泰不敢闭眼，连睡觉也睁着眼！

二十九

　　挨过了一个星期，市里没有任何动静。除了来来往往络绎不绝的香客和金殿传出的暮鼓晨钟，没有任何情况来打搅台里。秦姑以为是自己的祈福感动了菩萨。高山泰询问过省局那边，省局说正在积极沟通，他则以为是省局出面交涉起到了作用，尽管忐忑不安，但仍抱有侥幸心理。

　　星期六正好是个双休日，连湖山的鸟儿比平时都醒来晚些。台里除了少数值班的人员，大多数职工头天晚上，都下山回基地去了。世界上不少重大军事事件，例如日本偷袭珍珠港，德国入侵苏联，盟军在诺曼底登陆等等，都发生在节假日。

怕有不测，除了正常值班的职工，高山泰和顾祥喜、曾尤恭几个台长都留在了山上。

一大早，通往湖山的山道上，就传来隆隆的声响，既像是轰炸机群的轰鸣声，又像是坦克履带的碾压声，整座湖山都在震颤。轰鸣声由远及近，除了当班的职工，高山泰和顾祥喜、曾尤恭以及台里的其他人全都跑出来，眼盯着山门口，不知道会冒出个什么庞然大物？是美国大片里的哥斯拉，还是变形金刚？秦姑腰间还扎着来不及拽下的围裙，站在了高山泰的旁边。

庞然大物终于冒头了，一人多高车轮的大马力铲车、压路机、起吊机接踵而至，接着是满载头戴藤条帽、塑胶安全帽人员的十轮卡，随后是闪着警灯的警车，走在最后的是一辆小车。汽车一辆接一辆驶上"盆地"，如临大敌般地把倒班楼团团围住。

台里有职工从来没见过这般泰山压顶的阵势，当场吓得尿了裤子。高山泰眉头紧锁，顾祥喜咬着牙关，曾尤恭攥着拳头，秦姑怒目而视，每个人生动的面部表情和造型，宛如出自雕刻家的圣手。

这时，过往的香客看到如此宏大的阵势大为震撼，大多数人还以为是为拍电影准备的，谁都没有想到即将上演的，是一出真实版的强拆戏，不禁满心喜悦地蜂拥而至，围过来看热闹，把倒班楼里三层外三层围得水泄不通，连通往宝藏峰金殿的道路两旁都人头攒动。秦姑发现，人群中还夹杂着身披袈裟的僧人。

所有车辆都熄火后，小车门打开，从车上探出一个脑袋，接着是腿和身子，整个人终于落了地。高山泰一看，是风景区管委会工程部经理。他身着一件藏青色的休闲装，皮笑肉不笑地走到高山泰跟前。

工程部经理并无握手寒暄之类的客套，直奔主题地问道："关于拆违的通知，你们收到了吧？"

高山泰冷冷道："你们那个通知是无效的。"

工程部经理问："怎么无效了？"

高山泰说："通知是不是以'湖山旅游风景区管委会'的名义发出的？"

工程部经理说："是，这有什么不对吗？"

高山泰不卑不亢，指着自己问："我是不是管委会成员？"

工程部经理鼻子哼道："当然是，没人说你不是。"

高山泰质问："既然我是管委会成员，那我问你，通知为什么连我这个成员都不知情就发出来了？"

工程部经理愣了一下说："日常工作并不是要所有成员都参与，由工作专班操作就行了。"

高山泰振振有词道："我既然当了这个成员，就有履行成员责任和义务的权力，你们不经过我，是对成员权力的践踏！"

工程部经理很想发作，但还是耐着性子说："没有经过的成员又不止你一个，你咋呼什么？只要专班呈报，领导签发，通知就生效。"

高山泰寸步不让说："既然以管委会的名义下发文件，就必须经过所有成员，否则，违反法定程序，是无效文件！"

"无不无效，不是你说了算！"工程部经理有点烦："你说话不要打自己的嘴巴。"

"我怎么打自己的嘴巴了？"高山泰不知道他指的什么。

工程部经理从后面跟班的手里拿过公文包，取出一份文件抖了抖说："纪要上白纸黑字你自己看看，在会上当着所有成员，你是怎么表的态？来，我念给你听听！"说着，他翻开《纪要》，大声念道："今后，凡是涉及湖山旅游风景区建设需要的地方，我们无线台一定大力配合支持。"

高山泰听到这里，才体会到那天海市长为什么一定要记录员一字不漏，把他的话记录在案，为什么让在场的人为他鼓掌，就是为了把他的话铁板钉钉。高山泰觉得海市长就像一个耍猴的，套着自己当猴耍。他恨自己，不仅浑然不觉居然还很享受。他也埋怨秦姑，不该听她的话，保持什么内心平静不受外界影响，充耳不闻，置身世外，结果一脚掉进别人挖好的陷阱里。

高山泰正在懊悔，只听工程部经理说："现在需要你拿出实际行动来配合支持我们开发湖山的工作。"说完，工程部经理挥手招呼道："都下车干活了！"车上头戴藤条帽、塑胶安全帽的人纷纷跳下车来。

高山泰上前拦住说："光天化日之下，你们想干什么？"

工程部经理说："我们拆违啊。"

高山泰义愤填膺指着倒班楼说："谁论定它是违章建筑？"

工程部经理胸有成竹地说："你有本事出示地产、房产证来啊？你拿不出来两证，它就是违章建筑！"工程部经理指了指倒班楼。

高山泰的脖子上突兀着青龙般的青筋，面色也似涂了猪血呈酱紫色，他激愤道："建这个倒班楼的时候，你娘胎里还没有你！那年头哪有什么两证？你听说过建故宫有两证吗？你听说修长城有两证吗？你们怎么不去拆故宫、长城？"

工程部经理已经耐了半天性子，他懒得再跟高山泰磨牙，终于露出狰狞的面目咆哮道："你少在这里胡搅蛮缠，通知时限已过，你们自己不动手拆，敬酒不吃吃罚酒，我们就依法强拆，今天谁要敢阻拦，别怪我不客气了！"工程部经理一把推开高山泰，冲着一个戴藤条帽的胖子厉声喊道："还不叫你的人动手！"

秦姑一看那个戴藤条帽的胖子，认出此人原来是施工队的包工头。包工头指挥着铲车伸展出长臂，慢慢靠拢倒班楼。

眼见倒班楼就要面临灭顶之灾！瞬间，高山泰不顾一切，拼命冲向铲车，试图阻止它。包工头迎上来，双手猛地把高山泰推开。高山泰一屁股坐在地上，他爬起来再次冲了上去。顾祥喜、曾尤恭和台里的职工一见，蜂拥而上，戴藤条帽、塑胶安全帽的人也冲上来，与他们推搡、扭打，场面一片混乱。

高山泰像一头发怒的狮子，奋力想冲过包工头的阻拦，包工头身强体壮，紧紧拽住高山泰的手，高山泰不知道哪来的力气和勇气，用头宁为玉碎地砸向包工头的面门。只听包工头哎哟一声，顿时口鼻流血。怒不可遏的包工头，一手抓住高山泰的领口，一手抡起拳头，对准高山泰当胸狠命一拳。高山泰就像近距离被炮弹击中似的，人先是向后一仰，接着向前一俯，前后两个四十五度角，只听噗的一声，高山泰满满一口殷红浓稠的鲜血从嘴里喷涌而出，像抛出的一段红绸，在空中划出一道弧线，劈头盖脸毫无吝惜地落在包工头的头上、脸上、身上，就像在上演美国黑人的涂鸦文化。

在场有人发出惊叫声，围观者顿时惊呆了。与此同时，秦姑像一头发怒的雌狮，咆哮着发了疯似的冲过来，她双手做出五爪精龙状，直取包工头的脸。包工头的眼睛刚被高山泰吐出的脓血糊住睁不开，毫无防备地被秦姑的指甲，深深抠进面颊，整张脸顿时皮开肉绽。包工头"哇"的惨叫一声，眯缝着眼，朝着秦姑的肚子猛地踹出一脚。秦姑只觉天崩地裂，没有表达任何肢体语言，一个大字，仰面摊倒在地上，紧接着，下身犹如水龙头破裂般，不断汩汩涌出殷红的血水。不一刻，殷红的血水逐渐变成了酱紫色，在地上迅速浸漫开来。秦姑最后一眼，看到整座湖山倒了个，便昏死过去了。

现场横躺着高山泰和秦姑两个血人。终于有人惊呼：这不是拍电影！

三十

后来的事，是秦姑躺在医院病床上，照顾她的"骨感妹子"告诉她的。秦姑睁眼的第一句话就是问高山泰。"骨感妹子"说已经没事了要她放心。"骨感妹子"说，事发后，你和高山泰都被紧急送到城里医院抢救，你被送进了妇产科，高山泰被送进了胸外科。两个人虽然不在同一楼层，但几乎同时进的手术室，而且都下了病危通知书，当时要家属签字，你们俩上哪儿找家属？结果，高山泰的病危通知书是顾祥喜签的，你的病危通知书是我签的。签字的时候，医生还问我是你什么人？我毫不含糊说：亲人！医生问什么关系？我说：姊妹！医生还从头到脚打量我，我说：怎么，不像？她身上长的哪样东西我没有？你都要看像不像？医生不敢再问什么。秦姑眼里露出感激的神情。"骨感妹子"告诉她，她被包工头一脚踢得流产，子宫大出血，不是抢救及时，险些连命都丢了。秦姑关切地问高山泰的情况怎么样？"骨感妹子"说：高台因内脏严重损伤引起大吐血，已经做了手术，听说切除半个肺，现在躺在病床上不能动。秦姑挣扎着起身要去看高山泰。"骨感妹子"按住她说：你也是刚做完手术，不能下地行走，高台那里有曾尤恭照顾，放心好了。

　　正说着，曾尤恭进来了。秦姑一见曾尤恭赶紧问：他怎么样了？曾尤恭苦笑说：你们俩就像事先商量好了似的，高台睁眼第一句话也是问，她怎么样了？真是打断骨头连着筋。秦姑着急地问：他到底怎么样了？曾尤恭说：现在没事了。刚送来的时候，真是把人吓死了。面色惨白，双眼紧闭，躺在担架上还大口大口吐血，我看高台精瘦精瘦的，担心他把全身的血都吐光了。他被推进手术室的时候，我心想，完了，高台这回八成是没救了。"骨感妹子"原本就不待见曾尤恭，听他信口雌黄，横他一眼说：当着秦姑的面，你胡说些什么？曾尤恭尴尬一笑，扬手扇了自己两下说：掌嘴！掌嘴！接着依然故我地说：老实说，我当时心里害怕极了，高台第一次吐血我在场，这回比上次吐得多多了，听他撕心裂肺的呕吐声，好像五脏六腑都要吐出来了。后来呢？秦姑紧张地问。曾尤恭说：高台进手术室不久，护士就出来说，病人手术需要输血，问我们谁是B型血？顾祥喜正好是B型血，我说我是O型血，护士说O型也行，让我们跟她去抽血。抽完血，护士说高台失血过多，这点血不够，我们让她给我们多抽点。护士瞪眼说，抽一次血都是有计量规定的，哪能想抽多少抽多少，要我们赶紧找血源。我们上哪儿找血源，只有挨个问台里的职工，幸亏好几个职工的血型都是B型，大家一听给高台献血，都赶到医院来了。秦姑听到这里，眼泪夺眶而出。"骨感妹子"赶紧用纸巾给她擦眼泪说：高台为了台里才被打得吐血，大家为他献血也是应该的。再说，高台平时总是体恤下面，尽量把每个人的利益都照顾到，我们都不把他当领导，而是把他当兄长。你说，他心里除了装着湖山台，还能装着什么？这回曾尤恭逮住机会报复"骨感妹子"说：你这话就不对了。"骨感妹子"翻眼道：我怎么不对了？曾尤恭故意振振有词说：高台心里除了湖山台，还装着秦姑嘛！"骨感妹子"没好气地回敬说：你少在这儿挑拨离间！我说高台心里没装着秦姑了吗？秦姑赶紧拦住他们说：这是斗的哪门子嘴，你们又不是他肚子里的蛔虫，怎么知道他肚子里装的是甚？"骨感妹子"这才换成笑脸对秦姑说：我也不是你肚子里的蛔虫，可知道你肚子里装着高台啊，是吧？秦姑丢了肚里的娃儿，又被摘除了子宫，还惦记术后的高山泰，心里悲苦至极！但看到台里的同事，没日没夜、端屎端尿、小心伺候高山泰和自己，还有意逗她开心，她只能把所有的痛楚憋在心里，掩泪装欢道：死丫头！她想抬手去拍"骨感妹子"，可手像被抽了筋，怎么也抬不起来。

　　湖山上发生了这大的事件，尽管报上没登，广播没说，但网络上传的视频、微信，在市里闹得沸沸扬扬，而且传到了省城。估计舆论和官方都给了海市长和颜局长很大的压力，他们不得不慌忙赶到医院，分别看望高山泰和秦姑。

　　海市长带着副秘书长、政府办副主任和秘书，在医院院长、科主任和管床医生的陪同下，一同来到高山泰的病房。

　　海市长一进病房，疾步走到病床前，躬身凑到高山泰面前，关切地问："老高，身体感觉怎么样？"这回，海市长没有喊高台长，而是亲切地喊了一声老高。高山泰睁开眼，直愣愣盯着他，一言不发。海市长避开高山泰的眼睛，直起身说："真是不巧，我正带队到外地，考察旅游风景区的建设项目，家里就发生了这档子事，真是太不应该了！"海市长后悔不迭地跺了一下脚。见高山泰还是没有任何反应，海市长接着说："发生这样的悲剧，是我们都不愿意看到的。有什么不能坐下来好好商量着办的呢？非要剑拔弩张，甚至拳脚相加。不管谁先谁后，把一个正处级干部打成这样，都是不可原谅的！"海市长瞟了高山泰一眼，但从他的眼神和脸上读不出任何信息，于是扭头对医院院长交代："你们一定要找最好的医生，用最好的药，把高台长的病治好。要想尽一切办法，尽一切可能，提供一切方便！有什么困难来找我，我来帮你们解决！"海市长说完，又扭头俯下身，对高山泰轻言细语道："老高，你要好好养病，病不好不要回湖山。有什么需要，跟医院跟我都可以提出来，我不行，相信市里也会想办法来解决的！"说完，海市长再次直起身，手伸到后面。跟来的人，赶紧递上满满一袋时令水果和一个信封。海市长把水果和信封交给陪护的曾尤恭说:"我是代表市里来看望高台的,这是我们的一点心意。照顾高台的事,就拜托你们了。"海市长扭头对高山泰告辞时,发现高山泰的眼睛早已合上了。

海市长出来时,悄声问管床的医生:"他的脑子没毛病吧?"

管床医生莫名其妙,说:"他伤在肺部,脑子没毛病。"

海市长问:"那怎么跟他讲话,一点反应都没有?"

管床医生不知所云地摇摇头。

就像电视"画中画"同屏呈现两组画面一样,海市长看望高山泰的同时,颜局长带着管委会一行人来看望秦姑。

颜局长一进门,就快步上前一把抓住秦姑的手,悲天悯人地问道:"怎么会发生这样的事呢?真是罪过!"

秦姑平静地问:"你都知道了?"

颜局长说:"都知道了,发生这大的事,满大街的人都知道,我哪能不知道呢!"

秦姑问:"你事先知道的,还是事后知道的?"

颜局长一怔说:"看你说的,我怎么可能事先知道呢?我随海市长外出考察,根本不在市里,回来才知道的,一听说发生这大的事,就马上赶过来了。"说着,让人把水果和信封放在病床旁的床头柜上。颜局长并不提带来水果、信封的事,只是关切地问:"术后有什么反应?"

秦姑冷冷地说:"一时半会儿死不了,就是人遭罪。"

颜局长附和说:"将心比心,我们都是女人嘛,你的痛苦我完全能够体会得到。"

秦姑说:"体会得到?额问你,你有娃儿不?"

颜局长不知道秦姑问话是什么意思,回说:"有。"

秦姑又问:"男娃儿还是女娃儿?"

颜局长说:"是男孩。"

秦姑还问:"多大了?"

颜局长说:"上高中了。"

秦姑这才说:"你有个男娃儿,都上高中了,额肚子里也有个男娃儿,可额的男娃儿没有了!"说着,悲愤的泪水,顺着眼角流了下来。颜局长一脸尴尬地望着秦姑,一句话说不出来。秦姑嘴角颤抖着说:"你说额们都是女人,都是当娘的,你能体会一个失去娃儿的娘心里有多苦吗?"

听到秦姑滴血的话，颜局长眼眶也潮湿了，她哽咽着说："我能体会，完全能体会。"颜局长意识到自己情绪化了，马上镇定下来说："我们谁都不愿意看到发生这样不愉快的事。"

秦姑马上打断她说："这只是件不愉快的事吗？这是人命关天的事，怎么从你嘴里出来，这样轻飘飘！"

颜局长怯怯道："是人命关天，可它既然已经发生了，我们只有面对。"

秦姑眼泪花花，悲愤地问："怎么面对？"

颜局长说："妥善处理好善后事宜，让……"

秦姑突然像一头发怒的雄狮大声吼道："妥善处理？妥善个屁！额的娃儿没了，你赔额娃儿！"秦姑伸手去抓颜局长，颜局长吓得面如土色，转身被人架着一溜烟跑了。

得到湖山台的专报，省局也颇感震惊。问题正在协调之中，市里怎么就断然采取行动了呢？不仅拆了倒班楼，还打伤了人。省局觉得事态严重，于是派出工作组到台里，调查处理这起事件。局领导还通过省领导过问了此事，要求市里认真查处，严惩肇事人。

三十一

天色已经暗下来，下班高峰的峰值逐渐回落，趋于平缓的时候，海市长和秘书一前一后，下到市府门前，一辆别克君威 2.0 排量的轿车，恰好沿着车道滑到门前。秘书上前拉开后门，躬身把公文包放到靠外的座位上，然后站到敞开的车门后，规范地用手搭着车门的上檐，等海市长钻进后排落座后，秘书才撒手把门关上。秘书后退一步，小车悄然驶离。

司机从方向盘上方的反视镜，看到海市长脸色铁青泛着幽光，一声不吭地坐在后座上，他知道这是海市长标准的沮丧神情。高兴时，海市长上车，会主动跟他拉扯，打听他从其他领导司机那里听到些什么。司机会把从司机班打听来到小道消息，一点一滴、绘声绘色地学给海市长听。海市长对任何一点细小的东西都很感兴趣。比如市长昨晚到什么地方查访，常务副市长下午私下又会见了什么人，徐副市长最近不回家又住宾馆了，秘书长昨天又被市长剋了一顿等等，从这些蛛丝马迹中，海市长都能嗅出味道，捕捉到他所感兴趣的信息。但海市长一旦不发话，司机就是攒了一肚子的话，也只能闭口。

车离开市政府，快出开发区了，海市长还不发话，司机忍不住问道：我们去哪儿？海市长这才吐出几个字：去旺旺菜市场。去那儿干吗？海市长从来不操持家务，司机纳闷，但他不敢多问。

　　车到旺旺菜市场，海市长让车停在路边，提着公文包下了车。司机问要不要等他？海市长说不用，进去买点东西走回家。司机一看确实离海市长家也不远，就开车离去了。

　　海市长等车拐过街口不见影，转身横过马路，走到停靠在街对面人行道边的白色 CRV 车前，一把拉开后门闪身坐了进去。坐在后座的还有一个人，就是颜局长。车内很暗，海市长情不自禁一把抓住颜局长的手，眼睛却盯着前面问：去哪儿？开车的是工程部经理，他一边扭着方向盘，一边回答说：绝对是你没有去过的好去处。

　　海市长问：安全吗？工程部经理说：去了你就知道了，保证比拉登藏身的地方还隐蔽。

　　海市长没好气地说：不会说话就不要乱放屁！比什么不好？偏要比拉登！前面的工程部经理呵呵一笑说：我就这么顺嘴一说。颜局长用手指在海市长的手心划了一下，海市长不吭气了。

　　湖山市城区原来并不大，也就一个县城的规模，几万人口。自从拆县建市后，城区迅速膨胀起来，不仅主干道增加了好几条，而且还分成新旧两个城区。尽管新城区规划建设很现代、时尚，不论高档楼盘还是富贵人群，也喜欢在新城区扎堆，但人气总赶不上老城区。老城区人口密度大，生活方便，尤其到了夜里，沿街满是烧烤、排档、便民店、廉价商品店，都营业到很晚才打烊，所以普通老百姓还是愿意住在老城区。

　　白色 CRV 在新城区拐了好几个弯，正当海市长辨不清方向时，车停在了一家店铺门口。海市长抬头一看，店铺当面并不宽敞，在街面上也不打眼，很容易不经意走过，就像路边一个其貌不扬的女人，很难引起注意。店铺额匾"炎氏茶庄"几个字，在霓虹灯的勾勒下，一闪一闪向过往的人车有意无意眨着媚眼。

　　工程部经理抢着下车绕过来打开后车门，海市长一边下车，一边喃喃问道："不是吃饭吗，怎么又改喝茶了？"

　　工程部经理搀扶着海市长的胳膊下车说："进去您就知道了。"

　　工程部经理领着海市长和颜局长走到茶庄门口，两个迎宾女孩对面站着，向他们行九十度的鞠躬礼，嘴里高声唱道：晚上好！三个人并不搭理，就像是面对两个机器人按程序对他们发声似的。茶庄的营业面积并不大，稀稀松松摆着几个卡座，并无顾客。海市长站在灯光暧昧的营业厅里，嘴里嘟囔道："这是什么鬼地方。"

营业厅顶头，是一幅覆盖整面墙的油画，画上是一座欧洲中世纪的城堡，孤冷的城堡下方，有几扇圆形拱门，其中两扇门上各写有一句话。一扇门上写着"当上帝关了这扇门"，比邻的门上写着"一定会为你打开另一扇门"。工程部经理径直走到"另一扇门"的门前，在门上轻轻叩了几下，油画的门居然应声打开。海市长大为惊讶，马上联想到《红楼梦》里一副对联"假作真时真亦假，无为有处有还无"，心想：这他妈也太诡异了！工程部经理闪了进去，海市长和颜局长接着跟了进去，油画的门又严丝合缝地关上了。里面有一个楼梯，工程部经理领着海市长和颜局长上到二楼。

一登上二楼，海市长瞠目结舌，就像长江出了三峡，豁然开阔。光是大厅就比楼下的营业面积大一倍。大厅的装修堪比五星级酒店豪华，四周墙上不仅挂有名人字画，墙裙旁边还摆放着一个个核桃木的条桌，桌上铺有司丽兰绸布，上面摆放着或是字画篆刻，或是玉佩金銮，条桌的上方有玻璃罩，严丝合缝地罩着，玻璃罩里面还有聚光射灯，看上去就像是进了博物馆。海市长抬头，发现除了墙上的壁灯，顶上还有价值不菲的吊灯，整个大厅有着皇家宫廷般华丽。海市长凑到墙根和条桌前仔细一看，字画不少是出自国家级和省级的大家之手。海市长对此并不陌生，他们的字画都是论平尺卖的，少则几万、十几万，多则几十万、上百万。海市长并不懂字画，但自从社会上不时兴送烟酒茶钱时，就不时也有人给他送些名人字画，海市长也偷偷找懂行的人鉴定过，其中不少是赝品。他不敢断定，这里面有没有赝品。

大厅顶头靠左边是一堵半截落地玻璃墙隔开的会客室，海市长进去一看，会客室足有下面营业面积大小，地上铺着一张全白的羊毛地毯。里面的装裱、壁灯、油画、书橱、沙发，全是纯粹的欧式风格，色调典雅古朴，甚至连书橱里的书，也是世界名著，会客室的角落还摆放着一架台式钢琴。海市长也不懂音乐，但他给女儿买过钢琴，刚开始他也以为立式和台式钢琴价钱差不了多少，后来别人告诉他，差老鼻子了！一架立式钢琴起价几千块，一架台式钢琴起价就上万，好的品牌，几万、十几万的都有。海市长估计，能放在这里的台式钢琴，怎么也值个十几万吧。为了证明自己的判断，海市长收紧脚，一步一步轻轻踏着松软的羊毛地毯走近钢琴，仔细辨认了一下牌子，发现是德国生产的CLARENCE。他听人介绍过，这是世界顶级品牌，价位不是一般人敢问津的。海市长震撼了半天，忍不住瑟瑟地问：这到底是个什么地方？工程部经理悄悄告诉他是私人会所。海市长不禁估量着这个会所主人的身价，自己一个堂堂副市长，竟然全然不知自己管辖的地界上，有这么一个富甲一方的"土豪"？而且这"土豪"不显山不露水，就蛰伏在自己的眼皮底下。自己在明处对他一无所知，也许他已在暗中把自己看得通透！真是山外有山、天外有天，强盗也会遇到打劫的。海市长既忿忿不平，又不寒而栗。

　　海市长正在发愣，工程部经理请他进餐。出了会客室，大厅的右边是一条走廊，走廊的装修格调和大厅非常吻合。走廊一面一溜有四五间房，从外表上看，丝毫不逊于市里高档酒店的包房。海市长虽然不懂字画，但对建筑工程十分在行。他马上判断出，这家私人会所，之所以门面窄、上面阔，一定是把整条街上面的面积都买下来打通，重新布局装修成会所的，跟楼下的住户和门面完全隔离，所以不显山不露水十分隐秘。海市长想起出国考察时，在荷兰阿姆斯特丹听导游介绍过，因为当时是依据门面的宽窄收税，所以，当地住户都把门面修得窄窄的，里面却很宽敞。海市长不禁暗暗佩服这个"土豪"的精明。

　　工程部经理把海市长和颜局长领进其中一个包间。房间不大不小，中间摆着一个六位座的圆形餐桌，显得很适中。餐桌上已经摆放着压着餐巾的餐具，每位座前都摆着高脚的啤酒杯、饮料杯。这时，服务小姐进来，问他们一共几位？工程部经理说就三位。服务小姐马上撤去餐桌上多余的餐具和座椅，转身退了出去。

　　三个人各霸一方坐定后，海市长问工程部经理怎么不叫服务员进来点菜？工程部经理说早就安排好了。海市长忍不住又问：老板怎么不露面？按常理，海市长在外面就餐，宾馆、饭店的老板都会出场。工程部经理诡笑道：真人不露相。颜局长说这家老板挺鬼的，把会所藏得这么深。工程部经理得意地说：我说比拉登的藏身地还隐蔽吧，连美国特种兵也找不着！这回，海市长没有阻止他，只是好奇地问：会所对不对外？工程部经理回说只接待朋友。海市长好奇地问：来这里的都是些什么人？工程部经理神秘地说：不清楚，兴许有比你大的官。海市长惊恐道：我们不会撞上谁吧？工程部经理说：放心吧！老板懂规矩，接待客人，只零售，不批发。

这时，服务小姐进来问喝什么酒？工程部经理问有什么酒？服务小姐说红酒有澳洲的、新西兰的、加拿大的、法国的，各种品牌、年份的都有。白酒有茅台、五粮液和特供酒。工程部经理请示海市长喝点什么？海市长说就茅台吧！多少年他都没有换过牌子，早已习惯了茅台的香型。工程部经理问颜局长喝什么？颜局长说不胜酒力，就喝点果汁吧。工程部经理说自己开车不能喝酒，怎么着她也要陪海市长喝点酒，否则让海市长一人自斟独饮太扫兴了。颜局长推脱不了，说那就喝点红酒助兴吧！服务小姐问喝什么牌子的？颜局长问有没有"奔富"？服务小姐说有。颜局长说那就"奔富"吧！工程部经理问：你怎么不喝"拉菲"？颜局长说："拉菲"假货太多，还是"奔富"靠得住。工程部经理说：我就以茶代酒了。接着对服务小姐说：泡壶"大红袍"。服务小姐给海市长撤掉高脚杯换上酒盅，转身又出去了。

一会儿，服务小姐把几冷几热端了上来。海市长一看不仅装菜的碟子别致，菜肴也十分精致，不是经过严格训练的厨子，是做不出这种菜品的，甚至比市里接待宾馆的菜还要上档次。

酒过巡，菜过味，海市长终于忍不住提及白天被一把手训斥的事。他十分不快地说："今天，主要领导把我叫到他办公室，当着秘书的面把我猛剋一通，剋得我灰头土脸。"说完，海市长抓起杯子一饮而尽，似在消解心中的郁闷。

颜局长尽量轻描淡写地问："他都训些什么？"

海市长说："说我们工作不到位就霸王硬上弓，说我们野蛮执法，不该动用警力，说我们更不该出手伤人，差点置人死地。"海市长委屈道："我们怎么工作不到位了？我们提前一个星期就以文件的形式，给他们发了拆违通知；我们怎么野蛮执法了？强拆那是与虎谋皮，能商量着办吗？不动用警力，场面谁来控制，拆违人员的安全由谁负责？说我们出手伤人？分明是他们先动的手，拆违人员完全是正当防卫。问题是一把手根本不由分说！"

颜局长宽慰道："他肯定也是受到上面的压力。君臣父子，一把手训你几句，听着就是了，不必计较。"

工程部经理跟着说："就是，他训他的，你一个耳朵进一个耳朵出，只当他是放——"工程部经理戛然而止，没有把最后一个字吐出来。

海市长没有在意工程部经理说些什么，继续撒着怨气说："题目是他们出的，文件他们也画了圈，我们在前面冲锋陷阵，干出成绩来了功劳是他们的，出了点事就当缩头乌龟,不仅不给干活的人扛担子,还要追究干活人的责任,真他妈……"海市长抓起酒杯恨不得砸在地板上,但还是罢住了手。

颜局长问:"强拆的事你向他们报过?"

海市长气鼓鼓地说:"口头、书面都报过,一把手还跟我拍肩膀,要我放手干,说这一招,就像下围棋放出的胜负手,只要拿下倒班楼,后面的事就顺理成章了。"

工程部经理推波助澜道:"倒班楼我们拼死拼活给端掉了,现在倒好,不问结果,反问过程。以后让他们上去碰碰湖山台那帮不要命的刁民试试!"

颜局长安慰说:"官大一级压死人,被一把手训两句就训两句,他训你也是他的职责所在。"颜局长说着,举杯道:"我敬你一杯,借酒浇愁。"

海市长碰杯干了,喷着酒香说:"一把手训几句我倒不在意,就是装孙子我也认了。问题是明年要换届,我副市长都干满两届了,市里四大家正职好不容易腾出个位子,能眼巴巴地看着别人稳稳当当上去吗?还指望一把手替我说话呢!要是给他捅了娄子,我这个副厅就休想转正啰!"

工程部经理出招说:"我们给他进贡!您看他喜欢什么,我去准备。"

海市长手一挥说:"去、去!你就只会这一套,不是动粗就是送礼!俗不俗!像你这样成天招惹是非,成事不足败事有余,哪个领导敢沾你!"

工程部经理嘟囔着说:"打狗还要根棍子呢!没有我这样的人在前面蹚浑水,你们能这么稳当、干净?"

海市长拉下脸正要发作,颜局长拦住工程部经理说:"算了算了,你也少说两句,海市长今天气不顺,我们是来帮他解气的,不是来给他打气的。"说完,颜局长转向海市长说:"我们顺着一把手的意思办不就得了。"

海市长没好气地说:"他要追究责任,拿人是问,你说我拿谁是问?"

颜局长侥幸道:"强拆倒班楼时,幸亏你带我们出去考察不在市里,追查不到我们头上,可以置身局外,直着腰杆说话。"

工程部经理眉飞色舞地说:"别说,老板这一招可谓一箭双雕,既端掉了倒班楼,又撇清了责任。"工程部经理平时背地里都称海市长"老板",今天这个场合没有外人,他大着胆子喊了出来。他问海市长:"您是怎么想到这一招的?"

海市长听到这才有了一丝笑容,他得意道:"不瞒你们说,这一招我还是从电影上学来的呢!"

颜局长："电影上？"

工程部经理："哪部电影？"

海市长踌躇满志地说："《东进序曲》，一部老电影。电影说的是抗战时期的事，新四军东进赶走了日本人，收复了桥头镇。桥头镇原先是国民党顽军的地盘，他们想把新四军赶出桥头镇，但又不想背上制造摩擦的罪名。"工程部经理问那怎么办？海市长接着讲："顽军司令叫刘大麻子，他心生一计，对副司令刘二麻子说，我出去避避风头，你在家指挥队伍夺回桥头镇，打赢了自不必说，打输了我回来收拾残局。"

海市长话到这里就算完了，可工程部经理偏要知道下文，他伸长脑袋问："那后来呢？"

海市长学着电影里的人物说："刘二麻子一听，一拍大腿信誓旦旦地说，新四军只有千把号人，我们有四万多人马，我就不相信打不过新四军？拿不下桥头镇，我他妈就是小娘养的！"

工程部经理不依不饶问："那拿下没有呢？"

海市长说："拿下个屁！顽军四个纵队，被消灭的消灭，起义的起义，最后不仅没拿下桥头镇，新四军反倒兵临城下。刘大麻子不得不赶回来收拾残局。"工程部经理似乎听明白了，海市长不是在讲故事，而是在告诉他们，他不能再躲在幕后，必须站出来收拾局面了。

颜局长回到正题上说："这件事如果只是追责，刀架在脖子上做做样子还好对付，要是动真格的问斩，就有点麻烦了！"

见海市长不语，工程部经理脖子一伸说："要砍砍我，大不了进去坐几年，有你们给我送牢饭，我在里边照样吃香的喝辣的。"

海市长听这话，不免有些感动。俗话说，打虎亲兄弟，上阵父子兵。几千年形成的价值观，是传承在血脉里的。关键时刻能冲出来挡子弹的人，只有你的亲人。海市长摆摆手说："不能拿你出来当替罪羊，你对我们太重要了！湖山开发才起步，你不能'出师未捷身先死'，后面用得着你的地方太多了。"

工程部经理本想丢卒保车，没想到海市长把自己过河的卒子当作车用，心里顿时冒出'鞠躬尽瘁死而后已'的感念。于是焦虑地问："是骡子是马，总得牵出一个，否则您怎么跟上面交差？湖山台那帮人正瞪圆眼睛盯着呢！"

海市长沉着脸说："这可不是儿戏，事情不想周全，弄不好会搬起石头砸自己的脚，不仅对上不能交代，还把我们搭进去了，让我再考虑考虑。"

三个人同时无语。工程部经理闷头吃着基围虾，颜局长低眉垂眼品着杯中的"奔富"，海市长摆弄着面前的空酒杯，一会儿翻面，一会儿直立。服务小姐听到里边突然没有了动静，不知道怎么回事，推门进来看了一眼，见三个人闷头不语，不免奇怪，但还是轻轻退出去掩上了门。

工程部经理终于忍不住开口说："要不我找个兄弟出面顶杠，把所有的事都扛下来。"海市长说："你哄三岁的孩子呢？你们在众目睽睽下动的手，网上连视频都有，跟拍动作片似的，随便找个人能蒙混得过去？"

"那你说怎么办？"工程部经理真的是没辙了。

颜局长慎重地说："我倒有个主意。"

海市长和工程部经理异口同声问："什么主意？"

颜局长低声试探着说："我们把肥仔抛出去怎么样？"

海市长和工程部经理听了一愣。海市长问："哪个'肥仔'？"

工程部经理说："就是那个包工头。"

颜局长说："强拆的队伍是他的，他又在现场指挥，而且也是他出手打伤的高山泰和秦姑。"

工程部经理眼睛一亮说："嗳，我看把肥仔交出去再合适不过了！"

海市长眉头一蹙说："这小子出手也他妈太狠了！一拳把高山泰打得吐血，一脚把秦姑踢得流产，像鲁智深拳打镇关西似的，幸亏没有打死人，要是出了人命，这小子肯定得挨枪子！你们在哪找来这么个宝贝？"

工程部经理说："肥仔家是附近农村种菜的，他从小跟人练武，舞枪弄棒的，长大后，不愿在家种菜，就出来一直在道上混，后来在外面揽工程、帮人拆迁，他也是朋友介绍给我的，我看他能打打杀杀，有用得着的地方，就跟他交往上了。"

海市长寻思着问："这个'肥仔'会同意吗？"

颜局长说："这就看我们给他开出什么条件了。"

工程部经理自信满满地说："肥仔只认钱，爹娘老子都不认。只要我们往他身上砸钱，没有他不愿意的道理。"

海市长抑制不住兴奋地说："要是这个'肥仔'肯出来挡枪，不论对上对下都是个交代，这件事我们就能摆平，这一关我们就算闯过去了。"

一看事情有眉目，工程部经理主动请缨说："我出面来跟肥仔谈。"

颜局长面授机宜对工程部经理说:"当他的面,你不要把海市长和我牵扯进去。"工程部经理点头说这个我懂。颜局长继续交代:"肥仔就是狮子大开口,我们也认了,不要跟他讨价还价因小失大,一定要他心甘情愿。告诉他,进去待几天,避避风头,好吃好喝少不了他的,出来还有大把的钞票给他赚呢!"

海市长满面红光地问颜局长:"下面你打算怎么操作?"他清楚,自己这个女心腹,布局、行事从来都很缜密,不谋定绝不盲动。

果然,颜局长说:"追究责任这块,我们也得有个姿态。"

海市长正为这事感到棘手,忙问:"说说看?"

颜局长端出自己的想法说:"给我通报批评。对他,"颜局长指着工程部经理说:"记过处分,扣发三个月奖金。"工程部经理拍着胸说扣发半年奖金都行。

颜局长接着说:"对肇事者肥仔,给予开除,不得留用处分,并移交司法机关处理。"

海市长紧接着问:"对外怎么公布'肥仔'的身份?"

"临时工!"颜局长斩钉截铁答道。

"高山泰和秦姑那头怎么安抚?"海市长不放心地问。

"医药费、营养费、误工费、精神损失费都算给他们。"颜局长爽快地说。

"这也是一笔不小的数目啊,账怎么走?"海市长不放过每一个环节。

"从工程不可预见费里走。"颜局长胸有成竹地说。

"好!"海市长猛一拍桌子大声叫道。

工程部经理嬉笑着说:"难怪有人说,人民内部矛盾,还得靠人民币解决。"

服务小姐听到拍桌声,以为里边不耐烦了,慌忙进来解释说:"硬菜这就上。"

一会儿,硬菜上来了。两份葱爆辽参和一份燕窝炖雪蛤,葱爆辽参是给海市长和工程部经理的,燕窝炖雪蛤是给颜局长的。一看燕窝,颜局长兴奋道:"红燕窝可是燕窝中的极品,今晚我要享受到舌尖上的幸福了!"

海市长看着碗里切成丝丝用大葱和面酱爆炒出来的葱爆辽参,垂涎欲滴地吮吸着扑鼻的葱香味说:"以前在别处吃的都是小米煮、铁板烧、文火炖的整根辽参,还是头一回吃到这种做法的辽参,新鲜!新鲜!"

工程部经理一边大口嚼着,一边说:"这辽参都是从大连空运过来的,绝对正宗,这玩意儿对男人可是大补啊!"

海市长口嚼辽参,含糊不清地说:"卖什么吆喝什么,别听人家瞎嚷嚷,这些年花草树木、田间地头有几样没翻出来炒过？连大蒜都被炒成了期货！"

工程部经理申辩说："这是真的，听朋友讲，古书上都有记载，据说一本叫……《说铃》的书上说，'海参似男阳，可以补肾兴阳。'"

海市长把嘴里的辽参咽下去说："什么'南洋''信阳'的？"

工程部经理解释说："不是地名，'男阳'是说形状长得像男人的生殖器，'兴阳'是有利于生殖器勃起。"他一口气说完，不禁瞟了颜局长一眼，发现颜局长埋头专注地享受着"舌尖上的幸福"，并没有在意他说些什么。

饭吃完，酒尽兴，三个人离席出来。海市长看到大厅里还是一个人没有，不禁好奇地问："连个服务员都没有，客人要个什么上哪儿找人？"

颜局长笑着揶揄道："这你就不懂了吧！国外先进的管理理念就是，客人需要的时候，自然有人在你跟前，客人不需要打扰的时候，根本看不到人。"

海市长问："服务员怎么知道客人需要什么？"

颜局长说："你看不到他，他看得到你呀！"

海市长抬头四处张望，顿时觉得到处都有眼睛监视着自己。

这时，不知从哪里冒出一个穿着黑西服，手拿对讲机的青年，他微笑着跟工程部经理打招呼，然后低声问要不要来个"汗蒸"？工程部经理悄声问有没有料？穿黑西服的青年点了点头。

工程部经理这才上前对海市长和颜局长说："要不要在这里蒸个桑拿？"海市长一愣，穿黑西服的青年说：我们这里是保健按摩，很正规的。接着补充说：我们这里男宾部女宾部都有。

颜局长两眼柔情似水地望着海市长。海市长几乎没有任何迟疑说："走。"

穿黑西服的青年问工程部经理蒸不蒸？工程部经理悻悻地说：他们不蒸，我一个人蒸什么！说着，三个人走出了"炎氏茶庄"。

站在马路上，海市长情不自禁转身抬头回看了一眼这个不显山不露水的"炎氏茶庄"，耐人寻味地说了句："好一个'炎氏茶庄'！"

工程部经理走到停靠在路边的车跟前，拉开后车门，等颜局长和海市长坐进去，再关上门，绕到前面，开门坐定，刚要发动汽车，只听海市长在后排突然发话说："你进去蒸桑拿吧！"

工程部经理惊讶地问："那你们呢？"

海市长说："我跟颜局长在车上谈点事。"

工程部经理扭头疑惑地看了看海市长和颜局长。海市长说:"你安心蒸你的桑拿,给我们把空调打大点就行了。"

工程部经理高兴地"嗯"了声,一个人屁颠屁颠地跑回"炎氏茶庄"。

车内什么也看不见,只听颜局长问:你怎么不蒸桑拿?海市长说:你没看到处都是探头,还是车里保险。颜局长嗔道:你也有怕人的时候?海市长不答话。只听得嘴巴急切的嘬声,皮带铁扣的碰撞声,紧接着是颜局长浪声轻语:轻点!轻点!海市长欲火中烧地回道:让你尝尝我这根辽参!车身开始摇晃起来,由轻微到剧烈,白色 CRV 就像荡漾在风浪里的扁舟。

三十二

高山泰和秦姑手术后,一个住在六楼的胸外科,一个住在三楼的妇产科。术后几天,俩人都还不能下地行走,尤其是高山泰,由于失血过多,加上又做了肺部手术,更是虚弱得只能躺在床上,连翻身都要人帮忙。俩人相互牵挂,谁也放心不下谁,只得靠看护他们的人"青鸟殷勤为探看"。

高山泰躺在病床上还在替秦姑开方子,他嘱咐曾尤恭从山上带点白芍给秦姑熬汤,说尽管白芍味酸苦,性微寒,但女人吃它能养血荣筋。

秦姑喝着白芍熬的汤药,喝着喝着,突然一把推开"骨感妹子"喂她的手说:留点给高山泰喝吧,他流的血比额还多。"骨感妹子"哭笑不得说:哎呀,这是妇女用药,你放心喝你自己的吧,高台那里,曾尤恭给他准备了当归。

如果不是子宫摘除手术,秦姑顶多三天就可以出院,高山泰的肺部手术,一般七天也足够了,但这回他们俩都超过一般,需要留院观察治疗。

高山泰和秦姑这样分而治之的状况,牵扯台里人手不说,还难解俩人的相思之苦。顾祥喜和曾尤恭一合计,要是能把他们转到一间病房,一来他们可以朝夕相处,二来可以腾出一个照顾的人手。

这是一家三甲医院,管理制度比较严苛。住院部的人一听把这两个不同科室的病人转到一间病房,连连摆手说不行。曾尤恭问怎么不行?住院部的人说:你们是不懂还是开玩笑?一个是胸外科病人,一个是妇产科病人,一个是男的,一个是女的,怎么转到一起?是把妇产科病人转到胸外科,还是把胸外科病人转到妇产科?亏你们想得出来!顾祥喜和曾尤恭一听也傻了眼。

俩人出来站在楼道上,曾尤恭问怎么办?顾祥喜说去找院长想想办法,上次海市长是当着我们的面交代院长的,说要想尽一切办法解决我们的困难。

二人心怀侥幸来到医院行政楼,找到院长办公室。他们正要敲门进去,旁边办公室冲出一个人来拦住他们问找谁?顾祥喜说找院长。那人问:你们是干什么的?曾尤恭说我们是病人单位的。那人一听,以为是因为医患矛盾来找院长扯皮的,立刻紧张地说:有事你们找医务处去。顾祥喜知道那人误会了,笑着说:我们不是来扯皮的,是来找院长解决问题的。那人一听越发紧张,昨天来了两个人,也是说找院长解决问题,结果没说两句,就把院长的办公桌掀了。那人张开双臂挡住他们,不让进去找院长。曾尤恭说我们真不是来扯皮的,前两天你们院长还陪海市长去病房看过我们的病人,是海市长当面交代,让我们有事来找院长。估计院长在里面听到外面的对话,开门出来一看顾祥喜他们两个,一时认不出来,怔怔望着他们。顾祥喜忙自我介绍说:我们是湖山台的,我们高台在你们这里住院,前两天,你不是还陪海市长去病房看过我们高台吗?

顾祥喜一提醒,院长似乎想起来了,忙把他们让进屋请他们坐下谈。顾祥喜他们不坐,说有件小事请他帮忙解决一下。院长问什么事?顾祥喜把情况一说,院长沉吟了一会儿,搓着手说:这件事确实有点麻烦。曾尤恭说:好办我们就不来麻烦你了。他递话给院长说:海市长不是说要你们想尽一切办法解决我们困难吗?所以我们才壮着胆子来找你的,你要是解决不了,我们只有去麻烦海市长了。院长一听,忙拦住说:我来想办法,我来想办法。说着,院长抓起电话正要拨,又停下来问:你们高台是什么级别的干部?顾祥喜回说:正处级。院长为难地说:按规定,只有副局级以上的干部,才能住干部病房。曾尤恭一听,愤愤不平地说:怎么了?我们高台那是省里的正处级,相当于你们市里正局级!院长忙说:高台够格,可那个女的呢?曾尤恭怕顾祥喜说漏嘴,赶紧说:女的是他媳妇。我知道干部病房连陪护都能住在里边,怎么,高台自己媳妇还不能啊?院长听了这话,不再生疑了。接通电话后,院长对电话那头交代:腾一间双人间的病房,就说是我要的,病人马上过来。院长放下电话,对顾祥喜他们说:去干部病房吧,那里是综合病房,比较方便安置。

顾祥喜和曾尤恭谢过院长出来,顾祥喜忍不住拍了一下曾尤恭的头说:看不出你小子在外面变机灵了,跟谁学的?曾尤恭得意洋洋说:"还能跟谁?跟高台学的呗!前一阵跟他出去查干扰信号、跑市政府,跟各色人等打交道,学到不少东西。顾祥喜问:高台手把手教你的?曾尤恭自吹道:哪能呢?你没听人说,师傅领进门，修行在个人。我都是耳濡目染，潜移默化学来的。看到曾尤恭一副沾沾自喜的样子，顾祥喜忍不住朝他胸口捶了一拳说：瞧你这副小人得志样！

没想到，转到干部病房，又遇到一段小插曲。

干部病房在住院部的最高层，不仅电梯有专人管理，普通病房的病人上不去，而且，楼道非常安静，除了几个要紧不慢的医护人员，基本上看不到有人在楼道走动，跟嘈杂拥挤的普通病房相比简直是天壤之别。普通病房不仅医生护士像踩着风火轮似的疾步匆匆来回穿梭，而且走道上临时病床塞得拍拍满满，陪伴的、探视的人满为患，各种呻吟声、喧哗声、叫唤声充斥其间。

高山泰和秦姑躺在移动床上，先后乘电梯被送到顶层的干部病房，在护士的引导下，被推进了预留的病房。护士随后登记时，发现两个病人一男一女，问道：男女怎么能同住一个病房，他们是什么关系？顾祥喜一时忘了曾尤恭刚才搪塞院长的话，如实回答说：他们是一个单位的同事。护士说：嘿，奇了怪！单位同事就不分男女了？你什么时候看到我们男医生和女护士睡在一间房的？曾尤恭赶紧补救道：他们是恋人。

护士说：切，恋人又不是夫妻，在自己家睡一起我们管不着，睡这里万一出什么事谁负责？曾尤恭说：谁让你负责了？顾祥喜看护士没完，就说：这是你们院长特意安排的，院长都不担心他们出事，你就别操这份冤枉心了，不信问你们院长去。护士一听果然不吭气了。护士一离开，高山泰在床上笑：老顾也学着哄人了。秦姑也在床上喃喃道：额就是想折腾，伤口也不答应啊。

一会儿，见高山泰和秦姑在干部病房安顿停当，顾祥喜和曾尤恭便告辞了。护士进来给高山泰和秦姑量体温，管床医生进来做询问检查，一听两个病人，不仅一男一女，而且还一个肺部手术，一个妇产科手术，医生怔住了，弄不明白这是对什么"组合"？半天没吭声。

高山泰和秦姑的病床尽管并排摆着，但中间隔着两个床头柜，挡住了他们的视线，彼此看不见对方，俩人先后被推进病房时，有过短暂的眼神交流，但有人在场，他们没有言语交流。好不容易等到护士给他们挂上吊瓶，看护的人出去打开水的空隙，高山泰和秦姑忍不住隔空喊话了。

秦姑睁大眼望着头顶的天花板，仿佛天花板上有块显示屏，高山泰不是躺在旁边，而是显影在天花板的屏上。她声音颤抖地问："想额不？"

高山泰也盯着天花板，兴奋地答道："想。"

秦姑："哪儿想？"

高山泰："哪儿都想。"

秦姑蛮横地问："不准糊额，具体哪儿？"

高山泰如实答道："心里想，身上也想。"

秦姑这才满足地说："心里想额信，身上想是骗额的。"

高山泰急了说："骗你干啥？真的想。"

秦姑鼻子一哼："就你现在这样，拿甚想额？"

高山泰笑："想，还要拿啥？"

隔了一会儿，秦姑问："你甚时候开始想额的？"

高山泰回说："从你离开我视线的那一刻。"

看护的人打开水进来，高山泰和秦姑就像按了静音键，顿时无声了。接着护士进来，取出秦姑的体温表，看了看说体温正常，再取出高山泰体温表看了看说还有点低烧。接着护士要看护的人跟她到护士站去取诊疗单，然后凭诊疗单去排队做检查。护士和看护的人一出门，高山泰和秦姑又开启喊话模式。

高山泰有些埋怨地说："你那天不该不顾死活冲上来的。"

秦姑激动地说："还说额，你那天为甚要不顾死活冲上去？明知道是拿鸡蛋砸石头，还硬往上碰。你没看那个包工头肥得像猪，壮得像牛，你弱得像羊，瘦得像猴，你哪是他的对手！"

高山泰咬着牙说："人争一口气，佛争一炷香。我作为湖山台的一台之长，眼睁睁看着他们气势汹汹打上门来，他们哪是在拆倒班楼，分明是来挖湖山台的祖坟！你说我能咽得下这口气吗？就是粉身碎骨，我也要喷他个狗血淋头！"

秦姑纠正他说："你是甚'狗血'？他才是狗血！你是喷他个'人血狗头'才对！"高山泰想笑，但没有力气笑出来。秦姑接着说："你看见他们挖湖山台的祖坟可以去拼命，额看见包工头把额的男人打得吐血，能不去找他拼命吗？额挠他是轻的，要是能拢身额不咬断他的脖子才怪呢！"秦姑说着，牙关咬得咯咯作响。

高山泰心疼道："再怎么说我是个男人，还能扛得住。你一个女人，肚子里还怀着个孩子……"

高山泰话刚说到这里，秦姑哇地哭出声来。高山泰一听，知道自己的话贸然出口，戳到了秦姑的痛处。高山泰十分内疚，挣扎着想爬起来安慰秦姑几句，但整个人就像被绑在床上起不来，加上手上还扎着吊瓶的针头，高山泰不得不放弃起身的念头。他不知所措地自责道："我，我不是那个意思……"

秦姑不顾高山泰的安抚，泣不成声地哭喊着："额们的娃儿没了！额可怜的娃儿啊，你咋这狠心，不让你爹看你一眼，不喊声爹就走了。你爹盼着你一天天长大，你在肚子里想吃甚他就买甚；你用脚踹额的肚皮，你爹知道你想出来，就天天隔着肚皮跟你说话……"秦姑哽咽着说不下去。

高山泰听着秦姑的哭诉，也泪水涟涟。晚来得子，是人生一大幸事，虽然自己还谈不上"晚来"，但毕竟已过正常的生育期。自从跟秦姑有了那层关系，做丈夫的梦他做过，但再为人父的梦他始终没做过。当秦姑告诉他怀孕的消息，高山泰就感觉喜从天降，后来又得知秦姑怀的还是男孩，高山泰更是喜不自禁。他憧憬着重新做父亲的感觉：儿子在娘肚里，他就张罗对儿子进行胎教；儿子在襁褓里，他要把儿子揽在怀中；儿子咿呀学语，他就一字一句地教他说话；儿子跟跄学步，他愿让儿子骑在背上满地爬行；儿子长成上学郎，他要教儿子背唐诗宋词。他幻想着儿子的模样、神态，甚至连走路的姿势，他都想象过。老话说得有：儿子像娘，金子打墙。儿子无论如何不能长得像自己，一定要像秦姑，高山泰求的不是儿子日后富贵，是能沿袭秦姑的基因，长得英俊威武，堂堂正正成为一个顶天立地的男子汉，不像自己干瘪猥琐，丢进人堆里都找不出来。至于儿子长大成人做什么，高山泰也没有那种望子成龙的奢想，只想他遵从陶行知的话："滴自己的汗，吃自己的饭"。只要儿子能自食其力，从善如流，他就心满意足了。从秦姑怀孕起，他就像捏面人似的，凭着自己的想象，把儿子捏成各式各样。白天想起儿子走神，高山泰经常哑然失笑；夜里梦到儿子，高山泰总是神魂颠倒，舐犊之情就像一个毛毛虫，在他的心尖蠕动，让他痒痒，给他快感。在自己遭到包工头一拳，口吐鲜血几乎灵魂出窍的瞬间，他恍惚看到秦姑的身影像一颗仇恨的子弹射了过来，在他轰然倒地的那刻，他猛然听到秦姑撕心裂肺的一声惨叫。他拼尽气力睁开眼的刹那，秦姑身上暗红的鲜血已经汩汩涌出，高山泰的意识和他心头闪耀的希冀同时陨灭了。

想到秦姑此刻破损的心境，高山泰强忍住悲痛，尽量平复地说："你也别太伤心了！孩子没有了，也不能怪你，俗话说：留得青山在，不怕没柴烧。只要大人在，我们以后可以再生。"

谁知高山泰一席话不仅没有起到安慰作用，反而引来秦姑更大的悲恸，她连哭带喊道："娃儿额给你丢了，现在连生娃儿的东西也没能保住。额再也不能为你生娃儿了！额对不住你啊！……"

听到这话，高山泰的脑袋里就像电脑遭到病毒入侵，乱码一团。他语无伦次地问："什么？什么？你是不是伤心过度说胡话？"高山泰又想起身，但还是无能为力。

秦姑字不成句地抽泣着说："额再也当不成娘了，额的子宫被他们拿了！"

这回，高山泰的眼前完全黑屏了，这突如其来的打击，犹如一闷棍狠狠砸在他的头上，高山泰天旋地转，就像电影镜头给出一百八十度旋转，他的灵魂腾地游离了他的身体，这个当今世界最轻最小的物质——超弦，飘悬在空中，密切注视着它主人的一举一动。

没了高山泰的声息，秦姑连喊了几声，高山泰那边毫无反应，秦姑慌了，她手忙脚乱想起身看个究竟，但同样被吊瓶的针管别着不能动弹。秦姑拼尽气力，不顾一切地大声叫道："医生！医生！"

秦姑近乎落水求生般的呼叫，惊动了整个楼层，接着一阵噼啪不齐的脚步声由远及近，片刻，医生、护士推门进来，医生惊恐地问道："怎么了？怎么了？"

"他！他！"秦姑已经吓得说不出话来，只是用手指着高山泰那边。

医生、护士凑到高山泰跟前一通手忙脚乱，医生又是翻眼皮、又是听心脏，又是打开床头的吸氧机给高山泰吸上。过了一会儿，见高山泰没有什么不良反应，医生松了一口气对护士说："估计没什么大事，可能是受了刺激，出现间歇性失忆和紊乱，慢慢会缓过来的。"

秦姑紧张得浑身发抖，惊恐不安地问："他到底咋了？"

医生侧头看到，秦姑泪眼婆娑的样子，奇怪地问："你这是怎么了？"

秦姑咕噜说："没甚。"

医生说："没什么，你怎么哭得像个泪人？"

秦姑抹了一把脸说："额就是告诉他，额的子宫被你们拿了，再也不能给他生娃儿了！"

医生一听，板着面孔说："你现在跟他说这些干什么？你们两个人现在都需要静养，你怎么还拿这些话来刺激他呢？都不要命了！"

秦姑怯怯道："额只是告诉他实情，没想……"

医生打断她的话训导说："实情？实情是随便说的吗？得分场合、时间。你们都是重症病人，你一句实情就可能要了他的命！出了事，是你负责还是我们负责？"

秦姑小声自责道："都是额的错，都是额的错。"

医生、护士出门，秦姑听见他们站在走廊上议论。护士问：那男的到底是什么病？医生说：胸外科把他的诊断结果转过来。护士问：什么病？医生：……护士哦了一声，接着请示道：要不要给那个女的开点镇定的药？医生说：不用，她不是脑子问题，是没有常识说话不计后果。护士说：听口音像是陕西那边的婆子。医生说：管她陕西、山西，乡下女人都是没有见过世面的。护士说：就怕她尽跟我们添麻烦。医生说：要不给她也做个核磁共振？护士问：做哪儿？医生：做脑部。护士说：你不是说她脑子没毛病吗？医生郑重其事地说：只有做了，才能证明她脑子没毛病啊。护士笑道：那倒也是。

秦姑躺在床上想，刚才医生、护士在门外说她乡下人，没见过世面，可能会给他们添麻烦，她都认了。可怀疑她的脑子有毛病，她不能接受。她把自己跟高山泰的对话认真地过了一遍，没感觉哪句有毛病，都是掏心窝的话，要是说的不妥，就是不该在高山泰还在病重的这个当口说自己子宫拿了，往后不能再给他生娃儿，刺激了他。一想到高山泰，秦姑不禁黯然神伤。这一路跟高山泰走来，可以说，没有高山泰就没有自己的今天。是高山泰在舍身崖玩着命救下自己，是高山泰在自己无依无靠走投无路时挽留了自己，是高山泰教会了自己许多一无所知的东西，是高山泰让自己重新点燃生活希望的同时也收获了爱情，并有了爱情的结晶。秦姑不懂得什么叫浪漫，但她跟高山泰游走湖山时，她和高山泰并肩坐在床沿、靠在床头戏语时，她和高山泰进城牵着手逛商场看电影时，她和高山泰在厕所洗澡还干那事时，都让她有一种从未有过的新鲜和快感。秦姑不懂得什么叫难以割舍，但她知道，自己已经离不开高山泰的身影、声音、气息，如果高山泰真的哪天离她而去，她头上的天就会塌下来，地就会陷下去。秦姑不懂得什么叫同仇敌忾，但她清楚，凡是对高山泰使坏的人，都是她的仇人；凡是说高山泰不好的话，她都会不留情面地驳斥；凡是敢于伤害高山泰的举动，她都会以死相拼。那天，包工头给高山泰当胸一拳时，她明知自己冲上去只能是蛾子扑火，但仍然拼死冲了上去，当时她就是一个念想：替自己的男人去赴死，再怎么着也豁得出去！当然，结果是自己的男人没能救下来，还搭上肚子里娃儿的一条命。想到这里，秦姑欲哭无泪，忍不住又抽泣起来。

隔会儿，秦姑似乎听见高山泰在床上有了动静，她马上停止抽泣，竖起耳朵。只听高山泰缓缓道："莫哭坏了身子。"

秦姑立刻屏住气问："你没事吧？"

高山泰轻声说："我有事。"

秦姑紧张地问："甚事？"

高山泰说："大喜事。"

秦姑一听"大喜事"，以为高山泰在说胡话，试探着问："甚大喜事？"

谁知高山泰美滋滋地说："我刚才梦到儿子了。"

"甚，梦到谁了？"秦姑不相信自己的耳朵。

"我说刚才梦到我们的儿子了。"高山泰重复着自己说过的话说："儿子迎面朝我跑过来，嘴里大声喊着爹，还张开小手要我抱。我一把把他抱在怀里，用胡茬扎他的脸，他用小手推我，我又张口把他的白嫩嫩的小手含在嘴里。到我这把年纪，人家都是含饴弄孙，我是含饴弄子。"高山泰说着惨笑了两声。

秦姑听着，眼泪顺着眼角一颗接着一颗，慢慢滚落在枕头上，她抓住被子塞进嘴里死死咬住，不让自己哭出声来。等自己平复下来，秦姑才说："额娃儿长得甚样？"

高山泰说："像你，大眼睛、双眼皮、高鼻梁、长脸蛋，还有一对酒窝，虎头虎脑，是个小帅哥。"

秦姑又想哭，但忍住了。又问："你跟娃儿都说些甚？"

高山泰说："我问儿子长大了，想干什么？儿子歪着头想了会儿说：跟你一样。我问：你知道你爹是干什么的吗？儿子说知道，你是跟大家捉迷藏的。我问：你爹怎么是捉迷藏的呢？儿子拍着手说：你让满世界的人都能听到你发出的声音，就是找不见你，那不是捉迷藏是什么？我问儿子：你娘同意你长大也像你爹一样跟大家捉迷藏吗？儿子从我身上爬下来说：我问娘去。看儿子歪歪咧咧跑开，我就在后面撵他，可无论我怎么喊，他都不回头，无论我怎么撵，也撵不上，不知他跑哪儿去了。"

这时，秦姑已是满脸泪水，她顺着高山泰的话说："娃儿跑到额跟前，瞪着大眼睛问：娘，等我长大了，也像我爹跟大家捉迷藏好吗？额问：那得一辈子藏在湖山，你耐得住？娃儿说：我爹耐得住，我就耐得住。额高兴地对娃儿说：好啊，等你长大了，不光要干你爹一样的事，还要做像你爹一样的人，跟你爹一样上知天文下知地理。额娃儿说：额知道了，这就告诉额爹去。说着扭身不见了。"秦姑听到高山泰的唏嘘声，不敢再往下说了。

片刻，高山泰感叹道："唉，老话说得有，儿孙自有儿孙福。我们不能一辈子把他拴在裤腰带上，我们把他带到这个世界，路还得他自己选、自己走。你看湖山上的飞禽走兽，哪有跟父母过一辈子的？雏鹰稍大一点，老鹰就把它推下悬崖，逼着幼鹰学着飞翔。雀鸟等幼鸟长出翅膀，就把它们撵出鸟窝，自己去觅食。我们就当我们的儿子长大成人，离开了我们，在外面独自谋生去了。"

秦姑心知肚明，高山泰怕她为失去儿子自责难受，拿这些话来宽慰她。她清楚，高山泰其实因为失去儿子，心里比自己更难受、更痛心。她记得刚才医生指责她的话，决定不再在高山泰的面前袒露出悲伤的情绪，于是狠着心说："是啊，儿大不随娘。有文化的人不是总说，天高任鸟飞吗！额娃儿是鹰不是鸡，额不能从小到大把他护在额的翅膀底下，得让他飞得高高的、远远的。"

高山泰和秦姑心里达成了共识。高山泰转换话题说："嗳，我听说有个老师在黑板上出了这样一道有趣的题，让学生回答。"

秦姑问："甚题？"

高山泰说："老师在黑板上写了一组组亲缘关系，有爷爷奶奶、爸爸妈妈、丈夫妻子、儿子女儿、孙儿孙女，让学生上来自己选择，问最后还能走在一起的是一组什么关系？"

秦姑好奇："是甚关系？"

高山泰说："学生们上来各式各样的选择都有，选择父母和选择儿女的最多。最后老师告诉学生，正确的答案是'夫妻'。"

秦姑问："为甚是'夫妻'呢？"

高山泰解答说："教授列举的这些亲缘关系，不管跟你多亲，你有多么不舍，最终，不是他们先你而去，就是你先离他们而去，真正能伴随你走完人生旅程的，多半是'夫妻'。"说到这里，高山泰感叹道："还是那句老话，'少来夫妻老来伴'，这辈子我们就不离不弃、相互搀扶、一起走完人生吧！"

秦姑听了这话，既震撼又感动，高山泰的话再次应验了自己内心的信念，这辈子除了高山泰她别无他求。不过，秦姑心里还是隐隐担忧，不论是从年纪还是身子骨来看，高山泰都不如自己。她猛然觉得自己就是高山泰的一只臂膀、一根拐杖，将始终伴随着他，直到永远。

此时，俩人都闭着眼，任由自己的思绪信马由缰……

忽然，秦姑听到隔壁高山泰在轻声哼唱什么，秦姑睁开眼，竖起耳朵仔细听了听，不知是高山泰声音太小，还是吐词含糊不清，一句也没听清楚，秦姑索性说："嗳，你嘴里叽叽歪歪哼甚呢？干脆大点声，唱给额听听。"

高山泰果然轻轻唱出声来：

因为爱着你的爱，
因为梦着你的梦，
所以悲伤着你的悲伤，
幸福着你的幸福。
因为路过你的路，
因为苦过你的苦，
所以快乐着你的快乐，
追逐着你的追逐。
也许牵了手的手，
前生不一定好走，
也许有了伴的路，
今生还要更忙碌。

因为誓言不敢听，
因为承诺不敢信，
所以放心着你的沉默，
去说服明天的命运。
没有风雨躲得过，
没有坎坷不必走，
所以安心地牵你的手，
不去想该不该回头。
也许牵了手的手，
来生还要一起走，
所以有了伴的路，
没有岁月可回头。
所以有了伴的路，

没有岁月可回头。

高山泰唱完最后一句，秦姑又是泪流满面。每一句歌词，秦姑不仅都听懂了，而且引起她内心强烈的共鸣，简直唱的就是高山泰和她。秦姑哽咽着问："这歌叫甚名？听了人的肠子都要断了。"

高山泰说："《牵手》。"

秦姑接着问："谁唱的？"

"我啊！"高山泰打趣道。

"额问电视上谁唱的？"秦姑知道高山泰有意逗她。

高山泰这才正面回答说："是台湾歌手苏芮唱的。"

"台湾人？"秦姑有点奇怪："台湾那边的人，跟额们这边的人心里想的也一样？"

"怎么不一样了，"高山泰说："台湾那边跟我们这边的人还不都是中国人。"

秦姑说："额们小时候在学校，老师教的台湾都是暗无天日，额还一直以为台湾没有太阳呢！"

"怎么，你打算给台湾人民送灯笼去？"高山泰呵呵笑出声说："不过，还真有这档子事。"秦姑问甚事？高山泰说："蒋介石有个把兄弟叫冯玉祥。当年，他不满蒋介石的专治，大白天打着灯笼上街。"秦姑问那是干甚？高山泰说："就是说在老蒋的统治下，暗无天日呗！"秦姑一听咯咯笑道：说真够绝的！隔一会儿，高山泰说："嗳，不光台湾那边有这样动情的歌，大陆这边也同样有动情的歌。"

"真的？甚歌？"

"《最浪漫的事》，是一部电视剧插曲。"

秦姑来了兴致："你也唱给额听听吧！"

高山泰轻轻咳嗽了一声，小声唱道：

背靠着背坐在地毯上，
听听音乐聊聊愿望，
你希望我越来越温柔，
我希望你放我在心上。
你说想送我个浪漫的梦想，
谢谢我带你找到天堂，

哪怕用一辈子才能完成，
只有我讲你就记住不忘。
我能想到最浪漫的事，
就是和你一起慢慢变老，
一路上收藏点点滴滴的欢笑，
留到以后坐着摇椅慢慢聊。
我能想到最浪漫的事，
就是和你一起慢慢变老，
直到我们老得哪儿也去不了，
你还依然把我当成手心里的宝。

高山泰一唱完，秦姑哭出声说："你一定要等额！"

高山泰不明其意地问："等你干啥？"

秦姑说："等额和你一起慢慢变老！到那时候，额天天牵着你的手，在湖山上晒太阳、看风景。"

这回轮到高山泰哽咽着说不出话来，他只是轻轻嗯了声应答秦姑。

秦姑一抬头，看到高山泰的吊针已经打完了，忍不住又大声叫唤："医生！护士！"

高山泰阻止她问："你喊什么？"

秦姑忙不迭地说："你的吊针打完了！"

高山泰说："这里是医院，不能大声喊叫，吊针打完了，按后面床头墙上的呼叫铃，护士听到铃声就会过来。"

高山泰正说着，护士跑进来问："怎么又大呼小叫，发生什么事了？"

秦姑知道自己又闯了祸闷头不语。高山泰替她挡枪说："是我让她喊的，我们手上都扎着针头，够不着墙上的电铃。"

过了几天，秦姑的伤口恢复得不错，能够下地行走了。她和高山泰商量，有个看护的人在他们中间很别扭，再说台里人手又紧，干脆让看护的人回去，由她来照顾高山泰。台里听了他们的意见，看秦姑确实在好转，就把看护的人撤了。

高山泰术后恢复很慢，还不能下床活动，什么都靠人伺候。秦姑就忙前忙后，打水、打饭、擦洗都由她一个人包圆。秦姑一旦能够活动，就不肯拘泥于自己的床上，一有空就坐在高山泰的床边跟他讲话，聊着聊着，就得意忘形像在自己屋里，索性钻进高山泰的被子，让高山泰把头依偎在自己身上。高山泰提醒说这是医院注意点影响，秦姑说医院咋了，还不许额们亲热？高山泰不能动弹，只能任由着她。不想，又被护士撞见了，她一看秦姑居然钻在高山泰的被子里，叫道：23床，赶紧回到自己床上，这里是医院，你以为是你们家啊？想怎么着就怎么着！像什么样！秦姑不敢顶嘴，乖乖回到自己床上。

护士走后，秦姑听到高山泰在呵呵偷笑，猜想是在笑自己，问："你笑甚？"

高山泰说："我笑你刚才那副狼狈相，不怕官只怕管，这回没脾气了吧！"说着，高山泰又忍不住笑出声来。

秦姑忿忿不平地说："额钻额男人被窝，碍着她甚事？狗拿耗子！"

高山泰的伤口恢复倒还正常，就是失血过多身体虚弱，甚至连靠床坐一会儿都感觉到累，基本只能卧床。秦姑担心高山泰身上长褥疮，每天几次替他翻身、按摩。

这天，高山泰想小便，秦姑赶紧把床下的便壶递到他下边，可高山泰躺在床上努力了半天，就是尿不出来。秦姑拿着便壶等了半天，不见高山泰撒尿，问他怎么不尿。高山泰脸都憋变了色，还是尿不出来。秦姑关切地问：是不是使不上劲？高山泰痛苦地点头。秦姑惊慌地说：那咋办？高山泰要她喊护士。秦姑赶紧起身按铃，不一刻，护士进来问怎么了？秦姑抢着说：他尿不出来。护士一查看，高山泰的腹部涨得鼓鼓的，脸都憋成了紫色，说必须导尿。说着，护士转身出去作准备，一会儿，护士拿着导尿的器械进来。只见护士一把掀开高山泰的被子，三下两下解下他的裤子，不等秦姑回过神来，护士手里的导尿管，已经插进高山泰的体内，护士松开导尿管被钳住的一头，很快一股黄色的尿液流进塑料袋。护士说好了，正收拾东西准备出去，秦姑见高山泰赤条条躺在那儿，想扯起被子替他盖上。护士拦住说：嗳，你别动，他正在导尿呢你没看见？秦姑吓得赶紧停住了，但嘴上嘀咕说：这样躺着多难看。护士瞪眼说：这里是医院，他是病人，有什么难看不难看的。护士离开后，秦姑赶紧把门关得严严实实，然后站在病床边不屑地说：早知道导尿这么简单，还不如额自己来呢！高山泰奇怪：导尿你也会？秦姑说：切，多大点事！没吃过猪肉还没见过猪跑！额在集上看人家卖鱼的换水，在盆里插根管子，一头含在嘴里吸两下，水就出来了。高山泰说：哪有你说的那么简单，人家护士是受过训练的。秦姑说：这还用训练？高山泰说：那当然了，你知道尿道在哪儿？插错了怎么办？你以为真跟卖鱼的换水那样简单。秦姑一听语塞了。

　　尿从体内顺利排出，高山泰不仅脸色正常了，情绪也好了许多。他让秦姑坐在床边的椅子上，抓着她的手说："你让我想起了上甘岭。"

　　秦姑："上甘岭？"

　　高山泰："《上甘岭》的电影你没看过？"

　　秦姑想了想说："咋没看过！上面每月送电影进村，不要钱，但尽放这些老电影，是讲抗美援朝的吧？"

　　高山泰点头说："就是讲抗美援朝的事。"

　　秦姑奇怪："跟额有关系？"

　　高山泰微微一笑说："你就像坚守在上甘岭坑道里，救护伤员的女护士。"

　　秦姑指着自己："额像里面的女护士？"

　　高山泰眨了眨眼，肯定地说："对，你跟她一样。"

　　秦姑更奇怪了："额咋跟她一样了？"

　　高山泰说："坑道里受伤的战士尿不出尿来，没有器械，女护士就用嘴给伤员导尿。"

　　秦姑说："可额没有用嘴给你导尿啊！"

　　高山泰说："你刚才虽然没有这样做，不是也这样想了吗！"

　　停了会儿，秦姑突然说："你瞎编的吧！电影里额没见着啊？"

　　高山泰笑："电影里是没有，可现实中确有其事。"

　　秦姑不信："电影既然没有，你从哪儿知道的？"

　　"从报上啊。"高山泰说："报上有一篇文章，专门报道了当年在坑道里有位志愿军女护士，用嘴为伤员导尿的事迹。《上甘岭》的女主角，就是根据这个女护士的原型拍成电影的。"

　　"那为什么不把真事放在电影里，让大家都知道知道，那多感动人！"秦姑不解地说。

　　高山泰忍不住笑道："电影上真人咋演？写成文章可以让人去想。"

　　秦姑一想，也是，搁谁谁也没法演。其实，秦姑心里还有一个难以启齿的小秘密，她想自己给高山泰导尿，不光是觉得这事简单，还因为她不愿意让护士看到更不愿意让护士碰高山泰下面，那是她的自留地，更是她的宝贝，别人看它碰它，就跟抢劫没什么两样！

三十三

顾祥喜和曾尤恭拎着一堆水果、补品来看高山泰和秦姑，秦姑连忙让座、端水。

顾祥喜和曾尤恭像两个小学生，并排坐在高山泰面前。顾祥喜端详着高山泰，像个望闻问切的老中医说："看面色红润，目光汇聚。"接着又看了看高山泰的舌苔，号了号脉说："苔毒未尽，但呈颓势，脉搏虽弱，但未见紊乱。"顾祥喜拉着高山泰的手笑着说："恭喜恭喜，恢复得不错嘛！"

秦姑问道："你们怎么一个个都像在哪儿学过中医的，说起来一套一套的。"

高山泰笑："这得益于湖山啊，山上遍地是药材，什么药能治什么病，大家都能略知一二，一代一代口口相传，台里的职工都成了半个中医，有个小病小灾，自己配上几服草药就能治好，根本不用去医院。"

秦姑喜滋滋地说："等你们退休了，干脆都挂个牌开诊所得了。"

顾祥喜应声说："好啊！到时候，你负责挂号、记账、收费。"

秦姑笑道："额就是个吃白菜的命，操不了肉价的心。那是文化人干的事，额就给你们做饭吧，连病人的盒饭额也包了。"几个人笑得前仰后合。

高山泰捂着胸口笑道："我们主业还没开张呢，你连副业都想好了。没准病人看你饭做得好，不看病，改吃饭了。到那时，我们诊所的牌子干脆改成餐馆，主业餐饮，副业看病得了。"几个人又好一通笑。

笑过，曾尤恭学着电视上耍嘴皮子的说："我这里有两个消息，一个好消息，一个坏消息，你们说我先说哪个？"

秦姑忍不住说："甚好消息坏消息，先说后说还不都一样！"

高山泰说："先说哪个后说哪个，还是有区别的。"

秦姑奇怪："这还能有甚区别？"

高山泰说："书上说，它会产生'近因效应'。就像有好坏两个苹果，如果先吃好的后吃坏的，留在嘴里的都是苦味；如果先吃坏的后吃好的，留在嘴里的就都是甜味。再比如洗澡，先用热水再用冷水和先用冷水再用热水，效果会截然不同。书上说同等条件下……"

"好了好了，还有完没完？额看你就是个二百五，打麻将——只会输（书）。"秦姑拦住高山泰："听人家曾台讲好不好！"

高山泰打住说："好好，听曾尤恭的。"
　　曾尤恭问："闹了半天，我到底先说哪个？"
　　高山泰说："约定俗成，先说坏消息吧。"
　　曾尤恭说："坏消息就是——"曾尤恭不忍开口，迟疑了片刻，还是把后面的话吐出来说："倒班楼被他们夷为了平地。"
　　几个人都低头默不作声。尽管高山泰心里早有准备，但话从曾尤恭的嘴里出来，还是像把刀捅在他的心窝，他感到胸口一阵绞痛，本能地捂着胸口。一想到自己、秦姑，还搭上肚子里儿子一条命，都没能保住倒班楼，高山泰痛楚得整张脸都在抽搐。就像一场拼死拼活的战斗打下来，牺牲了许多鲜活的生命，结果阵地还是丢了一样，高山泰心里的痛楚、愤怒、懊恼、无奈、不甘，轮番煎熬着他那颗滴血的心。如果让他重来一次，他会抱着炸药包，当然，他不可能有炸药，对，他会扛着煤气罐挡在倒班楼门口，只要他们敢上前，他就义无反顾地拧开阀门，点燃煤气罐，与倒班楼和那帮兔崽子们一起粉身碎骨！高山泰仿佛置身于煤气罐引爆的瞬间，他二目圆睁，额头暴着青筋，面色紫涨。
　　秦姑一看情形不对，赶紧催促曾尤恭说："磨蹭甚，还不赶紧说你的好消息！"
　　曾尤恭如梦初醒地说："好消息就是——"他有意脸上挂着笑说："事情发生后，省局派来工作组，市里专门下了文，海市长在市里作了检讨，管委会从颜局长起依次都受了处分，颜局长被通报批评，工程部经理记大过一次，扣发三个月奖金。"
　　秦姑又忍不住问："踹额的那个包工头咋处理的？"
　　曾尤恭大拇指往后一指说："他啊，进去了！"
　　"进哪儿了？"秦姑一头雾水问。
　　"进局子里了。"
　　"局子是甚地方？"秦姑更是云山雾罩。
　　"就是牢房。"高山泰忍不住道。
　　秦姑还不解气，说："他把额的娃儿踹没了，应该抓起来枪毙，一命顶一命，坐牢太便宜他了！"
　　顾祥喜说："差点忘了，这里还有他们补偿给你们的误工费、营养费、精神损失费。"说着，他掏出一个厚厚的信封递给秦姑。
　　秦姑用手拨开哭喊道："额不要他们的钱，额要他们赔额娃儿！"

顾祥喜和曾尤恭一看秦姑这样，一时手足无措，不知道如何安慰她。高山泰强忍着眼泪说："人死不能复生，就是把包工头千刀万剐，也换不回孩子来。老顾他们是来看我们的，你让他们咋办。"秦姑一听，这才安静下来。高山泰放心不下台里问："台里情况怎么样？"

顾祥喜说："工作都还在正常运转，安全播出没有受到影响。"

高山泰关切地问："倒班的人怎么安置？"

顾祥喜说："暂时安顿在会议室。"

高山泰说："这不是个办法，你们回去搬到我的办公室，我们三个挤一挤，就可以腾出两间办公室，再把老台长的办公室也用上。另外，让党团和行政也合署办公，就能挤出四间房来，如果每间房放四个高低床，会议室还可以多放几张，我算了一下，应该能够解决倒班的住宿问题。"

顾祥喜说："好，回去就办。"

高山泰又不放心地问："他们接下来有什么动作没有？"

顾祥喜说："暂时还看不出来。"

高山泰忧心忡忡地说："我琢磨着这件事还不算完，他们的狐狸尾巴刚露出半截，你们可得睁大眼睛。"

顾祥喜让高山泰放心。曾尤恭问高山泰吐血的原因查清楚没有？

高山泰一笑，轻描淡写地说："没事，跟上回一样。"

送走顾祥喜和曾尤恭，秦姑回到床前问："额听你刚才说这件事还没完，甚意思？他们还想杀了额们俩不成？"

高山泰说："我们俩已经挨了他们一拳一脚，在这里又一人挨了一刀，已经是一只脚踏进鬼门关的人，还能把我们怎么样？"

秦姑问："那你指甚没完？"

高山泰："我是说他们还想打台里的主意。"

秦姑一惊："还打台里甚主意？倒班楼都让他们拆了，还能把湖山台也像端炮楼那样给端了？"

高山泰说："那可没准。"

秦姑惊呼："那他们胆也忒大了吧！还有没有王法？"

高山泰静静地说："王法就是他们制定的。在他们心里，湖山台早就不存在了。"

秦姑听了，浑身打了个冷战。

三十四

　　高山泰和秦姑出院时已经入秋了。汽车驶入湖山山门，映入眼帘的"盆地"，不再是祖屋般的倒班楼，而是已被平整后铺着黑色沥青画满白色道道的停车场。

　　高山泰下车，脚像戴着沉重枷锁，一步一步艰难地挪到原先倒班楼的地方。他先是举目四望，似乎在寻觅倒班楼藏匿的踪迹。他木然地站在那里，就像拔了插头断了电似的，良久，才若有所失地蹲下来，用手触摸着冰冷的沥青地，仿佛在轻抚隐匿地下的倒班楼，嘴里还喃喃有词地念叨，似在跟倒班楼对话。终于，高山泰一下子匍匐在地，声泪俱下，双手用力拍打着地面，是在为未能保住倒班楼而深深自责？是在为湖山台壮士断腕而痛心不已？是在为胎死腹中的儿子而悲痛欲绝？

　　台里人听说高山泰回来，大家都出来迎他，但看到高山泰的举止，谁都没有拢边，只是远远地目视着他，就像观赏一位行为艺术家的表演一样，没有人出声，但有人偷偷地抹泪。

　　秦姑站在食堂门口，泪眼婆娑地注视着高山泰的一举一动，秦姑不懂行为艺术，却完全能读懂他的肢体语言。高山泰在这里失去了倒班楼，自己在这里失去了肚子里的娃儿，当然，也是她和高山泰共同的结晶。高山泰在忏悔自己的无能，为什么眼睁睁地让倒班楼在自己面前毁于一旦？秦姑也在悔恨自己的懦弱，不仅眼见自己的男人被人痛扁，甚至连肚子里的娃儿都被踹死腹中。悔恨交加的秦姑之所以没有去劝阻高山泰，是因为高山泰所有的举动，都像在完成他自己虔诚的宗教仪式一样，不能被打扰和阻止。

　　顾祥喜和曾尤恭实在不忍，上前扶起高山泰。高山泰起身走进台里铁栅门时，第一个冲上来跟他亲近的，是那只久违了的台里狗。看见高山泰，台里狗忽地冲出人群，撒着欢扑在高山泰的身上，高山泰拥着台里狗，抓起台里狗的前爪，就像跟老朋友握手，接着，又抚摸着台里狗的头，亲吻着台里狗的鼻子。台里狗立刻伸出长长的舌头，舔着他的面颊，吮吸着他身上的气息，他们既像久别重逢的老友，又像鸳梦重温的恋人。高山泰拍拍台里狗的头，台里狗顺从地下地，一边摇着尾巴，一边仰头望着他，欢快地冲他叫着，高山泰在前面走，台里狗亦步亦趋紧随其后，像一名随时听候主子吩咐的仆人。

　　跟迎接他的每个人打过招呼，高山泰进台，在顾祥喜和曾尤恭的陪同下，又到台里每个办公室和岗位查看、问候。"骨感妹子"见到高山泰第一眼说：高台胖了。高山泰苦笑着说：天天躺着不动，吃香的喝辣的，又不用操心，再养两个月，就跟喂肥的猪似的可以出栏了。大家听了哈哈大笑。高山泰建议"骨感妹子"也去住上半个月的医院，保证骨头能长出肉来。"骨感妹子"说：就维持现状，天天都得忌嘴，再海吃酣睡，那人还不跟吹气球似的，到了台里，狗都不让进！大家又笑作一团。

小周见了高山泰打趣道：高台，你先前是防冷涂的蜡，现在是红光焕发。高山泰下意识地摸了一下脸笑着说：你当我是杨子荣啊！小周故意一本正经地说：老实说，你以前的脸像座山雕，现在的脸才像杨子荣。高山泰打着哈哈说：像座山雕、杨子荣，我都没准能客串一下，不过，再怎么客串，我也成不了"小鲜肉"，就是一刀"老腊肉"。小周惊讶：高台，这时髦的词，也能从你嘴里出来？高山泰笑：时髦可不是你们年轻人的专利哦，活到老学到老嘛！孔圣人到老还拜童子为师呢，《三字经》里不是有这样的记述吗："昔仲尼，师项橐，古圣贤，尚勤学。"

高山泰走过，落在后头的王工悄悄对小周耳语：你没发现，高台的脸红得不正常？小周一愣问：怎么不正常了？王工说：正常的红是润红润红的，高台的脸是潮红潮红的。小周摸着后脑勺问：那有什么区别吗？王工说：当然有区别，润红是健康色，潮红是病态色。小周问：你看高台哪儿有病？王工说：面色潮红，多半是肺部出了问题。小周说：高台被一拳打得吐血，还做了切除手术，肺部当然有病。王工说：我看不是术后反应，是病灶不好，说不定……小周赶紧拦住说：高台病刚好，别说些不吉利的话咒他。王工就此打住。

高山泰认真地巡视了一遍机房，查看机组运行的值班记录，询问了关键性的指标，看一切正常，接着去查看安排倒班住宿的地方。看到几间由办公室改成的寝室，生活起居条件都很到位，高山泰悬着的心才放下来。

顾祥喜和曾尤恭陪着高山泰回到他的办公室。看到自己的办公桌还是原地未动，顾祥喜和曾尤恭的办公桌却萎缩在角落里。高山泰说：来来，我们一起动动手，把办公桌挪一挪。顾祥喜问还怎么挪？高山泰说：我们三个的办公桌靠在一起，摆成"品"字形。曾尤恭说：你是台长，我们是副台长，我们怎么跟你平平坐呢？高山泰唬道：湖山台从来都是井冈山的传统，红米饭南瓜汤，官兵一致。台长、职工哪顿不在一个锅里吃饭？哪晚不在一样的铺板上睡觉？怎么，你们想坏了规矩！顾祥喜和曾尤恭不再说什么，三个人一起动手，把办公桌摆成"品"

字形。一落座，三个人自然而然又扯起台里的工作。没想到，三个人对湖山台所发生的事，却持有不同的看法，话题还是围绕着倒班楼开始。

顾祥喜抱怨："当初建倒班楼，咋就没想到弄个护身符呢？也不至于落到今天，成了个违章建筑，让高台遭这么大的罪，连祖坟都被人扒了似的，真是窝囊！"

曾尤恭说："亏就亏在理被他们占了。有理打遍天下，无理寸步难行。所以我们才成了砧板上的肉，任人宰割。"

高山泰说："当初建湖山台，正值'文革'期间，建不建、在哪儿建，都是上面一句话。再说，那时湖山是座无人问津的荒山，别说无处办理证件，就是有，找谁办？在哪儿办？"

顾祥喜叹息着说："就算湖山台'生不逢时'，我们为什么不补办个两证呢？"话一出口，顾祥喜赶紧补充说："嗳，高台，这话可不是冲你说的啊。"

高山泰豁达一笑说："冲我也没关系，我本来就罪责难逃嘛。"三个人都笑了。高山泰接着说："湖山如果不成为他们下蛋的鸡，我们在这鸡窝待多久，都没有人找我们要证。湖山一旦变成了他们的金窝，谁还会给我们办证，让我们合法地待在金窝不走呢？你们看，我们三番五次找他们，他们是怎么躲着我们、搪塞我们的？他们先是让我们稀里糊涂、一直蒙在鼓里，后是让我们像没头的苍蝇，到处碰壁。等他们暗地里把一切准备好了，就给我们致命一击，让我们没有招架和还手的余地。"

曾尤恭垂头丧气地说："谁的地盘谁做主，谁让我们在人家地盘上呢，虽说我们是省属单位，可强龙压不过地头蛇啊，认栽吧！"

高山泰辩驳道："可湖山不是市里的湖山，湖山台也不是单为市里建的无线台，选择湖山是湖山优越的地理位置决定的，建立湖山台是为了覆盖全省三分之一人口的收听收看。"高山泰不客气地说："我们是强龙不强，他们想上演蛇吞象也没那么容易！"

顾祥喜不无担忧地说："倒班楼被拆了，现在台里生产、生活混在一起，时间一长，会造成管理上的混乱，我担心会影响安全播出。"

曾尤恭异想天开地提议："要不我们再找个地方，重新盖栋倒班楼？"

高山泰一针见血地说："这简直是痴人说梦，既然现有的倒班楼他们都拆了，他们怎么允许我们在湖山再盖新楼呢？现在不是湖山有没有地的问题，而是他们要千方百计挤压我们生存空间，直到彻底把我们撵出湖山的问题。"

曾尤恭不以为然地说："高台多虑了吧？再怎么说，湖山台是省属堂堂正正的正处级单位，市里撼山易，撼湖山台难，除非……"曾尤恭把后面的半截话咽了回去。

顾祥喜见曾尤恭没了下文，问："除非怎么了？你把话说完啊！"

曾尤恭摇摇头，还是不吱声。

顾祥喜盯着问："你啥意思？说半截留半截，跟我们打哑谜啊？"

高山泰接过话说："让我来替他说吧！"他看着曾尤恭说："你是想说，除非市里手眼通天，省局拿他们也没辙是吧？"曾尤恭见被高山泰说破，点点头。

顾祥喜说："手眼通天就手眼通天，你直接说不就结了，有什么不好说的，还非得高台替你说？"

曾尤恭自卑道："我话到嘴边，觉得太小儿科了。凭什么市里就不能手眼通天呢？我那是针孔里看西瓜，就那么大点见识。湖山出去的干部，别说在省里当厅局长的可以编成一个班，就先后担任过省级领导的，少说也有一桌，替家乡说句话办个事，那还不是手边上嘴边上的事。"

顾祥喜忿忿不平说："就算市里手眼通天，也不能平白无故说把湖山台扒了就扒了吧？我们也有上级领导，也有我们说话的地方。还有没有法制？还依不依法行政了？"

三个人都默不作声。隔了会儿，曾尤恭心有不甘地冒了一句说："要不，我们在食堂上加层，把倒班楼搬到上面去？"

高山泰说："现在食堂都是泥菩萨过河自身难保。你一动工，正中他们下怀，就又当违章建筑，正好连食堂一块拆了。"

曾尤恭泄气地说："照你说，湖山就没有我们安身立命之地了？"

高山泰无语。

顾祥喜不无担忧地说："湖山开发才开始，我担心他们下一步还会使出什么阴招为难我们。"

曾尤恭大大咧咧说："他们还能怎么着，总不能扒了倒班楼，再来推倒发射塔、拆了无线台吧？"

高山泰冷冷道："谁说没有这种可能？"

顾祥喜和曾尤恭听高山泰这么一说，大眼瞪小眼，面面相觑。

三十五

高山泰回到台里，秦姑也回到食堂。她进到厨房一看，只见锅瓢碗盏乱扔乱放，砧板案几上一层厚厚的油垢，盆内堆着一摞上顿没有刷洗的碗筷，没有拧紧的水龙头正在嘀嘀嗒嗒打着点滴。饭厅里也是一片狼藉，不忍卒看。

秦姑摇着头心想：自己才走几天，食堂就糟蹋成这个样子！家里要是没个女人就不像个家，家庭主妇，家庭主妇，家还得靠主妇操持。秦姑放下包袱，扎上围裙，挽起袖子开始收拾。拾掇完了，一看时间不早，秦姑又赶紧张罗午饭。等食堂飘出饭菜的香味时，太阳也正当空了。

吃午饭的时候，职工们一进食堂，纷纷向秦姑表示问候。看到厨房、餐厅被重新收拾得干干净净，都眼前一亮。小周打趣地说：哟，旧貌变新颜了！"骨感妹子"吃着秦姑做的饭菜矫情道：秦姑，你做的饭菜这么好吃，害得我多吃了一碗饭，要是吃毁了我的体形，你可要负责！听到大家的问候、赞许，秦姑的心里就像领略到秋天的阳光，感到阵阵暖意。秦姑最惬意的是台里上下都已把她当成这个集体中不可或缺的一员。秦姑清楚，这里面有高山泰的因素，但更是自己付出的结果。

直到太阳从西边射进来，秦姑才跨进自己屋里。她该洗的洗，该换的换，抹灰扫地，手脚麻利地把屋里打扫了一遍。猛然间，秦姑想起，进屋这么半天，居然忘了烧香拜佛。她嘴里喊着该死，马上手忙脚乱地燃上香，哆哆嗦嗦地双膝跪下，认认真真磕了三个响头，嘴里不停念叨：求菩萨保佑！求菩萨保佑！

做完所有的功课，秦姑这才如释重负地瘫坐在床沿，开始清理着脑子，就像写完作业，又重新检查一遍似的，厨房的事，自己的事，秦姑统统过了一遍。突然，秦姑想到一个问题，这是她在医院就已经想好了的，回到湖山，一定要去金殿，向正忍法师求解一下因果报应，发生在自己身上的，发生在高山泰身上的，还有那些对他们作恶的人，是不是都有因果报应？

说动就动，秦姑洗了把脸，换了一身干净衣裳，起身赶往宝藏峰的金殿。出门前，秦姑还没忘往兜里塞了十块钱，后又觉得心还不够诚，又换了一张五十的大钞，这才踏实下来。

秦姑进金殿时四点都过了，香客寥寥无几。秦姑照例敬香、磕头、拜佛，往功德箱塞了小票。做完规定动作，秦姑走到旁边，等正忍法师跟前面的人答疑解感完了，才上前对正忍法师施礼。

不等秦姑张嘴，正忍法师开口道："施主可是福无双至，祸不单行？"

秦姑一惊，正忍法师怎么口出此言？转念一想：自己不仅娃儿胎死腹中，而且还挨了一刀，连子宫都被拿了，可不是祸不单行吗？想到自己前面还死了丈夫和儿子，秦姑不寒而栗地问："请问法师，额这辈子是不是只有祸没有福啊？"

正忍法师说："祸兮福所倚，福兮祸所伏。没有永远的祸，也没有永远的福。"

秦姑问："那为甚额只有祸，没有福呢？"

正忍法师说："这只因为'缘'。"

秦姑哑摸道："缘？"

正忍法师说："缘是世间一切事物起因相互交涉的关系。"看秦姑不甚懂得，正忍法师进一步解道："佛称四缘，一是因缘，二是等无间缘，三是所缘缘，四是增上缘。"看秦姑更是一头雾水，正忍法师打比方说："因缘就好比庄稼的种子，对于庄稼的生长关系最为密切；等无间缘，就是促使种子生长的生机；所缘缘，就是对种子辗转生长的希望之心；增上缘，就好比种子所需的泥土、空气、温度、雨水。因有这四缘的关系，才能促成种子发芽、长成、开花、结果，这也就是因缘果报。"

一拿种庄稼比喻，秦姑马上就理解了因缘，但什么是果报呢？她问："法师，是不是有甚因缘，必有甚果报？"

正忍法师点头说："那是必然，但又不尽然。"

秦姑一怔："难道还有不报的？"

正忍法师解释说："世上的果报，不像我们吹糠见米那样简单。果也分现果、来果、后果三种。"见秦姑木然看着自己，正忍法师解道："所做的善恶之因，在现在今生成熟招果的，叫作现果；在来世成熟的，叫作来果；在后生成熟的，叫作后果。"

秦姑急问："报应还分先后啊？"秦姑一急，把佛教所说的"果报"，说成了民间的"报应"。

正忍法师并不纠正她，只是耐心作解："果报有先后，是根据条件决定的。有现生成熟，有来生成熟，有后生成熟。"怕秦姑不明白，正忍法师又打比方说："这就如同种瓜和种核桃。种瓜，当年种当年可结瓜果；种核桃，须经三四年才能结核桃。再者，缘的力量也有强弱，如四缘并进，条件具备，自然成熟早些，如果助缘只有一二，力不充足就跟缺阳光、水分，成熟自然要晚些的道理是一样的。"

秦姑不解地问："法师，额这辈子可没做过甚亏心事，为甚尽遭噩运呢？"

正忍法师说："因缘果报的定理是不会改变的。今遭苦报，是因过去所种恶因，今已成熟，须先受苦果。而今生虽然做好，但善因未熟，要待来生，才受好果。反过来也一样，恶人先作恶反得好报，是因他前生种的好因已熟，先享福报，今生所造的恶因，业缘未熟，苦报还在来生，随它怎么也逃不掉。"正忍法师双手合十闭眼道："善恶到头终有报，只争来早与来迟。"

秦姑知道正忍法师该说的话已经道尽，立即起身还礼，接着从兜里掏出五十大钞，塞进了一旁的功德箱里。

正忍法师起身说："谢女施主，慢走！"

秦姑离开金殿，一路上还在想，按正忍法师说的，今生遭苦报，是因为她前世做过恶，但她无论怎么搜肠刮肚，死也想不出自己前世做过甚恶？她胡思乱想，自己前世要不偷过人家地里的庄稼？要不睡过人家的汉子？要不打死过人家的牲口？想来想去，秦姑忍俊不禁扑哧一笑，心想：自己前世是个甚都还没闹明白，兴许自己前世是条咬人的毒蛇，兴许自己前世是个谋害亲夫的淫妇，兴许自己前世是个虐待公婆的恶媳，否则，今生不会遭此恶报。秦姑忐忑不安，不知道自己前世的孽债是否还清了？如果没有还清，自己还将得到怎样的恶报？如果这辈子还还不清，那下辈子是不是还要接着还？秦姑不敢往下想了，她双眼一闭，一个趔趄，差点跌进山沟里。

秦姑赶紧站稳，使劲摇了摇头，努力让自己清醒清醒。后半程，秦姑又想到高山泰。可想来想去，也想不出高山泰前世是个甚？干过哪些坏事？如果不是前世作恶，今生不会跟自己一样遭这么大的罪。但转念又一想，正忍法师不是说还有现报吗？莫非他前半生作过恶？不行，回去得好好问问他！

吃过晚饭，秦姑收拾停当，赶紧敬上香、磕过头、拜完佛，静等着高山泰到来。

果然，不一会儿，高山泰熟悉的脚步声在门口习惯地蹭蹭跺了两下，进屋来了。秦姑敏锐察觉，高山泰的脚步，没有以前轻快，有一种离不了地的拖沓，不知是体衰还是年迈，就像高山泰被她攥着的手，力不从心地从她的手心滑落下去似的，秦姑心里不免泛起悲悯。

高山泰进屋，看见香烛炽燃，青烟缭绕，烟笼鼻喉，笑道："菩萨打点过了？"

秦姑白了他一眼："得罪了菩萨，当心遭雷劈。"

高山泰呵呵一笑："我又没说菩萨，我说的是你。"见秦姑身上换得干干净净的，高山泰提议说："在医院还没闷够啊？山上的空气多新鲜，出去走走吧！"

高山泰和秦姑一前一后出了门，俩人不由自主来到舍身崖。这是他们第一次见面，也是高山泰舍身搭救秦姑，俩人身体紧密接触的地方，自然也是值得他们纪念回味的地方。就跟《魂断蓝桥》里蓝桥和《廊桥遗梦》里的廊桥一样，有着同等纪念意义。每当他们站在这里，都会像电影里那样，来一次情景回放，各自去找回自己的角色和心境。

俩人双臂搭在舍身崖的铁栏上放眼群山，远近群山如同一幅浓墨重彩的水墨丹青。近前的大山雄浑酣畅，每一块山石，都如同刚从墨汁里浸泡后脱颖而出似的，连林木都黝黑光亮，花的红、叶的绿，都仿佛是点缀上去的。徐徐落幕的夕阳，如同一台 3D 打印机，鬼斧神工地把天上的云彩，打印出各种光怪陆离的形象。一群没有归巢的飞鸟，正在乐此不疲地追逐嬉戏，它们剪破天幕，播下嘶鸣，用生息让艺术回归现实。近前的大山，恰似立在舞台中央的头号英雄人物，身后的群山，依次见矮见淡，最终隐没在云霭之中。近处山体的轮廓不仅线条粗犷，而且色泽丰腴，再看远处的群山，则线条纤细，飞笔留白，有着怡然陪衬、不与争锋的自在。人们总是夸赞艺术家审美的洞察力，其实，大自然的美永远是客观存在的，艺术家们只是不断接近它、发现它、升华它罢了。

看着高山泰目不转睛地盯着眼前的景色，秦姑冷不丁拍了他一下，问道："嗳，你前世是干甚的？"

高山泰被这突如其来一问问蒙了："我的前世？"

秦姑说："对，你的前世！"

高山泰哈哈一笑："我哪有什么前世。"

秦姑执拗道："你怎么会没有？人人都有前世！"

高山泰问："谁告诉你的？"

秦姑说："正忍法师说的！"

高山泰问："你今天又去找他了？"

秦姑嗯道："正忍法师说前世做因缘，今世后世得果报。你咋会没有前世呢？老实说，你前世是干甚的？"秦姑不依不饶追问着高山泰。

高山泰忍不住哈哈笑道："有没有前世我都不清楚，更不知道我前世是干什么的了！"

秦姑拧巴道："你肯定知道！"

高山泰绕了个弯说："好，你既然这么肯定我有前世，那你说说我前世是干什么的？"

秦姑一下蒙住了，半晌说："你的前世，额哪知道啊！"

高山泰好笑："你既然不知道，凭什么肯定我有前世呢？"

秦姑蛮横道："额要你自己坦白！"

高山泰委屈地说："我真不知道我前世是干什么的，你要我坦白什么？"

秦姑终于冒出心里话说："你前世一定作恶多端！"

高山泰纳闷："凭什么说我前世作恶多端？"

秦姑振振有词说："正忍法师说了，前世做恶因，来世得恶报。你说你这辈子遭了多少罪，老婆没了，娃儿没了，官没了，连肺都没了，你前世该做了多少恶啊！"

高山泰强忍着笑问："我们俩遭罪差不多，那你说说，你前世是干什么？做过哪些恶？"

高山泰一问，秦姑也愣住了，她想起从金殿回来自己想了一路，嗫嚅地说："额前世可能是咬人的毒蛇，是残害亲夫的淫妇，是虐待公婆的恶媳。"

高山泰一听，终于忍不住哈哈大笑，笑得不停地大声咳嗽。秦姑赶紧上前，一手捂着他的前胸，一手拍打他的后背说："额都如实跟你坦白了，你笑个甚？"

高山泰笑个不停说："你这么一说，我也得好好想想，我前世是干什么的？"高山泰故作沉思状说："我前世啊，可能是条专偷吃牲畜的大尾巴狼，"接着，眨巴着眼说："也可能是专挑别人漂亮媳妇睡觉的淫棍。"秦姑打断他说这个不行！高山泰也不理会，继续说："再不就是专门跟官府作对的山贼强盗。"

秦姑笑着说："甚前世？今世你就在跟政府作对！"

高山泰忙更正说："我可没有跟政府作对啊！"

秦姑说："他们不是代表政府吗？跟他们作对不就是跟政府作对！"

高山泰正色道："他们就叫代表政府？那我们呢？我们是省里的派驻单位，更是代表政府了！他们代表的是当地的政府，考虑的是地方利益，我们代表的是省里政府，考虑的是全省老百姓的利益！再说难听点，他们代表的利益里，还不知道藏着掖着哪些见不得人的私利呢！我们无线台干的是纯粹的公益事业，不夹杂半点个人的私利！"

秦姑说："别神仙开口，尽说大话。我看你是胳膊拧不过大腿的。你看人家要手段有手段，要人马有人马，你们除了两个拳头，就剩一张嘴，额看收拾你们，早晚的事！"

高山泰鼻子一哼说："那我就给他们做两道算术题看看！"

秦姑问："做甚算术题？"

高山泰说："他们胆敢9寸加1寸，得寸进尺，我就让他们0加0，一无所获！"

秦姑笑道："额看你是只啃尽的鸭子，就剩张嘴！"

高山泰毫无惧色地说："别小看这张嘴，拼他个鱼死网破，还少不了它！"

离开舍身崖，秦姑提议高山泰到金殿看看，说金殿建成后他还一次没去看过。高山泰抬头看了看说：天晚了，今天又刚出院，别太累着了，要不我们改天再去？秦姑上前挽着高山泰的胳膊，亲昵地说：额陪你慢慢走，累不着。高山泰不想扫秦姑的兴致，只得顺从她。

去往宝藏峰的路上，如同走进美不胜收的秋色。金灿灿的银杏树叶，犹如一顶顶高大的帐篷，残阳穿过杏叶，就像褪色的绸缎，失去了原有的金光亮霞，黯然失色。璎珞杉却依然故我，不论季节如何变化，总是一如既往的翠绿可爱。丛生的木芙蓉，正值开花时节，远远看去，娇艳可人。只是满山的红叶，丝毫不显摆、不张扬自己的美，随风摇曳在姹紫嫣红之中。

高山泰和秦姑沐浴着秋色，满眼景致让他们暂时把那些烦心事搁在了脑后，心情清爽了许多。这回，轮到高山泰开口发问了："你说了半天，好像都是我们前世作了孽，今世遭报应？"

秦姑突然想起什么，神秘地说："嗳，你说正忍法师真有法眼吗？"

高山泰："我哪知道！"

秦姑说："一见到他，不等额开口，他就说额有祸没有福，还说额祸不单行，你说他咋知道？"

"哦，有这种事？"高山泰也觉得神奇。

秦姑说："而且额看他一只眼睛，死盯着不动，另一只眼睛滴溜乱转，莫看他戴一副眼镜，额看得真真的。你说他会不会一只眼睛是人眼，一只眼睛是法眼啊？"

高山泰尽管不相信秦姑的话，但听着还是有些毛骨悚然。转念一想，人家既然是法师，总有与众不同之处。市面上把算卦、看相叫"生命科学"，高山泰是个"工科男"，不怎么相信这些东西，但他也说不出什么道理来。高山泰忍不住问："正忍法师跟你讲的就是前因后果？"

"哪儿哟，正忍法师把因缘果报连在一块讲的。"秦姑努力回忆着说："他说'缘'分为四缘，有因缘、等无间缘、所缘缘，还有一个……对了，还有一个增上缘。"

高山泰问："报应呢？"

秦姑纠正道："乱说！甚'报应'？叫'果报'！"

高山泰无奈，笑道："好好，果报、果报。"

秦姑掰着手指说："果又分为现果、来果，还有一个……"秦姑又记不起来了。

高山泰提醒她说："是不是'后果'？"

秦姑惊讶："你怎么知道是后果？"

高山泰嘿嘿笑道："我们天天把它挂在嘴边，动不动就说'后果严重''后果自负'什么的，除了它还能是什么果？"

接着，秦姑把从正忍法师那里听来的话，几乎一句不落地转述给高山泰听。秦姑虽然生在农村，没能受到良好的教育，但凭着她那股聪明劲，像城里家境好的孩子，考上北大、清华，也不是没有可能。别人信不信不知道，反正高山泰对秦姑是信得足的！

秦姑领着高山泰刚登上金殿的台阶，迎面看到正忍法师正背对着他们，眺望宝藏峰外的天宇。高山泰陡然感觉，站在宝藏峰和站在舍身崖向外望去，是完全不同方向、不同具象的景致。他心里突然咯噔一下：难道站在舍身崖，他和秦姑看到的是凡间世界？站在宝藏峰，正忍法师看到的是西天极乐世界？

看到正忍法师，秦姑上前施礼问候，正忍法师闻声转过身来，高山泰一看，正忍法师的两只眼睛果然"各司其职"不同步，高山泰大为惊讶。

正忍法师还礼，简单地和秦姑寒暄了几句，就又背过身去观天相。

高山泰跟着秦姑在金殿里外转了一圈，见天色已晚，就往回走。路上，高山泰问："正忍法师的话你能听懂？"

秦姑奇怪："没甚听不懂的。咋的了？"

高山泰问："他刚才问什么了？"

秦姑说："他问额吃饭没啊？"

高山泰笑："我以为你听不懂他的话呢？"

秦姑问："为甚？"

高山泰说："他刚才把吃饭说成是'掐饭'，我怕你听不懂。"

秦姑回味了一下，咯咯笑道："'吃饭'叫'掐饭'，干脆叫'要饭'得了。"接着问道："嗳，你咋能听懂呢？"

高山泰说："我们老家也把吃饭说成'掐饭'，我当然听得懂了。"

秦姑哦了声。

三十六

回到湖山没有两天，高山泰就接到母亲病危的信，他跟顾祥喜和曾尤恭交代了一番，急急忙忙赶回老家去了。他本想带秦姑一起回去的，但考虑到秦姑还不是明媒正娶的老婆，再说，事先也没有跟家里提及过秦姑的事，怕家里一时还接受不了，就放弃了带秦姑回去的念头。他想，索性等这次回去跟家里人打好招呼，过年的时候再带秦姑回去也不迟。

高山泰这头前脚离开湖山，海市长那头后脚就在管委会听取开发湖山进度的汇报。

会议室的墙上挂着规划图和项目进度图，工程部经理正对着图纸边比画边汇报项目进展情况。

工程部经理指着图上说："宝藏峰方向金殿其他配套工程已全部竣工，现在正在进行最后的验收。"

海市长问："工程款全都拨付了？"

颜局长说："没有，只拨付了70%，剩下30%等验收完了，再行拨付。"

海市长满意地点点头说："早一天拨，晚一天拨，那是有讲究的。钱多放在银行一天，就多一天的利息。"海市长就像走道，走得好好的，突然发现一处风景，一下走到岔道上去了。他突然环顾四周说："马克思咋说的，资本的本性就是逐利的嘛！"

颜局长也像跟过去看风景的人，笑着问："海市长还记得这句话？"

海市长得意地说："这还是那年上党校，老师讲《资本论》时说的一句话，我一直记着。"

显然，跟着看风景的不止一个人，有人奉迎说："没想到海市长对资本这么有研究。"

海市长故作无奈道："不研究不行啊，不小心会被资本带进沟里。"

会场上交头接耳议论开了。颜局长环视四周总结道："我们大家都要向海市长学习，把基本理论要弄懂弄通，当前，我们开发湖山离不开资本，但资本是把双刃剑，玩不好小心伤着自己。"

一群看风景的人，总算走回到正道。会议进入正题，工程部经理再次起身，对着墙上的图纸汇报说："一期工程的上山道路、停车场、金殿项目都已完成，现在施工队伍已经全部投入到暮鼓峰方向，二期项目的桩基工程也快完工。"汇报完，工程部经理踌躇满志地回到座位上。

颜局长补充说："按照市里的要求，我们做到了时间过半任务过半。"

听完汇报和颜局长的话，海市长没有吭声，眼睛一直盯着墙上的图纸。会议室所有的目光都像接到指令，齐刷刷盯在图纸上，不知道海市长在图纸上发现了什么新大陆，还是在选择发起总攻的突破口？会议室顿时沉寂下来，所有人都静等着海市长开口。突然，不知从哪儿飞来一只苍蝇，像一个喝醉的酒鬼，没头没脑地四处乱撞，不时发出轰炸机般的轰鸣，片刻，这只苍蝇收住翅膀、引擎熄火，一下定在规划图湖山台的位置上，尽管图上并没有标明湖山台。

与此同时，海市长开口问道："我们搞建设，是不是还停留在王进喜那个年代？"大家大眼瞪小眼，不知道海市长问话的意思。海市长接着说："你们在座的都很年轻，不知道王进喜那个年代。那个年代搞建设，是先生产后生活，建了厂房，再建宿舍，工人不是住地窝，就是住干打垒的土坯房。"海市长扫了一圈说："现在是什么年代？现在是先生活后生产，起码也是生活和生产并举的年代，突出人性，把人性放在首要的位子，这是现代文明的标志。你看不论哪里发生灾难事故，领导批示，首先都是救人。你们看汶川大地震、天津港仓库爆炸，中央领导同志的批示，哪个不是把救死扶伤作为第一条啊，生命是第一位的嘛！"大家都莫明其妙，不知道海市长绊动了哪根筋，谈完了资本，又大谈起了人性化的问题。突然，海市长转入正题问工程部经理："上山的路拓宽了意味着什么？停车场建起了意味着什么？金殿和暮鼓峰的项目建成了又意味着什么？"

工程部经理不明其意地喃喃道："意味着湖山旅游风景区建设正在逐步形成啊！"

海市长摇摇头，蹙着眉说："你是答非所问，根本没有明白我的意思。"

工程部经理怯怯道："是不明白。"

海市长捡开说："道路拓宽，意味着车能畅通；停车场扩大，意味着车能停放；景点开放，意味着游客有了去处。但你们眼里只见物不见人，我刚才说了半天人的问题,那不是写文章跑题,说炎帝扯到黄帝身上去了!我那是有所指的。"大家这才明白,海市长刚才为什么说那一段看似风马牛不相及的话。海市长接着向工程部经理发问说:"车水马龙,川流不息,每天那么多人涌到湖山,吃没地儿吃,喝没地儿喝,住没地儿住,你以为游客都渴着嗓子、饿着肚子来烧香拜佛啊?游客要吃、要喝、要购、要玩、要歇脚,你能提供吗?你以为光建几个景点就完事了?"

工程部经理张口结舌地"我……我"了半天。

海市长说:"我什么我?我问你的配套设施呢?没有配套设施,就形成不了旅游产业链,就掏不出游客兜里的钞票,就增加不了旅游收入,就打造不出旅游作为我市经济新的增长极!现在衡量旅游业,要看三大指标,一是游客量,二是滞留天数,三是人均消费。这三个指标又是互为因果的。"海市长扫了一眼会议室,目光又回到工程部经理身上说:"我看你是只见芝麻不见西瓜,鼠目寸光!"

颜局长知道海市长这是借题发挥,一竹竿打了一船人,接过话说:"看来我们还跟不上海市长的认识。"她转过脸对工程部经理说:"下一步我们要调整思路,把项目重点放在景区的配套设施建设上,在供给上下功夫,力争海市长说的三大指标同步增长。"

海市长有心递话说:"不光是游客需要。按总体规划,我们打造的是庙宇经济,湖山上要建一批相当规模的寺院,湖山将迎来一大批僧侣,既有佛教的,也有道教的,既有和尚,又有道姑,这么大一批人,吃饭的问题怎么解决?"

这回工程部经理心里有了底,起身走到图纸跟前,刚一伸手,苍蝇腾地飞离了刚才落脚的地方。工程部经理指着苍蝇飞离的地方说:"规划在这里建立膳房,解决僧人吃饭的问题。"

"这里是什么地方?"海市长似在明知故问。

工程部经理指着上面说:"这里是晨钟峰旁毗邻舍身崖的地方。"

"我问这个地方的现状是什么?"海市长恨不得帮他说出来。

工程部经理答道:"这里现在被湖山台非法占据。"

"那你们膳房怎么建啊?人家占着茅坑,你们怎么拉屎?"海市长拉长脸,放出粗话。

会场上顿时鸦雀无声,先前静下来还能听到喘息声,现在连喘息声也听不到了。如果一个人的沉默可以忽略不计,但一群人的沉默,却是令人窒息得可怕。

敢于打破这种沉默的人，一定具有足够的底气，这种底气要么源于对事情有足够的把握，要么源于握有其他人所不具有的话语权。

"占着茅坑的湖山台可是省属单位。"工程部经理的言外之意，谁都听得出来。

"省属单位怎么了？"海市长反驳道："省属单位不都在省会城市，省会城市就管不了了？省会城市就不搞建设了？别忘了，我们也是一级政府！"海市长的弦外之音，也是再明白不过了。

工程部经理嘟囔道："那也不是我们这个层面解决得了的。"

不等海市长发作，颜局长打住说："我看这个问题，下来再讨论吧！下面，请其他部门接着汇报。"

会议又进行了个把小时才散会。等与会的人都离开后，海市长没有挪位，颜局长自觉坐到对面，和工程部经理并排坐着。他们又留在会议室商议了半天，没有外人在场，三个人说话尽可口无遮拦。

海市长赤裸裸地说："湖山台就像是钉在湖山上的一颗钉子，不拔掉它，湖山就不算拿下，卧榻之侧岂容他人安睡！"海市长急于要拔掉湖山台，还有一个不可告人的秘密，这个秘密，只有他一个人知道，连颜局长他都没有透露。海市长偷偷找风水先生到湖山看过，风水先生告诉他，湖山台建在那儿，不仅破坏了旅游风景区的风水，而且还阻挡了他升迁的仕途，必须尽早拔掉。之后，海市长更是视湖山台为眼中钉、肉中刺，欲除之而后快！

工程部经理志得意满地说："我们不是已经把他们的倒班楼扒了吗！"

颜局长说："那只是小试牛刀，真正难啃的硬骨头还在后头。"

工程部经理踌躇满志地说："只要你们吹冲锋号，我保证组织力量，三下五除二，就像铲平倒班楼一样，马上把湖山台夷为平地！"

海市长说："你以为像电影里端鬼子炮楼那么容易？还像你上回那样莽撞行事，别说高山泰那帮人会跟你们拼个鱼死网破，就是寻死觅活真从舍身崖跳下去一个怎么办？"

工程部经理说："那怎么办？"

颜局长说："这回不能再来硬的了。上次，我们赔了夫人又折兵，还背了个处分！这次一定得想个两全其美的办法，既让湖山台消失，又不伤及自己。"

海市长说："高山泰这只老狐狸很难对付啊！我们这点心思，你们以为他没猜到？"

工程部经理发狠说:"猜到又能怎么样?我看他就是铁匠铺的料——挨打的货!"

海市长说:"你动不动就逞匹夫之勇,只会拉屎,老让别人替你擦屁股。上次不是颜局长替你想办法,让包工头扛着,你还不是蹲在里边吃牢饭!嗳,答应他的钱,给他没有?"

工程部经理嗫嚅道:"给了一半,说好另一半等他出来给他。"

颜局长说:"高山泰确实鬼得很,他的嗅觉比狗还灵!我们确定要开发湖山建立旅游风景区,他就感觉到了危险,私底下一直在查找对湖山台有利的证据。如果不是我们下手快,抢先把历史批文拿到手,不让他们握有证据,把倒班楼当作违章建筑拆除,就没那么容易了。"

海市长心有余悸地说:"这家伙办事很有心机,前些时,他三番五次到市里来找我,我有意推诿不见他,他不知道走的什么门道,硬是闯进我的办公室来了,差点还……"

颜局长不露声色地接话说:"所以,我们稍有疏忽,就会给他可乘之机。"

工程部经理面有难色地说:"时间紧,任务急,正面出击又不行,你们叫我怎么办?"

海市长说:"看来只能采取迂回战术了。"

工程部经理问:"怎么迂回?"

还是颜局长心领神会,说:"这回我们避免跟湖山台正面冲突,通过省里施加压力,解决湖山台的问题。"

工程部经理手一摊说:"我只能在执行层面做好我的事,决策层面的事就无能为力了。"

海市长说:"明天我就找两个一把手汇报,请他们出面到省里做工作。"

街上的路灯都亮了,天也几乎黑尽,整栋办公楼已没了动静,除了楼下传达室值班的,楼里的人都走空了。作为地主,颜局长提议找个地方吃饭。工程部经理说,自己晚上有个饭局先走一步,说着提着包包溜了。会议室里只剩下海市长和颜局长,海市长说到颜局长的办公室去。俩人出了会议室,颜局长关灯关门,领着海市长来到自己的办公室。

颜局长开门开灯,海市长跟着进来,就手把门反锁,急不可待地抢上前,一把把颜局长搂在怀里。

颜局长挣扎着小声说："也不看什么地方，这里是办公室，危险！"

海市长不管不顾地说："你忘了电视上常说，越是危险的地方越安全！"

三十七

市里终于正式行文给省局，提出要湖山台搬迁拆除，支持市里建立湖山旅游风景区。省局感觉事关重大，湖山台是全省最大，也是担负任务最重的无线台，上次市里强拆倒班楼，已经伤筋动骨，这回居然连窝都要端掉，不可等闲视之。于是紧急召唤高山泰到省局，当面听取他的意见，商量对策。

高山泰回到老家没两天，老母就病故了。他在家办完丧事，还没过完"头七"，就接到省局通知，让他火速赶到省局。高山泰一听是关于湖山台命运的事，恨不得变成《水浒》里日行八百里的"神行太保"戴宗，眨眼就赶到省局。

高山泰一到，翟局长就把办公室、科技处、人事处、无线台管理中心的负责人找来，一起开会研究。

高山泰进会议室还没落座就问谁那里有吃的，说光顾着赶路还没吃午饭。办公室主任说他那里有方便面，反身拿来一盒"来一桶"。高山泰用开水泡上面，边吃边开会。

翟局长简要介绍了一下情况作了一个开场白，就把市里的文件拿出来，先让大家传看。

等大家看完文件，翟局长才开口说："事情比较急，也事关重大，我受局长委托，召集大家研判一下，看该怎么应对。"

大家的目光都移向高山泰，知道最有发言权的就是他了。高山泰咽下最后一口面，嗨了一声说："文件我看了。完全是罔顾事实、强词夺理！"

几个处室的负责人一听高山泰的话，顿时笑了起来，原本紧张的气氛，一下缓和了不少。办公室主任调侃说：高台就像是新闻发言人的口吻。人事处长说：高台一张嘴，就抢占了法理制高点。翟局长拦住大家，让高山泰继续讲。

高山泰不苟言笑地说："自二十世纪七十年代，肩扛背驮，一块砖一片瓦，在湖山建立无线台至今，历经四十多年，几代人，可以说，除了湖山的动物，我们就是湖山的原住民。湖山当时是一个人迹罕至的荒山，怎么成了我们非法占据湖山呢？局里退休的总工，就是当年湖山台的元老，不信可以去问他，看我高山泰哪句是假话？"

科技处长搭话说:"这我可以证明,总工不止一次跟我谈起过湖山台创业的历史,前不久我还陪高台去过总工家。"

高山泰接着说:"说湖山台妨碍了旅游风景区总体规划的实施,这我倒要问问,是湖山台在先,还是总体规划在先?这不是本末倒置吗!他们明明知道湖山台的位置,居然熟视无睹,在我们所在的位置上规划其他建筑,这不是一不小心,分明是别有用心!还说我们妨碍了总体规划实施,简直是强盗逻辑!"高山泰一激动,胸口就撕裂着痛,他本能地捂着胸口。

人事处长站在市里角度设想:"有没有这种可能,他们做总体规划,就没有把你们纳入进去考虑呢?所以规划上视同你们根本不存在。"

办公室主任同意这种观点说:"完全可能。湖山台现在的位子是湖山最显著的地方,就像一根楔子打在风景区的心尖,除去你们而后快是必然的。"

高山泰陈述道:"当初选址湖山建无线台,不是想抢占湖山观景的好去处,而是考虑到信号发射优越的地理位置,迎面空旷开阔,信号不易耗损丢失,能覆盖更广更远。再说,全国在名川胜山上建无线台的也不是我们独此一家。黄山该是全国著名的旅游胜地吧?黄山上就有一座上千功率的无线台,而且跟我们几乎是同时建的,现在不存在得好好的!人家风景区管委会也没有说把它撵走,独霸黄山啊!神农架景区,在海拔两千九的山上还建有发射装置,也没听说妨碍游人观光,为什么湖山台就偏偏对旅游风景区有碍观瞻了呢?"

翟局长说:"我们就是要把正反两方面的意见都摊到桌面,认真研判研判。"

无线台管理中心主任发牢骚说:"现在不光是湖山台被撵,全省二十几个台站,好几个与当地的建设发展发生了冲突,出现了生存危机。"

翟局长问:"为什么呢?"

无线台管理中心主任说:"说白了,还不是因为这些台站占据了有利地形。过去,这些地方都是无人问津的荒郊野岭,没人搭理,现在各地一方面建成区不断扩大,一方面都在大力发展旅游业,争夺旅游资源,这些台站所在的地方,一下都成了当地争抢的香饽饽。"

高山泰吟了两句陆游的词:"无意苦争春,一任群芳妒。"他对着翟局长说:"我们就像把守边关的将士,现在有人来犯,如果省局不站出来替我们顶腰,我们恐怕是强龙斗不过地头蛇啊!"

无线台管理中心主任无不担忧地说:"湖山台的事处理如何,对其他无线台站可是有示范效应，别弄得像多米诺骨牌似的，倒一张牌顺势推倒了所有的牌。"

无线台管理中心主任的话，无疑起到了煽风点火的作用。翟局长啪的一拍桌子，恼怒道："无线台不是他们圈里的羊，想拉出去宰就拉出去宰了！省局正式回复表明我们的态度，不同意拆除湖山台！"

高山泰感到莫大的慰藉。他扫了大家一眼，感觉在座的每个人，都跟自己娘家人似的成了自己的后援团队。高山泰的眼眶有些潮润，之前在湖山吃的那些苦、遭的那些罪、受的那些委屈，仿佛都变得十分值得。如果说先前只有湖山台一家单打独斗、苦苦支撑，现在，湖山台仿佛成了全省所有无线台的一面旗帜，其他台站都在向它看齐。高山泰为之一振，就像领导讲话中经常强调的那样，增强了紧迫性、现实性、责任感、使命感……高山泰明明骨瘦如柴，怎么突然觉得自己充满了"性感"，他灵机一动说："我们能不能改变一下战略？"

翟局长问："改变什么战略？"

高山泰说："过去，我们都是被动挨打，现在，我们能不能主动出击？"

"怎么个主动出击法？"翟局长饶有兴趣地问。

高山泰踌躇满志地说："地方上对无线台的工作性质和它的重要性其实并不了解，全省的无线台站大多是无名英雄，除了默默无闻地工作，从来不宣传自己。以至于地方上误认为，无线台只是作为广电部门的一个派出机构，根本不清楚无线台站是为几十万、甚至几百万当地老百姓提供公益服务的，还误以为是给地方制造麻烦和负担的单位。"

大家一听他的话，都点头表示赞同，七嘴八舌议论开来。有的说地方上目光短浅，只看见自己眼皮底下一亩三分地的发展。有的说地方上对广电事业缺乏起码的认识，以为广电就只会播广告赚钱。翟局长打住说："你们听完老高的话再议论好不好！"大家又都静下来听高山泰发表高论。

高山泰接着说："既然地方上对我们缺乏认识，我们就主动宣传一下。"

无线台管理中心主任问："怎么宣传？"这正是他一直棘手的事。

高山泰说："到我们那里召开一个全省无线台站经验交流现场会，把全省无线台站的头头脑脑都集中过去，把会议的规格提高点，声势造大点。"

翟局长主动请缨说："我也到会。"

高山泰不给脸地说："您到会恐怕规格还起不来。"

翟局长虽然心有不悦，但还是试探着问："难道还要请省领导？"

高山泰说:"那倒不必,但省局一把手必须到场。"

办公室主任面有难色说:"一把手事多,未必到得了场。"

高山泰说:"舍不得孩子套不着狼!我们一把手到场,市里的主要领导不好意思不出面。"

高山泰继续往下说:"地方主要领导到会,一是必然要祝词,祝词中不可能不提到无线台站,肯定无线台站的工作,强调无线台站的地位和作用,一定有溢美之词。这些话从主要领导嘴里说出来,对我们意味着什么,大家好好掂量掂量!"

无线台管理中心主任竖起拇指叫好:"高!高!实在是高!"办公室主任一旁打趣说:我看你这是在演《地道战》里汤司令嘛!无线台管理中心主任继续夸高山泰说:"这真是个好主意!老高,以前以为你只懂技术,没想到,你也蛮懂政治的嘛!"

高山泰笑:"你这是夸我呢,还是损我？"

翟局长兴奋得再次请缨:"一把手我去请,再忙也得让他出个场!"接着,他部署道:"回复市里的文件由办公室负责起草,科技处负责提供技术政策,无线台管理中心负责现场会筹备工作,现场会就定在湖山台开!"

该议定的事都议定了,翟局长一看已到饭点,就让办公室主任到食堂给高山泰安排饭。高山泰兴致勃勃发出邀请:听说附近新开了一家涮羊肉的餐馆,春补肝、秋贴膘,这样,今天我个人放血,请大家撮一顿。大家都热烈响应,翟局长说我那里还有两瓶好酒。高山泰打趣说:您现在还敢收礼物啊？翟局长分辩说:拿酒你喝还堵不住你的嘴!那是外地战友来看我,特意带给我的!

经验交流现场会紧锣密鼓准备着。湖山台地方太小,无法承接这大规模的现场会,索性把会议大张旗鼓搬到市里会议中心去开。市里一听省局要在市里召开现场会,十分高兴。地市普遍都有这样一种心理,省里有人来调研,在当地召开现场会什么的,都是看得起地方,是对地方工作的一种肯定和支持。

市里接到省局要来开现场会的正式通知后非常重视。广电部门对口的领导机关是市委宣传部,宣传部长也是市委常委,如果省局来个副局长,宣传部长出个面,对等接待一下就行了,但这回省局来的是局长,接待的规格自然就提升到主要领导身上。一把手得到通报,欣然同意出面到会并祝词。起草祝词的任务自然交由宣传部负责。宣传部办公室接到任务,一下麻了爪子,谈宣传,谈广电还能道出个一二,但偏偏召开的是无线台站工作经验交流会,无线台站几乎就是宣传部工作的盲区，而且这项工作不涉及地方部门，找谁都问不出个所以然来。宣传部办公室一想，干脆把起草祝词的事交给湖山台得了，心想，不就是说几句场面上冠冕堂皇的话吗，湖山台怎么写，一把手照念就是了。怕湖山台不肯接受，宣传部办公室还专门上了一趟湖山，当面陈情，讲明宣传部不太了解无线台站的工作，起草确有困难，务必请湖山台代劳。

  高山泰暗喜，这正是他求之不得的。电视上明星代言做广告都是要花大价钱的，这回，分文不出，就能让市里一把手为无线台"站台"不说，还歌功颂德、摇旗呐喊，天底下哪有这种不花钱赚吆喝的好事！高山泰欣然应允，他把自己关在办公室，亲自操刀，字斟句酌，代拟了一篇热情洋溢的祝词，其中，有一段话，是这样写的：

  ……毫无疑问,全省无线台站担负着传播中央和省里声音的重任。不论你在何时何地，只要你打开收音机、电视机，就能随时随地听到、看到无线台站发出的信号，享受到它们为全社会提供的公共服务。正如一首军旅歌曲中唱到的那样："风平浪静的日子，你不会想起我；花好月圆的日子，你不会留心我""你不认识我，我也不寂寞；你不熟悉我，我也还是我"，因为"我的名字没有明星们显赫，我的故事或被歌声淹没"。这正是所有常年默默无闻职守在崇山峻岭、大山深处无线台站广大干部职工的真实写照！

  写到这里的时候，高山泰情不自禁热泪盈眶！一种不曾有过的自豪感油然而生。如果以前总是被孤寂、单调、遗忘，甚至是抛弃困扰的话，此刻，他对无线台工作的认识又有了升华。这种升华，不是外界强加给他的，是自己在几十年的苦与乐中慢慢体味出来的。接下来的一段文字，高山泰写得激情澎湃：

  长期以来，一部分无线台站拓荒建站,没有路,就肩扛背驮,没有房,就打地窝,没有水,就喝山泉,没有菜,就盐水泡饭,在极端艰难困苦的条件下,建立起了一座座无线台站，把电波传送到了千家万户。虽然,我们今天有了数字电视，实现了有线传输，甚至有了互联网，但无线台站的历史功绩，永远会载入史册；无线传输在现实生活中还将发挥着巨大的作用。当然，由于历史的原因，有的台站先天不足，至今还存在这样那样的争议，但如同古老的万里长城一样，绝不因为它出自哪个朝代或何人之手，就不被认可，而将其推倒和否认！……

现场会祝词的代拟稿经过宣传部和市委办公厅审核后，呈给了一把手。一把手从头到尾扫了一遍，禁不住夸道：祝词写得不错嘛，既气壮山河，又文采飞扬。

全省无线台经验交流现场会如期在市委会议中心举行。开幕式上，一把手热情洋溢的祝词，铿锵有力地打动着每个与会者的心，让他们热血奔涌，群情激昂，一篇短短的祝词，竟然数次被台下的掌声打断。一把手读完最后一句祝词时，台下更是爆发出经久不息的掌声，一把手受到台下的情绪所感染，也放下稿纸，起身鼓掌答谢。过后，一把手感慨：在市里大会小会开了那么多，还从来没有一个会像这个现场会这样热烈、感人！

会议圆满落幕，完全达到了高山泰预期的效果。因为是广电自己的会，一把手又出了场，省电台、电视台、报纸对会议都作了报道，市里媒体更是图文并茂地全文刊载、播出了一把手的祝词。

高山泰他们在台里喝酒庆贺现场会圆满成功时，海市长正在办公室当着颜局长和工程部经理的面大发雷霆。

他打开有线电视，调到节目回放界面，回放出昨天的新闻，指着画面怒气冲冲说："你们听听，一把手在上面说些什么！"

颜局长和工程部经理一般很少看新闻，但像海市长这样的市领导，新闻节目每天是必看的，尤其是当地新闻。一是时政新闻，了解掌握主要领导和其他领导的活动；二是民生新闻，市里当天发生了哪些值得关注的事；三是有关自己的新闻，自己当天活动的报道，时长够不够、画面剪接如何、文字是否到位？就算当时有事耽搁，不能及时看到直播，回头铁定要看回放。

颜局长和工程部经理盯着电视，听完一把手在现场会上的祝词，工程部经理问："一把手里边说'由于历史原因，有的台站先天不足，至今还存在这样那样的争议'，是什么意思？"

颜局长说："这还不清楚，这是含沙射影指像湖山台这样的无线台，都是没有办理出生证的。"

工程部经理说："这不是替湖山台'背书'吗！"

海市长瘫在椅子上，把双脚跷在办公桌上说："这是哪个吃里爬外的给一把手写的祝词？"

海市长放下双脚,大声唤秘书进来。秘书闻声进来,海市长说:"你去侧面打听打听,昨天一把手的祝词是谁写的?注意,一定要侧面!"

秘书出去后,工程部经理问:"你打听谁写的干吗?"

海市长咬牙切齿说:"我倒要看看,他的脚到底有多大?"

颜局长哼道:"怎么?你想给人小鞋穿?"

不一会儿秘书进来说:"打听过了。祝词是宣传部负责的,但具体是湖山台起草的。"

秘书前脚出门,海市长后脚骂道:"一群酒囊饭袋,简直是成事不足败事有余!一把手这么重要的祝词,居然拱手交给湖山台代笔,这不等于把刀递到人家手里,伸着脖子,等着人家砍吗!"

工程部经理恨恨道:"我们他妈的在前面冲锋陷阵,他们他妈的在旁边打横炮!"

颜局长说:"现在发这些牢骚顶屁用!场面上的话,一把手说就说了,关键是下面怎么做?"颜局长半边屁股坐在办公桌上,两腿交叉,双手抱臂说:"省局正式回复了,不同意湖山台搬迁,我们怎么办?"

工程部经理说:"怎么办?我的地盘我做主!不行,还像上回,把队伍拉上去,给他来个三下五除二。"工程部经理说着,做了一个抹脖子的动作。

海市长瞪他一眼说:"你又忘了上次教训?这次人家有省局在后面撑腰,别说你我,就是一把手,也不敢轻举妄动!"

"那怎么办?"工程部经理哭丧着问。

颜局长寻思着说:"这跟打扑克一样,那就看谁手里握的牌大!"

海市长一拍桌子说:"兴他们手里有王,就不兴我们手里有炸弹!"

工程部经理问:"我们手上哪有炸弹?"

海市长说:"市里没有,不会让一把手到省里去找!"

三十八

海市长几次三番在一把手那里鼓捣。在海市长的蛊惑下,一把手出面找到省领导说湖山台的事。理由自然十分充分,说湖山市地处山区,前几年发展态势不错,在全省排名年年位次靠前,但近两年,湖山市面临巨大的挑战和困难,一些资源消耗型的产业,几乎都变成了僵尸企业,经济下行的压力很大,发展遇到了瓶颈。市里决定调整发展战略,充分发掘潜在旅游资源,开发湖山,打造庙宇经济，并做大做强，使之变成市里新型支柱型产业，让湖山市华丽转身，由制造业之都变为旅游业胜地，市里所有的资源都要服从和服务于这个战略目标。省领导充分肯定了市里的发展战略。一把手就此叫苦说，可我们现在开发湖山遇到一个十分棘手的难题。省领导问什么难题？一把手说：湖山上有个无线台，严重阻碍了湖山旅游风景区的开发建设，希望无线台能迁出湖山。省领导说在你们地盘上，迁不迁还不是你们一句话。一把手诉苦说：无线台是省属单位，我们说了不管用。省领导一问无线台是广电部门的，答应出面做工作。省领导以为就是一句话的事，没想到碰了一颗软钉子，广电部门说拆除湖山台，全省三分之一地区的人口，听广播看电视会受到很大影响。省领导一听也挠头，湖山台搬迁的事又被搁置下来了。

事情变得胶着起来，市里千方百计要拆除湖山台，广电部门坚持不让。关键时刻，海市长又给市里开了个方子，建议想方设法请省领导来市里考察湖山旅游风景区建设，借机促使省领导发话，逼迫湖山台拆除。想出这个点子，也不是海市长的原创，他也是受到高山泰的启发，照方子抓药，按古人说的，以其人之道，还治其人之身。

为此，海市长动用各种资源，把湖山旅游风景区的功能加以放大，包装成一个个吸引眼球的"亮点"。比如湖山将成为全省"经济转型升级"的样板，极有示范效应；比如湖山将成为串联全省旅游景点重要的一环，外来游客多滞留1.5天，游客人均消费多增加五到八百元；比如湖山将成为全省"庙宇经济"的最大板块，可与北边的少林寺、西边的武当山，形成不同流派的三角鼎立之势；再比如……在海市长的蓝图上，湖山就像一个充了氮气的热气球，不仅会越来越膨胀，而且即将冉冉升起……

不出海市长所料，省领导果然慕"亮点"而来。

就像《沙家浜》里打出的字幕，"翌日清晨"，市主要领导早早就在省城通往市里高速公路的出口处迎候。老远看到悬挂着省直机关牌照的考斯特，缓缓驶过收费站，ETC的电子收费眼只咔嚓一下就放行了，市里头头脑脑以及随行部门负责人呼啦迎上前来，新闻记者肩扛手拿各种长枪短炮紧随其后。

考斯特的门"咻"的打开，省领导起身欲下车，被迎上来的一把手堵在车内，他只身上车，对身后的人交代在前面带路，接着被省领导拉到前排并肩而坐。前面带路的小车打着"双闪"，所有的车辆都打起了"双闪"，车队缓缓向市里进发。

省市领导面带笑容寒暄过后，一把手不失时机地汇报起市里工作。按惯例都是从当月的经济形势说起，他说当月 GDP 增长 11%，在全省地市排第一，累计排第三；财政收入当月增长 8%；社会商品零售额增长 6%；固定资产投资增长 23%。省领导惊讶道：你们固定资产投资增长怎么这么高啊？这可是全省的短板啦！一把手得意道：关键我们手里有开发湖山这个大项目啊！市里几家投资公司抱团，各商业银行联手，把资金都投给了湖山。几个关键数据从一把手嘴里一出来，省领导忍不住夸道：不错嘛，位次又前移了。你们顶着经济下行压力逆势而上，为全省的经济挺身而出，说明你们很有大局观啊！我看你这个领头羊的作用发挥得不错。一把手感慨道：既要换挡，又不能踩刹车，难度确实不小啊！

　　车队行驶在一条宽敞的大道上，一把手赶紧指着窗外一排排厂房介绍说：这是我们新拓展的开发区，占地有二十平方公里。听到车上的人咂舌，一把手志得意满道：我们新建的开发区不是传统意义上的几通一平，还搭建了信息管理平台，对引进的企业，实行数字化管理，提供云计算服务，实现了园区内的信息资源共享。看到省领导脸上欣慰的笑容，一把手指着路边一家企业说：这就是您去年帮我们引进的那家企业，今年已经量产了。"哦——"省领导兴致勃勃回望了几眼，连声夸赞：湖山速度！湖山速度啊！各地都要像你们这样有想干事、能干事、干成事的作风和精神，我们省不愁进不了全国第一方阵啊！

　　车队在悬挂"湖山旅游风景区管委会"牌子的门前停稳，海市长带着颜局长等一排人，已在门口恭候多时。一把手抢先下车，在前面一一介绍，省领导下车跟欢迎的人一一握手。介绍完，省领导正要进门，抬头一看，管委会牌子并排还挂着旅游局的牌子，问这两个单位是个什么关系？海市长抢答说：我们两块牌子一套班子合署办公。省领导风趣地问：那谁管谁啊？颜局长上前抢答道：管委会主任是海市长兼的，我们旅游局自然接受管委会的领导。

　　进门大厅迎面墙上的 LED 显示着一条标语："热烈欢迎省领导莅临检查指导工作"。省领导面带笑容指着标语说：要你们接待工作不要大张旗鼓，你们还是兴师动众。海市长抢着说：您到我们基层来检查指导工作，对基层的同志那可是政治生活中的一件大事啊！拉条电子横幅，也是表达基层干部的一片心意嘛！省领导点着海市长笑道：巧舌如簧！可惜了，怎么没让你去说相声呢！海市长赔着笑脸，心里一百个不愿意：真是打门缝里看人，当个副市长都嫌委屈了，我未必是个说相声的命！

　　上楼进到会议室，椭圆形的会议桌中间摆放着鲜花，桌上摆着水果、茶杯，每个座位前，都摆着席次卡，除了省领导的席次卡打着"省领导"，其他席次卡上都打着名字和单位。

大家按席次卡入座，省领导和随同人员坐一排，市里人员坐对面。服务员进来依次上茶，省领导指着桌上的水果，蹙着眉说："我们是来工作的，不是来享受的，有一杯清茶就可以了，还上什么水果，太浪费了！"省领导扫了对面一眼，含笑说："你们吃不吃？你们不吃，我看把水果撤了如何？"对面一把手赶紧要人把水果撤了下去。趁着撤水果的工夫，省领导不无风趣地说笑道："我对接待上水果一向反感。以前在部门工作的时候，接待客人上水果，而且一买就是好些。等客人一走，剩下的水果，办公室几个人都分了。我提出不上，办公室的同志说，外单位都上，唯独我们不上，人家怎么看我们！我就给他们交待，上可以，但只许上两样，一是柚子，二是核桃。而且规定，上柚子不摆刀，上核桃不摆锤，我看你们怎么吃！"听了省领导的话，会议室发出一阵哄笑。对面一把手拍案叫绝。省领导抓起桌上盘子里的热毛巾擦了把脸说："开始吧！"

一把手开场白说道："首先，热烈欢迎省领导一行来我市检查指导工作。"说着，带头鼓掌，宾主都跟着一阵噼噼啪啪鼓掌。市委书记接着说："今天，省领导是专程来视察我们湖山旅游风景区工作的，是对我市发展战略的肯定和鞭策，同时，也给我们开发湖山，提供了一次很好的机遇。我们要抢抓这次机遇，攻坚克难，加速建成湖山旅游风景区，不辜负省领导对我们的期望。下面，请海市长具体汇报。"

坐在市委书记旁边的海市长说："我们做了一个VCR，先请省领导观看一个几分钟的短片，完了，我再汇报。"

会议室的窗帘拉上了，灯光也暗下来。VCR制作得十分精致，它在一阵宗教仪式般的音乐声中推出了湖山。寥寥几笔就介绍了湖山所处的地理位置和历史过往。在写实部分采用的都是真实镜头，在远景规划部分，则运用电脑三维技术，立体逼真地活化出未来湖山旅游风景区的景致，观众身临其境地随着镜头从山底上到山上，进入山门，站在舍身崖边观云卷云舒，再由晨钟峰介绍到宝藏峰，由宝藏峰介绍到暮鼓峰，"庙宇经济"恢宏的建制，具体景点的刻画，都是那么无微不至。云驾鹤，殿巍峨，人攒动，香缭绕，画面极具视觉冲击力。

当看到山上僧人们在膳房用餐场面，一个个拿着不锈钢盘排队打饭的镜头时，省领导忍不住打趣道："这跟机关干部进餐没什么两样嘛！"

一把手立刻补充道:"我们是按机关干部的标准给他们配套的,像金殿的住持,就是享受市里副局级的待遇。"

短片的结尾,雄浑的男中音,用激越长空的声音预言道:

  当整个湖山旅游风景区建成后,它将成为我市调结构、保增长中重要的一极,它所直接和间接产生的经济效益,将占到市里 GDP 总量的半壁河山!湖山将成为我省风景名胜中一颗璀璨的明珠!

窗帘拉开,灯光亮起。会议室爆发出的掌声,似乎受到 VCR 情绪的感染,比先前的要热烈许多。

接下来海市长的汇报,不能说不精彩,但省领导和随同一行,还沉浸在刚才的短片中。有位政治家曾一语中的地道出:演讲时,人们不在乎你说什么,而在乎你怎么说。显然,海市长他们制作的短片,完全得到那位政治家的真传。

海市长还在那里照本宣科,省领导不停地看表,终于按捺不住说:"这样吧,稿子就不念了,祖宗发明的文字本来是养眼的,现在都用来养耳了。我们还是上山实地看吧,边看边说。"说着,站起身来。会议室所有的人喊里咔嚓跟着站了起来,尾随省领导鱼贯而出,走出会议室下楼,分乘两辆考斯特,跟着引导的小车,打着"双闪",直奔湖山而去。

考斯特入了山门,停在"盆地",等车上的人都下来,工程部经理在前面带路,一把手和海市长一左一右,陪同省领导徒步向暮鼓峰方向去了。暮鼓峰的建筑工地,离"盆地"就二十分钟的路程,目前只有一条施工便道,且没有停车场地,只能步行前往。一路上,省领导不时兴致勃勃抬头四望,看晨钟峰、暮鼓峰、宝藏峰各霸一方,呈掎角之势,气势雄伟,错落有致,山门进来到"盆地"中央,正好形成一条天然的中轴线,正前方对着的是宝藏峰,左前方对着的是晨钟峰,右前方对着的是暮鼓峰。"盆地"既是三峰的汇聚地,也是未来景区的中心区域。省领导看着,嘴里不禁赞美道:还真有点"横看成岭侧成峰,远近高低各不同"的景象!看着茂密斑斓的花草林木,掩映着整个湖山,省领导又不禁吟道:"咆虎响穷山,鸣鹤聒空林。"海市长喝彩道:好诗!省领导出口成章啊!省领导面带笑容,摆手道:这哪是我的诗,这是晋人张协的诗,是描写当年湖山景致的。他随即指着密不透风的植被说:湖山"鸣鹤聒空林"兴许还有,但"咆虎响穷山"的景象，恐怕早就没有啰！海市长附和说：那是，别说老虎，就连豹子现在都几乎绝迹了。省领导问：山上现在还有些什么动物？海市长说：也就剩下豺狗、野猪什么的。省领导嘱咐说：开发湖山，一定要注意对野生动物的保护，人的破坏力是最大的。四万年前，才形成了晚期智人，当时人不论力量还是速度都比不上野兽，但人一旦站立行走，解放了上肢，制造出了工具，就主宰了整个地球。人，才是最有威胁、最具破坏力的动物。海市长连声答道：我们一定注意对野生动物的保护。之前，我们还专门在湖山对野生动物进行过考察。海市长把他和颜局长在湖山打猎的事，名正言顺地拿出来说。一直跟在身后的颜局长尽管脸上挂不住，但她明白，海市长这是借此机会，当着省领导的面，把他俩在暮鼓峰被擒的事漂白，看日后谁还敢嚼舌头！

到了暮鼓峰工地前，工人们正在热火朝天地施工。一个头戴安全帽的人迎面过来，颜局长上前介绍说：这是项目经理。海市长赶紧介绍说：这是省领导，专程来看望慰问大家，视察风景区建设的。省领导面带笑容握了握项目经理的手，亲切询问道：工程进展如何？项目经理指着立在路旁的图纸，详细介绍了项目情况后说：从工程形象进度来看，已经超过正负零，从工程量看，也是符合时间过半任务过半的要求。省领导扫了一眼一根根矗着的钢筋，就像从地里长出的麻秆，面对龇牙咧嘴的钢筋阵，正不知是否还要往里蹚，海市长上前拦住说：现场太乱，很容易刮伤，等建筑起来了，再请省领导来视察。省领导止步问：下一站看什么？海市长指着宝藏峰说：看金殿。

省领导在一行人的簇拥下，浩浩荡荡往宝藏峰来了。

到了宝藏峰拾级而上，省领导站在金殿外的平台环顾四周，汉白玉的扶栏，下方墙裙是一幅幅镂空的古典人物和自然山水画，地上平整地铺着青石板。再看金殿，红色的廊柱，黄色的墙体，雕栏画栋的立面、立柱，游龙戏珠的门当、飞檐，加上背后的群山衬托，浮云缭绕，金殿犹如若隐若现的天上琼阁。省领导如入仙境般地呆望着，还是海市长轻声催促，他才如梦初醒般抬脚起步。

省领导先绕着金殿转了一圈，站在宝藏峰顶，望着涤荡在重峦叠嶂间的流云，省领导夸张地手一指，豪情满怀地念道："战士指看南粤，更加郁郁葱葱。"簇拥的人立刻报以热烈的掌声，如同山林间一群惊飞的鸟拍打着翅膀发出的呼啸声，久久在群山峡谷间盘绕回响。人群里冒出一句话：领导诗兴大发啊！省领导急忙纠正道：这哪是我的诗，这是毛主席《清平乐·会昌》里的两句词。马上有人夸道：领导好记性！

来到金殿门口，迎面一副楹联，让省领导驻足品味了半天，楹联上写着：

既来拜佛　须扪心自问　身负多少罪孽　不可遮遮掩掩
如是解惑　必字句箴言　放出好些狠话　哪会舒舒服服

省领导品味完，指着楹联笑道：这金殿倒有点像纪检监察部门啊，都是办案、诫勉谈话的意思！随行的人听了一阵哄笑。

进到金殿内，神龛上供奉的神像等其他摆设，跟所有的庙堂并无二样，但这丝毫没有影响省领导的兴致，他几乎一处不落地把金殿里的陈设仔细看了个遍。

最后一个节目，是从里间隆重请出正忍法师。海市长之所以这样安排，自然有他的用意。海市长郑重其事地介绍正忍法师说：这位正忍法师是具有佛学博士头衔的高僧，我们是慕名把他从五台山请来做金殿住持的。省领导赶紧上前一步，伸出双手，想去握正忍法师的手。正忍法师没有正面去迎握省领导的手，而是双手合十，低头致意。稍后，正忍法师察言观色道：出家人不打诳语。施主红光满面，吉人天相啊！省领导一听，哈哈笑道：何以见得？正忍法师轻语道：不妨借一步说话。正忍法师后退一步，省领导跟进一步，只见正忍法师悄声附耳对省领导说些什么，省领导频频点头，面露喜色。

跟在人后的工程部经理听了正忍法师刚才夸赞省领导的话，小声对颜局长说：分明面黄肌瘦，偏要说"红光满面"，连他妈和尚都说假话！颜局长赶紧拽了他一把阻止说：闭嘴，你懂什么！

省领导跟正忍法师攀谈了一会儿，一行人又离开金殿，奔晨钟峰方向来了。

三个峰唯独晨钟峰没有动土，保持着原始地貌。海市长把省领导带到舍身崖跟前凭栏眺望，一幅江山如此多娇的画面赫然眼前。近看写实，浓墨重彩；远看写意，淡写轻描。光赐明暗，云留飞白。大自然的鬼斧神工，胜过人世间的任何艺术圣手。省领导身体前倾，似有融入大自然怀抱的忘情之举，吓得海市长一把抓住他的胳膊。尽管随行的记者早已记录下省领导的捷足、健影，但颜局长还是不失时机地提议，请省领导单独在舍身崖前拍照留影。旁边的人迅速散开，各种长枪短炮同时聚焦省领导，在摄影记者的一再启发下，省领导脸上终于挤出僵硬的笑，嘴里默默念着：茄子。

省领导恋恋不舍地离开舍身崖，海市长把一行人引向湖山台。抬头看到高耸的铁塔和紧闭着的铁栅门，省领导奇怪地问：这是个什么单位？海市长答话说：这是无线台。省领导一时忘了，问：军事保密单位？海市长说：不是，是广电部门的无线信号发射台。省领导这才记起，问：你们的总体规划图上怎么没有它？海市长趁机说：他们本来就没有办理任何手续，是非法占据湖山的。省领导眉头一蹙说：他们在湖山多久了？海市长说：有年头了，怎么做工作，他们就是死活不搬，严重阻碍我们景区建设。省领导说：你们市里做个决议，让它搬家还不容易？半天没吭气的市委书记插话说：无线台是省属单位，我们拿他们也没办法。省领导袖子一撸说：这事我回去跟省局说说，让他们给你们腾地方！在哪儿架根天线不能发射，不一定非得架在湖山上嘛！

跟在后边的工程部经理窃喜说：真长见识，头回看钓鱼不在河里钓，跑到山上来钓的！颜局长说：学着点，姜还是老的辣，你以为是书上随便写的?！

走，进去看看。省领导一发话，一行人像游行示威似的，呼啦啦朝无线台涌了过来。无线台的铁栅门紧闭着，从外面看不见一个人影，听不到一丝声响。

省领导自顾走在头里，刚刚拢到铁栅门跟前，陡然从里边突然蹿出一只狗来，咆哮着，猛地跃起，两只前爪搭在铁栅上，两眼凶光不知深浅地直视着省领导，如果不是铁栅门拦着，蹿出的狗肯定扑在了省领导的身上。

省领导一个惊颤，连连撤步，海市长赶紧伸手一把扶住，省领导人是重新站稳了，但脸上的惊惶还来不及消退。海市长搀扶着省领导，义愤填膺地说：太不像话了！人不出来接，还放狗出来咬，仗着自己是省属单位，谁的账都敢不买！

省领导马上镇定下来，不露声色地说：算了，算了，人家也不知道我们要来嘛，这斗的哪门子气！

一把手一看表，就此解围说："都快中午了，我们下山回宾馆吃饭吧！"

一行人又像一股泄洪的山泉，从无线台又涌回"盆地"。考斯特扑哧、扑哧的开门关门过后，终于起步驶出了山门。

这时，高山泰在台里狗的陪伴下，才现身在铁栅门外。

秦姑打开食堂的门，探出身子问："他们走了？"

高山泰抚摸着台里狗笑道："怎么，你还想留他们吃饭啊？"

秦姑也笑："额可没做他们的饭，要吃只有吃狗食。"

高山泰说："嗳，可是有日子没有吃到你做的汉中面皮了。"

秦姑说:"医生嘱咐过,你不能吃辛辣。"

高山泰笑:"嗐,医生的话也听？医生说一口饭嚼几十下才能咽,你啥时候这样嚼过？"

秦姑回说:"要吃还不容易,今晚就给你做。"

其实,海市长陪同省领导一行上山,高山泰早就看到了。警车一路又是鸣警笛又是喊话,一进山门就闹得鸡飞狗跳。考斯特停在"盆地"下人的时候,高山泰从窗户里就看到省领导、一把手和海市长他们一行人。当时,高山泰心里一惊,省领导大张旗鼓视察湖山,在他的记忆中,这还是头一回,就拿湖山台来说,省局换了多少任局长,没几个来过湖山台。什么事一旦入了领导的眼,就小不了。高山泰不知道怎么突然产生了一种不祥的预兆。看着他们朝相反的暮鼓峰去了,高山泰感觉这一定是海市长他们精心策划的。还是那句话,一个好消息,一个坏消息,从心理学的角度讲,如果先说坏的再说好的,听者留在心里的将是正能量；如果先说好的再说坏的,听者留在心里的将是负能量。海市长安排省领导先看光鲜的,势必给省领导带来欣慰和鼓舞,再来揭问题、出难题,极易引起省领导心烦甚至是恼怒,两种截然不同的情绪和态度,都会导致做出非理性的判断和决定。这倒不是说领导水平不高,只是领导也是人嘛！高山泰猜想,海市长一定会把火引到台里来,希望当着省领导的面要挟甚至是羞辱自己,让省领导当众发话,把自己和湖山台当成阻碍旅游风景区建设的拦路虎,一棍子撑出湖山。自己既不能跟海市长他们发生正面冲突,又不能驳省领导的面子,当面反驳和顶撞,最好的办法就是避其锋芒,躲为上策。高山泰吩咐台里所有人,坚守岗位,做到"三不",不出声,不出门,不露面。他让秦姑也锁好门,拉上窗帘。然后,用铁链拴上铁栅门,拍了拍台里狗,指了指门外,台里狗会意地用舌头舔舔他的手,蹲守在藏身处。省领导刚才在舍身崖和铁栅门前发生的一幕,高山泰隐身在窗帘后面,看得一清二楚。

白天,大家没工夫扯。当晚,吃饭时,大家伙聚在一起边吃边夸赞高山泰。王工由衷敬佩地说:高台真是我们的定海神针,今天这个架势,一般人早就吓趴下了！可高台是"任凭风浪起,稳坐钓鱼船"。"骨感妹子"拍着胸口后怕地说:听到呼啦啦一片脚步声直奔台里而来,我心里一阵狂跳。心想完了！他们要是涌进来揪着我兴师问罪,我怎么回答？幸亏高台早有安排,铁将军把门,台里狗看在那里,六亲不认,阎王老子都不让进,他们只有灰溜溜地打道回府。小周故作神秘地问秦姑：你看高台今天像不像一个人？秦姑一头雾水问：像谁？小周说：像不像《三国演义》里诸葛亮？秦姑纳闷：为甚说他像诸葛亮？小周扮着鬼脸说：因为他今天唱了一曲"空城计"。秦姑不解地问：唱"空城计"？小周笑道：对，"空城计"！你看来的领导像不像司马懿，带领着人马，浩浩荡荡来到台门前叫阵。高台呢，就像神机妙算的诸葛亮！诸葛亮还装模作样，在城楼上弹琴，大开城门，派几个老丁在城门口打扫。高台比诸葛亮还绝！连样子都不做给他们看，索性避而不见，仅派只狗就让他们退了兵。说着，小周一头钻进厨房，找出一把破蒲扇，摇头晃脑、拿腔拿调地唱道："我正在城楼观山（呐）景……"逗得大家伙一片哈哈大笑！

食堂里人都走空了好半天，高山泰才姗姗来迟。见他有些心神不宁，脸色难看，秦姑扶他到床边坐下，担心地问："是肺又犯病了，还是上午的事闹心？想不想吃点甚，额给你做去？"

高山泰摇摇头，一屁股坐在床沿，轻轻咳嗽了两声，阴沉着脸说："吃不下。肺里的病一时半会还要不了命，就怕这湖山台的命比我的命还短啊！"

秦姑说："看你说的，台里人都换了几茬，你看湖山台不还结结实实在那儿吗！你这是操的哪份冤枉心？"

高山泰双脚交叉摇晃着说："湖山台再结实，怕也经不起地动山摇啊。"

秦姑问："湖山要闹地震？额咋没听说？"

高山泰说："不是地震，是怕人震。"

秦姑说："额咋越听越不明白？"

高山泰说："你没看见今天这个阵势？"

秦姑问："甚阵势？额看除了海市长、颜局长，就多了几个人，还有一群拿着照相机的跟在屁股后头，咋了？"

高山泰说："不是几个人跟着海市长、颜局长，是他们跟着那几个人屁股后头。"

秦姑瘪嘴说："那又能咋地？有甚不一样？"

高山泰说："海市长、颜局长跟着的那个省领导，那说话可是一言九鼎。"

秦姑说："切，一言九鼎咋了，他还能吃了你、额？"

高山泰说："他不能吃你、我，但能吃了湖山台。"

秦姑说："咃，还越说越邪乎了！再大的官，也得讲个理吧。"

高山泰说："有理还得有地方讲，有理还得看从谁的嘴里出来。"

秦姑说:"咋了,从他们嘴里出来就是个理,从额们嘴里出来就不是个理了?"

高山泰说:"那得看谁占的平台大,谁握有话语权。"

秦姑手一挥说:"额不懂甚平台不平台的,也不知道甚话语权不话语权的,额只知道真理面前人人平等!"

高山泰看秦姑一副认真相,觉得跟她说这些体制内的话,没有任何意义,只会给她平添些烦恼,于是换了个口吻说:"嗳,说到真理,我讲个真理的故事你听吧!"

秦姑瞪眼问:"真理还有故事?"

高山泰笑道:"当然有了。"

秦姑迫不及待说:"说给额听听。"

高山泰绘声绘色说:"一天啊,真理和谎言一起到河里游泳。"

秦姑奇怪:"他俩怎么会走到一块?"

高山泰说:"这不是讲故事吗。"秦姑不言声了。高山泰接着讲:"真理和谎言脱光衣裳,光着身子下到河里游水,游着游着,谎言偷偷爬上岸,抓起真理的衣裳穿在自己身上。"

秦姑着急地问:"那真理咋办?"

高山泰说:"真理只有穿上谎言的衣裳。"

秦姑急了:"那俩人不是倒了个?"

高山泰笑:"是啊,所以,后来人们常说,真理总被谎言遮蔽,谎言往往披着真理的外衣。"

秦姑听完咯咯笑道:"以后看谁是不是讲假话,扒开他衣裳一看就知道了。"

高山泰问:"她要是个女的怎么办?"

秦姑说:"管他男的女的,只要她敢讲假话,就让她光着身子!"

湖山的秋夜,风虽然不像冬天那样凛冽寒冷,但也强劲有力,不仅令树叶惶恐乱叫,也叫门窗瑟瑟发抖,风是湖山夜晚的主宰,万物因它而发声,也因它而屏息。《军港之夜》里唱,年轻的水兵,头枕着波涛。湖山的夜晚,梦随风摇。初在湖山过夜的人,有风难眠,常年在湖山生活的人,无风难眠。

高山泰感到有什么东西堵在胸口,忍不住咳了两下,喉咙里一下有东西涌动,他连忙用手去捂,秦姑见状,迅速从桌上抽了两张纸巾递给他。高山泰接过堵在嘴上,扯开一看,纸巾上浸润着浓稠的血。

秦姑惊讶道:"你怎么又吐血了!"

高山泰淡淡地说:"没什么。"

秦姑说:"还没甚?吐血说明你的伤口还没有长好!"说着,秦姑端着茶杯,要高山泰漱漱口。

高山泰顺从地接过茶杯漱了几口后,把茶杯递给秦姑宽慰说:"我这点血算什么,你每月流那么多血,也没见你怕过。"

秦姑让高山泰躺在床上说:"额那是甚血,你这是甚血,能一样吗?"

高山泰狡辩说:"谁不是凡胎肉身,都是身上流出来的,没听说谁流的血金贵,谁流的不金贵?"

秦姑偎在高山泰身旁,眼里噙着泪水,用手轻轻揉着高山泰的胸口埋怨说:"你就是不爱惜身子,医生说不让你吃辣子,你偏吃;医生不让你喝酒,那天你还和顾祥喜他们一起喝酒,你不爱惜,额还心痛哩!"

高山泰抓住秦姑的手按在胸口说:"放心吧,阎王爷就是现在收我,我也不去!我还没有把你娶回家呢!"秦姑一听,轻轻抽泣起来。高山泰赶紧问:"说得好好的,怎么一下哭上了?"

秦姑说:"又骗额,说好带额一起回你老家认门的,结果老人都没了……谁还认额这个媳妇?"

高山泰连忙解释说:"不是不想带你回家认门,是事情来得太突然,本想过年带你回去,认门成亲,一搭两就。没想到老娘说走就走了。唉!"高山泰长叹了一声。

秦姑幽幽地说:"额多少年都没有喊声娘了,好不容易挨着有娘喊了,又落空了……"说着,秦姑的眼泪扑簌扑簌落在高山泰的手上。

高山泰不知所措,后悔没有把秦姑带回老家,既让老娘闭眼前,见上新媳妇一面,又让秦姑了却喊声娘的心愿。他脑子转了一下说:"我替你喊了娘,而且告诉她,这是没过门的新媳妇要我喊的。"秦姑不抽泣了。高山泰继续说:"我娘愣眼看着我急忙问:你找新媳妇了?我说是啊。我娘问她长啥样?我想了想给她比画说:像电影《秋菊打官司》里的秋菊。我娘愣了会儿说:该不是演坐花轿还钻高粱地的那个吧?我点头说是。我娘慢慢合上眼,脸上开着菊花。"

秦姑心有不甘地问:"你娘临走没落下甚话?"

"说了。"

"说甚？"

"说你媳妇……"

"你娘说额了？"

高山泰忙解释说："我娘不是说你。"

"那说谁？"

高山泰说："我娘说我原先的媳妇。"

"她不是早就不在了吗？"秦姑有些泄气。

高山泰说："我娘嘱咐我到派出所去一趟，说派出所来人说有杀你媳妇凶手的消息。"

秦姑听了一惊问："有甚消息？"

高山泰说："办完娘的后事，我去派出所打听过。"

"他们怎么说？"秦姑比高山泰还急。

高山泰说："派出所的办案警察说，这么多年，所里一直没有放弃这起凶杀案，也一直在调查跟踪有关线索。"

"发现新线索了？"秦姑问。

高山泰说："在最近一次人口普查中，派出所发现附近一个村里有个青年，离家出走多年，而且就在案发不久离家出走的，再也没有回过家乡。办案民警得知这一情况，从亲属那里获取血型进行比对，结果跟案发现场凶犯留下的血型完全吻合。办案人员基本锁定，出走的这个青年就是凶犯，不仅逢年过节在他家附近蹲守过，而且一直跟他的家人保持联系。"

秦姑问："这么多年，这人就一直没有跟家里联系过？"

高山泰说："派出所的办案警察说，联系过几次，但始终没个准信，一会儿说在南边打工，一会儿又在东边念书，还说在西边当了个什么头目。总之信息飘忽不定，不知道哪个是真哪个是假。"

秦姑若有所思地说："这么多年，他都逍遥法外，未必是他前世积了德，今世无苦报？再不是他今世作恶，还不够恶贯满盈，没到遭恶报的时候？不行，明天额得去问问正忍法师。"

三十九

自从金殿建成，正忍法师入主金殿成为住持，讲经说法、开光解签，得到信众的拥趸和追捧，名声远扬。菩萨是敲锣卖糖，各管一行：比如文殊菩萨只分管智慧，普贤菩萨只分管践行，求神拜佛的人，一般是想什么就向哪尊分管的菩萨请愿。但到了正忍法师就不同了，基本通吃，各种心结在他嘴里都能求解，所以香客络绎不绝。坐小车、乘大车、徒步来的都有，有求子的、求福的、求财的、求官的，也有求消灾的，总之，五花八门，求什么的都有，而且不是冲着菩萨来，而是冲着正忍法师来的。在餐馆吃饭有飞单的，但请正忍法师答疑解惑，没有一个会空手拍巴掌。手头再怎么紧，出手至少也是五十元，一般都在百元以上，当然，也有出手阔绰大方的，一砸上万元。幸亏正忍法师没有POS机，否则有人就会直接刷卡，用不着带现金。有人说正忍法师日进斗金，枕头和床垫底下满是钱，连鞋子和袖子里头都藏着钞票，箱子里的钱就更不用说了。有人疑惑，说一个和尚要那么多钱干什么，又不能讨媳妇养家？但也有人说，正忍法师攒钱是用来施舍天下的，说他不光捐钱办学，还捐钱办诊所，广积善德。

钱倒是小事，关键是灵验。不少香客还以身说法，说自己多少年没怀上，后来被正忍法师摸过头后，当年就怀上了。还有香客问财，正忍法师说今年有大进，自己看中一只股下了一注，赚了个盘满钵满，自己守着不肯出仓，结果股市大跌，又血本无归，怪只怪自己太贪心！

秦姑告诉高山泰，说很多香客上山都是来还愿的。高山泰问为什么要来还愿呢？秦姑一本正经说：求的愿、解的签灵验了，要是不还愿，下回求愿、解签就不灵验了。高山泰疑惑，说求的愿、解的签未必就都灵验？秦姑说那当然了，要不怎么有那么多人来还愿。高山泰笑她，你只看到来还愿的，还有那些没来还愿的呢？如愿的来还愿，不如愿的就不会来还愿，大家眼里看到来还愿的，所以误以为求的愿个个都灵验。尽管秦姑觉得高山泰的话不无道理，但还是不能撼动她对佛的信念。

整整一天，金殿的香客始终川流不息，就像农村人家里婚丧嫁娶大事办酒席，路上不断人，灶里不断柴，桌上不断菜。直到下午四点以后，香客才稀疏下来。秦姑不急，她知道山上留不住人，天黑前所有的香客都得下山。

吃过晚饭，秦姑麻利地拾掇完，趁着天还亮，拔腿赶往金殿。

金殿周围果然空无一人。秦姑噔噔上到台上，一眼见正忍法师又背对台阶，站在宝藏峰的峰顶，嘴里喃喃有词地纵览着天宇云海。

听到身后有动静，正忍法师赶紧闭嘴转过身来，一眼认出秦姑，双手合十问道："女施主何事此时来访吾殿？"

秦姑还礼说："心里有解不开的疙瘩，想请法师指点迷津。"

正忍法师问："女施主有何烦恼，但说无妨。"

秦姑问："前几次，听法师讲佛讲的是因缘果报。"

正忍法师点头："正是。"

秦姑想起高山泰的话，问："为什么有人求愿灵验，有人求愿不灵验呢？"

正忍法师说："这就得看因缘成熟如何了。成熟的即得果报，不成熟的还得等待。"

秦姑疑惑地问："是不是有因必有果呢？"

正忍法师肯定地说："因果是不会消失的。除非你不做因，如果做了，种子永远会被留在识别的记忆中，既不会坏，也不会灭，遇缘便起现行，招受果报。"

秦姑又问："行了恶，能不能用善抵消呢？"

正忍法师怅然道："善恶不相抵。已种恶因，必受其报，不可以通过再行善，来抵消应得之罪。"

秦姑似在自语说："额这就放心了。"

正忍法师问："女施主何事放不下？"

秦姑释怀地说："先前额一直担心，做了坏事的人，会逃脱恶报，又怕善恶相抵，现在不担心了。"

正忍法师面色凝重，双手合十道："阿弥陀佛，我佛慈悲。善哉！善哉！"

秦姑和正忍法师正说着，高山泰气喘吁吁地赶来了。他跟正忍法师打了个招呼，对秦姑说："你出来也不打个招呼，豺狗都跑进食堂里去了！我们还以为你被豺狗叼走了呢，大家正分头满世界找你！"

秦姑问："豺狗怎么会跑进食堂去了？"

高山泰说："问你啊？出门门也不锁好。"

秦姑一笑说："都怪额，光急着过来，没顾上锁门。"

正忍法师一旁安慰说："饿狗觅食，并不加害，女施主不足为惧。"

高山泰对正忍法师谢道："总是前来打扰，还望法师见谅。"

正忍法师说："我佛慈悲，普度众生。同船过渡五百年修，我与施主皆客居湖山，此乃佛缘，缘幸，缘幸！"

高山泰听正忍法师口音，不禁问："敢问法师，哪方人士？"

正忍法师眼睛垂帘道："贫僧乃闽人。"

告别正忍法师正要打转，秦姑准备掏钱给正忍法师，一摸兜里一个子没带，就给高山泰使眼色。高山泰哪里明白，搞不清秦姑啥意思，直愣愣地看着她。秦姑也不便说，索性过去伸手掏高山泰的口袋。高山泰问她找什么？秦姑也不答话，七摸八摸总算从口袋里摸到几张钞票，秦姑没有把钞票都掏出来，只是挦出一张掏出来，一看果然是张百元大钞，她赶紧上前恭恭敬敬递给正忍法师。正忍法师一怔，含笑接过，施礼答谢。

回来的路上，高山泰问："你出来怎么钱也不带？空手打巴掌来见正忍法师？"

秦姑后悔说："不是跟你说走慌了吗！"

高山泰逗她说："你不是说，在庙里的贡钱、香钱，都得是自己兜里的钱吗？你说用别人的钱心不诚，求什么都不灵的。"

秦姑振振有词地说："去你的！甚你的钱，额的钱？你身上连骨头带肉都是额的！你再胡说，额下回把你都捐给正忍法师！"

进了屋，趁着高山泰冲澡的机会，秦姑赶紧燃香、磕头、拜佛，把功课做了。高山泰进来，索性钻进被窝，垫起枕头，靠着头把身子彻底放松下来。

秦姑在屋里一会儿捡捡这，一会儿拾拾那，忙前忙后。高山泰说："你转来转去的像个陀螺，我看着都晕。"

秦姑这才找了件掉了纽扣的衣裳，挨着高山泰坐在床沿，边缝边跟他聊起刚才在金殿的事。她抑制不住兴奋说："这回额算是彻底闹明白了。"

高山泰问："你闹明白什么了？"

秦姑说："因缘果报啊！"

高山泰奇怪："你上次回来告诉我，说什么因缘果报，正忍法师都给你解清楚了啊！"

秦姑寻思着说："听你说杀你媳妇的凶手，至今还没逮着，额怀疑这因缘果报到底灵还是不灵？非得找正忍法师问个明白。"

"正忍法师怎么说的？"高山泰问。

"正忍法师给额吃了颗定心丸。"秦姑喜不自禁地说："他说的两点额都记住了。"

高山泰问："哪两点？"

秦姑说："一点是因果永远不会消亡，行善得善，行恶报恶，过一千年也变不了！"

高山泰问："那第二点呢？"

秦姑说："第二点是善恶不能相抵，种了恶因，这辈子行多大的善，也逃不脱惩罚！"

高山泰问："就这定心丸？"

秦姑说："咋的，正忍法师等于告诉额，害你媳妇的凶手，这辈子都逃不脱惩罚！"秦姑咬断钉好纽扣的针线，脱了衣裳，也钻进被窝，放平高山泰，熄了灯和他并肩躺着。突然，秦姑想起了什么问："额差点忘了问你，你咋想起问正忍法师是哪儿人？"

高山泰说："上次听他把吃饭说成'掐饭'，我们那儿也这么说，就随口问问他哪儿人？结果他说他是福建人。"

秦姑愣神说："人家甚时候说他是福建人了？他说他是'闽'人。"

高山泰忍不住笑道："'闽'是福建的俗称，'闽'人就是福建人。"

秦姑不解："为甚福建有俗称，额们那里没有？"

高山泰说："有啊，你们那里俗称'陕'。"

秦姑问："你们那里也有吗？"

高山泰说："当然有了，我们那里俗称'赣'。"

秦姑好奇："全国各地是不是都有？"

高山泰说："都有。比喻北京俗称'京'，上海俗称'沪'，天津俗称'津'，安徽俗称'皖'，湖南俗称'湘'，湖北俗称'鄂'。"

秦姑打断高山泰说："哦，额明白了，就跟人似的，有大号，也有小名，额那娃儿小名就叫'喜子'。嗳，你的小名叫甚？"

秦姑没听见高山泰应声，侧头一看，高山泰已经发出均匀的鼾声。

四十

省无线台管理中心主任打电话给高山泰，说翟局长过生日，点名要他去省城聚一聚。高山泰放下电话觉得蹊跷，翟局长过生日，怎么会指名道姓要他大老远跑到省城去聚会呢？转念一想，出乎意外，但也在情理之中。一来翟局长是分管无线台工作的最高领导，跟自己的私交一直不错，上回还把女儿给他的手机送给了自己；二来翟局长跟自己同庚，比自己大几个月，届满六十，已到退休之时，马上就要离开工作岗位，找几个老朋友聚聚再正常不过了。高山泰不再多想，马上跟秦姑商量，给翟局长带什么寿礼。俩人翻箱倒柜找来找去，觉得带什么都不合适，末了还是秦姑说：人家在省局当局长的，吃的穿的什么都不缺，再说省城甚没有卖的，额看要带还是带省城没有的山货。秦姑的话提醒了高山泰，他找出珍藏的羊肚、猴头和黄精。秦姑看黄精像生姜，问你带姜去干甚，省城还缺你这个？高山泰说这是湖山的特产叫黄精，老年人吃它，可以益寿延年。

寿宴安排在晚上，可是高山泰怕路上耽搁，一早就赶往省城，他还想顺便买几个设备配件。午饭他随便找了家面馆，吃了一碗牛肉面，扒了几口，明显感觉没有秦姑做的汉中面皮好吃。

从面馆出来，高山泰就到电器商店买设备配件。买完配件一看时间太早，他不想到省局去串门歇脚，这是高山泰长久以来的习惯，到省局就跟进商场一样，要买什么，就直奔那个柜台，买好东西走人，决不满商场乱转。他到省局也是这样，找谁办事，就进谁的门，办完事走人，决不楼上楼下把所有的处室串个遍，见人打招呼。了解他的人，知道他不喜欢拉拉扯扯搞关系；不了解他的人，还以为他清高自傲，不屑跟人交往。其实，高山泰就是这个性格，一辈子不愿麻烦人、求人，自己的事自己面对。另一方面，高山泰也的确有点清高孤傲，书读得多，难免养成文人气质。他记得清代大学士纪晓岚的一副对联：一等人忠臣孝子，两件事读书耕田。自己几十年在外，忠臣孝子只能做忠臣不能做孝子，但读书耕田自己基本能做到。高山泰是个工科男，认定自己一辈子就是吃技术饭的，对技术以外的事，只闻不问，有时甚至连闻都懒得闻。业余时间基本用来读书。虽然读书并不能改变他的现状，但对他耕好湖山台这一亩三分地，还是大有裨益的。

但此时，高山泰无地可去，只有无奈地进商场闲逛打发时光。正值商场换季时节，冬季尽管还没有来临，但各式新款的冬装已经开始上柜了。高山泰看到新款冬装，心里猛然萌生出要给秦姑买冬装的欲望。上个冬天，秦姑就一直穿着自己给她的那件蓝棉工作服，说什么今年过冬，也让她穿件好看的棉袄，女人嘛，爱美是她们的天性。哪个男人不喜欢自己的女人在人前漂漂亮亮的！但真的面对各种款式颜色的女冬装时，高山泰又傻眼了。他不是不懂得审美，是展现在他面前有太多的美，令他眼花缭乱。只有唯一选项时，人很容易做出选择，如果有多种选项时，人就麻了，很难做出取舍。就跟找老婆一样，只有一个异性时，你挑选的只是女人，如果有一群女人时，你挑选的就会是美色。高山泰不是嫌这件款式太潮，就是嫌那件颜色太艳，挑来拣去，以至于卖衣裳的姑娘都面呈愠色，问他到底跟什么样的人买？高山泰说跟媳妇买。姑娘好笑说：我又不是问你跟买衣裳的女人是什么关系，我是问你买衣裳的女人年龄和身材！高山泰这才明白过来，他比画着告诉姑娘。姑娘看来看去，给他推荐了一款，高山泰一看款式大方、色泽不艳，就定下心来买它。

买好衣裳出来，高山泰就像走出考场一样浑身轻松了许多。一看时间居然一个下午就这样过去了，难怪连歌里都发问"时间都去哪儿了"？可见时间不用打发，也会离你而去。通过亲身体验，高山泰有理由相信，女人逛商场的时间单位，绝不能以小时计算，而要以天计算，比如半天，或者一天，如果商场胆敢通宵营业的话，有大把的女人会奉陪到底！

高山泰正信马由缰地想着，忽听手机"叮咚"响了一声，他低头一看，是无线台管理中心主任发来的短信，说翟局长的生日聚会，改在了省直机关食堂的湖山厅。省直机关食堂的包间，都是以各个地市命名的。原先说是翟局长的家宴，怎么又改在食堂了？是不是嫌家里做饭麻烦，在餐馆、食堂方便也未可知，而且又是湖山厅，高山泰不知是巧合还是有意安排的？

省直机关食堂就在省直机关宿舍附近，凭饭卡就能进餐，以前还只对内不对外，现在早就市场化了，机关干部进餐刷卡，外面的人吃饭掏钱，没人问你身份，只看你钱带够了没有。食堂一楼是大厅，散客进餐都在这里，二楼三楼是一个个包间。

高山泰几乎是踩着点来的，他以为自己会是第一个到，没想到推门一看，包间里已经坐着一圈人，除了翟局长外，还有办公室主任、科技处长、人事处长、无线台管理中心主任，他倒成了最后一个。高山泰一看加上自己，正是那天开会的原班人马，心里不觉好笑：这哪像吃饭，简直就像开会！大家看高山泰进来，都站起来热情地跟他打招呼、握手。高山泰有点受宠若惊地回应，他觉得怎么不像是翟局长过生日，倒像是给他在过生日似的！

大家看高山泰手里提着大包小包，问他里边装的什么？高山泰把带来的山货递给翟局长，说这是专门带给他的生日礼物。翟局长拿出来一看是羊肚、猴头和黄精。人事处长不认识黄精，跟秦姑一样也误以为是姜，笑道：高台也太小气了，大老远的送什么姜啊，菜市场才几块钱一斤。科技处长笑道：老话说得有，千里送鹅毛，礼轻情义重嘛！还是无线台管理中心主任识货说：你们懂什么？这是黄精，湖山特产。用它泡酒喝，益寿延年。几个人一听这是稀罕物，都上前抢着看。

办公室主任看到高山泰还带来一个印有商场 Logo 的礼品袋，以为还有礼物，拿出来一看是件女式的花棉袄。他笑着问高山泰：嗳，今天是翟局长过生日，你怎么给翟局长送女装啊？翟局长又没有养小三，这么花的女装他怎么敢往家拿，你不是存心让翟局长好看吗？大家一听哈哈大笑，高山泰脸一红，赶紧解释说：这是我顺便买的准备带回山上的。办公室主任紧逼着问：带回山上给谁啊？无线台管理中心主任搭话说：带给谁，到时候你到湖山一看，谁穿在身上，就是带给谁的呗！翟局长一看菜都开始上桌了，解围说：老拿老高开什么涮啦，都上桌，上桌！

翟局长的生日宴，官也是他最大，所以他当仁不让坐在中间席上。几个人在那儿拉扯谦让谁挨着翟局长坐。只听翟局长大声招呼高山泰说："老高，你过来，挨着我坐。"

高山泰一听连连摆手说："哪敢，哪敢，我就坐这里吧！"说着，就势坐在翟局长对面席上。

翟局长执意要高山泰坐过去，见他不挪座，人事处长和办公室主任过来，一边一个，不由分说架起高山泰，拖到翟局长旁边，一把按在座位上了。

高山泰还想谦让，翟局长说："老高，你就别扯了，今天就你有资格坐这个位子。"

高山泰不知翟局长何出此言。一看在座的各位，都是局里要员，什么时候开会，那都是在前排就座的，怎么也轮不上他享受今天这份殊荣。高山泰既受宠若惊，又惴惴不安，他有些语无伦次地说："翟局长，他们可都是您的近臣，我只是个边陲小吏，坐在这里，让我情何以堪，真叫我如坐针毡啊！"

翟局长笑："你老高平时开会发言与人争锋，我看你直言犯上，也是毫无惧色。今天吃顿饭，让你坐在我旁边，怎么扭扭捏捏起来？"

高山泰说："君臣父子、长幼有序，这是几千年的传统，就连梁山造反，还要排个座次，不能乱了纲常。"

无线台管理中心主任忍不住说："高台，实话告诉你吧，今天，就是翟局长要我们几个专门来陪你的！"

高山泰一惊问："今天不是翟局长生日吗，怎么会让你们来陪我呢？"

翟局长赶紧接过话说："今天我过生日不假，你看看在座的，你我年龄最大，工龄最长，资历最老，论当处级干部的任职时间，他们哪个在你之上？吃了这顿饭，你我就该换个身份了。"看高山泰不解换什么身份，翟局长笑道："你我就该是'下岗职工'啰！"翟局长说完，自嘲地呵呵一笑。这种笑意，高山泰完全能体味。翟局长不是眷恋这个副局长的位子，也不是留恋成天画圈、开会、讲话，而是从此远离职场，就像一个闯荡了一辈子江湖的武林高手，从此收手隐退，不再过问江湖。余生怎样度过，是华丽转身换个活法，还是一蹶不振苟且偷生？不仅翟局长面临这个问题，自己也同样面临这个问题。高山泰心里陡然有一种和翟局长同病相怜的感觉。

　　翟局长关于"下岗职工"的言论，引起大家的热议。桌上的人寻找各种理由，"批驳"翟局长的话。有的说他有船到码头车到站止步不前的思想，有的说他革命意志衰退，有的说退下来，再弄个这协会那学会会长，少说也得再干他个一届两届的，有的说他身上的余热起码够发挥几十年的。翟局长知趣地说：你们在职的热能都没处发，我们退休的人谈什么余热，还是老实回家待着吧！高山泰忍不住接过话说：我最不待见那些"一不做二不休"的人。大家不解，问他怎么讲？高山泰解释说：就是有些退休的人，每天还提个包包到原单位坐着，一不做事，二不休息，你说这种人，不是"一不做二不休"是什么？大家一听，再看高山泰那副一本正经的样子，顿时笑得喷饭。人事处长说：没想到，高台还是个资深愤青。高山泰说：单位是职场，干活的地方，不是养老院，既然退休，就应该由体制人变成社会人。人事处长笑问：你这话该不是说给翟局长听的吧？高山泰赶紧声明：我的话只对事不对人！办公室主任说：高台耍滑头！大家又一通笑。

　　食堂走菜不像餐馆掌握节奏，跟着客人喝酒的进度，一个一个菜续着上，食堂就没有那么多讲究了，有多少上多少，有多快上多快，喝酒快慢客人自己掌握。食堂菜的出品也不像餐馆那么讲究，餐馆装菜的碗和盘子都很浅，看着铺天盖地，其实分量不足，一伸筷子，上面丰满，下面骨感。食堂装菜的碗盆，都跟家里一样实在，菜的分量足，保证货真价实，在这点上，颇有点官商的风范。

　　其实，吃什么、吃多少，对如今肚子里不缺油水的吃客来说，已无关紧要，也许在短缺经济时期，这是个重大问题。现在聚会，几乎没有人关注桌上摆的是什么，而关注跟谁在一个桌上吃。生意人关注的是能否给自己带来财富的人，官员关注的是能否帮助自己升迁的人，真正的朋友聚会，随便在街边找个家常小店就行了。

　　一看菜基本齐了，翟局长吩咐倒酒。别人都大大方方把酒杯倒满，唯独高山泰死死捂着酒杯不让倒，说医生有交代不让喝酒。

负责倒酒的办公室主任，端着酒瓶站在高山泰身边说："听医生的话，你早就活不到今天了！"

高山泰说："我身上的病是医生治的，我要是不听医生的话，也活不到今天！"

办公室主任说："医生救死扶伤不假，但说医生包治百病我不信！一位医学专家亲口对我说过，三分之一的病，可治可不治；三分之一的病，可能治好可能治不好；三分之一的病，治与不治都治不好。所以，医学是有限的，医生的话也不可全听。"

科技处长劝说道："高台，今天翟局长过生日，说什么这杯酒也得喝！"

高山泰正在为难，翟局长发话说："我们给老高一个政策，酒倒上，只端杯可以不喝。"高山泰一听这话，不好意思再捂着杯子。

办公室主任挨个倒完酒，回到座位上，正要像司仪发号施令，给翟局长敬酒祝寿时，翟局长腾地从座位上弹起来，他举着酒杯自告奋勇说："我先说两句。"一桌人都注视着他，高山泰不知翟局长要发表什么感言。翟局长清了清嗓子说："我一参加工作就投身广电事业，虽然没在采、编、播的一线干过，也没有在镜头和麦克风跟前露过脸、出过声，但始终在技术岗位上默默耕耘了几十年，目睹了广播电视从真空管到芯片技术的转变，从模拟信号到数字信号的转变，从标清到高清的转变，我也从一名普通技术员，成长为全省负责技术的副局长，到达自己人生的顶峰。这期间有成功、也有失败，有喜悦、也有痛苦，有赞誉、也有挫折。"翟局长越说越激动，甚至眼眶都潮润了，而且一发不可收，一说就是二十分钟，翟局长没有变换站姿，但把酒杯换到另一只手上，再次印证"路远无轻担"。

突然，翟局长话锋一转说："其实，跟我有同样经历的还有高山泰。"这显然出乎高山泰意料，说自己怎么说到他身上来了？而且把刚才一直称呼的"老高"，一下子郑重其事地改成了"高山泰"，高山泰感觉有点紧张。只听翟局长继续慷慨激昂说："老高从大学毕业来局报到的那天起，就被分配到了湖山。"高山泰注意到，翟局长又把"高山泰"改回了"老高"，仿佛像演木偶戏似的收放自如。翟局长说："你们也许不知道，当年的湖山，可不是今天你们看到的湖山这个样子！缺吃少穿睡地窝不说，还要时时刻刻与豺狼为伍，长夜难眠孤灯做伴，山上除了母狗，见不到一个母的。"有人偷笑。翟局长正言道："你们以为我是闭着眼说瞎话，今天在座的都是带把的，我也说句粗话，让你们一年半载不沾女人，你们哪个底下能安分守己？老高他们也是正常男人，也有生理需求，就像短信里编的那样，

'性生活基本靠手'。"高山泰有点坐不住了,不让翟局长再往下说。翟局长不理睬他,只是把酒杯又换回原来的手上,继续说:"跟老高相比,我吃的苦、受的罪哪有老高多!你们有吗?"桌上的人都说没有。翟局长继续说:"我们吃的苦、受的罪没有老高多,但我们得到的实惠和认可比老高多,起码我个人是这样。老高呢?他得到了什么?远的不说,就拿前不久两件事来说,一是上回破获干扰无线信号案子的事,事情明明是老高他们做的,可功劳却记在了别人头上,老高连吭都没有吭一声就让了。"说到这里,翟局长扭头俯身诚恳地对高山泰说:"老高,在这件事情上,我有点偏心眼,做得有点对不住你。"高山泰连连摆手。翟局长接着说:"再就是解决老高副巡职务的事,本来也算不上什么提拔,就是解决个待遇问题,那时老高明明在省里学习不在单位,偏偏把台里代播代维干扰航空频率的账算在老高头上,硬是把到手的副巡帽子给收回去了。"翟局长义愤填膺地说:"这对老高公平吗!"大家异口同声说:"不公平!"

　　这回轮到高山泰泪奔了。他红着眼圈,声音嘶哑着请求道:"翟局长,别再说了,有您刚才一席话,吃什么苦、遭什么罪、受什么委屈,我都认了!从一而终是中国的传统文化,我既然干上了无线信号发射这一行,就注定要为它无怨无悔地干一辈子!看看全国的无线台站,多少职工不是从参加工作,一直干到退休的。"

　　翟局长这才收尾说:"我提议,这第一杯酒,我们大家为老高的境界干了!"不容高山泰推辞,大家都下位簇拥在他跟前,争相跟他碰杯。高山泰几乎哽咽着把酒倒进喉咙里,此刻再说什么都是多余的,别说是一杯酒,就是一杯毒药,高山泰也会毫不犹豫一口把它吞下去。士为知己者死,不是喊出来的,是用行动做出来的!

　　翟局长总算落座了。高山泰下意识地看了一眼手机上的时间,翟局长居然站在那里举着杯,讲了四十分钟,其中二十分钟,讲的是他高山泰!平时开会,翟局长也没有讲过这长的话,今天这是……高山泰感动得一塌糊涂。

　　翟局长漫长的开场白过后,酒宴进入了主题。办公室主任终于履行起自己司仪的职责,端起酒杯说:"现在请大家共同举杯,庆贺翟局长六十大寿!"一桌人都起身举杯一饮而尽。因为有翟局长给的政策在先,高山泰本来只需象征性地抿一口,一看连翟局长都干了杯,实在不好意思,咬着牙又一口干了。办公室主任眼尖,看高山泰干了,立刻起身给他又满上。高山泰有政策没用,跟着大家一连敬了翟局长三杯,他感到胸口火辣辣的,就像地里燃烧秸秆蹿出的浓烟。一阵刺喉的疼痛袭来，他赶紧舀了几勺汤喝下去压了压。

酒桌上也充分体现着哲学的规律，波浪式的起伏，螺旋式的上升。一通敬酒的高潮过后，大家的节奏自然减缓下来。翟局长突然侧过脸问高山泰："嗳，老高，你是几月的？"

高山泰知道在问他的生辰，说："七月的。"

翟局长若有所思地说："那也没多几个月了。"紧接着翟局长又说："嗳，老高，你媳妇走了好些年，也该找个人了。少来夫妻老来伴嘛，到我们这把年纪，身边得有个人照应着点。听说跟前有个合适的？"翟局长试探着问。

高山泰没有回避说："有是有一个，还没正式过门。"

翟局长说："嗨，都啥年头了，还讲这个，合适就在一块，我看你回去抓紧把事办了吧！"

人事处长插嘴说："高台还抓得不紧？人家彩礼都准备好了。"

翟局长问："哪儿？我怎么不知道啊？"

人事处长说："刚才高台提进来的花棉袄不就是！"大家一听又哈哈大笑。

办公室主任打趣问："高台，明年是不是该喜添贵子了？"

人事处长说："就是，齐白石七十八岁高龄，还晚来得子呢！"

见高山泰闷头吃菜不接茬，翟局长转移话题感叹道："都想着美事，我看就是广电的日子是越来越不好过啰！"

高山泰猛抬头问："怎么不好过了？"

翟局长感叹道："你是'不知有汉，无论魏晋'啊！"

高山泰问："此话怎讲？"

科技处长说："基层有线电视和电信 IPTV，为争夺用户，做活动、搞宣传、降资费，都到了白热化地步。广电在基层，尤其是在农村的地盘逐渐萎缩。翟局长分管这一块，正为这事犯愁呢！"

高山泰一听心里明白了。自从提出"三网融合"那天起，他就感觉到了广电的危机在一天天逼近，而且密切注视着由信息技术带来的这场变革。高山泰不是个抱残守缺的人，他对新生事物天生就有一种敏感的嗅觉。自己是从事无线信号发射的，网络技术无疑给用户提供了海量信息和高端的享受和服务，是无线信号强有力的竞争者。但高山泰也冷静地发现，网络传输还不能完全取代无线信号，比如网络无法覆盖的地方。记得，一些网络公司在平原地区，如火如荼地拼抢地盘，发展用户，但对偏远山区，请他们进都不肯进。铺十几、几十公里的光纤进山，解决十几、几十户看有线电视他们认为不划算，毕竟网络覆盖有个性价比和商业成本的问题，而无线信号覆盖没有。再比如在大的自然灾害面前，当网络系统出现故障或被摧毁时，无线信号却能保持传输和覆盖，这已被汶川大地震和其他地质灾害发生时一再证明。后来建立应急广播系统，就充分验证了高山泰的判断是正确的。在保障收听收看的基本权益上，无线台还起着无可替代的作用。这也是他始终不肯放弃无线发射这块阵地的原因。他在书上看到，就连现代化通信装备的军队，一旦遭遇敌方的信息入侵，也会恢复最原始的通信方式，因为这往往是最安全可靠的方式。

高山泰正想着，科技处长说："有线电视和 IPTV 还在固定终端上一争高下，人家互联网横空出世，把广电的、电信的所有业务都集成在了它的移动终端上。现在是'一机在手，什么都有'，传统媒体还有多大活路？"

翟局长转过脸问："嗳，老高，你对新兴媒体和传统媒体的关系怎么看？"

高山泰没有正面回答翟局长的提问，似答非所问地说："我看过一本巴西人写的书，讲自然更替的。"

"哦，说来听听。"翟局长饶有兴趣地说，他知道高山泰要回答的话就在里面。

高山泰说："书上说，自然界中没有胜利和失败，只有更替。冬天让位于春天，夏天让位于秋天。羊吃草，狮吃羊。与谁更强大无关，只是生与死的更替。"

科技处长插话说："老高的意思，新老媒体这也是更替啰，那谁是赢家？"

高山泰说："在这样的更替中，没有赢家，也没有输家，只有要走过的舞台。"

人事处长说："老高怎么像个哲学家，斗了半天没有赢家也没有输家，毕竟走了一遭，总有个感觉吧？"

高山泰说："感觉就是，若能理解这是规律，就能坦然面对艰难时光，就能坦然面对短暂的荣耀。一个替代另一个，二者都会消失，只有更替继续。"

人事处长问："认识到这个规律人会怎么样呢？"

高山泰说："认识到它，人的灵魂就能从肉体中得到解放。"

办公室主任笑："我看高台在湖山待久了，已经修炼成精了，说的话都不像从凡人嘴里出来的。"

大家听了都笑着点头。笑过，无线台管理中心主任又回到现实中忧虑地问："广电以后怎么办？"

科技处长说："内容为王！广电以后只能是朝着节目制作的方向发展，逐步从传输领域退出了。就跟造汽车和建高速公路一样，广电造你的汽车，互联网建他的高速公路。现在乱就乱在，造汽车的要建高速公路，建高速公路的要造汽车。"

办公室主任说："嗳，你这个比方倒是很形象。"

无线台管理中心主任问："照你这么说，我们无线台也没有多大必要存在啰？"

翟局长开口说："现阶段还是有必要存在的，估计将后来会纳入应急广播系统。"

高山泰在琢磨每个人的话，尤其是刚才翟局长的话，既关乎无线台的现在，也关乎无线台的将来。他隐约感觉到翟局长肚子里还有话没有倒出来。

果然，翟局长干咳了两声，看似漫不经心地对高山泰说："老高啊，有件事本不应该在今天这个场合告诉你，但既然你来了，我还是先给你吹吹风！"

高山泰一听，浑身发紧，他脑袋里飞快运转：打从接到邀请来赴宴，到在座近乎开会的阵容，再从翟局长起身端着酒杯四十分钟的开场白，几乎一半都在为他鸣冤叫屈、评功摆好，刚才科技处长、无线台管理中心主任和翟局长的话，都是早就精心编排好的，今天真正的主角就是自己！翟局长刻意安排这个饭局，到底想达到什么目的呢？

只听翟局长慢语轻声说："湖山台的事，省领导已经跟局长发了话，局长也顶不住，局党组已经做出决定，为了支持市里发展，让湖山台腾地方。"

尽管高山泰已经有了足够的思想准备，但翟局长这番看似轻描淡写的话，还是像一根飞出的利箭，深深扎进他的心窝，而且比先前在市里被扎的几次，要重得多、深得多！如果说前面几次都是当面扎来的，那么，这次是从背后扎来的。一直以来，高山泰把省局当成自己的娘家，是最后的避风港，前面有再大的风浪，他只要背靠省局就能抵御。不久前省局还向市里行文，不同意湖山台拆除，让高山泰倍感身后力量的强大，可现在，背后这堵墙轰然坍塌，高山泰仿佛猛地堕入万丈深渊，人像一片落叶随风飘零。高山泰来不及发声，一口鲜血喷涌而出，他一头栽倒在桌上，不省人事。

办公室主任赶紧打电话叫急救车。不一会儿，一阵急促的鸣笛声呼啸而来，戛然停在食堂楼下。办公室主任猛然听到楼道一片慌乱的脚步声，开门一看，见其他包房，有人慌不择路往外冲，有人急忙往厕所闪躲。办公室主任纳闷：是救护车又不是警车，躲哪门子！

四十一

　　高山泰吐血是急性发作，到医院一经抢救，很快就止住了。虽然是旧病，医院还是提出留院观察，高山泰执意不肯，没两天就回到了湖山。顾祥喜和曾尤恭他们都劝他住院治疗，或者到外地疗养一段，高山泰哪儿也不去，就待在湖山。

　　关于湖山台拆除的风已经吹到了台里，尽管没有正式文件，高山泰也没有宣布，但这似乎已成为公开的秘密。台里的职工私底下都在议论，有的伤心难过，全省最大最老的骨干台，说没就没了；有的义愤填膺，怪省局不帮台里撑腰，出卖牺牲台里利益；也有的无所谓，反正也砸不了自己的饭碗，在哪儿干不都一样。但职工们当着高山泰的面，绝口不提湖山台拆除的事，一来鉴于他的身体状况，大家都知道他在省城发生的吐血事件，怕他再受刺激，加重病情；二来所有人都知道他对湖山台的那份生死相依、不离不弃的感情，当面提及，不是在他伤口上撒盐吗！

　　大家不当面提及，不等于高山泰没有感觉，他从大家的眼神里和态度上，完全读得懂、看得出，但他无法跟大家沟通，也不能在职工面前宣泄，他每天还是跟往常一样安排工作，检查设备，没有人知道他心里到底想些什么。

　　这天，高山泰把顾祥喜和曾尤恭喊到一起，主动把湖山台的事捡开来说："湖山台拆除的事虽然正式文件没有来，但你们都已知道了。"俩人默默地点头。高山泰悲壮地说："事已至此，我们已经失去了最后的屏障，湖山台已经被判处了死刑，从湖山上被抹去，只是个时间问题。"顾祥喜和曾尤恭都低头不语。高山泰继续说："这几天，我一直在思考，存在未必就是合理的，反过来说，消失了未必就是不合理的，这本来是个哲学问题，但在现实生活中，它却成了一个伪命题。因为左右事物存在的，既不是自身因素，也不是规律起作用，而是它。"高山泰伸出一根手指，顾祥喜和曾尤恭一脸茫然地望着他，不知他伸出一根手指指的是什么？"是旨意！"高山泰给出答案，回到眼前说："现在我们谁也指望不上了，我也不想把你们牵扯进来，从今天起，关于湖山台的任何事，你们都不要表态，全部由我一个人来。"

　　曾尤恭惊恐地问："你想干什么？"

　　高山泰惨笑道："我想把最后的抗争，变成我一个人的战争！"高山泰攥紧拳头。

顾祥喜说:"高台,别这样说。有什么事,我们共同面对,毕竟我们还是一个班子!"

高山泰说:"这就是我今天为什么找你们摊开说的原因。以后不论做出什么决定,你们对外一概说不知道,全部推到我身上,一切与你们无关!"

顾祥喜试探着问:"你是不是已经有什么打算?"

高山泰点头说:"实不相瞒,我是有打算。只要我当一天台长,我就是湖山台的法定代表人!湖山台毕竟是合法注册的事业单位,拆除湖山台的文件,没有我的签字,都是没有法律效力的!"

曾尤恭说:"你想拒签?"

高山泰说:"对!打死我也不签,看他们把我怎么办?"

顾祥喜问:"他们要是直接跟省局签呢?"

高山泰摇头说:"省局只是我们的主管部门,湖山台才是主体,这个门槛他们绕不过去,不管是省局还是市里,彼此都很清楚。"

曾尤恭问:"你能抗争多久?"

高山泰咬着牙说:"能抗争多久就多久,只要我不消失。"

顾祥喜担忧地说:"你一己之力,哪是他们的对手。"

高山泰惨笑道:"宁为玉碎!民不畏死,奈何以死惧之!"

曾尤恭听了,身子抽搐了一下,觉得眼前的高山泰已经走火入魔了。

吃晚饭的时候,四下不见高山泰的人影,秦姑问台里人,所有人都摇头,不知高山泰的去向。顾祥喜说,下午他还把我和曾尤恭喊到一起碰了头的,后来就再没有看见他。

秦姑站在食堂门前,一边到处张望,一边寻思,他能去哪儿呢?秦姑实在想不出高山泰会去哪儿,想着想着,秦姑突然想到一个地方,她反身跟一个吃饭的职工交代帮忙照应一下,就匆匆出门,奔绿林方向而去。

秦姑紧赶慢赶,在山间绕了几个弯,来到绿林跟前。老远,她就看见高山泰盘腿坐在老台长的坟前,秦姑心里的石头这才落了地。

秦姑轻手轻脚走到高山泰跟前,只见高山泰正默然面对坟墓。

听到熟悉的脚步声,高山泰不用回头看就知道是秦姑,他声音嘶哑地问:"你怎么找到这里来了?"

秦姑听声音不对,够头一看,见高山泰眼圈发红,脸上还挂着泪痕,知道他在老台长坟前哭过。秦姑什么也没说，什么也没问，只是安静地蹲在高山泰的旁边，一只手搭在他的肩头。

高山泰抬手拍了拍秦姑的手又放下来。半响，秦姑轻声问道："你跟老台长都说些什么了？"她知道高山泰装着一肚子的话，要对老台长说。

高山泰说："我来跟老台长谢罪！"说着，高山泰像个孩子似的呜呜地哭起来，哭得两个肩头像两只被人操纵的木偶，上下抖动。

秦姑轻轻抚摸着他的肩头说："老台长不会怪你的，又不是你的错。"

高山泰哭着说："老台长他们辛辛苦苦建起的湖山台，却在我手上给毁了，我到那边怎么有脸见老台长啊！呜呜……"高山泰没有强忍，任凭眼泪恣意横流。

看见高山泰这样悲恸，秦姑眼泪顿时盈满了眼窝，她咬牙强忍着不让眼泪掉下来。秦姑心里明白，此刻，自己陪着流泪，只会让高山泰更加伤心，她要做的是帮高山泰减轻心里的压力和负担。秦姑想了想说："有甚见不得老台长的？见了老台长，你就说，这事你不能怨额，你那会儿建台是不容易，确实吃了不少苦、遭了不少罪，可那会儿不仅没有人为难你们，还处处有人帮衬你们，所以，你们能把湖山台建起来。现在，不仅没人帮额们了，还处处有人使绊子、挖陷阱，变着法子要拆除湖山台，额是拼着命护着湖山台的，可是没护住。老台长一听就不会怪你了。"见高山泰不吭气，秦姑把他肩膀一拍说："不行，额跟你一起去见老台长，当着面额跟他说去！"

听了秦姑的一番话，高山泰忍不住破涕为笑。见高山泰笑了，秦姑这才掏出纸巾递给他说："大老爷们，别哭鼻子抹泪的，让人看见笑话。"高山泰擦净眼泪。秦姑说："天塌下来，额跟你一起撑着。走，额们回去吃饭，不吃饱肚子哪有力气撑住天。"秦姑一边说着，一边架起高山泰。

高山泰顺从地爬起身，秦姑一把挽住他的胳膊，头靠在他的肩上，掉头一步一步往回走。

不出高山泰所料，不几天，省局正式回复市里，同意拆除湖山台。但从法律层面上讲，作为拆除主体和被拆除主体，只能是湖山旅游风景区管委会和湖山台才能签订拆除协议。管委会正式给湖山台行文，确认拆除的具体内容和时间，文件通过公文交换站发出后，如同泥牛入海，杳无音信。海市长他们原以为，事情在上层已经达成一致，剩下只是履行个手续，就可以上队伍拆除了，没想到，问题竟就卡在这个看似问题又不是个问题上的问题上。

时间就像书上形容的"光阴荏苒"。半个月的光景，如同揣在兜里的几张钞票，经不住掏几回就没了。

这天，海市长把颜局长和工程部经理找到他的办公室，气急败坏地说：你们办事不力，害得我在一把手面前挨剋。颜局长问我们怎么办事不力了？海市长说：一把手责问我，上面的工作早就做通了，湖山台拆除的事，为什么迟迟没有动静？工程部经理申辩说：拆除函早就发出去了，湖山台一直不答复，我们有什么办法！颜局长咬着牙说：一定是高山泰这只老狐狸，跟我们在玩猫捉老鼠的游戏，故意不接招。海市长没好气地说：哪有老鼠主动往猫嘴里送的？现在你们是猫，要主动出击啊！《智取威虎山》里那句台词咋说的？海市长愣了一下说："狐狸再狡猾，也斗不过好猎手嘛！"他要颜局长亲自登个门。颜局长尽管不情愿，知道高山泰难缠，但还硬着头皮上了山。

颜局长的车停在"盆地"，随车同来的工程部经理跑过来，替她拉开车门，颜局长下车后，整了整身上的套装。今天，她有意穿了一身黑色的职业装，脚蹬一双白色的坡跟鞋，头发整齐地披在脑后，手握一个长方形乳白色的拎包，有意昂首挺胸，透着一副职场上干练的精气神，她盘算着要像英雄人物出场一样，从气势上要压倒对方。

颜局长自顾噔噔噔走在头里。当她走到铁栅门口时，隔着门，她猛然看到台里狗昂然坐在当间，正虎视眈眈望着她。颜局长脚下像踩了刹车，猛地止步，人往后一扬，工程部经理赶紧一把扶住她。

颜局长惊慌地指着台里狗说："你赶紧把它撵走。"

工程部经理壮着胆子上前，隔着门冲台里狗虚张声势地挥手喊道："走开！走开！让我们进去！"

台里狗岿然不动地坐在那里，直视着他。

工程部经理一看台里狗没有动静，就大着胆子，伸手去推铁栅门。他的手刚刚触到铁栅，台里狗猛然腾地蹿起，呼啸着扑了上来，如果不是隔着门，台里狗肯定扑在了他的身上，但台里狗的尖嘴和鼻子已经伸出铁栅，几乎就要够着他了。工程部经理吓得直往后躲。见工程部经理退后，台里狗又坐回原地，安静下来。

几个来回都是这样，无奈，工程部经理只有站得远远的，扯着嗓门大声叫道："里边的人听着，我们是管委会来联系工作的，你们把狗牵走，让我们进去！"

台里一片寂静，工程部经理又大声喊了一遍，台里依然没有动静。

其实，台里所有的人都听到了喊声，但高山泰就站在过道，没有他许可，谁也不会露面。

工程部经理和颜局长无可奈何地对视了一下。工程部经理见食堂的门半掩着，就对颜局长提议："要不我们去找找那个秦姑？"

颜局长紧绷着脸说："找她干什么？"

工程部经理说："让她把那狗引开。"

提起秦姑，颜局长就忘不了在医院，秦姑哭喊着要她还儿子的一幕。不是自己躲得快，说不定就跟包工头一样，被她的五爪金龙破了相。想到这，颜局长不寒而栗地说："你还去找她，她比这狗还凶，不咬我们两口才怪呢！"

俩人原地站了一会儿，工程部经理问："怎么办？要不打手机试试？"见颜局长不置可否，工程部经理掏出手机，调出高山泰的号码拨出去，立马反馈为"对不起"的提示音，一连几遍都是这个声音，工程部经理骂道："狗的，给老子的来电设置了阻止。"

颜局长恨恨道："走！"

高山泰站在窗帘后面，看见颜局长的车驶离了湖山。

颜局长直奔海市长那里，海市长正焦急地等待颜局长的消息。颜局长一进办公室，海市长就迫不及待地问："怎么样？"

颜局长气急败坏地说："吃了高山泰的闭门羹！"

海市长忙问："到底怎么回事？"

工程部经理说："狗仗人势！"

海市长一头雾水，不知他指的是什么？说："谁狗仗人势了，湖山台搬来了哪路门神？"

工程部经理没好气地说："还不是那条狗挡着道，我们没法进去。"

海市长松了一口气问："你们没有喊门？"

工程部经理说："喊了，里边根本没人搭理。"

海市长问："他们会听不见？"

颜局长说："怎么可能呢！明摆着就是不想见我们。"颜局长说着，气不打一处来："我也是个堂堂局长，正当名分去找他联系工作，他居然用这种下三滥的手段来对付我，真是咽不下这口恶气！"颜局长眼泪都要出来了。

海市长赶紧安慰说："这有什么好生气的，千万不要拿别人的错误来惩罚自己。"

工程部经理说:"既然他跟我们来阴的,我们也跟他来阴的!"

颜局长问:"你有什么好办法?"

工程部经理说:"我有个兄弟养了一头藏獒,我们把藏獒带到山上去,台里狗绝对不是藏獒的对手,除去了台里狗,看他还拿什么挡道?"

海市长没好气地说:"说来说去,还是些上不了正席的狗肉!"

当晚,秦姑兴奋不已对高山泰说:"今天,可是治住了他们,连门都进不了。"

高山泰咧嘴笑着说:"进门可以,得先问台里狗答不答应?"

秦姑也笑:"额站在门后边,看见他们往额这边指指点点,只怕是看进不去你那儿,想到额这儿。额想好了,只要他们敢进来……"

高山泰问:"你打算怎么着?"

秦姑咬牙切齿说:"额就冲上去,咬那个颜局长两口,上次在医院没咬着,让她跑了,这次,她主动送上门来,额才不会放过她呢!"

高山泰哈哈大笑:"你又不属狗,咬她干什么?"

秦姑回说:"她又不是人,是人就不会狠心害死额肚里的娃儿!额不咬她咬谁!"

第二天上午,两辆车杀气腾腾闯入湖山山门,停靠在"盆地"上,其中一辆面包车上下来一个光头青年。他绕到车屁股,打开双开后门,只见车厢里有个铁笼,铁笼里关着一只硕大的藏獒。光头青年打开铁笼牵出藏獒,藏獒跃下车来,浑身抖擞,就像是即将登台格斗的武士活动着筋骨。

光头青年把藏獒牵到离湖山台铁栅门不远处,他解下藏獒脖子上粗大的链条,用手指了指铁栅门,摸了摸藏獒的背,然后在它的头上拍了两下,藏獒冲向铁栅门呼啸而去。

铁栅门内,台里狗早就闻到藏獒的气味,它一边嘶吼,一边不断地抖动身子,并焦躁不安地徘徊,似乎预感到一场生死搏斗就在眼前。

藏獒倏地蹿到铁栅门前,两扇铁栅门虽然缠着铁链,但很松缓,藏獒用力一拱,把两扇铁栅门之间拱出一道缝,藏獒先是头,接着是前爪,再接着整个身子全都拱进了铁栅门。

台里狗面对来犯的藏獒毫不惧怕,它怒吼着勇敢地扑向藏獒,张嘴撕咬着藏獒。

显然,藏獒开始并没有把台里狗放在眼里,不论是从个头还是品种,藏獒都有一种优越感,它以为自己的出现,一定会让台里狗落荒而逃。没想到,台里狗不仅没有闻风丧胆,而且猛扑上来一通撕咬,防范不足的藏獒,被台里狗一口咬住了耳朵，一股鲜血顺着就下来了，痛得藏獒龇牙咧嘴嗷嗷乱叫。醒悟过来的藏獒开始反击，它先是利用自己的体重拱开台里狗，调整好姿势迎接攻击。果然，台里狗身体后撤，把全身的力量积蓄在两只后腿上，然后猛地跃起，再次扑向藏獒。藏獒并不躲闪，它依仗着自己的体重，不仅顶住了台里狗的冲击，而且将它反弹出去，台里狗反被顶了个趔趄。藏獒并不急于进攻，而是以逸待劳等台里狗的再次出击。台里狗勇猛地冲过来，双方都张开血盆大口互相撕咬，身体完全搅在了一起，只听两只狗呼哧呼哧的气喘声和偶尔发出的痛吟声，两只狗的身上都布满了伤口，鲜血开始裹住了身体，原本两只深色的狗，突然似变成了两只朱红色的狗。

　　持续的时间并不长，台里狗渐渐落入下风，藏獒却越战越勇，体重和品种的优势都显现无遗。终于，藏獒掀翻台里狗，两只前爪踏住台里狗的两只前爪，抡起一只后爪，猛踹它的身子。台里狗痛得嗷嗷直叫。戏谑过后，藏獒亮出杀招，张嘴只见两颗锋利的犬牙，如同两把锋利的尖刀，猛地插进台里狗的脖子，从台里狗脖子里冒出的鲜血，迸出一尺多高，只听台里狗哀鸣着，四肢抽搐了几下，再也动弹不了了。藏獒像一个胜利者，扬起头，满嘴喷血地嚎叫着，不时抖动着身体，向周围示威着。

　　这时，高山泰从楼内走出来了。只见他手里端着一杆双管猎枪，藏獒看见高山泰，尤其看到他手里的猎枪，似乎预感到威胁，长啸一声，蹿起一人高朝高山泰猛扑过来。高山泰迎着藏獒抬手扣动扳机，只听啪啪两声，双管猎枪射出两颗比藏獒更快的子弹，藏獒应声像一床扔出的被褥，啪地瘫在地上，壮硕的身体，顿时流出汩汩鲜血，就像雨水汇集到路边的沟槽。

　　高山泰跨步迈过躺在路上的两只狗，走到门前，拉开铁栅门，双手端着还散发着一缕缕青烟和刺鼻火药味的猎枪，如同一尊蜡像，面无血色地立在湖山台门口。高山泰脚蹬一双翻毛皮鞋，下身一条牛仔裤，上身一件敞开的工装，咧着的嘴，像一根绷直的皮筋；脖子上贲张的血管，犹如两条蠕动的蚯蚓；额头凹陷的皱纹，恰似刀劈斧凿的沟壑；一头稀疏蓬松的乱发，如同一片蒿草随风摇曳；滴溜的眼睛和竖起的耳朵，活像一只四下寻觅猎物的山豹。不论给出什么镜头，高山泰都恰似美国西部片里捍卫家园的牛仔。

　　其实，刚才藏獒和台里狗格斗的场面以及高山泰击毙藏獒的情景，台里和"盆地"上的人都看到了。台里人只能躲在屋里隔着窗户揪心地往外看，谁也不敢靠拢。"盆地"上，颜局长和工程部经理躲在车里，目睹了铁栅门内发生的一切。颜局长他们原准备藏獒收拾了台里狗后，再进去跟高山泰交涉，让颜局长他们万万没有想到的是高山泰居然有枪，而且不仅开枪击毙了藏獒，还端着枪立在大门口，吓得颜局长魂飞魄散，哪里还敢下车。

回到海市长办公室，颜局长还惊魂未定。

海市长见他们这么快就回来了，以为事情解决得很顺利，得意地问："怎么样，马到成功吧？"

颜局长面部僵硬，半天说不出话来。海市长见颜局长像着了魔似的，不知道又发生了什么事，直愣愣地望着颜局长。

还是工程部经理缓过气来说："太可怕了！太可怕了！"

海市长一看他们两个都像刚遇到鬼似的，不可思议地问："你们到底遇到什么了？"

颜局长舌头打弹道："高山泰手里有枪！高山泰手里有枪！"

"什么，高山泰手里有枪？"海市长一听汗毛顿时也竖了起来。但他马上镇定下来问："他拿枪指着你们了？"

颜局长语无伦次地说："他开枪打死了……"

"什么，高山泰还敢开枪？他打死谁了？"海市长毛骨悚然，他失去刚才的镇定，面部开始痉挛。

工程部经理见颜局长口齿不清，帮忙说："他开枪打死了藏獒。"

海市长一听，长舒了一口气，面部的痉挛也消失了。他问道："高山泰拿的是一支什么枪？"

工程部经理说："好像是一杆双管猎枪。"

海市长蹙着眉自语道："他哪来的枪呢？"

工程部经理猜想："要么是他网购的，我听说有人在网上贩卖枪支；要么就是他私藏的，像他这样天高皇帝远，什么无法无天的事不敢干！"

海市长摇头说："不会，高山泰不是你说的那种人。"海市长想了想说："有可能是前面人遗留下来的。"

工程部经理不解地问："遗留枪干什么？"

海市长说："创建湖山台时，湖山是座荒山，山上尽是野兽。为了防止野兽伤害，当时可能是配了猎枪的，听说还上了部队。"

瘫坐在沙发上半天没有吭气的颜局长有气无力地问："下一步我们怎么办？"

工程部经理蛮横道："只兴他有枪，我们赤手空拳？找几支枪那还不容易，动刀动枪他哪是我们的对手？"

海市长呵斥道："你就知道使阴招、耍下三滥！我们都是国家公职人员，不是街头的小混混！"

工程部经理抱屈地问："那你说怎么办吧？"

海市长说："一定要设法除掉高山泰这只拦路虎，我们没时间再等了。"

工程部经理瞪大眼："要他的命？"

海市长斥责道："你就不能动动脑子，动不动就是要人命！除了要人命，就没有别的办法了？"

四十二

没过多久，举报高山泰的材料就到了省局，列举了四宗罪：一是严重违反社会主义道德，长期与人姘居，并致使女方未婚先孕；二是私藏管制枪支弹药，并明目张胆开枪射杀国家保护动物，持枪阻挡前来联系工作的外单位人员；三是严重违反民主集中制原则，大搞一言堂，重大事情不经过班子集体讨论，凡事一个人说了算；四是违反个人重大事项向上级组织汇报的原则，高山泰已患晚期肺癌，身体状况根本不能胜任日常工作，却隐瞒不报，欺骗组织。材料附有视频，视频上有高山泰和秦姑亲热的镜头，有那杆双管猎枪、医院出具的病情诊断书。另附有高山泰告诫班子成员，不要过问他做出任何决定的谈话录音。可以说举报材料，内容翔实，证据确凿。

接到举报，局党组大为震惊，但还是难以置信，尤其是局党组书记、局长，始终认为高山泰是一个业务能力强，人品正派的人。为了慎重起见，局纪检组经过调查、暗访，坐实了举报内容，件件都是实情。局党组为此专门召开党组会，研究对高山泰的处理问题。会上形成两种意见，一种主张立即撤销高山泰党内外一切职务，严肃查办。另一种意见主张冷处理，免职退养。持这种意见的就是翟局长，关键时刻，他挺身而出，替高山泰仗义执言。一遇到重大问题，他都习惯站着讲话，以引起与会者的关注，不过此时，他手里端的不是酒杯，而是茶杯。

翟局长说："我认识高山泰同志几十年了，他不论业务还是人品，在全省台站领导中，都是首屈一指的。湖山台的工作搞得怎么样，我相信大家都有目共睹，我在这里就不用为他评功摆好了,我要说的是,关于举报材料列举的几件事。一说他长期与人姘居。大家也许不知道,高山泰的老婆、孩子在家乡被人杀害,他鳏居了二十年,现在湖山跟他同居在一起的叫秦姑,是在湖山上寻死被高山泰救下来的一个外地孤身女子,他们走到一起,完全是人之常情,至于办不办手续,何时办手续,完全是他们的自由,他们违反社会主义道德哪一条哪一款了?二说他私藏枪支。这我可以证明,当年筹建湖山台时,满山都是山豹、豺狼,随时随地都有生命危险,建台初期,为了保证职工安全,还派部队保护他们,后来部队撤走,又特许给台里配发了猎枪以防万一,高山泰动用猎枪是不对,但这也是事出有因的嘛!"翟局长捂着茶杯,"咚"地往桌上一砸说:"有人把藏獒派上山,都欺负到家门口了,不仅咬死了台里狗,还直接威胁到高山泰和台里职工的性命,他能不开枪自卫吗!三说他违反民主集中制原则,大搞一言堂。湖山台面临拆除,高山泰对台里有难以割舍的感情,可能会做出一些偏激的事情,他肯定是把所有的责任揽到自己身上,不愿把其他人牵扯进去,所以才放出这样的话来。四说他身患晚期肺癌,隐瞒病情不报——"说到这里,翟局长有些泣不成声,强忍着眼泪说:"他跟我一样,马上就要卷铺盖走人的人了,他会恋栈吗?他吐血的事,局里不少人都亲眼看见过,我还开玩笑地问过他:怕不怕死?他笑着说,既然天都亮了,灯自然要灭。一个对生命都无挂碍的人,怎么会去留恋头上的乌纱帽和光环呢?"翟局长顿了顿说:"想必大家都还记得,高山泰上次本来副巡的帽子都戴上了,但他替人受过,把到手的副巡拱手相让出来,他发过一句牢骚没有?还有,因破获干扰信号案有功,已稳获全国先进个人提名,让他把提名让给别人,他有过半句怨言没有?我读得懂高山泰!"翟局长用拳头捶着自己的胸口说:"高山泰隐瞒病情,不是舍不得台长的位子,是想与湖山台熬到油尽灯枯!请问在座的各位,你们谁能理解高山泰与湖山台那份生死相依的感情!像他这样把一生都献给台站的人,能有几个?像高山泰这样的干部上哪儿去找?要处分高山泰,我坚决不答应!!!"翟局长泪如雨下,嘴巴哆哆嗦嗦,再也说不下去了。

所有的人听了翟局长的发言,都沉默不语,有人低下了头,有人红了眼圈。主持会议的局党组书记、局长用低沉的语调询问翟局长:你认为对高山泰应该如何处理?翟局长说:老高在湖山台打拼了一辈子,又身患绝症,来日不多,而且已经船到码头车到站,政策也要体现人文关怀。我的意见是,因身体状况,提前免去老高职务,到法定退休年龄,再正常办理退休手续,就此打住。会场一片沉寂。局党组书记、局长环顾四周，再次征求每个人的意见，大家都一一点头，一致同意翟局长的意见。会议最后决定，不对高山泰给予任何组织处分，鉴于高山泰的身体状况，免去他台长职务，新台长将通过民主推荐产生，免去高山泰台长的文件和任命新台长的文件同时下达。

没有人告诉高山泰，省局党组为他的事开会研究的经过。但得知免去他台长职务的消息后，高山泰显得异常平静。根据湖山台的现状，外边的和尚，谁愿到湖山来念这个经？多半还是湖山台内部产生接替他的人。

这次推荐新台长，副处级干部都作为人选。这样，除了顾祥喜和曾尤恭两个副台长外，享受副处待遇的王工，也被纳入进来，最终三选一。民主推荐会由高山泰主持，无线台管理中心主任作了动员，人事处长作了被推荐人的标准要求和推荐程序说明。接着，按程序推选出两名监票人，然后开始发放推荐票。同意的，在候选人下面打钩；不同意的，在候选人下面打叉。可以弃权，但不能同时同意两个以上的候选人，否则为废票。高山泰拿着选票，并没有急于填写，而是注意台下大家的神情和动作，等几乎所有人都填写完了，高山泰才在选票上写上他心目中的人选。

应该说整个推荐进行十分顺畅。所有推荐票都装进一个信封，当众封好，由人事处长带回向省局党组汇报。

推荐完了，高山泰留无线台管理中心主任和人事处长吃饭，他们说要赶回局里汇报，就匆匆离去了。

吃午饭的时候，秦姑听到不少职工私底下相互打听，有的说把票投给了顾祥喜，有的说把票投给了曾尤恭，也有人说把票投给了王工。不过，秦姑听到把票投给顾祥喜的好像更多些。甚至有人起哄，嚷着要顾祥喜请客。

晚上，秦姑把听来的话告诉高山泰，并问："你投谁了？"

高山泰打哑谜说："你猜？"

秦姑说："额又不是你肚子里的蛔虫，咋猜得到！"

高山泰卖了个关子，笑道："英雄所见略同。"

秦姑捶了他一下说："你直说投给了顾祥喜不就得了，还跟额绕来绕去干甚？还英雄，你算哪路英雄？额看你就是个狗熊！"紧接着秦姑又问："说实话，你觉得顾祥喜和曾尤恭他们两个，这次谁能接上你的班？"

高山泰呷摸着说："说不好，都有可能吧！"

秦姑问："你既然向着顾祥喜，一定是把他俩做过比较吧？"

高山泰说："那是！"

秦姑催促说："那你给额说道说道！"

高山泰说："顾祥喜为人厚道，群众关系处得不错，业务过硬又能吃苦耐劳，资历也老。要说不足，就是太老实，胆子小了点。"

秦姑问："那曾尤恭呢？"

高山泰笑了笑说："年轻，有股子冲劲！要说不足，就是有时把持不住自己。总之，各有千秋吧！"

秦姑追问："到底谁能接上班？别耍滑头，掏你心窝里的话！"

高山泰沉吟片刻说："非要我说，那还是顾祥喜。至于曾尤恭，我看再等等吧！"

人算不如天算。很快，局里的文件下来了，是人事处长宣读的文件。高山泰主持会议，简单的开场白之后，就请人事处长开始宣读文件，高山泰怡然自得地等待着他所期待的结果。然而，事与愿违，从人事处长嘴里出来的新任台长不是顾祥喜，恰恰是高山泰让"再等等"的曾尤恭。台下顿时惊愕不已，这不仅大大出乎高山泰的意料，也出乎台里大多数职工的意料。高山泰脸顿时石化了，刹那间，他似乎感觉自己的听觉出现了问题，猛地侧头盯着人事处长，用不解的眼神询问他。然而，人事处长没有搭理高山泰投来的目光，或者说，装着没看见，草草结束了自己的议程。高山泰迅速扫了一眼会场，发现包括顾祥喜在内几乎所有的人，都神情愕然，只有曾尤恭在极力掩饰着内心的激动，脸上的肌肉极不自然地抽搐着。

过后，高山泰把人事处长拉到一旁问：怎么会是这样的结果？人事处长肩膀一耸：你问我，我问谁？

四十三

高山泰一天都闷闷不乐，他百思不得其解，新任台长不是顾祥喜而是曾尤恭，打死他也不相信曾尤恭的票会比顾祥喜多！如果顾祥喜的票多，为什么新任台长的不是顾祥喜而是曾尤恭呢？且不论得票多少，难道自己和省局在人选问题上出现了很大的误差？自己考虑偏重于综合因素，省局又是从什么因素上考虑呢？未必是自己四平八稳，与形势跟不上趟了？只有一种解释，也许，省局更着眼于长远。高山泰只能用一句话来安慰自己，"高度决定视野"。既然自己上升不到上面的高度，自然也就没有上面的视野，也许，上面比自己看得更高更远。回想自己当年当台长，未必就比现在的曾尤恭强到哪里去？这样一想，高山泰也就释怀了许多。

吃晚饭的时候，高山泰没见着曾尤恭，他问台里的人，台里的人说，有人看见他一下班，就有一辆小车把他接走了。高山泰心想，这小子真沉不住气，这会儿肯定跟一帮狐朋狗友，躲在什么地方喝酒偷乐呢！

吃饭的时候，高山泰有意坐在顾祥喜旁边。他怕顾祥喜想不开，又怕刺激到他，就拐弯抹角地安慰了他几句。顾祥喜淡淡一笑说：高台，你不用宽慰我，当不当这个台长，我根本无所谓，你没当上那个副巡，不也过得好好的吗？我也没见你牢骚满腹，愁眉苦脸的，还不是该干吗还干吗！放心，一我不会闹情绪，二我会摆正位子，支持曾尤恭的工作。高山泰听着，既感动又难过，顾祥喜就像一面镜子，高山泰从中能看到自己的影子。他明白再说什么，都是多余的了。

晚上黑着灯，高山泰和秦姑躺在被窝里，秦姑还在笑他："新台长咋不是顾祥喜是曾尤恭呢？你咋也有看走眼的时候？"

高山泰说："我不过是个井底之蛙，看问题哪有上面开阔，不是我看走眼，是我看不远。"

秦姑担心地问："嗳，你说曾尤恭能挑起你肩上这副担子不？"

高山泰说："咋不能。"他虽然这么说，心里却说，就湖山台眼前这道坎，不知道这小子怎么迈过去？"高山泰不想再往下说，把身扭过去了。

秦姑还没完没了，硬把他掰过来问："还没说完呢，你就把屁股对着额。"

高山泰无奈地睁开眼说："还有啥事，你说吧。"

秦姑说："你说顾祥喜会不会有想法？"

高山泰很肯定地说："不会的，我跟他聊过，顾祥喜不是个小肚鸡肠的人，他把当官这件事看得很淡。"

秦姑拿肩耸了高山泰一下说："跟你一样，都是些没心没肺的人。"

高山泰说："怎么叫没心没肺呢？这叫思想境界，懂不懂？"

"甚思想境界？还不是打掉牙往肚里吞，有苦说不出！"秦姑不屑地说。

"小人之心度君子之腹。"高山泰鼻子一哼哼。

"谁小人了？额是女人！"秦姑争辩道："你才是小人！"

高山泰连声说："好好好，我是小人，这该可以了吧！"说着，他又转过身去。

高山泰都迷糊了,突然听到秦姑又问:"唉,你说曾尤恭会不会是只白眼狼啊?"

高山泰闭着眼说:"你怎么还不困?我都睡着了,又被你吵醒了。"

秦姑说:"额睡不着嘛。"

高山泰好笑:"你睡不着,不能不让我睡。"

秦姑央求道:"你再陪额说会儿话不行?"

高山泰无可奈何闭着眼说:"好吧,有啥话你说吧!"

秦姑说:"额刚才问你的话,你还没回答额呢?"

高山泰迷糊着眼问:"你刚才问什么了?"

秦姑只好又重复一遍说:"额问你曾尤恭当上台长了,会不会是一只白眼狼?"

高山泰说:"你瞎琢磨什么!曾尤恭是我一手培养起来的,说话做事可能有出格的地方,但说什么他也不会是只白眼狼!"

秦姑说:"你培养起来的又咋了?原先额们那里有个瘸子,看上去不知多老实,谁都没见过他有坏心眼,村里的男人外出打工,把家托给他照看,你猜咋了?"

高山泰问:"他怎么了?"

秦姑说:"还能咋了,第二年,村里几个女人生的娃儿,都是瘸子。"

高山泰笑出声来说:"这跟他有什么关系?"

秦姑说:"咋没关系?都是那个瘸子睡出来的!"

高山泰笑:"瘸子又不会遗传,哪有瘸子生瘸子的?"

秦姑嘟囔道:"反正村里人都这么说。"

其实,秦姑也就是这么一说。然而,不幸被秦姑言中了。

会后,刚到下班的点,曾尤恭就偷偷溜出大家的视野,在"盆地"上,钻进一辆早已候他多时的小车,一溜烟出了山门,下山而去。

小车一直开到上次海市长去过的那个"炎氏茶庄"。曾尤恭一下车,就看到在门前恭候他的工程部经理。工程部经理满脸堆笑地上前,握着曾尤恭的手,连声道:"恭喜!恭喜!"接着把曾尤恭领进茶庄。

还是上次海市长他们聚餐的房间,服务小姐推开包间的门,曾尤恭一眼看见海市长和颜局长正坐在里边。这已经是曾尤恭第二次踏进这间包房了,第一次踏进这间包房,还是发生在藏獒被高山泰开枪击毙之后。

海市长和颜局长他们决心扳倒高山泰时,担心继任者秉承高山泰,继续跟他们作对，阻挠湖山台拆除，商量来商量去，最后还是海市长一语点破说：斯大林说过，堡垒最容易从内部攻破。他们决定在湖山台里边寻找代理人，找来找去，发现曾尤恭是个合适人选。一，曾尤恭是本地人，亲属都在当地工作，容易搭上线；二，曾尤恭已经是副台长，可以跟他做个交易，明确告诉他，拱倒高山泰后，让他当台长上台执政。作为交换条件，就是一旦大权在握，必须马上签署拆除协议。曾尤恭的老婆在市里一家医院当护士，颜局长动用关系，很容易通过院长做通了曾尤恭老婆的工作，由曾尤恭的老婆再把曾尤恭约到"炎氏茶庄"，跟海市长和颜局长他们见了面。开始曾尤恭有些犹豫，一来觉得这样做，实在对不起高山泰和台里，毕竟自己是高山泰一手培养起来的；二来他对海市长他们也信不足，不相信他们手眼通天，能左右到上面，决定他的政治前途。当然，这两点，早就被海市长考虑到了，他们既然选择了曾尤恭，就把他看作了囊中之物，志在必取。海市长晓之以理、动之以情，他开导曾尤恭说：高山泰对你有恩不假，但高山泰一意孤行，严重阻碍湖山旅游风景区的建设发展，早已天怒人怨，即使我们不扳倒他，他已病入膏肓，蹦跶不了几天，下台只是迟早的事。至于你能不能当上这个台长，就把心放在肚子里，相信我们完全有这个能力。道理很简单，你当不上台长，后面的事，自然免谈，但你当上台长，就必须兑现承诺，立即签署拆除协议。海市长带有明显威胁的口吻说：再说，你跟高山泰不一样，他一个孤家寡人在湖山，可你的爱人、亲属都在市里，你要是站在市里的对立面，不是让他们在市里难以做人吗？海市长起身拍拍曾尤恭肩膀说：俗话说，亲不亲故乡人嘛，你的胳膊肘可不能往外拐哦！

在海市长他们的威逼利诱之下，曾尤恭终于就范了。当然，曾尤恭内心不是没有挣扎过、痛苦过，甚至回家跟老婆大吵过。长夜难眠时，他回想起自己进台时少不更事，是高山泰手把手把他带出来的，想到自己一点一滴的进步，都凝聚着高山泰的心血，是高山泰力荐自己当上这个副台长，成为班子里的一员；想到自己对"骨感妹子"犯下的事，高山泰心知肚明，但他只是旁敲侧击告诫自己，帮自己躲过一劫；想到高山泰带着自己一起踏访新店，智取干扰无线信号的嫌犯；想到高山泰舍身保护倒班楼，被包工头一拳打得口喷鲜血……曾尤恭想到这些，忍不住泪水涟涟，他觉得自己这样背叛高山泰，简直就是犯罪！他好几次想反悔，好几次想对高山泰坦白，但都被一张海市长他们用亲情和诱惑编织的网，牢牢地网住了，任凭他如何挣扎摆脱，都无济于事。

曾尤恭接受的第一项任务，就是搜集高山泰的证据，这才有了举报信和视频，匿名寄到了省局。原以为省局会严查高山泰，没想到高山泰只是被免职处理，连处分都谈不上。这不免令海市长他们大失所望。倒是曾尤恭被谴责的内心好受了些许，不管怎么说，扳倒高山泰的目的总算达到了。

台里民主推荐之后，顾祥喜本是新台长最有优势的人选。海市长通过一只看不见的手，把顾祥喜到手的奶酪，悄悄挪到了曾尤恭的手里，就像狸猫换太子一样。尽管在省局班子内引起不小的震动和争议，但已无力回天。翟局长也只能仰天长叹，他之所以没有把消息透露给高山泰，是担心他一副病体，不想让他再受刺激，隐瞒真相有时比告知真相更人道。这边，颜局长提前把曾尤恭当台长的消息透露给了他，所以，当人事处长宣读文件时，包括高山泰在内所有台里的职工，一个个都目瞪口呆，唯独曾尤恭坐在那里欣喜若狂。虽然，曾尤恭的表情没有逃过高山泰的眼睛，但高山泰毕竟还是被蒙在鼓里，不明就里。会后，曾尤恭就被神不知鬼不觉地接到了"炎氏茶庄"，开始进行他与海市长他们的第二笔交易。

见曾尤恭进门，海市长和颜局长都起身，先后跟他握手祝贺。

海市长拉着曾尤恭的手，挑逗道："怎么样，当台长的感觉不错吧？"

曾尤恭赶紧谢道："屁股还没有坐在台长的位子上，哪来的感觉。多亏海市长费心，不然哪里能轮得到我，这个位子铁定是顾祥喜的。"

海市长松开手说："哪有什么铁定的事，就是板上钉钉，我们也能让你咸鱼翻身。"海市长一面招呼曾尤恭落座，一面说："这就像掰手腕，谁的劲大，谁就是赢家。最终靠的还是实力。"

曾尤恭像中了头彩地说："幸福来得有点太突然了，我该不是在做梦吧？"说着，他还像电影里常用的手法，掐了掐自己的胳膊。

颜局长调侃道："你的梦做得太深了，你没看电影《盗梦空间》里，梦里还套着梦，像你这样轻飘飘掐自己两下，怎么醒得过来？最好是拿刀朝自己身上捅两下，见着血，就知道自己是不是在做梦了。"

颜局长的话，引得几个人哈哈大笑。不一会儿，酒菜都上了桌。

海市长端起酒杯说："来来，这第一杯酒，我们敬曾台长，祝贺他荣升！"各霸一方的四个人起身，三个人都向曾尤恭表示祝贺，曾尤恭与他们碰杯致谢。

干杯落座，曾尤恭斟满酒，举杯起身说："这杯酒我敬各位，感谢你们把我推到台长这个位子上，若按顺序接班，至少还得五年，五年该有多大的变数，接不接得了班还得另说呢！"四个人又重新起立碰杯。

归位后，颜局长面颊绯红，她捂着脸说："不行不行，这白酒太厉害了。"

海市长一看颜局长的脸色，笑道："面若桃花，这不挺好看的吗！古人云，'白日放歌须纵酒，青春做伴好还乡'嘛！"

颜局长像鸭子出水般地摇摇头喊道："小姐！"服务小姐闻声，推门进来问有什么需要？颜局长说："给我换红酒。"服务小姐问要什么牌子的红酒？颜局长说："奔富。"

等服务小姐转身出去后，曾尤恭忍不住好奇地问："'奔富'这名起得好，比什么'奔小康''奔未来'之类的更有韵味，这是哪个地方产的？"

工程部经理接话说："澳洲产的。"

曾尤恭瞪大眼说："澳洲产的，怎么起了这么好听的一个中国名？"

颜局长说："人家的英文名字叫'Penfolds'，我们把它翻译过来，叫它'奔富'。"

海市长兴致勃勃补充说："就像'伟哥'，洋名叫 Viagra，到了中国，就叫'伟哥'了。那玩意儿管用，男人吃一颗，至少管两个时辰。"

颜局长听了海市长的话，脸顿时红到耳根。所幸曾尤恭常年隐在湖山孤陋寡闻，如同外星人，根本不知所云。继续说："我喝红酒都一个味道，就跟看洋人一样，都一个模样。"

颜局长说："那是你见少了，经常跟洋人打交道，你自然就能分清了。喝红酒也是这个道理。红酒看上去都一样，其实，各有各的味道。就拿'奔富'来说，它就带有复杂的浆果和经典赤露珠的香气，还有那么一点橡木雪松和紫罗兰的味道。"说着，颜局长闭上眼，做了一个用鼻子吸气的动作，一副享受至极的样子，仿佛"奔富"的酒香直沁心脾。

曾尤恭从来就没有品尝过"奔富"的味道，也没有体会过"伟哥"的功效，在他之前的生活里，从来就不曾出现过。是海市长他们把这些带到了他的面前，他隐约感到，从今往后，他的生活里，将会出现诸如"奔富""伟哥"之类更多闻所未闻的好东西，自己正在步入海市长他们生活的行列。告别昨日的生活，也就意味着告别了高山泰和台里其他职工。一想起高山泰，曾尤恭心里又一阵刀绞似的疼痛，泪水一下盈满了眼眶。

工程部经理以为曾尤恭激动得泪奔，笑着说："这才是刚开始，好日子还在后头呢，有你激动的时候！"

曾尤恭不敢接茬，闷头吃着喝着。一会儿，海市长举杯诡谲地对曾尤恭说："都说'福无双至，祸不单行'，我今天偏要给你一个双喜临门的惊喜。"

曾尤恭张口结舌望着海市长，喃喃道："什么惊喜？"

海市长说："回家你就知道了！"

曾尤恭奇怪："这跟我们家有什么关系？"

看曾尤恭一头雾水，颜局长解谜说："海市长出面向你媳妇医院领导开了口，给你媳妇护士后头加了个'长'，算是对她协助市里做你工作的奖励。"

海市长说："怎么样，市里该是没有亏待你们吧，该给的都给你们了！"

海市长抛出的这个砝码，终于使曾尤恭心中的天平完全失衡了。他先前的那点愧疚、不安，顷刻消失得无影无踪。

不等曾尤恭张嘴，颜局长端起红酒杯说："刚才我说了，梦里还套着梦不假吧？不过，现在是梦醒时分了，来我们干了这杯，还有正事要办。"

曾尤恭不假思索地干了杯中酒，等着颜局长的下文。颜局长放下酒杯，从座椅背后的包包里拿出两份协议书说："这是关于湖山台拆除的协议，一式两份，请你作为湖山台的法定代表人，在上面签个字。"说着，颜局长把协议书递给曾尤恭。

曾尤恭接过协议书，只是扫了一眼，就提笔在协议书的下方，签上了自己的名字。他刚想把协议书递还过去，颜局长拦住说："光签名还不作数，你还得拿回去，盖上台里的印章。"

曾尤恭一愣，但什么也没说，把协议书叠好装进衣兜里。

海市长看所有的议程都进行完了，兴高采烈地举杯说："来，我们共同举杯，预祝我们的事业圆满成功！"四个人起身，四只酒杯碰在一起，发出一阵清脆的响声，包间顿时荡漾着女高音般的泛音。

酒足饭饱以后，曾尤恭已是腾云驾雾。离开包间时，工程部经理故意扯着曾尤恭落在后头，他小声对曾尤恭说："我看你今天没少喝，就在这里捏个脚，醒醒酒再走。"

曾尤恭没有片刻犹豫，就跟着工程部经理走了。

不一会儿，工程部经理一个人溜出来，见海市长和颜局长站在一楼等他，迎上去说："按你们的要求，都安排妥了。"

海市长交代说："一定要录像。"

工程部经理说:"放心吧,早就给他准备了,放出来保证像三级片一样刺激。"

海市长得意地说:"有了证据,就能牢牢把他攥在我们的手心,就算他变成孙猴子,也休想跳出如来佛的手掌。"接着叮嘱工程部经理:"你去把他盯紧点,别竹篮打水。"工程部经理转身而去。

出了"炎氏茶庄",颜局长问去哪儿?海市长说上车。

进到车里,车身很快就摇晃起来,只听颜局长说:你轻着点,弄出的动静太大了!海市长笑:怕什么,玩车震的又不止我们两个!

四十四

第二天一早,曾尤恭心急火燎到了台里,他避开其他人,偷偷溜进办公室,对管印章的机要员说,有两份重要文件,需要马上盖台里的章子。说着,把两份文件掏出来摆在桌上。机要员一看是新台长要盖章,也没敢多问,只是觉得有点蹊跷,新台长才上任第一天,哪来的重要文件要盖章?她凭着职业习惯,盖章前急速把文件扫了一遍,发现是关于湖山台拆除的协议书,觉得事关重大,忍不住问了句:这件事高台他们知道吗?曾尤恭一听,这分明是没把他这个新台长放在眼里,恨不得屁眼都冒出火来,很想发作,但又怕闹出动静,引起其他人注意,坏了他的好事,于是鼓着眼、咬着牙,一字一句往外蹦着说:现在我是台长,我说了算!你是听台长的还是听高山泰的?他现在已经不是台长了知道吗?机要员一看,曾尤恭一副猴子不吃人生相难看的表情,吓得脸都白了,她不敢再吱声,乖乖从抽屉里摸出印章,在协议书上盖了章。曾尤恭二话没说,抓起盖好章的协议书揣进兜里转身离去。

曾尤恭不敢在台里滞留,怕撞见高山泰。他避开人们的视线,行色匆匆溜出台里,钻进了一辆停在"盆地"的小车。工程部经理正在车里等着他,见曾尤恭进来,工程部经理忙问:搞定了?曾尤恭一咧嘴说:还不是小菜一碟。工程部经理接过曾尤恭递过来的协议书,夸道:就凭你这个身手,比他妈哪部谍战片里的间谍都强!并玩幽默道:我郑重建议你改行当间谍算了。曾尤恭笑不起来说:别在这里耍贫嘴了,赶紧回去复命吧!说着,打开车门跳下车,又溜回台里。

再说机要员,虽然被曾尤恭劈头盖脸剋了一顿,嘴上不敢说什么,但心里一直犯嘀咕,总觉得哪儿不对劲,前思后想,决定还是把这件事告诉高山泰。

机要员明着不敢去找高山泰,怕撞见曾尤恭,于是就拐到食堂去找秦姑。秦姑一听，丢下手里的活，风急火燎跑到台里，她砰地推开高山泰办公室的门，一见高山泰和顾祥喜、曾尤恭三个人都在里面，一时语塞，不知道说什么好，直愣愣地站在门口。三个人抬头见秦姑推门，站在门口一言不发，不知道发生了什么事，也直愣愣地看着她。还是高山泰先开口说，有话进来说，站在那里当门神啊？秦姑这才缓过神来谎问道：你拿了额的手机没？高山泰说我拿你手机干什么？秦姑说那额的手机哪儿去了，到处找不着，你帮额回去找找。高山泰好笑：要找也等下班回去找。秦姑径直走进来，一把攥住高山泰的衣裳往外扯。高山泰说你这是干什么？我在上班呢！秦姑说耽误不了多大会儿。顾祥喜和曾尤恭一看这情形，都劝高山泰跟秦姑回去一趟。高山泰无奈，只得跟秦姑出来。

秦姑走在头里，高山泰跟在后面，高山泰说你今天犯的什么毛病？秦姑也不理他。

进到饭厅，机要员看见高山泰，腾地从凳子上弹起来，神色慌乱地对高山泰说：湖山台完了！湖山台完了！高山泰摸不着头脑地问：湖山台怎么完了？机要员口吃道：曾尤恭把、把……把协议书都签了！高山泰问：什么协议书？机要员把刚才发生的事告诉了高山泰。机要员的话如同在高山泰头顶上，重重拍了一砖，他的脑子里嗡的一声炸雷，顿时一片空白，他眼冒金星，豆大的汗珠顺着脑门就下来了，高山泰一把扶住桌子，才使自己没有摔倒。秦姑赶紧上前，把他搀扶到板凳上坐下，并不停平抚着他的前胸，努力让他恢复平静。好一会儿，高山泰才恢复了元气。秦姑赶紧又给他端来一杯温水，高山泰喝了两口，放下杯子起身出门，秦姑忙问去哪儿？高山泰没有回答，头也不回地迈出食堂。食堂到台里只有短短的几步路，可高山泰走完这几步，却费时不少，每迈出一步，都像当年红军过草地，从深陷的泥沼里，拼尽气力才抽出脚来。

高山泰艰难地走到办公室门前，咚的一脚踹开房门，他这一脚，可以算得上是湖山台史上最重的一脚，用文献语言描述，那就是：前无古人，后无来者。整栋楼都为之颤抖，台里任何一个角落都能听到这霹雳般惊雷的踹门声。

办公室的门瑟瑟抖抖地撞在墙上，发出一阵嗡嗡的共鸣声，如同惊雷炸过拖着的尾声。

坐在办公室的顾祥喜和曾尤恭被踹门声惊得跳了起来，他们看见立在门前，犹如湖山石雕像般的高山泰目瞪口呆，不知道到底发生了什么事，三个人就这样原地站着，谁也没有张嘴。

没有人在旁边数一、二、三，但秒针走完三后，高山泰像一头蓄势待发的猎豹，一头扑向曾尤恭。

高山泰上前一把拽着曾尤恭，几乎贴着他的脸怒吼道："你为什么要这么做？你为什么要这么做？"他面色发绿，眼里射出的两道凶光，恰似两把刺来的利剑，让曾尤恭避之不及。

一见这情景，顾祥喜赶紧关上门，转身上前扯劝道："高台，有话好好说，有话好好说。"

高山泰没有搭理顾祥喜，只是声嘶力竭地追问："你为什么要出卖湖山台？你为什么要出卖湖山台！"

顾祥喜不明就里地问曾尤恭："你到底做什么了？赶紧说啊！"

曾尤恭这才低声道："我跟管委会签署了湖山台拆除的协议。"

顾祥喜疾问道："你几时签的？在哪儿签的？你怎么不跟我们商量就独断专行呢？"

高山泰抡起手左右开弓，结结实实扇着曾尤恭的耳光，他一边扇，一边撕心裂肺地喊着："这一掌是替老台长扇的！这一掌是替所有建台老职工扇的！这一掌是替台里全体职工扇的！这一掌是替秦姑肚子里的孩子扇的！这一掌是替以死相拼的台里狗扇的！……"

面对高山泰扇来的耳光，曾尤恭既没有反抗，也没有避让，他心里明白，这是他必须承受的，或者说这是他所获一切应该付出的成本和代价。此时此刻，就是高山泰在他身上捅上三刀，他也必须承受。

高山泰打得气喘吁吁，他不是不想打了，而是已经连抬手的劲都没有了。他感到呼吸困难，眼前一片恍惚，身子摇摇晃晃，顾祥喜赶紧把他扶到椅子上坐下，高山泰一头栽在了桌子上。

顾祥喜抬头见曾尤恭被扇得头泡脸肿，鼻子嘴巴都出了血，就手抽了几张纸巾递给他，气恼地问："你为什么要这样做，谁逼你这样做了？你这样做跟谁商量过？你知道你这样做对高台有多大的伤害吗？"

曾尤恭擦了擦鼻子和嘴巴上的血，冷冷地说："我也有我的苦衷。"

顾祥喜质问道："你有什么苦衷？又没有人在后面拿枪逼着你！"

曾尤恭强词夺理道："我既然当了这个台长，就得贯彻落实上级的意图。"

顾祥喜问："上级的什么意图？"

曾尤恭冷冰冰地说:"拆除湖山台。"

顾祥喜说:"就算上级有这个意图,拆除这么大的事,你也总得跟我们商量吧?怎么能避着我们擅自做主呢!"

曾尤恭实话实说:"我知道跟你们是商量不通的。"

顾祥喜一拳砸在桌上说:"所以你就'一朝权在手,便把令来行'是不是?你眼里还有没有高台?还有没有我这个副台长?你做出这么大的决定,问过我、问过全体职工吗?"

曾尤恭瓮声道:"我没想那么多。"

顾祥喜拍着桌子说:"你知道你这样做的后果吗?你这是在断送湖山台!你明知道湖山台是高台的命根子,你这不是要他的命吗!你还是不是个人?没有高台能有你的今天吗?哪有过河就拆桥的?你个白眼狼!我恨不得揍死你!"说着,从不动怒的顾祥喜,猛地一拳,把曾尤恭打得向后跌跌撞撞,险些摔倒。

曾尤恭还从来没见过顾祥喜发这么大的火,他知道自己做了件遭天打雷劈的事,但他已经回不了头,哪怕前面是万丈深渊,纵然是众叛亲离,他也只能硬着头皮往前走,而且是一条道走到黑。只要闯过了这道关,等待着他的就是荣华富贵。不知是因为挨了几下,灵魂出窍,还是念念不忘昨晚在"炎氏茶庄"享受到的极品,曾尤恭脑子里突然产生了幻觉,浮现出了"奔富""伟哥",还有给他捏脚的小姐……

顾祥喜伏在高山泰跟前,轻声呼唤了几声:"高台,高台。"高山泰没有应声。顾祥喜赶紧拉开门,只见门前站满了职工,屋里所发生的一切他们没有看到,但他们都听得真真切切。曾尤恭目光瑟瑟地瞟了一眼,只见王工、小周、"骨感妹子",还有职工甲、职工乙、职工丙、职工丁,对他投来鄙夷的目光,如同一根根抽向他的皮鞭,曾尤恭感到浑身疼痛发麻。

高山泰是被抬回秦姑屋里的。出门时,大家都看到他那张铁青的脸和嘴角凝固的血迹,这,或成了高山泰永远定格在人们目中的影像。

四十五

湖山台被拆除的那天早晨,人们发现高山泰和秦姑不见了踪影,台里、食堂所有能藏身的地方都找遍了,顾祥喜还组织职工到宝藏峰的金殿、晨钟峰、暮鼓峰,以及绿林后面能够藏身的地方都找过,要是能把湖山翻个个儿,职工们肯定翻了，但依然不见高山泰和秦姑。

　　一年四季，只有冬天的太阳迟来湖山。上午九点钟的光景，太阳才懒洋洋地爬上湖山，还累得满面红光，呼哧呼哧地发出刺眼的阳光。紫外线将云中的水雾和植物、地表蒸发的水汽，串连成一串串色彩斑斓的项链，从太阳的脖根直落到湖山，在落地的顷刻间，那项链又散落成一件金黄色的披风，紧裹在湖山的身上。

　　湖山刚刚接受了阳光的洗礼，山体就发出轻轻的颤抖，随着柴油机马达的轰鸣声由远及近，湖山震颤的频率也越来越高，当第一辆推土机亮相山门，湖山台职工们的心也随之悬到了嗓子眼。

　　铲车的吊臂砸向湖山台头顶时，站在旁边的职工，有的闭上了眼睛，有的泪流满面，有的紧紧攥着拳头，有的相拥而泣，大家用不同的方式，向几十年与之朝夕相伴、苦乐同行的湖山台作别，就像告别即将离世的亲人。

　　就在湖山台拆除的当晚，发生了一件意想不到的事：宝藏峰上的金殿突然坍塌了，还造成了正忍法师的意外死亡。有人说，金殿坍塌和正忍法师的死亡，是上天的旨意，就是叫金殿和正忍法师为湖山台陪葬。此种说法不胫而走，如同病毒似的在湖山市传播开来，有人咋舌，有人毛骨悚然。

　　人们在坍塌的金殿里找到正忍法师时，江西方面的办案民警也赶到了湖山。他们通过对正忍法师血型和眼睛的比对，证实这个所谓的正忍法师，就是当年在高山泰老家强奸并残忍杀害他妻子和儿子的凶犯。

　　江西警方是通过一条短信提供的线索上的湖山，并根据短信给出的地址按图索骥，在绿林旁边老台长的墓碑下找到那个发短信的手机。同时，在金殿的废墟里找到了金殿坍塌当晚的安防录像。通过手机里的录音和安防录像，还原出那晚的一幕。

　　当晚九时许，喧嚣一天的湖山，已经完全沉寂下来。金殿内的正忍法师正宽衣洗漱准备就寝，依稀听到旷野传来婴儿的哭啼声。他感到奇怪，怕是听错，从里屋来到堂前，隔着门竖起耳朵仔细一听，发现哭啼声不仅一声紧似一声，而且好像就在门口。正忍法师心想，莫非有人把婴儿偷偷弃置门外，如此一夜，婴儿即便不被冻死，也会被豺狗叼了去。正忍法师动了恻隐之心，他不由自主拉开门栓打开门，正准备低头寻找地上的婴儿，猛地蹿进一个人来，把正忍法师吓得直往后撤，抬头一看，蹿进来的人竟是高山泰。高山泰见面前的正忍法师，不仅身上没有了袈裟、念珠，连一只眼眶也凹陷着，不见眼珠，模样狰狞恐怖。

俩人对视片刻，正忍法师惊恐道："施主何事此时造访？"

高山泰冷冷一笑："我有不解之谜，要向法师讨教。"

"今时已晚，何不明日请早。"正忍法师强作镇静地说。

"怕是没有明日。"高山泰手一伸，"法师借步。"

正忍法师无奈，只得转身退至里屋，高山泰接身跟了进去。

进到居室，正忍法师和高山泰相对坐在圆桌旁。

坐定，正忍法师开口问："施主有何不解之谜？"

高山泰单刀直入问："敢问法师到底是何方人士？"

正忍法师大惊，但马上恢复平静，坦言道："实不相瞒，籍上江西。"正忍法师望着高山泰说，"想必施主早有察觉。"

高山泰点头说："再问法师，为何出家修行，又为何跑到湖山来？"

正忍法师从容回道："我乃罪孽之身，出家修行，只为赎罪。"

高山泰问："敢问法师何罪之有？"

正忍法师坦言："凶罪。"

高山泰点道："对于二十年前发生的事，想必法师还一定记得吧？"

正忍法师微垂眼帘，答非所问道："山中无历日，寒尽不知年。"

高山泰单刀直入追问道："法师是不是杀过人，身负命案？"

正忍法师默不作声，片刻说："佛门之地本不问罪，既然施主执意要问，我也坦言相告。"正忍法师手捻佛珠，缓缓道："年轻时，我在老家犯下一宗命案。"

高山泰追问："是不是奸杀了一个女人和一个小孩？"

正忍法师避而不答，只是说："往事不堪回首，我自知罪孽深重，原本想出家修行，隐姓埋名，了此残生赎罪，不曾想还是应了那句话，是福不是祸，是祸躲不过。"正忍法师闭目，双手合十，口中默语。过后，他睁开一只眼问道："敢问施主是何物引起了对贫僧的怀疑？"

高山泰同样淡定地回道："是你的口音和你那只假眼。敢问法师，你的另一只眼怎么丢的？"高山泰指了指正忍法师的那只凹陷的眼睛。

正忍法师本能地捂住眼，有些慌乱地问："敢问施主怎么知道贫僧一只眼是假的？又如何怀疑贫僧是潜犯的？"

高山泰道："起初只是好奇。听秦姑几次说你在不同场合，都是睁一只眼闭一只眼，既不转睛，也不闭目，如同法眼一般，很想见识见识。"高山泰说到这里嘿嘿一笑说："本人好养狗，且常年与狗相伴，对狗身上的物件十分熟悉。后仔细观察，发现你的眼睛并非人眼，而是狗眼。装的狗眼，是不受人神经系统支配的，所以，真眼的任何反应，狗眼都是没有的。"高山泰进而抽丝剥茧地说："再就是你的口音，尽管你刻意掩饰，但还是露出了马脚。那天傍晚，你问秦姑'吃饭没'，把那个'吃'本能还是念成了'掐'，毕竟是乡音难改，被我一下听出来了。我还不敢肯定，故意试探着问你是哪里人？当时，你脸上不经意流露出一丝惊慌，但很快被你遮掩过去。你吞吞吐吐说你是'闽人'，我当即判断出你在撒谎！一个远离凡尘的僧人隐藏自己的乡籍，只能说明他想藏匿更大的秘密！这不禁让我把你和二十几年前在家乡发生的那起凶杀案联系在了一起。我让秦姑搜集到沾有你血迹的创可贴，发快递给了江西警方，只要跟当年凶犯留在现场的血迹和被我媳妇抠出的眼珠作 DNA 比对，事情马上就会真相大白。"正忍法师听了，哑然失语。接着，高山泰发问道："我很想知道，这么多年，你都干了些什么？又是怎么过来的？"

　　正忍法师迎着高山泰的目光坦言道："实不相瞒，一念之差，铸成我终生大错。案发后先是四处躲藏，后到南边打工，闻警方追查至此，又向西逃窜，走投无路，只好剃度为僧，遁入空门，吃斋念佛，日俱善念，终弃恶欲，后考入佛学院，更是奋发读书，毕业后到几处山寺护法讲经，又得高僧指点，悟道精进。湖山兴寺，请贫僧住持，这才来到此地。不想……"

　　高山泰质问："这多年逃亡在外，想到被你杀死的女人和孩子，你就没有愧疚之心？就不知道天网恢恢，疏而不漏？"

　　正忍法师答道："贫僧心里早已伏法，有几次都想去主动投案自首，但又想已有成就，何不为佛门多尽些力，自知因果报应，只希望来迟些。没想到……"

　　高山泰冷言道："没想到今世种下的罪因，等不到来世才果报吧！"

　　正忍法师惨笑："佛说，放下屠刀，立地成佛。我想讲经颂法、捐赠乡里，以佛的智慧和聚来的钱财，普度众生，求佛恕罪。"

　　高山泰冷笑道："但你忘了佛还说，善有善报，恶有恶报，不是不报，时机未到。"见正忍法师无语，高山泰正色道："我都没有宽恕你，凭什么让佛宽恕你？你应该向法律认罪！"

　　正忍法师仰天长叹："'山僧不解甲子年，一叶落知天下秋'。施主追凶至此，贫僧已有察觉。惊闻施主满嘴乡音和避之不及的探究目光，自知败露有期。真是罪孽之过隐不去，罪孽之身赎不回。罪过！罪过！"正忍法师双手合十，垂下头。

金殿坍塌之后，经相关部门鉴定，该工程存在严重质量问题，纯属豆腐渣工程，纪委介入了此事调查。纪委找到承办工程的包工头，据包工头交代，他大量挪用工程款，包括湖山道路扩建等多个湖山旅游风景区的项目，全都存在严重工程质量隐患。随着包工头的进一步交代和纪委的深入调查，问题越来越严重，案情也越来越重大，省纪委接手了此案。终于，工程部经理、颜局长和海市长都浮出了水面。

经查，海道远在任湖山市副市长、湖山旅游风景区管委会主任期间，利用职务之便，谋取私利，不仅安插妻弟在湖山旅游风景区管委会任工程部经理一职，并且大肆敛财，收受贿赂四百万元和不明财产，共计一千二百万元，并与他人发生不正当的两性关系。涉嫌犯有贪污受贿罪、不明财产来源罪、滥用职权罪，现已被开除党籍、公职，移送司法部门处理。

经查，颜小珺在任湖山市旅游局局长、兼任湖山旅游风景区管委会办公室主任期间，伙同工程部经理贪污挪用建设工程款一千七百万元，其中，个人所得六百万元，并与他人发生不正当的两性关系。涉嫌犯有贪污受贿罪、滥用职权罪，现已被开除党籍、公职，移送司法部门处理。

经查，肖险峰系海道远妻弟，由海道远安插在湖山旅游风景区管委会任工程部经理。任职期间，他伙同颜小珺共同贪污挪用建设工程款九百万元，个人所得三百万元，包括鲸吞应支付给包工头戴罪的损失费五十万元。除此之外，个人违反社会治安管理条例多次嫖娼，并安排他人嫖娼，现已被开除公职，移送司法部门处理。

经查，曾尤恭履职期间，独断专行，擅自做出重大决定，严重违反民主集中制原则，并违反社会治安管理条例嫖娼。为此，给予开除党籍、撤销台长职务处分。

顾祥喜接替曾尤恭的职务，被任命为湖山无线台台长。

尾　声

关于高山泰和秦姑的去向，外界有种种传说，而且说得有鼻子有眼。有人说，秦姑自知高山泰已不治，为了殉情，拉着高山泰，双双携手跳下了舍身崖；有人说，高山泰把秦姑带回老家颐养天年，在鄱阳湖畔垂钓沐日；也有人说，他俩誓死不愿离开湖山，就隐居在绿林后的山洞里，过起了当年绿林好汉的生活；更有人佐证，在湖山还经常能接收到他们发出的无线信号。

斗转星移，物是人非。来湖山旅游的人们，依旧喜欢集聚在舍身崖前观景、拍照。

傍晚时分，天边划过一片片晚霞，宛如一幅幅油画，金色的相框，浅蓝的底色，赭色的图案。人们大声疾呼道：快看！那是宝藏峰，那是晨钟峰，那是暮鼓峰。最后一幅，有人指着说：那是电影上的两个明星。但知道湖山台过往的人说：不对，那是高山泰和秦姑！

郑重告示

本文纯属虚构，请勿对号入座。

后 记

在创作、出版本小说的过程中，得到友人廖国放、张军、刘福珊的大力帮助，在此鸣谢致意。